西方文论经典精读

主 编 高建平

高等教育出版社·北京

图书在版编目（CIP）数据

西方文论经典精读 / 高建平主编. -- 北京 : 高等教育出版社，2022.7
ISBN 978-7-04-056998-8

I. ①西… II. ①高… III. ①文艺理论-西方国家-选集 IV. ①I0-53

中国版本图书馆CIP数据核字(2021)第182861号

西方文论经典精读
XIFANG WENLUN JINGDIAN JINGDU

| 策划编辑 | 张　岩 | 责任编辑 | 张　岩 | 封面设计 | 李小璐 | 版式设计 | 马　云 |
| 责任校对 | 刘娟娟 | 责任印制 | 高　峰 | | | | |

出版发行	高等教育出版社	网　　址	http://www.hep.edu.cn
社　　址	北京市西城区德外大街4号		http://www.hep.com.cn
邮政编码	100120	网上订购	http://www.hepmall.com.cn
印　　刷	河北新华第一印刷有限责任公司		http://www.hepmall.com
开　　本	787mm×1092mm　1/16		http://www.hepmall.cn
印　　张	31		
字　　数	610千字	版　　次	2022年7月第1版
购书热线	010-58581118	印　　次	2022年7月第1次印刷
咨询电话	400-810-0598	定　　价	88.00元

本书如有缺页、倒页、脱页等质量问题，请到所购图书销售部门联系调换
版权所有　侵权必究
物　料　号　56998-00

学术经典的文化使命
——"现代学术经典精读"系列丛书总序

张岂之

高等教育出版社组织编写一套"现代学术经典精读"系列丛书,邀请我写几句话。我觉得,通过高等教育出版社推出一些有新意的经典读物,有助于传承、弘扬和创新优秀的中华文化,我乐意承担撰写序言的工作。

中华民族拥有源远流长的文明史。中华文化凝结成为丰富的文化经典,亘古弥新,值得后来者不断发掘探讨。在中国思想文化史上,有一系列类似的著作带有研究的性质,比如研究《老子》的《解老》《喻老》(见于《韩非子》),研究先秦诸子的《庄子·天下》《荀子·非十二子》《韩非子·显学》《吕氏春秋·不二》《尸子·广泽》《史记·论六家之要指》,后来更有系统探讨学术源流与道统的《伊洛渊源录》《近思录》《宋元学案》《明儒学案》等著作。这些成果一方面在梳理中国思想学术发展演变的脉络,另一方面在传承和弘扬中华学术精神,比如"和而不同"的学术精神,在中华学术史上作出了重大贡献。中华文化之所以能够五千多年连绵不断,最主要的原因在于文化传承与创新得以世代相传。这也叫做文化的"道统",这个"道统"在今天应当发扬光大。

时至今日,学人们在学术园地辛勤耕耘,视野更加开阔,资料更加周详,方法更加新颖，文字更加平实，形式更加多样，文风更加规范，所凝聚的学术成果，同样也是人们传承和创新文化的重要参考。正是在这种意义上，我认为，高等教育出版社组织编辑出版"现代学术经典精读"系列丛书是有价值的。

当然，这不意味着本丛书所选著作、论文都是臻于完美、无以复加了。实际上，有研究经历的人都能明白，学术研究本是一个不断传承、推进的过程，不可能一劳永逸。在个人或团队的努力下，前后相继，共同促进学术的繁荣和创新，是学术研究中的常态，所以往往难以用僵化的思维去考量丰富多彩、不断发展的学术研究本身。这启示我们，面对现代思想学术史上的名著名篇，我们应尽可能发挥它们的榜样和示范作用；这些研究成果为后来者提供参考和借鉴，使它们在承传文化精神、创新研究成果方面发挥更加重要的作用，这意味着不能仅仅从研究形式或规范方面去估价这些成果，尽管规范和形式也是很重要的层面。

我有这样的体会：在学术研究方面，需要有包容与会通的精神，这样才能给新课题、新探讨提供可能，使学术的薪火能够代代相传。中国古代也很重视这种相互辩驳的学术精神和理念，明清之际著名思想家黄宗羲在《明儒学案》的《发凡》中明确地指出："有一偏之见，有相反之论，学者于其不同处，正宜着眼理会，所谓一本而万殊也。以水济水，岂是学问！"

学术研究，文化传承，均要继往开来，不断推动学术创新与进步。中国古代学术著作，在梳理学术流变的过程中，侧重学术的继往开来，袭故弥新，"以复古为解放"（梁启超：《清代学术概论》），穷本溯源，辨别考证，展现了学术研究的发展脉络和成果。正是这种订正增补，反复斟酌，使中华文化长河滔滔不息，绵延不绝。即使在民族遭遇重创的危急关头，中华文化中卓著的学术精神依然能够鼓励世人勇挑重担，成长为民族发展的脊梁。因为，学术研究和文化经典承载有不朽的文化精神，所以学术兴替往往被视作民族精神生死存亡的大事。因此，引导人文学科的研究生阅读以往的经典和名著，不仅仅在于丰富其专业知识，而且在于在潜移默化中使其精神受到优秀文化精神的熏陶，这将是更加重要的教育目标。

以上写了这么多的话，无非是想说明在学术研究作品的研读中，应注意凸现其中所隐藏的文化精神，以此作为大学文化传承和创新的基础。我想，对"现代学术经典精读"系列丛书的宗旨和意义应有这样的理解。

"现代学术经典精读"系列丛书，旨在向研究生传播文化知识和科研经验，提高研究生的学术鉴别能力和学术素养，为研究生以及青年教师从事学术研究提供帮助。

这套丛书内容涵盖国务院学位委员会、教育部印发的《学位授予和人才培养学科目录（2011年）》所涉文、史、哲、艺术等学科。每卷主编都是该学科领域学有专长的专家，选文尽可能突出学生必读的著名论文（或经典著作的节选），侧重20世纪的研究成果，其中不少是读者较难获得的论著。丛书编者希望所选论著大体上能反映学科研究的学术史体系，简要展现学科研究的发展历程、代表人物及其成果。前言由分卷主编撰写，主要介绍该领域学术史概况及论著遴选标准等，并对所选作品进行介绍和点评。每篇选文后附延伸阅读文献篇目。这使该丛书具有提纲挈领、扩展延伸的双重功能，编选应是有特色的。可见，高等教育出版社编辑出版的这套系列丛书，经过深思熟虑，又有在人文学科方面具有丰富教学、科研经验的专家学者主持，不但有益于大学人文学科的建设发展，而且为大学在文化传承创新方面提供了一种实施的途径，值得支持。

在浩如烟海的现代学术作品中甄别筛选出有代表性的精华论文或著作，的确并非易事，也难以避免取舍失当的不足。希望这套丛书能为研究生和年轻老师提供文化和研究的滋养，也希望读者朋友能为本丛书的编写提供更多的建议和意见。

是为序。

2012年12月

目　录

001 / 导言：20世纪西方文论的缘起、发展和转型（高建平）

013 / 艾亨鲍姆与《"形式方法"的理论》

035 / 什克洛夫斯基与《作为手法的艺术》

054 / 雅各布森与《主导》

063 / 瑞恰兹与《语言的两种用法》

074 / 兰色姆与《新批评》

088 / 韦勒克与《文学理论》

101 / 维姆萨特、比厄斯利与《意图谬见》《感受谬见》

117 / 古德曼与《构造世界的多种方式》

133 / 弗洛伊德与《作家与白日梦》

145 / 拉康与《镜像阶段:精神分析经验中揭示"我"的功能构型》

154 / 荣格与《集体无意识的概念》

167 / 英伽登与《界定现象学美学的论域》

189 / 姚斯与《文学史作为文学科学的挑战》

202 / 费什与《读者中的文学:感受文体学》

217 / 萨特与《什么是文学?》

238 / 列维-斯特劳斯与《结构主义与文学批评》

244 / 罗兰·巴特与《结构主义活动》

254 / 德里达与《人文科学话语中的结构、符号与游戏》

273 / 巴赫金与《狂欢式与狂欢化》

292 / 萨义德与《东方主义再思考》

308 / 法农与《论民族文化》

325 / 克里斯蒂娃与《妇女的时间》

337 / "吉尔伯特-古芭"与《阁楼上的疯女人》

352 / 伊利格瑞与《性别差异》

367 / 朱迪思·巴特勒与《性别麻烦——女性主义与身份的颠覆》

377 / 格林布莱特与《通向一种文化诗学》

393 / 海登·怀特与《评新历史主义》

407 / 利奥塔与《后现代状态:关于知识的报告》

423 / 斯图亚特·霍尔与《文化研究:两种范式》

450 / 雷蒙·威廉斯与《关键词——文化与社会的词汇》

464 / 希利斯·米勒与《全球化时代文学研究还会继续存在?》

481 / 出版说明

导言：20世纪西方文论的缘起、发展和转型

高建平

当试图挑选一些20世纪西方文论材料作为读本，向大学生和大学课堂推荐时，我们发现，可选的范围极其巨大，时有遗珠之憾，但又必须作出取舍。如果纵观历史，就可以看到，与此前相比，20世纪是一个理论的世纪。仿佛文人们一下子醒来，挤到一个新建成的叫作"文学理论"的大院子里大叫大嚷，造出一大批过去从来没有过的新型文本。这一切，在此前都是不可想象的。

一、关于文学与文学批评的关系

文学批评是一种古老的现象。柏拉图编了一些苏格拉底与同时代人的对话，其中常常谈到诗的问题，后人将这些话摘出来，宣布这就是"文学理论"或"文学批评"。亚里士多德给学生讲课，留下一些关于悲剧的讲课教案或笔记的文字，编这卷手稿的人将其命名为《诗学》。这本书消失了近两千年后，在文艺复兴时期被发现，一下子就成为极其重要的文学理论经典。贺拉斯一生在政治上成就颇丰，也写过诗和其他作品，只是由于偶然的机缘，给一位名叫皮索的朋友及其家人写了一封信，后来昆体良编辑时将之定名为《诗艺》(*Arts Poetica*)，这封并不长的信竟成了古罗

马时期难得的文学理论的代表性文本。在古代世界，直至中世纪，专门写作文学理论著作的情况是很少的。此后，无论奥古斯丁，还是托马斯·阿奎那，也只是潜心写神学著作，他们的作品在古老的修道院里被传阅。在这些神学著作中，诗和艺术问题被顺带提及。

文学是一个久远的现象。围绕着文学，不同的人都在评说。例如诗，诗人与朋友相聚时谈天说地，顺便也论诗，谈对诗的见解，进而写作诗话、词话，对文章和小说作点评。后来，看戏有剧评，新小说问世有书评，报纸、杂志兴起，有专门的评论栏目，文学批评开始兴盛。但是，人们仍然会有这样的看法：从事文学创作，会留下不朽的著作；而从事评论，对别人的作品说三道四，是低一等的文字，不会流传久远。我们要感谢爱克曼记下《歌德谈话录》，那里面有大量精彩的文学见解。如果爱克曼不记录的话，歌德是不会把它们写下来的，毕竟那不过是他随口谈到的一些关于文学的想法而已，他倾毕生精力所写的还是当属《浮士德》。席勒固然花了不少精力去写《审美教育书简》，但人们更看重的，依然是他所写的剧本。

如果我们对比一下19世纪与20世纪最重要的文学理论和文学批评的文本，就会发现，二者之间仍有很大的不同。

若我们要编一本19世纪西方文论的选本，会选爱伦·坡、王尔德、雨果、魏尔伦、波德莱尔等许多诗人、作家所写的文字。他们的作品序言、评论、关于文学的宣言常常包含着深刻的文学思想，这些思想在后世被人们反复引用、发挥，像滚雪球一样集聚成有体积的理论论述。

当然，19世纪也有一些更专门的理论性文字，但那要么是文学史写作的导论，要么是哲学著作的延伸，纯粹的文学理论著作虽已出现，但还是不多。只有到了20世纪，专门的文学理论著作才逐渐多了起来。为什么会出现这种情况呢？其根本的原因在于，写作文学理论著作的人发生了变化。

原来从事文学理论和批评写作的，主要是作家、文人和官员，以及寄居在其他一些行业中的文化人。在19世纪，一些大学开始有了专门的文学史研究者，到了20世纪，专门的文学研究论著才大批出现。这种变化，源自大学和研究院的发展和文学理论学科的确立。从文人到学者，从作家、官员或其他行业的从业者兼做文学研究，到大学的文学研究专业形成，从对文学的随笔性评论到专门的文学研究论文的撰写和文学研究学术规范的形成，文学研究作为学科得到了发展，学院式的研究正式出现。

学院对文学批评所起的作用，在今天也许是一个可引起争论的话题，可另作分析讨论，但是，从19世纪到20世纪文论写作人群的这种显而易见的变化，是不争的事实。大学的发展，学科体制的变化，使得学院化的文学理论不可阻挡地建立起来了。

我们在今天可以说，学院有它的优点，也有它的弊端。我们甚至可以承认学院对文学研究有破坏作用的说法也不无几分道理。直到今天仍有极少数的人说，文学理论这个学科不能成立，是一个怪物。对这种极端的说法，我们当然可以不予理会。事实上，文学理论研究机制设置是在历史发展中形成的。现在对这种设置的作用进行审视，应该说，还是利大于弊的。这种学术设置本身，产生了一批文学理论文本的专业生产者，正是由于有这些生产者，文学研究的进一步发展与文学理论独立性的形成才有了保障。

文学理论独立性的形成，改变了文学理论学科性质本身。这一进程，在各个国家情况不同，但从总体上讲，是在从19世纪向20世纪的转换中出现的。此前，文学理论只是关于文学批评的理论。学院式的研究使研究者超越对具体的文学作品的评论，对文学从起源到性质进行深入研讨。研究者叙述着从时代到作者再到作品的产生过程，继而叙述文学作品的文本走向市场，走向读者的消费过程，并研究作者与读者互动的可能。

文学理论独立后，依托学院进行专门研究，从而出现了与文学的创作、阅读和接受情况无关的文本研究。具体来说，研究一部作品，不考虑它的创作和接受情况，更不考虑它的制作、营销、市场情况，以及当时的评论。对学院中人来说，面对被当作仿佛从天而降的文本，需要对它释读、讲述、讨论，而这种研究要与社会对它的反应保持距离。并且，按照学院的标准，只有拥有这种距离，从而不受侵扰的研究，才具有真正的价值。

这种随着文学发展而在动态中保有的距离，可称为"间距"。研究者以此保持研究的客观性，同时，打开视野，避免种种无关的思考的困扰。

这些研究当然既有优点，也有缺点。优点在于研究者超越了对具体文学作品的好与坏的评价，对文学作为一种现成对象进行研究，说明其性质，以达到对文学的深层的理解。研究的学院化，同时打通了文学学科与其他学科的关联。学院中其他学科的知识也被招引进来，例如哲学、语言学和心理学，此后更进一步，一些与社会运动相关的学科也进入文学研究之中。

由此造成的积极意义是，其他一些学科给文学研究提供了模式，从而可以揭示广阔而精彩的天地，创造出魅力无穷的话语。但消极意义是，这种研究可能脱离文学本身，让文学变成了说明其他某种理论的例证。这种文字和话语将读者从文学欣赏中拉开，放弃文学的审美功能，使这类话语的接受者在各门学科的知识间漂流，而无法在坚实的土地上着陆。

二、文学意义落脚点的移动过程

20世纪的西方文学理论，是在文学以外的一些理论的影响下形成的。这些理论多种多样，有四种影响最大：斐迪南德·索绪尔的语言学理论、西格蒙德·弗洛伊德的心理分析理论、维特根斯坦的分析哲学，以及现象学与存在主义哲学。当然，当时的一些文学理论流派，并不能都看成这些理论向文学批评领域的简单移植。在绝大多数情况下，一些理论提供了模式、思路，甚至只是启发，文学理论是文学批评家们独立创造的结果。

19世纪的文学批评，无论浪漫主义还是现实主义，都有着一个不言而喻的常识，认为既然文学作品是作者创作出来的，那么文学批评要还原的是作者的情感表达、作者的现实见闻和感受，文学研究也强调这些优秀的作者产生的地理、历史和社会原因。20世纪的文学批评研究，在这个背景下开始了创新的历程。

西方文论教科书一般认为，20世纪西方文论是从俄国形式主义开始的，具体说来，从彼得堡的奥波亚茨（OPOYAZ）和莫斯科的语言学小组开始。这种文论产生于俄国革命前后。革命所带来的反传统的社会大气氛、一个被激活了的思想界和文艺界，以及瑞士语言学家索绪尔的语言学理论的影响，共同促成一批年轻人对文学的"科学性"的追求。这种追求催生了"俄国形式主义"（Russian Formalism），更准确地说，造就了一批"俄国形式主义者"（Russian Formalists）。其中最具代表性的是鲍里斯·艾亨鲍姆、维克托·什克洛夫斯基和罗曼·雅各布森。他们的观点各不相同，相似点可以概括为以下几点：第一，主张文学独立，致力于建立文学研究的"科学"，或者用他们自己的术语，是要建立一种"关于文学（literature）的文学学（literariness）"，从纯粹的语言角度研究文学作品，特别是诗歌。第二，反对旧有的"内容"与"形式"二元，而主张"手法"（device）与"材料"（material）的对立。不再以"内容"领先,而主张"手法"或"形式"领先。通过"手法",分析文学的特性。第三,从形式的角度研究文学性,例如,关注语言的"陌生化"和"艰涩度",主张通过重视这种特异性,使读者在阅读时感受到语言本身的特点。

这批颇具极端色彩的形式主义者开启了文学研究的一个新时代。从某种意义上说,这些理论是俄国革命的精神气氛的产物。在俄国革命前后,在文学、艺术及各种理论中,都有一股股激情的暗流在涌动,从而出现一些颇具先锋性的流派。在诗歌中,在绘画、雕塑中,在音乐中,都是如此。形式主义的文学理论是这种革命激情的产物,却在这一革命的进一步发展中被抛弃。到了20世纪30年代,俄国形式主义已经成为过去,它被当作一种"西方"的思想而遭到了批判。然而,恰恰是在俄国人将俄国形式主义斥为"西方"的思想而开始讨伐它时,俄国形式主义开启了自己的"西方"之旅。有一本书的书名描述了这个过程:莫斯科—布拉格—巴黎。[①]俄国形式主义者中的一些人,以雅各布森为代表,在此后的日子里一路向西,形成"布拉格学派",并汇入法国结构主义与美国文学批评实践。

与俄国形式主义同时或稍晚,在英、美等国出现了一种被称为"新批评"(New Criticism)的文学批评倾向。这个名称来源于兰色姆的一本书的书名。这本书原本只是对包括瑞恰兹、燕卜逊、艾略特等一些人的理论进行评述,而不是对一个文学批评运动进行整体的描述和定义。新批评与其说是一种理论流派,不如说只是一种实用性的方法,即经验主义式地对文本(text,又译"本文")进行"细读"。与主张激进地采用科学的方法来研究文学的俄国形式主义相比,新批评更主张聚焦于对作品的感受本身。在人生态度上,俄国形式主义更具有入世的和理性的对新方法的创造,而新批评则更具有出世的或书斋式的沉湎作品文本之中的倾向。这种新批评与19世纪的浪漫主义有继承关系,至少继承了柯勒律治式作品是"有机整体"的观点。这种"有机整体"仍是感性的对整体的体悟,而非像形式主义和结构主义那样对批评模型的构建。当然,被归入新批评的学者各有特色。兰色姆所重视的,是建立所谓的"本体论"(ontology)批评,即关注文本的存在本身。维姆萨特和比厄斯利强调避免社会历史批评,反对从作者生平调查来推导作品的意义,也反对以欣赏者的感受来取代物质性的文本。新批评的这种强调实践性操作的倾向,到了韦勒

[①] 参见[比利时]J. M. 布洛德曼《结构主义:莫斯科—布拉格—巴黎》,李幼蒸译,商务印书馆1980年版。

克和沃伦的《文学理论》一书有所变化。这部著作一般被认为是新批评的代表作，其实也受到俄国形式主义的影响，它一方面强调感性的细读，另一方面也有模式构建的尝试，致力于建立文学批评理论的结构。

在20世纪之初，另有一支文学批评流派也对当时文学理论的建构产生了重大影响，这就是奥地利精神病医生西格蒙德·弗洛伊德所提出的精神分析批评。弗洛伊德将人格区分为三个层次，即"本我""自我"和"超我"。其中，"本我"存在于无意识的深处，具有动力源的作用，而"超我"是对"本我"起制约作用的外在规范，"自我"在两者之间起调节作用。与俄国形式主义和新批评将作品的意义归结到文本不同，弗洛伊德主张一种"病理学"的研究，根据文本考察作者，特别是作者的无意识，也从作者的性格特征角度来理解作品的文本。

对弗洛伊德来说，文学艺术作品只是他对作者进行精神分析（又称"心理分析"）的依据。弗洛伊德不仅通过他在精神病方面的研究，创立了"无意识"和精神活动的内在动力的理论，从而改变了人们过去对精神活动的模型的理解，而且身体力行，从事对作家、艺术家，以及一些重要作品的精神分析。他的研究独树一帜，为文艺批评打开了一个新天地，使文艺批评界耳目一新。

如果说，此前的文艺作品被认为是通向世界之窗的话，那么，弗洛伊德成功地使文艺作品成为通向文学艺术家心灵最隐秘之处的窗口。他的研究成果一出现，就引起了极大的争议。然而，正是这种争议，给他带来了更大的关注，也使他的研究有了更多的追随者，并因此成为文艺批评中颇有影响的一派，他的研究成果也融入后来兴起的一些流派之中。

在弗洛伊德之后，拉康考察镜像所形成的"我"的精神构型，荣格则在个人的无意识概念之后，提出了"集体无意识"的观点。

如果说，俄国形式主义和英美新批评将作品意义从作者转移到作品的文本的话，弗洛伊德的心理分析则从另一个方向解构了作者的意图。作品并不能反映作者的意图，而是体现作者的无意识，这可能与作者的童年经验有关，却不为处于创作过程中的作者有意识的意图所支配。

历史并不是单线发展的。在不同的西方国家、不同的流派、不同的人的圈子之中，发展着各种不同的批评理论。当具有经验主义的传统的英美批评界盛行新批评之时，欧洲大陆的学术界流行更具有理性主义色彩的结构主义批评，通过对作品的模式和要素分析，寻找作品的内在秩序。

关于结构主义和符号学，列维－斯特劳斯、罗兰·巴特进行了开拓性的研究，取得了使人耳目一新的成就。在他们之后，雅克·德里达进一步反对逻各斯中心主义，以克服索绪尔的语音中心主义为号召，提出了解构主义的理论。

在美学界，维特根斯坦的哲学启发了一股从分析哲学到分析美学的大潮。这一20世纪中叶出现的重要的美学转向，主要应该在20世纪美学史中叙述，在文学理论方面，一些重要的美学家也作出了重要的贡献。这方面最突出的是门罗·比厄斯利。他作为一名哲学家，与文学批评家威廉·维姆萨特合作，写作了《意图谬误》和《感受谬误》两篇重要论文，为新批评的理论奠定了基础。另一位分析美学的重要代表纳尔逊·古德曼，则在把符号学引入文学艺术批评的过程中作出了重要贡献。

在现象学和存在主义哲学的影响下，文学的意义进一步移向读者。文本作为放在读者面前的对象，意义是在阅读过程中由读者所赋予的。没有读者，文本只是一物而已，本身没有什么意义。文本的文字无人识读就没有意义；文本的文字能识读，却由于所讲内容与我们相距遥远而不能懂，也没有意义。一些重要的哲学家从读者的角度进行开拓，提出了一些新的方法和设想。其中产生重要影响的有英伽登的"层次"论、姚斯的"接受"的文学史观，以及费什的读者反应理论。

理论形成一种独特的"场"，在这里，引人瞩目而具有代表性的理论，往往不是最令人信服的理论，反倒是最不令人信服的奇特的理论。奇特引起争论，从而形成能见度，并成为一个时期的代表。

20世纪的西方文论，被普遍认为走在一条从作者到读者的道路上。然而，这一"比比谁更激进"的竞赛结果是：在理论高歌猛进之时，其自身也离批评实践越来越远。

文学的意义何处寻？我们有作者的"意图"（intention）、文本的"意义"（meaning）和读者在感受时所形成的"意味"（significance）等各种主张。对这种意义究竟落脚在何处的争论，在文学研究者圈内被无限放大，以致有"作者死了""文本死了"等各种极端的论述。其实，解决这种争论的办法，还是回到事实本身。文学作品从本质上讲，不过是作者用语言和文字作出了的文本，读者而后接受它。作者有感而发，接受者听懂了，产生了感受，感到有同感或反感。从作者到接受者这种从"说"到"听"的路程原本可瞬间完成，却由于文字、印刷、传递和出版发行机制的变化，由于文学研究机构的形成和专门化，由于日渐发达的文学批评的插入，从而变得非常漫长。"说"变成了"写"，"书"出现了，"书"有了自己的命运，读者有了种种主体选择，许多评论家、评论文章、评论报刊出现，这些都在影响着读者接受的态度。尽管如此，有人说，有人听，听者心中有说者存在，这一基本事实不会改变。背离这一点，从传达全过程中截取某一段加以放大，固然可能会使人们将这一局部看得更清楚，但也会导致像盲人摸象一样只感知到局部，形成片面化结论。

三、文化转向与走出文学

20世纪中期，特别是在60年代以后，一些西方的文学研究者参与到社会运动中去，扩大了文学研究的视野。这时，出现了一批从文学出发，进入文化研究的学者，他们致力于建立一种非文学理论的"理论"研究。乔纳森·卡勒注意到了这种现象，提出这应该称为"理论"，而不是"文学理论"。他说："这不是关于某物的特殊的理论，也不是对一般物全面的理论。有时，理论似乎并非对任何物的说明，而只是一个活动。"①

从俄国形式主义直到读者反应批评，都致力于解决文学意义的落脚点问题，这仍然是围绕着文学的从创作到接受这个过程来研究，因此还是一种"文学理论"，或者说，是"关于文学的理论"。到了20世纪60年代以后，出现了一批激进的文学理论家，他们与当时的社会运动结合，致力于以文学领域为依托，写作一些直接诉诸文化、社会和政治目的的论著，由此产生了一批具有社会吸引力的新流派。这些理论所讨论的已经不是文学问题，或者说主要不是文学问题。这是它们被称为"理论"而不再是"文学理论"的原因。

例如，在出现了女性主义的社会运动，倡导女性解放，提升女性权力之时，也产生了文学上的"女性主义"（Feminism）及"女性主义批评"（the Feminist critique）。这种文学和批评流派强调女性身份，重视文学中的女性经验和感受。女性主义从性别差异的角度研究，带来文学的新视野，提出新见解，极具创新性。但是，这种与社会运动相结合的流派，在讨论文学史和文学理论问题时，也会形成一些偏执的立场，带来对文学的背离。

---

① Jonathan Culler, *Literary Theory—A Very Short Introduction*, Oxford: Oxford University Press, 1977, p.1.

再例如，第二次世界大战结束以后的非殖民化运动，从殖民地独立，到文化上的非殖民化运动，非西方国家从政治上自主到文化上自立，西方国家内部文化研究和教育中的去西方中心主义也影响到了文学研究，形成一种兼领文学和文化领域的"后殖民主义"的热潮。在这种思潮的影响下，理论向西方中心主义的意识形态发起挑战。这些研究都与社会运动联系在一起。

20世纪60年代，从法国开始，西方一些国家相继掀起了一场反对资本主义秩序的社会运动，颠覆主流文化，形成一种造反的哲学。这种观点也与正在欧美发展中的马克思主义文论结合在一起，形成相互推动的态势。

理论是灰色的，生命之树常青。那种借助语言学方法，从而转化为语言学延伸物的纯而又纯的文学理论，变成书斋中的学问，慢慢失去了生命力。20世纪中叶轰轰烈烈的社会运动将文论家们卷了进去，也使文论变成一种生产推动社会革命话语建设的平台。这既是一场社会革命的运动，也是一场话语生产的运动。文论家们大都原本是文学方面的教授，从文学出发进入这场运动之中。当他们逐渐觉得文学变得太偏、太过时，就宣称告别文学，进入"文化"这个几乎无所不包的领域中进行话语生产。如果说古代社会的"文人"是一种不讲专业而游走在社会不同场域之中，处处都能涉及和参与的人，而他们的一个共同特点就在于具有文字能力的话，那么，文化研究者则在现代继承了这种人的事业。古人学诗要"使于四方"，而能"专对"。文化研究者与古人的区别，只是在于他们不是游走在社会中寻找生存的机会，而是在已有专业划分的大学中占据了文学教授的位置，并以此为平台向社会发声。

在20世纪80年代以后，文论有一种从社会向学院展开的倾向。文化研究推动了新的文学运动的发展。在英国，雷蒙·威廉斯（又译雷蒙德·威廉斯）将左翼文化主义与马克思主义理论融合在一起，要建立文化唯物主义。这种理论将艺术作品的生产看成一种物质性的活动，与经济活动、经济方面的考量、经济条件的制约联系在一起。这样一来，文化不再是属于上层建筑的意识形态的、高远地飘浮在现实生活之上的虚无缥缈之物，而成了存在于现实生活的生产和再生产之中的无所不在的感性之物。同样，在美国，受惠于马克思主义与结构主义的结合，学者们打破过去的区分——文学属于上层建筑的意识形态，而历史是对现实生活的生产与再生产，以及政治生活这一物质性的上层建筑的记录，将文学文本与历史文本放在一起研究，看到文学所具有的历史创造力量。从一定意义上讲，这与文化唯物主义具有异曲同工之处。

　　文论与社会运动相结合，文论家加入社会运动当中，这有其历史的必然性，或者说，至少已经构成了过往的事实。事实总是绕不过去的，就是我们需要阅读和研究的原因。但是，对文学理论这个学科来说，文论家们对社会的参与，其意义既可能是正面的，也可能是负面的。从正面讲，文学本来就与社会生活联系在一起。文学要写人，丰富的社会和多彩的生活为文学提供了内容，社会大变动时期的人的生活为文学提供了激情。文学研究者如果只是像形式主义者那样将文学看成一种语言现象，只关心形式，不关心内容，只关心如何写，不关心写了什么，当然就不能写出有价值的文字来。这正如乔纳森·卡勒所说，在"理论"而非"文学理论"旗号下，生产出了大批精彩而有价值的话语。然而，文学研究者这种对社会的参与也有其负面的作用。文学研究者作为社会批判者，具有使社会声音多元化的作用，这种作用是积极的，但如果用文化研究取代文学研究，宣布文学研究已经过时，对文学理论从整体上放弃，那是错误的。文学研究者队伍中时有一些出走者，如果这些人出走有效，找到了新的领域，并做得卓有成效，那么，恭喜他们，有一个地方安身立命就好；如果他们还在一些不同的学科间打游击，打一枪换一个地方，那么，呼吁他们赶快回来，文学理论这个学科还需要有人坚守。

　　可以说，文学研究者要在学科间走来走去。毕竟，文学涉及社会生活，是很复杂的社会现象，需要各个学科的参与。因此，掌握不同学科的知识来研究文学，出去了再回来，常来常往，这是常态。这就像我们居住一样。一个可以常出常进的常驻地，就叫"家"。如果只准在里面住着，不准随意进出，那就是"牢"，相当于古代的"画地为牢"和现代的"软禁"。但是，如果出去了就不回来，那有两种情况，一是搬家了，一是在流浪。对于搬家成功者，我们表示祝贺。但是，仍在文学领域里活动的人还是要有家园意识的，出去了还要回来。身处文学研究的领域，利用着文学研究的资源，却在研究除了文学之外的一切，这只能造成文学的园地无人耕种而荒芜的局面。还是回到这句话：不要画地为牢，也不要到处流浪。

四、文学的终结与理论之后

　　在 20 世纪后期，西方文学理论界出现了新的变化。伴随着"历史终结"等各种关于"终结"的论述，文学和艺术界也出现了一组关于"终结"的话语。这是世纪之交种种文学和艺术发展状况的产物，与当时社会历史发展的具体情况有关，其产生动因也各不相同。阿瑟·丹托所提出的"艺术的终结"说，是一种对"进步"理论的反动。艺术的终结不是说艺术会消失，而是说自文艺复兴时期以来的艺术进步观结束了，人们不再可以在通常的意义上用"进步"来描述艺术的历史。在艺术失去了发展的方向，过去、现在和未来看不出向某一个方向发展之时，"终结"的理论就被提出来，成为喻世和警世之言。"终结"命题被提出后，作为一种极端而具有刺激性的言论，引发了激烈的讨论，也因此激发了人们对理论的兴趣。如何结合文学艺术的实际来理解这种"终结"？面对先锋性和新媒介的挑战，面对通俗大众艺术兴起的挑战，理论应该怎么办？这些新的问题带来了理论话题的巨大转换。

对一些理论家来说，这是一个"后理论"的时代。从20世纪60年代开始的文化理论，展示了文化帝国主义的野心。如果说文学是人学，有关人的一切都应该研究，这种研究使文学理论得到了深化的话，那么，到了20世纪末，这种理论也走到了尽头。60年代出现的大师们逐渐离开，新的大师却没有出现。文学理论的对象原是固定的，从作者到文本，再到读者，因而研究具有恒定性，而文学理论家们所从事的文化研究，并以此创造出来的"理论"，却没有确定的对象，处在不断的话题寻找过程之中。在特里·伊格尔顿看来，这种"理论"是对20世纪60年代到80年代那一时期风起云涌的各种文化潮流，诸如民权运动、学生运动、民族解放阵线、反战反核的运动、妇女运动等的反省。[①] 运动与理论构成一种张力关系，它不是简单的理论从运动实践来又指导运动实践的关系。伊格尔顿在描述这种关系时指出："20世纪60年代和70年代见证了许多高度复杂的理论；不过具有讽刺意味的是，其中许多理论是出自对无法理论化的东西的迷惑。从整体来说，理论重视的是无法思考的事物，而不是可以思考的事物。"[②]

这些"理论"，从性质上说，似乎已与文学无关，不讨论文学，也不解决文学中的问题。但是，在这些"理论"中，文学家的那种激情，以及文学家写作所具有的似乎指向现实又与实际相脱节的特征，被保留了下来。

这种对"理论"的追逐可称为"红舞鞋"现象，舞姿虽美，动作虽吸引人，但

---

① 参见［英］特里·伊格尔顿《理论之后》，商正译，商务印书馆2009年版，第27页。
② ［英］特里·伊格尔顿：《理论之后》，商正译，商务印书馆2009年版，第75页。

总要有休止的时候。理论在不同的学科间跳来跳去，学科本身的强大力量还是要迫使这种运动回归一种常态。这种常态是什么？在"理论"之外，是否还需要研究"理论"？后一问题的答案应该是肯定的：回到文学活动本身，从作者到文本再到读者，从这一整体的关注中产生出理论来。

结语：文学理论向何处去？

在文学理论之内由作者到文本、再到读者，后文学理论走出文学而到文学之外成为"没有文学的文学理论"，及至20世纪末理论向文学回归，这一历史过程在西方走了一个世纪，在中国却在过去40年中跑步完成了一个循环。在很长的一段时间里，中国与西方总是错位的：20世纪初至五六十年代，西方学界关注文本、关注"内部规律"研究之时，中国学界关注文学的"外部规律"，认为文艺是社会生活的反映又作用于社会生活；20世纪七八十年代，当西方学界走出文本而转入文化研究之时，中国学界在"美学热"的推动下，倡导内部规律的研究；到了世纪之交，西方学界讲"终结"和"后理论"，要建立理论之外的理论，实现对文学的回归，中国学界却反而追求建立"没有文学的文学理论"。改变中国文学理论的滞后状态，与国际接轨、同步发展，这应是我们的追求。同时，不能跟着西方亦步亦趋，走自己的路，面向中国文学和中国文学批评的实践，独立思考，用自己的创造为世界文学理论的发展作出贡献，这才是中国文学理论应走的正确之道。

艾亨鲍姆与《"形式方法"的理论》

经典导读

  鲍里斯·米哈伊洛维奇·艾亨鲍姆（Boris M. Ejxenbaum，1886—1959），是20世纪俄苏联著名文艺学家、文学史家，苏联"形式论"诗学的创建者、守卫者和超越者。1918年，艾亨鲍姆正式加入"诗歌语言研究会"（即"奥波亚兹"，简称OPOJAZ），凭借渊博的学识、敏锐的感知力及"形式论"诗学理论而成为该派的精神领袖，与同伴什克洛夫斯基、迪尼亚诺夫一起被誉为"革命的三套马车"。他的代表作有《"形式方法"的理论》、三卷本传记《列夫·托尔斯泰》和两卷本《莱蒙托夫》等。

  《"形式方法"的理论》这篇经典文章是艾亨鲍姆对巅峰时期俄国形式主义诗学的"革命"理论的总结，不仅高屋建瓴地对俄国形式主义学派诞生十年来"形式方法"（formal method）的组成原则、问题演变及其现状等进行了较为全面的历史概括，对"两支队伍"的代表理论家的观点作了言简意赅的梳理和阐述，更从科学性与历史性的角度强调了"形式方法"的独特内涵，澄清了对手所强加的贬义的"形式主义"称号及其所引起的一些"旧的误解"，达到了正本清源的效果。其突出的理论价值和历史意义在于以下三点。

  第一，从科学生成论和文学本体论出发，明确提出"形式方法"不仅仅是一种方法论，其根本目的在于"建立一种独立的文学科学"。在艾亨鲍姆看来，"形式方法"并非如对手（学院派的某些"折中主义者和模仿者"）所认为的是"一种静止不动的'形式主义'体系"，其特点并不在于下"定义"或追求"普遍理论"，而是一种理论上的假设，借助这种假设来指明和理解文学现象，并且，形式主义者可以随时根据内容的要求而不断深化或修改某些经过研究具体文学材料及其特点而制定的具体原则。这无疑是一种动态发展的、历史的、科学的研究观念。由此，形式方法通过自身发展和扩大研究而超越单纯的"方法论"的界限，成为一种以文学本身为目标的独立科学。形式主义者并非否定美学的、心理的、社会的、历史的等各种方法，而是反对把不同的科学与不同的科学问题混淆起来，即要把文学从美学的、心理学的、社会学的、历史学的理论"旧传统"中解放出来，回到文学艺术本身，研究文学材料的内在性质，确立"文学科学"在学科系统中的独立身份和本体价值：这是形式主义者的心愿，也是艾亨鲍姆的理论诉求。因此，他批评了"学院式科学"（如波捷勃尼亚、维谢洛夫斯基）和"报刊科学"（如别雷、勃留索夫），主张"从他们手中夺回诗学，使诗学摆脱他们的美学和哲学主观主义理论，使诗学重新回到科学地研究事实的道路上来"，即主张以科学实证主义方法研究文学事实，进行"诗学科学的探索"（雅各布森语）。

第二，明确指出形式主义诗学研究的最大成就和贡献在于确立了文学科学的研究对象——"文学性"，并阐明了以语言学视角实现这一特殊性研究的可能性与必要性。艾亨鲍姆认为，"学院式的科学"是一种"伪科学"，丧失了对研究对象的敏锐感知力，更重要的是，这些方法也并不能解决文学研究自身的问题，反而会言不及物地把对象置入唯心主义或庸俗社会学的机械决定论的幻象之中，不知不觉地以主观替代客观，以社会、历史、生平、心理等取代实在的"文学事实"。因此，艾亨鲍姆主张学科学的对象应是研究区别于其他一切材料的文学作品的特殊性，也就是雅各布森所提出的"使一部作品成为文学作品的东西"——"文学性"。围绕"文学性"，形式主义者们深入研究了诗歌语言的声音、韵律、节奏、隐喻，以及小说的本事、情节与结构手法等形式问题，尤其是在"奥波亚兹"最初编辑出版的几本《诗歌语言理论集》中，诗句的声音结构、无意义语言、诗歌语言与日常语言的比较、诗句与散文的格律和节奏、诗歌中节奏和语义学的关系、故事与情节的关系等俄国乃至西方文学史中一直被忽视的问题被着重讨论，语言学成为文学科学研究的独特（乃至专有）视角。由此，语言学与诗学跨学科联姻而成的"语言诗学"（linguistic poetics）开始确立起来。

第三，赋予"形式"这个含混之词以独立的新的意义，明确"形式主义"是"一个历史性的词"，"理论和历史结合为一体"是形式诗学区别于历史诗学和理论诗学的关键所在。"形式方法"的理论核心在于将"形式"从传统的"重内容轻形式"的二元对立式的偏见中解放出来，赋予形式"一个新的意义"，使之不再是"作为外壳、作为可以倾倒液体（内容）的容器的概念"，而成为有活力的、具体的整体，获得了超越于内容之上的本体价值，一如霍克斯所言："这种文学艺术观不旨在使形式和内容再度统一起来，它不把作品看成信息的'容器'，而是看成内在的、自我生成的、自我调节并最终自我观照的整体，不需要参照在自己疆界之外的东西以证明自己的本质。"① 形式主义者对"手法"（device，又译"程序"）多加重视与分析，诸如什克洛夫斯基提出"作为手法的艺术"，以及雅各布森宣称"手法是文学史研究的唯一主人公"等观点，正因为他们把形式理解为内容本身，"形式"获得更为具体和丰富的意义。此外，形式主义者不像那些"幼稚的"文学社会学家在形而上学的意义上寻找文学进化和文学形式的主要原则，而是在文学传统本身的历史系统之中寻找"文学史事实"问题的答案。在艾亨鲍姆看来，文学史是形式的历史，也是历史的形式，这就将理论与历史、文学性与历史性、共时性与历时性紧密互动地结合在一起，形成一种独特的带有结构主义萌芽的"形式的历史观"，实现了对维谢诺夫斯基的历史诗学与波捷勃尼亚的理论诗学的综合与超越。不容否认，这种"形式的历史观"与理论的历史发展，也是形式主义者在托洛茨基、卢那察尔斯基等人的批判下对自身理论缺陷所做的一些补苴罅漏的工作，而其对道德事实和政治事实的忽视，也免不了受到来自阵营内部（如日尔蒙斯基、托马舍夫斯基）的批评和修正。②

总之，"形式方法"的理论或者说俄国形式主义的意义不仅仅在于其自身，更在于开辟了20世纪诗学研究的新航向。按照"莫斯科—布拉格—巴黎"③的传播路线，俄国形式主义思潮最终成为"20世纪欧洲最强大、最多样化的思潮之一"（福

---

① ［英］特伦斯·霍克斯：《结构主义与符号学》，瞿铁鹏译，刘峰校，上海译文出版社1987年版，第87页。
② 参见［俄］维克托·日尔蒙斯基《论"形式化方法"问题》，见［俄］维克托·什克洛夫斯基等《俄国形式主义文论选》，方珊等译，生活·读书·新知三联书店1989年版，第350~355页；［俄］鲍里斯·托马舍夫斯基：《诗学的定义》，见［俄］维克托·什克洛夫斯基等《俄国形式主义文论选》，方珊等译，生活·读书·新知三联书店1989年版，第76~82页。
③ 参见［比利时］J. M. 布洛克曼《结构主义：莫斯科—布拉格—巴黎》，李幼蒸译，商务印书馆1980年版。

柯语），尽管其不仅有正面意涵，也有需要批评的负面意涵，但"形式方法"的理论至今仍影响着世界文论的建设与发展，于此，艾亨鲍姆功不可没。

—— 延伸阅读文献

1. Victor Erlich, *Russian Formalism: History-Doctrine* (3rd edition), New Haven and London: Yale University Press, 1981.
2. ［苏］鲍·艾亨鲍姆：《论散文理论》，见［法］茨维坦·托多罗夫编选《俄苏形式主义文论选》，蔡鸿滨译，北京：中国社会科学出版社1989年版。
3. ［苏］鲍里斯·埃亨巴乌姆：《论悲剧和悲剧性》，见［俄］维克托·什克洛夫斯基等《俄国形式主义文论选》，方珊等译，北京：生活·读书·新知三联书店1989年版。

（江飞 撰）

—— 原文：《"形式方法"的理论》（节选）

经典原文

"形式方法"的理论（节选）

艾亨鲍姆 著　蔡鸿滨 译

> 我认为最要不得的就是把科学描绘成现成的东西。
> ——奥·皮·德康多[①]

所谓"形式方法"，并不是形成某种特殊"方法论的"系统的结果，而是为建立独立和具体的科学而努力的结果。一般说来，过去"方法"这个概念的范围太广了，因此，现在它的含义很广。对"形式主义者"[②]来说，在文学研究中，主要的不是方法问题，而是作为研究对象的文学问题。

这里我们不谈任何方法论问题，也不进行这方面的讨论。我们只讲几个理论原则，并且也只能讲几个理论原则，这是经过研究具体材料及其特点使我们联想起的原则，而不是由某种完全现成的方法论或美学系统提出的原则。形式主义者关于理论和文学史的研究工作，已经非常明确地表达了这些原则的内容。但是，近十年来，又对这些原则提出一些新的问题，并且旧的误解也未得到澄清，因此，试图作些概括归纳可能不无益处，当然这不是作为教条体系，而是作为历史总结的概括。重要的是要说明形式主义者的研究是怎样开始的，现在进展的情况如何，并在哪些方面有了进展。

发展的因素对形式方法的历史是非常重要的。我们的对手和许多信奉者都没有考虑到这一点。我们周围有些折中主义者和模仿者，他们把形式方法变成一种静止不动的"形式主义"体系，以便用来设计词语、图样和分类。批判这种体系并不困难，但是它根本不是形式方法的特点。我们过去没有，现在也还没有任何完全现成的理论或体系。在我们的科学研究中，我们只把理论看作一种工作假设，借助这种假设来指明和理解某些现象，例如我们发现了体系的特

---

① 奥·皮·德康多（1778—1841），瑞士植物学家。——译注
② 在这篇文章中，"形式主义者"是指组成"诗歌语言研究会"，并自1916年以来出版自己的文集的一批理论家。

点，并借助这些特点使现象变为研究的内容。因此，我们不关心那些模仿者所热衷的定义，也不建立那些折中主义者感兴趣的普遍理论。我们在制定一些具体原则，因为这些原则可以应用于某种内容，并且我们坚持这些原则。如果内容要求我们的原则更加深化或有所修改，我们就会马上着手去做。从这种意义来说，我们在对待自己的原则上是相当自由的：并且我们认为一切科学都应如此，因为理论和信念是有区别的。没有什么完全现成的科学，科学是在克服错误的过程中存在的，而不是在建立真理时存在的。

这篇文章的目的不是为了展开论战。最初时期的科学讨论和在报刊上的笔战已经结束。只有新的科学研究成果才能回答这类论战，《报刊与革命》（1924年第5期）认为我无愧于这场论战。我的主要任务就是要指出，形式方法如何通过自身发展和扩大研究领域，而完全超越人们一般称为"方法论"的界限，它如何变成一种独立的科学，把被看作各种现象中特殊系列的文学作为目标。在这种科学的范围内，各种不同的方法只要始终把注意力集中在研究内容的内在特点上，都可以发挥作用。实际上，这是形式主义者从一开始就表示的愿望，他们反对旧传统的斗争意义也就在于此。与这个运动紧密联系的"形式方法"，应当被理解为一种习惯的叫法，是一个历史性的词，而不应像有根据的定义那样作为依据。表明我们的特点的并不是作为美学理论的"形式主义"，也不是代表一种确立的科学体系的"方法论"，而是希望根据文学材料的内在性质建立一种独立的文学科学。我们唯一的目标就是从理论和历史上认识属于文学艺术本身的各种现象。

一

常常有人从不同角度指责形式方法的代表人物，说他们的理论特点模糊，原则肤浅，对美学、心理学、社会学的普遍问题漠不关心，等等。这些指责尽管性质有别，但在形式主义者与美学和一切已臻完善或自以为完善的理论之间应有的距离方面，还是作了恰当的解释，从这种意义来说，这些指责也是有根据的。特别是这种摆脱美学的现象，或多或少是当代一切艺术研究的特点。这些研究抛开诸如美的问题、艺术感的问题等许多问题，集中探讨艺术作品分析所提出的具体问题。对艺术形式及其发展的理解问题又重新提出疑问，而不顾一般美学所确立的前提。随之而来的还有许多属于艺术史和艺术理论的问题。在这方面出现一些有启发性的口号，类似韦尔夫林[①]的无名艺术史，后来，又出现一些具体分析风格与手法的开创性试图，例如 K. 福尔的《绘画比较研究漫笔》。在德国，形象艺术理论和形象艺术史是最富有经验和传统的学科，并在艺术研究中占有主要地位，后来还影响到一般艺术理论及一些专门学科，特别是文学研究。[②]

俄国由于乡土的历史原因，文学科学居于类似的地位。

形式方法引起人们对它的注意，并且成为一个现实的问题。当然，这并不是因为它具有方法论的特点，而是由于它对解释和研究艺术所持的态度。在形式主义者的研究中，有些原则十分明显，这些原则与乍看起来似乎十分稳定的文学科学和一般美学的传统及原则是背道而驰的。由于这些原则明确具体，使文学科学的特殊性问题和美学的一般性问题之间的距离大大缩小。形式主义者提出的概念和原则是他们研究工作的基础，针对的是艺术的一般的理论，同时保持其具体特点。由于诗学这时已完全失去作用，因此，它的复兴是以蔓延到艺术研究整个领域的形式出现的，而这一领域不仅仅局限于重新考虑某些具体问题。这种状况是由一连串历史事件造成的，其中最重要的就是哲学美学危机、艺术领域中的突变，在俄国，这种突变选择的最适宜的土壤便是诗歌。美学的外衣被剥得精光，而艺术也甘愿采取朴实无华的形式，不再遵守最起码的常规。于是，形式方法和未来主义便历史地相互联系在一起了。

但是，形式主义的历史价值是另外一个课题；这里我只打算叙述一下形式方法的原则和问题的演变及其目前的状况。

在形式主义者出现时，学院式的科学对理论问题一无所知，仍然在有气无力地运用美学、心理学和历史学的古老原则，对研究对象感觉迟钝，甚至这种对象是否存在也成了虚幻。我们无须和这类科学较量，也不必多此一举。我们

[①] 恩·韦尔夫林（1864—1945），瑞士历史学家。——译注
[②] 鲁·翁格尔指出，韦尔夫林的研究对德国目前文学史研究中美学潮流代表人物奥·瓦尔策尔和弗·斯梯克的决定性影响；参见他的文章《德国文学科学的现代流派》(《文学》1923 年 11 月第 2 期)。另见奥·瓦尔策尔《作家的艺术作品的内容与形式》(柏林，1923)。

遇到的是通行无阻的大道，而不是要塞堡垒。波捷勃尼亚①和维谢洛夫斯基②的门徒在理论上继承了他们的衣钵，把这些理论遗产当作固定资本，不敢稍有触动，使之成为失去价值的宝物。权威和影响已不再归于学院式的科学所有，如果我们可以用一个词表达的话，它们已属于报刊科学，属于象征主义的批评家和理论家的研究。实际上，在1907年到1912年，维·伊凡诺夫、勃留索夫、安·别雷、梅列日科夫斯基、楚科夫斯基等人所发表的著作和文章，其影响远远超过学术性研究和大学里的论文。这种报刊科学尽管带有主观性和倾向性，但都以当时流行的新艺术潮流所支持的某种理论原则和方法为基础。因此，像安德烈·别雷的《象征主义》（1910）之类的书，当然要比一些文学史专著对青年一代更有意义，而那些专著既没有独特的构思，也没有任何科学特点。

因此，在出现两代人之间极其紧张而重大的历史性会合时，年轻的一代不是站在学院式科学一边，而是站在由象征派理论和印象派批评方法汇合成的报刊科学潮流一边。我们和象征派之间发生了冲突，目的是要从他们手中夺回诗学，使诗学摆脱他们的美学和哲学主观主义理论，使诗学重新回到科学地研究事实的道路上来。未来派（赫列勃尼科夫、克鲁切内赫、马雅可夫斯基）掀起的反对象征主义诗歌体系的革命，对形式主义者是一种支持，因为这种革命使形式主义者的战斗更具有现实意义。

使诗学这个词摆脱在象征派中愈益占有优势的哲学和宗教倾向，成为团结第一批形式主义者的口号。象征派的理论家的分裂（1910年至1911年），阿克梅派的出现，这两者都为决定性的革命准备了条件。必须排除一切妥协折中。历史要求我们具有真正的革命的夸张、毫不含糊的论点、无情的讽刺、大胆拒绝一切和解的精神。在我们的斗争中，重要的是把象征派理论著作中主观的审美原则，与对待各种现象的科学和客观态度的要求相互比较对照；由此产生标志形式主义者特点的科学实证主义的新夸张，例如不承认哲学的前提，不承认心理学和美学的解释，等等。事态本身也要求我们脱离哲学美学和艺术思想理论。我们必须注重事实，脱离一般的体系和问题，从随意一点开始，接触艺术事实。艺术要求的是就近观察，科学则要变得具体。

---

① 亚·阿·波捷勃尼亚（1835—1891），俄国斯拉夫语、语文学学者。——译注
② 阿·维谢洛夫斯基（1838—1906），俄国文学史家。——译注

二

科学的特殊性和具体化的原则就是形式方法的组成原则。我们曾全力以赴结束先前的状况，按照阿·维谢洛夫斯基的话说，那时文学一直是"无主之物"（res nullius）。在这一点上，要使形式主义的观点与其他方法调和一致，并且让折中主义者接受这一观点，那是不可能的。形式主义者虽然反对其他这些方法，但他们过去和现在都不是否定各种方法，而是否定不负责地把不同的科学和不同的科学问题混淆起来。我们过去和现在提出的基本主张，都认为文学科学的对象应是研究区别于其他一切材料的文学作品的特殊性，而不考虑这样一种情况，即其他材料可以通过它的次要特点，提出在其他科学中利用它作为补充对象的理由和权利。罗·雅各布森（《现代俄国诗歌》，提纲1，布拉格，1921，第11页）给这种看法提出一个最后的公式：

> 文学科学的对象不是文学，而是"文学性"（литературность），也就是说使一部作品成为文学作品的东西。不过，直到现在我们还是可以把文学史家比作一名警察，他要逮捕某个人，可能把凡是在房间里遇到的人，甚至从旁边街上经过的人都抓了起来。文学史家就是这样无所不用，诸如个人生活、心理学、政治、哲学，无一例外。这样便凑成一堆雕虫小技，而不是文学科学，仿佛他们已经忘记，每一种对象都分别属于一门科学，如哲学史、文化史、心理学，等等，而这些科学自然也可以使用文学现象作为不完善的二流材料。

为了实现并巩固这一特殊性的原则，而又不借助于思辨美学，就必须把文学系列和另一种现象系列进行对比，在现有的多种多样的系列中选择一种与文学系列相互重叠但又具有不同功能的系列。把诗歌语言和日常语言相互对照就说明了这种方法论的手段。在诗歌语言研究会最初发表的几本文集中（如雅库宾斯基的文章），这种对照的方法得到了阐述，并且成为形式主义者在诗学基本问题上研究工作的出发点。传统的文学家们习惯于把研究重点放在文化史或社会生活方面，形式主义者则使自己的研究工作面向语言学，因为语言学在研究内容上是一门跨诗学的科学，但是语言学是依据另外的原则探讨诗学的，并且另有其他的目标。另一方面，语言学家也对形式方法感兴趣，因为诗歌语言现象作为语言现象，可以视为属于纯语言学的范畴。在材料的利用和相互区别方面，由此就产生一种类似物理学与化学的关系。不久前由波捷勃尼亚提出并被其门徒全盘接受的问题，又以新的面目出现，并且具有了新的意义。

雅库宾斯基在他的第一篇文章《论诗歌语言的声音》(《诗歌语言理论集》第1册，彼得格勒，1916)里，曾把诗歌语言和一般形式下的日常语言进行对比。他这样说明两者之间的差别：

> 语言现象应根据讲话的人在某一具体情况下所针对的目标加以分类。如果他们为了纯属实际交流的目的利用语言现象，那就属于日常语言的系统（即口头思想的系统），在实际交流中，语言学的各种构词因素（语音、形态因素等）没有独立的价值，而只是一种交流手段。但是，我们可以想象还有其他的语言学系统（实际上也是存在的），在这些系统中，实际的目的退居第二位（虽然没有完全消失），而语言学的构词因素获得独立的价值。

看到这种区别不仅对建立一种诗学是重要的，而且对于理解未来派创造全面揭示词语独立价值的"无意义"[①]语言的倾向也是重要的，从儿语或是教派分子的新语中也部分地看到这类现象。未来派在无意义诗歌方面所作的尝试，从其似乎起了反对象征派理论的示范作用时起，便具有极其重要的意义，象征派理论不敢超越发音伴随着语义的概念，从而降低了声音在诗歌语言中的作用。诗句中的声音问题特别受到人们的重视，与未来派关系密切的形式主义者，正是在这一点上和象征派的理论家发生直接冲突。形式主义者在这方面展开首战是很自然的，因为首先必须重新考虑声音的问题，以便把确切的评论系统与象征主义者的哲学和美学倾向进行对比，然后提出由此产生的科学结论。这样就构成形式主义者的第一本理论集，这个集子完全是探讨诗歌的声音问题和无意

---

① 我们这样翻译 заумный（无意义的，也可译为莫明其妙的）这个词，它指的是假定诗歌中的声音具有某种意义，但又不构成词。——托多罗夫注

义语言问题的。

与雅库宾斯基发表的文章的同时，维·什克洛夫斯基在其《论诗歌和无意义语言》一文中，引用了许多例子说明"有些人使用一些词，但并没有考虑这些词的意义"。无意义的结构表现为一种普遍的语言学现象，一种表明诗歌特点的现象。

> 诗人不敢说一个无意义的词，而通常在外表迷惑人的、虚构的意义之下，却掩盖着言外之意，迫使诗人们承认不懂自己的诗句的意义。

什克洛夫斯基的文章强调了许多方面，其中之一是发音，同时脱开纯属语音的方面，而语音提供一种可能，以解释声音和所描写的对象或是以印象派方法表现的情绪之间的对应关系：

> 对于欣赏一个无意义的词，一个不表示任何意义的词，语言的发音无疑是重要的。可能大部分由诗歌带来的乐趣都包括在发音里，包括在说话器官和谐的运动中。

因此，对待无意义语言的关系问题就具有了真正的科学问题的重要意义，研究这个问题可能会有助于理解许多诗歌语言的现象。什克洛夫斯基提出一个普遍的问题：

> 虽然讲到词的意义时，我们要求它必须用以表明某些概念，而无意义的结构仍然是语言之外的东西。但是，在语言之外的东西并不仅是无意义的结构，我们谈到的一些现象也促使我们考虑以下几个问题：在诗歌语言中，是否所有的词都有意义呢（不仅是在无意义的语言里）？或者是否应当认为这种看法是由于我们不注意而产生的空想呢？

所有这些意见和原则都使我们得出这样的结论，即诗歌语言不单单是一种形象的语言，诗句的声音甚至不是外部和谐的因素，声音甚至也不伴随着意义，而是它本身便有独立的意义。重新考虑波捷勃尼亚根据诗歌是形象思维的论断所提出的总的理论，就是这样开展起来的。这种被象征主义理论家接受的诗歌概念，迫使我们把诗句的声音作为处于声音后面的其他东西的表现形式来对待，并且把声音解释为拟声，或是解释为叠韵。安·别雷的研究特别表现出这种倾向。他在普希金的两首诗里，找到把香槟酒从瓶子里倒在酒杯里的意象这样一幅完美的"声音的绘画"，而从勃洛克诗中的 л、д、т 音群的重复中看到"醒酒的悲剧"①。

这种处于模仿边缘的解释叠韵的企图，自然要引起我们的坚决反对，促使我们根据具体分析指明诗句中的声音与形象毫无关系，并且声音具有独立的语言功能。

列·雅库宾斯基的文章成为肯定声音在诗句中的独立价值的语言学基础。奥·勃里克的文章《声音的重复》(《诗歌语言理论集》，第 2 册，彼得格勒，1917) 引用了原文 (普希金和莱蒙托夫的作品片段)，并按照不同的类别加以排列。勃里克对当时流行的一种观点即诗歌语言是形象语言的正确性表示怀疑，最后他得出如下结论：

> 不论怎样看待形象和声音之间的关系，声音和音的组合都不是谐音的纯粹外加部分，而是独立的诗歌构思的结果。诗歌语言的声音不会随着谐音的外来手法而衰竭，它是谐音的各种一般规律相互作用的复杂产物。韵脚、叠韵等不过是表面的表现形式，是谐音基本规律的一种特殊情况。

勃里克的文章与安·别雷的研究截然不同，没有对某种叠韵作任何解释。他只是设想声音重复的现象与民间创作中同语反复的手法是相类似的，也就是说，在这种情况下，重复本身就有一种审美作用：

> 显然，这里指的是诗歌的共同原则的不同表现，也就是一般的组合原则，在这种组合里，或是词的声音，或是词的意义，或是二者兼而有之，它们作为组合的材料，都可以发挥作用。

把一种方法扩展到各个不同的方面，正表明形式主义者的初期研究工作的

---

① 参见收在安·别雷的《斯基泰人》(1917)、《树枝》(1917) 两个集子里的文章，和我在 1920 年发表的《论诗句中的声音》，该文收入论文集《文学透视》(1924)。

特点。在勃里克的文章发表后，诗句中声音的问题便失去其特殊的现实意义，而进入诗学问题的总的体系。

三

形式主义的研究工作是从研究诗句中的声音问题开始的，在当时，这是个最棘手、最重要的问题。当然，在诗学的这个特殊问题的后面，正在形成一些更为普遍的论点，并在后来公之于世。从一开始，诗歌语言体系和散文语言体系之间的区别便决定了形式主义者的研究工作，后来又影响到许多根本问题的讨论。诗歌作为形象思维的概念，以及由此产生的"诗歌＝形象"的公式，显然不符合存在的种种现象，并且和初步形成的普遍原则也是矛盾的。从这个角度来看，节奏、声音、句法都只是次要的东西，并不是诗歌的特点，因而不属于诗歌的体系。象征主义者曾经接受波捷勃尼亚的总的理论，因为这种理论论证了形象—象征的主导作用；但是象征主义者没有能超越形式与内容和谐的突出理论，虽然这种理论与他们试图进行实验的愿望是截然相反的，这样便贬低了他们的实验，使之带有游戏的性质。形式主义者抛开波捷勃尼亚的论点，从传统的形式—内容类比中解脱出来，从形式作为外壳、作为可以倾倒液体（内容）的容器的概念中解脱出来。种种艺术现象表明，艺术的 differentia specifica（特殊差异）不是在构成作品的要素中表现出来的，而是人们具体利用这些要素时表现出来的。因此，形式的概念便有了另一种意义，它并不要求有其他任何补充的概念，也不要求有任何类比。

1914年，在未来主义者公开活动的时期，在诗歌语言研究会成立之前，维·什克洛夫斯基曾发表一个小册子，题为《词的复活》，该书部分参考了波捷勃尼亚和维谢洛夫斯基的论点（形象问题当时还没有这样重要的意义），他提出对形式的感觉的原则是审美感觉的特征。

常见的东西我们感觉不到，看不到，但我们能意识得到。我们看不见自己房间的墙壁，我们很难看见校样的错排，特别是当这种校样里是非常熟悉的语言的时候，因为我们不能迫使自己去看，去阅读，去意识不到常用的词。如果我们要给诗歌感觉甚至是艺术感觉下一个定义，那么这个定义就必然是这样的：艺术感觉是我们在其中感觉到形式（可能不仅是形式，但至少是形式）的一种感觉。

很清楚，他所说的感觉并不是一个心理学的概念（某某人特有的感觉），而是一种艺术的要素，艺术要素在感觉之外是不存在的。形式的概念又得到一个新的意义，它不再是一种外壳，而是有活力的、具体的整体，它本身便具有内容，无须任何类比。形式主义者的理论和象征主义的原则的差别就在于此，象征主义的原则认为，"通过形式"应显露出"内容"的东西。赞美某些故意脱离"内容"的形式要素的唯美主义，同样也得到克服。

但是，这一切对具体的研究工作来说还是不够的。我们在诗歌语言和日常语言之间划出区别，并且发现艺术特点就是具体利用材料，与此同时，还必须使对形式的感觉的原则变得具体，以便能够分析这种被理解为内容的形式本身。必须指出，对形式的感觉是作为某些艺术手法的结果出现的，这些艺术手法的目的就是使我们感觉到形式。维·什克洛夫斯基的文章《艺术作为手法》（《诗歌语言理论集》第2册，1917），可以说是形式方法的宣言，它为具体分析形式开辟了道路。① 这篇文章里，我们清楚地看到形式主义者和波捷勃尼亚之间的差别，由此也可看到形式主义者的原则与象征主义的原则之间的距离。这篇文章的开头便对波捷勃尼亚关于形象，以及形象与其所解释的内容之间的关系的根本原则提出异议。什克洛夫斯基着重指出，形象几乎是没有变化的：

> 你对某个时代越了解，就越确信你原来认为某个诗人创造的形象，不过是他原封不动地从其他诗人那里借用的。因此，各诗歌流派的全部活动不过是积累和发现新的手法，以便安排和设计语言材料，而且安排形象远远超过创造形象。形象都是现成的，而且在诗歌里人们回忆起的形象比用来进行思维的形象要多得多。无论如何，形象思维不是联系所有艺术学科甚至文学艺术各个学科的纽带，形象的变化并不是诗歌发展的本质。

---

① 见《诗歌语言理论集》第2册，1917年，第57~77页。

在下文，什克洛夫斯基还指出诗歌形象与散文形象之间的区别。诗歌形象是作为诗歌语言的一种手段，是一种手法，这种手法在功能上和诗歌语言的其他手法是同等物，诸如简单类似和消极类似、比较、重复、对称、夸张，等等。形象的概念进入诗歌手法的总的系统，而失去它在理论上的主导作用。同时，他抛弃艺术经济的原则，这种原则在艺术理论中历来是根深蒂固的。相反，他提出了奇特化的手法和增加感觉困难程度与感觉时间的困难形式的手法，因为艺术上的感觉过程本身就是目的，因此应当加以延长。艺术应被理解为一种破坏感觉自动性的手段，形象并不寻求使我们便于理解它的意义，而是要创造一种对事物的特殊的感觉，创造它的视觉，而不是它的识别。形象与奇特化的通常联系就是由此产生的。

反对波捷勃尼亚的观点最后是由什克洛夫斯基在他的文章《波捷勃尼亚》（《诗学，诗歌语言理论集》，彼得格勒，1919）中提出的。他再一次提出，形象和象征不是诗歌语言和散文语言（日常语言）的区别所在：

> 诗歌语言区别于散文语言是由其结构的感觉特点决定的。人们可以感觉声音的方面，或是发音的方面，或是语义的方面。有时，可以感觉的不是词的结构，而是词的组合，词的安排。诗歌形象是一种手段，用来创造人们能够感觉到其实体本身的感觉结构，但仅此而已。……建立科学的诗学要求我们从一开始便承认存在着诗歌语言和散文语言，两者的规律各不相同，这种看法是经过许多事实证明了的。我们应从分析这些区别开始。

从这几篇文章中，人们大概可以看到形式主义者初期阶段研究工作的总结。这个时期的主要收获就是建立了若干理论原则，这些原则后来都作为研究具体现象的工作假设；同时由于有了这些原则，形式主义者得以克服以波捷勃尼亚的观点为基础的通常的理论障碍。根据引证的这几篇文章，人们可以看到，形式主义者的主要力量不是用在研究所谓的形式上，也不是建立一种特殊的方法，而是要力求奠定一种论点，而人们应当根据这种论点研究文学艺术的特征。为此就必须从诗歌语言和日常语言之间的功能差别开始。至于"形式"这个词，形式主义者必须改变这个含混不清的词的意义，使之不再被通常和"内容"这个词联系在一起所束缚，而"内容"的概念更为混乱，更不科学。必须打破传统的类比，从而使形式的概念具有新的意义。在以后的演变过程中，手法的概念具有更为重要的意义，因为这个概念是直接由建立了诗歌语言和日常语言之间的区别而产生的。

■ 四

理论研究的预备阶段已经过去。理论的一般原则已初步拟定，有了这些原则就可以在众多的现象中确定方向。此后须要对这方面进行仔细的研究，并使各种问题更为具体。在早期研究中只是初步接触到的理论诗学问题，这时已成为我们关注的中心。对诗歌语言和日常语言之间的区别这一总的思想来说，诗句的声音问题只具有说明阐释的意义，必须由此过渡到诗句的一般理论，从一般的手法问题过渡到研究布局的手法、情节问题，等等。除了波捷勃尼亚遗留下来的理论所提出的种种问题，还有对阿·维谢洛夫斯基的观点和他关于情节的理论的关系问题。

在这个时期，对于形式主义者来说，各种文学作品不过是检验和证实理论论点的材料，这是很自然的。有关传统、演变等问题还无法顾及。我们必须占有尽可能广泛的材料，建立起规律，对各种现象进行初步的研究。因此，对于形式主义者来说，不必再借助于抽象的前提，另一方面，他们能够承受这样的材料，而不会陷入种种细枝末节。

在这个时期，维·什克洛夫斯基关于情节和小说理论的研究具有特别重要的意义。什克洛夫斯基根据各种不同的例子，如故事，东方短篇小说，塞万提斯的《堂吉诃德》，托尔斯泰的作品，斯泰恩的《商第传》，论证布局特有手法的存在，以及这些手法与一般风格手法的联系。我不想进入细节，这些将在具体著作里谈到，我也不谈某一篇关于形式方法的一般性文章，我只强调一下具有重要理论意义的几点，这几个问题都超出了情节问题的范围，并且在形式方法后来的演变中留下了痕迹。

这些文章中的第一篇《布局手法和一般风格手法的联系》(《诗学》，1919)就包括一系列这样的问题。首先，在证明有许多例子说明情节布局手法的存在时，情节的传统形象也发生了变化，情节不再是一系列动机的组合，而且被从主题要素一类转移到加工要素一类里。这样，情节的概念就具有了新的意义，不过它并没有和本事的概念相重叠，情节布局的准则也就必然地进入了作为文学作品内在性质的形式研究范畴。形式的概念增添了新的特点，逐渐摆脱了抽象性，甚至因此失去论战的重要性。显然，对我们来说，形式的概念逐步与文学的概念，与文学现象的概念混合在一起了。后来，在情节布局手法和风格手法之间形成的类似也具有了理论的重要意义。标志着史诗特点的层次结构正好和声音重复、同语重复、同语类似、重复等处于同一系列之中，这一系列也属于建立在分散、迟延基础上的文学艺术的总原则。

因此，我们把罗兰击石三剑（《罗兰之歌》）和在故事情节中常见的其他类似的三次重复与同样的现象相比较，例如果戈理作品中使用同义词，诸如 куди-муди（音译为库其－穆其），плумки-млумки（音译为普鲁斯基－姆鲁斯基）[①]之类的语言结构等。

> 所有这些拖延结构、层次结构的情况通常并不是遇到一起的，因此，我们试图给其中每一种作一个单独的解释。

这里，我们清楚地看到要证明关于各种不同材料手法统一的愿望。这样便和维谢洛夫斯基的理论发生不可避免的矛盾，维谢洛夫斯基在类似的情况下借助于历史的和遗传的假设，他用最初的演唱技巧来解释史诗中的重复（无定形的歌）。即使这种起源是确实的，这样的解释也不能说明文学中的现象。什克洛夫斯基并不排除文学与实际生活的一般联系，而维谢洛夫斯基和人种志学派其他代表人物过去是用实际生活来解释故事的动机和情节特点的，可是现在他不再用它来解释文学现象的特点了。起源只说明了来源，并且仅此而已，而对诗学来说，重要的是理解文学的功能。遗传的观点不考虑手法的存在，而手法就是具体地使用素材，持这种观点的人没有考虑如何选择来自生活的材料、材料的变化，以及它的结构作用；他们也没有考虑到环境虽然消失了，但是它所产生的文学功能仍然存在；它不仅作为遗迹留存下来，而且作为一种文学手法留存下来，仍然保留着它与环境毫无关系的意义。人们可能注意到，当维谢洛

---

① 参见法语的结构，如 Pêle-mêle（乱七八糟地）。——托多罗夫注

夫斯基认为希腊小说中的奇遇是纯风格手法时，他自己就是自相矛盾的。

维谢洛夫斯基的人种志说遇到形式主义者理所当然的抵制，他们认为人种志说是对文学手法特殊性的无知，是用遗传的观点代替理论和演变的观点。维谢洛夫斯基认为诸说混合是一种现象，它只属于早期的诗歌，并产生于当时的生活条件，这些观点后来在 B. 卡赞斯基的研究中受到批判：《历史诗学的思想》（《诗学》，国立艺术史研究所文学系刊物，科学院出版社，1926）。卡赞斯基指出，每一种艺术的性质本身都包括诸说混合的倾向，这在某些时期表现得特别明显，因此，他不接受人种志学的论点。当维谢洛夫斯基接触到文学演变的普遍问题时，形式主义者自然不可能接受他的观点。他们从与波捷勃尼亚的矛盾开始时便得出理论诗学的根本原则；正是由于与维谢洛夫斯基及其门徒的看法的矛盾，才形成形式主义者关于文学演变的各种观点，因而也就是文学史的地位的观点。

什克洛夫斯基的同一篇文章就包含着这种变化的开端。在讨论维谢洛夫斯基从同一人种志原则得出"新形式的出现是为了解释新的内容"的公式时，什克洛夫斯基提出另一种观点：

> 艺术作品是在和其他艺术作品的联系中并借助与这些作品的组合而被感觉的。……不仅是模仿作品，而且一切艺术作品都是和某种原型对照和对立而被创造的。新的形式的出现并不是为了表达一种新的内容，而是为了代替已经失去审美特点的旧形式。

为了建立这种论点，什克洛夫斯基参考了布·克利斯季安森①关于存在着各种不同的感觉或者说感觉到各种差异的意见；从而证明存在一种活力，它标志着一切艺术的特点，并在不断违反既定的准则中表现出来。什克洛夫斯基在文章的结尾引证了费·布吕纳介②的话，在他看来，

> "在一种文学历史里产生的各种影响中，主要的是作品对作品的影响"，

---

① 布罗德尔·克利斯季安森（1869—1958），德国美学家。——译注
② 费·布吕纳介（1849—1906），法国文学批评家。——译注

"不应徒劳地举出许许多多的原因,也不应借口文学是社会的表现而把文学史和风俗史混同起来,这完全是两回事"。

因此,这篇文章勾画出从理论诗学到文学史的过渡。形式的最初形象增添了演变的动态的新特点,不断变化的新特点。向文学史过渡是形式的概念演变的结果,而不是研究课题的简单扩大。文学作品恰好不是作为一种孤立现象被感觉的,它的形式是在和其他作品的联系中而不是从它本身被感觉的。因此,形式主义者最终摆脱了被看作是制作图样和分类的形式主义框框(这是不大了解形式方法的评论家们常常提到的形象),摆脱了对一切教条都津津乐道的某些学院派积极奉行的形式主义框框。这种学院式的形式主义在历史上和在实质上都和诗歌语言研究会的研究没有关系,并且我们对此也不能负责;相反,我们与他们是针锋相对、势不两立的。

……

■ 九

我们在把文学演变设想为形式的辩证延续时,自然不依靠在传统的文学史研究中占有中心地位的材料。我们研究文学史,是因为它有一种特征,并且是在它独立而不直接依赖其他文化系列的范围内进行研究的。换句话说,我们把考虑的因素的数量加以限制,以便不致在泛泛的而又不能解释文学演变本身的众多联系和对应中迷失方向。我们并没有把传记或创作心理学的问题放进我们的研究里,并指出这些向来非常重要而复杂的问题应在其他科学中占有位置。我们认为重要的是要在文学演变中找到历史规律的特点,因此,从这种角度出发,我们把看来与历史无关的偶然性的东西搁在一边。我们关心的是演变的过程本身,文学形式的动态,因为我们可以根据历史事实观察这些过程和动态。我们认为,文学史的主要问题是不受人的影响的演变问题,是研究作为独特的社会现象的文学。在这方面,我们特别重视文学类别的形式及其替代;因此,属于第二流的群众文学也受到重视,因为它也参与了这个过程。群众文学为新的类别的形成准备条件,另外一种文学在新的类别解体过程中出现,并且是研究历史惯性现象的可能的材料，这里重要的是把这两者加以区分。

另一方面，我们对于一般的、作为个别历史事实的往事并不感兴趣，我们不考虑某个时期的单纯的复兴，虽然由于某种原因，这种复兴也使我们感到高兴。历史为我们提供了现实所不能提供的东西：这就是材料的完善。因此，我们是以部分当代文学事实向我们提出的若干理论原则和问题来对待材料的。正因如此，形式主义的特点是与当代文学紧密联系的，是由批评接近科学的（我们与象征派不同，他们使科学接近批判，我们和过去的文学史家也不同，他们大都是脱离现实的）。这样，文学史与理论的区别更多的在于文学研究的具体方法不同，文学研究的观点不同，而不是由于文学史的对象不同。这也说明我们的文学史研究工作的性质，它始终力求得出理论的和历史的结论，讨论新的理论问题并重新考虑旧有的理论。

在1922年至1924年期间，发表了许多这类研究著作，由于文学市场的现状，另外还有一些一直没有发表，只是通过讲座公之于世。我举出一些主要的著作：尤·迪尼亚诺夫的《涅克拉索夫的诗歌形式》《陀思妥耶夫斯基和果戈理》《丘特切夫问题》《丘特切夫和海涅》《仿古者和普希金》《普希金和丘特切夫》《史诗作为夸张体裁》；鲍·托马舍夫斯基的《加夫利里亚德》（关于布局和文学类别的章节）、《法国诗歌读者普希金》、《普希金》（文学研究中的现实问题）、《普希金和波瓦洛》、《普希金和拉封丹》；我的著作和文章：《托尔斯泰的青年时代》《莱蒙托夫》《普希金的诗学问题》《普希金的散文道路》《涅克拉索夫》。此外，还有些文学史方面的著作，这些著作虽然和诗歌语言研究会没有直接关系，但是也遵循研究文学这一特殊系列的演变的同一方针，例如维·维诺格拉多夫的《果戈理的短篇小说〈鼻子〉的情节和结构》《陀思妥耶夫斯基的小说〈穷人〉的情节和建筑术，与自然派诗学的关系》《果戈理与朱尔·雅南》《果戈理与自然派》《果戈理风格研究》；维·日尔蒙斯基的《拜伦和普希金》，谢·巴卢哈特的《契诃夫的戏剧艺术》；A.采特林的《陀思妥耶夫斯基关于穷公务员的短篇小说》；K.申克维奇的《涅克拉索夫和普希金》。另外，参加我们组织的科学讨论会（在大学和艺术史研究所）的人，也在《俄国散文》集（科学院出版社，1926）中发表了许多研究论文，有关于达里、马尔林斯基、森科夫斯基、维亚泽姆斯基、韦特曼、卡拉姆津的研究，关于游记体裁的研究等。

这里不宜详细讲述这些研究论文的内容。我只说一说所有这些著作都关注第二流的或模仿作品的作家，关切传统、类别和风格变化的细致研究等。在这方面，许多被遗忘的名字和事实又重新出现，人们抛弃通常的评价，改变传统的形象，特别是逐步揭示出演变的过程。这方面的研究还处于起始阶段。还有许多新的任务等待我们去完成，例如，以后在文学理论与文学史概念方面的区别、研究新的著作、发现新的问题，等等。

最后，我再总结一下。我试图说明的形式方法的演变采取了理论原则陆续展开的形式，而没有考虑我们当中个人的作用。事实上，诗歌语言研究会就是集体研究工作的范例。原因是明显的，因为从一开始我们就把自己的研究理解为一项历史性的工作，而不是我们当中每个人个人的工作。我们和时代的主要接触也就在于此。科学在发展，我们也随之发展。我想简单地说一说最近十年来形式方法演变的主要时刻：

（1）我们从对诗歌语言和日常语言进行粗略的初步对比开始，最后根据日常语言的功能区分出日常语言的概念（列·雅库宾斯基），划定诗歌语言和激情语言方法的内容（罗·雅各布森）。我们联系这种演变，关心演说话语的研究，因为我们觉得这种话语最接近于日常言语的文学，然而它又具有不同的功能；我们也开始谈到修辞学的必要性，认为它会和诗学一起得到新生（什克洛夫斯基、艾亨鲍姆、迪尼亚诺夫、雅库宾斯基、卡赞斯基和托马舍夫斯基关于列宁的语言的文章，载于《列夫》1924年第1期［Ⅴ］）。

（2）我们从形式的新含义的一般概念出发，最后得出手法的概念，并由此得出功能的概念。

（3）我们从与格律相对的诗歌节奏出发，从作为诗句统一中的结构因素的节奏概念出发，最后得出诗句是一种具有语言学性质（句法的、词汇的和语义的性质）的话语特殊形式的想法。

（4）我们从作为结构的情节概念出发，最后得出作为理由的材料的概念，从而把材料看成一种要素，它参与结构，又依赖于结构的主因素。

（5）我们从弄清对待各种不同材料的手法特点出发，从根据手法的功能明确手法的区别出发，最后达到形式演变的问题，即文学史研究的各种问题。

因此，我们面临着一系列的新问题。

尤·迪尼亚诺夫最近的一篇文章《文学事实》（《列夫》1925年第2期

[V1]）清楚地说明了这一点。文章提出实际生活与文学之间的关系问题，常常在解决这个问题时表现出对艺术爱好毫不在意的情况。文章作者根据一些实例，说明实际生活中的某些事实进入了文学范畴，反之，文学也可以变成实际生活的要素：

> 在一种文学类别解体时，它从原来的中心类别变为外围的类别，而由一种来自第二流的文学新现象或是实际生活中的新现象取代它。

我给这篇文章加个《形式方法的理论》的题目，这并非徒劳的，当然文章只勾画了演变的梗概。我们现在还没有一套永恒不变的现成体系。在我们的著作里，理论和历史结合为一体，但愿我们能完完整整地坚持这种意见。我们受历史的许多哺育熏陶，因此我们认为不能避免这种结合。等到我们被迫承认我们有一种能解释一切，能对过去和未来的一切情况作出答复的理论，从而这种理论再无须演变并且也不能演变时，我们将同时被迫承认形式理论已经结束它的生命，它已失去科学研究的精神。但是，目前我们还没有达到这一步。

1925 年

（选自［法］茨维坦·托多罗夫编选《俄苏形式主义文论选》，
蔡鸿滨译，中国社会科学出版社 1989 年版）

什克洛夫斯基与《作为手法的艺术》

经典导读

维克托·鲍里索维奇·什克洛夫斯基（Viktor Shklovskij，1893—1984），是俄国形式主义学派的核心人物、代表理论家。1913年，在未来派举行的一次讨论会上，当时还是彼得堡大学语文系一年级大学生的什克洛夫斯基作了题为《未来派在语言史上的地位》的报告，引起轰动，后将报告整理成小册子出版，改名为《词语的复活》（1914）——这成为俄国形式主义运动的开端。此后，他作为"奥波亚兹"的创始人和实际组织者，积极参加文学论战，大力宣传自己的形式主义理论主张，受到当时官方理论家托洛茨基、布哈林的批判。其代表作有《作为手法的艺术》《马步》《罗扎诺夫》《散文理论》《汉堡账单》《伤感的旅行》《动物园》《马可波罗》《往事》《爱森斯坦》等。

作为俄国形式主义学派的标志性人物之一，什克洛夫斯基深受未来主义者（如马雅可夫斯基、赫列勃尼科夫）的影响，表现出比艾亨鲍姆和雅各布森更为坚决、更为激进的一面，具有鲜明热烈的反传统色彩。尽管他后期试图"走出形式主义的牢笼"[1]，但纵观其漫长、曲折而多产的一生，形式主义始终是其诗学思想的主导，

---

[1] 参见丁国旗《走出形式主义的牢笼——什克洛夫斯基后期文艺思想探讨》，《黄河科技大学学报》2000年第4期。

他为俄国形式主义诗学的建立和发展作出了独特而突出的贡献，这主要表现在《作为艺术的手法》这篇文章中，其论点可大致归纳为以下三点。

第一，强调文学艺术的独立自主性，主张文学理论要研究文学的"内部规律"。"艺术永远是独立于生活的，它的颜色从不反映飘扬在城堡上空的旗帜的颜色。"这是什克洛夫斯基最著名的一句话，被认为是形式主义学派咄咄逼人的战斗口号而备受批判。在这里，什克洛夫斯基明确表明了文学艺术完全是一个独立、自主、自足的客体，既独立于创造者和接受者之外，也独立于政治、道德和宗教等各种意识形态之外，甚至独立于社会生活之外。这种"文艺自律论"或"形式本体论"即他所说的"走马论"，不仅仅是对雄霸欧洲两千余年的模仿论及以此为基础的"社会功用论"的质疑，也是对当时俄国盛行的"形象思维论"的批判。在《作为手法的艺术》中，什克洛夫斯基针对波捷勃尼亚"艺术就是用形象来思维"的认识进行了严厉批判。在什克洛夫斯基看来，"形象思维至少不是一切门类的艺术，或者甚至也不是一切种类语言艺术的共同点。形象的变化也不是诗的运动的实质所在"。艺术不是作为"形象"的艺术，而是"作为手法的艺术"。正是从文学艺术的独立自主性出发，什克洛夫斯基宣称文学理论要研究的对象不是文学的"外部规律"（模仿者和模仿对象），而是文学的"内部规律"，如其所言："在文学理论中我从事的是其内部规律的研究。如以工厂生产来类比的话，则我关心的不是世界棉布市场的形势，不是各托拉斯的政策，而是棉纱的标号及其纺织方法。"① 所谓"内部规律"也就是指"手法"的安排和设计规律。

第二，确立"手法"在文学史科学中的核心地位，提出形式主义诗学的一个崭新的美学观念——"陌生化"，将"文学性"进一步具体化。在什克洛夫斯基看来，"任何一部艺术作品都是作为某一样品的类比和对立而创作的。新形式的出现并非为了表达新的内容，而是为了代替已经失去艺术性的旧形式"②，这意味着"形式"是艺术品的艺术性之所在，艺术史（文学史）的演变不依赖于其他历史生活现象，而只在艺术本身发生，归根结底就是"手法"形式的演变，即新手法取代旧手法而占据统治地位，随后，新手法因反复使用而褪变为旧手法，于是又被更新的手法所取代。"手法"也因此在形式主义早期阶段一直占据着重要地位，被认为是文学史科学的唯

---

① [苏] 维·什克洛夫斯基：《散文理论》上册，刘宗次译，百花洲文艺出版社2010年版，第3页。
② [苏] 维·什克洛夫斯基：《散文理论》上册，刘宗次译，百花洲文艺出版社2010年版，第31页。

一关注对象。

同时，什克洛夫斯基认为，对艺术而言，使用手法就是为了使平常的、已丧失艺术性的旧形式变成反常的、奇特的、能给读者带来全新审美体验的新形式，这便是手法的"陌生化"（Defamiliarization，又译"奇异化""奇特化""反常化"等）。"陌生化"理论的源起"与整个西方的诗学传统遥相呼应，尤其是亚里士多德的诗学、康德美学思想、黑格尔美学、浪漫主义诗学等存在密切的联系，它的受孕可以追溯到西方文化艺术哲学的源流之中"①；而什克洛夫斯基的"陌生化"理论则成为西方"陌生化"诗学发展史上的重要里程碑。早在《词语的复活》中，他就通过对诗歌语言的分析，强调"内在形式"与"外在形式"的区别，强调"艺术感觉是我们在其中感觉到形式的一种感觉"，因为常见的、非常熟悉的东西我们看不到、感觉不到，所以，只有不断地革新艺术形式，才能使我们感觉到艺术（艺术性）。沿此思路，在《作为手法的艺术》中，他主要从文本创作和读者接受的角度阐发了"陌生化"的理论内涵。在"为了使石头成其为石头"这段历来被反复征引的话语中，我们可看出这样两层意思：其一，以艺术（尤其是文学）为本体来看，重要的是怎样对事物（材料等形式）进行加工、制作，使之陌生、奇异、可感，而非制成的艺术品（内容），陌生化手法就是艺术的手法，反之亦然；其二，以读者为本体来看，艺术的目的或价值在于，通过陌生化手法，使读者在有难度、有长度的感受过程中，充分享受到艺术形式的新奇制作带来的奇特的审美体验，摆脱机械的、自动化的认知而体验到生活的新鲜，感觉到事物的质地。

若联系俄国形式主义运动的整体过程来看，先出现的"陌生化"事实上成为对后出现的"文学性"（1919）概念的补充和完善，后者成为前者的解释目标，正如张隆溪所言："什克洛夫斯基的'陌生化'概念把'文学性'更加具体化，既说明单部作品的特点，也说明文学演变的规律。在强调文学增强生活的感受性这一点上，'陌生化'正确描述了作品的艺术效果，……在说明文学发展、文体演变都是推陈出新这一点上，'陌生化'正确描述了文学形式的变迁史。"②正是"陌生化"手法使一部作品成为文学作品，使文学史真正成为文学的历史，"陌生化"成为比"文学性"这一概念更具体、更普遍的代名词。

---

① 苍耳：《陌生化理论新探》，中国戏剧出版社2011年版，第5页。
② 张隆溪：《二十世纪西方文论述评》，生活·读书·新知三联书店1986年版，第88页。

第三，积极探索小说理论，"为具体分析形式开辟了道路"①。与形式主义者最初关注诗歌不同，什克洛夫斯基在论述过程中着重对托尔斯泰的小说作了精彩辨析，这成为"陌生化"手法运用于小说文本分析的经典案例，为具体形式分析提供了范本，此后，艾亨鲍姆对悲剧（如《哈姆雷特》）的剖析②，日尔蒙斯基对普希金诗作《为回到遥远祖国的岸》的细致解析③，相继成为"陌生化"理论运用于戏剧、诗歌形式分析的典范之作。在什克洛夫斯基看来，托尔斯泰不愧为使用陌生化手法的艺术大师，比如，他把事物当作第一次看见的事物来描写，叙述一件事则好像它是第一次发生；在《霍尔斯托密尔》中，他从一匹马的角度来观察和叙述人类的私有制，使人类的生活变得陌生，从而让读者感到陌生乃至"震惊"。同时，什克洛夫斯基也认为，陌生化手法并非托尔斯泰所独有，而是艺术的普遍原则。

此外，什克洛夫斯基还将陌生化与形式主义情节观联系起来，对小说的"故事"和"情节"作了细致区分和独到阐释，这一叙事理论"在俄国形式主义中占有突出地位"。在他看来，故事只是等待作家进行组织的原始材料，情节才是严格意义上的文学的。在《斯特恩的〈项狄传〉：风格评论》（1921）一文中，什克洛夫斯基更表明：情节不仅仅是安排故事事件，而且是打断和推迟预期事件的形式安排的陌生化手法，这种手法使读者注意到情节建构本身就是文学的目的，这种形式观就是后来詹姆逊在《语言的牢笼——结构主义及俄国形式主义述评》中所命名的"自我指涉性"。尽管詹姆逊认为不是所有艺术都会像什克洛夫斯基推崇的《项狄传》那样"亮出"自己的"手法"，但也认为什克洛夫斯基对"自我指涉性"的强调提出了一个普遍命题，直接影响了后来结构主义的自我指涉性思想及叙事学（如列维-斯特劳斯、托多罗夫）的发展。④

总之，什克洛夫斯基不会想到自己一时的拼写错误（少写了一个"H"）竟创造了形式主义诗学史上的一个具有非凡生命力的术语，不仅启示了巴赫金的"复调"、

---

① ［俄］鲍·艾亨鲍姆：《"形式方法"的理论》，见［法］茨维坦·托多罗夫编选《俄苏形式主义文论选》，蔡鸿滨译，中国社会科学出版社1989年版，第30页。
② 参见［俄］鲍·艾亨鲍姆《论悲剧和悲剧性》，见［俄］维克托·什克洛夫斯基等《俄国形式主义文论选》，方珊等译，生活·读书·新知三联书店1989年版，第32~40页。
③ 参见［俄］维克托·日尔蒙斯基《抒情诗的结构》，见［俄］维克托·什克洛夫斯基等《俄国形式主义文论选》，方珊等译，生活·读书·新知三联书店1989年版，第282~284页。
④ 参见［美］弗里德里克·詹姆逊《语言的牢笼——结构主义及俄国形式主义述评》，钱佼汝译，百花洲文艺出版社1997年版，第63~66页。

布莱希特的"间离效果"及罗兰·巴特的"写作的零度"等理论的诞生,还对德国接受美学思想的形成也产生了直接影响,就连钱锺书也在《谈艺录》中借此来谈"观事体物,当以故为新,即熟见生"[①]的中国诗学问题。尽管《作为手法的艺术》只是什克洛夫斯基在24岁时所写的"激进"之作,尽管他在晚期著作《散文理论》中对此有所检讨,但不能否认这篇"形式方法的宣言"(艾亨鲍姆语)作为"20世纪文学理论开端"[②]的重要价值和历史意义。正如什克洛夫斯基所言:"并不是这篇文章多么正确无误,而是犹如我们之用铅笔写作,时代是用我们来写作的。"[③]

—— **延伸阅读文献**

1. Tony Bennett, *Formalism and Marxism*, London: Taylor & Francis e-Library, 2005.
2. [苏]维·什克洛夫斯基:《散文理论》,刘宗次译,南昌:百花洲文艺出版社2010年版。
3. [美]弗里德里克·詹姆逊:《语言的牢笼——结构主义及俄国形式主义述评》,钱校汝译,南昌:百花洲文艺出版社1997年版。

(江飞 撰)

—— 原文:《作为手法的艺术》

---

① 钱锺书:《谈艺录(补订本)》,中华书局1984年版,第320~321页。
② [英]特雷·伊格尔顿:《二十世纪西方文学理论·序》,伍晓明译,北京大学出版社2007年版,第5页。
③ [苏]维·什克洛夫斯基:《散文理论》上册,刘宗次译,百花洲文艺出版社2010年版,第85页。

经典原文

作为手法的艺术

什克洛夫斯基 著　刘宗次 译

"艺术——这就是形象思维。"这句话既可出自一个中学生之口,也是一个在文学理论内着手建立某种体系的语文学学者的出发点。这个想法在许多人头脑里根深蒂固,而波捷勃尼亚①无论如何该称为具有这种想法的先驱者之一。②他说:"没有形象就没有艺术,具体说来,就没有诗。"③他在另一个地方又说:"诗,散文亦然,首先是,而且也主要是某种思想和认识方式。"④

诗是一种特殊的思维方式,即形象思维方式。这种方式能在某种程度上节约智力,能产生"过程的相对轻松感"。审美感就是这种节约的反射。奥夫相尼科-库里科夫斯基院士的这种理解和归纳大概是正确的,他无疑仔细研读过他的老师的著作。波捷勃尼亚和他的人数众多的学派认为,诗是一种特殊的思维——即用形象进行的思维,而形象的任务则是把各种不同的事物和动作分门别类,并通过已知之物来解释未知之物。或者,用波捷勃尼亚的话说,"形象与被解释之物的关系是:(1)形象是可变主语的固定谓语——是吸聚多变的统觉经验的固定手段;(2)形象是某种比被解释之物更简单明了得多的事物"⑤,也就是说,"既然形象性的目的是使我们更容易理解形象的意义,既然舍此则形象性失去意义,所以,形象应当比它所解释的事物更为我们所熟悉"⑥。

用这条规律来看丘特切夫将夜晚的闪光比作聋哑的恶魔,或是果戈理把天空比作上帝的法衣是颇为有趣的。

"没有形象就没有艺术。""艺术即形象思维。"人们从这些定义出发生拉硬

---

① 亚·波捷勃尼亚,俄国著名斯拉夫学、语文学学者。——译注
② 别林斯基早在1838年就说过:诗歌是"寓于形象的思维"。——译注
③ 亚·波捷勃尼亚:《文学理论札记》,1905年,第83页。(以下只注"波捷勃尼亚",不再写著作名称,本篇其他论著均依此处理。——译注)
④ 波捷勃尼亚:第97页。
⑤ 波捷勃尼亚:第314页。
⑥ 波捷勃尼亚:第291页。

扯地做出了莫大的荒唐事：竟要把音乐、建筑和抒情诗也理解为形象思维。奥夫相尼科－库里科夫斯基院士经过 1/4 世纪的辛劳之后，终于不得不把抒情诗和音乐划出来，把它们归入一种特殊的新形象艺术——他称它们为直接诉诸情绪的抒情艺术。[①] 结果，存在一个很大的艺术领域并不是一种思维方式，但这一领域中的一种艺术——抒情诗（狭义上的）却又与"形象的"艺术完全相似，因为它同样运用词语；而且更为重要的是，形象的艺术之转化为非形象艺术竟然全然不露形迹，我们对这二者的感受也相同。

"艺术即形象思维"，这意味着（略去这一等式的许多众所周知的中间环节）艺术首先是象征的制造者，这一定义却留存下来，它在它赖以建立的理论崩溃之后仍然留存着。首先，它在象征主义流派中仍有活力，尤其是在它的理论家那里。

所以，许多人仍然认为，形象思维，诸如"道路与阴影""犁沟与田界"之类，是诗的主要特征。所以这些人理当期望，这个被他们称为"形象的"艺术的历史应该就是形象变化的历史。但事实上，形象几乎固定不变。形象从一个世纪到另一个世纪，从一个国度到另一个国度，从一个诗人到另一个诗人之间流动，毫无变化。形象——"无所归属"，"来自天赐"。你对一个时代知之愈深，就愈加确信，你原来认为系某个诗人独创的形象，实际上取自别人，而且几乎原封不动。各种诗派的全部工作归根到底都是积累和发现运用与加工词语材料的新手法，而且运用形象的工作较之创造新形象要多得多。形象是现成的，在诗歌里，对形象的回忆要大大超过用形象来思维。

形象思维至少不是一切门类的艺术，或者甚至也不是一切种类语言艺术的共同点。形象的变化也不是诗的运动的实质所在。

我们知道常常有这种情况：有些词组被当作某种有诗意的东西，是为艺术欣赏而创造的，但实际上它们并非为产生这种感受而创造的。例如，安年斯基关于斯拉夫语言特别有诗意的见解就属于这种情况。安德烈·别雷[②]对俄国 18 世纪诗人置形容词于名词之后的手法的赞赏也是如此。别雷对此大加赞赏，认为这是某种艺术的，或者更准确地说，是有意而为的创作，认为这就是艺术。

[①] 见奥夫相尼科－库里科夫斯基《语言与艺术》，彼得堡，1895 年，第 35、70 页。
[②] 安德烈·别雷（1880—1934），俄国象征派作家。——译注

实际上，这不过是这种语言的一般特征（斯拉夫教会语的影响）。这样一来，事物可能有两种情况：（1）作为一般事物而创造，但被感受为诗；（2）作为诗而创造，但被感受为一般事物。这说明，这一事物的艺术性，它之归属为诗，是我们感受方式产生的结果。而我们（在狭义上）称为艺术性的事物则是用特殊的手法制作，制作的目的也在于力求使之一定被感受为艺术性的事物。

波捷勃尼亚的结论可以表述为：诗＝形象性，这一结论产生了形象性＝象征性，即形象成为可变主语的不变谓语的能力的一整套理论。这一结论由于在观念上的血缘相通而深受安德烈·别雷及《永恒的伴侣》的作者梅列日科夫斯基[①]等象征派作家的青睐，并成为象征主义的理论基础。这一结论部分地源出于波捷勃尼亚对诗的语言与一段语言之不加区分。由于这一原因，他未注意到有两种形象：即作为实际的思维手段、把事物进行归类的手段的诗的形象，与作为加强印象的手段的形象。我举个例子来说明。我在街上走，看见走在我前面那个戴帽子的人掉了一个纸袋。于是我叫他："喂，戴帽子的，你丢了个纸袋。"这是个纯粹一般语言的转喻形象的例子。另外一个例子，队列中站着几个人，其中有一个站立的姿势很不像样，排长见了对他说："喂，笨蛋[②]，你怎么站的？"这个形象则是诗的语言的转喻。（在前一例中，"щляпа"一词是换喻，在后一例中则是隐喻，不过，我在这里并不是要注意这两种转喻之区别。）诗的形象——是产生最强印象的多种方法之一。作为方法，它与诗的语言的其他手法相同，与正反的排比、比较、重复、对称、夸张相同，与一切被称为修辞格的东西相同，与这一切增加事物实感的方法相同（词或作品本身的声音都可以是一种事物）。但诗的形象只是表面上与作为寓言的形象和作为思想的形象相似，譬如，一个小姑娘把一个圆球称为小西瓜就属这种情况。[③] 诗的形象是诗的语言手段之一。一般语言的形象是抽象的手段：用小西瓜来代替圆灯罩或用小西瓜代替头只是把事物的诸多品质之一抽象出来，它与头＝圆球、西瓜＝圆球的说法毫无二致。这是思维，但与诗毫不相干。

[①] 季·谢·梅列日科夫斯基（1866—1941），俄国象征派作家及评论家，《永恒的伴侣》（1897）是他的文集。——译注

[②] 第一例中的"戴帽子的"和第二例中的"笨蛋"，在俄语中都是"ТДЛЯПА"这个词的含义。——译注

[③] 奥夫相尼科夫－库里科夫斯基：第16页。

节省创造力的规律也是公认的规律之一。斯宾塞写道:"我们发现,决定选词用字的一切规则的基本共同点是:节省注意力……通过最容易的途径把思想引向想要达到的概念,往往是唯一目的,并且永远是主要目的。"① "如果心灵拥有的力量不可穷尽,那么,从这永不干涸的源泉中要耗费多少的问题对它当然无关宏旨。重要的看来只是必须耗费多少时间的问题。但是,既然心灵的力量是有限的,所以它力图最合理地完成统觉过程就是顺理成章的事,也就是说,要最少地耗费力量,或者说,要得到最大的效果。"② 彼特拉日茨基只援引节约精神力量这一普遍规律来摒弃横阻他思路的理论,即詹姆士关于感情冲动的生理基础的理论。创作力节约原则在研究节奏时尤其有诱惑力,亚历山大·维谢洛夫斯基也承认它,并进一步发挥斯宾塞的思想:"高超的文体恰恰就妙在以最少的字数传出最多的思想。"③ 安德烈·别雷在其著作的杰出篇章中举了许多诗律佶屈聱牙的实例,并以巴拉丁斯基的诗句为例,说明诗的形容语的晦涩费解,他也认为有必要在自己的书中论及节约的规律,该书试图依据过时书籍里未经验证的事实,依据对诗歌创作手法的渊博知识及克拉耶维奇按照中学教学大纲编写的物理教科书来建立一套艺术理论,这真堪称一大壮举。

省力是创作的规律和目的,就语言的局部情况,即就"日常"语言而言,这一思想是正确的。但由于不了解日常语言规律与诗歌语言规律的区别,这一思想也被推而广之于后者。最初实际表明这两种语言并不相吻合的是指出日本的诗歌语言中有些声音在日本日常实用语言中并不存在。列·彼·雅库宾斯基有一篇文章讲到诗歌语言中没有流音异化规则,却允许有相同声音的拗口组合,此文实际上是第一次指出(虽然只是针对这一点而言)诗歌语言规律与日常语言规律相悖④,这一看法是经得起科学的批评的。

因此,在论及诗歌语言中的耗费与节约规律时,不应与一般日常生活语言相比,而应根据其自身的规律来探讨。

如果我们来研究感受的一般规律,就会发现,动作一旦成为习惯,就会

---

① 赫·斯宾塞:《风格哲学》第1卷,彼得堡,1866年,第77页。
② 理·阿芬那留斯:《哲学是按最少耗力原则进行的关于世界的思考》,彼得堡,1912年,第10~11页。
③ 《亚·维谢洛夫斯基文集》第1卷,彼得堡:帝国科学院语文部出版,第444页。
④ 《诗歌语言理论论文集》第1期,彼得堡,1917年,第16~23页。

自动完成。譬如，我们的一切熟巧都进入无意识的自动化领域。谁要是记得自己第一次握笔或第一次说外语的感受，并以之与自己后来第一万次做这些事时的感受相比较，就会同意我们的意见。我们的日常言语中有不完全句或只说出一半的词语，这种规律性现象就归因于自动化过程。代数学是这一过程的理想表现，在代数学里一切事物都为符号所代替。在快速的实际言语里，词语并不说出来，只是在意识中隐约出现各词的前几个声音。波果金举过一个例子。一个男孩在想"瑞士的山很美"①这句话时，脑子里只有一排字母：I，m，d，l，S，s，b。

思维的这一特性不仅提示了代数学的途径，甚至也提示了象征的选择（字母，而且是词首的字母）。在用这种代数的思维方法时，事物是以数量和空间来把握的，它不能被你看见，但能根据最初的特征被认知。事物似乎是被包装着从我们面前经过，我们从它所占据的位置知道它的存在，但我们只见其表面。在这种感受的影响下，事物会枯萎，起先是作为感受，后来这也在它自身的制作中表现出来。正是由于这种感受，日常语言中的词语不会被全部听见（见列·雅库宾斯基的文章），因而也就不会全部被说出（一切口误失言皆来源于此）。在事物的代数化和自动化过程中感受力量得到最大的节约：事物或只以某一特征（如号码）出现，或如同公式一样导出，甚至都不在意识中出现。

"我在房间里抹擦灰尘，抹了一圈之后走到沙发前，记不起我是否抹过沙发。由于这些动作是无意识的，我不能，而且也觉得不可能把这回忆起来。所以，如果我抹了灰，但又忘记了，也就是说做了无意识的行动，那么这就等于根本没有过这回事。如果哪个有心人看见了，则可以恢复。如果没人看见，或是看见了也是无意识地，如果许多人一辈子的生活都是在无意识中度过，那么这种生活如同没有过一样。"（列夫·托尔斯泰1897年3月1日日记，尼科斯克村）。

生活就是这样化为乌有。自动化吞没事物、衣服、家具、妻子和对战争的恐怖。"如果许多人的全部复杂生活都不自觉地度过，这种生活如同没有过一样。"

---

① 此句原为法语。——译注

正是为了恢复对生活的体验,感觉到事物的存在,为了使石头成其为石头,才存在所谓的艺术。艺术的目的是把事物提供为一种可观可见之物,而不是可认可知之物。艺术的手法是将事物"奇异化"的手法,是把形式艰深化,从而增加感受的难度和时间的手法,因为在艺术中感受过程本身就是目的,应该使之延长。艺术是对事物的制作进行体验的一种方式,而已制成之物在艺术之中并不重要。

诗的(艺术的)作品的生命——是从可见走向可知,从诗走向普通文字,从具体走向一般,从在公爵府邸里半昏半醒地忍受屈辱的迂夫子和穷贵族堂吉诃德发展到屠格涅夫笔下那个虽则豁达然而空虚的堂吉诃德,从查理大帝到"皇帝"的名字。随着作品和艺术的消亡,作品逐渐扩大,寓言比长诗更有象征性,而谚语较之寓言又有过之。所以波捷勃尼亚的理论在研究寓言时最能自圆其说,他正是以自己的观点对寓言进行了透彻的研究。但这一理论并不适用于"实实在在"的艺术作品,正因为如此,波捷勃尼亚的书终未写完。大家都知道,《文学理论札记》一书出版于作者逝世13年后的1905年。该书中也只有关寓言的一章是由波捷勃尼亚本人最后定稿的。

事物被感受若干次之后开始通过认知来被感受:事物就在我们面前,我们知道这一点,但看不见它。[①] 所以,我们关于它无话可说。在艺术中,把事物从感受的自动化里引脱出来是通过各种方式实现的。在本文中我想指出列·托尔斯泰所经常使用的一种方法。这位作家——至少在梅列日科夫斯基看来是如此——似乎总是按自己的所见来呈现事物,他始终用这种眼光去看,不加变化。

列·托尔斯泰的奇异化手法在于他不说出事物的名称,而是把它当作第一次看见的事物来描写,描写一件事则好像它是第一次发生。而且他在描写事物时,对它的各个部分不使用通用的名称,而是使用其他事物中相应部分的名称。我举个例子。在《可耻》一文中,托尔斯泰对鞭笞这一概念是这样奇异化的:"……把那些犯了法的人脱光衣服,推倒在地,并用树条打他们的屁股。"几行以后他又写道:"鞭打脱得光光的屁股。"他还在这里加了一条注解:"为什么一定用这种愚昧、野蛮的方法致人疼痛,而不用别的方法,譬如,用针刺

[①] 维·什克洛夫斯基:《词的复活》,彼得堡,1914年。

肩膀或身体其他部分，把手或脚夹在钳子里，或是某种其他类似的方法？"恕我举这个令人难受的例子，但这是托尔斯泰为触动良心所使用的典型方法。他通过描写，通过建议改变其形式，但不改变其实质而把司空见惯的鞭刑奇异化了。托尔斯泰经常运用奇异化手法：有一次（《霍尔斯托密尔》）由一匹马出面来讲故事，于是事物被不是我们的而是马的感受所奇异化了。

这就是马对私有制的感受。

他们关于鞭笞和基督教的谈论我都十分明白，但有些话的意思一点也搞不懂，譬如：自己的，他的小马驹。从这些话里我看出人们认为在我和饲马总管之间有某种联系，但这到底是种什么关系，我那时怎么也搞不清。只是在很久以后，在把我和其他马分开饲养之后，我才懂这是什么意思。但在当时，我怎么也不懂，把我称为某人的所有物是什么意思。"我的"这几个词是针对我，一匹活生生的马说的。在我看来，这几个词和"我的土地""我的空气""我的水"这些词一样奇怪。

但这几个词对我产生了巨大影响。我对这件事日思夜想，只是在和人们发生各种不同的关系很久以后，我才终于明白人们赋予这些奇怪字眼的含义。这些词的意思是这样的：人们在生活中不是以做的事，而是以说的话为依据的。他们所热衷的与其说是能做或不能做什么事，不如说是能就各种东西讲一些他们之间约定的一些话。像"我的这，我的那"就属于这种词，他们用这些词来说种种不同的事物、物件和东西，甚至用来说土地、人和马。他们约定，关于某一件事物只有一个人能够说：我的。谁按照他们之间规定的这种游戏能够把最多数量的东西称为"我的"，谁就被他们认为是最幸福的人。为什么要这样，我不知道，但事情就是这样。原来在很长时间里我努力以有某种直接的好处来解释这件事，结果这并不正确。

譬如，许多把我叫作他们的马的人并没骑过我，骑过我的完全是另外一些人。喂养我的也不是他们，而完全是另一些人。为我做好事的也不是那些把我叫成他们的马的那些人，而是车夫、兽医。总而言之，是那些不相干的人。后来，在我的观察扩大之后，我认识到，除被人们称为私有感或私有权的这种低级的动物本能之外，"我的"这个概念毫无道理，不仅就对我们这些马而言是如此。一个人说"我的房子"，却从不在里面住，而只关心房子的建造和维修。又譬如，商人说"我的店铺"，"我的呢料店"，可他没有用他店里的好呢料缝制的衣服。有人把一块土地称作他自己的，可从未见过这块地，也没在上面走过。有人把另一些人称作自己的，可也从未见过这些人，他们与这些人的全部关系就是对他们作恶。

有一些人把一些女人称作自己的女人或妻子，可是这些女人却和别的男人住在一起。人们在生活中追求的不是去做他们认为是好的事，而是尽可能把更多的东西称作自己的。

我现在确信，这就是人们与我们之间的根本区别。因此，仅根据这一点，我们就可以大胆地说，在生物的阶梯上我们比人站得更高，更不必说我们胜过人的其他优点了。人的活动，至少就我与之有关的那些人而言，是受字眼支配的，而我们的活动则受事支配。

在小说结束时，马已被宰杀，但叙述的方式和手法未变：

在人间行走过、吃过、喝过的谢尔普霍夫斯基的躯体在很久以后才埋进土里。无论是他的皮，还是肉和骨头，都毫无用处。

他在人间来回走动的行尸走肉般的躯体 20 年来一直是一切人的大累赘，所以，把这副躯体埋进土里也不过是又给人增添一次麻烦。他早已对任何人都没有用处，早已成为大家的负担。尽管如此，那些埋葬行尸走肉的行尸走肉们认为有必要给这具立刻烂掉的肥胖的身躯穿上好制服、好靴子，把它放进四角挂着新缨串子的又新又好的棺材里，然后又把这棺材放进另外一具铅制棺材里，运往莫斯科，在那里掘开那些早就埋在地里的人的骸骨，并把这具正在腐烂，长满蛆虫和穿着崭新制服与锃亮皮靴的肉体掩埋在这里，然后用土把一切埋上。

由此我们可以看到，在故事的结尾，虽然脱离了那个偶然的动机，采用的仍是这一手法。

托尔斯泰用这种手法描写了《战争与和平》中的所有战斗，它们首先被描写为奇异的事物。我不援引这些描写，因为它们太长，那样的话我就得把小说第四卷的很大部分抄下来。他用同样的手法描写沙龙和剧院。

舞台中间是整齐的木板,两边立着涂颜色的表示树木的纸板,后面是在木板上拉着一块布。舞台中心坐着穿红胸衣和白裙子的女郎,其中有一个穿白绸衣的长得特别胖,坐在矮板凳上的姿势很特别,板凳后面粘着一张绿色硬纸板。她们都在唱着什么。唱完之后,穿白绸衣的女郎走到提台词的小室前,一个大腿粗壮、穿绸紧身裤的男子走到她旁边,张开双手唱了起来。穿紧身长裤的男子一个人唱完之后她再唱。然后,两人都不作声,响起了音乐。男子开始用几个手指头摸弄白衣女郎的手,显然是在等着和她一起再唱一曲。两人一起唱完后,剧场里的人都拍巴掌和叫喊起来,台上那些装成恋人的男男女女也微笑着张开双手鞠起躬来。

第二幕的布景表示一些纪念碑,幕上有些小洞表示月亮。灯框上的灯罩被掀起,奏起低音号和低音提琴,从左右两边出来许多穿黑斗篷的人。人们开始挥动双臂,他们手里握着类似剑一样的东西。后来又跑来些人,他们拉拽那个原来穿白衣的女郎,现在她穿天蓝色衣服了。他们没把她马上拉走,而是和她一起唱了很久,然后才拉走。后台有人在一个金属东西上敲了三下。于是所有的人都跪下,唱起祷诗。在这中间所有这些动作被观众欣喜若狂的喊叫打断过好几次。

第三幕也是这样描写的:

……突然,狂风暴雨大作,乐队里起半音阶和低七音度和弦,所有的人都跑动起来,并把台上一个人拉到后台去了,然后落幕。

第四幕是这样:

有个魔鬼,他一面唱,一面晃动着两臂,直到他脚下的板子被抽掉,他才掉下去。①

托尔斯泰在《复活》里对城市和法庭的描写也是这样的。他也在《克莱采

---

① 以上引文均出自《战争与和平》第2卷。——译注

奏鸣曲》里这样描写婚姻："为什么人们心灵相亲就应该一起睡觉。"但他运用奇异化手法的目的并不仅限于使人们看见他对之持否定态度的事物。

——彼埃尔从他的新朋友身边站起来，穿过篝火走到路对面去。他听说被俘虏的士兵在那里，想和他们谈谈。一个法国哨兵拦住他，叫他回去。彼埃尔往回走，不过没回到篝火旁他的朋友们那里，而是走到一辆卸了套的马旁，车上一个人都没有。他盘起腿，垂下头，坐在车轮旁冰冷的地上，而且很久都坐在那里想心事。过了一个多小时，没有人来打扰他。忽然，他憨厚地哈哈大笑起来，笑的声音很大，周围的人都惊讶地回过头来看这个显然笑得十分奇怪的人。

哈，哈，哈，彼埃尔笑着。他还自言自语地说：那个士兵不让我走。他们抓住了我，把我关起来。把我，我……我的不朽的灵魂。哈，哈，哈，他笑着，眼里涌出了泪水。……

彼埃尔仰望天空，仰望那闪烁远逝的星星的深处。"这一切都是我的，这一切都在我身内，这一切也就是我，"彼埃尔想道，"他们把这一切都捕捉住并且关进这个木板棚。"他笑了，走到他的朋友们身边躺下睡觉。

任何一个很熟悉托尔斯泰作品的人都能找出几百个上述类型的句子。这种把事物从其环境中抽离出来看的方式，使托尔斯泰在晚期作品中剖析种种教规和仪式时，也对之采用奇异化的描写方法。他不使用习惯的宗教用语，而是用普通含义的词，于是产生某种奇怪的荒诞不经的效果，被许多人真诚地看成对神的亵渎，刺痛了许多人。这其实是托尔斯泰感受和叙述周围事物的一贯的同一手法。托尔斯泰式的感受动摇了托尔斯泰的信仰，触及了他久久不愿触及的事物。

奇异化手法并非托尔斯泰所专有。我之所以用托尔斯泰的材料来描述这一手法，纯系出于实际的考虑：这些材料大家都很熟悉。

在弄清这一手法的性质之后，我们现在来大致界定一下它的运用范围。我个人认为，几乎是哪里有形象，那里就有奇异化。

换言之，我们的观点与波捷勃尼亚的观点的区别可以表述如下：形象不是可变谓语的不变主语。形象的目的不是使其意义易于为我们理解，而是制造一种对事物的特殊感受,即产生"视觉",而非"认知"。

形象性的目的在色情艺术中可以观察得最清楚。

这里通常都把色情客体表现为某种第一次见到的事物。譬如在果戈理的《圣诞节前夜》里:

> 这时他更挨近她身边,清了清嗓子,用手指碰碰她裸露而丰满的胳膊,满脸狡谲而又得意地问道:
>
> "好漂亮的索洛哈,您这是什么东西?"说完他又倒退了几步。
>
> "怎么什么东西?这是胳膊,奥希普·尼基福格维奇!"索洛哈回答道。
>
> "喂,是胳膊,嘿,嘿,嘿!"执事因为自己上了手,打心眼里得意。他在房间里踱了几步。
>
> "您这又是什么,最亲爱的索洛哈?"他还带着那种表情说,重又凑近她身旁,用一只手轻轻地搂了搂她的颈脖,然后又像原来那样后蹦了几步。
>
> "您难道看不见吗?奥希普·尼基福洛维奇,"索洛哈回答道,"这是脖子,脖子上有一串项链。"
>
> "嗯!脖子上是串项链!嘿,喂,嘿!"执事又在房间里踱起方步来,一面搓着两手。
>
> "无与伦比的索洛哈,您这又是什么?"执事长长的手指现在都不知道要摸到什么地方去了……

又如在汉姆松的《饥饿》里:

> 她衬衫下露出两个白白的妙物。

有时色情的事物被以影射的方式描绘出来,这种描绘的目的显然也不是"使之易于理解"。

用锁和钥匙、织布工具、弓与箭,环与钉(如关于斯达维尔的民间壮士歌中)来表示性器官也属于这种情况。

……

有关心理排比中的奇异化问题我将在关于情节编构一文中论及。

这里我要再次重申：在排比中重要的是感觉出同中有异。

排比的目的一般说来与形象性的目的相同，是把事物从它通常的感受领域转移到一个新的感受领域，也就是说，是某种特殊的语义变化。

在研究诗歌言语时，无论研究它的语音和词汇构成，还是研究它的词语位置的性质以及由词语组成的意义结构的性质，我们处处都能见到艺术具有同一的标志：即它是为使感受摆脱自动化而特意创作的，而且，创造者的目的是提供视感，它的制作是"人为的"，以便对它的感受能够留住，达到最大的强度和尽可能持久。同时，事物不是在空间上，而是在不间断的延续中被感受的。诗歌语言正符合这些特点。在亚里士多德看来，诗的语言应具有异域的、奇特的性质[1]，事实上它也常常是异域的：如苏美尔语之于亚速利亚人，拉丁语之于中世纪欧洲，阿拉伯语之于波斯人，古保加利亚语之作为俄罗斯标准语的基础；或者它也常常是一种被提高的语言，如与标准语相近的民歌语言。诗歌中古词语的广泛运用、"doicestillnuovo"（悦耳新文体）语言的艰深化、阿尔诺·丹尼埃尔[2]的晦涩文体，以及造成发音困难的种种形式（迪埃菲[3]，《行吟诗人的生活与劳动》，第213页），都属这种情况。列·雅库宾斯基在他的论文里阐明诗歌语言中的一种规律，即有时通过重复相同的声音以造成语音上的困难。所以，诗歌语言是一种困难的、艰深化的、障碍重重的语言。有时诗歌语言与散文语言相近，但这并不与艰深化的规律相悖。普希金写道：

> 她的名字叫塔季雅娜……
> 我们第一次用这样的名字
> 让充满柔情的篇章生辉，
> 这样做真有几分放肆。[4]

普希金的同代人习惯于杰尔查文那种文体高昂的诗歌语言，而普希金那

---

[1] 亚里士多德：《诗学》第22章，莫斯科，1957年，第113~117页。
[2] 阿尔诺·丹尼埃尔（1150—1210），法国行吟诗人。——译注
[3] 弗·迪埃菲（1794—1867），法国语言学家。——译注
[4] 这是《叶甫盖尼·奥涅金》中的诗句，"塔季雅娜"是农家少女常用的名字，略有几分"土气"。——译注

种（在当时看来）低俗的文体倒是显得出乎意料地难以理解。我们都记得，普希金的同代人当初都因他用语粗俗而大惊失色。普希金把使用民间俗语作为一种引起注意的特殊手段，正如他的同时代人平常说法语时也总是用俄语词一样（见托尔斯泰《战争与和平》中的例子）。

现在正发生一种更为典型的现象。俄罗斯标准语的根源本出自俄国的异邦，它已深深渗入人民底层，使许多民间俗语为之同化。但文学开始热衷于方言（列米佐夫、克柳约夫、叶赛宁和其他一些作家，他们彼此才华迥异，而语言却相近，都有意追求一种外省语言）和外来语（因此才可能出现谢维利雅宁诗派）。马克西姆·高尔基现在也从标准语转到标准的"列斯科夫腔"。这样一来，民间俗语与标准语交换了位置（维亚切斯拉夫和其他许多作家）。终于出现了要创造新的、专门的诗歌语言的强烈倾向。大家都知道，这一派的首领就是维利密尔·赫列勃尼科夫。所以，我们给诗歌下定义：它是一种障碍重重的、扭曲的言语。诗歌言语——是一种言语结构。散文——则是普通言语：节约、易懂、正确的语言（散文女神是正确的、易产的女神，婴儿"胎位正常"的女神）。关于阻滞和延缓是艺术的普遍规律问题，我将在谈情节编构一文中更详细地加以论述。

初看起来，那些提出节约力量是诗歌语言某种本质特征，甚至是其决定性特征这一概念的人们，他们的立场在节奏问题上是十分有力的。斯宾塞对节奏作用的解释看来也完全不容置疑，他说："如果我们经受的拳击不均匀，我们就不得不使肌肉保持多余的，有时是不必要的紧张，因为我们不能预计到下一拳何时出来。如果打击均匀，我们就能省力。"这个见解似乎很有说服力，却犯了一个通病——混淆诗的语言与日常语言的不同规律。斯宾塞在其《风格哲学》一书中对这二者完全不加区别，而实际上可能存在两种节奏。一般语言的（散文的）节奏、劳动歌和劳动号子的节奏，后者一方面能够代替在必要时喊一声"吭唷，加油"的口令，另一方面能够减轻劳动，使之自动化。的确，在音乐伴奏下走路要比没音乐时轻松；但一面走一面进行活泼热闹的谈话同样轻松，因为此时走路的动作我们并没有意识到。所以一般语言节奏作为产生自动化的因素是重要的。但诗的节奏则与此不同。在艺术中有"建筑柱型"，但希腊神庙中的圆柱没有一根是精确地立在建筑柱型规定的位置上的。艺术的节奏存在于对一般语言节奏的破坏之中。对这种种破坏规律的现象人们已经在试图加以系统化,这正是节奏理论今天面临的任务。可以预料,这一进行系统化的努力将不会取得成功。因为这不是节奏复杂化的问题,而是打乱节奏的问题,这种打乱是无法预测的。如果这种打乱成为一种范式,它就失去其艰深化手法的功用。不过,与节奏有关的诸多问题我不在此详谈,将在另一本书中专门论述。

(选自[俄]维克多·什克洛夫斯基《散文理论》,刘宗次译,
百花洲文艺出版社2010年版)

雅各布森与《主导》

经典导读

罗曼·雅各布森（Roman Jakobson，1896—1982）是享誉世界的俄裔语言学家，现代语言诗学（linguistic poetics）的创立者和实践者，勾连结构主义运动三个阶段（俄国形式主义、捷克结构主义和法国结构主义）的关键人物。以语言学的视角、理论、方法和批评实践探究文学和"文学性"（literariness），努力探寻语言学和诗学的跨学科联姻，正是他留给世界学术的宝贵遗产。其代表作有《俄国现代诗歌》《论捷克诗歌》《儿童语言、失语症以及音位的普遍现象》《语言的基础》《诗学问题》《声音与意义六讲》《语言的框架》《文学中的语言》《对话》等，主要作品已结集为《雅各布森选集》（1~8卷，1962—1987）出版。

如果说"文学性""诗性功能"是雅各布森语言诗学体系最核心的范畴，那么，"主导"正是通往"诗性功能"和"文学性"的第一扇门。在《主导》这篇经典文章中，雅各布森以结构主义的系统观对俄国形式主义提出的"主导"概念①进行了考察，并从结构主义语言学角度对俄国形式主义文论的主要观点作了总结、修正和提高，实现了从形式主义到结构主义的转换与发展。

---

① "主导"概念并非雅各布森原创，而是来自他的"奥波亚兹"好友迪尼亚诺夫（Yury Tynjanov）。参见［苏］尤·迪尼亚诺夫《论文学的演变》，见［法］茨维坦·托多罗夫编选《俄苏形式主义文论选》，蔡鸿滨译，中国社会科学出版社1989年版，第109页。

第一，在雅各布森看来，所谓"主导"就是"一件艺术品的核心成分，它支配、决定和变更其余成分。正是主导保证了结构的完整性"①。主导成分在整个结构中充当了强制性的、不可分割的要素，规定了这一结构的整体性和根本特性，对文学作品而言，它就是决定作品主要文类特性和结构特征的功能，或按穆卡洛夫斯基的界定，主导成分是"作品中驱动并引导其他成分相互关系的成分"。②

其次，从"系统—功能"观念出发，雅各布森明确表明：任何主导要素（或主导成分）都不是固定的，而是处于不断变化之中的，所谓"主导"实质上是变动的、功能性的主导，任何成分占主导的时期，都只是某一文体演变过程中的一个共时性截面而已。主导成分只能在某个文学时期和某种艺术倾向的框架内，才能决定一部作品被想象和评价为诗。

第二，主导成分不断转换，导致文学系统的不断演变，而这种转换不是随意的，而是有规可循的。一方面，雅各布森敏锐地探察到文学（诗歌）演变的规律，即主导成分与次要成分之间相互关系的转换，它具有三种特性：其一，这种转换是在等级系统内部的一种地位和功能的转换；其二，这种转换既是历时性的也是共时性的；其三，这种转换是动态的、永不停歇的。正因为认识到文学演变的这种整体性、历时共时统一性和动态性，所以雅各布森认为，什克洛夫斯基所谓"一部诗作仅是它的艺术手法的总和""诗的演变只不过是某些手法的替换"等看法是错误的，因为任何艺术都不是艺术手法的简单累加，而是像语言系统一样，是"一套艺术手法的有规则有秩序的等级系统"③。艺术演变也不是新手法对旧手法的替换，而是手法的主次等级在诗歌系统内部的一种转换，从这个意义上说，在文学系统或者说文学史中，不存在"新""旧"，只存在"主""次"。这种以"主导"为核心的"新的文学史观"，使俄国形式主义中后期的文学史研究发生了根本改观，变得格外丰富，也更具整体性、综合性和秩序化。

第三，雅各布森还指出，文学系统的演变是在更大的艺术系统中进行的，借用

---

① Roman Jakobson, "The Dominant," *Language in Literature*, ed. Krystyna Pomorska and Stephen Rudy, Cambridge, MA: The Belknap Press of Harvard University Press, 1987, p.41.
② ［捷克斯洛伐克］扬·穆卡洛夫斯基：《标准语言与诗歌语言》，竺稼译，见赵毅衡选编《符号学文学论文集》，百花文艺出版社2004年版，第20页。
③ Roman Jakobson, "The Dominant," *Language in Literature*, ed. Krystyna Pomorska and Stephen Rudy, Cambridge, MA: The Belknap Press of Harvard University Press, 1987, p.45.

"主导"概念，雅各布森更深入地解释了艺术系统内部的结构运行规律。在艺术系统中，文学系统与非文学系统之间的关系同样是主导成分与次要成分的转换。比如，当视觉艺术、音乐艺术成为文艺复兴时期的最高美学标准即主导的时候，居于从属地位的语言艺术只能"唯主导是瞻"，趋向主导艺术并受其形式要素的支配性影响；而当语言艺术成为现实主义美学的主导成分的时候，文学又成为整个艺术等级系统中的最高级，现实主义文学成为其他艺术争相效仿的对象。无论如何，文学始终处于不断变动之中，在主导地位和次要地位之间不断转换，尤其是当居于次要地位时，它不得不依据主导艺术的特性来改变自身，而当它成为艺术系统主导的时候，情况则可能发生倒转。

第四，雅各布森认为，文学研究还必须考虑到文学系统与其他历史系列（文化领域）相互关系中的变化，尤其是文学艺术与其他种类的语言信息相互关系中的变化。而要考虑这些变化，就必然要从各系统结构（文学系统、艺术系统和文化系统）中主导成分与次要成分之间的等级转换出发，"过渡地带"（或"过渡文类"）无疑是最有可能成为主导成分的地方，因为"它们包含着文学将要重视的那些要素，而那些被奉为圭臬的文学形式却丧失了这些要素"。

《主导》文章虽短，却蕴涵丰富，意味深长，它揭示出一个真理：不变的东西是不存在的，真正不变的就是"变化"。一方面，"主导成分"几乎无所不在，这对于我们理解和把握微观的文学作品结构与宏观的文学史结构，乃至文学史结构与更大的社会、文化、历史结构的关系提供了重要视角。正因为如此，雅各布森认为"它是俄国形式主义理论中最关键、最精微、最富有成果的概念之一"。另一方面，主导成分又一直处于变化之中，使得文学系统与一切非文学的系统始终保持着暧昧关系，各自领域的容量和范围在不断变化，彼此之间的分界线也在不断移动、左右摇摆。因此，文学系统实质上是一个开放的、没有固定边界线的系统，它或主动或被动地接纳着非文学的异质性要素的融入。从这个意义上说，所谓"文学性"根本就不是文学系统自身所能决定的、实存的东西，而是在它与非文学系统的关系中才存在的一个抽象范畴，正如韦勒克和沃伦在《文学理论》中所指明的："艺术与非艺术、文学与非文学语言之间的区别是流动性的。"① 一言以蔽之：只有"流动的"文学性，而

---

① René Wellek and Austin Warren, *Theory of Literature*, San Diego, CA: Harcourt Brace and Company, 1984, p.25.

没有凝滞的文学性。

总之，雅各布森从结构主义语言学的角度提出"主导"理论，不仅解释了诗歌作品的结构特征，还解释了文学演变乃至艺术演变的内在规律，正如休斯所评价的："因为主导概念改进了他们的意识，所以，形式主义者能够以一种更为丰富和更加系统的方式重新书写俄国文学史。"[①]"主导"概念揭示了文学的独立性、复杂性，以及"文学性"的流动性，修正了早期俄国形式主义诗学中探求"文学性"的机械化弊病，为雅各布森后来在《语言学和诗学》中正式建构"语言交际六功能结构""诗性功能占主导"等理论奠定了坚实基础，它作为结构主义美学的一个核心范畴至今仍具有重要作用和意义。

—— 延伸阅读文献

1. Roman Jakobson, *Language in Literature*, ed. Krystyna Pomorska and Stephen Rudy, Cambridge, MA: The Belknap Press of Harvard University Press, 1987.
2. ［俄］罗曼·雅各布森：《语言学与诗学》，滕守尧译，见赵毅衡编选《符号学文学论文集》，天津：百花文艺出版社2004年版。

（江飞 撰）

—— 原文：《主导》

[①] ［美］罗伯特·休斯：《文学结构主义》，刘豫译，生活·读书·新知三联书店1988年版，第139~140页。

经典原文

主　导

雅各布森 著　任生名 译

　　形式主义研究工作的最初三个基本阶段的特征可以作如下简单概括：第一阶段，分析一部文学作品的声音；第二阶段，探索诗歌框架内部的意义；第三阶段，把声音和符号结合成一个不可分割的整体。在第三阶段中，主导成分这一概念尤其有效；它是俄国形式主义理论中最关键、最精微、最有成果的概念之一。对主导可以这样下定义：一件艺术品的核心成分，它支配、决定和变更其余成分。正是主导保证了结构的完整性。

　　主导成分规定作品。密切关联的语言的特征，显然在于它的韵律形式，在于它的诗的形式。看起来这简直是同义反复：诗是诗。不过我们必须始终记住，规定某种语言的因素主导整个结构，从而充当了整个结构强制性的不可分割的要素，这要素主导着其余因素并直接影响它们。然而，话说回来，诗并不是一个结构单一的概念，并不是一个不可分割的单元。诗本身就是一个价值系统；正如任何价值系统的情况一样，它也具有自身的高级价值和低级价值，同时还具有一个最主要的价值，即主导成分，要是没有它，（在某个文学时期和某种艺术倾向的框架内）诗就不会被想象和估价为诗。譬如，在14世纪的捷克诗里，诗的不可分的特征不是音节安排而是押韵，因为当时存在着由每行不相等音节数量构成的诗（人称"无节奏"诗体），不过那个时期人们把这看作诗，而无韵诗倒是不能容忍的。另一方面，在19世纪后期捷克的现实主义的诗里，押韵不是必需的手段，相反音节安排倒是一种强制性的不可分割的成分。没有它，诗就不成其为诗；从那个诗派的观点来看，自由诗体是难以接受的无节奏诗体（arrhythmia）。在今天，捷克创立了适合现代人的自由诗体，这种诗体既不必非要押韵不可，也不必非要有音节安排形式不可；其必需成分变成了语调统一——语调成了诗体的主导成分。如果我们把古捷克叙事诗《亚历山大记》的格律整齐的诗体跟现实主义时期押韵诗体及现代押韵的格律诗体相互对照，会在三种诗体里发现几个相同的因素——押韵、音节安排、语调统一——但各有一个不同的价值等级系统,也就是说,各有独特的强制性的不可分割的诸因素;很清楚,正是这些独特的因素决定其成分的作用和结构。

不仅在个别艺术家的诗作中,不仅在诗的法则中,在某个诗派的一套标准中,我们可以找到一种主导,而且在某个时代的艺术(被看作特殊的整体)中,我们也可以找到一种主导成分。譬如,文艺复兴的艺术有这样一种主导,代表这个时期最高美学标准的,显然是视觉艺术。其他的艺术均指向视觉艺术,其价值按照与后者接近的程度来确定。另一方面,在浪漫艺术中,最高价值当定于音乐。因而,例如浪漫主义诗歌就指向音乐:它的诗体的核心是音乐性;它的诗体的语调模仿音乐的旋律。这种集中于一个实际上外在于诗歌作品的主导的情况,从本质上改变了依存于声音特征、句法结构和意象的诗的结构;它改变了诗的韵律标准和诗节标准,改变了诗的构成成分。而在现实主义美学中,主导成分是语言艺术,从而改变了诗的价值等级系统。

而且,主导概念一旦成为我们的出发点,一件艺术品的定义由于与其他各种文化价值相对照就从本质上起了变化,譬如一篇诗作与其他文学信息之间的关系就要求有更为明确的规定。就我们处理原材料来说,把一部诗作等同于一种美学功能,或者说确切些,等同于一种诗的功能,这是宣扬自足的纯艺术、为艺术而艺术的那些时代的特征。在形式主义学派的早期阶段可以看到这样一种等同的明显痕迹。可是这种等同是绝对错误的。一部诗作不单限于美学功能,另外还具有许多其他的功能。实际上,一部诗作的意图往往与哲学、社会学说等密切相关。正如一步诗作不是它的美学功能所能穷尽的一样,那些功能也不局限于诗作演说家的演讲。日常交谈、新闻广告、科学论文全都可以具体运用各种美学设想,表达出美学功能。同时经常运用各种词语来表现自身、肯定自身,而不仅仅作为一种指称手段。

与直截了当的一元论观点直接对立的是机械论观点,这种观点承认是诗作的多样功能,有意无意地把那些作品看作一种机械的诸功能复合物。由于一部诗作也具有指称功能,它有时被机械论观点的信徒看作文化史、社会关系或个人经历的直接文献。与片面的一元论和片面的多元论不同的是另一种观点,这种观点把关于一部诗作的多样功能的意识跟关于诗作整体的理解,也就是说,跟那种统一和决定诗作功能的理解,联系起来。按照这种观点,不能把诗歌作品定义为一部只实现美学功能的作品,也不能定义为实现美学及其他功能的作品；相反，诗歌作品被定义为一种其美学功能是它的主导的语言信息。当然，显示美学功能之实施的标志并非一成不变或者始终如一的。不过，每种具体的诗的法则，每套暂时的是诗的标准，都包含必不可少的独特的诸因素，没有这些因素，一部作品就不能被定义为诗。

  作为一部诗作之主导的美学功能的定义，允许我们规定诗作之内多种多样语言功能的等级。在指称功能中，符号与指示对象具有最小限度的联系，因此，符号自身只具有最小的重要性。另一方面，表现功能要求符号与对象之间有更为直接密切的联系，因此，要求对符号的内在结构多加注意。与指称语言相比，情绪语言（这种语言基本实现了表现功能）一般来说更接近诗的语言（就这点而论，诗的语言恰好是符号之所指）。诗歌语言与情绪语言往往有部分重叠，因此，这两种语言常常十分错误地被认为是合一的。在语言信息中，如果美学功能是主导成分，那么这种信息当然可以采用表现的语言的多种方法；但那样一来，这些部分就从属于作品的决定性功能，也就是说，它们依主导成分而变更。

  对形式主义文学演变观来说，探索主导成分具有极大的重要性。诗的形式的演变，与其说是某些因素消长的问题，不如说是系统内种种成分之间相互关系的转化问题，换句话说，是个主导成分转换的问题。通常在一整套诗的准则中，尤其在对某种诗的类型有效的一套诗的准则中，原来处于次要地位的诸因素成了基本的和主要的因素。另一方面，原来是主导因素的诸因素成了次要的和非强制性的因素。什克洛夫斯基在早期著作中认为，一部诗作仅是它的艺术手法的总和，而诗的演变只不过是某些手法的替换而已。随着形式主义的发展，把一部诗作看作一个结构系统，看作一套艺术手法的有规则、有秩序的等级系统的精确概念产生了。诗的演变是在这个等级系统内的一种转换。艺术手法的等级在某种诗的类型的框架内变化；而且，这变化既影响到诗的类型的等级，也影响到各种类型中艺术手法的分类。原来是二流品种以及次要变体的各种类型现在跻于前列，而典范的类型则被推到了后面。各种各样的形式主义著作都按照这个观点来处理俄国文学史的各个时期。古科夫斯基分析了19世纪诗的演变；特尼亚诺夫和艾亨鲍姆，加上他们的一些追随者，考察了19世纪前半叶俄国诗与散文的演变；维克多·维诺格拉多夫研究了从果戈理开始的俄国散文的演变；艾亨鲍姆以同时期的俄国散文和欧洲散文的背景论述了托尔斯泰散文的发展。俄国文学史的形象从根本上改观了。比起以前那种片面零星的研究来，它要显得格外丰富，同时更有整体性，更有综合性，更有秩序。

不过，演变问题并不局限于文学史。关于各门艺术之间相互关系中的变化问题也产生了，在这里仔细研究过渡地带特别富有成效。举例来说，可以分析绘画与诗的过渡地带，比如插图，或者可以分析音乐与诗的边缘地带，比如浪漫曲①。

最后，各门艺术和其他接近的相关文化领域之间相互关系中的变化问题，尤其是关于文学和其他种类的语言信息之间相互关系中的变化问题产生了。在此，界限的不稳定，各个领域的容量和范围的变化正在格外明朗起来。研究者特别感兴趣的是各种过渡文类。在某个时期，人们断定这样一些文类处于文学之外和诗之外；而在另一些时期，它们可能富有一种重要的文学功能，原因是它们包含着文学将要重视的那些因素，而那些被奉为圭臬的文字形式却丧失了这些因素。举例来说，各种各样的私人文学形式——书信、日记、笔记、旅行见闻等——这些过渡性文类在某个时期（例如在19世纪前半期的俄国文学中）在总体文学价值中发挥了重要功能。

换言之，艺术价值系统中的连续转换按不同艺术现象的评价中的联系转换。在旧系统中为人轻视的，或被认为是不完善的、弄着玩玩的、歪门邪道的，或简直是错误的东西，或异端邪说的、颓废的和毫无价值的东西，在新系统中，则可能作为一种积极的价值被采用。俄国晚期浪漫主义抒情诗人丘特切夫②和费特③的诗作，因错误，因所谓粗疏等，而遭到现实主义批评家的批评。屠格涅夫刊印了这些事，但彻底纠正了它们的韵律和风格，旨在改进它们，使它们适合于当时的标准。屠格涅夫编辑的这些诗成了定本，直到现代，这些诗的原文才得到重印、恢复，并且被认为是走向诗的形式之新概念的最初一步。捷克语语言学家J. 克拉尔④否认爱尔本⑤和切拉科夫斯基⑥的诗体。理由是它们

---

① 有伴奏的抒情独唱曲或旋律性的器乐。——译注
② 丘特切夫（1803—1873），俄国诗人。——译注
③ 费特（1820—1892），俄国抒情诗人。——译注
④ J. 克拉尔（1822—1876），斯洛伐克诗人。——译注
⑤ 卡·亚·爱尔本（1811—1870），捷克诗人。——译注
⑥ 切拉科夫斯基（1792—1852），捷克诗人。——译注

从现实主义诗派的观点来看是错误拙劣的。相反,在现代,这些诗体恰恰由于这些遭到以现实主义标准为名的谴责的特征而为人称赞。伟大的俄国作曲家穆索尔斯基①的作品跟19世纪后期的乐器的要求不一致,于是,这时期的作曲技巧大师里姆斯基-科尔萨柯夫②按照他那时流行的趣味把它们重新制作。然而,新的一代却提高了为穆索尔斯基的"不成熟"所拯救却被里姆斯基-科尔萨柯夫的修正暂时抑制下去的开拓性价值,从而他们从诸如《鲍里斯·戈都诺夫》之类的乐曲中理所当然地清除了这些修正的部分。

各个艺术成分之间的转换、变形,成了形式主义研究的中心论题。一般来说,在诗歌领域里,形式主义分析的这一方法对于语言研究具有先驱意义,因为它为弥合历时性的历史方法和共时性的编年方法之间的分歧提供了大量动力。正是形式主义清楚地证明,转换和变化不仅要根据历史上的演变来陈述(首先有 A,然后有 A1 出现并替代了 A),而且那种转换也是一种直接经历的共时现象,一种相应的艺术价值。一首诗的读者或一幅画的观者对两种秩序具有清晰的认识:一种是传统的标准,一种是作为背离传统标准的艺术新奇之物。这正是人们以传统为背景所想象的革新。形式主义即显示了每件艺术品的实质:既保持传统,又打破传统形式。

(选自赵毅衡编选《符号学文学论文集》,百花文艺出版社 2004 年版)

---

① 穆索尔斯基(1839—1881),俄国作曲家,所作歌剧《鲍里斯·戈都诺夫》,取材于普希金的同名历史悲剧而自编脚本。——译注
② 里姆斯基-科尔萨柯夫(1844—1908),俄国作曲家,曾整理、完成穆索尔斯基遗作多种。——译注

瑞恰兹与《语言的两种用法》

经典导读

I. A. 瑞恰兹（Ivor Armstrong Richards，1893—1979），出生于英国，著名文学批评家、美学家、诗人、语言教育家。瑞恰兹与 T. S. 艾略特是"新批评"派的理论创始人和直接开拓者。艾略特提供了新批评的思想倾向，而瑞恰兹为新批评提供了基本的方法论，他的理论成为"新批评"的形成期重要资源。

英美新批评是现代西方的一个文学流派，它发端于 20 世纪 20 年代的英国，30 年代发展于美国，四五十年代在美国文坛占据了统治地位，60 年代以后渐趋衰落。"新批评"一词，得名于美国文艺家兰色姆 1941 年出版的《新批评》一书。新批评是一种重视形式的批评，它以文本为中心，注重文学尤其是诗歌文本的细读，将文本看成一个独立自足的有机整体，着重考察诗歌语言的反讽、悖论、象征等艺术手法构成的张力结构。由于新批评对文学文本的重视，因此又被称为"本体批评"或"文本批评"。

新批评将文学批评的重点从时代和作者转向作品研究，它的崛起首先与 20 世纪美学的语言转向有关。语言转向使理论研究的重点从浪漫主义的传记式批评变成了对作品符号的关注，也就是转向了对文本的关注。其次，新批评的兴起是西方文学创作新形势的需要。20 世纪初，现代派文学特别是先锋派诗歌重视象征，语言晦涩玄奥，批评家不得不通过细读来探索、猜测它的含义，无形中促进了新批评的兴起。最后，我们也可以将新批评理解为理论批评界对康德美学的回归。康德美学所要求的审美无功利和艺术自律的原则，在新批评的发展过程中得到了完美的体现。

新批评发展历史可以分为三个时期：前驱期（1915—1930）主要活动在英国，代表人物是艾略特和瑞恰兹；理论形成期（1930—1945）主要发生在美国，主要代表人物为燕卜荪、退特和兰色姆；繁荣期（1945—1957）最有影响的是维姆萨特、布鲁克斯、韦勒克和沃伦。

瑞恰兹早年在剑桥大学学习，此后一直在剑桥大学任教，专注于语言学和文学方面的研究。1923年，瑞恰兹与奥格登合著的《意义的意义》一书出版，重点探讨语言如何影响思想，并尝试在语词、思想和所指事物之间的复杂关系中，研究文本的意义及文本意义的意义。这本书成为一般语义学派的奠基著作。1924年，瑞恰兹的著作《文学批评原理》问世，他提出了"交流理论""价值理论"和"语言的两种用法"等学术观点，对新批评的发展产生了极其深刻的影响，成为西方文学批评史中的宝贵遗产。出版于1926年的专著《科学与诗》，注重对诗本体而非诗歌要传达的内容的研究。

瑞恰兹对中国古典哲学十分崇尚，前后在中国讲学、居住达7年之久，1929年到1930年在清华大学任教。1929年，瑞恰兹所著的《实用批评》集中表达了他关于作品批评的思想，作品本体批评的理论、"细读"语义的文学批评方法及关于语义分析的一些见解均在此书中有相应阐述。这些观点对新批评的发展产生了深远的影响。1930年所著的《柯勒律治论想象》在批评的科学基础上继承并吸收了浪漫主义的诗歌理论。1935年之后，瑞恰兹从文学理论转向了BASIC英语教学法。

1944年到1963年，瑞恰兹执教于美国的哈佛大学。在1936年刊印的《修辞哲学》中，瑞恰兹从心理学研究转向修辞学的探索，认为复义是"表达思想的大多数重要形式都离不开的手段"，从而为他的细读文本方法提供了理论依据，成为新批评理论的一个核心基础。1980年去世前，瑞恰兹再度来华访学并进行演讲。"瑞恰兹"是中国学术界对他的名字的传统译法。

《语言的两种用法》出自《文学批评原理》的第34章（百花洲文艺出版社2010年版中译本原标题为《两种语言用法》）。瑞恰兹认为，两种语言用法产生的根源是两种不同的心理活动过程。如果这种心理活动是指向外部的，那么相应的语言使用目的是"指称性的"（referential）；如果这种心理过程属于内在活动，那么语言就是内指性的，即"感情性的"（emotive）。科学的发展使指称组织化，而其他的人类活动需要歪曲指称，这就是"虚构"，从而产生语言的"科学用法"和"情感用法"。瑞恰兹认为科学语言是"指称性的"，而诗歌语言是"感情性的"。提出语言两种用法的根本目的在于为诗辩护。在科学语言中，为了达到目的，不仅联想必须正确，而且联想之间的联系和关系也必须是合乎逻辑的。这就强调了科学语言的逻辑性。所说的话可以和客观事实对应起来进行联想对照，就形成一种真正的陈述。而语言的情感用法并非如此，联想中的差异无论多大都没有关系，因为我们需要的是进一步的效果，即态度与情感。关于这一点，其实就是联想所引起的一系列态度在自己的正确组织下，在与自己感情的相互联系下产生的非逻辑关系。正如瑞恰兹所说：艺术作品的真实性是内在的一致性，而科学的真实性在于符合现实的性质。在他看来，文学作品的真实性与现实生活的真实性可以毫无关系。

为了防止出现误解，瑞恰兹进一步就文学作品的"真"在批评中的主要用法作了几点说明。（1）当一个指称所指的事物客观上汇合起来的方式如同指称所指的时候，这个指称便是真的；否则它便是假的。但艺术极少包含这种意思。（2）"真"最常见的另一层意思就是可接受性。《鲁滨孙漂流记》的"真"在于小说向我们讲述的故事可以接受，它所以可以被我们接受是由于叙述效果的缘故，而不是因为故事符合人物所经历的事实。从这方面讲，"真"等同于"内在必然性"或"正确性"。（3）"真"可以和"诚"等同，从批评家的观点看来，从反面给它下定义最容易，我们可以把它看作艺术家没有明显地企图用对自己不起作用的效果来对读者产生效果，必须避免过于简单的定义。关于"真"的三个解释，分别对应着语义学的三个维度，即与现实相符、可接受性和真诚。

瑞恰兹在其理论生涯开始时，就给自己（也给未来的新批评派）规定了，这样的文学批评任务是弄清诗究竟是什么。完成这个任务的起点，在瑞恰兹看来应该是语义分析。瑞恰兹以现代心理学为切入点，提出"冲动平衡理论"。瑞恰兹认为，诗人可以同时将各种相互干扰、相互冲突、相互独立、相互排斥的冲动组织在一起，达到一种平衡状态。据此，瑞恰兹将语言的用途分为两种，即科学语言和文学语言。他认为我们判断语言用途的方式就是在科学意义上的求证："在通常的严格科学意义上这是真的还是假的？"如果回答是真的，那么这种语言就是符号式的；如果相反，则是感情性的。但是，这种方法太过简单，漏洞也甚为明显，瑞恰兹很快放弃了实证主义的文论观，开始从使用语言的目的上寻找文学的特异性——他的答案是感情性的语言目的是激发感情。瑞恰兹命题的重点是表达文学语言的真实性与现实无关。关于这一点，他在1926年发表的《科学与诗》中，将诗定义为"非指称性的伪陈述"。

新批评派一致反对瑞恰兹的"伪陈述"理论，然而我们不能忽略瑞恰兹的意义，因为正是缘于众多学者的反对,新批评派的观点才在彼此的论战中得以形成和完善。例如,维姆萨特和布鲁克斯都承认,瑞恰兹是新批评派"张力诗学"理论的宗师;艾伦·退特不仅将张力诗学发扬光大,还在《作为知识的文学》一文中,专门回应了瑞恰兹提出的文学与科学之间的区别问题,并认为"瑞恰兹先生如同一个优秀的实证主义者那样,是一种根深蒂固的勉强的类推以及一种难以捉摸却又诱人深思的设想的牺牲品"①。

—— 延伸阅读文献

1. I. A. Richards, C. K. Ogden and James Wood, *Foundations of Aesthetics*, London: George Allen & Unwin Limited, 1922.

2. C. K. Ogden and I. A. Richards, *The Meaning of Meaning*, London: Routledge & Kegan Paul Limited, 1923.

3. I. A. Richards, *Principles of Literary Criticism*, London: K.Paul, Trench, Trubner, 1924.

4. I. A. Richards, *Practical Criticism*, London: K.Paul, Trench, Trubner, 1929.

5. I. A. Richards, *Mencius on the Mind*, London: Routledge & Kegan Paul Limited, 1932.

6. I. A. Richards, *The Philosophy of Rhetoric*, London: Oxford University Press, 1936.

7. 赵毅衡编选:《"新批评"文集》,天津:百花文艺出版社2001年版。

(安静 撰)

—— 原文:《两种语言用法》

---

① [美]艾伦·退特:《作为知识的文学》,见赵毅衡编选《"新批评"文集》,百花文艺出版社2001年版,第169页。

经典原文

语言的两种用法

瑞恰兹 著　杨自伍 译

古代诗人可以理解，
古老宗教完美的人性表现……，
它们不复存在于理性信仰；
但是心灵仍然需要有一种语言，
古老本能仍然唤起古老名称。

——柯勒律治：《皮科洛米尼父子》

存在着两种判然有别的语言用法。但是由于语言理论在一切学科中是最受忽视的，实际上两种用法几乎历来未作区别。然而为了诗歌理论，也为了理解大量诗论文字的比较狭隘的目的，我们有必要清楚地把握住这两种用法之间的差异。为此，我们必须比较周密地审视伴随两种用法的心理过程。

我们自然而然运用的绝大多数心理学名词往往模糊了这种区别，可谓不幸却又不足为奇。举例来说，"知识""信仰""主张""思想""理解"，从普通的用法来看，这些名词意义含糊，其用法掩盖和模糊了本该揭示出来的要旨。它们所表明的区别拐弯抹角地表达了我们要求的区别，它们是在错误的场合、错误的方向所作的分析的剪接，毫无疑问，用于某些目的时它们相当有用，但是，就目前论旨而言严重地混淆了视听。可能的话，我们最好暂时把这些名词置于不顾。

在第11章关于精神的概述中，我们背离流行观念的主要突破在于用一次精神活动的起因、特性和后果来代替它的思想、感情和意志三个方面。导入这种处理方式旨在便于我们现在所要进行的分析。我们在那一章里再三强调，在绝大部分精神活动的起因中，有两组是可以区分开来的。一方面，存在着通过感觉神经进入精神的目前刺激因素，而且还有与感觉神经相济为用的是和它们相联系的过去刺激因素的作用。另一方面，存在着一组完全不同的因素，即机体的心理、它的需要、它对这一类或那一类刺激因素作出反应的有备心理。由此出现的冲动通过这两组起因的相互作用而形成它们的性质和它们的过程。我们必须始终分清这两组起因。

这两组起因的相对重要性变化极大。十分饥饿的人几乎会把任何嚼得动或吞得进的东西吃下去。在这些范围内，食物的性质对他的行为几乎无所影响。相比之下，饱汉就只吃那类他期望是味道好的东西，或者具有明确补养效用的东西，如药品。换言之，他的行为几乎完全取决于他的视觉或嗅觉刺激作用的性质。

一个冲动的性质得之于它的刺激因素（或者得之于恢复了的过去随伴的或相联系的刺激因素的效果），就这个程度而言，这个冲动是一种指称，用我们在第11章导入的这个术语来代表精神活动的属性，我们使用精神活动来代替思想或认识。① 显然，机体无所依凭的内部条件通常介入进来对指称有所歪曲。但是我们的大量需要只有在冲动不受歪曲的情况下才能得到满足。吃苦的经验教会我们对这些冲动听之任之，让它们尽可能反映或符合外部情况，使它们在可能范围内不受内部情况、我们的需要和欲望的干扰。

在我们的一切行为中，我们接受的刺激因素和我们运用它们的方式都是能够辨别的。我们接受的可能是任何一种刺激，但是只有在我们对它作出的反应符合它的性质而且在我们对它加以部分独立的运用时随之变化的情况下，才出现指称现象。

视觉形象有助于某些人思考复杂的问题，这些人可能发现在这一点上很容易想象始终受到细小颗粒（刺激因素）轰击的一个圆形物或球体。不妨构想球体内部存在着由于和外界刺激因素无关的原因而不断变化的复制机制，这些机制通过打开一些小的出口来选择一些允许进入并且起作用的刺激因素。如果随之而来的震动是由于这些冲击的性质造成的，也是由于那些伴随着过去类似冲击的冲击的残留作用造成的，这种震动便起着指称作用。如果这种震动是由于内部机制本身的独立运动造成的，指称作用便无法发生。这个图解式的形象可能会便于某些人理解。而有些人则不相信这类东西，可能他们还是对此不予理

---

① 读者如果是心理学家，就会注意这个表述中有不少要点需要加以阐扬或给予限定性说明。例如，我们进行"内省"的时候。正常情况下属于第二组的因素可能进入第一组，不过只是掌握了总的理论，作者就能够自己补充这些复合因素，我不想以不必要的纷繁细节成为本书累赘。

会为好。运用视觉形象并非对神经病学的贡献,也绝不是作者观点的一个依据。

有些人尚未忘记1914年到1918年的事件,并且十分怀疑地看待见解和欲望的独立性,即使他们也低估需要和欲望对指称的干预程度。只要错误没有直接剥夺我们的利益,甚至最普通、最熟悉的物体也是按照使我们获得快感的程度而不是如其本然地去感知的。任何人要获得个人仪表的正确印象,或者要对他个人感兴趣的人的面貌获得正确印象,这几乎是不可能的。也许万一获得了正确印象并非有好处。

一种是冲动应当尽可能地完全取决于并且合乎外界环境的心理场,其中指称应当占优先地位,还有一种是冲动可能屈从于本能习性反而有利的心理场,分清两者的界限不是简简单单的事。根据许多关于善和美理应是什么的看法,它们本身就是使指称屈从于感情满足的结果,可能并不存在什么问题。人们会说:真理有优先于所有其他考虑的权利。不是以知识为基础的爱情会被形容成毫无价值。我们不该仰慕不美的一切,如果平心而论我们的情人,确实不美,那么根据上述教条来推断,我们就应该出于其他理由而仰慕她。这类看法最为有趣之处在于它们的混为一谈使得它们俨然合理。作为事物一个外在品质的美往往是通常包含其中的,正如善是无从分析的理念一样。美与善是根本来源于欲望的习惯对我们的某些冲动的特殊歪曲。二者在我们心灵里萦绕不去,因为把一个事物视为善的或美的,所给予的直接感情满足甚于指称它是以这一种特殊方式(参阅第7章)或另一种特殊方式(参阅第32章)满足我们的冲动。

思考善或美未必是指称任何东西。因为"思考"这个名词所包括的精神活动是这样的:其中冲动完全受制于内部因素而且不受刺激因素控制,结果指称并未发生。大多数的"想到"的活动当然包括一定程度而非全部程度上的指标,同样,许多指称一般不会被说成是思考。我们扔下某个烫得无法抓住的东西,人们通常不会说我们是经过思考这样做的。这两个字眼的意义有所重叠,而它们的定义则属于不同类别,假如说人们一般用法上的"思考"是有一个定义的话。"思想"在本章第二段被形容为表明一个拐弯抹角的区别,道理就在于此。

现在言归本题。指称的要求与其他的要求绝不是轻易能够调节的。近来我们的指称能力已经有了极大的拓展。科学以惊人的飞速发展开辟了一个个可能实现的指称领域。科学就是对种种指称的组织化,唯一的旨趣在于方便和促进指称。科学得以进展主要是由于其他的要求,通常是我们宗教愿望的要求,已被搁置不论。所以科学和宗教发生冲突绝非偶然。它们是冲动可能得到组织时所依据的不同原理,我们越是仔细推究,越能看出二者的互不相容。任何可能实现的所谓调和将导致把宗教的名义给予某种迥然不同的东西,它有别于现在宗教所指的冲动系统化,原因在于调和所出现的信仰因素就会具有不同性质。

人们一再尝试把科学降低为屈服于某种本能或情感或欲望的地位,比如好奇心。有人甚至无中生有地说存在着一种为了知识本身而追求知识的特殊激情。但是事实上一切激情和一切本能,一切人的需要和欲望都可能间或为科学提供动力。没有任何人类活动不是间或可能需要不受歪曲的指称。然而,基本要点在于科学是自主性的。科学中得到发挥的冲动仅仅受到这些冲动的彼此修正,旨在达到最大限度的完整性和系统化,而且为了促进进一步的指称。只要其他考虑歪曲了它们,它们就还未成为科学,要么就是已经不再成其为科学。

宣布科学有自主性,这跟我们的所有活动都屈从于科学是大不相同的。前者无非断言,只要任何指称的主体不受歪曲,都属于科学。前者丝毫不是断言:即便有可能获得有利条件,也不能歪曲指称。而且正如存在着如要得到满足就需要不受歪曲的指称的无数人类活动一样,也存在着同样重要的无数其他的人类活动,它们同等需要受到歪曲的指称,说得明白一些,即是虚构。

运用虚构,不如说对虚构的想象性运用,并不是一种自我蒙骗的方式。运用虚构也不是以为事物真相并不是它们的表象的一个自欺的过程。在所有情况下,运用虚构与充分而无情地认识确切的外界态势是完全可以兼而得之的。运用虚构并非以假为真。但是我们的指称和我们的态度已经变得纠缠不清而令人不知所措,结果下述那类可悲的景象实在屡见不鲜:如叶芝先生试图相信有什么小精灵,再如劳伦斯先生抨击太阳物理学的合理存在。可谓一大不幸的是欲望迫使人们毫无道理地信仰。由此产生的状态经常极大地损害了心灵。但是这种滥用虚构的常见现象不应致使我们对虚构的巨大用处视而不见,只要我们不对它们本来没有的东西信以为真,只要不把我们可能用来调节我们对于实际生活的主要手段降格为喋喋不休的谵语的材料。①

倘若我们有了足够的知识,也许可能单单通过科学的指称而获得所有需要

---

① 启示学说一旦有了立足点往往处处进行干扰。它们起到证明任何结论为合理的一种万能的大前提的作用。举例来看:"因为艺术的功用在于穿透现实世界。所以结果艺术家在画轮廓时再明确也不过分。好的草稿是一切优秀艺术的基础。"(查尔斯·加德纳《幻景与服饰》,第54页)

的态度。由于我们还没有足够的知识,这种有所认识而非常渺茫的可能性我们只能姑且不论。

无论表述引起的或是其他艺术中类似事物引起的虚构,都可以在许多方面为人运用。举例来说,可以运用虚构进行欺骗。不过这并非诗歌中虚构的典型用法。需要分明泾渭的区别并未产生与科学意义上的确凿真理相对立的虚构。可以为了一个表述所引起的或真或假的指称而运用表述。这就是语言的科学用法。但是也可以为了表述触发的指称所产生的感情的态度方面的影响而运用表述。这就是语言的感情用法。一旦清楚地把握住了,二者的区别就很简单。我们可能要么为了文字激发的指称而运用文字,要么为了随之而来的态度和感情而运用文字。文字的多种安排唤起种种态度,而行文之中并不要求任何指称。文字产生的效果犹如乐句。但是通常指称是作为由此产生的态度发展的条件或阶段而包含于其中的,然而重要的仍是态度而非指称。在这些情况中指称是真是假根本无关紧要。它们的唯一功用在于引起和支持成为进一步反应的态度。质疑问难,这种处理指称的求证方式并不相关,有水平的读者不会允许这种方式来干扰。"合乎情理的不可能胜于不合情理的可能",亚里士多德说得非常聪明;这样产生不当的反应的危险性较小。

这两种情形下心理过程之间的差异甚大,不过容易被人忽略。不妨想想每种用法导致什么后果。就科学语言而论,指称方面的一个差异本身就是失败:没有达到目的。但是就感情语言而论,指称方面再大差异也毫不重要,只要态度感情方面进一步的影响属于要求的一类。

再则,在语言的科学用法中,不仅指称必须正确才能获得成功,而且指称互相之间的联系和关系也必须属于我们称为合乎逻辑的那一类。指称不可互相妨碍,必须经过组织,从而不会阻碍进一步的指称。但是就感情目的而论,逻辑的安排就不是必要的了。它可能而且往往是一种障碍。因为重要的是由于指称而产生的系列态度应当有其自身应有的组织,有其自身感情的相互联系,这往往并不依赖产生态度时可能相关的那类指称的逻辑关系。

就"真"在批评中的主要用法作几点说明,可能有助于防止误解:

(1)"真"的科学意义,即指称和象征着指称的派生性的表述是真实的,这是不必多谈的。当一个指称所指的事物客观上汇合起来的方式如同指称所指的时候,这个指称便是真的。否则它便是假的。任何一门艺术极少包含这层意思。为了避免混淆，如果能过把"真实"这个术语保留给这种用法，那就比较妥当。在纯粹的科学论文中这是可能而且应该的，不过这类论文并不多见。实际上这个字眼所附带的感情力量十分强烈，所以在泛泛而论中也无法弃置。一位讲演者如果需要激发某些感情并且唤起表示赞成接受的某些态度，他就难以抵挡这种诱惑。无论运用真理这个字眼时带有多么不同的意义，即便运用的时候不带任何意义，它在促进态度时却具有效果，所以它仍然不可或缺，人们将会仍旧一贯地胡乱运用这个字眼。

（2）"真"最常见的另一层意义就是"可接受性"。《鲁滨孙漂流记》的"真"在于小说向我们讲述的事情可以接受，其可接受性在于有利于叙述效果，而不是其符合涉及亚历山大·塞尔扣克[①]或另一个人的真情实况。依此类推，《李尔王》或《堂吉诃德》倘若有了圆满的结局，那么结局的虚假性就在于那些已对作品的其余部分作出充分反应的读者无法接受这样的结局。正是从这层意义上来说，"真"等同于"内在必然性"或正确性。凡是"真实"或者是"内在必然"的东西都完成或合乎经验的其余部分，都相济为用而唤起我们有条理的反应，不论是美或其他反应。"想象力视之为美而捕捉住的东西必定是真。"[②]济慈这样说就是运用了"真"的这层意义，不过并非没有混淆。有些时候人们认为：凡是重沓或多余的，凡是不必要的，虽然不是阻碍性或破坏性的，也是虚假的。佩特说："累赘！艺术家准会厌恶那个东西，如同赛跑者肌肉上长了东西。"[③]或许他本人在这个例子中绞尽脑汁想出这句妙言。不过这样是过于苛求艺术家了。这是把大刀阔斧用错了地方。恢恢有余乃是伟大艺术的一个共同特点，其危险性远远小于苦思冥想的笔墨经济所往往产生的玲珑剔透。基本要害在于不必要的成分是否干预反应的其余部分。如果并不干预，可能由此获得的格外充实反而使得全篇更佳。

这种内在的可接受性或"说服力"有必要跟其他的可接受性加以对照。举例而言，托马斯·莱梅就是由于外在原因而拒绝接受伊阿古[④]："为了吸引观众而搬出有乖于常识和自然的新奇东西，他要强加给我们一个诡秘的、弄虚作假的无赖，而不是一个坦荡、直率、堂堂正正的军人，这才是世界上数千年来他们不断创造的

[①] 苏格兰水手、强盗，鲁滨孙的人物原型。——译注
[②] 见济慈书信，致本杰明·柏莱，1817年11月22日。——译注
[③]《论风格》，第19页。
[④] 伊阿古，《奥德赛》中的人物。——译注

人物性格。"他看出了"事实就是这位作者头脑里充满作恶的、无人性的形象"①。

莱梅无疑是想起了亚里士多德的意见，"艺术家必须保持典型而又使之变得崇高"，不过他的领会是师心自用。在他看来典型就是陈陈相因固定下来的，他的接受与否毫不顾及内在必然性，而是单单根据是否符合外在标准来定的。莱梅是一个极端的例子，但是在比较微妙的问题上避免他那样的谬种实际上有时正是批评家的任务中最困难的一部分。不过我们的典型概念是得之于某种上述一类荒谬的说法，或者是比如从动物学手册里搬来的，这是无足轻重的。批评方面的危险在于照搬外在标准。莱梅同时在这一点上又提出异议：历来没有摩尔人的将军供职于威尼斯共和国②，他这是在运用另一个标准，即史实的标准。这种错误为害较小，不过罗斯金论及绘画的"真"时尤其爱犯类似的错误。

（3）"真"可以等同于"真诚"。艺术家作品的这个特性我们在论述托尔斯泰的交流理论时已经简要地涉及了（见第23章）。从批评家的观点来看，或许不妨十分便当地从反面给真诚下个定义，即艺术家这一方面不抱任何明显的企图而想用对自己不起作用的效果来对读者产生效果。必须避免过于简单的定义。大家知道彭斯一面写《深情的一吻》，一面迫不及待想避开"南希"（即麦克里霍斯夫人）③的注意，诸如此类的例子数不胜数。在这个问题上有些天真得荒唐的看法④比比皆是，可以下述意见为例：博特姆莱一定是相信自己得到神灵启发，不然他就不会感动他的听众。以博特姆莱高谈阔论的水平而论，演说家只是情绪高涨，不论由于骄傲还是香槟下肚，都能使他的谈资产生效果。但是以彭斯的水平而论，出现的情形则大为不同。这里就包含着他作为一位艺术家的正直和真诚；外界环境并不相干，但是或许这首《深情的一吻》中有内在佐证表明其创作冲动方面的瑕疵。可以比较一首极其相似而没有瑕疵的诗，即拜伦的《我俩分手的时候》。

（选自［英］艾·阿·瑞恰兹《文学批评原理》，杨自伍译，
百花洲文艺出版社2010年版）

---

① 《悲剧概述》。
② 这里谈的还是《奥赛罗》。——译注
③ "南希"一再出现于彭斯的诗歌。诗人和艾格尼丝·麦克里霍斯夫人通信长达5年。——译注
④ 参见艾·克拉顿-布罗克的文章，《泰晤士报》，1992年7月11日，第13页。

兰色姆与《新批评》

经典导读

　　J. C. 兰色姆（John Crowe Ransom，1888—1974），美国现代著名文论家、诗人。兰色姆出生于美国南方田纳西州，在英国牛津大学毕业后，1914年起任教于田纳西州纳什维尔市范德堡大学，1937年起任教于俄亥俄州肯庸学院，1939年创办著名文学评论刊物《肯庸评论》，并任主编直至1958年。此后，兰色姆曾在许多大学任教。1964年，兰色姆的《诗选集》荣获美国全国图书奖。1973年，兰色姆获得全美文艺学院金质奖章。

　　兰色姆首先是一位著名的诗人，也是新批评派发展过程中承上启下的重要人物。新批评源于英国而盛于美国，其中的关键人物就是兰色姆。在新批评形成期间，美国的"新诗运动"中产生许多诗社。1921年，以兰色姆为中心集合了范德堡大学的师生，形成"逃亡者"这一诗歌流派。诗刊《逃亡者》虽于1925年停刊，但兰色姆一直与他的一些学生保持密切关系，20世纪30年代中期后，他们发表了一些论文并出版了影响深远的书籍。其中翘楚当属兰色姆的论文《诗歌：本体论笔记》（1934）和文集《世界的肉体》（1938），退特的论文《论诗的张力》（1938）和文集《关于诗和思想的反动文集》（1936），以及布鲁克斯与沃伦合著的大学文学系课本《怎样读诗》（1938）。虽然当时他们被称为"南方批评派"而没有"新批评"这个名称，但新批评派的主要观点已经大体形成。

1941年，兰色姆出版《新批评》一书，出乎作者所料，"新批评"这个词主要指兰色姆自己和他的几个学生组成的"南方批评派"。不过，兰色姆虽是新批评派的奠基者和公认的领袖，但他的许多观点，尤其是反对文学作品结构的有机论观点，与大部分新批评派成员不合，从而引起长期论战。兰色姆的部分后期论文被收入文集《躲闪》（1972）之中。

早在组建"逃亡者"时期，兰色姆开始了对"物性""世界"和"诗歌本质"的思考，从而设定了其本体论思想的起点；后来逐步构建了他的本体论美学和本体论诗歌理论；在创办《肯庸评论》之后，兰色姆将学术视线聚焦于文学批评领域，不断充实其批评理论，构建起一个独特的"文学共和国"。

立足于对"文学特异性"即诗歌表达的是"本体世界的知识"这一认识，兰色姆把诗歌分为三类。第一类诗歌是事物诗，企图以空洞的意象抵御形而上思考，缺少绝对的实体；第二类是概念诗，也就是"柏拉图式的诗歌"，它描写的事物不过是一些爱国、宗教、道德等抽象概念的表意符号，是概念图解，它的主题在理性上；第三类是玄学诗，这种诗富于"奇想"，经常采用暗喻、反讽、悖论等手法，把表面上互不关联的事物和概念联系在一起，使读者惊奇并不得不去认真思考诗中玄妙的深意。第三类诗在兰色姆看来，能使人感受和思考世界的本体。兰色姆认为，诗意图恢复我们通过自己的知觉和记忆模糊地认识的那个更为繁富、更难把握的原初世界，即本体世界。

新批评家的任务就是探索诗歌的认识。批评家应该关心的是诗本身，不要把"意义"和"形式"当作相互独立的东西来探讨。他重视逐字逐句细读文章的价值。在《新批评》一书中，他逐一分析了新批评的三位先驱瑞恰兹、艾略特和温特斯的成就与缺陷，呼吁新批评家——本体的批评家的出现。在第一章中，兰色姆指出新批评以瑞恰兹为起点，但不赞成瑞恰兹以心理学批评方法为基点的诗歌评论。第二章讨论了"历史批评家"艾略特。兰色姆认为，断定一首诗的价值根本没有必要去参照历史或传统，而艾略特的批评虽包含很多有价值的观点，却以传统为标准，因此艾略特的批评仍近似于瑞恰兹心理学理论的某种翻版。第三章分析了"逻辑批评家"温特斯。兰色姆认为，温特斯是最擅长抓住诗歌结构的批评家，同时，他对诗歌又保持着最浓厚的道德兴趣。兰色姆的结论是，温特斯对新批评的贡献不是他的道德主义，而是他的结构分析。兰色姆认为，诗歌不是道德说教，也不是情感、感觉或"表现"，而是最符合新批评"本体论"要求的"构架—肌质"理论。这个概念来源于他1941年发表的一篇文章——《纯属思考推理的文学批评》。构架（structure）指作品内容的逻辑陈述，是可用散文转述的主题意义或思想内容；肌质（texture）指作品中不能用散文转述的细节部分，即语言形式与审美意象部分。"肌质"是文学作品的核心与精华，文学的美在于肌质，文学作品是被充分"肌质化"了的。在兰色姆看来，世界既有抽象、具有逻辑性的一面，也有感性、充满个性体验的一面，这两者组成了一个完整的世界。科学话语运用象征符号，每一个符号指称一个物体；而在艺术世界中，图像符号代替了象征符号，它指称整个的或者说具体的物体，这是不受限制的。兰色姆认为，艺术的世界是现实的世界，不受科学象征符号的限制，丰富的表现内容足以使我们感觉自己面对的是真实的物体，具有科学所没有的丰富质感和价值存在。

兰色姆的本体论批评洗去了瑞恰兹、艾略特理论中的心理学因素，并将二人理论与新批评相一致的方面进行了更进一步的发挥，从而把新批评建立在明确的文体中心论（即文本批评，textual criticism）的基础上。同时，他通过诗歌寻找的是世界本体，因而具有神秘色彩。我们也可以看到，即使是新批评派的其他理论家，也都对兰色姆将诗歌二分的方法表示不满。正是兰色姆与后来人的持续论战，才促使新批评得以长足发展。

―― 延伸阅读文献

1. Ransom, *The New Criticism*, New York: Greenwood Press, 1979.

2. James Edmund Jr. Magner, *John Crowe Ransom*, Ann Arbor, MI: University of Michigan Press, 1967.

3. Ransom, *Selected Letters of John Crowe Ransom*, Baton Rouge, LA: Louisiana State University Press, 1985.

4. Paul K. Conkin, *The Southern Agrarians*, Knoxville, TN: University of Tennessee Press, 1988.

5. Marion Montgomery, *Crowe Ransom and Allen Tate*, Jefferson, NC: McFarland & Co., 2003.

6. ［美］约翰·克罗·兰色姆：《新批评》，王腊宝、张哲译，北京：文化艺术出版社2010年版。

7. 赵毅衡:《新批评——一种独特的形式主义文论》,北京:中国社会科学出版社1986年版。

8. 徐克瑜:《诗歌文本细读艺术论》,兰州:甘肃人民出版社2009年版。

9. 胡燕春:《"英、美新批评派"研究》,北京:中国社会科学出版社2010年版。

10. 李梅英:《"新批评"诗歌理论研究》,北京:中国社会科学出版社2012年版。

(安静 撰)

—— 原文:《新批评》(节选)

经典原文

新批评（节选）

兰色姆 著 王腊宝、张哲 译

与散文语篇放在一起，诗歌总让我们一眼就令人信服地看出它们二者的不同。我们已经研究了几位重要的新批评家，他们都觉察到了这种现象，但均未能肯定地说出它们之间的差别到底是什么。

二者的差别不在于道德说教，因为道德说教在散文中也可以进行得明白晓畅，在纯粹或者说完美的散文中更是如此。那些试图将诗歌视为道德话语的优秀批评家们并不努力说服自己去评论诗歌中的道德，而完全从其他的角度来讨论诗歌。

二者的差别也不在于情感、感受力或"表现"。当诗歌被看作内容陈腐空泛、只能撩拨某些深藏心底的情感时，它的名声就变得不大好听了。我们不能就诗歌中的情感作任何具有确定意义的探讨，所以情感批评总是异常模糊。

更有希望成为区别诗歌与散文的特征的是一首诗所特有的结构。优秀的批评家们最后认识到了这一点。但是，诗歌通过它奇特的结构想表达些什么，这个问题很难说得清楚。假如一种结构（1）在逻辑上通常不及科技文章的结构那样严密与精确；（2）引入并携带大量于结构无益甚至有碍的不相关材料或异质性内容，那么，这样的结构有什么价值呢？如果接受我们最优秀的批评家所作的分析，那我们就会不可避免地面对上述（1）（2）两条表述，我们把它们归纳起来就是说诗歌是一种松散的逻辑构架，伴有局部不甚相干的肌质。

我的感觉是，我们在诗歌中见到的是一种对常规逻辑话语的革命性背离，对此我们应当给予清晰而恰如其分的描述。我觉得事实已经证明，要弄清诗歌与散文的区别并不难，但是，弄清这个区别又有什么样的意义呢？诗歌的结构本身就是诗歌的散文释义，它几乎可以是任何性质的逻辑话语，可以表达适合于逻辑话语的任何内容。同样，肌质几乎是诗人可以随意想到的任何真实的内容，只要它自由、硕大、不受束缚，因而无法完全进入结构当中去。我猜想，使肌质区别于结构、使诗歌有别于散文的东西，是内容的"层次"而非内容的

"种类"。不管怎么说，曾经有人将道德内容提出来作为诗歌的特有内容，但是那种说法不能令人信服。道德内容并非诗歌所专有，它完全可以成为散文的内容；况且，大量的诗歌并不包含道德内容。我认为，诗歌作为一种话语的根本特征是本体性的。诗歌表现现实生活的一个层面，反映客观世界的一个等级，而对于这样一个层面和等级，科学话语无能为力。

这一点不难理解。我们生活于其中的这个世界不同于我们在科学话语中所描述的那个世界或者说那些世界（因为科学描绘的世界是多种多样的），科学世界是生活世界经过了约简，它们不再鲜活，而且易于驾驭。诗歌试图恢复我们通过感知与记忆粗略认识到的那个更丰富多彩也更难驾驭的本原世界。根据这一假定，诗歌提供一种知识，这种知识有着迥然有别于其他知识的本体个性。

……

我们认为，科学话语的有效性部分依赖于它在语义上的单纯。这就是说，每一个象征符号应当指涉一个物体，这个物体的意义因语篇而具体设定，或者只具有该语篇所要求的特定价值，在整个语篇中，它指涉的物体不得有任何的变化，一个象征符号的指涉对象应是受限制的，而且始终不变。

然而，在美学话语中，我们用图像符号取代了象征符号。图像符号的特点在于它指涉整个的或者说具体的物体，不受限制。莫里斯先生说，图像符号"体现"话语所要表现的价值属性。但是"体现"一词的分量很重，莫里斯先生使用它，就应该承担起这样做的后果。他当然没有说明如何将价值属性从它的图像符号整体中分离出来，或者将它置于中心，再不然把它放在突出的位置，以便我们大家肯定能注意到它，而不只是整个的图像符号。①

图像符号是一个特别体，一个特别的事物是难以界定的，也就是说，它超越一切界定。在戏剧中，哈姆雷特王子在我们心目中的形象就是图像符号，它

---

① 的确，他曾在谈到图像符号时提出，图像符号代表一种"完成的"或者说最后的价值，仿佛它为一个物体构建了一个明显供人观看的、非常成熟的意象。这个意象魅力四射，人们情不自禁地要去了解这一符号所要表达的价值。但是，即使如此，我仍不明白这个物体是干什么用的。物体是个障碍。人们必须放弃它，才可能关注观看者、甚至包括严格的话语作者感兴趣的价值。不过，假设这个物体的存在是为了与价值一样引起人们关注，假设关注物体也许并非只是科学话语的特征，相反，它是审美话语的区别性特征，那么，这个问题就容易理解得多。

每一次都跟上一次不一样，他的每一次出现都是对指涉对象必须始终不变的原则的一个否定。一个特别的事物具有太多的属性，也具有太多的价值。一种用图像符号编织起来的话语靠的是特别具体的事物，如果这种话语得到广泛认可（并获得一张语义健康证），那么它一定与科学话语相去甚远；它绝对值得我们从哲学的高度给予关注，我们必须时刻准备接受挑战，勇敢地面对，因为按照理论的现状，我们的努力将是全新的。

随着图像符号进入话语，句法维度与语义维度一样都受到了威胁。我们已经习惯于要求象征符号按照严格的逻辑来活动，但话语显然不可能强迫图像符号这样做。艺术中的逻辑可能具有不同程度的有效性，但这一有效性永远小于科学逻辑的有效性。与此同时，我们或许会说，艺术逻辑至少必须部分地依靠纯象征符号以保持完整统一，否则它根本不具备有效性。因此我们料想，人们会发现审美话语在使用图像符号的地方偏离逻辑轨道，或者发现它借助有效象征符号在总体上实现自我维持，但有时候它会突然将普通的象征符号转变成图像符号，借它来指示整个的物体，该物体的象征符号只指示它的某种单个的价值属性。不过，我们要同时弄清艺术的语义和句法实质，就必须进行最为勤勉的研究。

在科学话语中，我们每次只研究一个单一的价值体系。在艺术作品中，仅仅揭示一种价值体系的是它的释义（莫里斯先生对此作过非常周详的论述），也即话语的"寓意"，或者说主题或观点陈述。作品本身会超出释义内容而进入自然的、多重价值的物体或情境领域。

作为一种话语，艺术的确不走常规，近乎不可思议。当它看起来就像是科学话语时，似乎也中规中矩，然而，每隔一段，它就会亮出自己的图像符号。在这些图像符号中，感觉上，单纯的话语几乎不可能发生。

正如莫里斯先生所说，科学是陈述性的，科学陈述具有预言价值。但艺术使用的是图像符号，作为个性特别体，图像符号具有偶然性，难以预测。艺术似乎只让我们预见到某种程度的不可预见性。

然而，这类原则是本体性的。举例来说，可以预见的世界是科学话语的有限世界，它的限制性法则是一次揭示一种价值。艺术的世界是现实的世界，它不受限制，至少它敢于公然蔑视科学的限制性，其表现内容之丰富足以使我们感觉自己面对的是真实的物体，由现实物体构成的世界具有科学所没有的一丰富质感或丰富价值存在，而致力于系统记录这一世界的话语就是艺术。

关于诗歌活动的语用情况，或者诗歌的"心理学、生理学与社会学"动机，我没什么可说的。像莫里斯先生那样认为艺术的语用意图与科学相同好像没有多大意义。我们会问：为什么科学家不可以既使用科学话语，也使用美学话语呢？对于其中的动机，就像在其他许多行为的问题上一样，心理学家们至今没有给我们以明确的答复。诗歌活动是一种知识行为。科学与审美的认知方式应当互为启迪，也许它们提供的是两种可供选择的不同类型的知识，而对一种知识的偏好或许能说明一个人在气质上的基本倾向或主要倾向。一个行为背后的语用动机哪怕总是临时形成的，即便这一行为不符合心理学常规，我们似乎可以肯定的是，这一行为的发生是必然的。

讨论至此，我将冒昧地抛开莫里斯先生的理论框架，这些理论已经为我们的研究提供了相当有力的精神支持。我希望还是退后一步，回到对诗歌的本体分析上来。

批评家在评论一首诗时明白，创作一首诗至少需要在文字上苦心经营，以便找到一种"格律美""意义到位"的语言。对此，他了然于胸，所以可能也不再感到好奇，或者也不觉得这些情况对于批评有什么用处。他会说，这属于实践诗学，不属于批评领域。

对于诗歌这一形式的发展历史，我们这些人并没有一个统一的标准看法，不过，我们仍然会感到奇怪，诗歌何以不要那种一次解决一个难题的语言，而偏偏企望一种一次可以同时解决两个难题的语言呢？讲究逻辑的人要达到思想的完善，靠的并非语言的百般雕饰。在一首诗的创作过程中，观点陈述竭力排挤格律，而格律又竭力排挤观点陈述。从格律与观点陈述的和谐中似乎始终能看出双方所作的牺牲，在一首完成的诗作中，这些牺牲表现为形形色色的技术处理，批评家可以对它们进行分析，如果他认为这样做可以增进对诗歌的理解的话。多数批评家似乎并不这样认为，因为他们不作这样的分析，也不在这种分析的启发下进行哲学的思考。相反，批评家们往往认为，一位优秀的诗人对自己的观点陈述总是驾驭自如，格律对观点陈述毫无影响，或者如果有什么东西能够突出诗歌的逻辑，那就更好，批评家们还认为，观点陈述的形式总是完美的。

诗歌创作要满足两个要求（1）表达预定的意义，（2）符合预定的格律，这比挑选又大又红的苹果要难多了。从理论上讲，要做到上述两条似乎根本办不到，除非让我们对上述概念加以适当的修改。的确，语言具有语义和语音的双重属性，前一种属性是语言在比较固定的常规下对语言外物体的指涉，它构成语言的意义；后一种属性指的是语言本身作为一连串客观物理声音的存在。

我以为，只为语音效果而从现有的全部词汇中精心挑选一些词，来营构一种十全十美的格律，这样完美的格律创造不可能有什么意义，无非满纸胡言，这一点几乎毋庸赘言。我们同样无须证明的是，纯逻辑写作不太可能刻意地讲求格律。后一种情况在我们的科学语篇、报刊文章、商业信函以及日常交谈中比比皆是。即使如此，稍稍思考一下下面这条短短的数学话语，或许对我们也不无教益：

$$(a+b)^2 = a^2 + 2ab + b^2$$

在这道等式中，数学家准确地表达了他的意思，所用语言没有格律，如果我们试想一下，还会发现他并不希望任何诗人赋予它格律，原因很简单，因为他担心诗人将不得不改变原来的话语从而扰乱他的逻辑意义。喜欢朦胧的美学家心中立刻冒出一两个恼人的疑团：诗人对一段话语进行格律处理的时候会对原话语作出哪些改变？什么样的话语会允许作这些改变？

一种观点陈述如果为了获得一种格律就允许改变自己，那么它一定本来就有些不确定。观点陈述不可能完全保持自身规则所给予它的确定性，因为格律将使它变得不确定。

反之，如果一种格律形式要表现某一观点，那它必然也具有一定的不确定性。事先就对它作出严格的确定毫无用处，因为观点陈述会使格律变得不确定。

上述两条原则中的第二条似乎不算太坏。对大多数诗人和读者来说，意义比格律更重要。

……

我们可以假设语音效果与意义效果在理论上完全平分秋色、彼此相等，但事实上，在意义和声音之间，我们或许对意义的兴趣更大。因此我们很容易就会说：语音效果多少充当意义的肌质。它为意义增加一种本体性的内容。

然而，如果我们独立地审视语音效果本身，我们就会发现，诗人努力在自己的格律（也即规整的语音结构）中开发属于它自身的肌质，这种肌质由格律变异构成。他这样做也是迫不得已，原因与驱使他在意义中建构意义肌质的考虑完全相同，只不过情形正好相反，这一点我们已经见过。意义必须适应格律，于是就产生了意义中的肌质，而格律必须适应意义，又产生了格律中的肌质。当他无法再用更加严整的格律语言来表达意义时，他就接受"最后一稿"，听任格律的变异保留下来。这些变异当然展现出声音世界的偶然性和不可预见性，或者一言以蔽之，这些变异展现出声音世界的"实际"。事实上，语音效果的可能性很多，在这里，一个音步或短句顽固地坚守自己的异类特征，而不是为作者的意图所同化。我觉得，我们既然习惯于从一首诗中读出许多的意义，如果我们不去体察其中的本体性考虑，那将是致命的。

　　但是，格律中的肌质形成要受到成规惯例的约束——对于意义中的肌质形成所受的惯例约束尚无明确的说明。格律变化是可以允许的，但是，它们必须是特定的几种。我觉得经验已经证明，或者说，人们不无奇怪地一致感到，只要允许一些变化，表达确定意义的短句大体上永远可以找到，此外，格律与格律变化造成的效果把语言变得灵活圆转，足以表达任何意义。就拿英语诗歌的主体形式抑扬格来说吧。伊丽莎白时代的戏剧诗是在先变得非常松散或者说变得"韦伯斯特化"之后才走向消亡的，后来，柯勒律治在短小的韵体诗中几乎把抑抑扬格变成了抑扬格的一个合法变体。不过，除了这两个著名的特例，诗人们凡要对抑扬格诗歌有所偏离时，都异常一致地选择以可接受的变化为度。至少到我们这个时代为止都是这样。近来的许多诗人，不论学问大小，都摆脱了格律的"枷锁"，他们什么时候觉得方便就使用一下格律，否则就一律不去谋求任何接近确定格律的东西。不过我这里讨论的是传统的诗歌创作，批评家如果要讨论传统诗人，就必须考虑这一点，这是毋庸置疑的。

……

　　诗歌效果中有一种非常突出而又不大清晰的特点，那就是：语音和谐。关于这一点，我们有必要作一点正式的讨论。在语言的语音和谐下面，应包括使用流畅的辅音序列，这在诗歌中比在散文中要显著得多：包括消除或减少刺耳的辅音组合，在完全遵照意义原则将所选词并置时，这种情形会自然地出现；还包括通过制造变化，或者至少通过避免连续使用平板或弱读的元音，妥善安排元音系列。这些也是切实可行的诗歌创作原则，在造成意义不确定的过程中，它们无疑会产生影响。从这个意义上讲，它们属于结构性原则。毫无疑问，我们通常把语音的和谐当作一种追求纯声音享乐的原则；语音的和谐给喜好音乐的耳朵带来愉悦，我们可以肯定，即使在我们默读的时候，它也使我们的发音器官感到愉悦。不过，那不是我们所要表达的观点。语音的和谐是诗歌在语音维度上进行肌质提升的最后一道工序。我认为，在对它进行评价的时候，我们必须将"提升"放在"肌质"之前。提升肌质就是要使肌质更加不着痕迹、更加圆熟，就是要打磨掉它部分的个性棱角，也就是说，使它与主旨结构更加珠联璧合。因此，我倾向于认为，语音和谐像格律那样是一种确定的语音原则，但与格律相比，它对意义造成的束缚和干扰要少得多。当我们认为它与格律会作为对立的结构原则互相冲突时，理论上会出现一些复杂情况已经够多的了。

……

最后，我们还应当注意非哲学批评家几乎普遍接受的一种观点，这种观点在最远离哲学的批评家中间最为盛行。这种观点认为诗歌的语音效果不仅（1）符合格律，（2）和谐悦耳，而且最好——实际上常常也的确如此——（3）"富于表现力"；换句话说，诗歌中的声音应该与它所指示的物体"相像"，或者多少就"是"它所指示的对象，至少它应该"暗示"所指示的物体。在这里，我们必须毫不客气地说，这种观点不论在理论上或总体上，还是具体针对我们引证的大部分诗歌而言，几乎全是谬论。事实上，一个词语与它的指称对象之间看不出究竟有何相似之处，如果有人说它们之间确有相似，瑞恰兹先生在他的《修辞哲学》第三章中已经根据雷奥纳德·布龙菲尔德的《语言》与亚里士多德的《诗学》的权威观点对它进行了彻底的批驳。此外，短句或大段诗的"韵律"与它的指称情境之间也没有太多特别的相似之处。对于后一种谬论，我不知道可以引据哪家权威之分析来批驳，也不打算临时拼凑出一段来。我只想说（尽管不是所有读者都仅满足于此），人们通常所谓的相似之处在头脑清醒的评家看来不过是捕风捉影，牵强附会，为了弥补论证的缺乏，我只想提出一点本体意义上的思考，通过揭示当下流行谬误的实质，让大家对这种流行谬误有个更清楚的了解。即便谬误之中也多少包含着一定的真理吧。

当语义属性与语音属性结合而构成一个精致的诗歌短句时，似乎形成了一种奇妙的"合适感"、和谐或熨帖，甚至是种持久的稳定，这是我们都感觉得到的，而且我相信这就是我们需要在此说明的现实。然而，两种属性共存的诗歌应遵循什么样的规则呢？这个规则是本体性的。两种属性不应当是相同、相似或同质的，而应当是不相同、不相似或异质的。这是真实世界中无所不在的法则。现实之中的万事万物莫不按照这个法则形成。我们早期的伊利亚学派的那种思维方式让我们幼稚而富偏见地认为，两种属性唯有在相同时才能结合。柏拉图《诡辩家》中"伊利亚陌生人"的演说首次反映了从那个阶段到一个更为成熟阶段的过渡，这是最著名的一个例子，黑格尔和许多其他逻辑学家都曾系统地利用过它。红与红放在一起不过是红色的简单相加，就算红与黄放在一起也不会产生出什么惊人的结果来，但是红与大结合到一起，再加上形形色色的其他一些异质属性，让我们得到一个苹果，这就是"多"生"一"。我想，我们认识像苹果这样的具体物体，并不是在任何理性的意义上这么做，物体的整体结合不是靠数学的加减乘除，而是靠它自身包含的异质元素，但我们能依靠感官辨认它。在柏拉图看来，"表象世界"（或个人意见）低于"纯存在世界"（或理性），但是，他承认前者是我们感知所能把握的世界，而且事实上它就是自然的世界。①

诗歌短句与苹果并不怎么相似，我们必须对此予以特别关注。诗歌短句存在于什么样的话语世界？作为声音的组合，它存在于文字中，作为包蕴意义之物，它存在于文字以外的某个世界。在诗歌短句里存在的就是这样极端的异质性。我们不禁又想起了那个老问题，想起那个辩论：诗歌究竟存在于阅读文字的物理声音之中，还是存在于对这些声音的阐释之中？然而，诗同时存在于两者之中；为了帮助我们记忆文字，诗人使用了格律化的文字，以便抓住我们的注意力。

……

人们信心十足地加以引用的诗句、我们用来证明诗歌魅力的那些"证据"、那些个试金石，永远都是短句，既不是单个的词，也不是三两个词的组合，它们可能是整行的诗句，或者是包含数行诗句的诗段。我觉得这一事实意义重大，相比之下，光说一篇缜密的逻辑话语必须进行扩展才能获得复杂性并不重要。一个更加真实确凿的事实是，一个突出的语音特征除非通过足够的数量组织成一种可以识别的格律，否则就不能使词语具有这种语音特征。此外，在这

---

① 为准确起见，我应该说这种厚此薄彼的做法属于苏格拉底，或者对话录前面部分出现的柏拉图。

一事实背后的又一个事实是，意义表达借助的是词语，而格律的形成靠的不是词语，而是音节。在语义结构与语音结构的推进中，并不存在一对一的对等协作关系。在一个诗歌短句中，这两者的关系同音乐中两个对位旋律间的关系相似，只不过比起音乐旋律来，诗歌中的两种结构从一开始就显得更具异质性。也许语义-语音结合也有着与对位音乐一样的审美意义。然而，我不能肯定这样说有什么意义。即令有叔本华那样的天才，也并不见得把音乐美学表达得比文学美学更清楚。我觉得对位音乐的力量在于它给我们提供的纯思辨性或者本体论暗示，这一点不会有错，不过，我认为至少诗歌短句的双重结构也是一样。语义结构本身就像最高声部的音乐旋律一样也许是一种审美结构，因为它作为一种逻辑结构，同时包含了纯粹的逻辑结构所不包含的肌体或肌质。然而，似乎与语义结构毫无关联的语音结构必须人为地与之结合起来。这个工作要比音乐的对位更严密、更坚实，也更令人稀奇，因为同时进行的对位旋律到底是两个旋律，而诗歌短句却是合而为一的。从本体论的角度来说，诗歌短句让人体验到一个更为丰富多彩、更难以预料的世界，也建构起了一种更加多维的话语。

……

一般认为，现代派诗人熟谙传统派诗人的手法，但实际情况是，他们觉得旧的手法失之陈腐，从本体上说不适合他们的要求。但他们对新诗又缺乏一以贯之的认识——也许根本不可能有什么焕然一新的新诗，因此，他们在创作中不是拒绝承认旧的手法，而是对它们进行随意改造，以消解其规整性与系统性。

他们认为，传统诗歌将确定的话语纳入确定的格律，在这一过程中，诗人付出的辛劳并没有切实的好处。我已经指出，这种做法能帮助诗人获得单纯逻辑话语无法得到的一种本体性的成功。他们熟悉这种技巧并认为它过于简单。对他们来说，格律严整的诗歌匠气重得让人一目了然，因而魅力大减；他们追求一种更直接、形式更自由的知识。

他们无法容忍格律扭曲意义，反对以前文谈到的蒲柏与马维尔那种琐屑的、半遮半掩的不规则韵律，或者以浪漫主义诗人华兹华斯那种劣质的音韵把不确定的意义弄得一副造作、可憎而愚蠢的样子。对此他们反感颇深。我猜想，根本原因是他们讨厌科学话语，虽然这样说起来有悖常理。在寻找一种更具本体性能量的话语时，他们不愿意表现出低于对手水准的缺陷，随着科学话语迅速而显著地完善（这主要发生在那些伟大的传统派诗人在诗歌上功成名就以后），那种粗劣的不确定任何识文断字的人一眼都能看出，所以恶名昭彰。他们会说，散文的时代已将旧式格律诗中那种结结巴巴的逻辑送入坟墓。老式格律诗的局限性不言自明，至于它所许诺的好处，他们打算求之于别的方法。

有了技巧上的经验，他们能够充分驾驭自己丰富的想象力，当他们寻求图像符号所指称的那种积极不确定性时，他们会径情直遂地去追求。他们有这个能力，而无须借助格律处理中文字雕琢所带来的暗示。在科学话语中，他们的想象力或许会受到限制，而恰恰通过诗歌练习，他们的想象力得以慢慢地释放出来，在前文中，我们把这种诗歌练习称为传统的入门技巧，在这种技巧中，格律对诗歌创作而言是功能性的存在。果真如此，现代派诗人堪称诗歌传统的产物，不过，他们只是它的终端产品，或者我们甚至可以说，他们是后传统的诗人；他们只是传统的继承人。

他们并不热衷于格律，结果，格律天然就有的不确定性在他们的诗歌中就走过了头。但是，他们原则上坚持一种前所未有的意义不确定性，所以他们的诗歌在这方面也深受其害。后一种不确定性创造出绚丽多姿的意象，但它在逻辑上经常自相矛盾。这种逻辑上的自相矛盾并非来自格律上的纠缠，而源于纵横恣肆的意象活力。我们这么说的理由是，这种逻辑矛盾的主要形式是省略：众多意象拥挤在一块，而缺乏对于逻辑关联的说明；而且从作品的可靠性角度看，众多拥挤的意象之间本身通常也缺乏逻辑关联。结果呈现的是一种浓密的本体特征，这种浓密的本体特征，我们从逻辑上的晦涩中不难看见。

（选自［美］约翰·克罗·兰色姆《新批评》，王腊宝、张哲译，文化艺术出版社2010年版）

韦勒克与《文学理论》

经典导读

雷纳·韦勒克（René Wellek，1903—1995），生于维也纳，从小受到了良好的教育，精通德、意、英、法、拉丁、希腊语等10种语言，1926年，仅23岁的韦勒克在英国获得了语文学博士学位。1930年，韦勒克结束英国的游历，回到查理大学，完成了《康德在英国：1793—1838》一书，这一时期的韦勒克对俄国形式主义与捷克结构主义理论产生了浓厚的兴趣。1935—1939年，韦勒克执教于伦敦大学，并与利维斯在《细察》杂志上展开论战。1939年，因为战争，韦勒克举家迁居美国，并结识了《文学理论》的另外一位作者奥斯汀·沃伦。当时美国的文论界依然在因循实证主义的老路，而新兴崛起的人文主义者尽管提出要对传统方法重新认识，但缺乏理论依据。韦勒克深深认识到二者的弊端，与沃伦携手锐意改革，他重新修订《文学理论》，担任《语文学季刊》副主编。同时，韦勒克结识了"新批评派"的重要人物，如维姆萨特、布鲁克斯、退特等。新批评派给韦勒克研究文学本体的特点以深刻的启发，因此在撰写《文学理论》时，这本书重点关注的是文学的"内部研究"。1948年，韦勒克受聘于著名学府耶鲁大学；1949年，韦勒克加入兰色姆带领下的新批评重地——肯庸学院。进入20世纪50年代，韦勒克迎来了学术生涯的极盛期，著作、论文、书评、文章源源不断问世。韦勒克一生著作等身，思想体系博大精深，再加上他出类拔萃的学术活动，因而获得了极高的世界性声誉：他被世界许多著名大学授予荣誉博士学位，兼任诸多殿堂学府的客座教授，荣任美国现代语言学会副主席、国际比较文学学会主席、美国比较文学学会主席、美国捷克研究会主席等学术职务。韦勒克一生三次获得古根海姆奖学金的资助，一次获得富布赖特奖学金，多次获得各种基金会的支持。直到今天，韦勒克依然具有崇高的声望和广泛的影响。

《文学理论》不是一部传授文学鉴赏知识的著作，也不是研究批评方法的小册子，而是一部论述新批评文艺学原理的著作，它试图在文学与非文学之间、文学研究与非文学研究之间、内部研究和外部研究之间，画出一条清晰的界线。在书中，韦勒克把"虚构性""创造性"和"想象性"确立为文学的突出特征。韦勒克提倡一种以文学为中心的文学研究，这就是文学的"内部研究"；而根据作者生平和心理入手来研究文学，以及从经济的、社会的和政治的条件中探索文学创作的方法被韦勒克称为外部研究。外部研究并非错误，探索文学与现实社会、历史文化、社会结构等范畴之间的联系当然是必要的，韦勒克反对的是过分关注文学的外部研究而忽视文学作为艺术作品本身特性的研究，他认为这样的做法掩盖和忽略了文学艺术本身的理论研究，这就使文学丧失了文学性。在内部研究中，韦勒克主张把文学艺术作品看成一个"多层面的"复杂"结构"。"内部研究"倾注了韦勒克最大的心血，是这本书的核心内容。这种写作思路与当时流行的俄国形式主义、英美新批评以及结构主义等流派遥相呼应，为20世纪文艺理论注重文本研究贡献了力量。

该书分四部分，共十九章。第一部分主要界定文学研究的定义和范围，首先对文学和文学研究作了区分，进而从文学的本质、作用，文学理论、文学批评、文学史，以及总体文学、比较文学和民族文学等各个方面，对文学研究的对象和方法进行了区分和设定。第二部分考察了文学研究初步阶段的资料准备工作诸问题。第三部分将从传记、心理学、社会学、哲学思想和其他与文学相关的艺术等方面研究文学的方法称为外部研究。该书的第四部分是其理论核心，即文学的内部研究，着重剖析了文学作品的存在方式、诗的声律、格律、意象、隐喻、象征、神话、小说的性质和模式、文体和文体学、文学的类型、文学的评价，最后以文学史一章作结。此处所选的"文学的本质"属于全书的第一部分"定义和区分"。在这一章中，韦勒克的主要目的是给文学的独特性质画出界定的范围。韦勒克反对泛化的文学观，即反对"凡是印刷品都可称为文学"；也反对将文学局限于"名著"的范围内。文学研究既不能过多地涉猎文学之外的领域，也不能孤立地研究某一部名著，解决的路径是首先从文学语言的特殊性入手。为此，韦勒克区分了文学语言与日常语言和科学语言的不同之处。在韦勒克看来，科学语言是直指式的，遵循类似数学或符号逻辑学的原则，而文学语言更加强调符号本身的意义，强调语词的声音象征，深深植根于语言的历史结构之中。从日常语言与文学语言语义学对比来看，文学语言具有虚构性、创造性和想象性的特征，但在实际操作过程中，又会产生各种各样的问题。于是，作者建议，应该将文学作品看成一个交织着多层意义和关系的一个极其复杂的结合体。

新批评派在追寻文学独特性的问题上一直是非常执着的，韦勒克的文学观与此一脉相承。在问题展开过程中，韦勒克在康德美学的基础上具有实践性的超越，他继承了康德美学中"艺术自律"的观念，而否定了康德"审美无功利"的基本观点，他认为在文学的发展过程中和研究实践中，完全不带任何功利色彩的文学作品是不存在的，而且"无功利"显然也将文学研究的范围局限在过于狭隘的园囿之中。韦勒克更愿意将文学看成一个多层次的复杂系统，在《文学理论》的后半部分中，文学的系统被分成声音层面、意义层面、意象与隐喻层面及言外的意蕴层面。在韦勒克这里，文学研究被分为"外部研究"与"内部研究"，恰到好处地为文学与文学研究界定了范围，既看到了文学与外部世界之间的联系，也顾及了文学本身的特点，而且将新批评几代人发展的理论成果加以系统的总结，功不可没。《文学理论》的这一特点与新批评派后来的《意图谬见》《感受谬见》将文学彻底圈定在文本范围内的极端做法形成鲜明对比。进入20世纪时，语言转向带来了学术界对符号的重视，这一点也深深影响了韦勒克，所以《文学理论》中借用了很多符号学的术语来阐释文学。但是韦勒克也并没有专注于符号的脱离语境的意义而赞同"文学的死亡"，而是非常支持文学的价值维度，认为文学应该具有丰富和广泛的审美价值。由此，我们也不难理解韦勒克与沃伦的这本《文学理论》为什么会在全球范围内产生广泛影响了。

—— **延伸阅读文献**

1. René Wellek and Austin Warren, *Theory of Literature*, New York: Harcourt, Brace and Co., 1949.

2. René Wellek, *Concepts of Criticism*, ed. Stephen G. Nichols, Jr.,

New Haven, CT: Yale University Press, 1963.

3. René Wellek, *The Literary Theory and Aesthetics of the Prague School*, Ann Arbor, MI: University of Michigan Press, 1969.

4. René Wellek, *A History of Modern Criticism, 1750–1950*（8 Volumes）, New Haven, CT: Yale University Press, 1955–1992.

5. René Wellek, *The Attack on Literature and Other Essays*, Chapel Hill, NC: University of North Carolina Press, 1982.

6. ［美］勒内·韦勒克、［美］奥斯汀·沃伦：《文学理论（修订版）》，刘象愚等译，南京：江苏教育出版社2005年版。

7. ［美］雷内·韦勒克：《批评的概念》，张今言译，杭州：中国美术学院出版社1999年版。

8. ［美］雷纳·韦勒克：《近代文学批评史（修订版）》（八卷本），杨自伍译，上海：上海译文出版社2020年版。

9. 支宇：《韦勒克诗学研究》，四川大学博士学位论文，2002年。

10. 胡燕春：《比较文学视域中的雷纳·韦勒克》，北京：社会科学文献出版社2007年版。

（安静 撰）

—— 原文：《文学理论》（节选）

经典原文

文学理论(节选)

韦勒克、沃伦 著　刘象愚等 译

定义和区分

■ 文学的本质

我们面临的第一个问题显然是文学研究的内容与范围。什么是文学?什么不是文学?什么是文学的本质?这些问题看似简单,可是难得有明晰的解答。

有人认为凡是印刷品都可称为文学。那么,我们很可以去研究"14世纪的医学""中世纪早期的行星运行说"或者"新、老英格兰的巫术"。正如格林罗(E. Greenlaw)所主张的:"与文明的历史有关的一切,都在我们的研究范围之内";我们"在想法理解一个时代或一种文明时,不局限于'纯文学'(belles-lettres),甚至也不局限于付印或未付印的手稿","应该从对文化史的可能贡献的角度出发,看待我们的研究工作"①。根据格林罗的理论和许多学者的实践,文学研究不仅与文明史的研究密切相关,而且实际和它就是一回事。在他们看来,只要研究的内容是印刷或手抄的材料,是大部分历史主要依据的材料,那么,这种研究就是文学研究。当然坚持这一观点的人可以说:历史学家之所以忽略文学研究方面的问题,是因为他们过于关注外交史、军事史和经济史方面的研究,因此,文学研究者理所当然地需要侵入和占领毗邻的知识领域。毫无疑问,人们不应该禁止任何人进入他所喜欢的知识领域;同时,还可以举出许多理由说明广义地研究文明的历史如何有利。但是,这种研究无论如何都不是文学研究。反对我们这种看法的人如果说这里只是在名词术语上做文章,那是

---

① E. 格林罗:《文学史的范围》(巴尔的摩,1931,第174页)。

不能令人信服的。事实上，一切与文明的历史有关的研究，都排挤在严格意义上的文学研究。于是，这两种研究之间的差别完全消失了；文学中引进了一些无关的准则；结果，文学的价值便只能根据与它毗邻的这一学科或那一学科的研究所提供的材料来判定。将文学与文明的历史混同，等于否定文学研究具有其特定的领域和特定的方法。

还有一种给文学下定义的方法是将文学局限于"名著"的范围之内，只注意其"出色的文字表达形式"，不问其题材如何。这里要么以美学价值为标准，要么以美学价值和一般学术名声相结合为标准。根据美学价值，在抒情诗、戏剧和小说中选择出最伟大的作品；其他著作的选定则根据其声誉或卓越的学术地位，并结合某种比较狭隘意义上的美学价值——往往只是文体风格、篇章结构或一般的表现力等某一特点——加以考虑。这是人们区别或讨论文学问题时习以为常的方法。在说到"这不是文学"时，我们表达的就是这一种价值判断；在将一本历史的、哲学的或科学的书归属于"文学"时，我们做的也正是同一种价值判断。

大部分的文学史著作确实讨论了哲学家、历史家、神学家、道德家、政治家甚至一些科学家的事迹和著作。例如，很难设想一本18世纪的英国文学史不用另外一些篇幅去讨论贝克莱和休谟（D. Hume）、巴特勒（J. Butler）主教和吉本（E. Gibbon）、伯克（E. Burke）以至亚当·斯密（Adam Smith）。文学史在讨论这样一些著作家时，虽然通常较之讨论诗人、剧作家和小说家远为简单，却很少讨论这些著作家的纯美学上的贡献。事实上，我们都是粗略地、不很内行地考察这些著作家本身专业的成就。不错，除非把休谟当作哲学家、吉本当作历史家、巴特勒主教当作基督教的辩护师兼道德家、亚当·斯密当作道德家兼经济学家，否则我们是无法评价他们的。但是，在大部分文学史里，对这些思想家的论述都是支离破碎的，没有提供他们理论产生的历史背景，对于哲学史、伦理学说、文学理论、经济理论等缺乏真正的理解。在这里，文学史家不能自动地转化为这些学科的合格的史家，而只能成为一个简单的编纂者或一个自以为是的侵入者。

孤立地研究一本"名著"，可能十分适合于教学的目的。我们都必须承认：研究者，尤其是初级研究者，应该阅读名著或至少阅读好书，而不是先去阅读那些编纂的资料或历史轶事。①然而,我们怀疑这个读书原则对于文学研究的实用性。这种读书原则恐怕只是对于科学、历史或其他累积性和渐进性的科目来说才值得严格地遵守。在考察想象性的文学(imaginative literature)的发展历史时,如果只限于阅读名著,不仅要失去对社会的、语言的和意识形态的背景,以及其他左右文学的环境因素的清晰认识,而且也无法了解文学传统的连续性、文学类型(genres)的演化和文学创作过程的本质。在历史、哲学和其他类似的科目上,阅读名著的主张实际上是采取了过分"审美"的观点。把托马斯·赫胥黎(T. H. Huxley)从英国所有的科学家中突出出来,认为他的著作可以作为名著来读,显然只是因为重视他的说明性的"文体"和篇章结构。这一取舍标准,除了偶有例外,必定把推行者置于伟大的始创者之上——它将会,也必定会,推崇赫胥黎而贬低达尔文(C. R. Darwin),推崇伯格森(H. Bergson)而贬低康德(I. Kant)。

"文学"一词如果限指文学艺术,即想象性的文学,似乎是恰当的。当然,照此规定运用这一术语会有某些困难;但在英文中,可供选用的代用词,不是像"小说"或"诗歌"那样意义比较狭窄,就是像"想象性的文学"或"纯文学"那样显得十分笨重和容易引人误解。有人反对应用"文学"这一术语的理由之一就在于它的语源(litera——文字)暗示着"文学"(literature)仅仅限指手写的或印行的文献,而任何完整的文学概念都应包括"口头文学"。从这方面来说,德文相应的术语Wortkunst(词的艺术)和俄文的slovesnost就比英文literature这一词好得多。

解决这个问题的最简单方法是弄清文学中语言的特殊用法。语言是文学的材料,就像石头和铜是雕刻的材料、颜色是绘画的材料或声音是音乐的材料一样。但是,我们还须认识到,语言不像石头一样仅仅是惰性的东西,而是人的创造物,故带有某一语种的文化传统。

必须弄清文学的、日常的和科学的这几种语言在用法上的主要区别。波洛克(T. C. Pollock)在《文学的性质》②一书中就此作了还算正确的论述,但似乎还不能令人完全满意,尤其是在阐释文学语言与日常语言的区别上还有不

---

① 参见M. 多伦《自由主义教育》(纽约,1943)。
② 参见T. C. 波洛克《文学的性质》(普林斯顿,1942)。

足之处。这个问题是很棘手的，绝不可能在实践中轻而易举地加以解决，因为文学与其他艺术门类不同，它没有专门隶属于自己的媒介，在语言用法上无疑地存在着许多混合的形式和微妙的转折变化。要把科学语言与文学语言区别开来还比较容易；然而，仅仅将它们看作"思想"与"情感"或"感觉"之间的不同，还是不够的。文学必定包含思想，而感情的语言也绝非文学所仅有，这只要听听一对情人的谈话或一场普通的吵嘴就可以明白。尽管如此，理想的科学语言仍纯然是"直指式的"：它要求语言符号与指称对象（sign and referent）一一吻合。语言符号完全是人为的，因此一种符号可以被相当的另一种符号所代替。语言符号又是简洁明了的，即不假思索就可以告诉我们它所指称的对象。

因此，科学语言趋向于使用类似数学或符号逻辑学（symbolic logic）那种标志系统。它的目标是要采用像莱布尼茨（G. W. Leibniz）早在17世纪末就加以设计的那种"世界性的文字"（characteristica universalis）。与科学语言比较起来，文学语言就显得有所不足。文学语言有很多歧义（ambiguities）；每一种在历史过程中形成的语言，都拥有大量的同音异义字，以及诸如语法上的"性"等专断的、不合理的分类，并且充满着历史上的事件、记忆和联想。简而言之，它是高度"内涵的"（connotative）。再说，文学语言远非仅仅用来指称或说明（referential）什么，它还有表现情意的一面，可以传达说话者和作者的语调和态度。它不仅陈述和表达所要说的意思，而且要影响读者的态度，要劝说读者并最终改变他的想法。文学和科学的语言之间还有另外一个更重要的区别，即文学语言强调文字符号本身的意义，强调语词的声音象征。现在已发明了各种技术来探究文字语言的符号和象征，如格律（meter）、头韵（alliteration）和声音模式（patterns of sound）等。

与科学语言不同的这些特点，在不同类型的文学作品中又有不同程度之分：例如声音模式在小说中就不如在某些抒情诗中那么重要，抒情诗有时就因此难以完全翻译出来。在一部"客观的小说"（objective novel）中，作者的态度可能已经伪装起来或者几乎隐藏不见了，因此表现情意的因素将远比在"表现自我的抒情诗"中为少。语言的实用成分（pragmatic element）在"纯"诗中显得无足轻重，而在一部有目的的小说、一首讽刺诗或一首教喻诗里，则可能占有很大的比重。再者，语言的理智化程度也有很大的不同：哲理诗和教喻诗及问题小说中的语言，至少有时就与语言的科学用法很接近。然而，无论在考察具体的文学作品时发现多少语言的混用形式,语言的文学用法和科学用法之间的差别似乎都是显而易见的:文学语言深深地植根于语言的历史结构中,强调对符号本身的注意,并且具有表现情意和实用的一面,而科学语言总是尽可能地消除这两方面的因素。

要将日常语言与文学语言区别开来,则是更为困难的一件工作。日常语言不是一个统一的概念,它包括口头语言、商业用语、官方用语、宗教用语、学生用语等十分广泛的变体。显然,我们上面对文学语言所作的许多讨论,都适用于除科学用法之外的其他各种语言用法。日常用语也有表现情意的作用,不过表现的程度和方式不等,可以是官方的一份平淡无奇的公告,也可以是情急而发的激动言词。虽然日常语言有时也用来获致近似于科学语言的那种精确性,但它有许许多多地方还是非理性的,带有历史性语言的种种语境的变化(contextual changes)。日常话语仅仅在有的时候注意到符号本身。在名称和动作的语音象征中,或者在双关语中,确实表现出对符号本身的注意。毋庸置疑,日常语言往往极其在意达到某种目的,即要影响对方的行为和态度。但是仅把日常语言局限于人们之间的相互交流是错误的。一个孩子说了半天的话,可以不要一个听众;一个成年人也会跟人家作几乎毫无意义的闲聊。这些都说明语言有许多用场,不必硬性地限于交流,或者至少不是主要地用于交流。

因此,从量的方面来说,文学语言首先要与日常各种语言用法区别开来。文学语言对于语源(resources of language)的发掘和利用,是更加用心和更加系统的。在一个主观诗人的作品中,我们可以发现十分一贯和透彻的"个性",那是人们在日常状态下所远远没有的。某些类型的诗歌可能有意采用反论(paradox)、歧义、语境的语义变化和甚至语法组合(如性或时态)上的倒错等方法。诗的语言将日常用语的语源加以捏合,加以紧缩,有时甚至加以歪曲,从而迫使我们感知和注意它们。一个作家会发现这些语源中有很多是经过好几代人默默地、不具名地加以运用而形成的。在某几国高度发展的文学中,特别是在某些时代中,诗人只需采用业已形成的诗歌语言体制就可以了,也可以说,那是已经诗化的语言。然而,每一种艺术作品都必须给予原有材料(包括上述的语源)以某种秩序、组织或统一性。这种统一性有时显得很松散,即如许多速写和冒险故事所表现的那样;但对于某些结构复杂而严谨的诗歌来说,统一性就有所增强:这些诗歌哪怕只是改换一个字或一个字的位置,几乎都会损害其整体效果。

文学语言与日常语言在实用意义上的区别是比较清楚的。我们否认那些劝导我们从事某项社会活动的语言为诗，至多称之为修辞。真正的诗对我们的影响是较为微妙的。艺术须有自己的某种框架，以此述说从现象世界中抽取的东西。这里，我们可以转引一些普通的美学概念——"无功利的观照"（disinterested contemplation）、"审美距离"（aesthetic distance）和"框架"（framing）——来作语义分析。我们还必须认识到艺术与非艺术、文学与非文学的语言用法之间的区别是流动性的，没有绝对的界限。美学作用可以推展到种类变化多样的应用文字和日常言辞上。如果将所有的宣传艺术或教喻诗和讽刺诗都排斥于文学之外，那是一种狭隘的文学观念。我们还必须承认有些文学，诸如杂文、传记等类过渡的形式和某些更多运用修辞手段的文字也是文学。在不同的历史时期，美感作用的领域并不一样；它有时扩展了，有时则紧缩起来：个人信札和布道文曾经都被当作一种艺术形式，而今天出现了抗拒文体混乱的趋势，于是美感作用的范围再度紧缩起来，人们明显地强调艺术的纯粹性以反对19世纪末叶的美学家所提出的泛美主义（pan-aestheticism）主张的局面。看来最好只把那些美感作用占主导地位的作品视为文学，同时承认那些不以审美为目标的作品，如科学论文、哲学论文、政治性小册子、布道文等也可以具有诸如风格和章法等美学因素。

但是，文学的本质最清楚地显现于文学所涉猎的范畴中。文学艺术的中心显然是在抒情诗、史诗和戏剧等传统的文学类型上。它们处理的都是一个虚构的世界、想象的世界。小说、诗歌或戏剧中所陈述的，从字面上说都不是真实的；它们不是逻辑上的命题。小说中的陈述，即使是一本历史小说，或者一本巴尔扎克（H. Balzac）的似乎记录真事的小说，与历史书或社会学书所载的同一事实之间仍有重大差别。甚至在主观性的抒情诗中，诗中的"我"也是虚构的、戏剧性的"我"。小说中的人物，不同于历史人物或现实生活中的人物。小说人物不过是由作者描写他的句子和让他发表的言辞所塑造的。他没有过去，没有将来，有时也没有生命的连续性。这一基本的观念可以免却许多文学批评家再去考察哈姆雷特在威丁堡的求学情况、哈姆雷特的父亲对他的影响、福尔斯塔夫年轻时怎样瘦削[①]、"莎士比亚笔下的女主角的少女时代的生活"，以

[①] 福尔斯塔夫是莎士比亚戏剧《亨利四世》和《温莎的风流娘儿们》中的一个人物。在剧中他是一个肥胖笨拙的形象。——译注

及"麦克白夫人有几个孩子"等问题。① 小说中的时间和空间并不是现实生活中的时间和空间。即使看起来是最现实主义的一部小说，甚至就是自然主义人生的片段，都不过是根据某些艺术成规虚构成的。特别是借后来的历史眼光，我们可以看到各种自然主义小说在主题的选择、人物的造型、情节的安排、对白的进行方式上都是何等相似。我们同样可以看到，就是最具有自然主义本色的戏剧，其场景的构架、空间和时间的处置、信以为真的对白的选择以至于各个角色上下场的方式诸方面都有严格的程式。② 不管《暴风雨》与《玩偶之家》有多大的区别，它们都袭用这种戏剧成规。

如果我们承认"虚构性"（fictionality）、"创造性"（invention）或"想象性"（imagination）是文学的突出特征，那么我们就是以荷马、但丁（Dante）、莎士比亚、巴尔扎克（H. Balzac）、济慈（J. Keats）等人的作品为文学，而不是以西塞罗（Cicero）、蒙田（M. de Montaigne）、波舒埃（J-B. Bossuet）或爱默生（R. W. Emerson）等人的作品为文学。不可否认，也有界于文学与非文学之间的例子，像柏拉图（Plato）的《理想国》那样的作品就很难否认它是文学，另外那些伟大的神话主要是由"创造"和"虚构"的片段组成的，但同时它们主要又是哲学著作。上述的文学概念是用来说明文学的本质，而不是用来评价文学的优劣。将一部伟大的、有影响的著作归属于修辞学、哲学或政治论说文中，并不损失这部作品的价值，因为所有这些门类的著作也都可能引起美感分析，也都具有近似或等同于文学作品的风格和章法等问题，只是其中没有文学的核心性质——虚构性。这一概念可以将所有虚构性的作品，甚至是最差的小说、最差的诗和最差的戏剧，都包括在文学范围之内。艺术分类方法应该与艺术的评价方法有所区别。

这里必须廓清一种很普遍的关于意象在文学中作用的误解。即"想象性"的文学不必一定要使用意象。诗的语言一般充满着意象，由最简单的比喻（figure）开始，直至包罗万象的布莱克（W. Blake）或叶芝（W. B. Yeats）式的神话系统。但意象对于虚构性的陈述以至许多文学形式来说并非必不可少的。

---

① 参见斯托尔（E. E. Stoll）、许金（L. L. Schücking）、奈茨（L. C. Knights）、S. L. 贝瑟尔和 E. 本特利等人论莎士比亚戏剧的著作。
② 参见 E. 缪尔《小说的结构》（伦敦，1928）；A. A. 门迪罗《时间和小说》（伦敦，1952）；H. 迈耶霍夫《文学中的时间》（加利福尼亚，1955）等。

文学上存在着全无意象的好诗,甚至还有一种"直陈诗"①。况且,意象不应该与实际的、感性的和视觉的形象产生过程相混淆。在黑格尔(G. W. F. Hegel)的影响下,19世纪有些美学家,如费舍尔(F. J. Fischer)和哈特曼(E. von Hartmann),主张所有艺术都是"意念的感性外射"(sens-uous shining forth of the idea),而另一学派菲德勒(K. Fiedler)、希尔德布兰特(A. von Hildebrand)、里尔(A. Riehl)则说所有艺术都是"纯粹视觉性"的②。但是,许多伟大的文学都没有唤起感情意象,如果有的话,不仅是意外的、偶然的和间歇性的现象。③即使在描绘一个虚构的人物时,作者也可以完全不涉及视觉意象。我们几乎看不到陀思妥耶夫斯基(F. Dostoevsky)或亨利·詹姆斯(H. James)笔下的人物的外形,但很全面地了解到他们的心理状态、行为动机、鉴赏趣味、生活态度和内心欲望。

充其量,作家只是勾勒一些人物形象的草图或某一体征,托尔斯泰(L. Tolstoy)或托马斯·曼(T. Mann)就常常是这样做的。我们对作品中的许多插画往往感到不解,尽管它们是出自高超的艺术家之手,有些甚至还是作者自绘的[如萨克雷(W. M. Thackekeray)小说中的插图]。这一事实说明,作家仅仅提供给我们那么一个草图,并不要人们去把它细细地描绘出来。

如果非联想出诗中每一隐喻(metaphor)的具体形象不可,那么我们对于诗将全然困惑不解。尽管有些读者惯于摹想,而且文学中有些篇章从行文上看似乎也要求这样的想象,但这是心理学上的问题,不应与分析诗人的隐喻手法混为一谈。那些隐喻手法主要是思维过程的一种组合方式,在文学之外也出现这种思维方式。具体地说,隐喻潜伏于许许多多的日常用语中,而在俚语和俗谚中则显而易见。借助隐喻的转化之功,我们可以从最具体的物质关系中提取

---

① 华兹华斯(W. Wordsworth)的《我们是七个》一诗就没有比喻,R. 布里奇斯的《我热爱、我寻觅、我崇拜所有美好的事物》就是无意象的诗例;M. 多伦在《德莱顿诗歌的研究》(纽约,1946,第67页)中首先采用了"直陈诗"("poetry of statement")这一术语,为德莱顿(J. Dryden)的诗歌辩护。然而,广义的隐喻仍是诗歌创作的基本原则,参见W. K. 维姆萨特和布鲁克斯(C. Brooks)合著《文学批评简史》(纽约,1957,第749~750页)。
② 参见A. 希尔德布兰德《造型艺术的形式问题》(斯特拉斯堡,1901);H. 康纳斯《菲德勒的艺术理论》(慕尼黑,1909);A. 里尔《诗歌艺术形式问题的探讨》(载《科学哲学季刊》第21期,1897,第283~306页;第22期,1898,第96~114页);B. 克罗齐《艺术理论》(收录于《新美学》,巴黎,1920,第239~254页)。
③ 参见T. A. 迈耶《诗的风格论》(莱比锡,1901)。

出最抽象的术语来（如"理解""界定""消除""物质""主体""假说"等就是）。诗歌能使语言的这种隐喻特性复苏，并让读者也意识到这点，正如诗歌中采用我们各个时期的文明（古典的、条顿族的、凯尔特人的和基督教的）的象征和神话的作用一样。

以上讨论的文学与非文学的所有区别——篇章结构个性表现、对语言媒介的领悟和采用、不求实用的目的，以及虚构性等——都是从语义分析的角度重申一些古老的美学术语，如"多样中的统一"（unity in variety）、"无功利的观照""审美距离""框架"，以及"创新""想象""创造"等。其中每一术语都只能描述文学作品的一个方面，或表示它在语义上的一个特征；没有单独一个术语本身就能令人满意。由此至少可以得出一个结论：一部文学作品，不是一件简单的东西，而是交织着多层意义和关系的一个极其复杂的组合体。通常使用讨论"有机体"的一套术语来讨论文学，是不太恰当的，因为这样只是强调了"变化中的统一性"一面，从而导致人们误解文学可以相当于其实与它关系不大的生物学现象。而且，文学上的"内容与形式的统一"这一说法，虽然使人注意到艺术品内部各种因素相互之间的密切关系，但也难免造成误解，因为这样理解文学就太不费劲了。此说容易使人产生这样的错觉：分析某一人工制品的任何因素，不论属于内容方面的还是属于技巧方面的，必定同样有效，因此忽略了对作品的整体性加以考察的必要。"内容"和"形式"这两个术语被人用得太滥了，形成了极其不同的含义，因此将两者并列起来是有助益的；但是，事实上，即使给予两者以精细的界说，它们仍嫌过于简单地将艺术品一分为二。现代的艺术分析方法要求首先着眼于更加复杂的一些问题，如：艺术品的存在方式（mode of existence），它的层次系统（system of strata）等。

（选自［美］勒内·韦勒克、［美］奥斯汀·沃伦《文学理论（修订版）》，刘象愚等译，江苏教育出版社2005年版）

维姆萨特、比厄斯利与《意图谬见》《感受谬见》

经典导读

威廉·K. 维姆萨特（William K. Wimsatt，1907—1975），美国批评家、诗人。维姆萨特1939年在耶鲁大学获得博士学位，并一直留校任教，主攻18世纪英国文学和批评理论，是约翰森著作的研究专家。20世纪40年代末，维姆萨特写的一系列论文对新批评理论发展起了重要作用；进入50年代，维姆萨特完成了他和布鲁克斯合著的巨著《文学批评简史》，提出要重视历史对文学和批评的重要作用；在六七十年代，他是新批评的主要辩护人，批评解构主义是"为了政治目的而劫持文学"，成为新批评"最前沿的阐释者"。

门罗·比厄斯利（Monroe Beardsley，1915—1985），生于美国的康涅狄格州，在耶鲁大学获得硕士、博士学位。比厄斯利是美国第一位重要的"纯美学家"，也是当代著名的"分析美学三大家"（另外两位是纳尔逊·古德曼与理查德·沃尔海姆）之一。比厄斯利先后执教于霍利奥克大学、耶鲁大学、斯沃茨穆尔大学及费城坦普尔大学，但主要学术生涯在斯沃茨穆尔大学和坦普尔大学，特别是坦普尔大学以分析美学闻名于世，而比厄斯利对此功不可没。比厄斯利担任过美国美学学会主席和美国哲学协会主席，荣任美国艺术与科学学院院士，同时还是《美学与艺术批评》杂志的资深编辑。他一生著述甚丰，留下了十几部著作、一百多篇论文，以及众多的词典与百科全书词条。《美学——批判哲学中的问题》是20世纪分析美学的开山之作,《从古希腊到现在的美学史——一段简史》(中译名《美学史:从古希腊到当代》,高建平译,高等教育出版社 2018 年版)在当代影响深远,成为研究西方美学无法绕开的经典;《审美的观点》集中了比厄斯利晚年的美学思想。

《意图谬见》和《感受谬见》是维姆萨特与比厄斯利合著的文章,在内容上有相互呼应的关系。在写作这两篇文章时,二人尚属学术界的新人,后因此二作声名大振。《意图谬见》和《感受谬见》是新批评派后期的重要文章,分别对以作者意图为依据的"意图说"和以读者感受为依据的"感受说"这两种批评模式进行批判,维护了新批评的文本中心论的形式主义批评,但也彻底切断了文本与社会、作家及读者之间的联系,而将文学文本圈定成了"精致的瓮",造成了新批评的最后僵化。

《意图谬见》初次发表于 1946 年的《斯旺尼评论》第 54 号上。所谓的"意图谬见",主要针对西方古典文论中的"模仿"论及当时批评潮流中的传记式批评而言。柏拉图与亚里士多德开创了西方古典文论中的模仿传统,艺术作品被看成现实世界的模仿;那么,从艺术作品中寻找现实世界的影像就成为一种批评模式。进入 19 世纪 30 年代,现实主义、自然主义也一度将能否反映客观现实作为艺术创作的圭臬。在浪漫主义的文学思潮中,艺术作品被看成主观情感的表达,因此从文本出发进而寻找作者的创作意图成为批评中的重要方法。但是,在维姆萨特和比厄斯利看来,就衡量一部文学作品成功与否来说,作者的构思或意图既不是一个适用的标准,也不是一个理想的标准。就新批评的发展历史而言,早期新批评的开拓者的一个目标是建立科学的批评体系和批评方法,尽量回避主观的评判,特别是当时流行的印象式批评。然而,瑞恰兹的批评方法带着浓厚的心理学因素,并对"真"的含义进行主观式的界定与维护;兰色姆对"本体论批评"的呼唤与努力,使新批评真正开始关注文本;而韦勒克与沃伦的"内部研究"在前人的基础上系统总结了本体批评的具体方法。到了《意图谬见》,则完全切断了文本与外部世界的联系,包括与文本的创作者的联系。

《感受谬见》写于《意图谬见》发表两年后,它进一步割断了作品与读者的关系,文本被绝对地孤立起来。维姆萨特与比厄斯利认为,读者不应把自己的感受和价值判断强加于作品,而应按照作品本身,小心翼翼地加以解读;因为感受谬见在于将诗与诗的结果相混淆,这种批评方式是从诗的心理效果推衍出批评标准,终究还是印象主义和相对主义。维姆萨特和比厄斯利把文学批评的目标置于作品之上:

分析文本，探究意义，展示其内在的对峙与和谐，并对作品作出必要的评价。感受之所以是"谬见"，是因为当读者阅读一首诗或一个故事时，他们心中会产生生动的形象及浓厚的情感，这些由阅读所产生的主观感受，不能作为客观批评的依据。一旦读者的感受或者过于强调生理的反应，或者过于空泛而不着边际，就容易陷入相对主义。追求文学批评的客观化结果，是新批评一直以来的目标。艾略特所提出情感的"客观对应物"，本来目的是针对当时英国文坛的主观印象批评，但由于艾略特要求客观对应物在批评过程中能够激发某种情感，因而也被视为"心理主义"的一例，从而使自己客观化的批评滑向主观的陷阱。

无论《意图谬见》，还是《感受谬见》，二者都试图把作品放在一种"悬置"的境地。从渊源上来说，这种批评追求远至毕达哥拉斯的"静观"传统，近则与康德美学相关。然而，文学不是自然界生长的植物，而是人的创造物，更与人的情感息息相关，重视文本的本体地位与作用固然不错，但绝不可能离开"人"而孤立谈文本，更何况解读本身就需要人来完成。忘记这一点，只能是以子之矛攻子之盾。

—— 延伸阅读文献

1. Frank Brady, John Palmer, and Martin Price, ed., *Literary Theory and Structure*, New Haven, CT: Yale University Press, 1973.
2. William K. Wimsatt, Jr. and Cleanth Brooks, *Literary Criticism*, New York: Knopf, 1957.
3. W. K. Wimsatt, Jr. and Monroe C. Beardsley, *The Verbal Icon*, Lexington, KY: University of Kentucky Press, 1954.
4. Monroe C. Beardsley, *The Possibility of Criticism*, Detroit, MI: Wayne State University Press, 1970.
5. Monroe C. Beardsley, ed., *Aesthetics Inquiry: Essays on Art Criticism and the Philosophy of Art*, Belmont, CA: Dickinson Publishing Company, Inc., 1967.
6. Monroe C. Beardsley, *Aesthetics from Classical Greece to the Present: A Short History*, New York: The Macmillan Company, 1966.

7. [美]门罗·C.比厄斯利:《美学史:从古希腊到当代》,高建平译,北京:高等教育出版社2018年版。

8. 赵毅衡:《新批评——一种独特的形式主义文论》,北京:中国社会科学出版社1986年版。

9. 朱刚编著:《二十世纪西方文论》,北京:北京大学出版社2006年版。

10. 邓文华:《审美经验的守望——门罗·C.比厄斯利分析美学研究》,上海:上海世界图书出版公司2015年版。

(安静 撰)

—— 原文:《意图谬见》《感受谬见》

经典原文

意 图 谬 见

维姆萨特、比厄斯利 著　罗少丹 译

一

在近来的一些讨论中，批评家需要评判作家的"意图"这一说法受到了挑战，路易斯（Lewis）与梯里亚德（Tillyard）两教授1939年那次关于"个人误说"（the personal heresy）的辩论即是明显的一例。但是，是否人们至今对这一说法及其一系列有浪漫色彩的推论仍普遍抱怀疑，这看来还是个问题。本文作者在为一部文学辞典①中"意图"这一词条所撰写的一篇短文中曾提出过这个论题，但没能就其含义更深入详尽地进行探讨。我们认为：就衡量一部文学作品成功与否来说，作者的构思或者意图既不是一个适用的标准，也不是一个理想的标准。而且在我们看来，这是一条深刻触及历来各个不同的批评观念之间某些分歧中的要害问题的原则。这一原则曾接受或排斥过古典主义的"模仿"和浪漫主义的表现这两种截然对立的观点。它要求对灵感、真实性，生平传记、文学史，作者学识，以及当时的诗坛倾向等都有许多具体而精确的了解。文学批评中，凡棘手的问题，鲜有不是因批评家的研究在其中受到作者"意图"的限制而产生的。

"意图"这个词，一如我们对它的用法，就相当于常话中所说的"他已打算好的事"，这一点已经为大家所普遍地明确接受或者是默认。"要了解一个诗人的作品，我们必得先知道他的意图是什么。"所谓意图就是作者内心的构思或计划。意图同作者对自己作品的态度、他的看法、他动笔的始因等有着显著的关联。

我们就以一系列我们看来是已概括成公理的命题来开始我们的讨论。

---

① 参见约瑟夫·希普蕾编《世界文学辞典》，纽约，1942年，第326~329页。

（1）一首诗的出现不是偶然的，正如斯多尔（Stoll）教授所说，一首诗的词句是出自头脑而不是出自帽子。不过，强调作者在构思方面的匠心就是诗的成因还并不就等于承认了构思或意图即批评家衡量诗人作品价值的标准。

（2）人们必须要问，一个批评家是怎么指望得到关于意图问题的答案的？他将如何去搞清诗人所要做的事情？如果诗人成功地做到了他所要做的事，那么他的诗本身就表明了他要做的是什么。如果他没成功，那么他的诗也就不足为凭了，这样批评家就是在离开诗而论诗——因为从诗中并没有透露出多少关于诗人意图的消息来。"只有一个忠告我们必须记住，"一位意图论者在他的理论发生矛盾时这样说道，"对诗人的目的必须是在创作过程中来下判断，也就是说，要凭诗本身的艺术来判断。"①

（3）鉴定一首诗就像鉴定一块布丁或一台机器一样，人们要求它能起效用。我们只有从一个产品所起的效用中才能推知其设计者的目的。"一首诗不应该表示他物而应该是一个独立的存在。"② 一首诗只能通过它的意义而存在——因为它的媒介是词句——但是，我们并无考虑哪一部分是意图所在，哪一部分是意义所在的理由，从这个角度说，诗就是存在，自足的存在而已。诗是一种同时能涉及一个复杂意义的各个方面的风格技巧。诗的成功就在于所有或大部分它所讲的或暗示出的都是相关的，不相关的则就像布丁中的面疙瘩或机器中的"疵点"一样被排除掉了。在这方面，诗就有异于应用文。对于应用文，只有我们推知到作者的意图，它才算是成功了，它比诗更抽象。

（4）一首诗的意义确实可以属于个人性质。也就是说一首诗所表现的是一个人的个性或一种心境，而不是像一个苹果那样的具体有形的事物。但即使一首短短的抒情诗也是有戏剧性的，也是一位说话人（无论其构思多么抽象）对于某一特定处境（无论其多么具有普遍意义）的反应。我们应当把诗中的思想、观点直接归于那有戏剧表现力的说话者，即使是归于作者，也只能通过有关他生平方面的推论才行。

作者在某一意义上，可以通过修改其作品而更好地实现他最初的意图。但

---

① J. E. 斯宾加恩（J. E. Spingarn）：《新批评》，1910年，见《文艺批评在美国》（纽约，1924）第 24~25 页。
② 出自阿契巴尔德·麦克雷施的《诗的艺术》。

这是一个十分抽象的意义。他本来就打算写得更好些，或打算写出一个更好的什么东西，而现在他做到了。"确实，他就是我们原先寻找的人，"哈代笔下的乡村警官这样说，"可他又不是我们原先寻找的人，因为我们原先寻找的人并不是我们所需要的。"

斯多尔教授问道："一个批评家难道不就是一个把诗当作一篇遗嘱、一个合同或一部宪法那样去确定其作者的意思或意图的法官吗？他并不去探究他自己的意识。那诗可不是批评家自己的呀。"他已经准确地诊断出批评家两种形式的不负责任，其中之一他认为是可取的。不过我们的看法不同。那诗确非批评家自己的。但同时他也不是作者自己的（他一生出来，就立即脱离作者而来到世界上。作者的用意已不复作用于它，它也不再受作者支配），这诗已是属于公众的了。它是通过语言这个特殊的公有物而得到体现的，其内容是关于人类这个公众知识的研究对象的。任何关于诗的言论都得经过检验，这检验与语言学或普通心理学中的任何陈述所经过的检验相同。

一位对我们的辞典上的释义进行评论的批评家安那达·K.库玛拉斯沃梅争论说，对一部文学作品有着两种考察：（1）作者是否实现了他的意图。（2）这部作品"当初是否有创作它的必要"，因而"它究竟有没有保留价值"。库氏坚持说，这第二项并非"把艺术作品当作艺术品评判"，而是一个道德上的评判，第一项才是艺术上的评判。而我们却坚持认为那第二项也未见得一定就是道德上的批评：还有一个方法也能确定文艺作品是否值得保留，或许从某种意义上说，是否"当初"有"创作它的必要"，这个方法就是客观的、就艺术论艺术的批评方法，这个方法使我们能将一场安排巧妙的谋杀和一首构思巧妙的诗区别开来。一场巧妙的谋杀就是库玛拉斯沃梅所用的例子。在他的理论体系中，谋杀与诗歌之间的区别只是一个"道德"上的问题，而不是一个"艺术上的"问题。因为，只要二者都是按计划进行，就都是"艺术上的"成功。我们坚持认为第二项是一个比第一项更有价值的考察，而且因为第二项而不是第一项能够将诗歌与谋杀区别开，"艺术批评"这一名称应理所当然地归于第二项。

二

把意图谬见说成浪漫主义谬见,这与其说是一个历史性陈述,倒不如说是一个界说。一位1世纪的修辞学家①写道:"崇高风格是伟大心灵的回声。"他还告诉我们说:"荷马进入他笔下的英雄的崇高行动之中"并且"与之同享全部的战斗激情"。我们不会因发现这位修辞学家被看作浪漫主义的早期预言家并为圣茨伯里②以最热烈的话语所欢迎而感到惊奇。有人可能还想就是否应把朗吉努斯说成浪漫主义者的问题进行争论,但在某一方面,他确是浪漫主义的,这几乎已是毋庸置疑的了。

歌德对于"建设性批评"的三个问题是:"作者一开始作何打算?他的原计划是否合理?他在多大程度上实现了这一计划?"如果将中间一个问题撇开,我们实质上就得到了克罗齐③的体系——浪漫主义在哲学上的最高的、终极的表达方式。美的就是成功的直觉表现,丑的则是不成功的,直觉或艺术的主观个人的部分是唯一的美学事实。而手法问题或公之于世的艺术部分则完全不是美学所讨论的问题。

契玛布埃的圣母像至今犹在圣玛丽亚诺维拉的教堂之中,但是她也像对13世纪的佛罗伦萨人那样对今日的参观者表现其自身的意义吗?

"有关历史背景的解说是指在力图……为我们重建起那已随历史发展而改变了的心理条件。它……使我们能以正在进行创作之中的作者的眼光来看一部文艺作品(一个具体有形的东西)。"④

这前一部分的着重号是克罗齐自己的,后一部分是我们标上的。克罗齐体系说到底,就是在含混地强调历史。从上述这两段的内容出发,一个批评家可以写出一篇颇像样的讨论莎士比亚或高乃依的某部剧作表现出了什么意义或

---

① 这里指的是一篇杰出的希腊论文《论崇高》(后来被维姆萨特和比厄斯利称为 Pri Hypsous)。通常认为该文为朗吉努斯所写,虽然这来自一个误传,说3世纪的哲学家凯西厄斯·朗吉努斯是其作者。——译注
② 乔治·圣茨伯里(George Saintsbury, 1845—1933),英国批评家。——译注
③ 贝内迪多·克罗齐(Benedetto Croce, 1866—1952),意大利哲学家、美学家、历史学家。——译注
④ 的确,克罗齐自己在他的《阿里奥斯多、莎士比亚和高乃依》(伦敦,1920)第七章"实际个性和诗人的个性"和《诗之一辩》(伦敦,1933)第24页,以及先后在其他地方对情感遗传学作了强有力的攻击,但是《美学》肯定主要是冲着某种认识性意图主义而发的。

"精神"的分析文章。这是一个包含了严密的历史考证而不包括艺术分析在内的过程,或者他也可以同样煞有介事地来上一篇社会学方面、作者生平方面或其他非美学的史学方面的文章。

三

"我曾去找过一些诗人,悲剧诗人、赞美诗人,各色都有,……我带去了一些他们作品中最精美的片段,问他们那上面写的是什么意思。……不知你信不信,……当时在场的旁人几乎都能比这些诗人自己谈得好些。因此我就知道了,诗人写诗不是凭智慧,而是凭着某种天才或灵感。"①

我们所听到苏格拉底一再表示的这种对诗人的不信任,可能是来自一种严格的禁欲主义观点,我们不敢苟同。但是,柏拉图笔下的苏格拉底毕竟还是见到了一个已不复为世人普遍见到的有关诗人内心的事实——那些关于诗的批评,其数量如此之多,而且大部分都富于灵机妙想,大部分都为人们所热情传诵,而其内容却出自诗人自己。

的确,诗人从来都有着某些批评家说不出来的话。他们的话更使人振奋,什么诗的产生要像树叶抽芽那样自然而然,什么诗就是想象力的熔岩,还有什么诗是平静之中回忆起来的情感,等等。②但是我们有必要认清这类证词的性质和可靠性。在这类话与作者所常常给人的忠告之间,是有一个微妙的差别的。于是就有爱德华·杨③、卡莱尔④、沃尔特·佩特⑤的如下言论:

"我从伦理学中得知两条金科玉律,这两条在写作中同在生活中一样珍贵:第一,汝其自知;其二,汝其自重。"

"让那些对他人具有感染力和说服力的人首先自己被感染、被说服吧,这

---

① 柏拉图:《申辩篇》。
② 这些分别是济慈、拜伦、华兹华斯的话。
③ 爱德华·杨(Edward Young, 1683—1765),英国诗人、戏剧家。——译注
④ 托马斯·卡莱尔(Thomas Carlyle, 1795—1881),英国政论家、批评家。——译注
⑤ 沃尔特·佩特(Walter Pats, 1839—1894),英国批评家。——译注

就是找到并牢牢抓住读者的最重要的诀窍,贺拉斯的'Si vis me flere'[①]这一条的适用范围并不限于其字面意义。我们或许可以对每一位诗人、对每一位作家这样说:如果你要人相信你,你自己就要真挚。"

"真实性!没有它,就不可能有什么价值、什么技巧。而且从长远来看,全部的美只在于真实性的那种细腻刻画,也就是我们所说的表现,这就是言语在更好地曲传心象之妙。"

豪斯曼的小册子则对诗人的内心[②]作这样的具体形象的说明:

"午饭喝了一品脱啤酒后——啤酒对头脑有安定的作用,于是每日下午就成了我生活中最不清醒理智的时候——我就总是出去作两三小时的散步,我向前走着,也不留心去想什么事情,随时序共流转,往往就会有或是一两行,或是整整一节的诗句伴随着突发的、不可名状的情感涌向心头。"

这一段是前面一系列引文的合乎逻辑的终点。这是一个自白,说出了诗是怎样作成的。它既可作为诗的定义,又是"在平静中回忆起来的情感"。而且年轻的诗人很可能还在内心把它当作一条规律。喝上一品脱啤酒,轻松轻松、散散步,不留心去想什么,望一望,看一看,一切全凭自己兴致,在自己灵魂深处寻找真理,谛听自己内心深处的声音,发现出来并传达那 vraie verite[③]。

也可能所有这些还真就是对诗人们的极好忠告。被华兹华斯和卡莱尔激发起来的青年人的想象恐怕是比亚里士多德或瑞恰兹平息下来的学者的心情更有利于写诗。使诗人受启发的方法技巧,或至少是使青年发起所谓诗兴之类的方法技巧,恐怕在我们今天已比以往有了更大的发展。像林肯学校出版的那些书籍,其中所收进的作品都是有创见的,这便是一个说明孩子们能力如何的有趣的例证。[④]

(选自赵毅衡编选《"新批评"文集》,百花文艺出版社 2001 年版)

[①] 你若要我哭泣(你就必得自己先感到苦痛)。
[②]《什么叫诗以及诗的诗性》(*The Name and Nature of Poetry*,剑桥,1933)。
[③] 法语,意为真实的真理。——译注
[④] 见休斯·米恩斯(Hughes Mearns)《创造性青年》(花园城,1925),尤其要注意看第 10、27~29 页。很明显,启发诗兴的技巧在最近一些时候已落后于对获成功的诗人和其他艺术家的研究。例如,参见哈定(Rosamond E. M. Harding)所著的《灵感剖析》(剑桥,1940)、波诺依(Julius Portnoy)的《艺术创作心理学》(费城,1942)、阿恩海姆(Rudolf Arnheim)等人的《诗人在创作》(纽约,1947)、巴莱特(Phyllis Barlett)的《进展中的诗》(纽约,1951)、吉斯林(Brewster Ghiselin)的《创作过程——论文集》(伯克利和洛杉矶,1952)。

经典原文

感 受 谬 见

维姆萨特、比厄斯利 著 黄宏熙 译

　　因为本文的标题可能使人同我们第一篇论文的标题相比较,在这里作一番说明或许是有必要的。我们认为自己是在探讨文艺批评中的两种途径:二者为了绕过客观批评中众所周知而通常令人生畏的障碍,似乎都提供了方便的途径,但实际上使人离开了批评,离开了诗歌本身。意图谬见在于将诗和诗的产生过程相混淆,这是哲学家们称为"起源谬见"(the genetic fallacy)的一种特例,其始是从写诗的心理原因中推演批评标准,其终则是传记式批评和相对主义。感受谬见则在于将诗和诗的结果相混淆,也就是诗是什么和它所产生的效果。这是认识论上怀疑主义的一种特例,虽然在提法上仿佛比各种形式的全面怀疑论有更充分的论据。其始是从诗的心理效果推衍出批评标准,其终则是印象主义和相对主义。不论是意图谬见还是感受谬见,这种似是而非的理论,结果都会使诗本身作为批评判断的具体对象趋于消失。

　　在本文中,我们将简要地论述感受批评的历史及其成就,以及它在认识性的批评中的一些相关因素,因而也涉及诗歌的某些认识特征,正是这些使感受批评似乎言之成理。我们也要考察一下在今天某些具有广泛影响的哲学和准哲学学派中频频出现的感受批评的一些前提。首先,而且主要地,是在语义学方面。

　　把感情意义和指示意义分离开来,这是大约20年前瑞恰兹在早期著作中所谆谆劝诱的主张。在《实用批评》及他和奥格登合著的《意义的意义》中,他们部分以暗示方式、部分靠着直接的陈述给各种类型的意义所下的定义,首先揭示了语言的指意作用和感情作用之间的截然"对立"。在《实用批评》中,瑞恰兹谈到了"美学的"或"投影的"词语——即我们在使用形容词时,往往把自己的感情投影到事物中去,其实这些事物本身并不具有任何与这些感情相对应的性质。在他那本简明扼要的《科学与诗》里,科学就是一种陈述,而诗则是一种"伪陈述",它所起的重重作用是比科学的陈述使我们对事物产生更为美好的感受。①继瑞恰兹之后——当然也由于考尔济布斯基伯爵非亚里士多德式的《科学与明智》的影响——又出现了以蔡斯（Chase）、早川（Hayakawa）、瓦尔波尔（Walpole）、李（Lee）等人为代表的语义学派。最近西·勒·斯蒂文生在《伦理与语言》一书中作了比其他作者表达得更周密、更清晰的陈述，可以认为这是对该派学说最明白的辩护，也是对它的弱点最充分的暴露。

斯蒂文生体系中最着重的要点之一是区分一个词的意义和它所引起的联想。为了在具体情况下作出这样的区分，人们使用了符号学家称作"语言学准则"，或传统上称为"定义"的术语，其作用是使人们对一个词的各种反应稳定化，我们可以说"athlete"（运动员）一词除其他意义以外，首先意味着一个爱好体育的人，但实际上可能仅仅暗示一个高大的年轻人。根据语言学准则，**athlete** 必定是体育运动爱好者，他可以是一个高个子，也可以不是。这些都属于可以称为词的描写功能或认识功能的范畴。对于词的第二种与上述有别的重要功能，即感情功能，我们没有足以使反应稳定化的语言学准则，所以在斯蒂文生的体系里，在意义和暗示之间就没有与前者平行的类似区分。虽然斯蒂文生推荐"半从属性的感情意义"这一术语，把它当作一种"取决于符号在认识上的暗示性"的感情意义。但他的论点的主要趋向是感情意义与描写（认识）意义不相关联，而且前者也不受后者支配。这样，即使描写意义发生急剧变化，感情"意义"据说也可以不受影响。而且描写意义相同的词儿据说还可以有完全不同的感情"意义"。例如"licence"（放任）和"liberty"（自由）两个词，斯蒂文生认为它们在某些上下文中的描写意义是相同的，但其感情意义是截然相反的。最后，还有一些词语，斯氏认为它们没有描写意义，但肯定具有感情意义；这就是各种各样的语助词。

由于斯蒂文生一贯使用"意义"一词，同时表示语言的认识功能和语言的感情功能，加之他在感情功能上又缺少他对"意义"和"暗示"的细致区分，这就势必引起人们谋求某种进一步的而且是重要的区分，而这种区分在他的体系及前人的体系中还不曾出现。值得反复强调的事实是：斯蒂文生所用的"感

---

① 瑞恰兹最近在关于语言的一段较复杂的论述中重申了这些见解，似乎趋向于查尔斯·莫里斯的思路。参考瑞恰兹《再论情感语言》，《耶鲁评论》第39期，1949年，第108~118页。

情意义"（emotive meaning）一词，以及瑞恰兹用以指称他的四种意义之一的"感受"（feeling）这个比较谨慎的词儿，指的都不是某种可以名状的感情如"怒"或"爱"所传达的那一类认识意义。这些关键性术语所指的不如说是斯蒂文生、瑞恰兹二人认为是由某些词（如"放任""自由""愉快""美丽""丑恶"）所产生的不同感情状态的表达，因而也关系到这些词可能在听众之中激起的情感反应。因为"意义"一词传统上行之有效地用来指预言的认识功能或描写功能，所以这些作者在上述的语境中如果使用一个不那么先入为主的术语可能较为适宜。"含义"或许是更恰当的用语。在用词上的这种辨异，其优点或许在于它能反映出语言功能上的深刻差别，即感情的基础与感情本身之间的差别，词的直接意义与词义所唤起的联想之间的差别，后者我们不妨简称为词本身的"含义"（import）。

关于斯蒂文生所谓"语助词无描写意义"的见解姑且勿论，我们暂且满足于顺便指出：这些语助词在任何情况下，只能具有极为空泛的感情"含义"，某种十分粗糙、既不清楚、也不精确的含义。比如说，"噢"表示惊奇和类似的感情，"唉"表示悔恨，"呸"表示不以为然。但要具体说明什么样的感情，还得描述当时的情境，如"她静静地安息了。啊，但愿我也能如此？"然而斯蒂文生的观点及包括瑞恰兹在内的前人观点之所以需要重新强调指出，一个重要理由似是在于一般语义学著作几乎没有提到的一个事实：即感情含义中有很大、很明显的一部分直接取决于描写意义，不管是否伴随以露骨的评价字眼，比如某人说了下面两句话而且人们也相信："某将军下命令处决五万名平民人质"或"某将军犯有屠杀五万名平民人质的罪行"。第二个事实是：凡不取决于描写意义的感情含义大都取决于描写性示意，这就是斯蒂文生体系中"半从属性的感情意义"，而作者在这里赋予"意义"的作用实在是太微薄了。应该说这种感情含义是在词语的描写意义虽有变化但保存了相似的感情"意义"的情况下出现的——当共产党人把"民主"一词拿过去应用到别的事物上时，他们仍然保存了原来的描写性示意，即一个民有、民治、民享的政府，这种感情意义也存在于像"自由"与"放任"这类成双成对的词里，这些词即使描写意义相同（虽然这一点大可怀疑），却确实有着不同的描写性示意。我们也可以从边沁的名著《动机一览》里举出几组词语为例："人性、善意、偏爱""节俭、爱财、贪婪"，等等；或是带有感情暗示的标准例子："动物淌汗、男人出汗、女人闪着汗光""我坚决、你固执、他顽固不化"。……

　　这一原则明显地适用于早川、瓦尔波尔和李学派提供的许多例子。为了简明起见，我们只请人们注意欧文·李的著作，特别是其中第七章与第八章。虽然欲求简明，也许就会像堂吉诃德一样，公然藐视这一学派反对"不加指数"而作出一般化结论的谆谆告诫，因为根据他们的说法：语义学家甲，不等于语义学家乙，也不等于语义学家丙，如此等等。

　　在李看来，任何人在行动中所犯的每一个错误，由于在直接或十分间接的意义上牵扯到语言或思想（思想也与语言有关），都可以归咎于"不良的语言习惯"，一种带有魔术意味的"用语不当"。这里不容有任何区别对待的情况。据说巴塞尔·拉斯本（Basil Rathone）曾收到一本题为"妖魔"的电影剧本，未经翻阅就将原稿退回，但以后剧本改了名称，他又接受了它。古代依夫来姆人把考验一帮人的口令 Shibboleth 念成"Sibboleth"，因而惨遭杀戮。某人说他对一本小说里用4个字母的脏字眼①来描写事件感到厌恶，而不是对所描写的事件本身。另一个人接到一封措辞谬误的电报，说他的儿子死了，这一震惊使他送命。人们本来以为有了这样的例子，李把一切都简单化的偏见可能会被打破：比如一个人听到其子死亡的讹传，竟然可以听任自己一命呜呼，而不被人们认为是感情咒语的牺牲品；一个电影剧本的题名竟然可以成为推断B级恐怖电影的依据，或者说在选择口令时运用了语音原理是出于理智的考虑而不是捉摸不定的魔术，正像美军在防止对瓜达加纳岛的渗透战术时把 lollapaloozaa（了不起）和 lullabye（催眠曲）当作口令一样。或者说，4个字母的脏字眼在描述事件时可能使读者联想到一寻思就倒胃口的某些特征。除读错考验语这个性质完全不同的事例以外，上述例子当中没有一个能提供任何论据，概括说明一个词对人们所产生的作用可以归之于该词的意义以外的任何成分，即使二者之间的联系不太明显，其作用充其量也超不过该词的暗示范围。

　　语言和情感对象的关系问题是另一个问题，即情感本身地位问题的影子和记号。这里有一种连贯一致的文化现象：即在语义学繁荣昌盛的同时，人类学的一支在对象本身与情感的关系上，或者更具体地说，对这种关系是否在某个时期和某个地方的人类社会里都始终如一发出了类似的抨击。举例来说，从魏

---

① 英语中有很多"下流词"都只有4个字母。——译注

斯特马克（Westermark）《伦理的相对性》这一经典性论著中，我们得知：消灭年老的不能生产的人是曾盛行于某些原始部落和游牧民族的一种习俗。另外一些风俗，把婴儿放在露天地里，自杀，对陌生人殷勤款待，或与其相反的习俗，即按照独眼巨人的方式而不按爱尔西努斯①的接待方式把人吃掉，这些在某些部落的文化中似乎都曾享有我们西方文化从未有过或甚至极不寻常的某种程度的赞许。但即使魏斯特马克也注意到情感的差别"主要来源于以行为体验为基础的知识程度之不同，来源于不同的信仰"。那就是说，不同的情感，即使对同一物体或行为的反应，也可能还是对一些互不相同的特性或功能的反应——比如注意奥德修斯的可食性而不是他的仪表堂堂或英雄气概。与此相反的事实是：就不同文化中的不同事物而言——比如对奥德修斯的狡黠和蒙哥马利元帅在阿拉梅因②的巧妙战略，在认识的基础上可能会有性质相似的情感。如果不是这样，就没有办法理解和描述异邦人的情感，而研究文化相对论的科学也没有赖以进行的基础了。

我们不想妄自对传情说心理学或情感的规律作出任何正式的表述。然而，恰在此时，我们愿不揣冒昧重温一些关于对象、情感和词语的一般概念。情感，诚然，具有一种人所共知的能量：它能强化人们的意见，唤起他们的认识，也能以与理智的增益完全不成比例的速度使本身增长。世间有群氓心理、精神变态和神经官能症，还有所谓"自由浮动的忧虑"和种种为人泛泛地理解和处于萌芽阶段的顾虑，消沉或振奋等心理状态，以及流行一时的忧郁或欢乐等气质。但我们最好牢记，这些确实都处于刚刚萌芽、模糊不清的状态，而且基于以上事实，甚至可以说它们濒于不自觉的边缘。③还有在坦白自己感情时，人们常爱采用一种维护自己的方式：如"他使我怒气冲冲"，"这事使我发火"，或者像在依弗林·沃④的小说中，一桩社会事件或一个人常常"令人作呕"。但"使"或"引起"这个词本来就具有"施加影响"的意义，而以上说法只是牵

---

① 独眼巨人，希腊神话中一巨人族；爱尔西努斯，荷马史诗《奥德赛》中盛宴招待奥德修斯的国王。——译注
② 埃及北部地中海沿岸一城市，第二次世界大战时，蒙哥马利指挥的英军在此击败德军。——译注
③ "如果情感可以看作有意识的话，毫无疑问它在某种程度上牵涉到一种只能运用的过程。"见佛·波尔罕《感情的规律》（伦敦，1930），第153页。
④ 依弗林·沃（Evelyn Waugh，1903—1966），英国作家。——译注

扯到严格词义的延伸而已。一种食物或毒品造成苦痛或使人致死，但在情感问题上，我们需要某种理由或某个对象，而不仅仅是实际在起作用的原因。假如真像约·斯·密尔①从18世纪继承下来的联想心理学所阐述的，事物是由"感情上的和谐一致性"联系在一起，这只能意味着：相似的情感之所以附着于各种事物，乃是因为事物本身或其相互关系中有相似之处。凡使人发怒的总是什么虚假的、侮辱性的或不公正的东西。使人害怕的可能是一场旋风、一伙暴徒或一个拦路抢劫的人。在每种情况下产生的感情还多少有些差别。

有一个旅游者说瀑布很"漂亮"，引起了柯勒律治默而不言的厌烦，而另一个人说瀑布"崇高"却赢得他的赞许。然而C. S. 路易斯②对此有过绝妙的评述：假如旅游者说："我觉得难受"，而柯勒律治心里想的却是"不，我觉得挺舒服"，那就是完全不同的另一回事了。

近来语义学家们所倡议的关于情感意义的学说似乎给诗学中重视感受或个人因素的某种相对主义提供了科学基础。那就是说，如果某人能在一定的语境中正确地使用"自由"或"放任"一词，尽管他不顾语境的认识特征而仅仅是随心所欲或受到感情的驱使，但对读者来说，当他读到"自由"或"放任"时，很可能会产生一种"热呼呼"或"冷冰冰"的感觉，从而反映出"好"或"坏"的印象——不管对象是济慈的颂歌还是五行打油诗。这样的放任不羁发展下去是无止境的，同样，人类学某一学派的学说则竭力支持另一种文化上或历史上的感受相对主义，即根据某一时期读者受感染的程度来衡量诗的价值。还有一种不同性质的心理学批评，也就是根据作者意图的批评，正如我们在第一篇论文中所指出的，则与对诗人的崇敬和对古代文物的好奇心步调一致，并一直得到历史学者和传记作家的大力支持。所以感受说批评，虽然它所采取的个人观感或印象主义形式遭到学者们的强烈反对，但当它以理论的或科学的形式出现时，从同一方面获得了热烈支持。历史学派学者对本人或其门生的个人反应也许不那么感兴趣，但对发现莎士比亚当年任何一个听众的反应大感兴趣。

（选自赵毅衡编选《"新批评"文集》，百花文艺出版社2001年版）

---

① 约翰·斯图亚特·密尔（John Stuart Mill，1806—1873），英国哲学家、经济学家。——译注
② C. S. 路易斯（C. S. Lewis，1898—1963），英国文论家、作家。——译注

古德曼与《构造世界的多种方式》

经典导读

纳尔逊·古德曼（Nelson Goodman，1906—1998）"被公认为二战以后最重要的分析哲学家之一"[①]，在哲学、语言学、美学、分体论（mereology）、科技哲学等领域都颇有建树。更难能可贵的是，他的著作揭示了上述领域的共同特征及相互联系。古德曼1906年8月7日生于美国马萨诸塞州的萨默维尔城。1928年在哈佛大学获得理学学士学位，1929年到1940年担任沃克尔－古德曼艺术馆（Walker-Goodman Art Gallery）的主任。1941年，古德曼以论文《质的研究》在哈佛大学获得哲学博士学位。1942年起在军队服役三年，1944年到1945年在塔夫斯大学任哲学讲师，1946年到1964年在宾夕法尼亚大学授课，1961年至1963年同时在哈佛大学"认知研究中心"供职。1964年到1967年在布兰迪斯大学担任哲学教授，1968年到1977年受聘于哈佛大学哲学系。1950年到1952年，古德曼担任美国符号逻辑协会（Association for Symbolic Logic）副主席，同时是美国艺术与科学学院会员，1967年担任美国哲学协会东部分会主席。古德曼获得了很多崇高的荣誉，他曾经是美国文理学院院士、大英人文与社会科学全国学院不列颠学院通讯院士。1946年到1947年，古德曼荣获古根海姆研究基金奖（Guggenheim Fellowship）。可以说古德曼一生

[①] [美]门罗·C.比厄斯利：《西方美学简史》，高建平译，北京大学出版社2007年版，第384页。

笔耕不辍，卓有成就。

古德曼的著作《事实、虚构和预测》（1954）被列为"过去50年最重要的西方哲学著作"之一①，《艺术的语言》（1968）与杜威的《艺术即经验》是20世纪英语世界公认的最出色的两部美学著作，近些年来，"还没有一本美学著作产生过像纳尔逊·古德曼的《艺术的语言》那样大的影响"②。这本书之所以能获得如此赞誉，一方面是因为"他关于分析美学的有影响的著作和方法，对这一领域中出现的枯竭作出了补偿"③，另一方面是由于他的艺术哲学对新实用主义美学产生了开拓性的影响。

1978年，《构造世界的多种方式》（Ways of Worldmaking）出版。这本书的主体部分来自古德曼在斯坦福大学的康德讲座，但其内容是从他的构造哲学观出发，阐述他的美学命题，最后的落脚点是他一贯坚持的真理相对性立场。这是古德曼美学理论的一部重要文献。

《构造世界的多种方式》可以看成分析哲学与美国实用主义结合之后所形成的新实用主义美学的重要著作，与卡尔纳普的构造主义有极其密切的关系。从分析哲学的发展历史来看，卡尔纳普的理论更多来源于罗素，但他也认同维特根斯坦所持传统哲学终结的立场，哲学的位置将被"科学的逻辑"取代。在卡尔纳普看来，既然维特根斯坦所说的形而上学命题归咎于"语言滥用"和"违背逻辑"，那么，假如我们构造一种形式的符号语言为基础的理想语言（the ideal language），则形而上学的问题就可以迎刃而解。所谓"科学的逻辑"就是指"科学语言的逻辑句法"，在这种逻辑框架下，哲学不是一个体系或者理论，而是一种逻辑分析的方法。在卡尔纳普的哲学体系中，哲学为我们创造解释别的句子的句子，这就是元语言，被解释的语言是对象语言。维特根斯坦认为语言可以进行分析，而卡尔纳普则认为人们不能有意义地谈论语言。语言的逻辑分层理论成为卡尔纳普整个理论的基石，也就是他逻辑构造主义的理论基础。由于表征世界的语言可以进行逻辑分层，而且为了表达清楚必须进行逻辑分层，所以世界也可以说是在语言中构造而成的，这就是卡尔纳普代表作《世界的逻辑构造》一书所阐述的基本思想。这一思想成为后来古德曼《构

---

① 详见陈波《过去50年最重要的西方哲学著作》，《哲学门》第4卷第2册，湖北教育出版社2004年版，第197~207页。入选其中的哲学著作是当代西方享誉世界的15位哲学家推荐投票而选出的，古德曼的《事实、虚构和预测》名列第五。
② 朱狄：《当代西方艺术哲学》，武汉大学出版社2007年版，第79页。
③ Richard Shusterman, ed., *Analytic Aesthetics*, New York: Basil Blackwell Ltd., 1989, p.5.

造世界的多种方式》的理论出发点，也成为古德曼构造世界观的基础。所不同的是，古德曼把这种由逻辑构造的世界又向前推进一步。建立在认识论基础上的构造主义必然会与两个命题联系在一起：一是构造的基础是逻辑，逻辑正是分析哲学的基础；二是多元的构造方式，这就是古德曼所说的与"认识论"联系在一起的深层含义，这里的构造即认识，人是在认识中构造世界的，认识方式的多元性决定了构造的多元性，"多元"恰恰是实用主义的标志性口号。这样，卡尔纳普一方面成为古德曼与分析哲学之间的桥梁，另一方面也成为古德曼走向新实用主义的推动者。

古德曼在认同世界表象多元性的基础上，借鉴符号学的观点提出，如果我们承认所有思想都是符号性的或者表象性的，那么关于世界的构想也一定是符号性的或者表象性的，构想世界与世界表象根本无法分离。所以，世界与世界表象不存在严格的区别。同样，也不存在任何唯一、确定的真实实体，所谓真实的世界被分解为世界表象的多样性，或更简单地说，世界在不同的认知方式中被分解为"多个世界"。除上述来源之外，古德曼关于认识论的基本观点也成就了他对多元世界的构想。古德曼认为，我们的认识来源于各种各样的习惯、早年积累的不同的认知环境等多方面的因素，导致我们的认识不可能像孩童的一样纯净，而且也正是在这种不纯净的认知眼光中，我们才会有所鉴别地选择不同的认识对象与表现对象。于是，两个甚至多个相互冲突的命题可能在不同的环境中同时为真；但"承认存在着多个可选择的系统，并不是对它们中的任何一个都不信任；因为对于这些可选择的系统而言，对于一类组织或另一类组织而言，并没有其他的可以选择的系统或者组织存在"[1]。由于不可能将相互冲突的世界表象整合融入一个单一的世界图像，世界必然是多样的。而且，更为关键的是，"对于一个分类系统来说，最需要说明的东西不是它是真的，而是它能做什么"[2]。所以，《构造世界的多种方式》体现出鲜明的实用主义特征。

选文为《构造世界的多种方式》第四章"何时是艺术？"。对"何时是艺术？"的回答，古德曼说，当一种符号具备了五个"征候"（symptom）时它就是艺

---

[1] Nelson Goodman, *Ways of Worldmaking*, Indianapolis, IN: Hackett Publishing Company, 1978, p.100.

[2] Nelson Goodman, *Ways of Worldmaking*, Indianapolis, IN: Hackett Publishing Company, 1978, p.129.

符号。① 这五个征候一是句法的密集程度（syntactic density），即符号结构内诸元素之间的密切联系；二是语义的密集程度（semantic density），这取决于参照种类的数目及其在一个给定符号系统下个体元素排列的性质；三是相对充实（relative repleteness），即符号所蕴含的意义是丰富的；四是例证（exemplification），符号通过隐喻地拥有某种属性，如"红"这个字符，本身与颜色"红"形成指称关系，只有当这个字符也用红色的墨水写成，它才是"红"的例示；五是多重的复杂指称（complex references），即艺术符号所具有的多元意义系统。这一点在古德曼艺术哲学理论基础的阐释中得到了解释。在古德曼看来，这五个特征是艺术符号区别于非艺术符号的根本特征。当符号具备五个征候时就可称为审美符号，由审美符号所构成的世界当然是艺术世界。②

―― **延伸阅读文献**

1. Nelson Goodman, *Fact, Fiction and Forecast*, London: University of London, Athlone Press, 1954.

2. Nelson Goodman, *Problems and Projects*, Indianapolis, IN: The Bobbs-Merrill Company, 1972.

3. Nelson Goodman, *Languages of Art*, Indianapolis, IN: Hackett Publishing Company, 1976.

4. Nelson Goodman, *Ways of Worldmaking*, Indianapolis, IN: Hackett Publishing Company, 1978.

5. Nelson Goodman, *Of Mind and Other Matters*, Cambridge, MA and London: Harvard University Press, 1984.

6. Nelson Goodman & Catherine Z. Elgin, *Reconceptions in Philosophy and Other Arts and Sciences*, London: Routledge, 1988.

---

① Nelson Goodman, *Languages of Art*, Indianapolis, IN: Hackett Publishing Company, 1976, p.71. Nelson Goodman, *Ways of Worldmaking*, Indianapolis, IN: Hackett Publishing Company, 1978, p.68.

② Nelson Goodman, *Ways of Worldmaking*, Indianapolis, IN: Hackett Publishing Company, 1978, p.3.

7. ［美］纳尔逊·古德曼:《构造世界的多种方式》,姬志闯译,伯泉校,上海:上海译文出版社2008年版。

8. ［德］鲁道夫·卡尔纳普:《世界的逻辑构造》,陈启伟译,上海:上海译文出版社2008年版。

9. ［奥］恩斯特·马赫:《认识与谬误——探究心理学论纲》,李醒民译,北京:商务印书馆2007年版。

10. ［美］门罗·C.比厄斯利:《美学史:从古希腊到当代》,高建平译,北京:高等教育出版社2018年版。

11. 安静:《个体符号构造的多元世界——纳尔逊·古德曼艺术哲学研究》,北京:中央民族大学出版社2013年版。

（安静 撰）

—— 原文:《构造世界的多种方式》(节选)

经典原文

构造世界的多种方式（节选）

古德曼 著　姬志闯 译　伯泉 校

■ 何时是艺术？

1. 艺术中的纯粹

如果回答"什么是艺术"这个问题的尝试最终会带来沮丧和混乱的结果的话，那么，或许——正如在哲学中所常见的那样——这个问题就是一个假问题。借助于对某些符号理论的研究成果，对问题进行重新思考，可能有助于澄清诸如符号理论在艺术中的作用，以及"被发现的对象"的艺术和所谓的"概念的艺术"的地位这类仍在讨论之中的问题。

关于符号与艺术作品的关系，玛丽·麦卡锡曾在一件她讽刺地加以报道的小事中阐明了一个值得我们注意的观点：①

> 七年前，当我任教于一所进修学校时，在我带的其中一个班上有一个漂亮的女孩，她想成为一名短篇小说作家。她那时并不和我一起学习，不过她知道我时而也写些短篇小说。一天，在大厅里，她气喘吁吁而又兴奋地向我走来，并告诉我说她刚写完一篇小说，她的写作老师康弗斯先生深深地被它所打动。"他认为这篇小说太棒了，"她说，"而且他还打算帮我修改以发表。"
>
> 我问，这个小说写的是什么；这个女孩很单纯，只对衣着和约会有兴趣。她的回答带着不以为然的腔调。这是一个关于一个女孩儿（她自己）和她在火车上偶遇的水手们的故事。不过接着，她刚才看上去还略带不安的

---

① "Settling the Colonel's Hash," *Harper's Magazine*, 1954; 重印于 *On the Contrary*（New York: Farrar, Straus and Cudahy, 1961）, p.225.

脸，变得快乐起来了。

"康弗斯先生将和我一起修改，我们要增加一些象征性符号。"

今天，这位有着明亮眼睛的学艺术的学生更可能会这样被同样巧妙地劝告：清除那些符号。但是，基本假设是一样的：那些符号，无论是加强还是削弱作品，都是外在于作品自身的。一个类似的观点在我们所谓的象征性①艺术中似乎也有所反映。我们首先想到的是这样一些作品，诸如博斯的《天堂乐园》、戈雅的《随想曲》、有独角兽图案的挂毯或达利悬垂的钟表，或许还会想到宗教画，越神秘越好。在这里，值得注意的并不是象征与神秘或超自然之间的联系，而是这些象征性作品是以把符号作为其主题为依据进行划分的——也就是说，是以它们是在描述符号而本身却并非就是符号为依据来划分的。这使得，不仅那些无所描述的作品，而且连那些肖像画、静物写生及风景画也都归属于非象征性艺术；在这些作品中，主题并不是借助于神秘启示而是直截了当地再现出来，而且不需要把自身也当作符号。

另一方面，当我们为分类而选定一些作品为非象征性的、没有符号的艺术时，我们只能局限于那些无主题作品。例如，局限于纯粹抽象的、装饰性的或形式的绘画、建筑或音乐作品。那些有所再现的作品，无论再现什么，也无论再现得多么平淡，都要被排除在外；因为，再现实际上就是指向，就是代表，就是象征。每一个再现性作品都是一个符号；而没有符号的艺术则仅限于无主题的艺术。

再现性的作品，从一种意义上说是象征性的，而从另一种意义上说则是非象征性的，如果我们不混淆这两种用法的话。不过，根据当代艺术家和批评家们的观点，关键在于把这种艺术作品同其以任何一种方式所象征或指向的东西区分开来。让我首先引述一段文字，因为引述它只是为了思考，所以不需要现在就对它发表意见，这是关于当前被广为鼓吹的纲领、原则或观点的一个复合的陈述：

---

① "symbolic"，意为符号的或象征的，但根据语境和翻译的需要，可以根据上下文相互替换。——译注

一幅画所象征的东西是外在于它的,并且不同于这幅作为艺术品的画。如果它有一个主题,那么它那借助于来自某种或多或少得到承认的词汇表上的那些符号所完成的主题、指向,不论是清晰的还是模糊的,与它的审美或艺术的意义或特性并没有什么关联。无论这幅画是以任何一种方式指向或意味着什么东西,也无论它们是显而易见的还是隐而未见的,这些东西都在其之外。真正关键的不是与其他东西的这种关系,也不是这幅画所象征的东西,而是它本身是什么——它自身的内在性质是什么。而且,一幅画越是集中于它所象征的东西,我们就越会忽视它自身的性质。因此,一幅画的象征不仅是无关紧要的,而且还会带来不便。事实上,纯粹的艺术是避开了所有象征的,是不指向任何东西的,而且,是要被视为就其自身所是的,这是因为其内在固有的特性,而不是通过诸如象征这种松散关系而与之有所关联的任何东西。

这样一个宣言十分有力。要注意内在而非外在的东西的建议,艺术作品是其自身所是而非其所象征之物的主张,以及纯粹艺术不需要任何外在的指向的结论,都是正确思考的严肃声音,也是把艺术从错综复杂的解释与评论中解放出来的保证。

2. 一个两难处境

但是在这里,我们却面临一个两难处境。如果我们接受了这个形式主义者或纯粹主义者的原则的话,我们似乎就是在说,像《天堂乐园》和《随想曲》这一类的作品,它们的内容是无关紧要的,最多是不予考虑。如果我们拒绝这一原则,我们似乎是在坚持这样一种观点:重要的不仅仅是作品之所是,而且是其所不是的很多东西。在一种情形下,我们似乎是在提倡使许多伟大作品失去活力;在另一种情形下,我们似乎又是在容忍艺术中的杂质,是在强调外在的东西。

我认为,最好的方法是把纯粹论的观点既看作是完全正确的,也看作是完全错误的。不过,这又是何以可能的呢?让我们首先从赞同外在之物是外在的开始。但是,符号所象征的东西总是外在于它的吗?对所有种类的符号而言,当然不是这样的。考虑一下这些符号:

（a）"这串语词"，它代表了自身；

（b）"语词"，它在其他语词中适用于自身；

（c）"短"，它适用于自身、其他语词及其他许多事物；

（d）"有5个音节"，它有5个音节。①

显然，有些符号所象征的东西并不是完全外在于符号的。当然，这里所列示的情形都是相当特殊的；图画中的类似物，即那些作为自身图画的图画或把它们包含在它们所描画的东西之中的图画，由于太过罕见和特殊，以至于分量很轻，在此可以置而不论了。眼下，让我们认同这种情况，一个作品所再现的东西，除少许这样一些情形之外，都是外在于作品的，都是外在的。

这是否意味着，不再现任何东西的许多作品符合纯粹主义者的要求呢？完全不是。首先，有些完全是象征性的作品，譬如，博斯的那些关于神秘妖魔的画或独角兽图案的挂毯就什么也没有再现；因为，除了在这些画或语言描述中，任何地方都没有这样的妖魔鬼怪或独角怪兽。说这个挂毯"再现了一个独角怪兽"只是说这是一幅独角兽的画，而完全不是说它描绘的动物或什么东西存在着。②这些作品，即使什么也不再现，也不符合纯粹主义者的要求。不过，也许这正是另一类哲学家的遁词；我也并不想坚持强调这一点。让我们认同这样的观点，这样的画，尽管什么也不再现，但特性上仍是再现性的，因此也是象征性的而非"纯粹的"。同样，我也必须顺便指出，它们是再现性的并没有涉及它们再现什么外在于它们的东西，因此，纯粹主义者也不能因此而对它们持有异议。纯粹主义者所说的情况，必须牺牲某种简单性和表现力，以这种或那种方式加以修改。

其次，不仅仅只有再现性的作品是象征性的。没有再现任何东西、根本不是再现性的一幅抽象画可以表现，因此也可以象征一种感情或其他品质，或者

---

① 在英文原著中，（d）为："having seven syllables," which has seven syllables. "having seven syllables"在英文中本身有7个英语音节，但翻译成中文则是："有7个音节"，在中文中这句译文只有5个音节，为了在译文中不失作者的原意和意图，在这里改译为："有5个音节"，它有5个音节。——译注

② 进一步参见 "On Likeness of Meaning"（*Problems and Projects*, 1949, pp.221-238）和 "On some Differences about Meaning"（*Languages of Art*, 1953, pp.21-26）。

一种情绪或观念。① 正因为表现是绘画——本身并没有感觉、情感或思想——象征外在之物的一种方式，所以，纯粹主义者既否认再现性的作品，也否认抽象的表现主义者。

一个作品要成为纯粹的艺术——没有符号的艺术——的一个范例，按照这个观点，它必须既不再现，也不表现，甚至既不是再现性的也不是表现的。但是，这样就够了吗？即使是这样的一个作品，也并没有代表外在于它的任何东西；它所有的就是它自身的属性。但是，如果我们这么说的话，那么，任何画或者其他东西具有的所有属性，甚至是再现一个特定人物的这样一个属性，当然也都是这幅画的属性，而不是它之外的属性。

可以预料，会有这样的回答：一个作品可能拥有的诸多属性之间的一个重要区别，就是其内部或内在属性与其外部或外在属性之间的区别；虽然所有这些实际上都是其自身的属性，但是，其中某些属性很明显地把这幅画和其他东西联系起来；一个非再现性的、非表现性的作品只拥有内部属性。

这种说法显然行不通。因为，即使在把属性分为内部的或外部的、甚至没有什么道理的分类，所有图画或其他东西也都具有这两种属性。一幅画藏于大都会博物馆，创作于迪吕特，在年代上稍晚于玛土撒拉，这些都不能叫作内部属性。去除再现和表现，并不能给我们带来某种摆脱了外部或外在属性的东西。

而且，这个内部和外部属性之间的所谓区别，是一个声名狼藉的模糊不清的区别。大概一幅图的颜色和形状也一定会被视为内部属性；但是，如果一个外部属性就是一个能把画或物体同其他事物联系起来的属性的话，那么很明显，颜色和形状就必须被视为外部属性；因为一个物体的颜色和形状不仅可能为其他物体所分享，而且也联系着这一物体与其他一些有着同样或不同颜色或形状的物体。

有时候，术语"内部的"和"外部的"都归属于"形式的"。但是，在这个语境中，"形式的"却不可能仅仅是形状的问题。它必定包含颜色，如果包含颜色，还包含其他的什么东西呢？结构？大小？材料？当然，我们可以随意

---

① 譬如，运动和情感一样，都可能会在一幅黑白画面上被表现出来；参见《构造世界的多种方式》Ⅱ：4所附图例，也可参见《艺术的语言》中关于表现的讨论，pp.85-95。

列举那些将会被称为形式的属性；但这个"随意"放弃了问题。解释，证明，都不复存在了。作为非形式的不被考虑的属性，就不再能被刻画为全部只是那些联系那幅画与外在于它的某种东西的属性。因此，我们仍然面临着这样一个问题：如果存在原则的话，那么，它包含什么；亦即，在非再现性的、非表现性的绘画中，我们是如何区分开那种至关重要的属性与其他属性的。

我认为，存在着一个对这一问题的答案；但是要得到它，我们就必须终止所有这些关于艺术和哲学的高谈玄论，并真正地回归到现实中来。

3. 样本

再来考虑一下裁剪师或装潢师的样本图册上的一块普通的布料样本。它未必是一件艺术品，未必描绘或表现了什么。它只是一个样本——普通的样本。但是，它是什么东西的样本呢？质地、颜色、织法、厚度、纤维含量……这个样本的整体特点，我们应当说是：它是从一匹布上被剪下来的，并且拥有与这匹布其余部分相同的属性。不过，这样的结论可能是太草率了。

让我给你们讲两个故事——或者说是一个故事的两个部分。玛丽·特里西娅斯夫人在研究了这样一本样本图册后，作出了选择，并在她喜爱的纺织品商店里为她的软椅和沙发订购了足够用的布料，要求这些布料与样本是完全一样的。当打成捆包好的布送来时，她便急切地打开了它，可当她看到数百块2英寸×3英寸、布边参差不齐、完全像样本一样的布头散落在地板上时，她惊呆了。当她大声咆哮着给那家商店打去电话时，店主却恼火而又不耐烦地回答道："可是，特里西娅斯夫人，您说过，布料必须和样本完全一样。昨天布料从工厂送来时，为了把布料剪成完全和样本一样，我把店员留下一直工作到了半夜。"

几个月后，这件事几乎就被忘掉了，特里西娅斯夫人把那些布头缝补起来用在了家具上，她决定设个宴会。她到当地的一个面包房，选择了柜台里陈设的一种巧克力杯形蛋糕，订购了足够50个客人吃的蛋糕，并要求两周后送货。正当客人开始陆续到达时，一辆卡车装着一个巨大的杯形蛋糕开过来了。夫人跑到那家面包房，却被抱怨声弄得垂头丧气。"可是，特里西娅斯夫人，您根本无法想象我们遇到了多大麻烦。我丈夫开的是布料店，他预先通知我，您预订的将是一个整块的。"

这个故事的寓意并不是说你不能获胜，而是说，一个样本只是某些属性的一个样本，而不是其他属性的样本。那块布样是质地、颜色等的样本，却并不是大小和形状的样本。那个杯形蛋糕是一个颜色、图案、大小和形状的样本，但仍然不是所有属性的样本。假如给她送去的是与样本完全一样、在两周前的同一天烘烤出来的蛋糕的话，恐怕她的抱怨声就会更大了。

现在，一般来讲，一个样本的哪一种属性才是样本呢？不会是其所有属性；因为如果是这样，这个样本就只会是其自身而不会是任何东西的样本了。而且也不是它的"形式的""内在的"或者确实可以作出界定的任何属性。作为样本的那种属性是随着情况而变化的：那个杯形蛋糕才是大小与形状的样本，而布样则不是；矿石标本有可能是在特定时间和地点开采的东西的样本。此外，作为样本的属性也会随着因果关系以及背景而普遍地发生变化。虽然布样通常是其质地等的样本，而不是其大小与形状的样本，但是，如果我是在回答"装潢师的样本是什么？"的问题时向你出示了它，那么，在功能上它就不再是布料的样本，而成为装潢师的样本了，因此在这个时候，它的大小和形状也就成为其作为样本的属性了。

总之，关键的问题是一个样本只是其某些属性的样本或示例，而且，与样本具有那种例证关系的那些属性①也是随着环境而变化的，并且只能被确定为特定背景下作为样本起作用的那些属性。是某物的样本或例证某物，是一个像朋友那样的关系；我的朋友，并不是依赖任何一种确定的属性或一系列属性来判别的，而只是靠某一时间段内与我保持一种友好关系来判别的。

我们关于艺术作品的问题的隐含意义，现在可能已经非常明显了。能称得上纯粹主义绘画属性的，就是这幅画在我们的意识中展现、选择、注重、展示或强化的那些属性，就是它向外展现的那些属性，简而言之，就是它不仅拥有而且例证、作为样本出现的那些属性。

在这一点上，如果我是正确的，那么，即使是纯粹主义者的最纯粹的绘画也是有所象征的。它例证了其某些属性。不过，去例证无疑就是去象征——例证与再现和表现一样，也是指向的一种形式。一件艺术作品，无论怎样去摆脱再现或表现，也仍然是一个符号，即使它所象征的并不是事物、人物或情感，

---

① 关于例证的进一步讨论，参见 *Languages of Art*, pp.52—67。

而是它向外展示出的某种形式的形状、颜色、质地等。

那么，在我以诙谐的方式所说的纯粹主义者的首要声明中，什么是完全正确的，什么又是完全错误的呢？在说明外在之物是外在的，在指出一幅画所再现之物通常是无关紧要的，在论证再现或表现对于作品而言并非必不可少的，以及在强调所谓内在的、内部的或"形式的"属性的重要性这些方面，都是完全正确的。但是，在假定再现与表现是绘画所仅有的象征性功能，在设想符号所象征之物总在符号之外，在坚持认为在绘画中重要的只是对某些属性的拥有而不是对它们的例证这些方面，则是完全错误的。

如果作品象征的所有方式都考虑在内的话，那么，任何人离开符号而寻求艺术都将毫无发现。艺术，没有再现或表现或例证，可以。三者都没有，不行。

指出纯粹主义的艺术只是简单地排斥某些种类的象征，并不是要指责它，而只是要揭示出那种鼓吹纯粹主义的艺术排除其他所有种类的艺术的常见论断的荒谬性。我并不是要讨论绘画的不同画派、类型或方式之间相对的优点长处。在我看来更为重要的是，确认甚至纯粹主义绘画都具有象征作用，为我们解决何时有、何时没有艺术作品这个长期遗留的问题提供了一条线索。

美学文献，充满了解答"什么是艺术"这个问题的令人绝望的尝试。这个问题，因为常常无望地混淆于"何为好的艺术"的问题，而在被发现的艺术——在博物馆中展览的从公路边捡来的石头——情形中就显得尖锐了，而且，由于所谓的环境艺术和概念艺术的发展而进一步恶化了。一块被撞坏的汽车挡泥板放在艺术画廊里就是一件艺术作品了吗？那些甚至连对象都不是，也没有在画廊或博物馆中展览的东西——譬如，在奥尔登堡市中心公园里挖坑又填上——又是什么呢？如果这些都是艺术作品的话，那么，公路上的所有石头及所有的对象与事件是否就都是艺术作品呢？如果不是，区分是与不是艺术作品的标准又是什么呢？是因为艺术家把它称作艺术作品呢？还是因为它曾经在一家博物馆或画廊中展览过呢？没有任何有说服力的答案。

正如我在开始时所提到的那样，这个麻烦部分在于问了错误的问题——在于没有认识到一个东西在某些时候是艺术作品，而在另一些时候则不是。在关键情形中，真正的问题不是"什么对象是（永远的）艺术作品？"，而是"一个对象何时才是艺术作品？"或更为简明一些，如我所采用的题目那样："何时是艺术？"

我的回答是，正如一个对象在某些时候和某些情况下可能是一种符号——例如，一个样本——而在另一些时候和另一些情况下则不是符号那样，一个对象也是在某些而非另一些时候和情况下，才可能是一件艺术作品。的确，正是由于对象以某种方式履行符号的功能，所以对象只是在履行这些功能时，才成为艺术作品。通常，那个在公路上的石头并不是艺术作品；而当它陈列于艺术博物馆中时，就可能是艺术作品。在公路上，通常它并不履行任何符号的功能。在艺术博物馆里，它便例证了它的某些属性——如形状、颜色、质地等属性。挖坑和填坑，在我们把它作为一个例证性符号时，也可以履行作品的功能。另一方面，伦勃朗的画作，当被用来代替一扇被打破的窗户或用作一块毛毯时，可能就会丧失作为艺术作品的功能。

当然，以某种或其他的方式履行符号的功能，本身并不是履行一件艺术作品的功能。我们的布样，当作为样本时，并没有因此成为一件艺术作品。只有当事物的象征性功能具有某些特性时，它们才履行艺术作品的功能。地质博物馆里的石头，作为特定时期、产地或构造的石头样本，承担着象征性功能，但是，它并不履行艺术作品的功能。

究竟是什么特征辨别或标识了构成艺术作品功能的象征这个问题，要求我们根据一般的符号理论进行细致的研究。这超出了我在此所能承担的工作，但我冒险提出一个不成熟的想法——审美的五个征候[①]：（1）句法密集（syntactic density）。这里，某些方面的最精微的区别构成了符号之间的区别，例如，一支无刻度的水银温度计与一支电子数字阅读计的对照。（2）语义密集（semantic density）。在此，符号用于由某些方面的最佳区别所辨别出的事物，譬如，不仅仍可以用那支没有刻度的水银温度计作为例子，而且也可以以日常英语为例，尽管日常英语的句法并不密集。（3）相对充实（relative repleteness）。这儿，比较起来，一个符号的许多方面都有意义，譬如，北斋的工笔山水画，这种山水画里，任何形状、线条、笔触等的勾勒都有意义。与之相对照的或许是证券交易所每日平均交易量图表上的相同线条，在

[①] 参见 *Languages of Art*，pp.252-255，以及前面所提到的有关的几段文字。第五种征候，是根据与爱荷华大学的 Paul Hernadi 和 Alan Nagel 教授的谈话，又添加上去的。

那里，所有有意义的是基价之上线条的高度。（4）例证。在这里，无论符号是否有所指谓，都通过作为其本义地或隐喻地拥有的属性的样本而有所象征。最后，（5）多重复杂指称。这里，一个符号履行多种相互联系和相互作用的指称功能①，其中有些功能是直接的，有些则以其他符号为媒介。

  这些征候所提供的并不是定义，更谈不上是一个充分全面的描述或是一种赞美。这些征候中的某个或多个的在场或缺席，都不能使任何东西具备或不具备审美的资格；在多大程度上具备这些特性，并不是检验在多大程度上一个对象或经验是审美的标准。②征候，毕竟只是一些线索而已；患者可能有征候但并无疾病，也可能有疾病而无征候。而且，即便这五种征候在某些方面接近于析取上是必要的、合取上（作为一个征候群）是充分的，也仍然有理由要求重新划出模糊不定的审美界限。还有，我们要注意，这些属性往往关注符号，而不是，或很少是，它所指向的东西。在我们根本无法清楚地确定在一个符号系统中我们拥有哪一个符号或者在另一种情况下我们是否也拥有同一个符号的情况下，在被指谓的东西如此捉摸不定以至于使符号与它所适恰的对象还需要不断努力的情况下，在更多的而不是更少的符号特征被考虑的情况下，在符号是它所象征的那些属性的一个实例并且可以履行很多相互关联的简单和复杂的指向功能的情况下，我们不能像观看遵守红绿灯或阅读科学文献那样，只是通过符号考察其所指向的东西，而是必须像观看一幅画或者阅读一首诗那样，坚持不懈地关注符号本身。这种对艺术作品的不透明性和对作品优先于其所指的东西的强调，远非对符号功能的否认或忽视，而是源自作为符号的作品的某些特征。③

  由于远没有具体确定将审美象征和其他象征区别开来的特殊性质是什么，因此，对"何时是艺术"这一问题的回答，在我看来，很明显是根据象征性功能作出的。也许，当且仅当一个对象履行这样的功能时才是艺术这种说法，有

---

① 在这里，排除了常见的模糊性，在那种含糊不清的情况下，一个术语可以在完全不同的时候和在完全不同的语境中，拥有两种或甚至更多的完全独立的指谓。
② 譬如，那种并不具有句法密集征候的诗歌，与展示出了所有四种征候的绘画相比，就不完全是或者不像是艺术，因此，我们就不能够作出这样的推论。与一些非审美的符号相比，某些审美的符号也许拥有更少的征候。这一点有时是被误解的。
③ 这也是对"纯粹论者是完全正确的和完全错误的"这句话的另一种证明。

点夸大事实或过于简单化了。伦勃朗的画仍是一件艺术作品，因为，当被用作毛毯时它仍是一幅画。而从公路上捡来的石头，也不会因为它履行艺术的功能，便在严格意义上成为艺术。①同样，一把椅子，即使从未有人坐过，也仍然是一把椅子；一个包装箱，即使除用来坐之外再没有被使用过，也仍然是一个包装箱。说出艺术做了什么并不等于说出了什么是艺术；但是，我认为，前者是需要首先和特别关注的问题。根据暂时功能界定恒久属性——根据"何时"规定"什么"——的更深层次的问题，并不仅限于艺术领域，而是相当普遍的，就像把界定椅子等同于界定艺术对象一样。那些未经考虑的和不恰当的答案也同样如此：一个对象是否是艺术——或一把椅子——取决于目的，或者取决于其是有时还是经常、还是总是、还是只履行这种功能。因为所有这些总是倾向于把关于艺术的更为特殊和更有意义的问题模糊化，所以，我已经把我的注意力从什么是艺术转向了艺术能做什么。

我曾极力主张，象征的一个突出特性就是时有时无。一个对象在不同的时候可能象征不同的事物，也可能在其他时候什么东西也不象征。一个惰性的或纯粹功利性的对象可能会履行艺术的功能，一件艺术作品也可能会履行一个惰性的或纯粹功利性的对象的功能。或许，与其说艺术长久而生命短暂，倒不如说它们都是瞬息万变的。

这种对艺术作品本性的探究是全面贯穿于本书的任务，到目前为止，这个意思应该已经相当清楚了。一个对象或事件如何履行作品的功能，解释了履行这种功能的事物是如何通过某一指称方式，而参与了世界的视像和构造的。

1978年

（选自［美］纳尔逊·古德曼《构造世界的多种方式》，姬志闯译，伯泉校，上海译文出版社2008年版）

---

① 正如实际上并不是红的东西在某些时候可能会被视为或说成是红的那样，实际上并不是艺术的东西，在某些时候也可能会具有艺术的功能或被说成是艺术。一个对象，在一个特定的时间具有艺术功能，在这个时间内具有艺术的地位，那么，它在这一时间内就是艺术；所有这些说法都可以被认为是一回事，如果我们把这些固定形态都归结于对象的话。

弗洛伊德与《作家与白日梦》

经典导读

西格蒙德·弗洛伊德（Sigmund Freud，1856—1939），奥地利精神病医师，精神分析学之父。1873年入维也纳大学医学院学习，1881年获医学博士学位。1882—1885年在维也纳综合医院担任医师，从事脑解剖和病理学研究。尔后成立私人诊所。1938年，为逃避纳粹而离开奥地利，1939年在英国逝世。

精神分析法既是临床实践方法，也是一套无意识心智理论体系。弗洛伊德的理论为整个西方世界的人性观和文化观提供了新的范式，对20世纪的思想影响深远。法兰克福学派的批判理论、萨特的存在主义、利科的解释学、新结构主义符号学、女性主义及解构理论，都携带着弗洛伊德的印记。在现代主义文学领域中，弗洛伊德尤其受到弗吉尼亚·伍尔夫与布鲁姆斯伯里团体的青睐。在艺术领域，他直接影响了超现实主义，包括安德烈·布勒东的"自动书写"概念，以及达利、马格里特等人的艺术实践。

弗洛伊德论及艺术的作品可分四类。第一类包括一系列以某一美学范畴为分析对象的文章，如《诙谐及其与潜意识的关系》（1905）是对喜剧范畴的分析；《戏剧中的变态人物》（1942）涉及剧场幻觉；《恐惧》（1919）是对恐惧体验的描述，这种体验与审美有一定关系。第二类是关于创作过程中心理动机问题的文章，这类文章有时采用总体性的论述方式，如《作家与白日梦》（1908），是"元心理学"的文本；但更多时候则是以某个具体艺术作品为基础而分析心理动机，如《列奥纳多·达·芬奇和他童年的一个记忆》（1910）、《〈诗与真〉的一个童年记忆》（1917）等。第三类是对小说人物的某种虚构形象的精神分析学阐释，其中最重要的是《詹森的〈格拉迪沃〉中的幻觉与梦》（1907）。

弗洛伊德的理论构成大抵包括无意识、婴儿性欲、恋母情结、抑制和转移等，其中"无意识"概念对美学与文艺理论影响最大。实际上，"无意识"这一概念最早由德国浪漫派哲学家席勒所铸造，后由诗人、散文家柯勒律治引入英语世界，但经由弗洛伊德而广为人知。弗洛伊德把人的意识分为意识和无意识两个部分，将人的精神分为三个层次：本我（Id）、自我（ego）和超我。"本我"是最本原的一种本能冲动，处于无意识领域；"自我"是受现实生活的各种伦理原则所抑制的伪装了的本能；"超我"则是受伦理原则支配的道德化了的"自我"。本能冲动就是性的欲望，这种被压抑的性本能叫作"力比多"（libido），在力比多遭受"抑制"时，精神的防御性机制促成"力比多转移"。此转移能力也被称作"升华能力"。艺术创造正是这样一种升华活动，艺术家通过筑造一个幻想世界以转移力比多，成功逃避现实生活中欲望得不到满足的状态，但又不至于陷入神经官能症。此外，无意识虽被排除在意识之外，却又通过梦境、玩笑、口误、艺术作品等显示出来。

《作家与白日梦》来自弗洛伊德1907年的一个非正式的演讲，于1908年出版。在这个演讲中，弗洛伊德试图对艺术创造活动作出精神分析的探索，包括艺术创作的动机及艺术的审美愉悦问题。在这个演讲中，"童年记忆"得到强调，弗洛伊德后来在《列奥纳多·达·芬奇和他童年的一个记忆》中又将之运用到对达·芬奇的研究中。

《作家与白日梦》接续了弗洛伊德《詹森的〈格拉迪沃〉中的幻觉与梦》（1907）中对文学和审美的系统性探讨。弗洛伊德认为作家创造的是一个有别于现实世界的幻想世界并十分严肃地对待它，在这个意义上，其性质与儿童的游戏相似；而作家的创作机制则如同梦的机制，是日常生活中的未满足的、受抑制的愿望的实现，他们的幻想在某种意义上即"白日梦"。弗洛伊德指出这种白日梦并非重复性和固定的，其因幻想者的生活印象的变换而变换，而且，白日梦不仅指向实现愿望的未来，还携带着刺激它发生的当下场合及引发它的（童年）记忆的特征，故此白日梦实际上包含过去、现在与未来的三重时间维度。但是富有想象力的作品是否可以等同于天真的白日梦？弗洛伊德认为，甚至偏离此模式最远的作品也可以迂回曲折地通过一系列过渡性的事件与此模式连接起来。弗洛伊德也试图运用这一模式解释史诗、悲剧这类接受现成题材的作品,他指出这类作品的素材本身或许正是人类的集体幻想或世俗梦想遭到歪曲之后遗留下来的痕迹。

在《作家与白日梦》这个演讲中,弗洛伊德也论及幻想如何通向诗的效果,即作家用什么手段引发了读者内心的感情效果。弗洛伊德认为,作家在表达其幻想的时候利用审美原则将私人幻想转化成公共艺术品,同时向读者提供了纯形式即审美的快乐,即"前期快乐"(fore-pleasure),释放出更深层次的愉悦,解除无意识的紧张。"前期快乐"概念来自他本人的性理论。

弗洛伊德对艺术的精神分析研究及其对艺术作为调解欲望和现实之间的冲突的功能的发现,极富人类学意义,但其泛性论倾向的解释自然无法解释艺术创造活动的复杂性和多重性。此外,弗洛伊德的文艺批评多聚焦于内容,而较少顾及形式,对此,苏珊·朗格在《哲学新解》中指出,弗洛伊德并未能为艺术的完美性提供最起码的准则,也不能为艺术的优劣之别提供真正的解答。

—— **延伸阅读文献**

1. [奥]西格蒙德·弗洛伊德:《弗洛伊德论美文选》,张唤民、陈伟奇译,裘小龙校,上海:知识出版社1987年版。
2. [奥]弗洛伊德:《释梦》,孙名之译,北京:商务印书馆1996年版。
3. [奥]弗洛伊德:《精神分析引论》,高觉敷译,北京:商务印书馆1984年版。
4. [奥]西格蒙德·弗洛伊德:《弗洛伊德自传》,顾闻译,北京:国际文化出版公司2013年版。
5. [奥]弗洛伊德:《弗洛伊德文集》(全12册),车文博主编,北京:九州出版社2014年版。
6. [美]彼得·盖伊:《弗洛伊德传》,龚卓军、高志仁、梁永安译,刘森尧校订,厦门:鹭江出版社2006年版。
7. [美]斯佩克特:《弗洛伊德的美学——艺术研究中的精神分析法》,高建平译,成都:四川人民出版社2006年版。

8. Peter Gay, *Freud: A Life for Our Time*, London: Papermac, 1988.

9. David E. Stannard, *Shrinking History: On Freud and the Failure of Psychohistory*, Oxford: Oxford University Press, 1982.

（高艳萍　撰）

—— 原文：《作家与白日梦》

经典原文

作家与白日梦

弗洛伊德 著　徐德林 译

我们这些门外汉总是以强烈的好奇心理去理解——恰如把类似的问题送给阿里奥斯托①的那位红衣主教——与众不同的作家从哪处渊源发掘了他的素材，他又如何加工组织这些素材以至于使我们产生如此深刻的印象，在我们的心中激发起连我们自己都不曾料想的情感。

假如我们向作家讨教，他本人也难以解释，即使解释了也不会令我们满意，正因为如此，这便使我们产生更加浓厚的兴趣。即使我们都彻底了解作家是怎样选取素材的，了解创造想象形式的艺术的真谛，也不可能帮助我们把自己修炼成为作家。

如果我们至少在自身或在像自身的人们身上发现一种能动性与文学创作在某种方式上相类似，那该多么令人欣慰。检验这种能动性将使我们有希望对作家的创作作出解释。的确，这种情况的可能性是有的。毕竟作家自己也喜欢缩短他们自己的本性和人类的共性之间的距离；因此，他们一再鼓励我们相信，每一个人在心灵深处都是一位诗人。只要有人，就有诗人。

我们是不是应该在童年时代寻觅富于想象力的能动性的第一道轨迹呢？孩子最喜欢的最投入的活动是游戏（games）和玩耍（play）。难道我们不可以说每一个孩子在游戏时的表现行为俨然是一位作家吗？他在游戏中创造着一个属于自己的世界，或者说，是他在用自己喜爱的新方式重新组合他那个世界里的事物。如果认为他对待他那个世界的态度不够严肃，那就错了；恰恰相反，他在游戏时非常认真，并且在上面倾注了极大的热情。与玩耍相对的并不是严肃认真，而是实实在在。尽管他把情绪和精力投注于游戏世界，也还是能够很好地将游戏世界和现实世界区分开来的；他喜欢把想象中的物体和情境与现实

---

① 红衣主教伊波里托·德埃斯特（Ippolito d'Este）是阿里奥斯托（Ariosto）的第一个保护人，阿里奥斯托的《疯狂的奥兰多》就是献给他的。诗人得到的唯一报答是红衣主教提出的问题："罗多维柯，你从哪儿找到这么多故事？"

世界中的有形的、看得见的事物联系起来。这种联系是区别孩子的"游戏"与"幻想"（phantasying）的根本依据。

作家的工作与孩子游戏时的行为是一样的。他创造了一个他很当真的幻想世界——也就是说，这是一个他以极大的热情创造的世界——同时他又严格地将其与现实世界区分开来。语言保留了孩子们做的游戏和诗歌创作之间的这种关系。（在德语中）这种富有想象力的创作形式被称为"Spiel"（游戏），这种创作形式与现实世界里的事物相联系，并具备表现能力。其作品称作"Lustspiel"或"Trauerspied"（"喜剧"或者"悲剧"，字面上可以叫作"快乐游戏"或"伤感游戏"），把那些从事表演艺术的人称作"Schauspieler"（"演员"，字面上可以叫作"做游戏人"）。无论如何，作家幻想世界的非真实性对他的艺术技巧具有举足轻重的作用；因为许多事情就是这样，如果它们是真实的，就不能给人带来娱乐，虚构的剧作却能够带来娱乐。有许多动人心弦的剧情本身在实际上是令人悲伤的，但在一个作家的作品上演中，能变成听众和观众的一个快乐的源泉。

下面我们将从另一个角度，花更多些时间对现实世界与戏剧进行比较。当孩子长大成人不再做游戏时，在他经过几十年的劳作之后，以严肃的态度面对现实生活时，他或许在某一天会发现自己处于再次消除了戏剧与现实之间差别的心理情境（mental situation）之中。

作为成年人，他能够回想起童年时代游戏时所怀有的那种认真严肃的态度；如果把今天显然严肃的工作当成童年时代的游戏，他便可以抛却现实生活强加给的过于沉重的负担，从而通过幽默的方式得到大量的快乐[①]。

由此所见，当人们长大后便停止了游戏，他们似乎也放弃了从游戏中所获得快乐的受益。但是不管是谁，只要他了解人类的心理，他就会知道，对一个人来说，如果让他放弃自己曾体验过的快乐那几乎比登天还难。事实上，我们从不放弃任何东西，我们只是用这一样东西去交换另外一样东西。看上去是被抛弃的东西实际上变成了代替物或代用品。同样，长大了的孩子当他停止游戏时，除去和真实事物的联系之外，他什么也没抛弃；代替游戏的是幻想。他在空中建造楼阁，去创造所谓的"白日梦"（day-dreaming）。我相信大多数人

---

① 参阅弗洛伊德的《诙谐及其与潜意识的关系》（1905c）第七章第七节。

都在他们的生活中的某时某刻构造幻想。这是一个长期以来被忽视的事实,因此,它的重要性也就未被充分地认识到。

观察人们的幻想比起观察儿童的游戏困难得多。说真的,一个孩子要么独自游戏,要么以做游戏为目的而和其他孩子一起构成一个封闭的精神系统;尽管在大人面前他们可能不做游戏,但在一方面,他们也从不在大人面前掩饰自己的游戏。与孩子相反,成年人却羞于表现自己的幻想,并且向其他人隐瞒自己的幻想。他珍爱自己的幻想恰如对待自己的私有财产那样。通常,他宁愿承认自己的不轨行为和过失,也不愿把自己的幻想向任何人透露。造成这种情况的原因可能是,他相信只有他创造了这样的幻想,岂不知在别人那里这种创造也相当普遍。做游戏的人和创造幻想的人在行为上的这种不同是由于两种活动的动机(motives)不同的缘故,然而它们是互相依附的。

孩子的游戏是由其愿望所决定的:事实上是唯一的愿望(wish)——这个愿望在他的成长过程中起了很大的促进作用——希望长大成人。他总是做"已经长大"的游戏,在这种游戏中他模仿他所知道的年长者的生活方式,他没有理由掩饰这个愿望,而在成年人那里,情况就不同了,而应该在真实世界中去扮演某个角色;另一方面,他意识到把引起他幻想的一些愿望隐藏起来至关重要。于是,他就会为那些幼稚的不被允许的幻想而感到羞愧。

但是,你们会问,既然人们把他们的幻想搞得如此神秘,那么对这个问题我们又怎么会知道得如此之多呢?事情是这样的:人类中有这样一类,他们的灵魂里有一位严厉的女神(goddess)——必然性(necessity)——让他们讲述他们经受的苦难,说出给他们带来幸福①的东西。他们是些神经性疾病(nervous illness)的受害者,他们不得不把自己的幻想讲出来,告诉医生,希望医生采用心理疗法(mental treatment)治愈他们的疾病。这是我们的最好的信息来源,我们据此找到了充分的理由假设;如果病人对我们守口如瓶,我们从健康人的口中也不可能有所闻。

现在,让我们来认识一下幻想的几个特征。我们可以断言,一个幸福的人从来不会去幻想,只有那些愿望难以满足的人才去幻想。幻想的动力是尚未

---

① 这是指歌德的剧本《托夸多·诺索》最后一场中主角兼诗人所吟诵的诗句:"当人类在痛苦中沉默,神让我讲述我的苦痛。"

满足的愿望，每一个幻想都是一个愿望的满足，都是对令人不满足的现实的补偿。这些充当动力的愿望因幻想者的性别、性格和环境的不同而各异；但它们又很自然地分成两大主要类别。他们要么是野心的愿望，这类愿望提高幻想者的人格；要么是性的愿望。在年轻的女子身上，性的愿望几乎总是占据主要地位，因为她们的野心通常都被性欲倾向同化。在年轻的男子身上，自私的、野心的愿望和性的愿望相当明显地并驾齐驱。但是，我们不准备强调两种倾向之间的对立；我们更愿强调这样一个事实：它们经常结合在一块。正像在许多教堂祭坛后壁的装饰画中，捐献者的肖像可在画面的某个角落里看到一样，在大多数野心幻想中，我们也会在这个或那个角落里发现一位女子，为了她，幻想的创造者表演了他的全部英雄行为，并把其所有的胜利果实堆放在她的脚下。大家看得出，在这样的幻想中，的确存在着想掩饰幻想的非常强烈的动机；受过良好教养的女子只允许有最低限度的性欲需求，青年男子必须学会压抑对自身利益的过分关注，以便在其他人也有着同样强烈要求的人际社会中找到自己的位置。

我们不能认为这类想象活动的产物——各式各样的幻想、空中楼阁和白日梦——是已经定型或不可改变的东西。恰恰相反，它们随着幻想者对生活的理解的变换而变换，随着幻想者处境的每一个变化而变化，从每一个新鲜活泼的印象中去接受被称为"日戳"（date-mark）的印象。一般来说，幻想与时间之间的关系是至关重要的。我们可以说幻想似乎在三个时间之间徘徊——我们的想象经历三个时刻。心理活动与某些现时的印象相关联，和某些现时的诱发心理活动的事件有关，这些事件可以引起主体的一个重大愿望。心理活动由此而退回到对早年经历的记忆（通常是童年时代的经历），在这个时期该重大愿望曾得到满足，于是在幻想中便创造了一个与未来相联系的场景来表现愿望满足的情况。心理活动如此创造出来的东西叫作白日梦或是幻想，其根源在于刺激其产生的事件和某段经历的记忆。这样，过去，现在和未来就串联在一起了，愿望这根轴线贯穿于其中。

举一个非常普通的例子就可以把我所说的这些问题解释得很清楚。我们以一个贫穷孤儿为例，你已经给了他某个雇主的地址，他也许在那里能够找到一份工作。在去看雇主的路上，他可能产生与沉湎于和当时情景相适应的白日梦。他幻想的事情或许是这类事情：他找到了工作，并且得到新雇主对他的器重，自己成为企业里面举足轻重不可缺少的人物，既而被雇主的家庭接纳，和这家的年轻而又妩媚迷人的女儿结了婚，随后又成为企业的董事，初始是作为雇主的合股人，而后就成了他的继承人。在这种幻想中，白日梦者重新获得他在幸福的童年时曾拥有的东西——庇护他的家庭、疼爱他的双亲，以及他最初一见钟情的妙龄佳人。从这个例子中你可以看到，愿望利用一个现时的场合，在过去经历的基础上描绘出一幅未来的画面。

关于幻想还有许多方面值得研究；但我将尽可能扼要地说明其中的某几点。如果幻想变得过于丰富多彩、强烈无比的话，那么神经症和精神病就处于待发作状态。另外，幻想是我们的病人经常抱怨的苦恼病状的直接心理预兆。它像一条宽敞的岔道伸向病理学范畴。

我不能略而不谈幻想与梦之间的关系。我们在夜里所做的梦就属此类幻想，这一点我们可以通过梦之分析来证实。[①] 很久以前语言就以其无与伦比的智慧对梦的本质问题下了定论，把漫无边际的幻想创造命名为"白日梦"。如果我们对我们的梦的意义总觉得含糊不清的话，那是因为夜间的环境使我们产生一些令自己羞惭的愿望；这些愿望我们必须对自己隐瞒，所以它们受到压抑，压入潜意识之中。这种受压抑的愿望及其派生物只允许以一种极其歪曲的形式表现出来。当科学工作已能成功地解释梦变形的这种因素时，就不难识别夜间的梦和白日梦——即和我们非常了解的幻想一样，是愿望的满足。

关于幻想的问题就谈这些。现在来谈一下作家。我们真可以将富有想象力的作家和"光天化日之下的梦幻者"作一比较，把他的创作和白日梦作比较吗？这里，我们必须先弄清楚一个问题。我们必须区分开这两类作家：像古代的史诗作家和悲剧作家那样接收现成题材的作家和似乎是由自己选择题材创作的作家。我们在进行比较时，将主要针对后一类作家，不去选择那些批评家顶礼推崇的作家，而是选择那些名气不十分大，却拥有最广大、最热衷的男女读者的长篇小说、传奇文学和短篇小说的作者。在所有这些小说作者的作品中有一个特点我们肯定看得出：每一部作品都有一个主角，这个主角是读者兴趣的中心，作家试图用尽一切可能的表现手法来使该主角赢得我们的同情，作者似乎将他置于一个特殊的神祇的庇护之下。假如在我的小说的某一章的结尾，我

[①] 参阅弗洛伊德的《释梦》（1900a）。

把主角遗弃，让他受伤流血、神志昏迷，那么我肯定在下一章的开头会读到他正得到精心的治疗护理，逐渐恢复健康；如果第一卷以他乘的船在海上遇到暴风雨而下沉为结尾，那么我还可以肯定，在第二卷的开头就会读到他奇迹般地获救——没有获救这个情节，小说将无法写下去。我带着安全感跟随主角走过他那危险的历程，这正是在现实生活中一位英雄跳进水中去拯救一个落水者时的感觉，或者是他为了对敌兵群猛烈攻击而把自己的身躯暴露在敌人的炮火之下时的感觉。这种感觉是真正英雄的感觉，我们一位最优秀的作家曾用一句盖世无双的话表达过："我不会出事！"① 然而，通过这种不受伤害、英雄不死的特性，我们似乎可以立即认出每场白日梦及每篇小说里的主角如出一辙②，都是一个"唯我独尊的自我"。

这些自我中心小说在其他方面也表现出类似性。小说中的所有女人总是爱上了男主角，这一点，很难说是对现实的描写。但是，作为白日梦必要的构成因素很容易被理解。同样，作者根本无视现实生活中所见到的人物性格的多样性，而将小说中的其他人物整齐地分成好人与坏人。"好人"是自我的助手，而"坏人"则成为自我的敌人和对手，这个自我就是故事的主角。

我们十分清楚，许多富于想象的作品和天真的白日梦模式相距甚远；但我仍不能消除这种怀疑：即使偏离白日梦模式最远的作品也可以通过不间断的、一系列的过渡事件与白日梦相联系。我注意到被人们称为"心理小说"（psychological novels）的作品中只有一个人物——就是那个通过内心描写的主角。作者好像坐在主人公的脑袋里，从外部来观察其他人物。毋庸置疑，一般来说心理小说之所以具有其特殊性，是因为现代作家倾向于凭借自我观察（self-observation），将他的主人公分裂成许多部分自我（part-egos），结果是作家把自己的心理生活中相冲突的几个倾向在几个主角身上体现出来。某些小说或许可称为"怪诞"（eccentric）小说，似乎与白日梦的类型形成非常特殊的对比。在这些小说里，被作为主角介绍给读者的人物仅仅扮演着一个很小的角色，他犹如一位旁观者静观其他人的活动及遭受的痛苦。左拉的许多后期作品都属于这一类。但是我必须指出，通过对创造性的作家和在某些方面背离所

---

① "Es Kann dir nixg schehen！"这句话出自弗洛伊德喜爱的维也纳剧作家安泽格鲁伯（Anzengruber）之口。参阅《对目前战争与死亡的看法》（1915b）标准版，第14卷，第296页。
② 参阅《论自恋》（1914c）标准版，第14卷，第91页。

谓规范的作家作个人精神分析,我们发现白日梦具有与"怪诞"小说类似的特点,即自我满足于充当旁观者的角色。

如果我们想让富于想象力的作家与白日梦者、诗歌创作与白日梦之间的比较有某种价值的话,那就必须首先以某种方式表现出其有效性。譬如,我们应试着对这些作者作品中所运用我们在前面论及的关于幻想、三个时间和贯穿三个时间的愿望之间的关系命题;借助于此我们还可以试着研究一下作者的生活与其作品之间的联系。一般来说,无人知晓在研究这个问题时应设想什么样的预期成果,而且人们常常把这种联系看得过于简单。借助于我们对幻想研究所得,我们应该预料以下的事态:现时的一个强烈经验唤起作家对早年某个经历(通常是童年时代)的记忆,在此记忆中又产生一个在其作品中可以得到满足的愿望。其作品本身能够显示出近期的诱发事件和旧时的记忆这些因素。①

不要被这个程式的复杂性吓倒了。我猜想事实将会证明它是一种极为罕见的方式。然而,它或许包含着弄清事实真相的第一步;根据我所做的一些实验,我倾向于认为对于作品的这种研究方式不会是劳而无功的。你将不会忘记,对于作家生活中的童年时代的记忆的强调——这种强调或许令人莫名其妙——归根到底来自这种假设:一篇具有创见性的作品像一场白日梦一样,是童年时代曾经做过的游戏的继续,也是这类游戏的替代物。

然而,我们不能忘记回到我们该认识的那类富有想象力的作品,这类作品并非独创性的写作,而是对现成的和熟悉的素材的改造加工。即使在这里,作家也拥有相当范围的自主权,这种自主权可表现在素材的遴选及素材的千变万化上,这种变化的范围又相当广泛。不过就现有的素材来说,它来自流行的神话、传说及童话故事的宝库。对诸如此类民间心理构造的研究还远远不够完善,但极有可能的是,诸如神话故事这类传说是所有民族充满愿望的幻想,也是人类年轻时期的尚未宗教化的梦幻歪曲后的残迹。

你会说,尽管在我的论文题目中我把作家放在首位,但我对作家的论述比对幻想的论述少得多。我意识到了这一点,但我这么做是有理由的,因为我推导出了我们现在所拥有的认识。我所能够做到的一切,就是提出一些鼓励和建

---

① 弗洛伊德在1898年7月7日致弗利斯的信中讨论迈耶尔(C. F. Meyer)创作的短篇小说的主题时,已经提出类似的观点(弗洛伊德,1950a,信92)。

议，从对幻想的研究着手，导向作家选择其文学素材的问题的研究。至于另外的问题——作家采用什么手段来激发我们内心的感情效应——截至目前我们还根本没有涉及这个问题。但我至少乐于向你指明一条从我们对幻想的讨论一直通向诗的效应问题的道路。

你会记得我曾论述过，白日梦幻者由于他感到有理由对自己创造的幻想而害羞，从而小心谨慎地向别人隐瞒自己的幻想。现在我应该补充说明，即使他打算把这些幻想告诉我们，这种倾诉也不会给我们带来任何快乐。我们听到这些幻想时会产生反感或者深感扫兴。但是当一位作家给我们献上他的戏剧或者把我们习惯于当作他个人的白日梦的故事时，我们就会体验到极大的快乐，这种快乐极有可能由许多来源汇集而产生。作家如何达到这一目的，那是他内心深处的秘密；诗歌艺术的精华存在于克服使我们心中感到厌恶的后果的技巧，这种厌恶感毫无疑问地与一个"自我"和其他"自我"之间产生的隔阂相联系。我们可以猜测到这种技巧的两个方法：作家通过改变和掩饰其利己主义的白日梦以软化它们的利己性质；他以纯形式的——即美学的——快感来收买我们这些读者。我们给这类快乐命名为"额外刺激"（incentive bonus）或"前期快乐"（fore-pleasure）。作者向我们提供这种快乐是为了有可能从更深的精神源泉中释放出更大的快乐。① 从我的观点来讲，作家提供给我们的所有美学快乐都具有这种"直观快乐"的性质，我们对一部富有想象力的作品的欣赏实际来自我们精神上紧张状态的消除。甚至有可能是，这种效果有相当一部分归因于作家能够使我们享受到自己的白日梦而又不必去自责或害羞。这个认识成果就把我们引向新的、有刺激性的、复杂难懂的调查研究工作的门槛；但同时，至少是目前，它把我们带到我们讨论的终点。

（选自［奥］西格蒙德·弗洛伊德《弗洛伊德论美文选》，
张唤民、陈伟奇译，裘小龙校，知识出版社 1987 年版）

---

① 弗洛伊德把"前期快乐"和"额外刺激"的理论应用在《诙谐及其与潜意识的关系》（1905c）第四章最后一段中。在《性学三论》中，弗洛伊德又讨论了"前期快乐"的本质。

拉康与《镜像阶段：精神分析经验中揭示"我"的功能构型》

经典导读

雅克·拉康（Jacques Lacan，1901—1981）被称为自弗洛伊德以来最具争议性的精神分析学家。通常认为，拉康依据结构主义语言学重释了弗洛伊德。拉康的思想现已遍及文学批评、电影研究、女性主义与社会理论等各个学科。从文学研究的角度来看，一批女性主义和马克思主义的文学批评家率先发掘了拉康，使得精神分析再次被置于批评理论的前沿。

拉康成长于巴黎一个生活舒适的中产阶级天主教家庭，早年就读于天主教教会学校，其间心仪斯宾诺莎。20世纪30年代，他在智识上的两次邂逅决定了他精神分析学的终身事业：1930年在一本超现实主义杂志上读到达利有关"偏执狂"的文章，以及1931年开始阅读弗洛伊德的作品。1932年，拉康完成博士学位论文《论偏执狂的精神病及其与人格的关系》。从1953年到1981年，拉康在巴黎举办研讨班，影响了20世纪六七十年代的法国知识界，尤其是后结构主义。他的思想对后结构主义、批评理论、语言学、法国哲学、电影理论和临床精神分析皆产生了重要影响。

拉康关于镜像阶段的理论被认为是他对精神分析领域的最重要的贡献。镜像阶段是指从6个月到18个月的婴儿成长的一个阶段，它由拉康在1936年的马里昂巴德（Marienbad）的第十四届国际精神分析学会年会上提出。到50年代，拉康关于镜像阶段的概念得到发展，他不再视镜像阶段为婴儿生命的一个阶段，而以其表征主体性的某种永恒结构，或曰"想象界"。以下简要介绍一下拉康的三界理论。

在拉康这里，想象界、象征界和实在界被视作存在的三个不同层阶，是相互联结却又具有不同功能的相互独立的存在。想象界包括幻想和想象的领域，但又涉及成人主体与他者的关系。典型的想象关系的原型是：镜子面前的婴儿因为镜子中的形象而着迷。想象界也包括前语言结构，包括儿童或精神病患者的各种原始的想象。象征界与符号的功能和符号体系相联结，语言从属于象征界，正是通过象征界，主体得以确立；主体不同于"我"（I），主体是在象征界中被构成并且由语言所决定的，主体是能指的主体并总是存在于能指链的内部；而言语的"我"在语言中根本不指涉任何稳定之物，"我"可以是主体、自我或无意识。实在界是这三个范畴中最为含糊的一个，它与性和死亡的维度相关联，被视作主体之外的领域，属于不可言说之域，它并不属于语言。它是主体与不可言说的喜悦和死亡相遇的层阶。

《镜像阶段：精神分析经验中揭示"我"的功能构型》是拉康 1949 年在苏黎世的第十六届国际精神分析学会年会上作的报告。该文试图理解婴儿对镜像的经验，以及它如何与婴儿的"自我"的概念相关联。拉康认为这一经验有助于理解自我的建构，即"我"（I），在这个意义上，他相信"我"与笛卡儿的"我思"（cogito）相对立。镜像阶段是婴儿对形象的"一次认同"。婴儿在凝视镜像的过程中，第一次从破碎经验中摆脱出来，意识到自己的身体具有一个整体的形式，从而将自身（self）知觉为一个整体或完整的存在。这是通过"格式塔"的构型来完成的。与此同时，这一形象又是"异化"的，因为在某种意义上，镜像并不是自身却最终取代自身的位置。在这个过程中，"我"被对象化，并最终通过语言的中介而执行主体功能，形成弗洛伊德意义上的"理性自我"。在统一形象取代破碎经验的这一刻，婴儿破碎的自身感与想象的自主性之间便产生某种冲突，自我（ego）由此诞生。正是这种冲突开启了一种自我与社会的辩证法。在这个过程中，形象是由他者的目光来中介的，他者成为我们自身的保证人。俄狄浦斯情结即一例。

拉康认为婴儿的镜像阶段属于我们心理成长过程中加强其"妄想症"信念的阶段，这一阶段的功能在于建立起机体与它的实在之间的关系，或内在世界与外在世界之间的关系。但新生儿之不适和行动之不协，作为"特殊早产"的结果，表明镜像阶段本身就是一出尴尬的戏剧。"其内在的冲力从欠缺猛然被抛入预期之中，……最后被抛入一种想当然的异化身份的盔甲之中。"自我就是产生在这个异化并迷恋自身形象的时刻。自我正是这些形象的结果，或者说，一种想象的功能。在拉康看来，自我既非"知觉—意识"的中心，也非由现实原则组成，而是一种误认（mis-recognition）功能。在这个意义上，拉康批评了存在主义的自足意识与虚无概念。

镜像阶段理论借用了瓦隆等动物心理学和比较心理学对婴儿和动物在某一认知情境中的行为反应进行比较研究的成果。拉康也借用由弗洛伊德所复活的自恋神话来解释婴儿对镜像的欣悦认同，得出认知情境是自我的自恋结构这一结论。

—— **延伸阅读文献**

1. Jacques Lacan, *Écrits: The First Complete Edition in English*, trans. Bruce Fink, New York: W. W. Norton & Co., 2006.
2. Malcolm Bowie, *Lacan*, London: Fontana Press, 1991.
3. Jane Gallop, *Reading Lacan*. Ithaca, NY: Cornell University Press, 1985.
4. Alain Badiou, "Lacan and the Pre-Socratics," in *Lacan: The Silent Partners*, ed. Slavoj Žižek, London: Verso, 2006.
5. Joël Dor, *Introduction to the Reading of Lacan: The Unconscious Structured like a Language*, New York: Other Press, 2001.
6. ［法］拉康：《拉康选集》，褚孝泉译，上海：上海三联书店2001年版。
7. ［英］肖恩·霍默：《导读拉康》，李新雨译，重庆：重庆大学出版社2014年版。
8. 吴琼：《雅克·拉康——阅读你的症状》，北京：中国人民大学出版社2011年版。

（高艳萍 撰）

—— 原文：《镜像阶段：精神分析经验中揭示"我"的功能构型》

经典原文

镜像阶段：精神分析经验中揭示"我"的功能构型

拉康 著　吴琼 译

13年前在上一届会议上，我就提出了镜像阶段（the mirror stage）的概念。自那以后，这个概念在法国学派的实践中已大致确立起来。然而，我认为它还值得再次引起大家的注意。尤其是在今天，当我们在精神分析中经验到它的时候，它能使我们洞识到"我"的构型过程。正是这种经验使我们能够去反对任何直接源自"我思"的哲学。

诸位可能还记得，这个概念源自比较心理学的一个事实所揭示的人类行为的一个特征。婴儿在一定的年龄有段时间——不论多么短暂——尽管在工具智能方面低于黑猩猩，但已能在镜子中辨认出他自己的模样。这种辨认在儿童的"啊哈，真奇妙！"这一富有启发性的拟态中有所体现。柯勒（W. Kohler）视其为情境认知的表现，并认为它是智力行为的关键一步。

面对镜像——不会像猴子那样，一旦捕捉住了某个形象，并发现它是空洞的，就很快会失去兴趣——婴儿立即会以一连串的姿态动作作为回应，并会乐此不疲。在这些姿态动作中，婴儿会以游戏的方式体验到镜像中呈现出的运动与被反照的环境之间的关系，体验到这一虚设的复合体与它所复制的现实——婴儿自己的身体、环绕着他的人和物——之间的关系。

正如我们自鲍德温（J. Baldwin）以来就已经知道的，这种事情在婴儿6个月时就会发生，而它的反复常使我深思镜子前的婴儿那令人吃惊的奇异行为。还不会行走甚至还无法站立的婴儿被某些支撑物——人或人造物（在法国，我们称之为"宝宝走椅"）——紧紧地支撑着，他却能在一阵欢快的挣扎中克服支撑物的羁绊，并固定在一种微微前倾的姿态中，以便在凝视中能捕捉到它，能回忆起那瞬间的镜像。

在我看来，一直到婴儿18个月的时候，这种行为都具有我所赋予它的那种意义。这一意义揭开迄今仍有争议的力比多机制及人类世界的本体论结构——它与我对妄想症认识的思考相吻合——的秘密。

我们只能把镜像阶段理解为"一次认同"（identification）——在精神分析赋予这个术语的全部意义上说，亦即主体认定一个镜像时发生于他身上的转换。这一阶段性效果的命运在精神分析理论中，通过一个古老术语"心象"（imago）的使用被充分地提示出来了。

孩童在婴儿阶段仍处于运动机能的无力和嗷嗷待哺的依赖状态，其对自身的镜像的这种欣悦认定似乎暴露了某种典型情境下的象征母体（the symbolic matrix）。在此"我"突然被抛入了某种原始的形式，之后，又在对他都认同的辩证法中被对象化，尔后又通过语言而得以复活，使其作为主体在世间发挥功能。

如果我们想把这种原始形式归入我们常规的案卷，那就应称它为"理性之我"。在那一意义上，它也将是二次认同的源泉。我愿将力比多的标准化功能置放于这个术语名下。但重要的是，这种原始形式在自我被社会规定之前，就将自我的动因置于一个虚构的方向上。这对单个的个体说将是永远无法还原的。或者更恰当地说，它只能渐近地回复至主体的形成过程，不论这一辩证综合的成功程度如何，它都要以此来解决其作为主格的我与自身的现实的不协调。

事实上，主体在幻象中借以预期其力量的成熟的完整的躯体形式，仅仅是作为格式塔赋予他。也就是说，他只是在一种外在性中获得这形式。在那里，这形式当然是构成性的而非被构成的。但是，这形式首要的是在凝定主体的倒转立像和在颠倒主体的对称物中向其显现的，这与主体感觉到且赋予其活力的混乱运动刚好形成对照。就这样，这种格式塔——尽管其动力式样还不甚明了，但其完形的作用仍应视作同物种密切相关——通过其外表的这两个方面，象征着"我"的心理持续性。与此同时，它预示了它的异化命运。格式塔也孕育着某些对应性。这些对应性将我同人投射于其中的立像联结成一体，将我同支配我的幻影联结为一体，或者将我同那种在一种模糊的关系时使自己的世界趋于完成的自动机器联结为一体。

实际上，对"心象"而言——在我们的日常经验中，在象征的效用的阴影中，我们有幸能粗略地看到它的被遮掩的面影——镜中之像似乎是可见世界的入口。如果我们依照"自己身体的心象"在幻觉或梦境中呈现的镜子排列进行判断，不管是关系到个体的形貌，甚至它的缺陷，抑或是它的对象—投射；如果我们在那"替身"的表象中——心理现实就是在此被表现出来的，不论它有怎样的异质性——来观察镜子装置的功能。

格式塔在有机体身上可以产生构型的效果，这一点已被生物学实验证实。这个实验本身同心理因果论如此格格不入，以至于它都无法用这些术语来说明自己的结论。不过，这个实验发现，雌鸽的性腺成熟的必要条件是，它会看到它的另一个同类，不论雌性还是雄性。这个条件本身是如此充分，以至于只要将单只鸽子置于一面镜子的反射范围之内，预期的结果就唾手可得。与此类似，在迁徙的蝗虫的情形中，要在同一代里将蝗虫从独居性的转变成群居性的，只需在某个阶段给单只蝗虫看一个同类的形象独有的视觉行为。当然，它要能被这个形象的活动激活，而且这个形象的活动必须与其物种的特性足够接近。这些事实都属于同形认同的范围，而这个范围又属于作为构型作用和性吸引的美感的意义这一更大的问题。

但是，拟态的事实一旦被看作异形认同，就同样具有启发性。因为它们提出了空间对于活的有机体的重要性问题——与试图将这些事实化约为所谓至上的适应法则的荒谬尝试相比，心理学的概念未尝不能更适合地说明这些问题。我们只需回忆一下罗杰·凯洛伊斯（Roger Caillois，那时他还很年轻，刚刚同培养了他的社会学派决裂）对这个论题的阐明。他使用"传说的精神衰弱"这个术语，把形态模拟阐释为对具有假象效果的空间的迷恋。

我已经在社会辩证法——它将人类知识结构为妄想狂——中说明了为什么在有关欲望力量的范围方面，人的知识比动物的知识更为自足，为什么人的知识是在"点滴的现实"中被决定的——超现实主义者不依不饶地将这"点滴的现实"视作人类知识的局限。这些思考使我在镜像阶段所体现出来的空间欺诈中——甚至在社会辩证法之前——看到了人因其在自然现实中的有机体不足而产生的结果，只要"自然"一词还有某种意义。

因此，我将镜像阶段的功能视作"心象"功能的一个特例。这个功能就是要在有机体与其现实之间——或者，如他们所言，在内在世界与外在世界之间——建立起某种关系。

然而，在人那里，同自然的这种关系被处于有机体核心的某种断裂改变，被新生儿最初几个月的不适和动作不协调的症状所表露的原初混乱改变。金字塔式的体系在结构上的不完整这一客观观点，以及母体的体液残存，都证实了我所阐述的观点，即在人身上存在着一种真正的"特殊早产"。

顺便提及一下，值得注意的是，胚胎学家已经认识到了这一事实，他们称之为"胎型化"，认为是它决定了所谓的高级神经器官，尤其是脑皮层的优势——精神外科手术使得我们将脑皮层视作有机体内的镜子。

这一发展过程可被体验为一种决定性地将个体的形成投射到历史之中的时间辩证法。镜像阶段是一出戏剧，其内在的冲力从欠缺猛然被抛入预期之中——它为沉溺于空间认同之诱惑的主体生产出一系列的幻想，把一个碎片的身体形象纳入一个我称作**整形性**形式中——最后被抛入一种想当然的异化身份的盔甲之中。这一异化身份将在主体的整个心理发展中留下其坚实结构的印记。因此，从内在世界到外在异界的环路的断裂，将为自我确证产生出无穷无尽的困扰。

当精神分析活动碰到个体身上某个层面的富有攻击性的断裂时，这种碎片化的身体——我也把这个术语引入了我们的理论指涉系统中——通常在梦中现形。那里，它总是呈现为断裂的肢体形式，或者是外观形态学中所表现的器官形式。它长着翅膀、全副武装，抗拒内心的困扰——这同富于幻想的海尔尼玛斯·鲍希（Hieronymus Bosch）在绘画中永远确定的形象是一样的。这些形象从15世纪开始激增，到现代人的想象中达到极致。但这种形式在有机体的层面上，在决定幻觉构造的"碎片化"路线中，甚至都有具体的揭示，就像在精神分裂症和歇斯底里的阵发症状中所表明的。

与此相关，"我"的构型在梦中是以一座堡垒或一个体育场来象征的——体育场内的竞技场和围栏将体育场划分为两个对立的竞赛区域，其四周是沼泽和垃圾堆，主体在那里陷入争夺高耸的、遥远的内部城堡的斗争中。此城堡的形式（有时并置于同一剧情中）以一种极其令人吃惊的方式象征着本我。类似地，在心理层面，我们能发现设防工程已完成的结构。这些结构的隐喻是自然而然产生出来的——就像是源自症状本身——以指明强迫症的机制，如倒错、隔离、重复、否定、置换等。

但是，如果我们只倚仗这些主观的给定物——不论我们是多么微弱地想使它们摆脱那使我们将其看作分享有语言技艺之本质的东西的经验条件——那我们的理论尝试就会受到指责，指责它们将自身投入一个不可思议的绝对主体中。这就是为什么我要在目前的、以客观资料为基础的假设中，为"象征还原法"寻求一个指导性纲要的原因。

这一方法在"自我的防御"中建立了一种发生学的次序——这与安娜·弗洛伊德（Anna Freud）小姐在她那本伟大著作的第一部分提出来的愿望相一致，而且（与经常能听到的偏见不同）将歇斯底里的压抑及其反复置放于比强迫症的倒错、隔离过程更早的阶段，而后者反过来又是源自镜像之我折射到社会之我的过程妄想狂异化的初级阶段。

镜像阶段趋于完成的那一时刻开创了——通过认同对应者的"心象"，通过（夏洛特·布勒学派在婴儿"过渡论"现象中充分地揭示出来的）原生的嫉妒戏剧——从此将我同社会形成的情境连在一起的辩证法。

正是这样一个时刻决定性地将人的所有认识通过对他者的欲望转化为中介，又通过同他者的合作，在一个抽象的对等物中来构建它的对象，并将那个"我"转化成这样一种机器。对它而言，每一次本能冲动都构成一次危险，即使这冲动与自然的成熟相一致——这种成熟的标准在人身上从此取决于某个文化中介，如同俄狄浦斯情结在性对象的情形中所表明的。

根据这一概念，"原发性自恋"这个术语——精神分析理论用它来指明那一时刻的力比多投入的特征——揭示了在发明它的那些人身上最为深刻的潜在语义意识。但是它也暴露了自恋力比多与性力比多之间的动态对立。最初的一批精神分析学家就已经试图定义这一对立，他们求助于破坏本能亦即死亡本能，来解释自恋的力比多与"我"的异化功能之间明显的联系，解释自恋的力比多与我在同他者的任何关系里，甚至是以乐善好施为目的的关系里所流露出来的攻击性之间的明显联系。

事实上，他们遭遇了当代的存在与虚无哲学有力地宣告的存在之否定性的事实。

但不幸的是，这种哲学仅仅是在意识自足的限度内来理解否定性。作为这一哲学的前提，这种意识自足是与构建自我的误认及将自己委身于其中的自主幻觉联系在一起的。这种匪夷所思的奇想，在非同一般的程度上从精神分析的经验里汲取颇丰，而其登峰造极之处则在于扬言要提供一种存在主义的精神分析学。

在一个拒绝承认除功利主义功能外它还具有其他功能的社会里，在这一历史性的努力达到顶峰的时刻，在个体面对着"集中营式"的社会关系产生的焦虑面前——这焦虑似乎使那一努力最终功德圆满——存在主义要由它为此而产生的主体的困境所作的种种辩解来评判：一种绝不比在监狱高墙内更加真实的自由，一种表达了纯粹意识无力把握任何情势的介入要求，一种理想化的窥淫—施虐的性关系，一种只有在自杀中才得到实现的个性，一种只有在黑格尔式的谋杀中才得到满足的对他人的意识。

我们的经验与上述主张正好相反，因为我们的经验教导我们不要将自我看作"知觉—意识系统"的中心，或者是由"现实原则"组织而成的——此原则正表达了对知识辩证法最充满敌意的科学偏见。我们的经验表明，我们应该从"误认功能"出发。这个功能体现了自我在安娜·弗洛伊德小姐明确地描述了的所有结构中的特征。因为，如果否定代表着这一功能的显性形式，那么，只要其效用在呈现本我的命定层面还没有被阐明，这些效果就大体上仍处于潜形状态。

由此我们便可理解"我"的形成的惰性特征，并在那儿发现对神经症的最广泛的定义——就像主体受到情势的欺诈，从而赋予我们疯狂的最普遍格式一样。这不仅包括疯人院围墙内的疯狂，也包括以其狂暴和噪音来吞没世界的疯狂。

神经病和精神病的痛苦对我们来说是心灵激情的磨炼。这就如精神分析天平上的横梁，当我们测算它威胁全体社会的程度时，它还向我们提供社会激情得以平复的标示。

在现代人类学如此执着地研究的自然与文化的这个连接点上，唯独精神分析学认识到了想象的奴役这一死结，认识到了爱必须永远拆解或斩断这一死结。

因为这样一项任务，我们不再相信利他主义的情感，我们赤裸裸地暴露了潜藏于慈善家、唯心主义者、教育家甚至改革者的行动后面的攻击性。

在我们所维护的主体对主体的求助中，精神分析可以陪伴病人抵达"你即如此"这样的狂喜极限，在那里向他揭示他命运的奥秘。但是，我们作为精神分析从业者的绵薄之力，无法将他引至真正旅程的起点。

（选自［法］雅克·拉康、［法］让·鲍德里亚等著，吴琼编《视觉文化的奇观：视觉文化总论》，中国人民大学出版社 2005 年版）

荣格与《集体无意识的概念》

经典导读

荣格（Carl Gustav Jung，1875—1961），瑞士心理学家和精神病学家，与弗洛伊德齐名的精神分析学创始人。1895年入巴塞尔大学学习医学，毕业后在苏黎世大学精神病治疗中心工作。1903年出版博士学位论文《论所谓神秘现象的心理学与病理学》。1906年出版《词语联想研究》，以此与弗洛伊德相识，并于1908年共同创立"国际精神分析学会"。同年，荣格成为新创立的《精神分析与精神病理学研究年刊》（*Yearbook for Psychoanalytical and Psychopathological Research*）的编辑。1913年，荣格与弗洛伊德决裂。第一次世界大战爆发后，荣格一度担任军医。荣格一生对原始文化怀有浓厚的兴趣，其旅迹遍及美洲、西非及印度的原始民族生活地区。

荣格著述丰富，共计近200种。他的主要著作包括《精神分析学理论》《无意识心理学》《心理类型》《心理学与宗教》《分析心理学》《心理学与文学》《原型与集体无意识》《寻找灵魂的现代人》等。他的著作在精神病学领域，甚至在哲学、人类学、考古学、文学和宗教理论等领域皆有很大影响。他铸造了诸多重要的、有效的、具有广泛影响力的精神分析学概念，包括"原型""集体无意识""个体化""外倾型""内倾性""人格面具"等。荣格本人也运用集体无意识或原型理论分析原始文化及现代艺术现象。

"集体无意识"是荣格心理学的核心概念，也是荣格美学思想的基石。荣格从弗洛伊德的《梦的解析》一书中获得无意识概念，但认为弗洛伊德的"无意识"概念是不完全的、否定性的。荣格认为无意识不仅是弗洛伊德所说的性本能，还包括更广泛的精神领域。因此，无意识应分为两个层次，即个人无意识与集体无意识。关于个人无意识，荣格尽管也承认力比多是人格成长的重要资源，却并不认为它对核心人格的形成具有决定性的作用。荣格的集体无意识概念其实借用了弗洛伊德《图腾与禁忌》中的原始部落理论，认为原始人的思想意识实际上继续残留在现代人的意识之中，每一个现代人就其深层心理而言都是古代人。

《集体无意识的概念》一书是根据荣格 1936 年 10 月在伦敦圣巴赛洛缪医学院"硬饼干协会"（Abernethian Society）的演讲整理而成的。"集体无意识"这个概念最初出现于 1916 年的《无意识的结构》一文中，其中区分了由性幻想和压抑形象组成的"个人无意识"和包含着人类灵魂的集体无意识。

在《集体无意识的概念》中，荣格明确规定了集体无意识的概念、性质，以及它在心理治疗中的意义，并试图证明原型的存在这一问题。在这个演讲中，荣格部分重复了他之前的观点，他首先区分了个人无意识与集体无意识，指出个人无意识包括个体曾经意识到的但遭到遗忘或压抑的内容，集体无意识则包括累积的遗传的心理结构和原型经验，它从未存在于个人意识之中，而恰恰是集体性、普遍性和非个人性的；与此同时，荣格明确集体无意识的基本内容是原型，并说明原型概念并不孤立，它在其他知识领域中早就拥有其理论上的等价物，包括"主题""集体表象""原始思想"等。接着，荣格针对弗洛伊德将达·芬奇的一幅画追溯到个人经验的分析提出异议，认为其理应追溯到更深层次的原型，而绝非仅仅是个人历史。那么，原型果真存在吗？它的存在如何被证明？对此，荣格转向梦和"积极想象"，即由蓄意的专注所引发的一系列幻想。前者是没有经过意识歪曲的纯粹的自然的产物，后者则可以释放无意识，制造富有原型形象与联想的材料，从中可以获得原型形式的材料。

荣格以集体无意识和原型理论解释文学艺术中的一些现象。在 1922 年发表的《分析心理学与诗歌的关系》一文中，荣格曾使用"集体无意识"分析文学现象，认为真正的无意识的概念是史前的产物。在 1934 年的《集体无意识的原型》一文中，荣格描述了原型的表达方式，包括秘传教学、神话与童话。大体上，荣格对古代神话的研究、对艺术创作与艺术功能的探索、对审美理论和艺术创作产生过广泛而深刻的影响。

———— **延伸阅读文献**

1. ［瑞士］卡尔·古斯塔夫·荣格：《原型与集体无意识》，徐德林译，北京：国际文化出版公司2011年版。

2. ［瑞士］卡尔·古斯塔夫·荣格：《荣格文集》（全九卷），北京：国际文化出版公司2011年版。

3. C. G. Jung, *Psychology of the Unconscious: A Study of the Transformations and Symbolisms of the Libido, a Contribution to the History of the Evolution of Thought*, trans. B. M. Hinkle, London: Kegan Paul Trench Trubner, 1916.

4. C. G. Jung, *The Archetypes and the Collective Unconscious*, (2nd edition, Vol.9, Part 1), Princeton, NJ: Bollingen, 1981.

5. C. G. Jung and A. Jaffe, *Memories, Dreams, Reflections*, London: Collins, 1962.

6. C. G. Jung, *Dream Interpretation: Ancient and Modern*, Princeton, NJ: Princeton University Press, 2014.

7. Anthony Stevens, *Jung: A Very Short Introduction*, Oxford: Oxford University Press, 1994.

8. V. S. de Laszlo, ed., *The Basic Writings of C. G. Jung*, New York: The Modern Library, 1959.

9. Polly Young-Eisendrath and Terence Dawson, eds., *The Cambridge Companion to Jung*, 2nd edition, Cambridge: Cambridge University Press, 2008.

10. ［瑞士］卡尔·古斯塔夫·荣格：《心理学与文学》，冯川、苏克译，南京：译林出版社2014年版。

（高艳萍 撰）

———— **原文：《集体无意识的概念》**

经典原文

集体无意识的概念

荣格 著　徐德林 译

也许我的任何一个经验主义概念都没有一如集体无意识概念，遭遇到如此多的误解。我将努力在下文中提供（1）关于这个概念的定义，（2）关于它对心理学的意味的描述，（3）关于检验方法的解释，（4）例子。

■ 一、定义

集体无意识是精神的一部分，这部分精神可以通过如下事实将其从否定层面与个人无意识相区隔，即它并非一如后者，将自己的存在归结为个人经验，因此并非一种个人习得。虽然从本质上讲，构成个人无意识的内容有时属于意识，但是它们已然因为被遗忘或者被压抑而从意识中消失；集体无意识的内容从未存在于意识之中，因此从未为个人所习得，而是将其存在完全归结为遗传。不同于个人无意识在很大程度上是由情结（complexes）构成，集体无意识的内容基本上是由原型构成。

原型概念是集体无意识观念的一个不可或缺的关联物，它表示似乎无时不在、无处不在的种种确定形式在精神中的存在。神话研究称它们为"主题"；在原始派心理学中，它们相当于列维－布留尔的"集体表象"概念，在比较宗教学领域，它们被于贝尔（Hubert）和莫斯（Mauss）定义为"想象的范畴"。很久以前，阿道夫·巴斯蒂安（Adolf Bastian）称它们为"初级思想"或"原始思想"。这些参照物非常清楚地表明，我的原型观念——实际上是一种业已存在的形式——并非孤立的，而是在其他知识领域中得到了承认与命名的东西。

因此，我的观点如下：除了我们的即刻意识——它是完全个人性的，以及我们认为它是唯一的经验性精神（尽管我们把它作为一个补充而接受），还存在着第二种精神系统，这一系统具有在所有个人身上完全相同的集体性、普适性、非个人性本质。这种集体无意识并非单独发展而来的，而是遗传而得的。它由事先存在的形式、原型组成；原型只能继发性地成为意识，赋予某些精神内容以确定的形式。

■ 二、集体无意识的心理学意义

因为医学心理学发展自职业实践，它在发展过程中始终坚持精神的个人性质。我这样讲意指的是弗洛伊德和阿德勒（Adler）的观点。它是一种"个人的**心理学**"（psychology of the person），其病因学或因果关系的因素几乎被视为俨然是个人性质的。然而，这种心理学的基础是某些普通的生物因素，比如性本能或自我主张的需求，这些因素绝非仅仅是个人特性。它不得不如此，因为它自诩是一门解释性的科学。这两种观点都不否认在人和动物身上同样存在的种种先验性本能，或者这些本能对个人心理有着重要影响。但是本能是一个有活力的或具有启发作用的人的非个人的、普世性地分布的、遗传而得的因素，这些因素经常无力到达意识，所以现代精神治疗面临着帮助患者意识到它们的任务。而且，本能在本质上并非模糊或不确定的，而是具体地形成的启发性力量；这些力量无论早在意识出现之前，还是后来意识发展到某种程度之后，始终追求其与生俱来的目标。因此，它们变得与原型极为相似，事实上，相似得让人有充分理由认为原型是本能自身的无意识形象，换言之，它们是**本能行为的模式**。

因此，集体无意识的假设并不比本能存在的假定更加大胆。人们始终承认，除有意识的大脑的理性动机以外，人类活动深受本能的影响。因此，如果人们可以断言我们的想象、知觉与思想同样受到与生俱来的、普遍存在的形式因素的影响，那么在我看来，正常运行的智识会发现这种观念中的神秘主义与本能理论中的神秘主义是等量的。虽然对神秘主义的这种非难经常以我的概念为靶子，但是我必须再次强调，集体无意识的概念既不是思辨性的，也不是哲学性的，而是经验性的。简单地说，问题如下：究竟是有还是没有这种无意识的、普适性的形式？如果它们存在，一个人们可以称为无意识的精神领域也就存在。诚然，对集体无意识的诊断并非总是易事。仅仅指出无意识产物的时常显在的原型性质是不够的，因为这些也可能是源自语言与教育的习得产物。潜在记忆（cryptomnesia，又译密码记忆）也应该被消除，虽然在某些情况下这几乎是不可能的。尽管存在着诸多问题，依旧有足够的个人例证在表明神话主题的土著复活，从而使得这一问题不容置疑。但是如果存在着这样的一种无意识，那么心理学解释就必须考虑到它们，以及对某些所谓的病因解释进行更为尖锐的批评。

或许一个具体的例子可以使我的意思更加清楚。或者你们已经阅读过弗洛伊德对列奥纳多·达·芬奇的一幅画所进行的讨论①：即那幅有圣·安妮（St. Anne）、圣母玛利亚及幼年基督（Christ-child）的画。弗洛伊德基于列奥纳多本人有两位母亲这一事实，对这幅名画进行了解读。这种因果关系是个人性的。我们既不会流连于这幅画远非独特这一事实，也不会纠缠于这幅画的小小失误：圣·安妮是基督的祖母，而不是像弗洛伊德的解释所要求的那样，是基督的母亲，而是将仅仅指出与显在个人的心理学交织在一起的，是一个对我们中来自其他领域的人而言十分熟悉的非个人主题。这就是"**双重母亲**"（dual mother）的主题，它是神话学、比较宗教学中见之于若干变体的一种原型，构成了无数"集体表象"的基础。比如，我可以论及"**双重血统**"（dual descent）的主题，即同时拥有来自人类父辈的血统与来自上帝的血统，就像赫拉克勒斯（Heracles，又译赫拉克里斯）那样：他因不知情地受到了天后赫拉（Hera）的收养而获得了不朽。在希腊是神话的东西在埃及实际上是一种仪式：法老（Pharaoh）在本质上且人且神。在埃及神庙的身世室（birth chamber）中，四周的墙上刻绘着法老的第二次、圣灵受孕及诞生；他是"重获新生的"。正是思想构成了一切再生神话的基础，基督教也不例外。基督本人是"重获新生的"：通过在约旦河的洗礼，他从水与精神之中获得了再生或新生。因此，在罗马的礼拜仪式中，洗礼盆被称作"教会之腹"（uterus ecclesiae），而且一如人们可以在罗马的弥撒书里看到的，即使是时至今日，在复活节前的圣星期六的"洗礼盘的祝福"中，它仍被这样称呼。而

---

① 《列奥纳多·达·芬奇和他童年的一个记忆》（Leonardo da Vinci and a Memory of His Childhood），第四部分。

且，根据一种早期的基督教——诺斯替教思想，以鸽子形式显形的精神被解释为索菲娅－沙皮恩提亚（Sophia-Sapientia）——智慧与基督之母。由于这一双重诞生的主题，今天的孩子在出生时被赐予了保护人——"教父"与"教母"，而不是拥有魔法般用祝福或者诅咒"收养"他们的精灵。

第二次诞生的思想见之于任何时间与地点。在医学之初，它是一种神奇的治疗手段；在诸多宗教里，它是核心的神秘经验；在中世纪的神秘哲学中，它是关键性的概念；最后但绝非最不重要的，它是出现在无数孩子身上的一种童年幻想，他们无论大小，全都认为他们的父母并非生身父母，而仅仅是收养他们的养父母而已。一如本韦努托托·切利尼（Benvenuto Cellini）本人在其自传中所叙述的，他也有过这一幻想。

现在绝对不容置疑的是，所有相信双重血统的人在现实中总是有两个母亲，或者相反，那些与列奥纳多命运相同的少数已然使其他人感染上了他们的情结。相反，人们无法回避这一假设：双重诞生的主题与两位母亲的幻想的普遍存在，应和了反映在这些主题中的无所不在的人类需求。然而，如果列奥纳多·达·芬奇的确是在以圣·安妮和圣母玛利亚描绘他的两位母亲——对此我深表怀疑——他仅仅是在表达他之前和之后的数以百万计的人所信仰的某种东西。秃鹫的象征（弗洛伊德也在上文所提及的著作中对此进行了讨论）使得这一观点愈加可信。不无道理的是，他把在列奥纳多时代极为流行的一本书，即荷拉波罗（Horapollo）的《象形文字》（*Hieroglyphica*）①，引证为这一象征之源。其间你们会看到，秃鹫全是雌性的，象征着母亲。它们靠风（元气）受孕。这个词有了"精神"的意思，主要是受到了基督教的影响。即使是在对圣灵降临节（Pentecost）奇迹的叙述之中，元气仍有风与精神的双重意义。在我看来，这一事实毋庸置疑地指向圣母玛利亚，因为就本性而言，她是一个处女，像秃鹫一样靠元气受的孕。另外，根据荷拉波罗，秃鹫也象征雅典娜（Athene）；并非生于分娩，而是直接从宙斯（Zeus）的头部跳出来的雅典娜是一个处女，仅仅知道精神之母。所有这一切实际上是对圣母玛利亚和再生主题的暗示。没有任何证据表明，列奥纳多用这幅画表达了其他什么。即使他把自

---

① 参见乔治·博阿斯（George Boas）译，第63页及其以后，以及弗洛伊德著《列奥纳多·达·芬奇和他童年的一个记忆》第二部分。——英编者注

己等同为童年基督这一假设是正确的,他完全可能是在表征神话学的双重母亲主题,而绝非他自己的个人史前史。所有其他曾经表现同一主题的艺术家又如何呢?肯定不是他们大家都有两个母亲吧?

现在让我们把列奥纳多的例子置换为神经病的领域,假定一位有母亲情结的患者正苦于其神经病的根源在于他的确有两个母亲的幻觉。个人的解释必须承认他是对的——但是这将大错特错。因为事实上,他的神经病的根源在于双重母亲原型的重新激活,完全无关乎他是否有一个母亲或者有两个母亲,因为一如我们已经看到的,这种原型单独地、历史地发挥作用,绝不关涉相对稀罕的双母亲的出现。

在这样的一种情况下,事先假定如此简单与个人化的一个原因当然具有吸引力,但是这种假设不仅是不准确的,而且是完全错误的。要理解双重母亲主题——这是仅仅在医学领域受过训练的医生所不知的——怎么可能有如此大的决定能力,以致造成创伤性条件的影响,这诚然很难。但是如果我考虑潜伏于人类神话及宗教领域之中的巨大力量,原型的病因作用就会显得没那么荒谬了。在无数的神经病案例中,失调的原因正是在于患者的精神生活缺乏这些动机力量的配合这样一事实。然而,纯粹的个体心理学通过把一切都压缩为个人原因,尽其所能地否定原型主题的存在,甚至试图通过个人分析毁掉原型主题。我认为这是一种相当危险的方法,无法在医学上被证明具有合法性。今天你们对关涉其中的种种力量的性质的判断,会好过在20年以前。难道你们不能看到一个民族是在如何复兴一个古老的象征,是的,甚至古老的宗教形式,以及这种大众情绪在如何以一种灾难性的方式影响和变革个人的生活的?过去的人今天依旧活在我们身上,其程度之大是第一次世界大战前未曾料想得到的;归根到底,伟大民族的命运如果不是个人精神变化的总和又会是什么呢?

只要神经病真的仅仅是一桩私事,其根源全部在个人原因之中,原型便不会在其间起任何作用。但是如果它是一个普遍不兼容的问题,或者是一个在数量相对较大的个人中引发神经病的别样有害状况的问题,我们就必须假定聚合原型的存在。因为在多数情况下神经病都不仅仅是个人的事情,而是**社会现象**,所以我们必须假定原型也聚合在了这些病例之中。与这一情势相应的原型被激活了,潜伏在原型之中的那些猛烈、危险的力量因此开始运作,常常导致难以预料的后果。受制于原型支配的人无不成为精神病的牺牲品。如果30年以前有人胆敢预言我们的心理学会朝着复活对犹太人进行中世纪式迫害方向发展、欧洲将再次战栗于罗马权杖及罗马军团的脚步声面前、人们将一如两千年前那样再次行罗马举手礼、是古老的"卍"（swastika）符号而不是基督教十字架将引领数百万武士准备战死疆场——这个人一定会被斥骂为神秘主义傻瓜。今天又会怎么样呢？尽管这可能听起来令人吃惊，但是所有这些荒谬之事都已然成为可怕的现实。在当下世间，私人的生活、私人的病因及私人的神经病几乎已成为虚构之物。生活在古老的"集体表象"世界中的"故人"，重新出现在了非常显在及痛苦的真实生活之中，这种现象并非仅仅存在于为数不多的神经错乱的人当中，而是存在于数以百万计的人当中。

生活中有多少种典型情势，就会有多少种原型。无止境的重复已经把这些经验铭刻进了我们的精神构成之中，但是并不是以充满内容的形象的形式，而是首先仅为**没有内容的形式**，仅仅表征某种感知与行为的可能性。当符合某种原型的情势出现时，这种原型便被激活，一种强制性随之出现；这种强制性要么像本能驱使一样，获取反对所有理性与意志的方法，要么引发病理维度的冲突，换言之，引发神经病。

■ 三、证明的方法

现在我们必须回到原型的存在可以如何证明的问题。因为人们认为原型引发了某些精神形式，所以我们必须讨论人们能够以何种方式及在何处获得证明这些形式的材料。因此，主题的渠道是梦，因为梦拥有作为无意识心理的不自主、自发产物的优点，因此是纯粹的自然产物，没有为任何意识目的所歪曲。借助对个人的考察，人们可以确定出现在梦中的哪些主题是他所熟悉的。很自然，我们必须把所有**可能**是于他熟悉的主题从那些他所不熟悉的梦中排除，比如——回到列奥纳多的例子——秃鹫的象征。我们不确定列奥纳多是否是从荷拉波罗那里得到了这一象征，虽然对一个在当时受过良好教育的人而言，这完全有可能，因为在那个时代，艺术家以其广博的人文知识而著称。因此，虽然鸟的主题是最为出色的一种原型，但是它在列奥纳多的幻想中的存在依旧证明不了什么。因此，我们必须寻找的主题可能不为梦者所知，但是以这样的一种方式在其梦中功能性地运作，以致它正好吻合于从历史渠道获知的原型的运作。

我们所需材料的另一源头将见诸"积极想象"（active imagination）之中。我这样讲，意指的是由蓄意的专注所引发的一系列幻想。我已经发现，种种未被认识的、无意识的幻想的存在会增强梦的频率与强度，以及当这些幻想被变为意识时，梦便会改变其性质，强度减弱、频率降低。我因此得出了梦里经常有"期望"成为意识的种种幻想的结论。梦的源头为受压抑的本能，它们有着一种影响意识的自然倾向。在这一类型的病例之中，患者被赋予的任务仅仅是冥思似乎有意义于他的幻想的任何片段——也许是一个偶然的念头，或者他在梦中意识到的什么东西——直到其内容即它所根植于其间的有关连带材料变得直观起来。这并非一个弗洛伊德为释梦目的所推荐的"自由联想"（free asscoiation）的问题，而是通过考察以自然方式将自身补充到片段之中的深层幻想材料对幻想进行阐释的问题。

这里并非开始对方法进行技术讨论的地方。仅需说明的是，幻想的综合结果释放了无意识，制造了富有原型形象与联想的材料。很显然，这种方法仅能运用于某些精心挑选的病例之中。这种方法并非全无危险，因为它可能把患者带离现实太远。因此，对不加思考的应用进行警告是恰当的。

最后，原型材料的非常有趣的源头将见之于偏执狂患者的幻想之中、迷睡状态中的幻想之中，以及3到5岁这一童年初期的梦之中。虽然这样的材料十分丰富，但是它们是否有价值取决于人们是否能够引证出令人信服的神话相似物。当然，仅仅把关于蛇的梦与蛇的神话故事联系起来是不够的，因为谁能够保证梦中的蛇与神话场景中的蛇的功能意义一致呢？为了使比较有效，我们必须知道个别象征的功能意义，然后探寻表面相似的神话象征是否有相似语境，以及是否因此有相同的功能意义。确立这些事实不仅需要烦琐艰辛的研究，而且同时是令人生厌的阐释主题。因为象征不能脱离语境，人们必须进行或个人性质的或象征性质的无遗漏描述；事实上，这在一次演讲的框架内是不可能的。我已经冒着把半数听众送入梦乡的危险，反复对此进行了尝试。

■ 四、一个例子

虽然此间被我选作例子的病例业已发表过，但是因为它的简短使它特别适合于说明，所以我依旧要选用它。而且，我还会补充一些上次发表时被略去的评论。①

大约是在1916年，我在一位已经接受多年治疗的妄想狂性精神分裂症患者身上遭遇了一个非常奇怪的幻想。这位患者自青年时代伊始一直受此困扰，无法治愈。他曾在一所国立学校接受教育，后来受雇为办公室职员。他并无特殊天赋，而且我本人那时也对神话学或考古学一无所知，因此该情势并未引起丝毫怀疑。有一天，我发现患者站在窗前，摇头晃脑地对太阳眨巴着眼睛。他让我也这么做，因为我将因此看到趣味横生的东西。当我问他看到了什么时，他对我什么也未能看见惊讶不已；他说："你肯定看到了太阳的阴茎——当我把头前后晃动时，它也跟着动；这就是风的开始。"很自然，我浑然不解这一奇怪的想法，但是我把它记录了下来。大约4年以后，在我进行神话研究期间，我偶然发现了已故著名哲学家阿尔布莱特·狄特里希（Albrecht Dieterich）的一本著作②；它使我对这一幻想有了新的认知。这本出版于1910年的著作讨论了巴黎国立图书馆里的一部希腊手抄本。狄特里希认为，他在一部分抄本里发现了一种密特拉教（Mithraic，又译蜜特拉教）仪式。毋庸置疑，这部手抄本是一个施行某些咒语的宗教规定，密特拉神于其间获得了命名。它源自神秘主义的亚历山大学派，相似于莱顿（Leiden）草纸文稿及《赫姆提卡文集》（*Corpus Hermeticum*）的某些段落。在狄特里希的著作中，我们可以读到如下指示：

> 如果你在阳光下呼吸，尽你所能地呼吸三次，你就会感觉到自己被提升起来，朝着高处行走；你将似乎是处于半空之中……有形诸神的道路将通过

---

① 《力比多的转换与象征》（*Wandlungen und Symbole der Libido*，首版于1912年）。[英译名 *Psychology of Unconscious*（《无意识的心理学》，1916）。参见《转换的象征》（修订本），第223页第149段及其以后段。——英文版编者注]

② 《一种密特拉礼拜形式》（*Eine Mithrasliturgie*）。（正如作者后来所了解到的，1910年的版本其实是第二版，1903年便已有了第一版。然而，患者在1903年以前已患病多年。——英文版编者注）

作为圣父的太阳的圆环显现出来。所谓的管子（tube），即救助之风，也是同样的。因为你会见到太阳的圆环下悬垂着一段看起来像管子的东西。似乎有一股强劲的东风正在朝西部吹。但是如果有另一股风朝东方吹，你同样会见到按此方向旋转的异象。①

很显然，作者旨在让读者体验到他曾有过的异象，或者至少是他曾相信的异象。读者要么被引入作者的内在宗教经验之中，要么——这似乎更加可能——被引入菲洛·犹大乌斯（Philo Judaeus）曾作过当下解释的那些神秘社团之一。此间所召唤的火神或太阳神这一形象酷似诸多历史形象，比如《启示录》中的基督形象。因此，它也一如所描述的仪式行为，比如对动物声音的模仿等，是一种"集体表象"。这一异象根植于具有显在迷狂性质的宗教语境，描述一种被引入对上帝的神秘体验的情形。

我们的患者大约比我年长 10 岁。在他的妄想自大狂之中，他以为是集上帝与基督于一身。他对我的态度是屈尊俯就的态度；他之所以喜欢我，也许是因为我是唯一对他的深奥难懂的思想有所同情的人。他的幻想主要是宗教性的；当他邀请我像他那样对太阳眨巴眼睛、摇晃脑袋时，他显然是在期望我分享他的异象。他扮演的是一个神秘圣人的角色，而我则是一个新教徒。他觉得他就是太阳神本身，把头前后晃动便可制造出风。进入上帝的仪式性转换通过伊西丝密宗的阿普列乌斯（Apuleius）及赫利奥斯太阳神崇拜的形式得到了证明。也许"救助之风"的意义无异于具有生殖力的灵气；灵气从太阳神那里流入灵魂，使它开花结果。太阳与风的联系时常出现在古代的象征体系之中。

现在必须证明的是，这并非两个互不相干的病例的纯粹巧合。我们因此必须证明，风管与上帝或太阳相联系的思想自主地存在于这些证据之外，以及它也发生在其他的时间与其他的地点。事实上，现在已发现有描述玛丽受孕的中世纪油画：一根管子或者水管从上帝的宝座上垂下来、伸进她的身体；我们可以看到一只鸽子或童年基督翩然飞下。鸽子表征受孕的动因，以及圣灵（Holy Ghost）之风。

现在，绝不可能的是，患者对类似 4 年之后出版的希腊手抄本之物有任何

---

① 《一种密特拉礼拜形式》，第 6 页及其后。

了解；几乎没有可能性的是，他的异象与圣母受孕的罕见中世纪表征有任何联系，即使是他曾借助难以置信的不可能的机会看到过这样一幅画的复制品。患者在 20 岁刚出头时便被诊断为精神病人。他从未旅行过。而且在他的家乡苏黎世，公共艺术馆里并没有这类画作。

我提出这个病例，目的并非要证明这个异象是一种原型，而仅仅在于以最为简单的方式向大家表明我处理这一程序的方法。如果我们仅有这类病例，调查的任务便会相对容易，但实际的证明要远为复杂得多。首先，必须把某些象征足够清晰地分离出来，以便它们可被识别为典型现象，而非仅仅是偶然事件。这一步的完成依赖于为典型形象而考察一系列梦，估计得有好几百个，以及依赖于观察它们在这一系列中的发展。相同的方法可以施用于积极想象的产物之中。因此，建立同一形象的某些连续性或变化是可能的。人们可以选择任何一个人，只要他在梦或异象系列中的行为给人以原型的印象。如果可支配的材料得到了细致观察并且足够充分，人们就会发现关于某种类型所经历的变化的有趣事实。无论这一类型本身还是其变体，都可以借助比较神话学及人种文化学的证据得到证明。我已在其他地方描述过调查的方法[①]，并已提供了必要的病例材料。

(选自［瑞士］卡尔·古斯塔夫·荣格《原型与集体无意识》，徐德林译，国际文化出版公司 2011 年版)

[①]《心理学与炼金术》，第二部分。

英伽登与《界定现象学美学的论域》

经典导读

罗曼·英伽登（Roman Ingarden，1893—1970），波兰哲学家，胡塞尔的学生，20世纪现象学美学代表人物之一。著有《关于世界存在的论争》《论胡塞尔走向先验唯心主义的动机》《关于"观念论——实在论"难题的几点说明》《文学的艺术作品》《对文学的艺术作品的认识》《艺术作品的存在论：音乐、绘画、建筑、电影》《音乐作品及其同一性问题》《人与价值》等。

《界定现象学美学的论域》一文探讨了三个问题：其一，主观与客观对立难题的现象学的解决及其美学成果；其二，艺术创作活动与经验的结构的现象学分析；其三，知觉（接受）经验与某些身体活动的行为特征的描述。除接受经验、美学成果总结外，其他论题都是新的。

开篇英伽登就拈出始终困扰西方美学的难题——主观与客观的对立。如何破解这个棘手问题，阐明主观与客观之间的内在关系呢？他提出，美学研究的出发点应当是艺术家或观赏者与某个特殊对象（尤其是艺术品）的接触或交流，这体现了最具现象学精神的口号——"面向'实事'本身"，对其进行没有任何前提的思考。具体而言，先要进行现象学的"悬搁"，排除有关美学研究的心理主义、物理主义、观念主义的理论成见，使对象在适当形成的经验中直接呈现出来。现代美学的核心课题，诸如艺术品、审美对象、审美经验、审美价值等，都在这一现象学基地上展开。

把主观与客观、意识与对象、艺术家或观赏者与艺术品连接起来的是现象学的中心概念"意向性",它标识一切意识的特性,即意识总是关于某物的意识,意向行为和意向对象在意指活动中得以贯通。能够揭示"意向性"活动奥秘的是胡塞尔所说的"直接的本质直观","直观"无需任何中介,能使实事的本质(观念性)在直接的明证即对真实事态的直接感知、明察中显现出来,从而为确切可靠、无可怀疑地体验真理、把握真理提供坚实的保证。

与许多同时代的人,例如 M. 德索尔、E. 乌提兹不同,英伽登坚持认为美学不是独立的学科,而是哲学的一个分支。现象学美学有两个一体相关的任务:得出"一般性"的论断和追求理论的系统化。那么,一般性究竟指什么?如何获得一般性的论断呢?按照英伽登的构想,哲学分为存在论、形而上学、认识论三部分。他不认为存在论研究应以先验还原(通向作为世界的构造性起源的先验主体性)为前提条件,像胡塞尔坚持的那样,而主张尽可能与现实世界的具体事物保持密切的接触。可以看出,他的存在论分析是从经验出发的,譬如,我对面前的一件艺术品的感知或回忆。然而,英伽登又反对把现象学美学看作"经验美学",认为其一般性的论断无法借助纯粹经验的归纳方法获取。现象学美学的哲学性质要求它超越经验,在作为认识源泉的直观活动中直接把握住事物,达到对其"本质的认识"。这里的"本质"指事物(现象)最一般的、必然的、不变的特性,换言之,现象学的论断是先验的,陈述有关事物(现象)的必然为真的真理。例如,英伽登的存在论研究必然真理,被理解为对对象的普遍的观念内容(独立的观念实体)的先天研究;创作现象学和接受现象学旨在描述理想化了的、可能的、典型的交流过程与步骤,把握多样性中的不变者。应当指出,英伽登的先验现象学的本质分析并不表明他理解的观念性是一种神秘的超尘世的东西,也不意味着它是定义、推理的产物,如同柏拉图的"理式"那样。他的现象学分析指向对象(现象),譬如艺术品的一般内容,要想获得普遍的本质的论断,除前面提到的直接把握特殊对象的独特性的"直观"与区分直观得到的现象的诸要素、成分,考察它们之间的本质关系的"分析"之外,另一个重要的操作程序是"描述",通过有选择地对一个系统中的诸现象进行分类,找出对象(现象)的决定性的特征,为给其下一般性的论断提供经验性的指示。英伽登作出的各种极其精细的区分、分类体现了现象学家共有的求实精神,那就是,执着地察看对象(现象)的无比丰富的细节和特性,而非匆忙地提出假设、进行抽象、下个结论。

这篇文章写于英伽登去世前一年，此时他的重要美学论著都已问世，精心巧构的现象学美学体系大厦（尤其是文学现象学）也已初具规模，几乎所有关键性美学课题他都作过深入细致的考量，他深信能够向世人展示自己的研究成果了：

（1）文学的艺术品是由四个层次，即语音、意义单元、图式化感观显相、再现的客体，组成的"多层次的构造"。

（2）文学的艺术品的各部分的有序联系产生了一个"类时间结构"。

（3）文学的艺术品中的陈述句不是真正的判断，而只是"准判断"。

（4）艺术品的每个层次都有艺术的和审美的这两种价值质素，在其多样性中产生了确定作品价值性质的诸价值质素的"复调和声"。

（5）艺术品必须与对它的"具体化"相区别，后者产生于个别的阅读。

（6）艺术品本身是个"图式化的构造"，它包含的若干"未定域"能在具体化中部分地消除掉，可以说被"填补"了。

（7）艺术品是个"纯意向性的构造"，存在的根源是文学艺术家的有意识的创造活动，存在的物理基础是实在物体。艺术品的实际存在历史（生命）需要作者的创造，也离不开读者的再创造的接受经验。但它不是心理现象，而超越了所有意识经验，成为主体间的意向性对象。

如前所说，使以上所有要素，即艺术品、作者的创造经验、观赏者的接受经验和物理世界联系起来，构成一个具有内在关系网络的统一的存在区域的，就是意识的意向性经验对意识和对象的接触或交流（实事）的本质直观。英伽登坚信，这个独特的区域存在论构成了统一的哲学学科——美学，有可能为哲学史上长久未得到裁定的"观念论"和"实在论"的争执提供解决方案。

英伽登的创作现象学沿着两个方向展开：一是艺术品的物理基础的构筑，另一是艺术家的创作行为和经验的结构分析。先说前者。概言之，它分为孕育、调试（看或听）、修改（作诗偶尔不需要）几个阶段，具有使艺术品直接得到形象化展现，或者使审美意义质素在欣赏者具体化的作用下自我呈现的功能。论述重点在后者。这里要提示，英伽登在《对文学的艺术作品的认识》里提出的重要看法——例如，认识文学作品的活动分为三个阶段（即不动感情地忠实重构客观的知识对象的"前审美研究"、"审美经验"中构成审美对象的审美具体化活动、对审美具体化的结果进行评价的"反思认识"），认识对象（艺术作品）和认识活动（体验主体）之间的相互依存，日常态度和审美态度的区分，现象学"构形"（意识行为构建对象的活动）的中坚作用，审美经验的几个阶段（体验原初情感、返回原初性质、构成审美对象、对审美对象的价值作出积极的情感反应）——都在该文里得到了沿用。如此看来，他的创作现象学就没有新内容、新见解了吗？有，那就是英伽登对创作者兼欣赏者的双重身份的强调，以及对与欣赏者的再造性知觉活动不同的艺术家的创造性想象直观活动及其在构筑物理基础、创造艺术作品（在物理基础之上形象化显现的实体）中所起作用的描述。这整个创作过程，用中国传统诗学的术语讲，是由感知外在"物象"的"眼中之竹"，到构思心中"意象"的"胸中之竹"，再到外化为作品"形象"的"手中之竹"，不过英伽登的分析更加精细。

尽管如此，我们仍有若干疑点应当提出来。显而易见，英伽登对欣赏者知觉经验和作品生成经验的描述基于内省的观察，而不是经验心理学的证实，也就是说，与反思者自身的心理经验联系着。我们要问：以此为基础的接受现象学尤其是创作现象学能够成为一门严格科学，就像他追随胡塞尔所坚持的理想那样吗？它们甚至可以为科学的创作或接受的经验心理学奠定基础吗？从他的难以讲清楚掌控调节艺术生成的准则规范、描述欣赏者理解艺术品时的变化不容易之类的措辞看，建立这一门以基本洞察的最大明晰性和陈述洞察的有条不紊为基础的严格科学困难重重。此外，按照现象学彻底分析的精神，我们要问：艺术家作为自己产品的特殊欣赏者或曰第一欣赏者的接受经验，与普通欣赏者的接受经验有区别吗？如果有的话，区别何在？对接受活动和经验的结构能产生多大实质影响？普通观众的接受行为与职业评论家的批评行为的界限在哪里？这些问题英伽登没有论及。

有个英伽登此前论著里非常罕见的概念"身体"在文章里出现了6次，照他的讲法，身体是整体人的与精神（意识）活动并列的积极的行为、力量。我们知道，先验现象学时期的胡塞尔的主体间性理论常求助于身体存在，《观念》第二卷对身体—意识的构成作用做过重要的研究。舍勒的《伦理学的形式主义》充分讨论了身体现象。人的身体的现象学更是学界公认的法国现象学家们的独创性所在，譬如，萨特描述过身体在我们与世界、与他人的关系中的功能，梅洛-庞蒂后期哲学的新本体论中最突出的概念是"肉"（la chair），肉不限于具体的人，而是整个世界，"世界的肉"指非物质、非精神、非实体的存在的元素。我们在《界定现象学美学的论域》里看不出英伽登是否受到他们的影响，但有一点可以肯定，他的身体概念更接近胡塞尔的，是在认识论意义上使用的，他想以此纠正自己理论的过分意识化（精神化）的倾向。然而，实际效果究竟如何呢？我们看到，在探究艺术品的物理的存在论根基的构筑、艺术家的创作活动、观赏者的知觉（接受）经验时，英伽登主要集中在对感知、直观、领悟、构成、理解、想象等意识行为特征的描述，即便在处理观看优秀肖像画所起的情感反应（愉悦身心）这个最有身体意味的课题时，为了维护艺术品的客观同一性，又唯恐与心理主义划不清界限，他自我矛盾地指出这样的心理反应是观赏者经验中的"非审美因素"。公允地说，他的创造经验、交流经验、接受经验的主要性质仍然是精神性的。可以认定，英伽登心目中的"身体"是body（纯粹意识作用优先前提下的人的情感反应），而不是corpse（解剖学、生理学意义上的活的躯体），更不是flesh（存在论意义上的先于意识、没有理性的血与肉的复合体）。如果把这6处"身体"一齐拿掉，我们并不觉得欠缺了什么，有何不妥当。总之，身体概念在英伽登的理论系统里所起的作用非常有限。

—— 延伸阅读文献

1. Roman Ingarden, *The Literary Work of Art: An Investigation on the Borderlines of Ontology, Logic, and Theory of Literature*, trans. G. C. Grabowicz, Evanston, IL: Northwestern University Press, 1973.

2. ［波］罗曼·英加登：《对文学的艺术作品的认识》，陈燕谷译，北京：中国文联出版公司1988年版。

3. ［波］英伽登：《关于"观念论——实在论"难题的几个说明》，孙周兴译，见倪梁康编选《面对实事本身——现象学经典文选》，北京：东方出版社2000年版。

4. Eugene H. Falk, *The Poetics of Roman Ingarden*, Chapel Hill, NC: University of North Carolina Press, 1981.

5. Jeff Mitscherling, *Roman Ingarden's Ontology and Aesthetics*, Ottawa: University of Ottawa Press, 1997.

6. ［美］安娜-特丽莎·提敏尼加：《从哲学角度看罗曼·茵加登的美学理论要旨》，张金言译，见中国社会科学院哲学研究所美学研究室编《美学译文》(3)，北京：中国社会科学出版社1984年版。

7. [波] D. 吉鲁兰卡:《以现象学与存在论为基础的哲学体系——波兰哲学家 R. 英伽登著作概观》，张旭曙译，见上海市哲学社会科学规划办公室、上海社会科学院信息研究所编《国外社会科学前沿》第 11 辑，上海：上海人民出版社 2008 年版。

8. [美] 马克思·利瑟尔:《英伽登和他的时代》，张旭曙译，见复旦大学文艺美学研究中心编《美学与艺术评论》第 9 辑，太原：山西教育出版社 2011 年版。

9. 张旭曙:《英伽登现象学美学初论》，合肥：黄山书社 2004 年版。

10. 张永清:《问题与思考：英伽登文论研究三十年》，《文艺研究》2011 年第 2 期。

（张旭曙 撰）

—— 原文:《界定现象学美学的论域》

经典原文

界定现象学美学的论域[①]

英伽登 著　张旭曙 译

如果我们可以把美学这一术语用于和现代意义上的美学不同的时期，那么它就有一段不平凡的历史。从美学史的起点古希腊起，美学研究便在两个极端之间摇摆不定。一极是"主观的"，着意探究产生艺术品的创作经验和活动，或者强调接受经验和行为，即艺术品激起的各种感受，如快感和愉悦，诸如此类。人们通常认为，除此之外，从艺术品里再也不会产生别的东西了。另一极聚焦于几种不同的"客体"，如山峦、风景、落日，或者我们常说的"艺术品"一类人工制品。两条研究思路时有交错，不过这往往表明，研究重心放在了其中的一极上，强化的是两者间的区别。因此，它们之间的分野依然故我。到了19世纪和20世纪，我们仍旧在美学的"主观论"与"客观论"上争论不休。

我们首先在柏拉图的著作里察觉到了这种摇摆。在《伊安篇》里，他站在主观论立场上，强调艺术家特别是诗人的创造性或创作经验与活动。然而，在《斐德若篇》里，他又专提艺术品，思考与美的理式有关的问题。但是，柏拉图不曾解释，"主观的"与"客观的"究竟有什么关系。亚里士多德的《诗学》几乎只谈文学艺术作品，对诗人的创作活动及读者或听众的体验未置一词，唯有考察悲剧的本质时，他才想从悲剧影响欣赏者的方式来界定悲剧。而这恰好说明，他无力用任何别的方式解释悲剧的本质。这种对待文学作品及其美的片面态度源远流长，古代有，后来的文艺复兴（斯卡里格）和法国古典主义（布瓦洛）也不例外。莱辛的《拉奥孔》也可算有客观论倾向的美学著作。鲍姆加登采取了相反的立场，他把美学解释为一种特殊的认识样式，在这一点上，他与现代美学概念相距甚远。康德的《纯粹理性批判》与《判断力批判》的情况非常相似。众所周知，《纯粹理性批判》关心纯认识论问题，尤其是先验

[①] 英伽登在1969年3月17日把这篇文章提交给阿姆斯特丹大学的美学研究所，后收录于他的《美学研究》（华沙，1970）第三卷。首次公开发表于《美学和艺术评论杂志》第33期（1975，第257~269页），亚当·切尔尼亚夫斯基（Adam Czerniawski）英译。——译注

直观形式。不过,《判断力批判》把美学概念扩大到与美和艺术品的交流,这样,康德和我们理解的美学概念的性质更接近了。尽管如此,康德的主要精力放在所谓"趣味判断"(Geschmacksurteil)及其条件与功效上,艺术论只有几小段,新见寥寥无几。美论和崇高论大体相似。黑格尔的论述重心是艺术美(Das Kunstschöne)和艺术品,艺术品被看成艺术家的产品,又以一种特殊方式属于"心灵"。但是,客观与主观之间的内在关系还是没有讲清楚。

受黑格尔影响的费舍尔父子的美学的确建构了一种美与艺术的形而上学,不过,它由此转向,主要研究艺术品的理解和认识问题,特别是所谓"移情"(Einfühlung)现象,从而为相关的心理学问题提供了一种思考角度。但是,反对黑格尔的美学,例如,古斯塔夫·希奥多·费希纳的著作(《美学导论》)及其众多追随者直到希奥多·利普斯,很大程度上还有约翰尼斯·伏尔盖特的著作,都有显著的主观主义倾向,所以最终变成了心理学的一个分支。若是研究审美对象(艺术品),他们都毫无例外地将其心理化,即看成某种"精神性"事物。有一个引人注目的现象,后来问世的一批研究音乐的著作,例如库思、莱维希和其他人的著作,书名都冠以"音乐心理学"。

这一特殊的发展路向也影响到美学领域里的第一批现象学著作。据我所知,第一本现象学美学著作叫《审美对象论》,作者是康拉德,他还出版了一本论戏剧的书。康拉德只对不同艺术作品如文学、音乐、绘画等作了一般分析。至于审美创作和接受经验,他只字未提。他认为艺术品(审美对象)是"观念对象"①,即胡塞尔在《逻辑研究》里说的恒常不变的对象。数年后,莫里兹·盖格尔开始出版美学著作。它们仍旧偏向主观一极,论述意识经验,甚至碰到有关艺术本质之类难题时依然如此,这使盖格尔探究美学问题采用的概念颇不一致。且看他的著作的标题:《审美快感现象学导论》《移情的本质和作用》《情绪的移情作用问题》《艺术经验浅谈》《艺术的表层和深层作用》和《艺术的精神意义》。

值得一提的是,在《美学入门》(谈艺术研究,由一些论文结集而成)的导言里,盖格尔写道:"我们的美学研究最终落脚于我们自身的审美经验",不

---

① 在德文中,"理想的"(ideal)意为"逻辑上有可能的",反义词是"实在的"(real);"观念的"(ideell)与"物质的"(materiell)相对,意为精神性的、思想性的。此处的 ideal objects 兼有"理想对象"和"观念对象"两种含义。——译注

过，这一看法时常发挥不当，"只有净化经验，才能重新打开美学研究的大门"。在题为《艺术的精神意义》和《现象学美学》两篇论文里，盖格尔才明确提到艺术品，着重探讨作为美学研究主题的艺术品和审美价值的本质。他以某种内在于作品本身的审美价值作为贯通美学研究领域，使之成为统一整体的津梁。然而，它们仍以经验为重心，心理学美学每每被当成无须证实的学科。在其他论审美快感的论文里，盖格尔申辩道，由"意味"引起的审美"愉快"总是指向某种东西（某个对象）。他在这里假设了一种"对象美学"（Gegenstandsästhetik）。于是，我们有了一个摇摆于两条美学研究路线之间的再清楚不过的例子，它对两者间的关系缺少解释令人印象非常深刻。同样令人惊讶的是，这种情况居然发生在美学研究领域最杰出的现象学家身上，而在《艺术经验浅谈》里，他已经充分意识到了为美学区划疆域的问题。

1929年的《胡塞尔七十寿辰纪念文集》收录了几篇现象学美学论文。L. S. 克劳斯的《理解语言的艺术品》和F. 考夫曼的《艺术情绪的意义》偏向主观论，而贝克的《美的脆弱性和艺术家的探险经历》更重客观论，他认为现象学是对"美学问题的存在论探究"。

由此观之，现象学美学在这方面与此前的研究并无不同。由于康拉德的著作没有产生多少影响，现象学好像倾向于主观论美学。它与当时由心理学推动的发展势头稳健的美学，遭到了一些哲学家和艺术史家的反对。这其中有马克斯·德索尔和艾米尔·乌提兹，后者立场接近现象学。他们在1914年呼吁建立"一般的艺术科学"，一门与美学研究平行的科学，这种想法从德索尔编辑出版了好几年的季刊名称也能看得很清楚：《美学与一般艺术学杂志》。双重名称表明，有两条不同的研究路线，一条指向艺术和艺术作品，阐明其一般结构和特性；另一条致力于研究审美经验，实际上成了众多有明显差异的研究的焦点。两条探究路线之间的联系却不见提及。"一般的艺术科学"这个名称也是惹人误解的根源，因为它似乎强烈反对把美学看成一门哲学学科。然而，这门艺术的一般科学到底指一门真正的科学抑或哲学的一个分支，从一开始就是语焉不详的。我们觉得它实质上是在做哲学研究，与其他哲学分支的唯一区别是，一般的艺术科学与具体的艺术作品沾点边，而这句口号的重心似乎在"科学"（Wissenschaft）上。可是，科学对论题的历史不感兴趣，它只关心一般学科领域如文学理论的系统化问题。几乎同时出版的杰出的艺术史家的著作也强化了这一印象。沃尔夫林的《艺术史原理》和沃林格的《抽象与移情》试图通过阐发具体的艺术品以发现视觉艺术的特殊发展时期内艺术品的一般特征。文学研究中也有类似倾向，如瓦尔泽的《内容与格式塔》。我们现在开始听到"一般的文学科学"的说法，在波兰叫作"文学理论"。据我所知，在德国，只有艾马廷格的论文集《文学哲学》（1930）用了"文学哲学"这种表述。

如何解释这三个概念我们并不清楚。至于一般性究竟指什么，尤其是凭借什么方法获得"一般性"的论断，也是含糊不清的。一般性是在体验具体作品的基础上所作的经验概括吗？它又属于何种"经验"呢？获得一般性的论断是采用比较文学的研究方法呢，抑或别的方法，如考察具体作品，分析艺术品的一般内容，就像现象学家们希望做的那样？

1927年，在写作第一本关于这一主题的著作时，我心里就非常清楚，研究美学不能用经验概括的方法，必须对文学的艺术品或一般的艺术品的观念进行本质分析。我认为，将两条探究路线，即对艺术品的一般研究和关注审美经验（包括作者的创作经验及读者或欣赏者的接受经验）互相对立起来的做法是错误的。基于这种考虑，我适当地规划了这本书的论题，尽管《文学的艺术品》，还有30年后出版的德文本《艺术存在论研究》，书名里不见"美学"字眼，却给人一种纯粹客观论研究的味道。之所以这样，原因在于，《文学的艺术品》是解析几个基本哲学难题，尤其是观念论－实在论难题的绪论，探讨美学问题倒在其次。而实际上，我的研究方法和提问方式使得要处理的问题别具面目。从一开始，艺术品就被看成艺术家创作活动的纯意向性产物。同时，作为包含某些潜在要素的图式化存在，艺术品与它的"具体化"相辅相成。要诞生一部作品，需要作者，也离不开读者或欣赏者的再创造的接受经验。因此，就作品的本性和实存样式看，它始终要以迥然不同的体验史和精神主体作为其实存和显现样式（Erscheinungsweise）的必要条件，而作品的实际存在的历史（我曾称之为作品的"生命"）则流衍于读者、观众或听众共同体。反过来说，这些体验唯有指向某一客体即艺术品时才能产生。进而言之，艺术品要想存在下去，不单有赖于各种体验活动，还得依恃某一物理对象的支撑，如一本书、一块大理石、一张着色的画布。艺术家须在这些对象上巧施匠心，再由欣赏者加以恰当的感知理解，这样一来，作品才能从中脱颖而出。只要在一段时间内保持原样，物理对象就能构筑为众多欣赏者辨认作品的基础。如此看来，除不同人的身体和意识活动及艺术品外，我们还应当考虑实在物体，以其作为艺术品的物理的存在论根基。另外，艺术家的创造行为不单单覆盖他的创作经验，还包括若干物理活动，这种活动恰当地给某一特殊事物或过程塑形，使之起到为一幅画、一尊雕塑、一首诗、一阙奏鸣曲构筑存在论根基的作用。另一方面，已经创造出来的艺术品，即图式化存在，必须由观赏者以各种方式完成（具体化），在以特殊方式构形为具有审美价值的对象前，它的潜在要素一定要实显化（actualize）。为此，作品需要具有某种特殊经验（审美经验）的观赏者。综上所述，艺术品与其创作者和完成审美经验的观赏者之间的内在关系便彰显无遗了。物质世界则作为背景进入这一关系网，在为艺术品构筑存在论根基的过程中显示自身。所有这些要素构成一个更高级的浑成、真实的整体，它赋予包括作品及与作品交流的人在内的存在论区域统一性。于是，我们可以将该区域划归一个统一的哲学学科——美学。

研究过程中，审美价值问题以不容我忽视的分量变得愈加迫切起来，整个问题域的内在统一性也越发明朗，同时我认识到，有必要找到这个能确保统一性的美学概念。

于是，在1956年于威尼斯召开的第三届国际美学大会上，我提出，应该把一个基本事实作为界定美学的出发点，即艺术家或观赏者与某个特殊对象（尤其是艺术品）的接触或交流，因为这是一种非常特别的接触，有时它不但能导致艺术品或审美对象的出现，还能催生创造性艺术家或具有审美经验的观赏者与批评家。不出所料，此次大会的头面人物，分会主席托马斯·门罗与大会主席艾提纳·苏里奥，颇为不屑地拒绝了这一看法，其中有个特别原因，我在发言中说到，应把接触当作关键步骤，而门罗显然赞成以经验心理学作为研讨美学问题的手段。那时，只有《文学的艺术品》见知于西方学界，因此，我为美学研究另寻视角或重新界定的尝试暂时搁浅了。我希望现在的情形更有利于我的研究方法。下面我将概括论述之。

首要应当强调，认为一切产生艺术品的经验和行为是积极的，而在审美理解或认知艺术品的活动中完成的经验和行为是消极的纯接受性的，这种看法并不恰当。两种情况里都有被动和接受——理解和接受——阶段，也有主动阶段，即在已知事物的基础上创造出先前不曾有的作为艺术家或欣赏者忠实产品的新事物。其过程不会止步于艺术家的创作经验，它还在艺术品的物理的存在论根基赖以构筑的积极的身体行为中得到延展。构形活动（shaping）受创造性经验和艺术品的导引，艺术品在创造性经验里初显轮廓，继而大放光彩，而创造性经验似乎也体现在作品中。倘若艺术家想完满地实现自己的意图，须对得到的结果心中有数，掌控自如。有关情况如下：

首先，构筑物理基础分几个阶段，概莫能外。其次，构筑根基的过程中，艺术家脑海里有一个艺术品结构渐次成型的发展阶段，而作品就孕育于最初的未经意匠经营的生糙状态。最后，效能随构筑根基的活动而生，它指物理基础具有使意向性的艺术品直接得到形象化展现的功能。艺术家掌控、验证着这些结果，理解对象（艺术品）特性的接受经验里也有这种掌控。举例来说，画家必须在作画的每一阶段不时端详作品，审视画布上的已有样态，评估它的艺术效果。作曲家组合各章总揽成曲时，可能会把它记在乐谱上，也得听听各部分的音效，为此他经常使用乐器，以俾倾听每个片段的效果。正是这种看或听使艺术家能够继续创作下去，形成作品的物理根基，也能让他们删削增补，甚至推倒旧作，重起炉灶。作诗偶有例外，诗人会"一挥而就"，无需推敲，不事雕琢。这与创造过程联系紧密，它本身又是接受行为、审美理解行为。可以说，此时的艺术家成了自己作品的观赏者，不过即便这样，观赏也不纯然为被动的理解，而是主动的接受行为。另一方面，普通欣赏者的举手投足也不完全是被动的、接受性的，一段时间内，他会对作品进行接受和再创造，欣赏活动因而不仅是主动的，某种程度上还带有创造性。创造阶段由最初的接受阶段发展而来，此时，已得到理解和重构的艺术品激发着欣赏者从观照活动进至审美经验阶段，在这一阶段，理解主体富于创造性地完善图式化的艺术品。他把作品含摄的审美意义质素聚拢起来，然后构成作品的审美价值。（也不一定都得这样。有时这些质素由欣赏者添加上去，但没有任何或者说没有足够的来自作品本身的含示。因此，所构成的审美对象的价值在作品里便没有充实的基础。正是从千差万别的势态中，我们找到了一个解决价值客观性难题的基础。）创造性活动既受到艺术品已被理解部分的激发和引导，也要求欣赏者有创造冲动；如此一来，他不但要审度用何种审美意义质素填补艺术品的未确定区域，而且能在直观活动中想象审美意义的协奏——它产生于通过充实活动（completion）得以具体化的作品，而充实活动仰仗的是尚未含摄在作品里的新因素——听起来究竟如何。将具体化的作品带进直观活动盈漾着审美意义质素，它时常端赖欣赏者的大力协助，否则一切都索然寡味，毫无生气。审美构形和审美价值的勃勃涌现阶段反过来又导引出理解已构成的有价值的审美对象的本质阶段，而在理解活动中构成的审美对象则激励着欣赏者对已理解的价值作积极的反应，进而主动地评估这种价值。

这一过程，主动的或被动的接受性的也好，积极的创造性的也罢，都不是人的纯粹意识活动的产物。具有明确的精神和肉体力量的整体人因为经历这种过程而起某些引人注目的变化，这些变化依接触方式、艺术品形态或相关审美对象而各不相同。如果因此而诞生真正的、忠实的艺术品，那么创作过程和艺术品样态都会在艺术家的心灵留下难以磨灭的印记。欣赏者面对伟大的艺术品时同样如此，两者间的碰撞能构建价值更高的审美对象，欣赏者也会有脱胎换骨之变。

艺术家和欣赏者经历的种种过程和变化与对象的多端变异颉颃应和，这明显体现在艺术品的创作活动中。艺术品是逐步生成的。此间（可能会延长），冉冉生成的作品在外形和性质上的变迁与创作的各个阶段榫接密合。同样，一如创作艺术品的方式千变万化，艺术品的诞生过程亦可谓流动不居。总的来说，很难讲清楚是否以及在什么范围内有一些掌控调节艺术品产生的准则规范。就具体情况而言，发现更迭转换并加以证实困难重重，尤其是在我们面对艺术成品，看不到它生成的任何轨迹之时。不过，毫无疑问，作品诞生过程的确历经繁复多样的更替变形，而种种变更与作品的诞生过程对当契合。

具体说明观赏者理解一件艺术品时有着与刚才描述的变化相似的经历诚非易事。只有在观赏者对艺术品的理解误入歧途、出现错误时，这一过程似乎才有可能，才可以理解。① 不过，通常而言，我们确实要求和期望理解艺术品的过程不该有缺憾，艺术品应得到充分理解，在观赏者看来，理解是忠实的重构。在这种情况下，我们会把发现作品的各个部分和特征及它们在直接感知活动中的出现与理解作品的各个阶段联系起来。于是，我们又一次面对两个互相交织、并驾齐驱的过程：一个是理解，另一个是在直接感知活动中艺术品的展露和显现，两方面合力而产生观赏者和艺术品的交遇现象。不过，交遇的进程单指向艺术品的纯粹重构毕竟是稀罕的事，如果对一部艺术品总能这样，那只

---

① 这句话似与前后文意不合，但英译如此。——译注

说明作品已经奄奄一息，产生了审美惰性，实际上不起作用。除纯粹重构外，只有在给艺术品的贫瘠的图式化构架赋予丰盈厚实的审美质素与审美价值的审美具体化活动完成后，才出现与作品特性相得益彰的领悟作品的过程。也唯有观赏者完成了最终的充实（Vollendung）和构成活动（constitution），然后静心安神，此时，审美对象才显露峥嵘。

观赏者深知，审美对象的充实活动已告一段落，他完成了构成对象的任务。眼下，为了正确地评价它，观赏者只需对构成的审美对象的价值作出恰当反应即可。有可能要评价得到审美具体化的艺术品，它与对价值作出反应互为表里。完成这一任务时，不许在已经具体化的对象上作任何改动或打乱秩序，评价过程不致引起对象的其他变异。若想保持公正，使所评价的对象原样未动，评价绝不能是积极的。当然，有人会满腹狐疑这是否可能，但评价的本质意义和功能原本如此。

我必须重申，因为构成的经验及其发生条件差别很大，将同一部艺术品具体化并构成为有价值的审美对象的过程也变化多端。由于艺术品的个性和本质特征千姿百态，这种多变性有增无减。欣赏者理解作品时，艺术品会凭自身的能量向他施加各种影响，时而激起他不同的审美经验。描述种种变化困难重重。我们暂且只能说，在体验主体和客体这两条平行进程之间存在着"一体相关性"和互相依存性，客体向欣赏者敞示自身，并且借由敞示而生成。相互交织过程难以分割，也不能把它们彼此隔离起来进行孤立研究。人和不同于且暂时独立于他的外在客体的交遇是基本事实，以阐明这一事实为出发点是从事美学研究的先决条件。①

客体、事物、过程或事件指某种纯物理的东西或生活里的某个事实、观赏者的体验、一个音乐主题、一段旋律、一曲和弦、一种对比色、特殊的形而上性质。凡此种种都来自外部，在极其罕见的直观活动（即便只是一种想象直观）中给艺术家施加特别影响。客体的作用在于以特殊方式打动艺术家，促使他摆脱日常的自然态度，投入崭新的心境里去。

客体可以指某物的夺人眼球的性质，例如，一种饱满闪亮的色彩，或某种

---

① object 可以译为客体和对象。客体指外在于感知者的实在事物、过程、事件等，只是潜在的审美对象。客体进入观赏者的知觉活动中，经历审美经验的过程，得到实显化，才成为现实的审美对象。——译注

特殊形状。不过，它须将我们的注意力吸引到它本身，因为有了它的激发，我们的体验活动才饱蘸情感，因为它十足的个性与穿透一切的力量令我们激动不已。德语 reizend①一词描述的正是这种性质。我们流连其上，玩味咀嚼，乐而忘返；它一出现，就能满足观者或听众萌动的与之交流的欲望。如果相互交流成功，它便创造出初级的、简单的审美对象。体验主体与这种性质接触，进行直接交流，能产生某种惊奇、兴味、愉悦，乃至幸福感。

然而，这种性质看起来不够完备，自主性不足。它要求得到充实。尚处于萌芽状态时，它便令观赏者时常感到一种令人不快的匮乏。匮乏敦促观赏者另觅别种特质以弥补初始性质的不足，使整个现象充盈弥满，或最终得到充实，令人不快的匮乏也一扫而光。观赏者发现，上下求索，觅途漫漫，直至他找到充实性特质为止。充实性特质不但会与原初性质建立联系，而且具有多重含意，能作为"成型的样态"(shape)把所有现象统摄起来。求索活动是创造过程的开端，它既有赖于发现含意丰赡的特质，也能创造出为成型的样态奠定存在论根基并使之得到形象化显现的实体。

这种实体，譬如，若干声音的组合、一个三维结构或由句子组成的语言整体，须构造精当，以便综合性的成型样态能够以之为基础（或直接用它），在直观活动中显现出来。我们称这种成型的样态为艺术品。显而易见，艺术品由艺术家对隐而未显的多种审美含义调配组合而成，它本身在性质上是确定的。如果审美上积极的成型样态要想呈现出来，唯有假道"谐和"，即成型样态与作品的质的规定性密合无间，由此得来的整体才是自足圆融的，审美上积极的合成的成型样态才能完全自呈现。情况也许是这样，组合妥当的整体使艺术家起初未曾料想的一个或几个崭新的积极的审美质素得到直观呈现，尽管艺术家对它们并非不感兴趣。艺术品的构型过程因此又朝前迈进了一步。而如果新创造的整体能够满足艺术家与最终创生于交流过程的独立呈现的整体进行直接交流的期待和愿望，并从中获得愉悦感，这会让他心满意足，气定神闲。不间断的探求和创造衍化为宁静的观照和冥思。给人以满足、平静的东西具有非凡的价值，但原因不在我们想得到它，而是因为它本身气足神完，无可挑剔。

新创造的意向性对象或许暂且只能"描绘"在想象中，所以，它得不到

---

① 意为令人着迷的，使人心醉的。——译注

完整的自呈现，既不能充分地满足欲望，又无法带来心境的安宁。对象反而挑起了人们想在现实中"看见"它的念头。进一步看，在想象中构设的纯意向性对象会迅速与意象本身消弭于无形，要想与同一部作品重新交流（即便在想象里），也许得来一次新的想象行为。没有对象的瞬息万变，便不可能经常重复实行创造性想象活动。于是产生了这样的想法，创造出的作品必须设法"固定"在较持久耐磨的材料里。艺术家念念不忘给周围的物质世界来点变化，或施变于物，或借此开启某种过程，这样一来，就可能在它的基础上实现作品的具体可感的呈现、托形雕饰精当的石头的具象化、审美意义质素的自呈现。为此艺术家力图使他的创作经验释放在某种精神和肉体行为或活动中，而通过这种行为或活动构成的某一物或过程正好是艺术品存在的物理基础。

如果是画家，他施彩泼墨；如果是建筑师，他构设亭台楼阁；如果是诗人，他吟诵成章。此时，艺术家为艺术品的特性结构所引动（起先只在想象里），更有可能受到某些颇具潜能的片段的激发。接下来的创作过程中，画作或诗篇会协助他完成作品的细节，在他的眼里，它们起初纯粹是寥寥草图而已，只能给他想象具有审美价值的成型样态略加暗示。尽管着色的画布或斧凿的石块从未如我们常说的那样使艺术品完全现实化，得到具体的体现，或者为艺术品的形象化展示提供充分条件，不过，它们确乎为诸如绘画或音乐作品的意向性虚构或再创造设置了某种支撑。若是再辅以艺术家或欣赏者的恰当行为，它们就会给作品的具体化带来可触可感的生动性和充实性，审美价值质素的自呈现也有了可能。以文学文本为例，如果默读一首诗——当然要假定诗已"写就"——不足以引起审美价值质素的自呈现，我们便转而高声朗读，吟咏讽诵；若是一部戏剧作品，我们会诉诸舞台表演，因为它在影响观众的生动性和有效性上层次更高，所以我们常说及剧本在舞台上或电影里的现实化（realization）。但是，绝不能忘记，有的作品，例如抒情诗，如果吟诵得过分"逼真"或"生动"，反而会干扰情感细腻微妙的审美价值质素的自呈现。此时，若想传达审美价值质素的幽渺玄远的韵味，深深地触动我们的情思，令其呈现在想象直观里便足够了。不过，只有文学可能如此。对一幅尚未着色的画作或没有演奏的交响乐，还一定这样吗？

艺术家为艺术品创造物理的存在论根基，尚未在想象中完成作品的构思，只不过头脑里有个给他审美感动的轮廓，而此时，他可能已经对作品的若干特点有了清晰生动的了解。有时他又觉得，某些特点（如果存在的话）会干扰审美意义质素的呈示，若换种方式形构作品的物理基础乃至作品，他就能取得更让人满意的艺术效果。因此，艺术家改弦易辙，不断完善新构思；有时又不免半折心始，统统扔掉。然而，并非每一次他非弃用内在"心象"（idea）不可，就是说，劝服自己相信，萌生于想象的具有审美价值的成型样态毫无价值。相反，在任何情况下，艺术家都确信它有价值，并且总在期待，倘若心象能够托形于构思不同的对象（艺术品），它便会得到恰如其分的现实化，披上目可见、手可触的外衣，其价值也能完满充实地展示出来。于是，他再次构造对象：一幅画、一座教堂、一首交响乐、一部文学作品，或者完全更换构成作品的存在论根基的材料。举例来说，放弃青铜，他现在改用克拉拉产大理石，以审美价值含义相同的不同颜料系列替代原先的系列。作品的物理基础的形成，最初构思的拓展，作品细节的推敲润饰，这些过程涉及各种各样的调换和掌控，而艺术家的一举一动并非纯粹创造性的。更准确地说，在创作活动的不同阶段，面对构筑近乎完备的种种物理基础，以及在此背景上显示的作品的不同部分和特点，艺术家都以欣赏者自居。

我曾经论证过，由于不同艺术的作品的基本结构多种多样，因此，艺术品的创造性构思过程也千差万别。艺术品的特性能为审美价值质素和作品的物理基础的构成奠定基础，这两个因素中的任何一个都能引起诸多有待克服的难题。

一方面，难题可能来自物理材料的阻力和艺术实体的审美无效，这要求艺术家采取各种技巧和举措，在艺术表现上骋才使气，不然的话，去发现全新的表现手法，而这更难臻极境。另一方面，在与材料的技术较量中，艺术家要有能力不失去对审美上积极的合成的成型样态的基本直觉，它在艺术家使作品现实化的活动中起导引作用。富于创造性的直觉天赋与刻苦艰辛的劳作必须携手共进，若双美不可兼备，我们就会得到技巧贫乏拙劣的作品，不过，我们仍能猜测它究竟想说些什么。如果没有基本直觉，纵使技巧再高超，由直觉灌注灵性的具有审美价值质素的艺术品，现在徒具空壳而已。也许技巧上它无可挑剔，但僵化板滞，缺少任何审美意蕴。然而，不论艺术家的创作行为如何多姿多彩，任何情况下作品都只有一个属于其本质的不变的基本结构。

综上所述，我相信，艺术创造活动和经验的结构的某些细节已经焕然朗现。不过，我不能再细加分析，也许根本没有必要。因为我在此只考虑一个问题：它是一个时常包括若干阶段的过程，在进行体验的艺术家与某一对象，更确切地说，与两个对象（创造中的艺术品和因为艺术家施展才华而屡次改观的物理基础）之间有一种持续不断的接触和交汇。此外，两者都经历了一体相关、彼此依存的数度变迁。这不是僵死物质的相遇，而是活力四射的碰撞。

为了使我的中心论题更加明晰，简要勾勒艺术品观赏者在知觉（接受）经验和某些身体活动这两方面表现出的行为特征也许是值得的。人们认为，"审美经验"指短暂的同质经验。在20世纪美学里，这样的流俗之见不胜枚举。我曾力图说明，审美经验容括各种相互间联系紧密的要素，分为许多阶段。这里，只补充一点，审美经验有两种不同的发动方式。一种始于对艺术品的某种物理基础（着色的表面、一堆石头，等等）的感知活动，其细节让观赏者能"辨认"出它的外形，于是作品在接受经验中得以构成；另一种则不同，观赏者立刻把握了作品本身，就是说，他看清了指代某人的画像或雕像。接下来，所感知的画开始给观赏者施加审美影响，他进入了审美态度，将艺术品暗示给他的审美价值质素实显化，从而构成整体的审美价值。为了凸显观赏者领会艺术品时的行为样式的差异，我将以他与印象派绘画的交流为例，考察他的行为。

起先观赏者暂时只能看见一张画布或画纸，上面铺满了大小不等的色块彩点。一些色块彩点互相交织，融成一片；另一些则对比强烈，异常醒目。观赏者驻足细辨，如同我们今天看纯抽象画。在他的眼里，这些聚合起来的色块彩点自成一个完足的世界。然而不久，或者通过构图或者依靠颜色，这些色块彩点开始给观赏者施加影响，激起了他的审美态度：他现在开始感受而非观看由色块彩点的构图、颜色或形状传递的富于审美意义的质素。有时，他凝神思索，用志不分，在领悟对象的过程中愉悦身心。最后，观赏者对由于色彩对比而形成的具有审美价值的构图作出或肯定或否定的情感反应。观赏者也有可能看到一些色块彩点彼此间毫无联系，心里因为不可解会而惶恐不安。他会问："这有何深意？"或"那意指何物？"焦躁无绪、茫然失措后，他会竭力索解这幅画究竟有何确切所指。猛然间，他若有所悟，觉得自己的观画方式不对头，错把色块彩点看作客观确定物，当成毫无用意而被上了色的布料或木材具有的特性，而实质上他应该利用这些色块彩点，以获取一定的体验材料，这些材料似乎心甘情愿地将自己融入（他借助光线从某一角度看到的）对象的某个感观显相（aspect）里去。

观赏者近乎忘我地浸淫于绘画世界里。然后，突然间，一切都变得"通体敞亮"。从错杂散乱的点彩色块中浮现出一张人脸：正在读书的女孩的面庞，就像雷诺阿画的《读书女郎》；或自然光照下许多着色客体聚合成的物象，如同西斯莱的《雾》和毕沙罗的《葡萄园中的女人》《开花的树》。另一方面，画作的外观现在也起了变化。① 唯有此刻，它才开始显得像一幅"再现"某物的画。画面上，人体和物象从闪烁不定、摇曳生辉的感观显相中渐渐显露出来，而构成画作基础的繁复多姿的色块点彩并没有从视线里消失，尽管它们不是我们观看的目标与兴趣之所在。

而观赏者的行为也在变。他现在完成了"观看""画面上"描绘的物象的行为，这种观看与普通视知觉差不多。在克劳德·莫奈的《鳞波竞渡》里，观赏者看到海边扬帆的船只和碧波中的船帆倒影。同时，在"观看"的基础上，他着手领悟画作描绘的物象，领悟在他以恰当的方式观看时画面上清晰地呈现出来的东西。因此，说我们观看画或看见画就不大妥当。因为虽然我们事实上的确看见画了，但我们在画中感知到的不过是先前提及的客体而已，这些客体是通过我们对当时并没有明确意识的画布上色块彩点的构成组合的领悟而呈现出来的。如果我们早就知道这是色彩的构成组合，我们的眼前不是横涂乱抹、污迹斑斑的油布，就是一幅抽象画，而不会看到扬帆的船只，也看不见碧波涟漪的河面上白帆的粼粼倒影。②

还有一种颇为奇特的情况，它的奇特性我们习焉不察，因为见得太多了，稀松平常，不值得大惊小怪。就是说，看见从光线与色块交织变幻中浮现的人脸，我们能读解出别样的意味：友善的微笑、心满意足、喜不自禁或深深的悲伤。观众、画家还有批评家都会说，画中人物的某种"表情"感染了我们。这种情况主要出现在优秀肖像画，如伦勃朗和凡·高的作品里。"表情"一词有

---

① 我不认为画作本身变了，只不过是说它的"外表"或者说"感观显相"在变。我用的表述很小心，因为我不想此时解决观看方式多种多样，画作仍能保持同一性这个难题。
② 这段话比较费解。英伽登的意思是，观看行为重在感知作品的物理基础，如颜色、木块等，而领悟行为则忘却它们的实在特性，仅仅视其为具有审美意义的质素，在审美态度中将它们构成为具有审美价值的审美对象。——译注

两种不同却有联系的含义：一指某种心绪、情感或精神状态，二是所描绘人物的某些明确的特征，例如，纽约弗里克画廊收藏的晚年伦勃朗自画像表现的成熟心理和慈悲心肠。并非所有肖像画都能把两种因素表现得淋漓尽致。观赏者对一幅画里人物特征的领悟会引起画作的感观显相或外观的变化。由感知内容生发的精神或精神状态因素以一种非同寻常的方式使整幅画面生机盎然，时常赋予其深不可测、细腻微妙的品质，因为这种因素揭示了人类心灵中深藏不露、难以企及的那一部分。不过，它也引起观赏者行为的变化。他现在读懂了画中人物的"面部表情"的含义，或者反之，看到别的画，他觉得人物表情不可思议，令人困惑（也是一种积极现象），对深奥费解的微笑和外表背后究竟隐藏着何等深意，他就没有什么真知灼见。在第一种情况中，他的反应是积极的；碰到第二种情况，他不免有点受挫，百思不得其解。当观赏者开始理解画作的心理因素时，他常常会产生一定的心理反应：和善的表情引起亲切的心理，而人物的脸上写满敌意或刻毒会惹得观赏者厌恶不已。

不过，它们似乎是观赏者经验中的非审美因素。① 重要的在于，这种经验里有哪些对美学具有重大意义。举例来说，如果画中人物的心理状态和性格特征表现得鲜明生动、气度不凡、干净利落，他在观赏者眼中便显得"活灵活现"，于是观赏者也会别具一番体验在心头。这种感受是在击节称赏画家的娴熟技艺，赞美他调动一切手段，经营位置，图绘物态，铺彩设色，从而传显出某种不同于颜料的东西，如人物的喜悦之情和成熟气度。观赏者不禁会问，这一切如何可能呢？例如，凭这些手段，人物的性格特征怎么就表现得栩栩如生？此外，有的东西感染力非凡，以致自己无法从人们常说的那种"感受"中走出来。② 要想表现一个人看另一个人时那充满爱意或慈祥的面容，色与线该怎样搭配调和呢？观赏者问自己，又在深研画作中寻找答案。他的言行举止判若两人。先前他还是个"稚嫩的"新手，一味地与画中人进行情感交流，对他们的行为作出反应的方式与日常生活里的人际交往毫无二致。如今这幅画在他眼里成了艺术品，一个具有特殊功能的独特存在。他现在研究起作品的各个层次：再现了什么，如何再现的。他颇为挑剔地考量表现方法的作用，衡量其有

---

① 指理解画作的心理因素，观者产生的心理反应。——译注
② 这不是印象派的发现。他们只不过更加强调表现画家瞬间的精神活动，着重描绘新颖奇特、富于视觉冲击力、阴沉朦胧的景色罢了。在更早的画家如布鲁盖尔的作品里也能发现这种东西。

无艺术效果。最后，他要么给予作品高度评价，要么弃之如敝屣。

抱着新的态度，他开始以不一样的眼光打量艺术品。他留意的不再是画中人物的精神生活有哪些得到了表现，而是画作的每个层次在整体中起什么作用，会带来怎样的效果，画作有何艺术"匠心"，什么在艺术和审美方面举足轻重，什么只是达到目的的手段，哪些属于因袭前人的创作陋习（我们有时认为它不可容忍），哪些又是新技术突破或新发现。种种考量不但涉及作品表现的世界，也包括审美意义质素和最终的审美价值意蕴领域。这样一来，观赏者成了画艺的"行家里手"，对作品的各种效果、艺术上与审美上的成就如数家珍。观赏者的举动使眼前的画作具备了一种新的品质：现在它作为一幅杰作，一幅出自名家之手的杰作，见证着他的能力和精神，他的评价方式和所交流的价值世界；艺术家力图向观赏者展现这些价值，并通过作品让他们也能分享这些价值。凡此种种都使得，一方面，作品恰如其分地被看成艺术品，它的作用和其中实际显示的价值得到了领悟和理解；另一方面，在观赏者和艺术家（那位名家）之间产生一种特殊的故友重逢感，某种精神交流，尽管他并不在场，或许已辞世多年。

毋庸讳言，我对观赏者与画作进行交流的粗略描述理应得到许多其他例证的检验，以新的细节丰富之，以新的研讨深化之。[①] 其根本目的是，证明我有关艺术家或观赏者与艺术品交流的主要观点并为其打下更加坚实的基础。如果这一观点正确，论证又充分，那么，它便能成为给美学研究划定界限的一条基本准则，并且提供"主观论"美学与"客观论"美学都难以达到的学科统一性。它指明了一个基本事实，对事实进行整体性分析，有可能在两个方向上取得进展。

一个是分析艺术品创作过程和艺术成品，另一个是研究艺术家－创作者的活动和观赏者、再创造者和批评家的行为。在对艺术品进行结构分析时，我们不应忘记，艺术品脱胎于艺术家的明确的创作行为，它们的创制有目的，就是说，意在实现一定的艺术或审美构想与目标；艺术品也是某种行为的产物，其中意识的意向性经验起着基础的根本的作用。就艺术品作为这种产物的性能而

---

① 这里的描述当然是理想化的，其作用在于大体勾勒交流的可能的和典型的过程及其中的具体步骤。描述将过程系统化，或者说，作了秩序井然的安排。实际上，我们大大脱离了这种秩序，因为有些不确定的偶然条件时不时插进来，干扰交流过程。不过，细究过程是心理学而非美学的旨趣所在。心理学力求重构交流过程的不同阶段和步骤，而美学则研究交流的作用，以便不但在与适当的艺术品的交流中建构审美对象，而且认识审美对象及作为其基础的艺术品。

言，意识的意向性经验只能获得某种特殊的存在方式，并由此引申为一种在不同的人类社会发挥作用的特殊样式。因为它们的存在方式，当观赏者观照这些经验时，必须把它们带入对现象的直接知觉中，使审美意义质素及筑基其上的审美价值得到具体化与自呈现。研究艺术家的创作行为时，我们绝不应该忘记他们的目的何在，以及如何达到目的。考察观画者或普通观众的行为时，我们应当记住，作为艺术品的观赏者，他的着眼点在哪里，怎么才能会心赏鉴艺术品的妙义，如何揭示艺术品的价值或价值匮乏并使别人心领神会，他怎样才能并且应当对价值作出评估；最后，作为艺术品的消费者和观赏者而非空谈者或人言亦云的人，他不能做也不该做什么。

指明艺术品和与之交流或创造它们的人之间的密切关系时，我并没有改变我在许多著作中试图提出和论证的观点，即尽管艺术品只是纯意向性对象——不可否认，它们具有物理的存在论的根基——但毕竟形成了一个特殊的存在区域，应该在任何研究中维护它的独特性与特殊性能，这个领域一定不能受到外在的先决条件的侵蚀。艺术品有权期待与之交流的观赏者的恰当理解，有权期望它们的特殊价值得到公正的评估。

若眼下我还打算展开论述以上界定和理解的哲学美学问题，便不免离题太远。然而，我愿意补充一点。在现象学美学范围内无需多言的东西这儿得略作交代，以表明我无论如何都不放弃这样的信念，即艺术品、审美对象，还有它们的创造者和消费者，以及两者间的关系，都可以而且应该用现象学方法研究。这种方法的目标首先是使研究对象在适当形成的经验中直接呈现，忠实地描述经验的材料。我仍然相信，通过现象学研究获得有关事实的本质的洞见以及所探究对象的普遍观念内容，不但可能而且合理。在我看来，现象学方法可以产生似乎很难用别的系统研究得到的结果。我可以用几十年的研究成果支持我的信念，尽管并不否认，这些成果始终应该加以检验与扩充，用新的研究深化之。我表明自己的立场，绝非想说唯有现象学方法对美学研究有效，别的方法注定无功而返。我也丝毫无意把它强加于人。每个研究者都应当采纳适合他的天分和科学信念，使他能得到诚实的至少是可能的结果的方法。我个人也不例外。

（译自 Roman Ingarden, *Selected Papers in Aesthetics*, ed. P. J. McCormick, Washington D. C.: The Catholic University of America Press, 1985）

姚斯与《文学史作为文学科学的挑战》

经典导读

  汉斯·罗伯特·姚斯（Hans Robert Jauss，1921—1997），系德国当代著名文艺理论家和美学家，出生于德国西南部符腾堡州的一个教师世家。他参加过第二次世界大战，在战争后期，就在德军占领的布拉格开始了自己的研究。1948年，他进入海德堡大学学习罗曼语语言学、历史和哲学等，还学习德语文学和语言学等。当时海德格尔、伽达默尔等都在该校任教，对他影响很大。1957年，他获得了海德堡大学罗曼语语言学教授席位。他曾先后在海德堡大学、明斯特大学、康斯坦茨大学等处任教，也曾在苏黎世大学、哥伦比亚大学、耶鲁大学等名校担任客座教授，20世纪60年代后期与伊瑟尔等5人一起创立了"康斯坦茨学派"，1997年3月在康斯坦茨辞世。他的主要著作包括《走向接受美学》《审美经验与文学阐释学》等。《文学史作为文学科学的挑战》是他在康斯坦茨大学就任罗曼语语言学教授时的演讲，后收入《走向接受美学》一书。这篇文章被视为接受美学的宣言，姚斯也由此被视为接受美学的创始人之一。

  在《文学史作为文学科学的挑战》里，姚斯基本的理论预设是文学史问题尚未得到解决，这是文学理论面临的现实挑战。这一问题在于，文学史关涉文学与历史、历史与审美认识两组范畴之间沟壑的跨越和填平，然而，主流的文学理论范式，即马克思主义与形式主义，都没有解决这一问题。这两大派别都把聚焦点放在作者和作品上，往往把读者理解成一个消极被动的阅读者。然而，现实的阅读经验告诉我们，文学作品首先是为读者创作的，无论创作者，还是试图对文学作出阐释的文学史家，当他们面对作品时，首先必须成为一位读者。更为重要的是，没有读者的参与，文学作品历史生命的存在和延续都将是无法想象的，因为它们能够进入人们的视野，就是读者选择的结果。因此，读者对文学活动来说，是其中最重要的一环。读者不是消极接受者，而是积极接受者，它参与了文学作品的形成。对文学史的研究与书写，需要将读者因素加入进来，从而把文学活动扩展成一种接受美学。正是基于这一考察，姚斯试图发掘读者在文学史形成中的积极作用，从以往文学研究的止步处出发。这种强调读者作用观点的提出，标志着20世纪文论发展流派纷呈中接受美学时代的到来。

在这篇论文中，姚斯提出了一个非常重要的概念：期待视野。这个概念来自伽达默尔。伽达默尔认为，阐释者在进行阐释活动前，并不是一张白纸，而是存在成见，这种成见是阐释者历史性的体现，也是他能够阐释文本的前提条件。阐释不是对文本的固化还原，而是阐释者与文本之间的一种对话，是阐释者的成见视域与文本视域的融合。姚斯的期待视野，也具有这种成见的意味，是读者在阅读文本之前就已经具有的一种意义期待。然而关于这个概念，姚斯并没有给出一个明确的规定。根据他的描述，我们大体可以知道，期待视野有广狭义之分。狭义的期待视野主要从文学的阅读体验中获得，是过往的文学经验带来的对文学文本的定向预期。而广义的期待视野则从生活经验中获得，它一方面会制约作者的创作，影响读者的文学阅读期待，另一方面也是文学实现社会功能的重要中介。读者的文学阅读经验，只有进入其生活实践层面的期待视野，才能够改变或提升读者本人对生活的认识，并进而影响其社会行为。

在姚斯看来，文学史涉及文学与历史两个领域，这二者之间需要得到沟通。他对此的解决方式是把读者维度引入其中，对读者在文学活动中的作用作了新的解读。在他的理论中，读者既是文学活动的具体落实者，又是历史的承担者。文本需要经过读者的阅读活动，才能够成为作品，它是文学社会功能实现的关键环节。读者不是被悬置的主体，他因其生活经验累积而形成自身历史性，这种历史性参与到文学的阅读活动之中，构成文学史特有的历史性。因而文学的历史性不是历史还原，而是真实的过去与过去的当下性的融合，是共时性与历时性的融合。

姚斯在这篇文章中，通过对七大问题的讨论，反思了形式主义与马克思主义对读者的忽视，强化了从接受维度重构文学史的可能性和必要性。总体而言，他还是走在强调文学社会功能的路上，只是没有把文学的这种社会功能赋予作者或文本，而是将其寄托于读者身上，他认为，文学需要借助读者的阅读，影响读者的社会行为，从而实现其社会功能。这种思路，就把他的思想与当时流行的文本中心论风潮隔离开来。然而，不能不承认，他的思想仍然是时代产物，通篇读来，反本质主义的气息无处不在，伽达默尔的哲学阐释学思想也随处显现。并且非常有趣的一个地方是，作为一篇就职语言学教职的演讲，姚斯却仿佛一位法国文学专家，常常提到法国文学中的现象，例如福楼拜的《包法利夫人》。姚斯把他的理论称为"接受美学"，然而，就其讨论的实况来看，毋宁说是"接受诗学"更为恰切。

—— 延伸阅读文献

1. Paul de Man, "Introduction," in Hans Robert Jauss, *Toward an Aesthetic of Reception*, trans. Timothy Bahti, Minneapolis, MN: University of Minnesota Press, 1982.
2. ［德］汉斯-格奥尔格·加达默尔：《真理与方法——哲学诠释学的基本特征》，洪汉鼎译，上海：上海译文出版社1992年版。
3. ［德］H. R. 姚斯、［美］R. C. 霍拉勃：《接受美学与接受理论》，周宁、金元浦译，滕守尧审校，沈阳：辽宁人民出版社1987年版。
4. 刘小枫选编：《接受美学译文集》，北京：生活·读书·新知三联书店1989年版。
5. ［德］汉斯·罗伯特·耀斯：《审美经验与文学解释学》，顾建光、顾静宇、张乐天译，上海：上海译文出版社1997年版。

（张冰 撰）

—— 原文：《文学史作为文学科学的挑战》（节选）

经典原文

文学史作为文学科学的挑战(节选)

姚斯 著 章国锋 译

一

在马克思主义方法与形式主义方法的论争中,文学史问题并未得到解决。我认为,这个问题的提出,正是文学科学所面临的现实挑战。而我在填平文学与历史、历史与审美认识的鸿沟方面所作的尝试,恰恰可以从两种学派停滞不前的那条界线开始。两种学派都在生产和表现美学的封闭的圈子里理解文学事实,因而,二者都使文学丧失了一种无疑属于其审美本质和社会功能的因素:文学的接受与作用的因素。在两种文学理论中,读者、听众、观众,统言之,欣赏者的因素,仅仅起到一种极其有限的作用。传统的马克思主义美学看待读者——假如它曾经这样做过的话——同对待作者没有什么区别:它所关注的是读者的社会地位,或者说,它试图在文学所表现的社会阶层中识别读者。形式主义美学则要求读者仅仅作为一种感知的主体,这主体必须依照文本的指点区别不同的形式或揭示各种方法。正如传统马克思主义学派将读者的自发经验与历史唯物主义的科学兴趣等量齐观一样,形式主义美学假设读者具备一位语言学家所拥有的理论理解能力,并能在认识艺术手段的同时对这些手段进行反思,而历史唯物主义总是企图在文学作品中揭示上层建筑与基础的关系。但是,事实正如瓦尔特·布尔斯特所指出的那样,"从来没有一部作品写出来是为了让语言学家从语言上进行阅读和解释"[①],或者如我所补充的,是为了让历史学家从历史上进行阅读和解释,两种方法都忽视了读者所起的理所当然的、对于审美与历史认识都必不可少的作用——作为接受者的作用。而文学作品首

---

① W. 布尔斯特(Walter Bulst):《一位语文学家的疑虑》,*Studium generale* 杂志 1960 年第 7 期,第 321~323 页。

先是为他们而创作的，因为，对一部新作品作出判断的批评家、面对自己过去的作品的积极或消极的评价而构思新作的文学家，以及将一部作品列入某种传统并对它进行阐释的文学史家，在他们与文学的反思关系重新具有创造性之前，首先必须成为读者。在作家、作品和读者的三角关系中，后者并不是被动的因素，不是单纯作出反应的环节，它本身便是一种创造历史的力量。文学作品的历史生命没有接受者能动的参与是不可想象的，因为，只有通过接受者的媒介，作品才会进入变化着的、体现某种连续性的期待视野，而在这样的连续性中，简单的接受将转化为批判的理解，被动的接受会转变为积极的接受，被认可的审美标准将转化为新的、超越这种标准的文学生产。作品、读者和新的文学产品之间这种对话的同时是过程性的关系，构成了文学的历史性和人际交流性质的前提，它既可理解为信息提供与信息接受，也可理解为问与答、提出问题与解决问题的关系。文学科学的方法论迄今为止大多在生产与表现美学的封闭的圈子里活动，而要使文学作品的历史更迭怎样才能理解为文学史的联系问题得到新的答案，这个圈子就必须扩展为一种接受和作用的美学。

接受美学所展示的前景不仅恢复了被动的接受与积极的理解、形成规范的经验与新的文学生产之间的联系，而且，倘若从作品和读者不断进行对话的角度用这样的观点去看待文学的历史，那么，文学中审美因素与历史因素的对立也将得到消除，这样，被唯历史主义割断了的过去的作品与当前的文学经验之间的联系也能得以恢复。文学与读者的关系既有审美的，也有历史的内涵。其审美内涵表现在，读者对一部作品最初的接受包括，将该作品与已阅读过的作品进行对比时，对前者的审美价值进行检验的过程，而历史内涵则体现在，第一批读者的理解在接受的链条中将世代延续下去并不断得到丰富。在此过程中，一部作品的历史意义与审美价值也将显示出来。文学史家千方百计回避这种接受的历史过程，并置那些导致他们的理解和判断的前提于不顾。然而，恰恰在这种接受的历史过程中，通过过去作品的重新接受，以往的艺术与当前的艺术、传统的价值与现实的文学尝试不断地得到沟通。一部建筑在接受美学基础上的文学史，其价值取决于，它能够在何种程度上运用审美经验积极地参与对过去的一切加以重新概括的过程。而这一方面——面对实证主义文学史观的客观主义倾向——要求作出有意识的努力去建立新的判断标准，另一方面——面对传统的研究工作中的古典至上主义倾向——又要求对遗留下来的文学规范加以批判的修正，假如不是彻底否定这种规范的话。接受美学已为建立这种新标准并不断改写文学史的原则勾画了明确的轮廓。每一部具体作品的接受史通向文学史的道路必然导致以这样的观点去看待并描述文学作品的历史更迭；这种更迭如何决定并说明了对于我们至关重要的、成为当前经验来源的文学的内在联系。

在上述前提下，今天的文学史应该建筑在何种方法论上并怎样才能改写的问题将在以下七个论点中得到回答。

……

二

革新文学史要求克服历史客观主义的偏见，用一种接受和作用的美学去取代传统的生产与表现的美学。文学的历史性并非建筑在一种事后的、人为编造出来的"文学事实"的联系之上，而存在于读者对作品的接受过程之中。这种对话关系同时是文学史最早的基础，因为文学史家在对一部作品作出理解和分类之前，他自己首先要成为读者。换言之，只有在意识到自己目前立足点的情况下置身于读者的历史行列中，他才能论证自己的判断。

R. G. 科林伍德在批评占统治地位的客观历史观时提出了以下假说："历史无非是以往的思想在历史学家头脑里的再现。"[①] 应当说这一假说更加适用于文学的历史，因为实证主义的历史观——历史是对发生在已逝去时代的事件序列的"客观"描述——不仅无视文学的艺术特性，而且忽略了文学的特殊历史性。对每个时代的每个观察者来说，文学作品并不是以同一种面貌出现的自在的客体，不是一座自言自语地宣告其超时代性质的纪念碑，它更像一部乐谱，完全是为了在阅读过程中产生的、不断更新的反应而存在。只有这种反应能够把作品的文本从语言材料中解放出来，赋予它现实的生命。"语言在向自己的对象述说的同时，应当创造一个能够听到它的对话者。"[②] 文学作品的这种对话

[①] 科林伍德（R. G. Collingwood）：《历史的思想》，纽约/牛津，1956年，第228页。
[②] 皮康（G. Picon）：《文学的美学观序言》，巴黎，1953年，第34页。

性质也说明了，为什么语言知识只有在同文本持续的对抗中才能存在，才不至于变成一种凝固僵化的、关于既成事实的知识。语言知识始终是同释义联系在一起的，而释义的目的在于，运用对阐释对象的认识去反映作为新的理解基础的认识发生的过程，并对这种过程进行描述。

文学的历史是一种审美接受与生产的过程，这一过程发生在接受的读者、反思的批评家、甚至进行再生产的作家将文学作品加以现实化的活动之中。被记录在常规文学史中的、无限增长的文学"事实"仅仅是这一过程的沉淀物，只是被收集、整理、分类的过去。它并不是历史本身，而是伪历史。谁要是把文学事实的序列看成文学的历史，谁便把艺术作品中的文学事件同历史中的真实事件混为一谈了。……与一部文学作品的出现有关的历史联系并非某种事实性的、自在的、独立于观察者而存在的事件的链条。只是对于参照克雷蒂安以前的作品阅读《伯斯华，或圣杯的故事》，注意到这部作品与曾读过的作品的不同特点，并获得一种衡量未来作品的新尺度的读者，《伯斯华，或圣杯的故事》才会成为一种文学事件。与政治事件不同，文学事件不会带来对自己的继续存在不可避免的、后代人再也无法摆脱的后果。只有出现了阅读过去作品的读者或模仿该作品进行创作并试图超过或批驳它的作家，换言之，只有当一部作品重新被后人接受时，该作品才能继续发生作用。文学事件的连续性首先必须体现在当代的与后代的读者、批评家和作家的文学经验的期待视野之中，而这种期待视野的客观性又取决于人们能否从文学本身的历史性出发，去理解和描述文学的历史。

三

对读者文学经验的分析，只有当它在可以具体化的期待的关联体系中描述一部作品的接受与作用时，才能摆脱心理至上主义的威胁。对于每一部处在其首次发表的历史时刻的作品，这种期待的关联体系要从对于文学类别的预先认识、对已阅读作品的形式与题材及诗的语言与实用语言的对立中产生。

这一论点针对的是流行的、特别是雷纳·韦勒克对 I. A. 瑞恰兹的文学理论所提出的怀疑，即：从总体上看，作用美学的分析是否能深入一部艺术作品的意义领域；在进行这种尝试时，即使在最佳的情况下，它是否会变成一种幼稚的文学趣味社会学。韦勒克争辩说，个人的意识状况只是一种瞬息即逝的、带有个性特点的东西，因此不论是它还是被穆卡绍夫斯基猜想为艺术作品效果的集体意识状况都无法用经验手段加以确定。① 罗曼·雅各布森试图用"集体意识形态"去取代"集体的意识状况"。照他看来，这种"集体意识形态"以一种规范体系的面貌出现，对每一部文学作品来说，它作为"语言"（langue）而存在，被接受者作为"言语"（parole）而加以现实化——尽管这种"言语"并不完全②。这一观点虽然削弱了在作用问题上存在的主观主义倾向，但仍然没有解决这一问题，即：用何种手段才能对一部杰作在一定的读者层身上产生的作用加以描述，并将这种作用纳入某种规范体系。在此期间，以往未曾想到的经验手段出现了，这便是文学数据的处理。从数据中，人们可以了解读者对每一部作品的好恶倾向，而这种倾向不仅先于每个读者的心理反应，也先于他的主观理解。像一切现实的经验一样，使人第一次认识一部陌生作品的文学经验的基础也是一种"预先获得的知识"，它本身便是经验的一种要素，通过它我们才能了解所感知的新事物，也就是说，能在经验的前后联系中认识新事物③。

  一部文学作品，即使是首次发表的作品，也不是信息真空里出现的绝对的新事物，而要通过预告、公开和隐蔽的信号、熟悉的特点或含蓄的暗示把它的读者引向一种特定的接受方式。它将唤起读者对已阅读过的作品的记忆，把读者带到一种特定的情绪状态中，并且一开始便引起读者对"经过和结局"的期待。在阅读过程中，这种期待将依照一定的文学种类的规律或作品的形式保持或变化、转移或消失。在审美经验最初的视野中，一部作品的接受的心理过程绝不仅仅是主观印象的随意堆积，而是特定的暗示在一个被引导的感知过程中的贯彻，这一过程可以按照该作品形成的动机和所引发的信号被认识，并从作品的语言来加以描述。如果用 W. D. 斯汤帕尔的术语，把一部作品预先存在的期待视野确定为某种规范的对应物，而这种对应物又像陈述一样不断增长，并转化为一种内在的、衍生的期待视野，那么接受过程便可以用介乎系统展开与

---

① 韦勒克（René Wellek）：《文学史理论》，布拉格，1936年，第179页。
② 雅各布森（Roman Jakobson）：转引自韦勒克《文学史理论》，第179页。
③ 布克（G. Buck）：《学习与经验》，斯图加特，1967年，第56页。

系统更正的符号语义学系统的扩张来描述①。与此相应的、进一步的视野产生和变迁的过程同时决定了一部作品与构成文学种类的作品序列的关系。新的作品唤起读者（听众）从过去的作品中所获得的熟悉的期待与规律的视野，而这种视野和规律又会变异、被修正、转移或仅仅被重复。变异和修正规定了种类结构的空间，转移和重复则划定了它的边界。对一部作品的阐释性接受总是要以审美感知的经验联系为前提：只有在解决了理解的超越主观的视野如何决定了作品的作用时，提出不同读者或读者层的主观性或阐释与趣味的问题才会有意义。

能够使这种文学史的关联体系具体化的典型例子是这样一些作品：它们唤起读者对某种常规的种类、风格或形式的期待，然后又逐步打破它。这样做不仅仅服从于某种批判的意图，而是要使自身的文学效果得以发挥。通过《堂吉诃德》，塞万提斯让读者对于深受他们喜爱的古老的骑士小说的期待重新复活，通过对这类小说的模仿，他意味深长地让读者看到他所描写的最后一位骑士的冒险故事是多么荒唐可笑。在《宿命论者雅克和他的主人》中，狄德罗在小说一开始便用读者向叙述者提出的虚构问题的方式，唤起人们对时髦的"漫游小说"的模式，以及（亚里士多德化的）常规小说的情节和这类小说中惯有的天意的期待，为的是接着以挑战的姿态，用一种完全非小说的"历史真实"去与读者期待的漫游和爱情小说对抗：在扭曲变形的现实与作者所设计的故事的道德判断的对比中，生活的真实不断地揭露了文学虚构的欺骗性。奈瓦尔在《幻景》中吸收、运用并综合了著名的浪漫和玄妙主题的精华，从而唤起了读者对神秘的宇宙变化的期待视野，这样做是为了暗示他已背弃了浪漫派诗歌的道路：当抒情的自我所尝试的个人神话破灭，提供充分信息的规则被打破，变得富有表现力的朦胧状态也获得一种诗的功能时，读者所熟悉的或可以把握的神秘状态的认同化与关系便转变成一种使读者感到陌生的东西了。

不过，期待视野具体化的可能性也存在于历史联系并不很明确的作品中。由于缺乏明确的信号，作者所估计到的读者对某一部作品的特殊爱好也可能从下列三种普遍作为前提而存在的因素中产生：（1）读者所熟悉的文学标准或诗的艺术种类；（2）文学史的环境中著名作品之间的内在关系；（3）虚构与现

---

① 斯汤帕尔（W. D. Stempel）:《文本语言学论文集》，慕尼黑，1970年。

实、语言的诗的功能与实用功能的对立，这种对立始终给予阅读过程中反思的读者以比较的可能性。第三种因素还包括读者既从狭义的文学的期待视野又从生活经验的广义的期待视野来感知一部新的作品。关于这种视野的结构及其用问题与答案的阐释学加以具体化的可能性，我将在论及文学与生活实践的相互关系时再次提到。

■ 四

以这种方式构想的一部作品的期待视野使人们能够从该作品对预期的读者群产生作用的方式与程度来确定它的艺术性质。假如对一部新作的接受由于否定了人们熟悉的经验或使人们意识到第一次获得的经验而引起了某种"视野变化"，并且把这种变化了的视野与原来的期待视野之间的距离称为审美差距的话，那么，这种差距可以从读者的不同反应和文学批评的不同判断（自发的成功、拒绝或反感、零星的赞扬、逐步被理解或若干年后才被理解）历史地加以描述。

一部作品在其发表的历史时刻以何种方式引起、超过它的第一批读者的期待，或驳斥这种期待并使它失望，显然为确定该作品的审美价值提供了一种衡量尺度。期待视野与作品、已有的审美经验中熟悉的东西与由于一部新作的接受而引起的"视野变化"之间的距离决定了一部作品的艺术性质：假如这种距离迅速缩小，接受意识无需把尚不熟悉的经验运用到它的视野中去，那么该作品便接近了"享受"或消遣艺术的领域。从接受美学的角度，这种消遣艺术可以这样来加以描述：它不会引起视野变化，而会适应已成为普遍欣赏趣味的期待；这又是通过满足人们对复制已经习惯了的美的要求、证实人们熟悉的情感、认可人们的愿望、把非同寻常的经验当作"耸人听闻的事物"来描绘从而使人获得快感来完成的；在此过程中，作品也可能会提出某些道德问题，但这样做仅仅是为了把它们作为预先已经解决了的问题而"令人喜悦地加以解决"。与此相反，倘若一部作品的艺术性质可以用该作品由于违背了它的第一批读者的期待而产生的审美距离来衡量，那么便可以推论出：这种开始时作为看待事物的新方式的、令人愉快或震惊的审美距离对未来的读者将会消失，因为该作品未被理解的因素会逐渐变得自然而然，并作为熟悉的期待进入未来审美经验的视野。迄今为止的所谓杰作的经典性便是这后一种视野变化的突出的例子：从接受美学的角度看，它们那变得理所当然的美的形式和似乎无可争辩的"永恒意义"把它们带到了盲目崇拜与欣赏的危险边缘，以致需要作一番特别的努力，一反习惯了的期待去阅读它们，才能重新认识它们的艺术性质。

文学与读者的关系既不表现在每一部作品都有它专门的、可以从历史学和社会学的角度加以确定的读者群，也不表现在每一位作家都受他的读者的环境、观念和意识形态的束缚，更不表现在一部体现了读者群的期待与世界观念的作品便一定会获得成功。一旦一部作品持续的、流传久远的影响得到合理的解释，这种把文学的成功建筑在作品的意图与某一社会阶层的期待完全等同的基础之上的客观主义观念就会使文学社会学陷入不可解脱的困境。为此，R. 埃斯卡尔皮特为一个作家的"持续影响的幻想"设计了一种"存在于时间与空间之间的集团基础"，借助于这种基础，他对莫里哀作了如下令人惊异的预言："莫里哀对于20世纪的法国人仍然是年轻的，因为他的世界仍然活着。一种文化的、观念的、语言的圈子仍然把他与我们联系在一起。……但是，这个圈子会变得越来越小，一旦我们的文化类型同莫里哀的法国之间目前尚存的共同点消失，莫里哀也会衰老和死亡。"[①] 按照这种说法，似乎莫里哀仅仅反映了"他那个时代的风俗"，仅仅由于这一点才获得成功！当一部作品与社会集团之间不存在某种同一性或同一性已经消失，例如，当一部作品在陌生的语言环境中被接受时，埃斯卡尔皮特便灵机一动想出一种"神话"来作为补救："现实对后世来说已变得陌生了，他们虚构了神话，而神话又代替了现实。"[②] 在他看来，一部作品的接受除第一批特定社会阶层的读者外，都只是一种"被扭曲的回声"，都只是"主观神话"造成的结果，而这种接受即使在被接受的作品中也没有作为后世理解的基础和可能性的客观先验成分。即使文学社会学如此片面地限定作家、作品和读者的作用范围，他们仍觉得这一做法不够"辩证"。但是，这种限定应当反过来才对：某些作品在它们发表的历史时刻还没有专门的读者，而是完全突破了人们熟悉的文学期待视野，以致后来才能形成自己的读

---

① 埃斯卡尔皮特（R. Escarpit）：《书籍与读者：文学社会学论纲》，科隆，1961年，第117页。
② 埃斯卡尔皮特（R. Escarpit）：《书籍与读者：文学社会学论纲》，科隆，1961年，第111页。

者群。当新的期待视野获得普遍的性质后，改变了的审美标准便会显示其威力：读者将发现以前的成功之作已经陈旧并失去对它们的兴趣，只有着眼于这种视野变化，关于文学作用的分析才能深入一种读者文学史的领域，关于畅销书的变化曲线才能赋予人们以历史的认识。

在这方面，发生在1857年并轰动一时的文学事件可以作为例子。这一年，除了福楼拜后来才闻名世界的小说《包法利夫人》，还出版了福楼拜的朋友菲多（Feydeau）写的、今天已被人遗忘的小说《法妮》（Fanny）。尽管福楼拜由于他的新作被控损害了公共道德而卷入了一场诉讼，《包法利夫人》还是一度被菲多的小说所取得的成功而压倒。《法妮》在一年之内再版达12次之多，因而在巴黎获得了自夏多布里昂的《阿达拉》以来所取得的最大成就。从题材看，两部小说都迎合了一批新读者的期待。按照波德莱尔的分析，这些读者对浪漫派早已厌倦，既蔑视所谓伟大的激情，又嘲笑幼稚的冲动。总之，两部小说都描写了一个陈旧的主题——发生在资产阶级外省环境中的通奸。两位作家都没有描写人们期待看到的色情场面的情节，而是巧妙地赋予三角关系以一种惊心动魄的转折。通过把读者预期的、三个已成模式的角色的关系颠倒过来，他们使已经变得陈腐不堪的嫉妒的主题获得了一种新的含义：菲多让30岁女人的那个已经达到目的的年轻情夫对情妇的丈夫产生嫉妒并在这种痛苦的感情中毁灭；而福楼拜则为一个外省小城医生的妻子的不贞行为设计了令人震惊的结局，使那个被欺骗的可笑形象夏尔·包法利在小说的结尾获得一丝高尚的色彩。在当时的官方评论中，有人把《法妮》和《包法利夫人》都斥为现实主义新流派的产品，指责二者否定了所有的理想，攻击了第二帝国时代的社会秩序赖以存在的思想。这里只是简单地追述了1857年公众的期待视野。当时人们认为，自巴尔扎克死后，在小说创作中再也没有取得过重大成就。可是，当人们提出两部小说的形式问题时，这种期待视野也恰恰说明，为什么二者所取得的成功会有如此大的区别。关于福楼拜在形式上的创新——不带个人感情色彩的叙述原则，巴尔则·多雷维里攻击说，假如用英国的钢铁制造一架叙述机器，那么，福楼拜将是最出色的。对读惯了《法妮》这类以信仰小说的易于理解的方式叙述的、情节紧张的小说的读者来说，福楼拜的新的叙述原则肯定难以接受，他们在菲多的小说里可以看到对时髦的理想和一个举足轻重的社会阶层落空了的生活希望的描写，并且在法妮引诱她丈夫的淫荡画面里（她没有料到，这时她的情人正在阳台上偷看）得到刺激性的享受——因为读者道德上的愤慨已经由于那不幸的情人在偷看这一场面时所受到的打击而缓和了。只有当先前仅被少数具有较高欣赏水平的读者所理解的、后来被誉为小说史上的转折点的《包法利夫人》取得世界性的成功后，这些具有较高教育水平的读者的新的期待标准才被认可。而这又反过来证明了菲多的平庸：他那华而不实的风格、对时髦效果的追求，他那抒情信仰小说的陈腐模式已经变得使人无法忍受。《法妮》作为昨天的畅销书已经大大失色。

（选自中国艺术研究院外国文艺研究所《世界艺术与美学》编辑委员会编《世界艺术与美学》第九辑，文化艺术出版社1988年版）

费什与《读者中的文学:感受文体学》

经典导读

斯坦利·费什(Stanley Fish,1938—),美国当代著名文艺理论家、法律学者和公共知识分子,生于美国罗得岛州,1962年毕业于耶鲁大学,获得博士学位。1986年之前,他先后在加利福尼亚大学伯克利分校及霍普金斯大学讲授英文,1986年至1998年,他在杜克大学英文系和法学院执教,1999年到2004年在伊利诺伊大学芝加哥分校任艺术与科学系主任。在文学批评方面,他的主要著作有《约翰·斯克尔顿的诗》(1965)、《为罪恶所震惊:〈失乐园〉中的读者》(1967)、《自我消费的制品——17世纪文学的经验》(1972)、《在你自己的时代拯救世界》(2008)等。《读者中的文学:感受文体学》写于1970年夏季,发表于当年的《新文学史》杂志,后收入1980年出版的论文集《这门课里有没有文本?阐释团体的权威》。这篇文章被视为读者反应批评的代表文献。

20世纪六七十年代,欧美文艺理论和批评界出现了对文学活动中读者功能重视的风潮。在欧洲,以德国学者姚斯和伊瑟尔为代表,他们将自己的理论称为"接受美学",在美国,则以霍兰德、费什为代表,他们的观点被称为"读者反应批评"。两地名称不同,也恰好表明了各自的理论旨趣。德国学者重思辨,因而接受美学一般在理论宏观建设上着力;美国学者重践行,因而读者反应批评往往结合具体文本示例来表明立场和方法的可操作性。在美国学者内部,同样存在个体差异。霍兰德是精神分析学派在美国的代表人物之一，他对读者的理解是在精神分析的视野中来进行的。费什与之不同，他受现象学影响较深，因而把文学作品看作发生在读者脑海中的事件。《读者中的文学：感受文体学》一文就是在这一视角和前提下展开的。

"读者反应批评"，从语词辨析角度来看，包括"读者""反应"和"批评"三个关键词，费什在文中的论点，也恰好可以从这三个方面来概观。从"读者"来看，费什提出了"有知识的读者"的概念。这种读者不是文本中潜存或作者预先设定好的理想读者，也不是现实生活中实际存在的所有读者，而是一种混合型读者，他能够熟练掌握所阅读文本的民族语言，又具备相应的文学能力。前者确保了他在阅读作品时能够对文本的句法结构、成语、方言俗语等充分理解；后者保证了他能够将文学视为文学，而不是其他对象，例如广告、宣传等来阅读，因而需要对文学的特质、风格等有充分把握。并且为了确保阅读的客观性，有知识的读者还需要尽量压制在阅读过程中可能流溢出的个人性因素，使之成为一种类型读者，即：使其阅读活动排除个人性，体现群体价值和意义。

对"反应"的理解，需要从费什对阅读的新解释出发。在他看来，文学阅读是一种活动，它是作用于读者的行为。用他本人的话来说，就是他改变了提问方式。通常在阅读时，我们问的是："这句话什么意思？"而费什的提问则是："这句话做了什么？"在这种提问转换的过程中，阅读的性质也发生改变。它不再是一种信息的获得方式，一个独立存在的客观事物，而成为一个事件，一个作用于读者、呼唤读者参与的事件。相应的，读者在阅读过程中，就不仅仅是接收信息的被动者，而是对事件作出一系列反应的积极的有知识者。这些反应不仅涉及阅读中发生的一系列心理活动，而且还涉及阅读过程中出现的一些精微的思维活动等。反应自有其逻辑和结构。更重要的是，反应构成作品的意义。因此作品的意义并不完全由文本中所有句子所提供的信息构成，还包括了读者在阅读中全部的回应和评述，或者说，包括了对一个句子的全部经验。

关于"批评"，需要强调的是，费什的读者理论是一种建立在对阅读活动描述和分析的基础之上的理论，因此，一方面，它来自文学批评实践，而不是抽象理论的演绎，另一方面，它具有方法论意义。在文章中，费什特别强调了他是从读者反应的角度来示范一种批评方法。这种方法具体说来，就是以问题为起始点，即"提出以下问题：这个词、短语、句子、段落、章节，这部小说、剧本，这首诗做什么？"在实际运用中，则又需要对读者在逐字逐句的阅读中不断作出的反应进行细读性分析。这种方法看起来简单，但操作起来实际上非常复杂，它要求读者是成熟的读者，即有知识的读者，其反应也不是任意的，而是根据以往的阅读经验、篇章与段落在时间流中对读者的动态作用等来实现的。

费什的读者反应理论，是对新批评的反驳。在《读者中的文学：感受文体学》一文中，他批评了瑞恰兹将意义反应局限于情感的观点，回驳了维姆萨特和比厄斯利仅仅从情绪感受角度来理解读者阅读活动的偏狭，并在此基础上提出意义即事件等重要命题。然而，在他的理论中，我们仍然能够发现，新批评对他影响甚深，他所强调的文学经验和反应，都是基于语言学意义的，是对语词、句法、段落和章节等的经验和反应。如果说，新批评在句法分析基础之上将思考的方向指向了文本本身，确立了文本的客观性，那么，费什则是把句法分析与分析主体即读者联系在了一起，消解了文本的客观性，把客观性赋予了读者。

在费什的这篇文章中，还有一个地方值得我们重视，即他对时间的思考和关注。在他那里，阅读是一种发生在时间流中的事件，读者反应的形成也是以时间为标识点的，也就是说，读者逐字逐句地阅读文本，字句具有时间性排序，它们以其特有的秩序作用于读者，从而引起读者一系列反应。读者反应形成的阅读经验具有"减速"特质，使其意识到文本作为"事件"的发生。很明显，费什这一观点的背后有陌生化理论的影子。我们有理由认为，以伊瑟尔、姚斯等人为代表的接受美学是从胡塞尔的现象学，经由伽达默尔的哲学阐释学发展而来的，这是读者理论的历史线索之一，而费什则选择了另外一条知识谱系，把俄国形式主义和新批评理论中包孕的读者因素开掘了出来，因此是从文本中心论中脱胎的。从这个维度来看，费什的思想就不仅是对形式主义文论的批驳，某种程度上也是其理论逻辑的自然延续。

—— **延伸阅读文献**

1. ［美］斯坦利·费什：《读者反应批评：理论与实践》，文楚安译，北京：中国社会科学出版社1998年版。

2. Stanley Fish, *Is There a Text in This Class? The Authority of Interpretive Communities*, Cambridge, MA: Harvard University Press, 1980.

3. Stanley Fish, *Surprised by Sin: The Reader in Paradise Lost*, Cambridge, MA: Harvard University Press, 1967.

4. 赵毅衡编选:《"新批评"文集》,北京:中国社会科学出版社1988年版。
5. 中国艺术研究院马克思主义文艺理论研究所外国文艺理论研究资料丛书编委会编:《读者反应批评》,北京:文化艺术出版社1989年版。

(张冰 撰)

—— 原文:《读者中的文学:感受文体学》(节选)

经典原文

读者中的文学：感受文体学（节选）

费什 著 文楚安 译

此刻，如果有人问"你在干吗"，你或许会回答"我正阅读"。这无异于承认这一事实：阅读是一种活动，是一件你正在做的事。谁也不会否认，阅读行为不能在没有读者本人参与下进行——你难道能把舞蹈同舞蹈者分开吗？——但是非常奇怪的是，一旦在对阅读的最后结果（即意义或理解）作出分析性评述时，读者总是被遗忘，或者被忽视。实际上，最近的文学史表明批评一直合法地排除了读者的参与。当然，我所指的是维姆萨特和比厄斯利在他们影响颇大的论文《感受谬见》中所提出的权威观点：

> 感受谬见混淆了诗歌及其结果的界限（诗是什么和诗在作什么）……它的出发点是试图从诗歌的心理效果出发确定批评准则，并以印象主义和相对主义为其终结。其结果……是，诗歌本身，作为具体评价的一个特定客体却消失了。[1]

待会儿，我将对这些观点具体评述，并不意在驳斥，而是肯定和赞同。不过，首先我将详细论述把读者作为一种积极的中介而存在的分析方法所显示的阐释能力，这种方法自然会以言语的"心理效果"作为其中心。我愿意用一个我们不太习惯提问的那种方式的句子开始：

That Judas perished by hanging himself, there is no certainty in scripture; though in one place it seems to affirm it, and by a doubtful word hath given occasion to translate it. Yet in another place, in a more punctual description, it

---

[1] 小威廉·维姆萨特、门罗·比厄斯利：《词语偶像：诗歌意义研究》，肯塔基大学出版社，1954年，第21页。

maketh it impropable, and seems to overthow it.

犹大自缢身亡,这一事实在《圣经》中不置可否:虽然有一处似乎作了肯定,而且使用了一个不确切的词来表述此说;但在另一处,在某段更为精确的描述中,又使此说不可能成立,并且似乎被否定。

通常的情况是,人们会这样开始提出问题,"这句话是什么意思?"(What does this sentence mean?)或者"这句话有何内容?"(What is it about?)或者"这句话讲的是什么?"(What is it saying?)——不论何种说法都保留了这句话的客观性。但是,就我所要说明的问题而言,这个特定的句子的优点正在于它没告诉读者什么。具体地说,读者对这句话所提出的这些问题,不可能期望得到任何一个事实来作出回答。当然,其之所以困难在于它本身就是一个事实——反应的事实;它表明至少对我来说是如此,即作为一种陈述,它表达了无法确定的意思,在策略上却无可非议;这句话的意思与其说它是读者从中获得某种信息的载体,不如说它是作用于读者的一种行为。这种行为或者说策略是一种使意思愈来愈变得不确定的行为或策略。在读到这句话的第一个分句时,读者会接受"犹大自缢身亡"(That Judas perished by hanging himself)这一陈述[在这种句子结构中,"That"可理解成"The fact that"(这一事实)的简略说法]。读者作出这种决定并不是有意识的,而是对于句子后面的陈述内容所事先作出的一种反应。他知道(这一分句为他了解下文内容没有提供认识意义上的形式)继这个起开场白作用的分句之后,将会有进一步的阐述(这个分句可称为以下判断的"基础");而且,如果他指望能不费力而有把握地读下去,他就必须首先明白此句话的含义。基于这种"理解",他便有所准备,虽然远非自觉地,去对付以下不同结构的句子。

That Judas perished by hanging himself, is (an example for us all).
犹大自缢身亡这一事实,是(我们大家引以为戒的一个实例)。

That Judas perished by hanging himself, show (how conscious he was of the enormity of his sin).
犹大自缢身亡这一事实,表明(他意识到自己何等罪有应得)。

That Judas perished by hanging himself, should (give us pause).
犹大自缢身亡这一事实，应（使我们自我反省）。

但是下文出现的三个字"There is no"（没有、未予）使上述几种可能性（当然，还会有其他可能性，并不只限于我所列举的三种）的范围大受限制。此时，读者所等待的，甚至可以预料的一个单词应是"doubt"（怀疑），却发现是"certainty"（明确）这样一个单词；于是，作为读者参照点的第一句话所陈述的事实变得不明确了（极有讽刺意味的是，"明确"一词的出现会使读者顿生怀疑，而"怀疑"这个字眼则会有助于读者确认这一事实）。这样一来，读者与此句之间的关系便发生了根本的变化。突然间，他被卷入另一种不同的活动之中。他本应沿着一条阳光普照的大道追随着某一论点继续前进（但光明终于消失），现在却不得不去寻找另一论点。不论在生活或在文学中，在这种情况下，自然的冲动必是不会停止前行，它希望那业已模糊不清的事实会重新变得清晰起来；但是，就这一句子而言，越是向前，读者越会感到困窘。叙述在继续，但突然又在这一处或另一处否定了事实确实存在的可能性。这个句子有两种词组；一种倾向于肯定事实：如"place"（地方、某处）、"affirm"（肯定、断言）、"punctual"（精确的）、"overthrow"（推翻、否定）——另一种则与之相反，不断加深否定意义的陈述，如"though"（虽然）、"doubtful"（怀疑的、不确定的）、"yet"（但是、然而）、"improbable"（不可能的）、"seems"（似乎、看起来）。读者就在它们之间进退两难，无法作出任何抉择——犹大到底是否确已自缢身亡，直至句子结束（踪迹难寻？）也仍未明确（读者确实依然困惑）。代词的反身作用增加了这种阅读经验的不确定性。读者特别难以明确"it"（它）到底指的是什么，如果有足够的耐心从头开始阅读，他只能又回到"That Judas perished himself by hanging"这一分句；简言之，一个所指不确定的代词只能得出一个更为含糊不定的（就此而言，倒是确定的）结论。

这种分析倘若还有说服力、启发性的话（远非周全完美），只是因为"这句话是什么意思？"（What does this sentence mean?）这个提问被我用"这句话做了什么？"（What does this sentence do?）这个更能传达动作意味的问题代替。而这个句子所做的仿佛是给予读者一些什么东西，然后又马上取走；又似乎向读者允诺，会将收回去的东西再予归还；它让读者继续读下去，却又总是不承担允诺。这个被看成一句未能提供陈述性判断的话语——却被转换成对它本身经验的一种叙述（但从句子中不能得到任何事实）。它不再是一个客体，一个独立存在的事物，而成为一个事件（event），某种对读者说来已经发生而且有读者参与其中的事件。正是这事件，这发生的事情本身——绝不是其他任何对它所叙述的内容的评述，也不是读者从中得到的任何信息（information）——在我看来，才是这个句子所表达的意思（当然，以此而言，它没有传达任何信息）。

Nor did they not perceive the evil plight.
（他们并非没有看到那邪恶的灾难困境。）

这个句子出自《失乐园》（第一部，355 行）。开头的一个词"nor"给予读者的是一种相当确切的（如果我们承认它是抽象的话）对于下面所述说的内容的期待：一个由主语和一个动词所组成的完整的否定陈述句。对读者的理解力紧接着有两个"虚设的假想"空白有待填补——助动词"did"和代词"they"（他们）使这种期待（如果这期待根本没有受到挫折的话）之情更为强烈。看来句中的动词不可能与主语相隔太远。但是读者看到另一个否定词 not（非、不）代替了动词应该所在的位置，这与读者期待的句子结构完全不一致。读者的理解力在这儿受阻，不得不停下来向这个介入者"not"（因为读者料所未及）妥协让步。就此而言，读者此时所做的，或者说，不得不做的是提出这样一个问题——他们真看到了或者没有看到？——为了找出这个答案，他要么再读一次——即使他只不过是将原来的思维过程重复一遍而已；或者再继续读下去——这样一来，就会发现那个他所预料的动词 perceive（看到）。不过，不论何种情况，就句法结构而言，这个句子意义的不确定性仍然存在。

对此分析一定会有异议：这个问题只需运用双重否定规则即可解决。双重否定意味着肯定，所以"正确的"理解应为"They did perceive the evil plight"（他们确实看到了邪恶的灾难困境）。但是就这个句子的语法意义上的内在逻辑而言，这种理解也许会令人满意（虽然即使如此，问题依然存在）。[①] 因为它与

[①] 这行诗不能读成："他们没有看不到"，这与他们确实看见不同（问题仍悬而未决）。我们还可以解释"nor"并不真是否定词。

阅读经验的逻辑无关；或者说，我得坚持说，它与意义本身毫无关系。阅读经验毕竟是短暂性的，而且，在阅读过程中，双重否定的连用并不足以产生一个肯定的结果，反而会阻止读者确定这样一个并不复杂的（陈述性的）意义，而这种意义正是逻辑性分析的目的。要想使这句话变得清晰明白，势必要从句子中消除其所产生的最明显而又最重要的效果——使读者在句法功能暂时所提供的两种可能性答案中难以作出选择。问题还在于，如果把这个句子看作一个客体，一个独立存在的事物，那么一旦这个句子被认为是一种业已发生的事情，则它便成为一件事实。读者无法告诉"他们"真看到或没有看到，读者自然会产生出的疑问（或者说与心理活动类似的行为）便都成为他在理解这个句子时所发生的事件。这样一来，作为事件，这一事实便成为句子意义的部分，即使它们是在读者头脑里出现，而不是直接写在纸上。于是，我们便会发现对于"他们看到还是正看到"这一问题的回答是"他们看到了，又没有看到"（they did and they didn't）。弥尔顿有意把读者的注意力转移到"perceive"（看见）这个词的两个意义上：他们（堕落的天使）确实看见了烈火、痛苦及黑暗——这是指生理而言——然而，他们对他们所致力于其中的处境的道德意义无动于衷，就此而论，他们没看见他们已经堕入痛苦不幸的灾难处境之中。不过，这已不是我所要讨论的问题了。

以上两种分析都基于一种方法，在概念上十分简单，但在实际使用时颇为复杂（或者说，并不那么容易）。具体说来（就概念而言），不外乎是严格而又坚定不移地提出以下问题：这个词、短语、句子、段落、章节，这部小说、剧本，这首诗做什么？实际运用时，则必须对读者在逐字逐句的阅读中不断作出的反应进行分析。每一句陈述中的每一个词都有其特殊的强调意义。这种分析务必是一种不间断的反应式的分析，以便使其同着重在原子分析法的文体批评理论相区别开来。读者对一行诗或一个句子中的原生单词所作的反应，在很大程度上是对第一、第二、第三、第四个词反应的结果。我所要强调的是，这种反应不仅仅是感情范围内的反应，即维姆萨特和比厄斯利所称的"纯感情报告"（the purely affective reports）。反应范围包括由一系列词汇所激起的全部活动：对句法的或者词汇所表现出的诸种可能性的预测；紧接着会出现的可能性或非可能性；对于相关的事物，或者观念的看法；这些看法的变化或所引起的疑问及其他；等等。显然，这种方法对分析造成颇多麻烦。分析者在分析阅读经验中的每一时刻的现象时，应该考虑在这种观察以前（在读者心中）所发生的一种情况，而每一发生的情况反过来受制于在它们之前所发生的事（可能性与非可能性）所形成的压力之下（他必须考虑实际的阅读经验，开始以前的种种影响及压力——有关风格、历史此类的问题——这些问题我们将在后面谈及）。所有这一切可用"in time"（及时把握）这个短语来概括。这个方法的基本出发点是对于阅读经验中的时间的重视，读者将根据这种时间流而不是整句话作出反应。这就是说，在具有任何长度的一句话中，读者总会在某一时刻上读到第一个词，然后，第二个、第三个，如此进行下去。对读者来说，有关所发生的事物报告总是在这一点以前所发生的（所谓报告包括读者对未来经验的心理定势，而不是指这些经验）。

如果我们将上面提到的有关犹大的句子中的前两个分句颠倒，便可看出这一原则的重要性。"There is no certainty that Judas perished by hanging himself"这一事实并未肯定（即犹大自缢身亡），这种陈述便不会引起任何怀疑，因为从一开始，读者就已知道，这句话并不明确。读者被置于这样一种观察整句的视点上，它不但没有被后面的词否定，反而被肯定；即使句子第二部分令人混淆的代词也未能使他困窘，因为从他最后对上下文的反应中，这种困惑容易解决。这两个句子，就其所传达的信息（或者没有传达的）及其词汇和句法成分来看[1]，并没有什么区别，不同之处仅仅在于它们被读者接受的方式。但是，这种区别使读者在阅读经验中的不安和焦虑与完全自我满足的差别变得格外完善。就前者而言，读者的理解力因为事实的逐渐模糊而受挫；而对后者来说，事实的不确定性又无可非议，未能动摇读者对其理解力的自信心，因为他始终掌握着主动权。所以我坚持认为，意义的区别正在于此。

这种方法的结果（我在后面将使用优点来代替）在我所举出的这两个例子中，虽然远非深入地但已较好地作了表达。这方法的基本出发点是"减速"（slow down）阅读经验，以便使读者在他认为正常的时刻没有注意到，但确会发生的"事件"在我们进行分析时受到注意。这就像用一架具有一种自动停止功能的摄影机记录下我们的语言经验后又在我们面前显现一样。当然，这样

---

[1] 当然，"That"（那）此时已不再被读成"The fact that"（……的事实），但这仅是因为分句的先后次序排除了这种可能性。

一种程序基于意义作为一种事件这种观念之上才有价值，这是指词与词之间，以及读者的头脑中发生的事，这些事实非肉眼所能看见的，但能够正常地借助于提出一个具有"探寻性"的问题（这个句子做什么）而被看见（至少可以感觉到的）。一般说来，可作出这样的估计：意义是话语的一种功能，并且意义同话语本身所提供的信息（消息）或者表示的态度等同起来。这就是说，话语的成分，既可以被认为是它们彼此之间的联系，也可被视为是与外部世界所发生的事态有关，还可把说话人——作者的心态考虑进去。在任何或者所有这些不同的情况下，意义是蕴藏于（或者被认为是植根于）话语之中的，因之，对于意义的理解是一种具有精选（extraction）意义的行为。① 简言之，这种过程并无多少意义，读者对这种过程的参与并且使之明确化的企图甚至更无意义。

将语言客体（verbal object）作为一种独立存在的事物，当成意义的贮存库（repository of meaning），作为关注的中心带来许多理论意义上的或者实践意义上的后果。首先，它会产生出这样一类话语，由于它们的词义本身的所谓明晰性，因此，把它们作为分析的对象会被认为毫无兴趣；句子或者句子的片段直接"产生意义"这个短语，它的确含义深邃，在普通语言中屡见不鲜；它们作为陈述是中性的，没能体现语言风格；"仅仅"是一种参照物，或者说"仅仅"报道而已。但是"它做什么"（其前提是某事总是在发生着）这类的话语作为问题而被实际运用时说明，在这类话语出现并理解它们时（每一话语经验都在起作用而且产生压力），许多事情仍在不断发生；虽然在这样一种基本的"事先意识到的"经验水平上，由于这类话语在出现时，大多数彼此联结得十分紧密，因而总是被我们忽视。所以，"there is a chair"（那儿有一张椅子）这句话（书面语或口头语）会不但被我们立刻理解为表明一种情况存在的报道，也可看作对一种知觉行为（我看见一张椅子）的报告。但是，我认为，这句话最令人感兴趣的一点是其"sub rosa"（秘密的）信息，这是借助于其简单易懂的表达来传达的。由于它传达信息的直接性和明了性，所以，它也就直接而明了地确认了（无声而有效）信息的"可传达性"。其结果必然是，当通过

---

① 对牛津派普通语言学家（奥斯汀、格雷斯、西尔勒）来说，他们并不这样认为。他们是根据听话者—说话者之间的关系和意图—反应程式，即"语境意义"来讨论意义这一问题的。

我们的时差意识（temporalspatial）过滤时，它便成为我们经验过程中思绪清晰的延伸。简言之，正像我们能够产生（即制造）意义——如果在我们之外确实有任何事物能够如此的话，它产生意义；由于这种意义简易明了，也就向我们表明，产生意义并不难，我们能够容易地使其产生。一篇由话语组成的完整文件——化学论文或电话簿——无不向我们说明了这个事实，即它的意义之所在并不是任何可以被报告的"内容"。这样一种语言被视为"普遍"，仅仅在于它肯定并且反映了我们对于世界的一般理解，以及我们在其中的地位；不过，正是由于这个缘故，这种普通语言却"超越普遍"（除非我们承认这样一种天真的认识论，即我们对于现实的认识是不依靠任何中介就可达到的），而且如果对这种语言不进行分析，我们就会面临危险——当我们阅读和理解（或者说我们认为如此）时，就不能把握许多对我们或通过我们得以发生的事情。

  问题的复杂性仅仅在于，绝大多数的分析方法是在这样一种非常抽象的高层面上进行的，所以意义经验的若干基本情况往往被我们忽略，或者说，因此被混淆。在文学研究这样一个特殊的领域内，有关话语意义这样一种天真肤浅的理论，以及由此而来的对普通语言所作的假说而产生的后果，在对通常意义上的小说及散文所进行的批评的实在令人遗憾的状况中表现出来。这种批评常常涉及对散文和诗歌之间的区别所作的解释，而这种区别实际上是普通语言和诗歌语言的区别。诗歌的特点总是一直被认为同正常的句法及词汇习惯大相径庭。因此，对于分析批评家来说，它提供了读者不同角度的出发点。而散文（托马斯·布朗[①]和詹姆斯·乔伊斯[②]这样热衷于巴洛克[③]、怪诞表现手法的作家除外）之所以是散文在于它有别于其他。面对散文所引起的一切而且不同寻常的效果，我所要想纠正的正是我们对散文批评的无所作为，尽管这篇论文开始涉及的两个例子在某种程度上选择并非得当，因为它们作为对语言的分析，明显而令人困惑地有悖于正常。当然，这只是一种引起读者注意的

[①] 托马斯·布朗（Thomas Brown，1663—1704），英国讽刺作家。——译注
[②] 詹姆斯·乔伊斯（James Joys，1882—1941），爱尔兰作家，西方现代小说的先驱之一，《尤利西斯》是其代表作。——译注
[③] 此词源于17世纪，指在文艺复兴时期第三阶段的艺术风格，用于文学批评，有多种意义，指作品的富丽堂皇、离奇古怪、神秘夸张等特色。——译注

策略，可以认为我并非无的放矢，所以我仍坚持，当这种方法运用于未能明确陈述的材料，它更加充分表明了自己的优点。观察以下一句（实际上是一句中的部分）——出自华尔特·佩特①的《文艺复兴》一书"了结语"，它显然不能被纳入日常会话范畴。对于批评家的分析技巧，句子一开始并没能显示出足够明晰的视野。

> That clear perpetual outline of face and limb is but an image of ours.
> （那清晰永恒的面部和肢体的轮廓只不过是我们自己的形象而已。）

对于像这样的句子，读者有何言可说？在我看来，文体分析家会发现在表述方式上兴味索然的直接性及非异常性，只不过是X是Y这种简单的陈述形式而已。读者如果会对它满意，也绝不会对第一个字"that"有太多的兴趣。"that"这个字只不过放在那儿，但它也不是简单地存在；它在那儿活动着，做着某件事，而且只需提出"它做什么？"（What does it do?）这个问题，其所做的事或者说其作用就会被发现。答案是这样显而易见，正好在我们的鼻子底下；虽然，只有当我们提出问题时，我们才能知道。"that"是一个指示代词，一个有所指向的词，当我们留意到这一点，其所指向的意义（虽然这还不十分明白）便也确立。不管"that"所指什么事，它都在同观察者——读者保持一定距离；它是"可以被指的"（其所指便是"that"这个词正在做的事），必定是指某种必定存在的事。对读者的反应来说，"that"产生的是种推动读者继续读下去的期待——期待发现"that"是什么的心情。这个词及它所引起的效果正是构成意义经验的基本材料，这些基本材料将决定我们对这种经验所作的描述，因为它们对读者有指示作用。

形容词"clear"（清楚、明确）的作用有二：当"that"出现时，"clear"向读者允诺他将会容易地看见"that"，反过来说也表明它本身也会容易地被看见。"perptual"（永恒的、持久的）则进一步肯定了"that"的可见度，甚至在其他还没有被看见之前；而"outline"（轮廓）一词则赋予"that"一词

---

① 华尔特·佩特（Walter Pater，1839—1894），英国批评家，《文艺复兴》一书奠定了他在英国文学批评界的地位。——译注

潜在的可能被看见的外形,并且同时提出问题。这个问题——什么的轮廓?(outline of what?)——及时而恰当地借助于"of face and limb"(面孔和肢体的)这一短语得到回答。实际上,这个短语补充了"outline"之前的空白。读到陈述动词"is"(是)——其作用是肯定了在它之前陈述的客观现实——的时候,读者充满信心,安然无恙地进入了一个被看得十分清楚的客体,以及能够看得十分清楚的观察者——读者也在其中——所一同组成的世界。但这时,这个词无视读者的兴致,又将它自己所创造的世界夺走。"but"(不过是)这个词的出现使整个句子明晰的陈述进程中止〔就在此刻,读者已明白"but"在这里的作用相当于"only"(仅仅)〕,陈述动词"is"的力量因而被减弱。于是,读者在此以前不得不接受的那十分清晰的轮廓突然间变得模糊了;"image"(映象、意象、形象)进一步强化了这种状况,却把整个进程引向非实体性方向;当"of ours"(我们的……)这一短语使读者与那个存在(曾经存在)的"外部"——佩特的说法——的客体之间的界限被摧毁时,这一本已模糊的外形(或形式)便踪迹全无了。这时,读者时而看见它(that),时而又看不见它。佩特一会儿让你得到它(某种意义);一会儿又让它消失(对读者经验的这种描述再一次表明它是对句子意义的一种分析,如果读者要问,"它到底是何意思?"我所要做的不过是重复这一描述而已)。

  我认为这个句子表明的事实,对我们作为批评家和文学教师所应担负的任务而言,在很大程度上亦同样适用。对于一个句子,具体说,从句子本身中所得到的经验远比单凭肉眼所观察时要复杂得多。因之,这儿所需要的应是一种方法,如果读者同意,也可以说,需要一种类似机器那样的手段,这种机器的操作过程至少能够使那些在自我意识反应层次之下的情形被看到,或者至少被掌握。人人都会承认,我从托马斯·布朗宁爵士[①]的《医生的宗教》(Religion Medici)一书中所指明的有关犹大的一句话中有某种"滑稽可笑"的事发生;引自《失乐园》的那句话也给阅读和理解带来麻烦;不过,一般都会认为,我所引的佩特的那个句子是一个简单的肯定句(不论如何给这个句子下定义)。然而它当然并不那么简单。事实上,它根本不是一个肯定句,虽然其表示肯定的允诺无疑是句子结构的一部分。它是一种经验;其中有情况发生;它确实在

[①] 托马斯·布朗宁(Thomas Browne,1605—1682),英国医生与散文家。——译注

做着某种事；它也使我们去做某事。事实上，同维姆萨特和比厄斯利的观点截然相反；我得说，它所做的事也就是它具有的意义。

（选自［美］斯坦利·费什《读者反应批评：理论与实践》，文楚安译，中国社会科学出版社1998年版）

萨特与《什么是文学？》

经典导读

让－保罗·萨特（Jean-Paul Satre，1905—1980），法国哲学家、文学家、文艺理论家，现象学和存在主义的法国代表，是20世纪法国哲学和马克思主义的领军人之一。1924年进入巴黎高等师范学院学习哲学，1934年到1935年，在柏林法兰西研究所学习，受到胡塞尔和海德格尔的影响。第二次世界大战爆发后，他参加了战争，曾被俘关进集中营，在那里，他潜心研究海德格尔的哲学。获释后，他曾短期在中学任教，后辞职专心著述。在巴黎高等师范学院读书期间，他认识了同学西蒙·德·波伏娃，二人结成终身伴侣。他们之间的爱情故事，与萨特的哲学一样令人兴趣盎然。1955年萨特曾携波伏娃来中国进行短期访问。1964年他拒绝了诺贝尔文学奖，原因是拒绝一切来自官方的奖励。萨特晚年病魔缠身，1974年之后眼睛几近失明，健康每况愈下，1980年4月辞世，当时自发参加其葬礼的人数有五万之多，这是法国自雨果后第一次出现这种情况。萨特著述甚丰，《想象》（1936）是他的第一部哲学著作，《家庭中的白痴》（1971—1972）三卷本是其最后著作。他主要的哲学和文学著作有《存在与虚无》（1943）、《存在主义是一种人道主义》（1946）、《什么是文学？》（1947）、《辩证理性批判》（1960、1985）等。

《什么是文学？》是1947年萨特撰写的一篇反驳文章。1945年，萨特创办了《现代》杂志，在这本杂志的发刊词里，他反对康德主义的为艺术而艺术的论调，倡导文学"介入"说，受到各方的谴责和抨击，于是 1947 年，他在《现代》杂志上六期连载这篇长文，阐明自己的主张，回击各种质疑声音。这篇文章共分四个部分：什么是写作？为什么写作？为谁写作？以及 1947 年作家的处境。由于这是一篇为文学介入观念而作的辩论文，因此，整篇文章也是围绕着文学介入存在的合理性和必然性而展开的。

文学介入，一般是指文学对社会的参与和改造。萨特坚持认为文学具有介入性，他从自身的哲学和文学观念出发，给出了明确的理由。在他看来，文学介入有其必然性。这是因为，人是世界的发现者，而不是生产者。世界作为存在，具有客观实在性，但只有通过人，其存在才能够被揭示。作家的创作是把世界揭示出来，因而必然是对世界的介入，改变世界的沉默本质。萨特还从语言与存在的关系视角将文学分成散文和诗歌两种，得出结论说，并不是所有文学都具有介入性。诗歌的语言不是符号，并不指向自身之外的东西，它就是物，因此它不能够揭示世界，不能够把世界呈现出来，所以不具介入性。散文则与之不同，它从本质上来说是功利性的，这种功利性体现在语言上。散文语言不是客体，不是物，它是人与世界联系的工具，指向世界中的某些东西。萨特以说话为例。说话是一种行动，一旦某物被人叫出名字，它就显现在世人面前，失去了原有的沉默。散文与之相类。散文语言指向对象，在作家写下语词的那一刻，也就揭露出语词指向的对象，揭露出世界。因此，散文作家的写作是揭示世界的行为。并且揭露就是改变，当世界被揭露出来，它的沉默就被改变。正是根据这些理解，萨特才认为，作家每多说出一个词，就更深一步介入世界。

萨特并不认为文学在任何时代都能够介入，理由来自他对作者和读者关系的考察。在他看来，写作"是揭示世界又把世界当作任务提供给读者的豪情"，也就是说，作家通过写作，能够使世界显现，同时把世界作为需要解决的问题提供给读者。这有一个前提条件，就是潜在读者群能够超出真正读者群的范围。只有这样，文学才具有介入性。反之，如果潜在读者群没有超出真正读者群的范围，那么文学就不具有介入性。例如 17 世纪的作家受雇于贵族，他们的真正读者群是贵族，而当时的普通大众没有文化，不具备阅读的能力，因此潜在读者群没有超出真正读者群的范围，他们的作品只是迎合了贵族的趣味，并没有揭示出世界，或者说，并没有提供可供人反观世界、发现世界的东西，因而这时的文学就不具有介入性。

从这些观念我们能够知道，在萨特那里，文学介入是有条件的，既有体裁之别，又有时代特殊性。文学介入并不具有普遍性，而是在某一特定时代、特定历史境遇，如萨特所竭力描述的1947年的法国，才需要文学的介入。这种观点虽弱化了文学介入性的适用范围，但也提升了它的战斗性和现实针对性。

这篇文章还有一个地方值得注意。作为介入的文学，在萨特看来，是由作者和读者共同承担的责任。作家通过写作，揭示出世界，但这个世界只是一个生成物，它需要读者，由读者创造出作者揭示的世界。这些观念能够生长出读者理论的新维度，也被后来的学人多次阐发。

萨特是一位思想复杂的哲学家。在这篇文章里，他既提供给我们有关存在主义哲学的一些基本观念，如文学的题材是自由，作者与读者之间是一个自由向另一个自由的召唤，文学介入是对世界的揭露，揭露即改变等；同时让我们看到他走向马克思主义的痕迹，在文章的第三、第四部分，他对处境的强调，对阶级的分析，对无产阶级作为潜在读者群的理解等，都能够让我们预期到他后来对马克思主义的选择。

延伸阅读文献

1. ［法］萨特：《存在与虚无》，陈宣良等译，杜小真校，北京：生活·读书·新知三联书店1987年版。

2. ［法］让－保罗·萨特：《存在主义是一种人道主义》，周煦良、汤永宽译，上海：上海译文出版社1988年版。

3. ［法］让－保罗·萨特：《辩证理性批判》，林骧华等译，合肥：安徽文艺出版社1998年版。

4. 中国社会科学院外国文学研究所二十世纪欧美文论丛书编辑委员会编：《萨特文论选》，施康强选译，北京：人民文学出版社1991年版。

5. ［法］贝尔纳·亨利·列维：《萨特的世纪——哲学研究》，闫素伟译，北京：商务印书馆2005年版。

6. 柳鸣九编：《为什么要萨特》，北京：金城出版社2012年版。

（张冰 撰）

原文：《什么是文学？》（节选）

经典原文

什么是文学？（节选）

萨特 著 施康强等 译

■ 二 为什么写作？

各有各的理由：对这个人来说，艺术是一种逃避；对那个人来说，是一种征服手段。但是人们可以以隐居、以发疯、以死亡作为逃避方式；人们可以用武器从事征服。为什么偏偏要写作，要通过写作来达到逃避和征服的目的呢？这是因为在作者的各种意图背后还隐藏着一个更深的、更直接的、为大家共有的抉择。我们将试图弄清这个抉择，而且我们将看到，是不是正因为作家们选择了写作，所以我们就有理由要求他们介入。

我们的每一种感觉都伴随着意识活动，即意识到人的实在①是"起揭示作用的"。就是说由于人的实在，才"有"［万物的］存在，或者说人是万物借以显示自己的手段，由于我们存在于世界之上，于是便产生了繁复的关系，是我们使这一棵树与这一角天空发生关联；多亏我们，这颗灭寂了几千年的星、这一弯新月和这条阴沉的河流得以在一个统一的风景中显示出来；是我们的汽车和我们的飞机的速度把地球的庞大体积组织起来；我们每有所举动，世界便披示出一种新的面貌。不过，如果说我们知道我们是存在的侦察者，我们也知道我们并非存在的生产者。这个风景，如果我们弃之不顾，它就失去见证者，停滞在永恒的默默无闻状态之中。至少它将停滞在那里；没有那么疯狂的人会相信它将要消失。将要消失的是我们自己，而大地将停留在麻痹状态中直到有另一个意识来唤醒它。因此，我们一面在内心深处确信自己"起揭示作用"，另一面又确信自己对于被揭示的东西而言不是主要的。

---

① "人的实在"（réalité humaine），是萨特常用的哲学术语，即德国存在主义哲学家海德格尔的"实有"（Dasein）。——译注

艺术创作的主要动机之一当然在于我们需要感到自己对于世界而言是主要的。我揭示了田野或海洋的这一面貌，或者这一脸部表情，如果我把它们固定在画布上或文字里，把它们之间的关系变得紧凑，在原先没有秩序的地方引进秩序，并把精神的统一性强加给事物的多样性，于是我就意识到自己产生了它们，就是说我感到自己对于我的创造物而言是主要的。但是这么一来我们就把握不住被创造的对象：我们不可能同时既揭示又生产。对创造活动而言，创造物就不是主要的了。首先，即便被创造的对象在别人看来已经定型了，对于我们自己它却总是处于未决状态：我们任何时候都可以改变这条线、这块颜色、这个词；因此它永远不能强使我们接受它。有个学画的人问他的老师："我什么时候才能认为我的画已经完工了？"老师回答说："什么时候你可以用惊讶的目光看你自己的画，并且对自己说：'难道这是我画出来的？'这个时候才算完工。"

这等于说：永无完工之日。因为这样就等于用另一个人的眼睛来看自己的作品，等于揭示自己创造的东西。但是，不言而喻，我们越多意识到自己的生产性活动，我们就越少意识到被生产出来的物体。当我们生产一件陶器或者一座房架的时候，我们遵循传统的标准并且使用其用途早已规范化的工具，这个时候，是海德格尔有名的"人家"通过我们的手在工作。在这种场合，我们可以对（劳动的）结果相当淡漠，以致它在我们眼里能保存它的客观性。但是，如果我们自己决定生产规则、衡量尺度和标准，如果我们的创造冲动来自我们内心最深处，那么我们在我们自己的作品中所能找到的永远只是我们自己，是我们自己发明了我们据以判断作品的规则：我们在作品里认出来的是我们自己的历史、我们的爱情和我们的欢乐；即使我们只是看着我们的作品，再也不去碰它，我们也永远不能从它那里收到这分欢乐和这个爱情；是我们自己把欢乐和爱情放在作品里面的，我们在画布上或者在纸上取得的效果对我们来说永远不会是客观的；我们太了解（取得它们的）方式了，而它们不过是这些方式产生的效果而已。这些方式始终是一种主观想出来的东西：它们便是我们自己，是我们的灵感和我们的狡黠，甚至当我们试图去知觉我们的作品的时候，我们仍在创造它，我们仍在心里重温产生这个作品的各项操作，而作品的每一方面对我们来说都好像是一个结果。因此，在知觉过程中，客体居于主要地位而主体不是主要的；主体在创造中寻求并且得到主要地位，不过这一来客体却变成非主要的了。

　　这一辩证关系在任何地方都没有比在写作艺术里表现得更为明显。因为文学对象是一只奇怪的陀螺，它只存在于运动之中。为了使这个辩证关系能够出现，就需要有一个人们称为阅读的具体行为，而且这个辩证关系延续的时间相应于阅读延续的时间。除此之外，只剩下白纸上的黑字。鞋匠可以穿上他自己刚做得的鞋，如果这双鞋的尺码适合他的脚，建筑师可以住在他自己建造的房子里。然而作家不能阅读他自己写下的东西。这是因为，阅读过程是一个预测和期待的过程。人们预测他们正在读的那句话的结尾，预测下一句话和下一页；人们期待它们证实或推翻自己的预测，组成阅读过程的是一系列假设、一系列梦想和紧跟在梦想之后的觉醒，以及一系列希望和失望；读者总是走在他正在读的那句话的前头，他们面临一个仅仅是可能产生的未来，随着他们的阅读逐步深入，这个未来部分得到确立，部分则沦为虚妄，正是这个逐页后退的未来形成文学对象的变幻的地平线。没有期待，没有未来，没有无知状态，就不会有客观性。然而写作行动包含一个隐藏的准阅读过程，正是这个准阅读过程使真正的阅读成为不可能。当一个又一个的词奔凑到他笔尖底下的时候，作者当然看到这些词，但是他并非用与读者一样的眼光看到这些词，既然他在还没有写下来之前就预先知道它们了；词儿待在那里，等待有人去阅读它们，读者的眼光在拂及它们的时候就把它们唤醒，但是作者的眼光和职能在于检查写下来的符号；总而言之，这纯粹是一项调节性的使命，在这里视觉除发现手犯下的小差错之外，不会告诉我们别的东西。作家既不预测也不臆断：他在作谋划。经常有这样的情况：他在等待自己，或者如同人们常说的那样，他在等待灵感。但是人们等待自己和人们等待别人是不一样的；如果说作家还在犹豫，他却知道未来尚未定局，是他自己将去创造这个未来；如果他还不知道他的主人公将会遇到什么事情，那不过是说，他还没有想到这一层，他还没有作任何决定；对他来说，未来是一页白纸，而对读者来说，未来则是结局以前那200页印满了字的书。因此，作家到处遇到的只有他的知识、他的意志、他的谋划，总而言之他只遇到他自己；他能触及的始终只是他自己的主观性，他够不着自己创造的对象，他不是为他自己创造这个对象的。设若他重读自己的作品，那也为时已晚了；在他自己眼中，他写下的句子永远不能完全成为一件东西。他走到主观性的边缘但是没有超过这个边缘，他估量一句妙语、一条格言、一个恰到好处的形容词的效果；却是这句妙语、这条格言、这个形容词在别人身上产生的效果；他可以对它们作出估价，但是不能感受他们。从动笔写书之前开始，普鲁斯特就从未发现沙吕斯①的同性恋爱倾向。如果说有朝一日作品对于作者本人也具有某种客观性的外表，那是因为岁月流逝，作者已忘掉自己的作品，他不再进入作品内部，而且很可能不再有能力写出这部作品。卢梭晚年重读《民约论》的时候，遇到的就是这种情况。

因此，没有为自己写作这一回事：如果有人这样做，他必将遭到最惨的失败；人们在把自己的情感倾泻到纸上去的时候，充其量使这些情感得到一种软弱无力的延伸而已。创作行为不过是［一部作品的生产过程中］一个不完备的、抽象的瞬间；如果世上只有作者一个人，他尽可以爱写多少就写多少，但是作品作为对象，永远不会问世，于是作者必定会搁笔或陷于绝望。但是在写作行动里包含着阅读行动，后者与前者辩证地相互依存，这两个相关联的行为需要两个不同的施动者。精神产品这个既是具体的又是想象出来的客体只有在作者和读者的联合努力之下才能出现。只有为了别人，才有艺术；只有通过别人，才有艺术。

阅读确实好像是知觉和创造的综合；阅读既确定主体的主要性，又确定客体的主要性；客体是主要的，因为它不折不扣具有超越性，因为它把它自身的结构强加于人，因为人们应该期待它、观察它；但是主体也是主要的，因为它不仅是为揭示客体（即使世间有某一客体）所必需的，而且是为这一客体绝对地是它那个样子（即为生产这个客体）所必需的。简单地说，读者意识到自己既在揭示又在创造，在创造过程中进行揭示，在揭示过程中进行创造。确实不应该认为阅读是一项机械性的行动，认为它像照相底版感光那样受符号的感应。如果读者分心、疲乏、愚笨、漫不经心，他就会漏掉书里的大部分关系，他就不能使对象"着"起来（就像我们说火"着"了或"没着"那样）；他只是从暗处拉出一些文句来，这些文句好像是随随便便出现的。如果读者处于自身最佳状态，他将越过字句而获得一个综合形式："主题""题材"或者"意义"，而组成这个形式的每一句话，将不过是一种局部性的职能。所以，从一开始起，意义就没有被包含在字句里面，因为，恰恰相反，正是意义使我们得

---

① 法国20世纪意识流小说家普鲁斯特的长篇小说《追忆似水年华》中的人物。——译注

以理解每个词的含义；而文学客体虽然通过语言才得以实现，它却从来也不是在语言里面被给予的；相反，就其本性而言，它是沉默和对于语言的争议。因此，排列在一本书里的十万个词尽可以逐个被人读过去，而作品的意义却没有从中涌现出来，意义不是字句的总和，它是后者的有机整体①。如果读者不是一下子就在几乎没有向导的情况下达到这个沉默的高度，那么他就什么事情也没有做到。总之，如果他不是自己发明出这个沉默，如果他不是把他唤醒的字句纳入这个沉默里面，他就什么事情也没有做成。倘若有人对我说，应该把这一行动叫作重新发明或发现，我要回答说：首先这样一种重新发明将是与第一次发明同样崭新、同样独特的行为。其次，尤其重要的是，既然一个客体此前从未存在，那就谈不上重新发明它或发现它。因为如果说我在上文说到的沉默确实是作者瞄准的目标，至少作者对之还从来没有经验；他的沉默是主观的、先于语言的，这是没有字句的空白，是灵感的混沌一体的、只可意会的沉默，然后才由语言使之特殊化。与此不同，由读者产生的沉默却是一个客体，而且在这个客体内部还另有一些沉默：这就是作者没有明言的东西。我们在这里遇到的是如此特殊的意图，它们离开阅读使之出现的客体就不会有意义；然而偏偏是它们组成客体的密度，赋予客体以它独有的面貌。说它们没有被表达出来还嫌不够：它们正是不能表达的。正因为如此，人们不能在阅读过程的某一确定的瞬间找到它们；它们既无所不在，又无处藏身：《大个子摩纳》②的奇妙性质、《阿尔芒斯》③的雄伟风格、卡夫卡神话的写实和真实程度，这一切都从来不是现成给予的；必须由读者自己在不断超越写出来的东西的过程中去发明这一切。当然作者在引导他；但是作者只是引导他而已，作者设置的路标之间都是虚空，读者必须自己抵达这些路标，他必须超过它们。一句话，阅读是引导下的创作。一方面文学客体确实在读者的主观之外没有别的实体：拉斯柯尔尼科夫④的期待，这是我的期待，是我把我的期待赋予他的；如果没有读者的这种迫切

---

① 萨特在特定意义上使用"整体"（totalité）这个术语：有机整体作为整体起作用，它具有为构成整体的各个部分所没有的属性。——译注
② 《大个子摩纳》是法国作家阿兰－富尼尔（Alain-Fournier, 1886—1914）的小说，用梦幻般的笔触写少年人的恋爱和历险故事。——译注
③ 《阿尔芒斯》是司汤达的小说。——译注
④ 陀思妥耶夫斯基的小说《罪与罚》的主人公。——译注

的心情。那么剩下的只是［白纸上］一堆软弱无力的符号；拉斯柯尔尼科夫对于审讯他的法官的仇恨，这是我的仇恨，是符号引起并且接收了我的仇恨，而且法官本人，如果没有我通过拉斯柯尔尼科夫对他怀有的仇恨，他也不会存在；是我的仇恨使他具有生命，成为血肉之躯。但是另一方面，字句好比是设下的圈套，它们激起我们的感情然后再把我们的感情向我们反射过来；每个词是一条超越的道路，它烛照我们的情感，叫出它们的名字，把它们派给一个想象人物，后者为了我们去体验这些情感，他除这些借来的情欲之外没有别的实体；他为它们提供对象、前景和一条地平线。因此，对读者来说，一切都要从头做起，一切又都已安排就绪，作品只在与他的能力相应的程度上存在；当他在阅读和创造的时候，他知道自己可以在阅读中越走越远，在创造中越走越深；出于这个原因，作品对他来说就显得与物一样无穷尽，一样不透光。这一绝对生产产生的属性从我们的主观性中衍生出来之后，随即在我们眼皮底下凝固成不透风雨的客观性，我们很想把这一绝对生产比作康德用来称呼神的理性的"唯理直觉"。

既然创造只能在阅读中得到完成，既然艺术家必须委托另一个人来完成他开始做的事情，既然他只有通过读者的意识才能体会到他对自己的作品而言是最主要的，因此任何文学作品都是一项召唤。写作，这是为了召唤读者以便读者把我借助语言着手进行的揭示转化为客观存在。如果有人问作家向什么发出召唤，答案很简单。由于我们永远不能在书里找到能使审美对象出现的充分理由，找到的只是为产生审美对象而发生的吁请，由于在作者的精神里也找不出这个充分理由，由于作者不能摆脱自己的主观性，而他的主观性也不能用来说明转化为客观存在的过程，所以艺术品的出现是一个崭新的事件，它不能用先此存在的材料来解释。既然这一引导下的创作是个绝对的开端，因此它是由读者的自由来实施的，这里是就这个自由的最纯粹的意义而言。因此作家向读者的自由发出召唤，让它来协同产生作品。人们想必会说所有的工具都诉诸我们的自由，因为它们都是某一可能的行动的工具，因此艺术品在这一点上并无特殊之处。诚然工具是一项动作的凝固的草图。但是它们留在假设命令级别：我可以用一把锤子来钉木箱或者殴打我的邻居。只要我把它看作它自己，它就不是对我的自由发出的一项召唤，它没有把我放在与我的自由面对面的地位，倒不如说它用安排好的一系列传统行为来代替自由发明的手段，从而达到为我的自由服务的目的。书却不为我的自由服务：它需要我的自由。人们确实不能通过强制、眩惑或者恳求来诉诸一个作为自由而言的自由。为了能诉诸自由，只有一个方法：首先承认它，然后对它表示信任；最后用它自己的名义，也就是说用人们给予它的信任的名义，要求它完成一件行为。因此书与工具不一样，它不是为某一目的提供的手段：它是作为目的被提供给读者的自由。我以为，康德的说法"没有明确目的却有符合目的性"①，用在艺术品身上是完全不适合的。这一说法指的是审美对象只在表面上具有符合目的性，它只限于引起想象力的自由的、有规则的游戏。这样说就忘了观赏者的想象不仅有调节功能，还有构成功能；它并非在做游戏，它只是被吁请越过艺术家留下的痕迹，重组美的客体。想象与精神的其他功能一样不能享用它自身；它总是在外面活动，总是投入某一业举之中。如果某一客体呈现如此井然的秩序，以致我们即便在不能为它指定明确的目的的时候也禁不住要为它假定一个目的，这个时候就会有"没有明确目的的符合目的性"。人们如果用这种方式给美下定义，人们就会——这正是康德的目的——把自然美与艺术美等同起来。拿花来打比方，既然一朵花呈现如此多的对称关系，如此和谐的色调和如此有规律的曲线，人们不由要为所有这些属性寻找一种符合目的性的解释，会认为所有这些属性都是为某一未被知晓的目的而安排的。然而错误正在这里：自然美在任何方面都不能与艺术美相比较。我们同意康德的说法：艺术品没有目的。但这是因为艺术品本身便是一个目的。康德的公式没有说明在每幅画、每座雕像、每本书里面回荡的那个召唤。康德认为艺术品首先在事实上存在，然后它被看到。其实不然，艺术品只是当人们看着它的时候才存在，它首先是纯粹的召唤，是纯粹的存在要求。它不是一个有明显存在和不确定的目的的工具：它是作为一项有待完成的任务提出来的，它一上来就处于绝对命令级别。你完全有自由把这本书摆在桌子上不去理睬它。但是一旦你打开它，你就对它负有责任。因为自由不是在对主观性的自由运行的享用中，而是在为一项命令所要求的创造性行为中被感知的。这一绝对目的，这一超越性的然而又是为自由所同意的、被自由视作已出的命令，这便是人们称为价值的那个东西。艺术品是价值，因为它是召唤。

---

① 康德认为"美没有明确目的的却有符合目的性"。参见朱光潜《西方美学史》下卷第12章。——译注

如果我向我的读者发出召唤，要他把我开了个头的业举很好地进行下去，那么不言而喻的是我把他看作纯粹的自由，纯粹的创造力量，不受制约的活动；我怎么也不能诉诸他的消极性，就是说我怎么也不能试图影响他，一上来就把恐惧、欲望或者愤怒等情感传达给他。当然有些作者一门心思想引起这类情感，因为这类情感是可以预见、可以控制的，也因为他们掌握了屡试不爽的手段，有把握引起这类情感。但是，同样真实的是，人们因为这一点而责备他们，如同人们从古时候起就因为欧里庇得斯让孩童登上舞台而责备他那样。在激情里面，自由是被异化的；自由一旦贸然投入局部性的业举，它就看不到自己的任务：产生一个绝对目的。于是书就成为维持仇恨或欲望的一种手段，如此而已。作家不应当去寻求打动人，否则他就与他自己发生矛盾；如果他有所要求，那么他就必须只是提出有待完成的任务。从这里就产生［艺术品的］这一纯粹提供性质，这一性质对艺术品来说是主要的：读者应该保持一定的审美距离。正是这一点，被戈蒂埃愚蠢地拿来与"为艺术而艺术"混为一谈，又被巴那斯派拿来与艺术家的不动感情相混淆。其实这里遇到的只是一种谨慎措施而已，热奈①比较确切地把它叫作作者对于读者的礼貌。人们是用感情来重新创造审美对象的；如果审美对象是动人的，它只能通过我们的眼泪显现它自己；如果是好笑的，它将得到笑声的承认。不过这些感情属于一个特殊类别：它们根源于自由，它们是借来的。甚至我给予故事的信任也莫不是自愿同意的。这是一个基督教意义上的激情，即一种毅然决然把自己置于被动地位的自由，而这样做的目的是通过这一牺牲取得某种超越性效果。读者心甘情愿地相信。他越来越轻信，而这一轻信，尽管它最终要像一场梦那样包笼读者，它却每时每刻都伴随着［读者的］自由意识，即［读者］意识到自己是自由的。人们有时想为作者提出一个两难推理："要么人家相信你的故事，而这是不能容忍的；要么人家一点也不信，而这是可笑的。"但是这个论据是荒谬的，因为审美意识的特点正在于它是通过介入、通过盟誓而形成的信任，是通过对自身和对作者的忠诚而延续下去的信任，是就表示信任而作出的不断更新的选择。我每时每刻都可以醒过来，我知道这一点；但是我不愿意这样做；阅读是一场自由的

---

① 热奈（Genêt），法国当代作家。萨特为他的作品集写了长达570多页的序言：《圣热奈——逢场作戏的角色和殉道者》。——译注

梦。结果是这样：所有以这个想象的信任为背景而搬演的感情都好像是我的自由的个别转调形式；这些感情不但不吞没或掩盖我的自由，它们反而是我的自由为向自身显现而选择的各种方式。我已经说过，如果不是我对他怀有掺和着反感和友谊的感情，如果不是这个混合的感情使他获得生命，拉斯柯尔尼科夫将只是一个幽灵。但是，出于作为想象客体的特性的一种逆转过程，并非他的行为引起我的愤怒或敬意，相反是我的敬意或我的愤怒赋予他的行为以坚定性和客观性。因此读者的感情从来不受对象的控制。由于没有一种外在现实能够制约读者的感情，后者就以自由为永恒的根源，也就是说它们都是豪迈的——因为我把一种以自由为根源和目的的感情叫作豪迈的感情。因此阅读是豪情的一种运用，作家要求于读者的不是让他去应用一种抽象的自由，而是让他把整个身心都奉献出来，带着他的情欲、他的成见、他的同情心、他的性欲禀赋，以及他的价值体系。不过这个人是满怀豪情奉献出他自己的，自由贯穿他的全身，从而改变他的感情里面最黑暗的成分。由于主动性为了更好地创造对象而把自己变成被动的，相应地被动性就变成行动，读书的人就上升到最大的高度。所以人们会看到一些铁石心肠出了名的人在读到臆想出来的不幸遭遇的时候会掉下眼泪；他们在这个瞬间已变成他们本来会成为的那种人——如果他们不是把毕生精力都用来对自己掩盖他们的自由的话。

因此，作家为诉诸读者的自由而写作，他只有得到这个自由才能使他的作品存在。但是他不能局限于此，他还要求读者们把他给予他们的信任再归还给他，要求他们承认他的创造自由，要求他们通过一项对称的、方向相反的召唤来吁请他的自由。这里确实出现了阅读过程中的另一个辩证矛盾：我们越是感到我们自己的自由，我们就越承认别人的自由；别人要求于我们越多，我们要求于他们的就越多。

当我欣赏一处风景的时候，我很明白不是我创造出这处风景来的，但是我也知道，如果没有我，树木、绿叶、土地、芳草之间在我眼前建立起来的关系就完全不能存在。对于我在色调的配合、在风中的物体的形状和运动的和谐之中发现的表面上的符合目的性，我很清楚我不能说明它的理由。然而这一表面上的符合目的性是存在的，而且归根结底，只有当存在已经在那儿的时候，我才能使它有；不过，即使我相信上帝，我也不能在神的普遍关注与我观瞻的特殊景色之间确立任何过渡关系，除非是一种纯粹字面上的过渡关系：如果有人说上帝为使我喜悦而创造风景,或者说上帝把我造成这个样子,使得我能在风景中感到喜悦,那就是把问题当作答案了。这个蓝色和这个绿色的和谐配合是否有意安排的?我又怎么能知道这一点呢?神明无所不在这一观念并不能保证在每件个别事情上都体现这个神明的意图;特别是在上面举的例子里,既然草的绿色可以用生理规律、特殊恒量和地缘决定论来解释,而水的蓝色的原因在于溪流的深度、土地的性质及水流的速度。如果说色调的配合是有意安排的,那也只能是附带出现的。那是两个因果系列的汇合,也就是说,初看起来是一种偶然情况。这一符合目的性充其量也不过是盖然性的。我们确立的各种关系都是些假设;没有一个目的是以一项命令的方式对我们提出来的,既然没有一个目的显示自己是被一个造物者故意安排的。由此可见,我们的自由从未被自然美召唤。或者更确切地说,在树叶、形状和运动组成的整体之中有一个表面上的秩序,即有一个召唤幻觉。这个召唤的幻觉好像在吁请我们的自由,它一遇到我们的目光就立即消失。我们刚开始用目光浏览这一秩序,召唤就消失了:孤零零地只剩下我们自己,全看我们愿意不愿意把这个颜色和另一个颜色或第三种颜色联结起来,让树和水或者树和天空之间,或者树、水、天空三者之间发生联系。我的自由任性行事;我越是确立新的关系,我就越是远离那个对我发生吁请的幻想的客观性;我对着由物潦潦草草勾出来的某些图案大发遐想,自然的现实不过是我进行遐想的凭据。或者有这样的情况:既然没有什么人向我提供这个曾在一刹那间被知觉的秩序关系,因而这个秩序关系不是真实的,由于我对于这一点深感遗憾,我就把我的遐想固定下来,我就把它搬到画布上,把它写成文字。这样,我就在出现在自然景色之中的没有明确目的的符合目的性和其他人的目光中间充当媒介;我向其他人转达这个"没有明确目的的符合目的性";由于这个转达,后者就变成人世间的东西;艺术在这里是一种奉献仪式,而且奉献本身就引起一种变化。这里发生的情况,类似从母系亲属继承职衔和权力,在这一制度中母亲不拥有姓氏,但在舅甥之间成为不可缺少的中间人。既然我在中途逮住这个幻觉,既然我把它递给其他人,既然为了他们我已把它整理就绪,并且重新思考过,他们就可以放心察看它了,它已变成有意安排的了;至于我本人,当然我停留在主观和客观的边缘上,怎么也不能对我转达的客观秩序出神凝思。

相反,读者却是在安全情况下前进的。不管他走得有多远,作者总是走在他前面。不管他在书的各个部分——章节和字句——之间确立什么比较关系,他总有一个保证:这些比较关系都是有意安排的。他甚至可以如笛卡儿所说的那样作认在好像没有任何关系的各部之间存在一种秘密的秩序;创造者在这条路上已是走在他前头,而最美的杂乱是艺术的效果,也就是说仍然是秩序。阅读是归纳、[为原文]增补文字和推论。这些活动以作者的意志为依据,就像人们曾经长期以为科学归纳的依据在于神的意志一样。有一股柔和的力量伴随着我们,从第一页到最后一页支撑着我们。这并不等于说我们轻易就能辨认艺术家的意图:我们说过,艺术家的意图是猜测的对象,而且这里还有读者的经验在起作用;不过这些猜测都受到一个巨大的信任的支撑,即我们相信书里面的美绝非邂逅相逢的效果。自然界的树木和天空出于偶然而处于和谐状态;相反如果在小说里主人公处在这座塔里头、这所监狱里头,如果他们在这座花园里散步,那么这里发生的情况既是重建一系列独立的因果关系(由于一连串心理和社会变故,人物正处于某种情绪之中;另一方面,他要到某一特定地点,而城区的布局迫使他穿过某一个公园),又是表达更深一层的符合目的性,因为公园之所以存在只是为了与某一情绪相协调,为了用物来表现这个情绪或者为了通过鲜明的对比来突出它;而情绪本身是在与景物的联系中产生的。在这里,符合因果性是表面现象,我们可以称之为"没有明确原因的符合因果性",而符合目的性倒是深刻的现实。不过,如果说我可以这样放心地把目的范畴置于因果范畴底下,那是因为我在打开书本的时候就肯定对象以人的自由为源泉。如果我应该怀疑艺术家是出于激情或在激情中写作的,那么我的信任就立即烟消云散了,因为就是用目的范畴来支撑因果范畴也无济于事;在这种场合目的范畴也会受到另一种心理上的符合因果性的支持,最终艺术品就回到决定论的锁链里去。当我阅读的时候,当然我不否认,作者可以是满怀激情的,他甚至可以在激情冲动下构思他的作品的雏形。不过他既然决定写作,他就必定要对他的感情保持一段距离;简单说,他已把他的情感变成自由的情感,就像我在读他的作品的时候把我自己的情感变成自由的情感,也就说作者处于豪迈的姿态。因此,阅读是作者的豪情与读者的豪情缔结的一项协定:每一方都信任另一方,每一方都把自己托付给另一方,在同等程度上要求对方和要求自己。因为这种信任本身就是豪情:谁也不能迫使作者相信他的读者将会运用自己的自由;谁也不能迫使读者相信作者已经运用了自己的自由。这是他们双方作出的自由决定。于是就产生一种辩证的往复关系：当我阅读的时候，我有所要求；如果我的要求得到满足，我已读到的东西就使我对作者要求得更多，这就是说，要求作者对我的自由提出更多的要求。相反地，作者要求的是我把我的要求提高到最大限度。就这样，我的自由在显示自身的同时揭示了别人的自由。

至于审美对象是一种"现实主义"（或所谓如此的）艺术或一种"形式主义"艺术的产品，这一点关系不大。不管怎么说，自然关系总被颠倒过来：塞尚①的油画近景里的这棵树首先是作为一系列因果关系的结果出现的。但是符合因果性是一种幻觉，这一符合因果性，只要我们看着这幅画，它无疑是作为一项建议而存在的。但是它在深部受到一种符合目的性的支撑：如果这棵树是这样安排的，那是因为画面其余部分要求人们把这个形状和这些颜色安排在近景。就这样，穿过现象的符合因果性，我们的目光达到作为客体的深部结构符合目的性，而且穿过这一符合目的性，我们的目光达到作为客体的源泉及其原始基础的人的自由。弗美尔②的现实主义发展到如此地步，以致人们乍一看会把他的作品当作照片。但是，他用的颜料是华丽的，他画的低矮的砖墙带有粉红色的柔软的光华，他笔下的一枝忍冬呈厚重的蓝色，幽暗的门厅涂着上光油，人物脸部橙色的皮肉如石质圣水盆一样光滑。如果察看到这一切，人们会从自己体验到的愉快中突然感到，符合目的性与其说存在于形状和色彩之中，不如说存在于他们自己的物质想象之中；在这里，物的形状的存在理由是它们的实体本身和它们的原质；这位画家可能使我们最接近绝对的创造，因为我们在物质的被动状态本身中也遇到人的深不可测的自由。

然而，作品绝不局限于画成的、雕成的或讲述出来的客体；如同人们只能在世界的背景上知觉事物一样，艺术表现的对象也是在宇宙的背景上显现的。作为法布利斯的历险的背景，是1820年的意大利、奥地利和法国，布拉奈斯

---

① 塞尚（Cèzanne，1839—1906），法国画家。——译注
② 弗美尔（Jan Vermeer，1632—1675，又译维米尔），荷兰画家，擅长风景和内景。西蒙娜·德·波伏瓦在她的回忆录《时势的力量》中，记述1946年底萨特在荷兰看到这位画家的原作，大受启发，从而给艺术下了个定义："艺术是由一个自由来重新把握世界。"见该书第132页，加利玛出版社，1963年。——译注

神父①观测的满天星斗的夜空，最后还有整个地球。如果画家画给我们看一角田野或者一瓶花，他的画幅是开向整个世界的窗户；这条隐没在两边的麦田中间的红色小道，我们沿着它走得比凡·高画出来的部分要远得多，我们一直走到另一些麦田之间，另一朵云彩底下，直到投入大海的一条河流；我们把深沉的大地一直延伸到无穷远，是这个大地支撑着田野与符合目的性的存在。结果是，创造活动通过它产生或重视的有限几个对象，实际上却以完整地重新把握世界作为它努力的目标。每幅画，每本书都是对存在的整体的一种挽回，它们都把这一整体提供给观众的自由。因为这是艺术的最终目的：在依照其本来面目把这个世界展示给人家看的时候挽回这个世界，但是要做得好像世界的根源便是人的自由。然而，由于作者创造的东西只有在观众眼里才能取得客观的现实性，因此这一挽回过程是通过观赏活动这一仪式——特别是通过阅读仪式——得到认可的。现在我们能够更好地回答我们刚才提出的问题了：作家作出的选择是召唤其他人的自由，他们各有要求，通过这些要求在双方引起的牵连，他们就把存在的整体归还给人，并用人性去包笼世界。

如果我们愿意更进一步，我们就必须提醒自己，作家和所有其他艺术家一样企图给予他的读者们一种人们习惯称为审美快感的感情，至于我，我宁可把它叫作审美喜悦；这一感情一旦出现，便是作品成功的标志。因此应该根据上文阐述的看法去审察这一感情。创造者因其在创造，他确实得到这一喜悦，而这一喜悦是与观赏者的审美意识融为一体的，即就我们研究的问题而言，是与读者的审美意识融为一体的。这是一个复杂的感情，其结构相互制约、不可分离。首先它与对于一种超越性的、绝对的自由的辨认融为一体，这一超越性的、绝对的自由在一个瞬间止住了目的—手段和手段—目的循环不已地形成的功利主义瀑布，也就是说，审美意识首先是与对于一项召唤，或者换一种说法，对于一项价值的辨认融为一体的。而我对于这项价值产生的位置意识②必然伴随着对于我的自由的非位置意识③，既然自由是通过一种超越性的要求显示

---

① 《巴马修道院》中的人物。——译注
② 萨特曾师事的德国哲学家胡塞尔认为，任何意识都是对于某物的意识，任何意识都不是一个超越的对象所占的位置。如我们意识到一张桌子，桌子本身并不在意识里面，它在空间里面。因此意识乃是对世界的"位置意识"（conscience positionnelle）。——译注
③ 意识本身不占位置，因此对于意识的意识，即"前反省意识"，乃是"非位置意识"。——译注

自身的。自由辨认出自身是喜悦。

但是非正题意识的这一结构包含着另一结构:既然阅读是创造,那么我的自由不仅作为纯粹的自主,而且作为创造活动向自己显现,就是说它不限于为自己制定法则,并且作为对象的构成部分把握它自己。在这一层次上便出现地道的审美现象,即出现一种创造,在这里被创造的对象被作为客体给予它的创造者。只有在这唯一的场合创造者才享受到他创造的客体。享受这个词用在对于被读到的作品的位置意识上足以说明我们遇到的是审美喜悦的一个主要结构。这一位置性的享受伴随着一种非位置意识,即意识到自己对于作为主要的东西被把握的一个客体而言是主要的;我把审美意识的这一方面叫作安全感;是这种安全感给最强烈的审美情感打上至高无上的静穆标记,它的根源在于确认主观性与客观性之间有严格的和谐。另一方面,由于审美对象正是通过想象物的媒介力求达到的世界,审美喜悦就伴随这样一种位置意识,即意识到世界是一个价值,也就是说世界是向人的自由提出的一项任务。我把这一点称为人的谋划的审美变更,因为通常情况下世界是作为我们的境遇的地平线,作为把我们和我们自己隔开的无穷尽的距离,作为与项①的综合整体,作为阻碍和器具②的未经区分的群体出现的——但是从来不是作为诉诸我们的自由的一个要求出现的。因此审美喜悦在这个阶段就来自我产生的这样一种意识,即我意识自己在挽回并内化那个地地道道是非我的东西。既然我把与项变成命令,把事实变成价值:世界是我的任务,也就是说我的自由的主要的和自愿同意的职能正在于通过一个不受限制的运动使世界这一唯一和绝对的客体得到存在。再则,第三点,上述结构包含着人们的自由之间的一项协定,因为一方面阅读是对于作者的自由的满怀信心和要求苛刻的承认,而另一方面审美快感因其本身是以一种价值的形式被知觉的,它就包括对别人提出的一项绝对要求:要求任何人,就其是自由而言,在读同一部作品的时候产生同样的快感。就这样,全人类带着它最高限度的自由都在场,全人类支撑着一个世界的存在,这个世界既是它的世界又是"外部"世界。在审美喜悦里,位置意识是对于世界整体的

---

① "与项",法文为 le donné,英文译为 the given。——译注
② 根据存在主义哲学,"自在"的存在(物)对于"自为"的存在(意识、人)来说,不是帮助后者完成他的"谋划"(project),便是阻挠他。在第一种情况下,物是器具(ustensile),在第二种情况下,物是阻碍(obstacle)。——译注

意象意识，这个世界同时既作为存在又作为应当存在，既作为完全属于我们自己的又作为完全异己的，而且它越是异己就越属于我们。非位置意识确实包笼人们的自由的和谐整体，在这里这一种和谐整体既是一种普遍信任又是一项普遍要求的对象。

因此，写作既是揭示世界又是把世界当作任务提供给读者的豪情。写作是求助于别人的意识以便使自己被承认为对存在的整体而言是主要的；写作就是通过其他人为媒介而体验这一主要性。但是，由于另一方面现实世界只是显示在行动中，由于人们只能在为了改变它而超越它的时候才感到自己置身于世界之中，小说家的天地就会缺乏厚度，如果人们不是在一个超越它的行动中去发现它的话。人们经常注意到这一点：一个故事中的一个物的存在密度并非来自人们对它所作的描述的次数和长度，而是来自它与不同人物的联系的复杂性；物越被人物摆弄，被拿起来又放下来，简括地说它越是被人物为达到他们自身的目的而超越，它就越显得真实。小说世界，即物和人的存在的整体，正是如此：为了使得这一世界具有最大密度，那就必须让读者借以发现它的这个揭示—创造过程也是想象当中的投入行动过程；换句话说，人们越对改变它感到兴味，它就越显得生动。现实主义的谬误在于它曾经相信，只要用心观察，现实就会展现出来，因此人们可以对现实作出公正的描绘。这又怎么可能呢？既然连知觉本身都是不公正的，既然只消人们叫出对象的名字，人们就改变了这个对象。再则，作家既然意欲自己对世界而言是主要的，他又怎么能意欲自己对于这个世界包藏的种种非正义行为而言也是主要的呢？然而他必定是这样的：只不过，如果说他同意做非正义行为的创造者，那只是在一个为消灭非正义行为而超越它们的过程中同意这么做罢了。至于正在阅读的我，如果我创造一个非正义的世界并维持它的存在，我就不能不使自己对之负责。而作者的全部艺术迫使我创造他揭示的东西，也就是说把我牵连进去。现在我们俩承担着整个世界的责任。正因为这个世界由我们俩的自由合力支撑，因为作者企图通过我的媒介把这个世界归入人间，那么这个世界就必须真正以它自己的本来面目，以它最深部的原型状态出现，它就必须受到一个自由的贯穿与支持，而这个自由要以人的自由为目的。如果这个世界不真正是它应该成为的目的之城邦，至少它必须是通向这个目的之城邦的一个阶段，简单说，它必须是一个生成，人们必须始终把它不是当作压在我们身上的庞然大物来看待、介绍，而是从它是为通向这个目的之城邦而作的超越努力这个观点来看待、介绍它；不管作品描绘的人类有多恶毒、绝望，作品也必须有一种豪迈的神情。当然不是说这一豪情应该由旨在感化人的说教或由敦品励行的人物来体现，它甚至不应该是蓄意安排的，而且千真万确人们带着善良的感情是写不出好书来的。但是这个豪情应该是书的经纬，应该是人与物从中受型的原材料：不管写什么题材，一种必要的轻盈应该无所不在，提醒人们作品从来不是一个天生的已知数，而是一个要求、一个奉献。如果人们把这个世界连同它的非正义行为一起给了我，这不是为了让我冷漠地端详这些非正义行为，而是为了让我用自己的愤怒使它们活跃起来，让我去揭露它们、创造它们，让我连同它们作为非正义行为，即作为应被取缔的弊端的本性一块儿去揭露并创造它们。因此，作家的世界只有当读者予以审察，对之表示赞赏、愤怒的时候才能显示它的全部深度；而豪迈的爱情便是宣誓要维持现状，豪迈的愤怒是宣誓要改变现状，赞赏则是宣誓要模仿现状，虽然文学是一回事，道德是另一回事，我们还是能在审美命令的深处觉察到道德命令。因为，既然写作者由于他不辞劳苦去从事写作，他就承认了他的读者们的自由，既然阅读者光凭他打开书本这一件事，他就承认了作家的自由，所以不管人们从哪个角度去看待艺术品，后者总是一个对于人们的自由表示信任的行为。既然读者们和作者一样之所以承认这个自由只是为了要求显示自身，对作品就可以这样下定义：在世界要求人的自由的意义上，作品以想象方式介绍世界。由此，首先可以推导：没有黑色文学，因为不管人们用多少阴暗的颜色去描绘世界，人们描绘世界是为了一些自由的人能在它面前感到自己的自由。因此只有好的或坏的小说。坏小说是这样一种小说，它旨在奉承阿谀，献媚取宠，而好小说是一项要求，一个表示信任的行为。尤其因为，当作家在为实现个别的自由之间的协调而向它们介绍世界的时候，他只能从唯一的角度出发，即认为这是一个有待人们愈益用自己的自由去浸透的世界。不能设想，为作家引起的这一连串豪情是被用来核准一个非正义行为的，也不能设想，如果一部作品赞同、接受人奴役人的现象，或者只是不去谴责这一现象，读者在读这部作品的时候还会享用自己的自由。人们可以想象，一个美国黑人会写出一部好小说，即使整本书都流露出对白人的仇恨。这是因为，通过这个仇恨，作者要求得到的只是他的种族的自由。由于他吁请我也采取豪迈的态度，当我作为纯粹自由感知自己的时候，我就不能容忍人家把我与一个压迫人的种族等同起来。因此我在反对白种人，并在我是白种人的一员这个意义上反对我自己的时候，我便向所有的自由发出号召，要求它们去争取有色人种的解放。然而任何时候也没有人会假设人们可以写出一部颂扬反犹太主义的好小说。因为当我感知自己的自由是与所有其他人的自由不可分割地联系在一起的时候，人们不能要求我使用这个自由去赞同对他们其中某些人的奴役。因此，不管作家写的是随笔、抨击文章、讽刺作品还是小说，不管他只谈论个人的情感还是攻击社会制度，作家作为自由人诉诸另一自由人，他只有一个题材：自由。

因此，任何奴役他的读者们的企图都威胁着作家的艺术本身。对一个铁匠来说，法西斯主义将要损害的是他作为一个人的生活，但不一定损害他的职业；对于一个作家，他的生活和职业都将受到损害，而且后者受到的损害更甚于前者。我见过一些作者，他们在战前衷心祝愿法西斯主义来临，然而正当纳粹使他们备享尊荣的时候，他们却写不出作品来了。我特别想到德里欧·拉罗舍尔：他弄错了，但他是诚恳的，他证明了这一点。他答应去领导一家有背景的杂志。头几个月他申斥、责备、教训他的同胞们。谁也不回答他：因为人们不再有回答的自由。他因此恼火，他不再感觉到自己的读者了，他显得更加恳切，但是没有任何一个信号证明他已被理解。既无仇恨的、也无愤怒的信号：什么也没有。他不知所措，愈益不安，他辛酸地向德国人诉苦；他的文章曾经趾高气扬，现在变得满纸牢骚；最后他落到顿足捶胸的地步：仍旧没有回音，除非来自他蔑视的那帮卖身求荣的新闻记者那里。他提出辞呈，然后又收回去，继续发表议论，但是总像在沙漠里一样，没有人听他。最后他闭嘴了，是其他人的沉默堵住了他的嘴。他曾要求奴役其他人，但是在他疯狂的头脑里，他必定想象这一奴役是自愿接受的，仍是自由的；奴役果然来到了；他作为人对之满怀喜悦，但是作为作家他忍受不了。正是这个时候，另一些人——幸亏他们是大多数——才懂得写作的自由包含着公民的自由，人们不能为奴隶写作。散文艺术与民主制度休戚相关，只有在民主制度下散文才保有一个意义。当一方受到威胁的时候，另一方也不能幸免。用笔杆子来保卫它们还不够，有朝一日笔杆子被迫搁置，那个时候作家就有必要拿起武器。因此，不管你是以什么方式来到文学界的，不管你曾经宣扬过什么观点，文学把你投入战斗；写作，这是某种要求自由的方式；你一开始写作，不管你愿意不愿意，你已经介入了。

介入什么？人们会问。保卫自由，这么说未免太匆促。作家是否守卫理想价值，如班达的神职人员在叛变以前所做的那样①，或者需要在政治和社会斗争中明确表态，从而保护具体的、日常生活中的自由？这个问题与另一个问题相连。后者表面上很简单，但是人们从未对自己提出过："人们为谁写作？"

（选自［法］让-保罗·萨特《萨特文学论文集》，施康强等译，安徽文艺出版社1998年版）

---

① 班达（Julien Benda，1867—1956），法国作家。他在《神职人员的叛变》（1927）一书中，把作家比作神职人员，认为他们的使命在于为抽象的正义服务，而现代知识分子介入政治和社会斗争，投靠世俗或精神权力，这样做就叛变了他们应该守卫的理想价值。——译注

列维-斯特劳斯与《结构主义与文学批评》

经典导读

克洛德·列维-斯特劳斯（Claude Levi-Strauss，1908—2009），法国作家、哲学家，结构主义人类学创始人。列维-斯特劳斯出生于比利时布鲁塞尔，后来随家人定居巴黎。1934年至1939年，斯特劳斯在巴西圣保罗大学担任社会学和人类学教授，其间到亚马孙河流域的印第安部落展开人类学田野调查。1948年，列维-斯特劳斯凭借论文《亲属关系的基本结构》获得博士学位，并担任法兰西学院社会学教授。1974年，列维-斯特劳斯入选法兰西科学院院士。2009年，列维-斯特劳斯于法国巴黎去世。

1945年，列维-斯特劳斯将结构主义语言学运用于人类学研究，发表《语言学的结构分析与人类学》。1948年起，列维-斯特劳斯先后发表《南比克瓦拉印第安人的家庭生活与社会生活》《种族与历史》《当代图腾制》《忧郁的热带》《结构人类学》《亲属关系的基本结构》《野性的思维》《神话学》《假面具的途径》《遥远的眺望》和《嫉妒的女制陶人》等著作。列维-斯特劳斯的研究涉及人类亲属结构、语言结构、神话结构，致力于在人类历史文化的差异性表象下寻找普遍性。在他看来，习俗、神话、亲缘等都受到深层结构的影响，这种结构反映了人类思维的共同本质。

在列维-斯特劳斯的结构主义人类学思想中，语言和神话研究是两个关键词。列维-斯特劳斯打破了将神话纳入历时性框架中去寻找其作用和意义的传统研究模式，借助索绪尔的语言学方法来分析神话，力图从共时性角度把神话还原为结构，并透过神话的外在表征，破译其内在的深层结构，以此论证神话及其语言结构对人类思维本质的呈现。在列维－斯特劳斯看来，一方面，神话没有逻辑性和连贯性；另一方面，不同地区的神话又有着惊人的相似性。虽然这些神话表面看来似乎是不同民族的随意创造，但它们同人类言语活动一样，有着共同的思维基础。正是在这个基础上，形成了决定神话表达的结构系统，使表面零乱、连贯性不足、逻辑不清的神话具有相似性。列维－斯特劳斯将神话和语言联系起来，认为神话的具体表述是神话的"言语"，而整个神话的基本结构系统则是神话的"语言"。神话的具体表述从属于神话的基本结构系统，并由基本结构系统来获得自我的内在规定性。

在对神话模式的分析中，列维－斯特劳斯关注不同神话或同一种神话的不同变体在功能上的类似关系。他将这些神话故事分割成一个个小的关系单位，如俄狄浦斯杀死父亲、俄狄浦斯杀死斯芬克斯等，然后仿照语言学中的音素概念，将这些单位组合成一束束关系，并命名为"神话素"。"神话素"在神话的叙述过程中发挥自己的功能，并通过组合产生意义，可以运用于任何具体的神话叙述中。因此，对神话的分析，不仅要考察神话的历时性叙述，还要考察共时存在的各种变体以及其他神话因子。

列维－斯特劳斯认为，所有的神话都存在二元对立关系，神话结构由彼此对应但又对立的"神话素"构成，无论神话怎样衍变、发展，这种内在结构都保持不变。在列维－斯特劳斯看来，二元对立模式不仅存在于神话结构中，也存在于各类叙事作品中。因此，叙事结构的分析在于从大量叙事作品中抽取少数有限的深层结构模式，并以此为纽带，将一个时期、一个国家、一种文学运动或者不同时期、不同国家、不同文学运动中拥有相近或相同深层结构的作品联系起来。

《结构人类学》是列维－斯特劳斯结构主义人类学的代表作。列维－斯特劳斯认为文化都有严格而复杂的规则系统，他力图通过对众多原始神话及其表征的语言分析，来呈现这些"结构"。列维－斯特劳斯借助索绪尔的语言学分析方法，将一系列社会现象（如亲属系统）概括为各种沟通系统，以使它们服从于结构分析。他在《结构人类学》中阐述了人类学领域的基本问题和基本方法，重点分析了结构人类学在文学、艺术、神话与仪式等具体语境中的运用。列维－斯特劳斯区分了结构主义与形式主义，指出形式主义将形式和内容对立起来，而结构主义则把素材、内容等囊括在结构中。因此，结构主义能够提供一种新的认知人类社会的方法，即在无序的事物中发现隐藏的统一性和一致性。

《结构主义与文学批评》选自《结构人类学》（第 2 卷）第 15 章"对某些研究的答复"，是列维－斯特劳斯将结构主义方法运用于文学批评的尝试。列维－斯特劳斯指出，当前的结构主义方法被一些文学家不恰当地运用，他们对内容和形式、重复与不变这两组概念存在较深的误解。很多文学批评都仅仅是"披着结构主义外衣"，无法真正区分对象和主体意识，批评中带有明显的主观性。真正的结构主义不是在多变的形式中找重复内容，而应当在不同的内容中感知不变的形式。列维－斯特劳斯强调了文学批评中正确运用结构主义的方法：从语言学、音位分析入手；从社会的外在历史层面分析。在他看来，只有历史学、符号学和社会学相结合的分析方法，才能使文学批评真正展现作品主旨，不至于沉沦为个人意志的主观表达。

—— 延伸阅读文献

1. Boris Wiseman, *Lévi-Struass, Anthropology and Aesthetics*, Cambridge: Cambridge University Press, 2007.
2. Temenuga Trifonova, *The Image in French Philosophy*, Amesterdam and New York: Editions Rodopi BV, 2007.
3. Boris Wiseman, *The Cambridge Companion to Levi-Strauss*, Cambridge: Cambridge University Press, 2009.
4. ［法］克洛德·列维－斯特劳斯：《结构人类学》，张祖建译，北京：中国人民大学出版社 2006 年版。
5. ［法］克洛德·列维－斯特劳斯：《野性的思维》，李幼蒸译，北京：中国人民大学出版社 2006 年版。
6. ［法］列维－斯特劳斯：《图腾制度》，渠敬东译，梅非校，北京：商务印书馆 2012 年版。
7. ［瑞士］费尔迪南·德·索绪尔：《普通语言学教程》，高名凯译，岑麒祥、叶蜚声校注，北京：商务印书馆 1980 年版。
8. ［美］帕特里克·威肯：《实验室里的诗人：列维－施特劳斯》，梁永安译，广州：新世纪出版社 2012 年版。
9. ［美］伊万·斯特伦斯基：《二十世纪的四种神话理论：卡西尔、

伊利亚德、列维-斯特劳斯与马林诺夫斯基》,李创同、张经纬译,北京:生活·读书·新知三联书店2012年版。
10. 陈晓明、杨鹏:《结构主义与后结构主义在中国》,北京:首都师范大学出版社2011年版。

（杨向荣 撰）

---- 原文:《结构主义与文学批评》

经典原文

结构主义与文学批评

列维-斯特劳斯 著　张祖建 译

在语言学和人类学中,结构主义的方法都是要在不同的内容中去感受那不变的形式。然而,相反的是,某些文学评论家和文学史家不正当地运用结构分析方法,他们是在多变的形式中找重复出现的内容。这样,在关于内容与形式,关于重复与不变这样有明显区别的两个观念的关系方面(前者依然向偶然性敞开,后者则要求必然性),我们已经明显看到了一种双重的误解。

然而,结构的假设是可以从外在世界得到证实的。在原则上,如果不总是从实际上说的话,他们可以比之为种种独立而又严格限定的系统,每个这样的系统依其自身的权利而享有某种程度的客观性,这也是对于其理论构造的有效性的证明。

在语言学中,这些客观的检验有两种类型。首先,通过口语所作的物理学和声学的分析(通过机器的帮助来完成,现在还能够作综合的分析)立即就显示出了与音位学的假说所提出的相关的特征。其次,交往的需要就是从根本上提供了一种批评,因为说话者每发出一种声音总是为了被理解。于是,他的意义不只是意向的。只是当它流进了那个模式,他才获得自己真正的、最终的形式,而那模式的另一半却总是由参与谈话的人,或说得更确切些,由社会群体所确定的。

在人类学中,这两种类型的检验也是存在的,例如在婚姻制度及神话的研究中,在能够被制定出来的结构之外,研究还包括对于这些结构必定介入其中的那些自主层面的探索:一方面,是技术-经济的基础结构;另一方面,是社会学的研究所揭示出来的、社会所发生的那些特殊的条件。结果,双重的外在批评的因素就会被合而为一,使得人文科学重新引进了一种体系,可以与自然科学的实验方法相媲美。

披着结构主义外衣的文学批评的主要缺点是由于其经常囿于玩弄镜子的游戏,因而就无法把对象和主体意识中的符号形象区别开来。被研究的作品与分析者的思想是互映的,且我们又被剥夺了任何一种梳理的手段,分不清哪些东西是纯粹得之于这个人,哪些东西则是由他人渗入的。这样,他就被封闭进了一种对称的相对主义。虽然这会有主观上的吸引力，却显得没有一点外在类型的证据。这种出于想象而又有迷惑力的批评，就其运用了结合性的体系以支撑他的重构而言，是结构主义的。然而，当这么做的时候，它提供给结构分析的显然是原始素材，而不是最后的定稿。它就像是当代神话的一种特殊的表现形式，把自己提供出来以作分析。然而，人们也可以用同样的方法，例如，从结构上去释读塔罗牌（tarot cards），去解释茶叶或者棕榈树。这就是说，这些都是黏合在一起的神话。

因而，只有当他们发现了在他们之外的双重客观证实的方法，文学批评和观念的历史才有可能真正成为结构主义的。要知道应当从何处去借用这些方法，并非难事。一方面，是在语言学或者音位学分析的层面，在此，证实可以独立于作者及其分析者的有意阐述而进行；另一方面，在民族志研究的层面中，即在像我们一样的社会的外在历史的层面中。因此，"主要从历史主义起步把结构主义方法引入批评传统"，这种提法还远没有涉及问题的边缘。只有历史传统本身的存在，才为结构分析工作提供了一个基础。为了让人相信这一点，我们只需举出艺术批评领域里的欧文·帕诺夫斯基，他的工作就是全面、彻底的结构主义的。如果说这位作家是一位伟大的结构主义者，那是因为，他首先是一位伟大的历史学家，也因为历史为他提供了不可替代的信息的源泉，以及一个含有广泛结合的领域，在此，解释的精确性可以得到千百次的验证。因此，只有历史，并且结合社会学和符号学，才能使分析者去打破无数次遭遇到的循环。在这种循环里（由于这是评论家和作品之间的一场虚拟的对话），人们从来搞不清这位评论家是一位忠实的观察者呢，或者只是在一出他自己表演的戏剧里的不自觉的演员。观众总不免要捉摸，剧本的台词究竟是由活生生的角色说出来的呢，还是由一位聪明的腹语专家经由他自己创造的傀儡说的？由于结构的分析经常立足于共时性的层面，它们不会不顾历史。无论何处发现了历史，我们都不能置若罔闻。因为，从一方面说，由于时间的延伸，它增加了能获得的共时层面的量的多样性；从另一方面说，已有的层面——恰恰因为它们是已经完成了的——是在主观错觉达不到的地方，可以用来检验直觉的不确定性及出于互相迷恋的错觉，这种互相迷恋无论其如何有诱惑力，总之是以牺牲确实性来达成错误的一致的。

（选自［法］克洛德·列维－斯特劳斯《结构人类学》，张祖建译，中国人民大学出版社2006年版）

罗兰·巴特与《结构主义活动》

经典导读

罗兰·巴特（Roland Barthes，1915—1980，又译罗兰·巴尔特），法国作家、社会学家、社会评论家和文学评论家，法国结构主义代表人物，也是结构主义向后结构主义过渡的关键人物之一。罗兰·巴特出生于法国诺曼底，9岁随母亲定居巴黎，1935年到1939年在巴黎大学获得古典希腊文学学位。1977年，罗兰·巴特当选为法兰西学院文学与符号学主席。1980年，罗兰·巴特在巴黎遭遇车祸逝世。

20世纪40年代末50年代初，罗兰·巴特在法国、罗马尼亚和埃及的研究机构短期任职，这一时期他参与巴黎左派论战，1953年出版第一部作品《写作的零度》。1952年，罗兰·巴特进入法国国家科学研究中心从事词汇学与社会学研究，发表大量研究大众文化的论文，1957年结集出版《神话学》。60年代初，罗兰·巴特进入符号学与结构主义领域，相继发表《论拉辛》（1963）、《符号学原理》（1964）、《批评与真实》（1966）、《作者之死》（1968）、《S/Z》（1970）、《文本的快乐》（1973）、《恋人絮语》（1977）等作品。其中，《作者之死》受到解构主义大师德里达的影响，《S/Z》是对巴尔扎克小说《萨拉辛》的批判式阅读，也是罗兰·巴特最具代表性的作品之一。

罗兰·巴特的理论跨越结构主义、符号学、后结构主义，对西方尤其是法国的当代文学批评理论产生了巨大影响。罗兰·巴特把符号学与语言学结合起来，提出符号学是语言学的分支的思想,他运用符号学方法对政治语言、神话语言、书面语言等进行分析,其论摄影的最后著作《明室》中,仍有着符号学的影子。罗兰·巴特提出,符号学是语言学的一个分支,是一个二级意指系统,包括含蓄意指和直接意指。罗兰·巴特不重视作者的意图,而是将文学作品看作一个自足的语言符号系统,并以作品自身的组织结构为依托,挖掘作品的深层内涵及其意义生产。罗兰·巴特认为,文字的意义来自约定俗成的传统,是符号的"密码",文学批评就是要破译这些密码从而探析作品的意义。

　　罗兰·巴特早期作为结构主义的代表人物,认为作品有一个固定永恒的结构,能指与所指存在对应关系。后来受德里达影响,罗兰·巴特开始关注文本自身和文本的差异性,追寻文本的多元解读模式,提出"文本复数""作者之死""零度写作"等理论。罗兰·巴特认为,文本不是产品和最终成品,而是一个开放性系统,一种动态的生成过程。罗兰·巴特用"编织"概念来形容文本的动态变化过程,因为编织的无规律性,所以文本也就没有确定性的结构和规则。文本之间是互文的、复数的,相互交织,相互指涉。在《从作品到文本》中,罗兰·巴特对作品与文本进行了区分:作品是感性的实物,是具有固定意义的客观实体,能够被感受和触摸;文本是在活动中和创造中所体验到的,它存在于话语之中。罗兰·巴特指出,作品有固定的确切意思,它接近所指,文本则是语言的游戏,是无限增殖的能指系统,是所指的无限延迟,是一种延宕。

　　罗兰·巴特将文本区分为"可读性文本"与"可写性文本",同时将读者区分为"消费式读者"和"作者式读者"。罗兰·巴特强调文本不是结果,而是生产和生产能力的体现,因此读者在消费文本的同时,也在生产文本。文本越能让人阐释出丰富的意义,越能体现其无穷的生产力。罗兰·巴特在《S/Z》中通过对巴尔扎克《萨拉辛》的解读,将阅读单位归纳为五种代码:解释代码、意义代码、象征代码、行为代码和文化代码,认为小说的任何单元都可以用这五种代码中的一种或多种进行分析。罗兰·巴特通过这样的文本阅读方式表明:文本是碎片式的,文本意义单元的意指方式是发散的,文本意义处于相互重叠、抵消、对抗,甚至相互消解的意指过程中。

　　罗兰·巴特还提出了著名的"作者之死"与"零度写作"概念。罗兰·巴特认为,对读者和文本的强调必然导致作者话语权的消失,因此,读者的诞生必须以作者的死亡为代价。在罗兰·巴特看来,读者是通往文本的途径,与作者相比,读者更像是生产者。巴特强调作者的"零度写作"态度，强调写作中作者的"不在"状态。巴特认为，写作是非功利的写作，既不涉及外在的客观性，也不涉及内在的主观性，完全是一种"非介入"的状态。"零度写作"是一种中性的、冷漠的，甚至可以说完全"缺席"的写作，在零度写作中，作者既不表演，也不旁观，而是完全退场，甚至销声匿迹。

法国结构主义文论将文学作品视为一个由各种因素相互联系而形成的封闭结构整体，试图在各种文学形式要素的联系中建构文本的结构模式，实现对文本的阐释。在《结构主义活动》中，罗兰·巴特以索绪尔的语言学为起点，认为结构主义的目的在于重新建构一个认识"客体"，而"结构"实际上是这个客体的幻象，而且是一个直接的、有利害关系的幻象。罗兰·巴特认为，结构主义在根本上是一种模仿活动，是从功能意义上模仿世界，使世界变得可理解。当然，与现实主义艺术模仿世界的实体或表象不同，结构主义对世界的模仿是功能或结构上的模仿。

罗兰·巴特认为，结构主义关注结构活动本身的意义、方法和运作方式。首先，结构活动要进行"分割"，要在"最小差别原则下"将不同情境中导致意义发生变化的结构分解提炼出来。这些片段虽然本身没有意义，但它们任何微小的变异都会引起整体的变化。其次，结构活动要有"明确表达"，要将被分割的片段按照某种结构原则联合起来，因为在结构原则的组合中，意义得以产生。因此，不是赋予事物意义才能达到"结构"的目的。结构并不是永恒不变的，新的结构也可能通过替代原有结构生成新的意义，无处不在的结构系统占主导性地位，而个体只是结构中的一个符号。

—— 延伸阅读文献

1. Roland Barthes, *The Pleasure of the Text*, Oxford: Blackwell, 1990.

2. ［法］罗兰·巴尔特：《符号学原理——结构主义文学理论文选》，李幼蒸译，北京：中国人民大学出版社2008年版。

3. ［法］罗兰·巴特：《罗兰·巴特随笔选》，怀宇译，天津：百花文艺出版社1995年版。

4. ［法］罗兰·巴特：《神话——大众文化诠释》，许蔷蔷、许绮玲译，上海：上海人民出版社 1999 年版。

5. ［法］罗兰·巴尔特：《符号帝国》，孙乃修译，北京：商务印书馆 1994 年版。

6. ［瑞士］费尔迪南·德·索绪尔：《普通语言学教程》，高明凯译，岑麒祥、叶蜚声校注，北京：商务印书馆 1980 年版。

7. ［美］卡勒尔：《罗兰·巴特》，方谦译，北京：生活·读书·新知三联书店 1988 年版。

8. ［法］路易–让·卡尔韦：《结构与符号——罗兰·巴尔特传》，车槿山译，北京：北京大学出版社 1997 年版。

（杨向荣 撰）

—— 原文：《结构主义活动》

经典原文

结构主义活动[①]

罗兰·巴特 著　怀宇 译

　　结构主义是什么？它既不是一种学派，也不是（至少现在还不是）一种运动，因为通常与该词有关的大多数作者丝毫感觉不到他们之间有什么学说或论争联系。它勉强是一个词汇：结构是一个已经过时的用语（最早出自解剖学和语法学[②]），如今已经极为陈旧：所有的社会科学都在求助于这个词，对它的使用已无法区分任何人，除非在就赋予它的内容进行论战的情况下；功能、形式、符号和意指几乎不再是恰当贴切的了；今天，这些词已被人泛泛使用，人们向这些词要求一切并从中获得一切，尤其是用以掩盖有关原因与产物的那种旧的决定论论调；为了探讨结构主义与其他思维方式的区别，大概必须追溯到像能指—所指和共时性—历时性这些一对对的概念：首先是因为它依靠索绪尔创立的语言学模式，而且从布局上讲，语言学就其目前的状况本身就是有关结构的科学；其次，从更有决定性的意义方面讲，在共时观念（尽管在索绪尔那里这尤其是操作性的概念）使人相信时间的某种凝固状态和历史观念趋于把历史过程表现为诸形式的一种纯粹接续的情况下，结构主义似乎包含着对历史概念的某种修正；由于结构主义的主要阻力今天似乎来自马克思主义，而且围绕着历史概念（而不是结构概念）打圈子，这后一对概念就更引人注目；不管怎么说，大概是应该在对意指词汇的严肃借用（而不是对意指一词的借用，相反，这一词毫无特别之处）之中来最终看待结构主义的所谓标志：请您注意谁在运用能指与所指、共时性与历时性，您就会知道结构主义的看法是否已经形成了。

　　这一点，对于明确使用方法论概念的智力元语言也是行之有效的。但是，由于结构主义既不是一个学派，也不是一种运动，因此，没有理由把它

[①] 发表于1963年，后收入《批评随笔》，瑟伊出版社，1964年。——译注
[②] 见《结构一词的意思与用法》一书，莫冬出版社，海牙，1962年。

先验地——即便是采用或然判断的方式——归纳为一种学术思想。最好的办法是在自省的言语活动层次之外的另一种层次上尽力寻求对其最宽泛的描述（即使不是寻求其定义）。实际上，我们可以设想有这样一些作家、画家和音乐家，在他们看来，对于结构的某种练习（而不仅仅是有关它的思想）反映了一种独特的经验。我们还可以设想，应该把分析家和创作者均置于可称为结构的人的共同符号之下，这种人不由其观念或言语活动来确定，而是取决于他的想象力，或者确切地讲，取决于他的想象活动，即他内心感受结构的方式。

因此，有人立即会说，对其所有使用者来讲，结构主义主要是一种活动，即一定数量的精神过程的有调节的接续活动：像过去谈过超现实主义活动一样（超现实主义很可能产生了最初的结构文学经验，总有一天要回到这个问题上来），我们今天可以谈结构主义活动。但是，在理解什么是这些程序之前，必须先说一说其目的何在。

任何结构主义活动的目的，不论它是自省的或是诗学的，都在于重新建构一种"对象"，以便在重建之中表现这种对象发挥作用的规律（即各种"功能"）。因此，结构实际上是对象的幻象，而且是有指向和联系的幻象，因为被模仿的对象显示出在自然的对象中难以看见或者难以理解的某种东西。结构主义抓住现实、分解现实，然后又重新组合现实；表面上看，这是微不足道的事（这一点使某些人认为结构主义的研究工作"没有意义、没有趣味、没有教益"等）。然而，从另一种观点看，这微不足道之处正是关键所在；因为在结构主义活动的两种对象或两种时间之间，出现了新东西，这种新东西完全不是一般的可理解的东西：幻象，便是补加到对象上的理解力，而这种增加具有一种人类学的价值，从这个意义上讲，这种增加部分就是人本身，就是他的历史、他的处境、他的自由和自然对人的精神的抵抗本身。

于是，我们便理解了为何要说结构主义活动的原因：创作或是思考在此并不是对世界的原本的"印象"，而是真正地制造与前一个相似的世界，但是这种制造不是照搬前一个世界，而是使之变得可以理解。因此，我们可以说，结构主义主要是一种模仿活动，而且，正是在这一点上，严格地讲，学术上的结构主义与特别是作为一般艺术的文学没有任何技巧上的区别：两者都属于一种哑剧模仿，这种模仿不是建立在实体的类比之上（如在所谓的现实主义艺术中那样），而是建立在功能的类比之上（列维－斯特劳斯①称之为同构）。当特鲁别茨科依（Troubetskoy）以一种变体系统重新建构音位对象的时候，当乔治·迪梅齐尔（Georges Dumézil）创立功能神话学的时候，当普洛普通过预先分解所有斯拉夫民间故事来组成一种民间故事的时候，当克洛德·列维－斯特劳斯发现图腾想象活动的同构作用的时候，当G. G.格朗热（G. G. Granger）发现经济思想的形式规律或J. C.加尔丹（J. C. Gardin）发现史前青铜器的相关特征的时候，当J. P.里夏尔（J. P. Richard）把马拉美的诗分解成区别性节奏的时候，他们所做的，无非蒙德里昂（Mondrian）、布莱兹（Boulez）或布托尔（Butor）通过有规则地体现某些单元和这些单元的某些搭配来安排某种对象时所做的工作，我们下面确切地称其为组合。纵使隶属于幻象活动的第一个对象已经集中地由世界加以确定（在对于既成的一种语言、一种社会或一部作品进行结构分析的情况下）或者仍处于分散状态（在结构的"组合"过程中），纵使这第一个对象已经从社会现实或想象现实中提取了出来，这都是无关紧要的：被照搬的对象的本质确定不了艺术（然而这是各种现实主义难以改变的偏见），是人在重新建构对象时为其增加了东西：技巧是任何创作的存在本身。因此，正是在结构主义活动的目的与某种技巧不可分地联系在一起的情况下，结构主义才与其他分析或创作方式相比更明显地存在着：人们重新建构对象，以便显示功能，而且——如果可以这样说的话——正是这种途径在创作作品；正因为如此，才应该称其为活动，而不是称其为结构主义作品。

结构主义活动包括两种典型操作过程：分割与排列。把提供给幻象活动的第一个对象加以分割，就是在其本身找出一些活动的片段，正是这些片段有差异的情境在产生某种意思；片段本身没有意思，但是，片段外形的哪怕是最小的变化都会引起总体的改变；蒙德里昂的一种方块，普瑟（Pousseur）的一个半音音列，布托尔《运动体》的一个节段，列维－斯特劳斯的"神话素"，音位学家们的音位，某文学批评家的"主题"，所有这些单元（尽管其范围和内在结构会依情况不同而千差万别）只有在其边缘地带才获得有含义的存在价值：这些边缘地带使其与话语的其他现存单元区分开来（然而，正是在此出现了安

---

① 克洛德·列维－斯特劳斯（Claude Lévi-Strauss，1908—2009），法国结构主义人类学家，结构主义先驱者之一。——译注

排问题）；也使其区别于其他潜在单元——这些单元正是与潜在单元组成某一种类属（语言学家称之为聚合项）；对于理解何谓结构主义观点来讲，聚合项这一概念似乎是基本的概念：聚合项是对象（单元）的一种极为有限的储库，在此之外，人们借助于引证来称谓想赋予其现时意义的那种对象或单元；聚合项对象的特征，是它与同一种类的其他对象具有某种相同的或不同的关系，同一聚合项的两个单元应该有少许相似，以便使两者之间的区别一目了然：在 S 与 Z 之间既应该有共同特征（齿音），又应该有区分特征（有或没有响度），为的是我们赋予法语中的 poisson（鱼）和 poison（毒药）以不同的意思①；蒙德里昂的方块既在其形式上相似，又在大小和颜色上不同；（布托尔《运动体》中的）美国汽车应以相同的方式不停地得到察看，然而它们又在牌号和颜色上每一次都有区别；（在列维-斯特劳斯的分析中）俄狄浦斯神话的情节既应该是一致的，又应该是富于变化的，以便所有这些话语和作品都是可以理解的。因此，切割过程便产生幻象的第一次分散状况，但是，结构的所有单元丝毫不杂乱无章：这些单元在被放置和插入组合内容中之前，每个单元都与其所属潜在的储库一起形成一种精巧机制，该机制服从于一种最高的支配原则：即最小差异性原则。

单元提出之后，结构的人应该发现或确定它们的搭配规则：这便是继称谓之后的排列活动。我们知道，艺术和话语的句法关系是各种各样的；但是，我们在任何带有结构设想的作品中发现，它们服从于一些有规律的约束。这些约束的形式主义尽管受到不恰当的指责，但远不如稳定性更为重要；因为，在幻象活动的这一第二阶段中起作用的，是某种对于偶然性的斗争；因此，对于单元复现的种种约束便具有一种几乎是创世性的价值：作品正是借助于单元和单元搭配的规律性反复才显示其得以形成，也就是说具有了意义，语言学家们把这些结合规则称作形式，保留对于一个过分陈旧的词——形式——的严格用法也许大有好处，有人说，正是这一点才使单元之间的邻接一点都不像是纯粹的偶然性后果：艺术作品是人从偶然性中获得的东西。也许，这可以使我们一方面明白为什么那些所谓非形象的作品仍然处于诸种作品的顶峰，人类的思维为什么不处于模仿与模式的类同之中，而是处于组合的规律性之中；另一方面，

---

① poison 一词中的 s 读 [z]。——译注

我们会理解，这同一些作品为什么会显得出乎意料，而且正是在这一点上，它们对于不能从中揭示任何形式的那些人来讲是毫无用处的：面对一抽象派绘画，赫鲁晓夫①大概只能错误地在画布上看出一条驴尾巴甩过的痕迹；不过，他至少以他的方式明白，艺术是对偶然性的征服（他只是忘记，任何规则均可学会，只要想运用它或识破它）。

于是，幻象得到了确立，它并没有按照它所接受的世界来表现世界，正是在这一点上，结构主义是重要的。首先，它反映了对象的一种新的范畴，这种范畴既不是真实性，也不是理性，而是功能性，于是，这种范畴便又与围绕着信息研究而正在形成的科学复合体结合在一起了。其次，它尤其充分揭示了人类借以赋予事物以意义的人类自身的过程。这是新的东西吗？在某种程度上讲是的；当然，世界从未停止过寻找它所得到的东西和它所产生的东西的意义；新的东西，便是一种思维（或者一种"诗学"），它更多地探讨意义以何种代价和依据哪些途径才是可能的，而不是尽力赋予它所发现的对象以充实的意义。我们最多可以说，结构主义的对象，不是富于某些意义的人，而是创造意义的人，这就像极尽人类的语义学目的，根本不是意义的内容，而仅仅是具有历史可变性的偶然意义借以产生的那种行为。意义之人：这便是从事结构研究的那种新的人。

用黑格尔的话来讲②，古希腊人对自然中的自然性感到惊异；他们不停地倾听自然界的声音，探询泉水、山脉、森林和雷雨的意义；由于他们不明白这些对象说了些什么，便在植物或宇宙的范围内看到了意义的一种强烈震颤，他们便赋予这种意义一位神仙的名字：潘③。从此以后，自然界发生了变化，它变成社会性的了：给予人的一切，均已经人性化了，甚至包括我们旅行时穿越的森林和河流。但是，面对这种社会化的自然——它已纯粹是文化，结构的人与古希腊人毫无区别：他也倾听文化的自然性，并且在文化中不停地感受正在坚持不懈地创造意义的一部庞大机器即人类的颤动（没有创造，文化便不再具有人性），而不是感受一些稳定的、完成的和"真实的"意义。这是因为，在结构的人看来，意义的这种制造比意义本身更主要，是因为功能广延至作品，是因

---

① 赫鲁晓夫（Khrouchtev，1894—1971）：苏联20世纪五六十年代时的国家领导人。——译注
② 见《历史哲学讲稿》，弗兰出版社，1946年，第212页。
③ 潘：古希腊神话中畜牧之神的名字。——译注

为结构主义本身也成了活动，而且把对作品的运用与作品本身等同视之：一首半音音列的乐曲作品与列维-斯特劳斯的一篇分析文章，只因为它们曾被制作才被视为对象；它们的现时存在是它们的过去行为所致；它们是既成之物；艺术家和分析家是在重走意义之路，他们不需要再指明这条路；他们的作用，我们还用黑格尔的话来说，是一种占卜术；就像古时的预言家那样，他说出意义之所在，而不加以命名。这是因为，文学尤其是一种占卜术，是因为它既是可理解的，又是可询问的，既是说话的，又是缄默的，它通过重走意义之路与意义一起进入世界，但又脱离世界所制定的偶然意义：这是对消费文学的人的回答，然而又总是向自然提出的问题，是询问式的回答，又是回答式的询问。

那么，结构的人怎能接受人们有时指责他是非现实主义呢？形式不是也在世界之中吗？形式不是也在负起责任吗？布莱希特作品中带有革命性的东西，是否真的是马克思主义呢？难道不更是在舞台上将一反光体的位置或对于一种服饰的磨损与马克思主义连在一起的决心吗？结构主义并不取消历史：它尽力将历史不仅与内容（这样的事做过无数次）联系起来，而且与形式联系起来，不仅与物质联系起来，而且与可理解性联系起来，不仅与意识形态联系起来，而且与审美联系起来。确切地讲，因为任何有关历史可理解性的思考也同时参与这种可理解性，所以，这与结构的人能否存在下去大概无关紧要：他知道结构主义本身也是世界的某种形式，这种形式将随着世界的变化而变化；一如他在自己的能力之内体验他以新的方式去说世界上各种古代语言的有效性（而不是真实性），同样，他也知道，只需历史上出现一种新的表达世界的言语活动，他的任务也就完成了。

（选自［法］罗兰·巴特《罗兰·巴特随笔选》，怀宇译，
百花文艺出版社 1995 年版）

德里达与《人文科学话语中的结构、符号与游戏》

经典导读

雅克·德里达（Jacques Derrida，1930—2004），法国哲学家，解构主义代表人物。德里达生于阿尔及利亚，19岁移居巴黎，22岁起在巴黎高等师范学院学习。20世纪60年代成为《泰凯尔》杂志的核心人物。1983年，德里达任巴黎高等社会科学研究院研究主任、法兰西公学名誉教授。2004年，德里达因胰腺癌在巴黎病逝。

德里达是西方后现代思潮最重要的理论源泉之一，主要代表作有《论文字学》（1967）、《声音与现象》（1967）、《书写与差异》（1967）、《播散》（1972）、《立场》（1972）、《丧钟》（1974）、《人的目的》（1980）、《哲学的边缘》（1980）、《胡塞尔现象学中的起源问题》（1990）、《文学行动》（1992）、《马克思的幽灵》（1993）、《与勒维纳斯永别》（1997）等。1966年10月，德里达在美国的国际学术研讨会上提交论文《人文科学话语中的结构、符号与游戏》，矛头直指学术界风头正盛的结构主义。德里达的这次讲演标志着后结构主义或解构主义思潮的兴起。

在德里达看来，西方传统思想的全部历史就是一系列结构的更迭，犹如一条由结构构成的决定性链条，而与结构及根本法则相联系的，是某种不变的存在，诸如观念本质、生命本源、终极目的、生命力、真理、先验性、意识、上帝和人等。德里达把这些观念称为"逻各斯"，认为整个西方形而上学传统都是"逻各斯中心主义"的。德里达反对逻各斯中心主义，认为逻各斯中心主义基本都采用二元对立的思维模式，反逻各斯中心主义意味着解构二元对立和颠倒等级秩序，意味着消解中心、主体、本源等的指涉意义。

德里达提出了延异、播散、印迹、增补等一系列解构主义的独特概念。"延异"（différance）是德里达生造出来的"新词"，他赋予该词解构内涵，意在颠覆西方根深蒂固的"在场形而上学"或"逻各斯中心主义"。在德里达的理论中，"延异"这个词具有三层意思：一是语言意义取决于符号的差异性；二是意义必将向外扩散；三是意义无穷延宕，无法最终获得。由于"延异"的存在，原本的中心或本源其实并不是中心或本源，一切都变成了话语，变成了充满差别的系统。"延异"中的符号不指向符号链以外的观念，只表示能指链间的滑动，它是一种符号意指关系的"播散"运动。

"播散"（dissémination）是文本意义的"延异"方式，"播散"总是不断地瓦解文本，显示文本的凌乱、松散和重复。"播散"表明文本意义的不自足性，标志文本意义的多样性。作为"播散"的书写，是一种解构运作，它使文本的消解永远持续下去，因而展示出文本的解体性、异质性和多重性。"播散"意味着所有的文本运动都是要擦抹（或涂改）掉原有文本而重新书写另一个文本，这是一个既解构又建构的过程。

"印迹"（trace）指书写"延异"链中的一种无源可查的"存在"。"印迹"不是一种实体，而是永恒移变的过程。"印迹"既是一种在场，又是一种非在场。"印迹"在场，因为它已经存在；"印迹"非在场，因为它曾被抹去。"印迹"是"延异"的痕迹，是符号之间相互阐释的表现。任何文本都是未完成的，一个文本是由各种区分组成的网络，是由各种"印迹"组成的结构，阅读过程需要不停地追踪和擦抹"印迹"。在德里达看来，所有的阅读就是要解释各种"印迹"，要把传统的作品视为一个大文本，关注文本间的"互文性"。

"增补"（supplément）是书写"延异"的一种策略，在法文中有"补缺""额外添加"和"替代"等多重含义。德里达认为，"增补"之所以可能，是因为被"增补"的本体原本就不完全或不完善。在他看来，那种原生原发、浑然天成、未经任何"增补"的"自然"其实根本就不存在，不能被"增补"的文本其实根本不存在。因此，对文本的每一次"填空"就是一次"增补"，而每一次"增补"就是一次"延异"。德里达指出，"增补"使文本意义永远无法得到确证：一方面，在一个符号意指系统中，意义在可供选择的差异中产生；另一方面，意义向朝四面八方扩散，由一种解释替代另一种解释，永远无法达到最终确定。

在《人文科学话语中的结构、符号与游戏》中，德里达首先对结构概念展开分析，认为结构概念其实是基于某物的一种游戏概念，解构思想在尼采、弗洛伊德和海德格尔的理论中可以找到相关的具体依据。德里达认为，所有的瓦解性话语及其同类都是在一种独一无二的循环中进行的，这种循环描述的是形而上学历史及其瓦解之间的关系。

德里达认为，"人种学/民族学"具有特殊地位，它只有在某种解构运动发生的时候才会诞生。德里达以列维－斯特劳斯的文本为例，认为人种学/民族学在众多人文科学中的特殊地位，并不是因为列维－斯特劳斯的思想对当代理论格局的重要影响，而在于他的著作中有一种明显的自我解构倾向。这种倾向直接关系到对传统语言的批判，也决定了这种批判语言在人文科学中的地位。在这种倾向中，德里达认为有一条主导线索，即列维－斯特劳斯文本中的自然和文化的二元对立。这种二元对立使列维－斯特劳斯遭遇"乱伦禁忌"难题，也使语言凸显其自身特有的批评必要性。在分析列维－斯特劳斯的人类学理论之后，德里达以列维－斯特劳斯的《生与熟》为例阐释了神话学文本中的解构主义元素。德里达认为，列维－斯特劳斯的神话学最有诱惑力的地方在于：宣布放弃某种中心、主体和特权等参照点，拒绝某种绝对源头的任何参照。

通过解析列维－斯特劳斯的"结构""符号""神话""打零活"等概念，德里达认为，在列维－斯特劳斯的结构主义思想中，其整体化倾向隐含着传统哲学的逻各斯中心主义（语音中心论），而"结构""符号""神话"都是逻各斯中心主义的"在场"。德里达指出，列维－斯特劳斯希望通过结构主义放逐"中心"，拒斥形而上学的方案是不彻底的，也是行不通的，因为其理论蕴含着自我解构的因素和倾向。德里达认为，只有通过"游戏""替补"和"延异"等策略，才能摆脱逻各斯中心主义，摆脱"主体""人"和"自我"的束缚。在这个意义上，《人文科学话语中的结构、符号与游戏》不仅是针对结构主义大师列维－斯特劳斯的批判性文章，也标志着结构主义向解构主义的转向。

—— 延伸阅读文献

1. ［法］雅克·德里达：《书写与差异》，张宁译，北京：生活·读书·新知三联书店 2001 年版。

2. ［法］伯努瓦·皮特斯:《德里达传》，魏柯玲译，北京：中国人民大学出版社 2014 年版。

3. ［英］罗伊·博伊恩:《福柯与德里达：理性的另一面》，贾辰阳译，北京：北京大学出版社 2010 年版。

4. ［英］斯图亚特·西姆:《德里达与历史的终结》，王昆译，北京：北京大学出版社 2005 年版。

5. 陆扬:《德里达的幽灵》，武汉：武汉大学出版社 2008 年版。

6. 陆扬:《德里达：解构之维》，武汉：华中师范大学出版社 1996 年版。

7. 方向红:《幽灵之舞——德里达与现象学》，南京：江苏人民出版社 2010 年版。

8. 杨冬:《文学理论：从柏拉图到德里达》（第 2 版），北京：北京大学出版社 2012 年版。

9. 尚杰:《德里达》，长沙：湖南教育出版社 1999 年版。

（杨向荣 撰）

原文:《人文科学话语中的结构、符号与游戏》

经典原文

人文科学话语中的结构、符号与游戏

德里达 著 张宁 译

对解释的解释比对事物的解释有更多的事要做。

——蒙田

也许，我们可以称作"事件"的某种东西已经在结构概念的历史中发生了，如果这个词所含的不是那种结构性或结构主义所苛求的意义，即将事件还原或对它加以怀疑的话。无论怎样让我们说它是一个"事件"吧，也让我们谨慎地将这个词置入括号里去吧。不过，这个事件会是什么呢？它也许会有某种断裂与某种重复的外在形式。

指出结构概念甚至结构这个词与"认识"这个词同样的古老恐怕是容易的，也就是说它与西方的科学与哲学有着同样的年轮，而科学与哲学所根植的都是日常语言的土壤，认识正是从这土壤的深处将它们采集起来最终以某种隐喻性变位将它们带向自身。无论如何，直到这个我想用作基准的事件之前，结构，或毋宁说结构之结构性，虽然一直运作着，却总是被一种坚持要赋予它一个中心，要将它与某个在场点、某种固定的源点联系起来的姿态中性化了并且还原了。这个中心的功能不仅仅是用以引导、平衡并组织结构的——其实一种无组织的结构是不可想象的——而且尤其是用来使结构的组织原则对那种人们可称为结构之游戏的东西加以限制的。诚然，某种结构的中心在引导和组织系统之内在连贯性的同时，也使得组成部分的游戏在那个整体形式内成为可能。一种本身丧失任何中心的结构今天仍然是不可思议的。

然而，这种中心也关闭了那种由它开启并使之成为可能的游戏。中心是那样一个点，在那里内容、组成成分、术语的替换不再有可能。组成部分（此外也可以是结构所含的结构）的对换或转换在中心已是被禁止的。至少这种对换一直都是被禁止的（我有意使用这个词）。因此人们总是以为本质上就是独一无二的中心，在结构中构成了主宰结构，同时逃脱了结构性的那种东西。这正是为什么，对于某种关于结构的古典思想来说，中心可以悖论地被说成是既在结构内又在结构外的。中心乃是整体的中心，可是，既然中心不隶属于整体，整体就应在别处有它的中心。中心因此也就并非中心了。中心化了的结构这种概念——尽管它再现了连贯性本身，再现了作为哲学或科学的认识之前提——却是以矛盾的方式自圆其说的。如往常一样，矛盾中的连贯性表达了某种欲望力。中心化了的结构概念其实是基于某物的一种游戏概念，它是建构于某种始源固定不变而又牢靠的确定性基础之上的，而后者本身则是摆脱了游戏的。从这种确定性出发，焦虑就可以得到控制，而这种焦虑从某种意义上说总是由被卷入游戏、被游戏捕捉及一开始就在游戏之中引发的。从那个既可是外又可是内，无所谓被称作始源或终极、元力（arche）或终极目的（telos）的所谓的中心出发的重复、替代、转换、对调总是被纳入意义的某种历史之中的——简言之即某种历史，而它的始源或终极总是可以通过在场的形式被唤醒或预设的。此乃为什么也许可以说任何作为元力学的考古学（archeologie）的运动，如同任何作为终极目的学的末世学（eschatologie）的运动一样，是这种结构的结构性之还原的同谋，而且它总是试图从某种圆满的、超越游戏的在场的角度去思考结构的结构性的。

如果确实如此的话，结构概念的整个历史在我们所说的那种断裂之前，就应当被当作某种中心置换的系列、某种中心确定的链条来思考。这个中心连续地以某种规范了的方式接纳不同的形式或不同的名称。形而上学的历史就如西方历史一样，大概就是这些隐喻及换喻的历史。它的母式——请原谅我为了尽快进入我的主题而论证得如此少而简略——也许就是将存在当作在场这个词的全部意义所作的那种规定。也许可以指出的是那种基础、原则或中心的所有名字指称的一直都是某种在场（艾多斯、元力、终极目的、能量、本质、实存、实体、主体、揭蔽、先验性、意识、上帝、人，等等）的不变性。

断裂这种事件，即我在文章开始隐射的那种裂变恐怕也许会在结构之结构性不得不开始被思考，也就是说被重复的那个时刻发生，而这也正是我何以说这种裂变就是重复的理由，我是在重复这个词的所有意义上使用它的。此后必须开始思考的是在结构构成中主宰着某种中心欲求的那种法则及将其变动与替换与这种中心在场法则相配合的那个意谓过程；不过这是个从来就不是它自身，而且总是已经从其自身流放到其替代物中去了的中心在场。而这种替代物却不替代任何可以说是前在于它的东西。这样一来，人们无疑就得开始去思考下述问题：即中心并不存在，中心也不能以在场者的形式被思考，中心并无自然的场所，中心并非一个固定的地点，而是一种功能、一种非场所，而且在这个非场所中符号替换无止境地相互游戏着。那正是语言进犯普遍问题链场域的时刻；那正是在中心或始源缺席的时候一切变成了话语的时刻——条件是在这个话语上人们可以相互了解，也就是说一切变成了系统，在此系统中，处于中心的所指，无论它是始源或先验的，绝对不会在一个差异系统之外呈现。先验所指的缺席无限地伸向意谓的场域和游戏。

这种解中心（decentrement）作为结构之结构性之观念，是从哪里又是怎么产生的呢？为了指认这个发生过程而参照某个事件、某个学说或某个作者的名字可能会显得有点天真。这个发生过程无疑地属于一个时代的整体，它也是我们的，但它总是早就已经开始被预示了而且早就已经开始运作了。假如，我们无论如何要以直陈的名义选择一些"特殊的名字"，提及一些最能表呈这种发生过程之极端形式的作者的话，那无疑地就得引用尼采对形而上学和存在及真理概念的批判，因为这些概念被游戏、解释和符号的概念（即无在场真理的符号概念）代替；就得引用弗洛伊德对自我呈现的批判，也就是说对意识、主体、自我一致性、自我临近、自我属性的批判；更激进一点，就得引用海德格尔对形而上学、存有神学、作为在场的存在的规定性的瓦解（destruction）。然而所有这些瓦解性话语及其同类都是在某种循环中进行的。这是一种独一无二的循环。它所描述的是形而上学历史与形而上学历史的瓦解之间的关系形式：不用形而上学的概念去动摇形而上学是没有任何意义的；我们没有对这种历史全然陌生的语言——任何句法和词汇；因为一切我们所表述的瓦解性命题都应当已经滑入了它们所要质疑的形式、逻辑及不言明的命题当中。众多例子之一：人们正是通过符号的概念才动摇了在场形而上学。但是，如我刚才所示，从人们想要指明先验或具特权的所指并不存在、意谓过程的场域或游戏自此便不再有限制那一刻开始，人们甚至就得拒绝符号这个概念与这个词——但这是做不到的。因为"符号"这个词的意义一直是作为某物的符号被理解与被规定的，它又被理解和规定为指向某个所指的能指；因此，作为能指的符号总是不同于其所指的。假如人们抹去能指与所指间的根本性差异的话，那就等于说必须放弃能指这个词本身，因为它是个形而上学概念。当列维-斯特劳斯在《生与熟》"序"中说他"一开机就立足于符号层面以求超越感性与知性的对立"时,他这种姿态的必要性、力量及合法性不能使我们忘记符号的概念是能在其自身中超越感性与知性之对立的。符号的概念就是被这种对立规定的:从头至尾地贯穿其历史的整个过程。它只靠这种对立及其系统过活。而我们不能够摆脱符号的概念,因为我们不可能放弃这种与形而上学之共谋关系而不同时放弃我们对它所做的批判工作,而不冒抹去二者间的差异、只考虑所指而忽视能指之险,即要么在能指中同化所指,要么索性将能指其驱逐于所指之外。因为抹去能指与所指的差异有两种不同质的方式:一种是古典的,志在还原或派生能指,即最终使符号服从于思想;另一种是我们这里用来反对前面这种方式的,它强调的是要质疑那个使从前的还原得以运作的系统:首当其冲的正是那种感性与知性的对立系统。因为这种悖论,正是符号的形而上学还原需要还原的那种对立。这种对立系统地与还原联系在一起。而我们这里就符号所说的一切可以广泛推及所有的形而上学概念、语句,特别是关于"结构"的话语。但落入这种循环的方式有很多种。有的方式更为质朴、经验性、系统性,也更为接近这个循环的表述法乃至其形式化过程,而有的少一些上述特征。正是这些差异解释了何以有瓦解性话语,以及这些话语的持有者之间的意见分歧。比如,尼采、弗洛伊德和海德格尔所操作的就是从形而上学那里继承来的概念。由于这些概念并非一些组成部分、一些单子,也由于它们是在某个句法或系统中进行的,所以每一个既定的借用都会随之牵带上整个形而上学。正是这种东西使得破坏者相互之间的摧毁成为可能,比如使得海德格尔能以与清醒和精密同样的恶意和曲解将尼采当作最后一个形而上学者、最后一个"柏拉图的传人"。我们也可以将这种运作用在海德格尔、弗洛伊德或其他一些人头上。只是今天没有比这种运作更流行的了。

现在当我们转向所谓的"人文科学"时,这个形式上的图式又有什么相关性呢?其中的一门学科可能在此具有特殊地位。那就是人种学/民族学。其实,可以说作为科学的人种学/民族学只有在某种解中心运动可以运行的时候才能诞生:这是个欧洲文化——因此也是形而上学及其概念的历史——遭到解体,被逐出其领地,不得不因此停止以参照性文化自在的时刻。它并不首先是哲学或科学话语的时刻,它也是政治、经济、技术等的时刻。我们可以完全心安理得地说对人种学/民族学中心主义的批判这一人种学/民族学的必要条件，系统而历史地与形而上学历史的瓦解共时共代并非偶然。二者属于同一个时代。

而人种学／民族学——如任何科学一样——在话语组成部分中产生。它首先是一种使用着传统概念的欧洲学问，即使它否定或想要否定它。因此，无论愿意与否，人种学／民族学家甚至在它揭露人种中心主义的那一刻同时在他自己的话语中接纳了人种中心主义的前提，而这并不取决于人种学／民族学家的决定。这种必然性是不可还原的，它不是一种历史的偶然；必须思考它的所有蕴涵。但是如果没有人能够逃脱这种必然性，也没有人能因此承担向它妥协的责任，哪怕只一点责任的话，那并不等于说所有向之妥协的方式都同等地合情合理。一种话语的质量和丰富性也许可以用它借以思考与形而上学历史及与这些继承来的概念间关系的那种批评严格性来加以衡量。这里涉及的问题是对人文科学语言的某种批评关系及对话语的某种批评责任。问题也涉及如何明确而系统地提出向传统借用必要资源以便解构该传统本身的某种话语的身份问题。这是一个经济学与策略性问题。

我们之所以用列维－斯特劳斯的文本作为一个例子来考虑，那不只是因为人种学／民族学今天在众多人文科学中具有的特殊地位，也不是因为他的思想对当代理论格局有着重要的影响。主要是因为列维－斯特劳斯的工作宣告了某种抉择，而在其中得以以某种或多或少明确的方式展开的一种学说所关涉的恰恰正是这种语言批评及这种处于人文科学中的语言批评。

为了追踪列维－斯特劳斯文本中的这种运动，让我们就将自然与文化这个对子选作诸多主线之一吧。尽管这个对立面在他那里有所更新与伪装，但它先天就属于哲学领域。它甚至比柏拉图更古老。至少它与希腊诡辩派同龄。从physis（物体）／nomos（规范）、physis（物体）／techne（技术）这些对子至今，对立就一直是"自然"与法律、制度、艺术、技术，甚至还有自由、专断、历史、社会、精神等的对立这一整个历史链的互换。然而，列维－斯特劳斯从他的研究工作及其第一部著作（《亲属关系的基本结构》）开始，就同时体会到了使用这种对立的必要及信任它的那种不可能。在对那些亲属关系的基本结构的研究中，他是从下述这个公理或者说定义出发的：即那种普遍的启发的、并且不依赖任何特殊文化及任何既定规范的东西属于自然。相反的，那些依赖某种用以规范社会并因此能够使一种社会结构有别于另一种的规则系统的东西则是隶属于文化的。这两个定义都很传统。不过,从《亲属关系的基本结构》的第一页开始,已开始信任这些概念的列维－斯特劳斯就遇到了被他称作丑闻的那种东西,即某种不再能容忍他已经接受了的自然与文化对立而且看来同时征用了自然与文化之属性的东西。那就是乱伦禁忌。乱伦禁忌是普遍的,在此意义上人们可以说它是自然的;但它同时是一种禁忌、一种规范及禁止系统,而在此意义上人们又不得说它是文化的。"因此让我们假设人身上一切普遍的东西都属于自然并且以自发性为特征,而一切强行规范的都是文化的并且表现为某些相对而特殊的属性。这时我们就会面对某种借助前述定义而看来离丑闻不远的事实或者一组事实:因为乱伦禁忌毫不含糊地表现了不可分离地结合在一起的这两种特性,而我们已经承认过它们是两种互相排斥的矛盾属性:乱伦禁忌构成一种规则,不过它是在所有社会规则中同时具备普遍性特征的唯一一种规则。"(第9页)

显然只有在相信自然与文化之差异的某种概念系统内部,才会有这种丑闻可言。列维－斯特劳斯在用乱伦禁忌的"事实陈述"(factum)作为其著作的开篇之时,就切入了这种总是已被假定为不言自明的区别发现自己被抹去并遭到怀疑那个点。因为只要乱伦禁忌不再能够用自然与文化的对立来进行思考,人们就不能再说它是个丑闻了,也不能再说它是某种透明的意义网络中那种不透明的核心了;它也不再是人们在传统的概念领域中碰上的某种丑闻了;乱伦禁忌是逃脱了这些概念并肯定前在于它们且大有可能就是它们之所以成为可能的那种作为前提条件的东西。也许可以说以自然与文化的对立造就其系统的哲学整体概念领域就是为了让那些使之成为可能的东西陷入不可思的境地,也就是说使乱伦禁忌之源变得不可思议。

这个过快地被提及的例子不过是众多例子中的一个,但它已使语言自身带有其特有的批评必要性这一事实显现,只是这种批评可以通过两种途径、两种"方式"进行。在感受到自然与文化对立之局限的那一刻,人们可能会有系统并严格地质疑这些概念之历史的愿望。此乃第一种姿态。这样一种系统而历史的追问,在语文学与哲学的古典意义上讲,恐怕既不是语文学的姿态,亦不是哲学的姿态。关注哲学整体历史的基础性概念并解其建构,并不是要为语文学者或古典哲学史家代劳。尽管表面上如此,这无疑是迈向哲学外的第一步的最有胆识的方式。思考"哲学外"的出口比那些以为长期以来已经以某种傲慢的方式这么做了的人通常想象的要难得多,因为这些人一般都被自以为逃脱了的那种话语的整体压陷于形而上学之中。

另一种选择——我认为更符合列维-斯特劳斯的做法。为了避免第一种姿态可能会对经验发现产生不育效果,它强调保存所有这些旧概念并不时地揭示它们的局限性:即把它们当作依旧能使用的工具,不再赋予它们任何真值。任何严格的意谓,要是其他工具更为适合的话,它们将会随时遭到放弃。与此同时,其相对的效力继续被开发并被用来摧毁它们作为零件所从属的那部老机器。人文科学的语言正是这样进行自我批评的。列维-斯特劳斯认为以此方法可以将方法与真理、方法之工具与它所针对的客观意谓加以分离。我们几乎可以说这是列维-斯特劳斯的第一个断言;总而言之,《亲属关系的基本结构》是这样开篇的:"我们开始明白对自然状态与文化状态的那种区分(如今我们更情愿用自然状态与文化状态这种说法),虽然没有可接受的任何历史意谓,却表现了它作为现代社会学的一种方法工具而完全具有使用合法性的一种价值。"列维-斯特劳斯将永远忠实于这种双重的意向:将那种他批判了其真值的东西当作工具保存下来的。

一方面,他其实将继续对自然相对文化的这个价值提出异议。《亲属关系的基本结构》13年后的《野性的思维》忠实地回应了我刚刚读过的这个文本:"我们昔日所强调的自然与文化的对立,今天看来给我们几乎仅仅提供了方法论的价值。"而这个价值并未受到"它不具有'存有论'价值"这一事实的影响,如果我们同意使用这个在此上下文中应当受到怀疑的"存有论"概念的话,那也许我们可以这么说:"说一般人文科学已吸纳了特殊人文科学将是不够的;因为这第一种事业导引了那些归于精确科学与自然科学的其他工程:使文化重返自然,并最终使生命重返其化学物理条件的整体。"(第327页)

另一方面,列维-斯特劳斯还在《野性的思维》中以"打零活"(bricolage)的说法来表现那种可称作该方法的论证话语的东西。列维-斯特劳斯说打零活的人就是使用"不求人方式"的人,即是说他所寻求的是他手边现成的可用工具,而且这些工具并非根据特殊的操作功能、为了适应什么而设计,必要的时候,他也会毫不犹豫地对工具加以改动,一次尝试几把,哪怕它们来源和形式各异。因此,有一种打零活的形式的语言批评,而且有人甚至会说打零活就是批评语言本身,尤其是文学批评的批评语言:这里我想到的是热内特的那个文本《结构主义与文学批评》，那是为了向列维－斯特劳斯致意而发表在《弓》上的一篇文章，文章中说有关打零活的那种分析几乎可以"一字不漏地用在"批评，尤其是用在"文学批评"上。

如果把打零活说成向某种多少有连贯性的、或多少被毁坏了的遗产之文本借用概念的必要性的话，那么我们就不得不说每一种话语都是个打零活者。列维－斯特劳斯使之与打零活者相对立的那个工程师，恐怕应当自创其自己的语言、句法、词汇整体。在此意义上，这种工程师就是一种神话：即一种恐怕就是其自己话语的绝对来源而且"用各种零件"建构了这个话语的主题，它恐怕就是言语的创造者，就是言语本身。因此，必须与所有形式的打零活断绝关系的这种工程师观念就是一种神学思想；既然列维－斯特劳斯在别处告诉我们说打零活是神话诗，那么十有八九这种工程师就是由打零活者造出来的神话。只要我们不再去相信这样一种工程师和这样一种中断了与历史传承之关系的话语，只要我们承认每一种有限话语都受制于某种打零活方式，而工程师或科学家也是打零活者的不同种类，那么关于打零活的思想就受到了威胁，而它的意义赖以存在的那种差异也就解体了。

这使得第二条线索显现了，而它大概会以这里所策划的一切对我们加以引导。

列维－斯特劳斯不只将打零活的活动描写为智性活动，他也将之描写成一种神话诗式的活动。在《野性的思维》中有这样的段落："像技术层面上的打零活那样，神话反思可以在智性层面上达到出色而出人意料的结果。反之亦然地，人们也常常注意到打零活的神话诗特征。"（第26页）

但列维－斯特劳斯的出色努力不只在于提出了一种关于神话与神话学（mytholosisue）活动的结构科学，尤其是在他最近期的研究里。他的力度看来也在，我会说几乎首先在他给予他关于神话的话语及他称为"神话学"的东西的那种定位中体现出来。这就是他关于神话的话语进行反身自省并自我批判的那种时刻。而这种时刻、这种批评阶段显然针对的是人文科学领域所共同分享的所有那些语言。那么列维－斯特劳斯关于他的"神话学"说了什么呢？正是在那里人们重新发现了打零活的神话学效力。因为，在这个有关话语的新身份的批评研究中看起来最有诱惑力的，就是宣布放弃对某种中心、某种主体、某种特权性的参照点、某种绝对源头或某种元力的任何参照。人们大概可以透过他最近那本关于《生与熟》的书的整个开篇追踪到这个解中心的主题。而我只打算谈几点。

（1）首先，列维-斯特劳斯承认他在该书中当作"参照性神话"采用的博罗罗（bororo）神话配不上这个名字及这种待遇。这个称呼不但华而不实而且是一种滥用。因为这个神话不比任何其他的神话具有更特殊的参考价值："事实上，从今往后将用来指称参照性神话之名的博罗罗神话如我们试图显示的那样，不是别的什么，而不过是要么来自同一社会要么来自邻近或远方社会的其他神话的不同程度的变形。因此，选择无论哪个社会的代表性神话作为出发点都具有合理性。从这一点出发，参照性神话的价值并不在于它的典型特征，而在于它在某一组群中所处的不规则位置。"（第10页）

（2）神话的统一体或绝对发源地是不存在的。那种策源地或者发源地总是些捉不住的、不可落实的而且首先是不存在的影子或潜在性。一切都始于结构、形态或关系。神话作为关于这种无中心结构话语，本身不可能有绝对主体及绝对中心。要想不失去神话的形式与运动，它就得避免志在使某种描述非中心结构的语言成为中心的那种暴力。因此这里必须放弃的是科学或哲学话语，是认识，因为认识有一种绝对的要求，这个绝对的要求就是要回到发源地、回到中心、回到基础、回到原则，等等。与认识论话语相反，关于神话的结构式话语，即神话-逻辑话语应当本身就是神话形态的。它应当具备它所谈论对象的那种形式。

我希望现在引用列维-斯特劳斯在《生与熟》里关于这一点所写下的长而优美的一页："其实，神话研究提出了一个方法论的问题，因为它无法遵循笛卡儿将困难分成许多部分以求解决的原则。神话分析不存在可验证的结果，也不存在人们可在分解工作之后就能捉住的那种秘密统一体。神话的主题无限地一分为二。正是在我们以为已将它们彼此梳理清楚并分隔开来的时候，我们才发现它们受到不可预料的亲和性之外力作用而又重新焊接在一起。因此，神话的统一体不过是带有倾向性和投射性的，它从不反映神话的某种状态或时刻。作为一种由诠释而来的想象性现象，神话统一体的角色是给神话以一种综合的形式并防止它在对立面的混淆之中解体。所以关于神话的科学可以说是可逆碎屑状的（anaclastique），我们使用的是这个古词的词源学意义上的广义，它在定义中包括了对反射线与折断线的研究。但与追求上溯发源地的哲学反思

（reflexion）不同，这里所指的那些反射（reflexion）所关心的是除潜在的策源地之外丧失了任何其他策源地的那种射线。……想要模仿神话思维的自发运动，这部著作既太短又过长，它不得不服从这种思维的要求并尊重其节奏。这样一来，这本关于神话的书从某种意义上说就成了神话。"

稍后这种说法又重复出现："由于神话本身栖身于次一级的符码上（第一级符码是语言借以构成的那些东西），这本书提供的将是某种第三级符码的草案，目的在于确保多个神话之间的相互可译性。所以，将这本书当作神话来看并不为过：可以说它是神话学的神话。"（第20页）正是神话或神话学话语的任何实在固定中心的这种缺席解释了列维-斯特劳斯何以为这本书的结构选择了那种音乐模式。"神话与音乐作品看起来像交响乐的指挥，其听众乃是沉默的演奏者。如果问作品的实在策源地在哪儿，回答必须是：它是无法确定的。音乐与神话学使人面对的是潜在的对象，而只有它们的影子是现实的。……神话没有作者……"（第25页）

因此正是在这一点上，人种志式的打零活有意识地承认了它的神话诗功能。但也是这种功能使得哲学与认识论对中心的需求显得像一种神话学，即像一种历史的幻象。

无论怎样，即便我们承认列维-斯特劳斯的这种姿态有其必要性，却不能忽略它的危险性。假如这种神话逻辑就是神话形态学，是否所有关于神话的话语都有同样的价值呢？我们是否应当放弃使得我们能够在多种关于神话的话语之质量中进行区分的任何认识论要求呢？这是个古典式的提问，但不可避免。只要理论素（theorein）与神话素或神话诗素（mythopeme）的关系问题没有被明确地提出来，我们就无法回答这个问题——我想列维-斯特劳斯也没有回答它。而这并非小事。由于缺乏明确的提问，我们被迫将哲学的所谓逾越转变为哲学领域内一种未察觉的缺陷。经验主义恐怕就是那种其缺陷一直会属于种属之缺陷的类型。这些超越哲学（trans-philosophique）的概念从哲学的角度去看恐怕会显得幼稚。很多例子可以表明这种危险：如符号、历史、真理等概念。

我想强调的只是哲学外的那种通道，并不是要翻过哲学这一页（这常常等同于糟糕的哲思），而是要以某种方式继续阅读哲学家们。我所说的那种危险一直为列维-斯特劳斯所承认而且那就是他的工作所付出的代价。我说过经验主义，尤其在列维-斯特劳斯那里，就是所有威胁着某种在此条件下一直想要成为科学的话语的错误之母。不过，如果我们想要深入地提出经验主义与打零活的问题，恐怕我们的确会很快回到有关结构人种学／民族学中的话语身份那些绝对相互矛盾的命题上来。一方面，结构主义名正言顺地赋予自己经验主义批判的头衔。而与此同时，列维－斯特劳斯没有一本书或一项研究不是作为其他信息可以对之加以替补或肯定的经验性论述来提交的。那些结构图式的提出总是以某种数量有限并受制于经验证明之信息作为假设前提的。这种双重的诉求可以通过许多文本得以证明。让我们仍转向《生与熟》的开篇，那里清楚地表明如果说这种诉求是双重的话，那是因为它所涉及的乃是关于语言的语言："指责我们没有对南美神话作彻底清点就对它们进行分析的那些批评，恐怕会严重误解这些文献的性质与角色。既定社群的神话整体从本质上说是与话语相似的。除非这个群体已在肉体与精神上灭绝了，否则的话这个整体就永不会完成。这大概就像指责一位语言学家在没有记录下该语言存在以来的言语整体之前，在没有了解它未来将会有的所有语词交换之前就撰写它的语法差不多。经验证明一位语言学家可以从很少的一些句子中提炼出他所研究的语言的语法。如果处理的是未知语言的话，那么哪怕这是一种不完全的语法或一种语法草案，它所代表的也是些宝贵的收获。句法并不等着理论上说是无限的系列事件得以普查后才显现自身，因为它本身就在那种主宰了这些事件产生的规则机体之中。我们想要用作草案的正是南美神话学的一种句法。即便新的文本会使之丰富，那也将是对某些语法规则的形构方式加以检验或修改的机会，以便放弃其中的一些并代之以新的另一些规则。但在任何情况下，对一种完整的神话话语的苛求都会事与愿违。因为我们刚才已看到了这种苛求是没有意义的。"（第15~16页）因此，整体化有时被看作是无济于事的，有时又被当作是不可能的。无疑，这与存在着两种思考整体化之局限的方式有关。而我想再说一次，这两种规定性以含蓄的方式共存于列维－斯特劳斯的话语里。

在古典风格中，整体化可被判作是不可能的：人们由此可以提及某种主体或有限性话语的经验主义努力，它在其无法控制的无限丰富性后面徒劳地追得气喘吁吁。存在物太多，远比人们可说出来的要多。不过，非整体化的思想通过另一种方式也可以得到确定：即不再以借助经验的有限概念而是以游戏的概念为出发点。如果说整体化因此不再有意义的话，那不是因为某种有限性注视或有限性话语掩盖不了某场域的无限性，而是因为场域的性质——即语言与一种有限语言的性质——排除了那种整体化可能：这个场域其实是某种游戏的场域，即处于一种有限集合体的封闭圈内的无限替换场域。它之所以允许无限的替换，那是因为它是有限的，它不是古典假设中的那种大得不可竭尽的场域，它缺乏某种东西，即那种停止并奠定了替换游戏的中心。我们可以严格地使用法文中一直被抹去了其可耻之义的这个词去说，这种由中心或源头缺失或不在场所构成的游戏运动就是那种替补性运动。我们不可以确定中心并且竭尽整体过程，因为取代中心的、替补中心的、在中心缺席时占据其位的符号同时是被加入的，是作为一种剩余、一种替补物而出现的符号。意谓运动添加了某种东西，以致使存在总是多出一些来，不过这种增加是浮动不定的，因为它是来替代、替补所指方面的缺失的。

尽管列维－斯特劳斯没有如我这里所做的那样，在强调那两种如此奇特地组合在一起的意义方向时使用替补这个词汇，但他在"马塞尔·莫斯著作介绍"中谈及"能指相对于所指的过剩"时两次使用该词并非出于偶然："人在其理解世界的努力中因此总是具有某种意谓的多余物（这个过程以象征思维法则分享了人种学／民族学研究与语言学研究共同面对的领域）。替补性定量的这种分配——如果我们可以这么表达的话——为了使空闲的能指和它被用来瞄准的所指之间保持作为象征思维之前提条件的那种互补关系是绝对必要的。"［无疑可以表明的是意谓的这种替补定量（ration supplementaire）就是理性（ratio）本身的来源］。

"替补"这个词在列维－斯特劳斯谈到"就是对全部有限思维的必不可少的那种浮动能指"后不久又重新出现："借用莫斯的格言并换句话说，所有的社会现象都可被纳入语言，我们可以在mana（魔力）、wakan、oranda和同一类型的其他观念中看到某种语义学功能的自觉表达，而这种语义学功能的作用就是使象征思维尽管有它特有的矛盾性而照样得以运作。这样一来附在这个观念上的那些表面上难以解决的二律背反现象就可以得到解释了。……它们同时既是力又是运动，既是质又是状态，既是名词、形容词又是动词，既是抽象又是具体，既是无所不在又是一时一地。事实上，'马纳'，即魔力就是这一切；不过更确切地说，不就是因为它不是这些东西中的任何一个，而是一种单纯的形式，更准确地说是一种纯粹状态的象征，因此它能够承载无论什么象征内容吗？在一切宇宙论所赖以存在的这种象征系统中，魔力恐怕简单地就是一种零度象征值（valeur symbolique zero），也就是说一种标识了用某种象征内容对那种已负载了所指的象征内容进行替补（我强调这一点）的必要性的符号，但这个符号只有仍是个可供自由使用的储存部分而非语音学家们所说的某种组项（terme de groupe），才能具有某种语义学价值。"〔注："语言学家已经提出这种类型的假设了。比如：法语中有一个'零度音素与所有其他音素相对立。之所以称之为零度音素乃是因为它不属于用以鉴别每个语音的那个差异系统。相反，零度音素的特有功能是当没有可供自由使用的音素时出来替换。它的对立面因而不是这个或那个音素而是音素的不足或缺席。'（见雅克布森与罗汉的《法语语音模型笔记》）同样，在将这里提出的这个观点加以概述时，我们几乎可以说像魔力这类概念的功能就是意谓作用缺席的对立面，而它自身并不具有任何特殊的意义。"〕

因此，能指的那种过剩及其替补性特点乃是某种有限性之结果，也就是说它是某种必须得以替补的缺失造成的。

这样我们就明白了何以游戏概念对于列维－斯特劳斯是重要的。他对所有游戏尤其是对轮盘赌的参照相当频繁，特别是在《谈话录》《种族与历史》《野性的思维》中。不过这种对游戏的参照总是在一种紧张关系中进行的。

首先是与历史的紧张。这是个古典的问题而且围绕着它所展开的反对意见已经耗尽。我只想指出在我看来似乎是问题之形式的那种东西：列维－斯特劳斯通过还原揭示了历史这个概念，悖论的是，这个概念一直就是终极目的论及本世的形而上学，即人们以为可以与历史相对的那种在场哲学的同谋。历史性这个主题尽管看来很晚才引进哲学之中，但它一直是把存在的规定性当作在场来使用的。无论它有没有词源，而且哪怕在所有古典观念中存在着将认识与历史的意义对立起来的那些通常的对立面，我们恐怕仍可以显示认识这个概念总是牵涉着历史这个概念的，那是因为历史永远是某种生成性的统一体，而这个生成性的统一体可以被当作真理的传承或科学的发展来思考。科学发展又是向着于在场中、于对自我的呈现中去占有真理这个方向的，它也朝着在自我意识中进行的认知的那种方向。历史一直是被当作历史的某种还原运动，即当作两种在场间的临时性不稳定过渡来思考的。但如果怀疑这种历史概念的合法性的话，如果将它还原而不去有意识地提出我这里示意过的问题的话，我们就有重新陷入某种古典形式的非历史主义——形而上学历史的一个既定时刻的危险。在我看来，此乃该问题的代数形式。具体地说来，我们必须承认在列维－斯特劳斯的工作中，那种对结构性的尊重、对结构内部的原创性的尊重却使得时间和历史被中立化了。比如，一种新结构、新系统的出现总是由于它与其过去、其源头和原因的某种断裂造成的——而且这就是其结构特性的条件。所以人们只有在描述时不顾及其过去的条件才能对这种结构组织的属性加以描述：即省去对从一种结构向另一种结构的过渡提问，即将历史置入括号之中。在这种"结构主义"的时刻，偶然与间断性概念是必不可少的。而列维－斯特劳斯事实上经常借助它们，比如当他在"马塞尔·莫斯著作介绍"中说到"只能突然诞生的"那种结构之结构——语言时说："无论语言在动物生活中出现的时刻与环境是什么，它都只能是突然诞生的。事物不可能逐渐地开始示意。随着某种不属于社会科学而属于生物及心理学研究范围的转化，某种从无一物有意义之阶段向一切皆有意义之另一阶段的过渡实现了。"这并没有妨碍列维－斯特劳斯承认实际转型的那种缓慢、漫长的成熟过程与持续不断的劳作过程即历史中（如《种族与历史》）中描述的人，但是与卢梭或胡塞尔的某种姿态相一致的是，他得在他要重新捉住某种结构的根本特性之时"将所有的事实排除"。像卢梭那样，他永远得在灾难模式上——即自然中的自然灾难、自然环节中的自然中断、自然的距离——去思考新结构的来源。

存在着历史与游戏的紧张，也存在着在场与游戏的紧张。因为游戏乃是在场的断裂。某种组成部分的在场永远是在某种差异系统和某种链条运动中被记录下来的一种有意义的、替换性的参照物。游戏总是不在场与在场间的游戏，不过，如果想要对游戏作极端的思考的话，就必须将它放到有在场和不在场的选择之前去思考；就必须从游戏的可能讲出发将存在当作在场或不在场进行思考，而不是从存在出发去思考游戏。然而，虽说列维－斯特劳斯比别人更好地使重复的游戏与游戏的重复显现了，他的工作并不缺少某种在场、怀念本源、怀念上古与自然的纯真之伦理，也不缺少言语中在场与向自我显现之纯粹性的伦理；当他走向上古社会，即他眼中的范例时，这种伦理学、怀旧甚至感伤常常被他当作人种学／民族学计划的动力来呈现。而这些文本是众所周知的。

这种与直接性中断了的结构主义主题，一旦转向不在场源头的那种丧失了的或不可能的在场，就成了游戏思想的那悲伤、否定、怀旧、负罪、卢梭式的一面，其另一面则是尼采式的肯定，它是对世界的游戏、生成的纯真的快乐肯定，是对某种无误、无真理、无源头、向某种积极解释提供自身的符号世界的肯定。这种肯定因此规定了不同于中心之缺失的那种非中心。它的运作不需要安全感。因为存在着一种有把握的游戏：即限制在对给定的、实在的、在场的部分进行替换的那种游戏。在那种绝对的偶然中，这种肯定也将自己交付给印迹的那种遗传不确定性，即其播种（seminale）的历险。

因而存在着两种对解释、结构、符号与游戏的解释。一种追求破译，梦想破译某种逃脱了游戏和符号秩序的真理或源头，它将解释的必要性当作流亡并靠之生存。另一种则不再转向源头，它肯定游戏并试图超越人与人文主义，超越那个叫作人的存在，而这个存在在整个形而上学或存有神学的历史中梦想着圆满在场，梦想着令人安心的基础，梦想着游戏的源头和终极。尼采向我们显示的这第二种解释之解释不像列维－斯特劳斯要作的那样，在人种志中追求"某种新人文主义的灵感"，这里我所引用的仍是"马塞尔·莫斯著作介绍"那篇文章。

今天，不少信息让我们察觉到了这两种解释之解释——即便我们在某种不清晰的经济学中对它们有同步的体验并使得它们和平共处，它们也是绝对不可调和的，它们共同分享着我们称作人文科学的领域，而这种称呼仍问题重重。

尽管这两种解释之解释必须承认它们间的差异并强调它们的不可还原性，我本人却并不认为如今非作选择不可。首先是因为我们现正处在一个区域中——让我们暂时说它是一个历史性的区域，在那里选择的范畴看起来特别无足轻重。其次是因为必须首先尝试去思考这种不可还原的差异的共同基础及其延异。因为那里有一种问题类型，让我们仍说它是历史形态的吧，我们今天只是使它的受孕、成形、孕育、劳动过程隐约显现了而已。我用这些词时，诚然着眼的是产子之运作过程；但着眼的也是那些在某个我也在内的社会中面对仍无法命名之物而不能正视之的人，这种仍无法命名之物就像每一次产子的运作一样，它预示自己，并且只有在那种非种属的种属之下，在畸形的那种无形、无声、雏形而可怖的形式之下，它才能这么预示自身。

（选自［法］雅克·德里达《书写与差异》，张宁译，
生活·读书·新知三联书店 2001 年版）

巴赫金与《狂欢式与狂欢化》

经典导读

米哈伊尔·米哈依罗·巴赫金（M. M. Bakhtin，1895—1975），苏联著名哲学家、美学家、文艺学家。他的对话哲学、狂欢化诗学、复调小说、时空体理论等对哲学、美学、文艺学、民俗学、人类学等都产生了巨大影响。巴赫金出生在奥勒尔的没落贵族家庭，自小受到良好教育，就读于敖德萨中学、诺沃罗西斯克大学，1915年转到彼得堡大学历史语文系读书。1918年大学未毕业，他到涅维尔小城的中学教学。1920年到1924年，他在维捷布斯克师范学院讲授文学课程。这一时期他写了《审美活动中的作者与主人公》《论行为哲学》等早期哲学美学著作。

1924年到1928年，巴赫金居住在列宁格勒（今之圣彼得堡），与音乐家、文学家、文艺学家等有密切交往，经常举办关于康德等人的哲学、文学讲座。1928年，巴赫金突然被捕，随后不经审讯被判处5年徒刑，流放库斯塔奈。1936年到1938年，巴赫金居无定所，脊髓炎发作被截肢，贫困潦倒，依靠亲友接济生活。第二次世界大战期间，巴赫金居住在莫斯科附近的萨维沃洛市，在一所中学教德语为生。在整个20世纪40年代，巴赫金的创作达到了高潮，他先后写作了《教育小说及其在现实主义历史中的意义》《小说的时间形式与时空体形式》《长篇小说话语的发端》等。1940年他完成了名作《拉伯雷的创作和中世纪与文艺复兴时期的民间文化》，战后他以此申请博士学位，但没有通过，只被授予了副博士学位。五六十年代，巴赫金在萨兰斯克教育学院任教，1972年终于落户莫斯科，是年77岁。1961年，苏联科学院世界文学所的年轻研究者科日诺夫读到了巴赫金的《陀思妥耶夫斯基创作问题》一书，"发现"了巴赫金。1963年，巴赫金修订出版了《陀思妥耶夫斯基诗学问题》，1965年出版了《拉伯雷研究》。这两部最重要的著作出版之后，马上引起法国结构主义者托多罗夫、克里斯蒂娃等人的注意，并被翻译成法文出版。七八十年代，巴赫金的著作已经传播到西方世界，狂欢诗学、复调小说、时空体理论及主体间性等思想令西方哲学美学界和文艺界倾倒。1984年，美国学者克拉克和霍奎斯特合著的《米·巴赫金》出版，此书称巴赫金在人类学、民俗学、语言学、文艺学等领域取得了"举足轻重的地位"。

巴赫金的狂欢化美学的哲学基础是对话哲学。他认为，人生活在世界上的前提条件是两个主体的共在。就是说，一个孤独的人无法生存在世界上，人存在的必要条件是至少两个人以上共同存在。人存在世界上有对世界的洞察，但同时有对自己的无知和盲视，这就需要通过他人的眼睛来观看自我。他人具有超视性，"我"具有一种外物性，正是这两者之间的交互才构成这个世界。他用更准确的语言来表述，就是"他人—我"是一个最小存在。最少的存在必须有两个人，否则就无法构成一个世界了。这个世界的基础就是至少有两个主体，这两个主体之间再进行交流。人都需要与其他人共存、相互对视，才能发现自我，这种人与人之间的对话就是巴赫金哲学的核心。这种主体之间的对话哲学引申到美学领域，巴赫金提出了作者与主人公不是一种决定与被决定的关系，而是一种主体与主体之间的对话关系。他认为，世界历史的发展和社会文化的构成，实际上就是统治阶级的严肃性与民间的诙谐性的相互斗争和相互对话。严肃性，是指维系压迫性社会结构的那些制度、结构和意识形态，诙谐性是指来自人民的民间笑文化。美学和文学的历史就是严肃性与诙谐性之间不断斗争的审美意识形态形成史。诙谐文化是根源于人民社会生活和内心需要之中的，用巴赫金的话来说，就是人民为自己创造的节日。诙谐文化或者民间笑文化最为突出的表现就是起源于古代的狂欢节。

狂欢节是发源于初民时期的一种民间集体的欢乐的节日系统，它与统治阶级的严肃的祭祀等节日严格相对。在古希腊和古罗马叫作酒神节、农神节，中世纪和文艺复兴时期叫作复活节等，近代以来狂欢节已经演变成一种集旅游观光、仪式表演、文化传承于一体的大型节日仪式演出活动了。狂欢节的主要仪式是对祭司或国王的加冕—脱冕仪式，其主要的思想核心是死亡即新生的观念。围绕着狂欢国王的加冕—脱冕仪式，狂欢节还有吃喝宴会、打骂游行、换装舞蹈等仪式。这些狂欢仪式体现了一种全民性、肉体性、平等性和对话性。狂欢节的仪式和形象，巴赫金称之为狂欢化。狂欢化的形象有如下两个特点：第一，狂欢式形象身上结合着变化和危机两个极端，就是诞生与死亡、祝福与咒骂、聪明与愚蠢结合。第二，狂欢化所有形象的本质就在于它的两重性。

在狂欢化精神下的文学和艺术，巴赫金称之为狂欢艺术，有时候也称之为怪诞艺术。巴赫金认为，传统的人体美学是完结的、严格的、封闭的、由内向外展开的不可混淆的个体。所以现代人体观是把一切凸起的、从人体鼓出的东西都削弱、封闭和砍掉，而把人体导向与外部世界交流的一切空洞都堵死和封闭，这样的人体是孤立的人体，是人与人不能交往的人体，是人与世界相互隔离的人体。只有怪诞的人体观，只有怪诞美学的人体美，才能表现人与自己的内外交流，人与世界、人与物、人与人的交流，所以这样的人体观、这样的美学观才被巴赫金认为是具有人的意义的、具有世界意义的、具有对话性质的美学。

巴赫金的重要著作还有《弗洛伊德主义批判纲要》《马克思主义与语言哲学》《文艺学中的形式主义方法》等。在巴赫金所有著作中，最重要的美学、文艺学作品有两部：《拉伯雷研究》和《陀思妥耶夫斯基诗学问题》。在这两部著作中，巴赫金实际上集中探讨了作为民间诙谐文化形式的狂欢节及狂欢化艺术。《狂欢式与狂欢化》选自《陀思妥耶夫斯基诗学问题》第四章。在这部分中，巴赫金集中论述了狂欢节仪式的具体内涵，在此基础上进一步论述了什么是狂欢式及其狂欢精神在文学体裁中的演变。

—— **延伸阅读文献**

1. ［苏］米哈伊尔·巴赫金：《陀思妥耶夫斯基诗学问题》，白春仁、顾亚玲译，见钱中文主编《巴赫金全集》第五卷，石家庄：河北教育出版社1998年版。

2. ［苏］米哈伊尔·巴赫金：《审美活动中的作者与主人公》，晓河译，见钱中文主编《巴赫金全集》第一卷，石家庄：河北教育出版社1998年版。

3. ［苏］米哈伊尔·巴赫金：《长篇小说的时间形式与时空体形

式》，白春仁译，见钱中文主编《巴赫金全集》第三卷，石家庄：河北教育出版社1998年版。

4. [苏] 米哈伊尔·巴赫金：《文艺学中的形式主义方法》，李辉凡、张捷译，见钱中文主编《巴赫金全集》第二卷，石家庄：河北教育出版社1998年版。

5. [苏] 巴赫金：《拉伯雷研究》，李兆林、夏忠宪等译，石家庄：河北教育出版社1998年版。

6. 程正民：《巴赫金的文化诗学》，北京：北京师范大学出版社2001年版。

7. [美] 刘康：《对话的喧声——巴赫金的文化转型理论》，北京：北京大学出版社2011年版。

8. 夏忠宪：《巴赫金狂欢化诗学研究》，北京：北京师范大学出版社2000年版。

9. 凌建侯：《巴赫金哲学思想与文本分析法》，北京：北京大学出版社2007年版。

10. 秦勇：《巴赫金躯体理论研究》，北京：中国社会科学出版社2009年版。

（韩振江 撰）

—— 原文：《狂欢式与狂欢化》

经典原文

狂欢式与狂欢化[1]

巴赫金 著 白春仁、顾亚玲 译

现在我们应该谈一谈上文已经提出的文学的狂欢式与狂欢化问题。

狂欢式（意指一切狂欢节式的庆贺、仪礼、形式的总和）的问题，它的实质，它那追溯到人类原始制度和原始思维的深刻根源，它在阶级社会中的发展，它的异常的生命力和不衰的魅力——这一切构成文化史上一个非常复杂而有趣的问题。在这里，我们当然不可能涉及这一问题的实质。这里我们感兴趣的，实际上只是一个狂欢化的问题，也就是狂欢式对文学（而且恰是对它的体裁方面）产生决定性影响的问题。

狂欢式（再重复一遍，是指所有狂欢节式的庆贺活动的总和）当然不是一个文学现象。这是仪式性的混合的游艺形式。这个形式非常复杂多样，虽说有共同的狂欢节的基础，却随着时代、民族和庆典的不同而呈现不同的变形和色彩。狂欢节上形成了整整一套表示象征意义的具体感性形式的语言，从大型复杂的群众性戏剧到个别的狂欢节表演。这一语言分别地，可以说是分解地（任何语言都如此）表现了统一的（但复杂的）狂欢节世界观，这一世界观渗透了狂欢节的所有形式。这个语言无法充分地准确地译成文字的语言，更不用说译成抽象概念的语言。不过它可以在一定程度上转化为同它相近的（也具有具体感性的性质）艺术形象的语言也就是说转为文学的语言。狂欢式转为文学的语言，这就是我们所谓的狂欢化。我们正是从这一转化的角度，来突出并研究狂欢体的某些因素和特点。

狂欢式——是没有舞台、不分演员和观众的一种游艺。在狂欢中所有的人都是积极的参加者，所有的人都参与狂欢戏的演出。人们不是消极地看狂欢，严格地说也不是在演戏，而是生活在狂欢之中，按照狂欢式的规律在过活，只

---

[1] 选自巴赫金《陀思妥耶夫斯基诗学问题》第四章，集中阐述狂欢节的仪式与狂欢化精神，题目为编者根据内容所加。——本书编者注

要这规律还起作用。换言之,人们过着狂欢式的生活。而狂欢式的生活,是脱离了常轨的生活,在某种程度上是"翻了个的生活",是"反面的生活"。

决定着普通的即非狂欢生活的规矩和秩序的那些法令、禁令和限制,在狂欢节一段时间里被取消了。首先取消的就是等级制,以及与它有关的各种形态的畏惧、恭敬、仰慕、礼貌,等等,亦即由于人们不平等的社会地位等(包括年龄差异)所造成的一切现象。人们相互间的任何距离,都不再存在;起作用的倒是狂欢式的一种特殊的范畴,即人们之间随便而又亲昵的接触。这是狂欢式的世界感受中十分重要的一点。在生活中为不可逾越的等级屏障分割开来的人们,在狂欢广场上发生了随便而亲昵的接触。亲昵的接触这一点,决定了群众性戏剧的组织方法带着一种特殊的性质,也决定了狂欢式有自由随便的姿态,决定了狂欢具有坦率的语言。

在狂欢中,人与人之间形成了一种新型的相互关系,通过具体感性的形式、半现实半游戏的形式表现了出来。这种关系同非狂欢式生活中强大的社会等级关系恰恰相反。人的行为、姿态、语言,从在非狂欢式生活里完全左右着人们一切的种种等级地位(阶层、官衔、年龄、财产状况)中解放出来,因而从非狂欢式的普通生活的逻辑来看,变得像插科打诨而不得体。插科打诨——这是狂欢式的世界感受中的又一个特殊范畴,它同亲昵接触这一范畴是有机地联系着的。怪僻的范畴,使人的本质的潜在方面,得以通过具体感性的形式揭示并表现出来。

同亲昵相联系的,还有狂欢式的世界感受中的第三个范畴——俯就。随便而亲昵的态度,应用于一切方面,无论对待价值、思想、现象和事物。在狂欢式中,一切被狂欢体以外等级世界观所禁锢、所分割、所抛去的东西,复又产生接触,互相结合起来。狂欢式使神圣同粗俗接近起来,团结起来,崇高同卑下、伟大同渺小、明智同愚蠢等接近起来,团结起来,订下婚约,结成一体。

与此相关的是狂欢式的第四个范畴——粗鄙,即狂欢式的冒渎不敬,一整套降低格调、转向平实的做法,与世上和人体生殖能力相关联的不洁秽语,对神圣文字和箴言的模仿讥讽,等等。

所有上述狂欢式的诸范畴,都不是关于平等与自由的抽象观念,不是关于普遍联系和矛盾统一等的抽象观念。相反,这是具体感性的"思想",是以生活形式加以体验的,表现为游艺仪式的"思想"。这种思想几千年来一直形成并流传于欧洲最广泛的人民群众之中。因此它们才能够在形式方面，在体裁的形式方面，给文学以如此巨大的影响。

狂欢式的这些范畴，首先是人们和世界变得随便而亲昵这一点，在几千年里一直渗入文学中去，特别是渗入小说发展中的对话一派里去。亲昵化促进了史诗中和悲剧中距离的缩短，促使整个描绘内容转入亲昵的氛围中。这种亲昵化，对组织整个情节和情节中的种种场面，产生了重大的影响，决定了作者对主人公的态度应有特殊的亲昵感（在崇高的文体中，这种亲昵感是不可能出现的）；引进了低身俯就的逻辑、降格以求的逻辑；最后，还对文学的语言风格本身，给予了强大的改换面貌的影响。所有这一切，都十分鲜明地表现在梅尼普体中。这一点我们还要回过来讲，不过先得谈一谈狂欢式的某些其他方面，首先是狂欢节的演出。

狂欢节上主要的仪式，是笑谑地给狂欢国王加冕和随后脱冕。这一仪式以各种不同的形式，出现在狂欢式的所有庆典中。例如，最为成熟的形式是农神节、欧洲狂欢节和愚人节（愚人节上不选国王而选风趣的牧师、主教、教皇，视教堂的等级而定）。在所有其他的庆典中这一仪式都不太成形，直到节日的酒筵，尽管这筵席上也推选昙花一现的节日王后和国王。

国王加冕和脱冕仪式的基础，是狂欢式的世界感受的核心所在，这个核心便是交替与变更的精神、死亡与新生的精神。狂欢节是毁坏一切和更新一切的时代才有的节日。这样可以说已经表达出了狂欢式的基本思想。但我们还要再次强调，这个思想在这里不是抽象的思想，而是体现在具体感性的仪式之中的生动的世界感受。

加冕和脱冕，是合二而一的双重仪式，表现出更新交替的不可避免，同时表现出新旧交替的创造意义；它还说明任何制度和秩序，任何权势和地位（指等级地位），都具有令人发笑的相对性。加冕本身便蕴含着后来脱冕的意思，加冕从一开始就有两重性。受加冕者，是同真正国王有天渊之别的人——奴隶或是小丑。这样一来，狂欢世界仿佛就暴露出自己内里的一面。在加冕仪式中，礼仪本身的各方面也好，递给受冕者的权力象征物也好，受冕者加身的服饰也好，都带上了两重性，获得了令人发笑的相对性，几乎成了一些道具（但这是仪式用的道具）。它们的象征意义变成了双重的意义（而作为现实中的权力象征物，亦即在非狂欢式的世界中，它们只会有一层意义，是绝对的、沉重的、极端严肃的东西)。加冕之中,从一开始就透着脱冕的意味。狂欢式里所有的象征物无不如此,它们总是在自身中包孕着否定的(死亡的)前景,或者相反。诞生孕育着死亡,死亡孕育着新的诞生。

脱冕仪式仿佛是最终完成了加冕,同加冕是不可分割的(再重复一句,这是合二而一的仪式)。透过脱冕仪式,预示着又一次加冕。狂欢节庆贺的是交替本身、交替的过程,而非参与交替的东西。狂欢节不妨说是一种功用,而不是一种实体。它不把任何东西看成是绝对的,却主张一切都具有令人发笑的相对性。脱冕的礼仪与加冕仪式恰好相反,要扒下脱冕者身上的帝王服装,摘下冠冕,夺走其他的权力象征物,还要讥笑他,殴打他。脱冕这一仪式中所有的象征因素,全都获得了第二层意义——积极的意义。这不是干巴巴的绝对的否定和消灭(狂欢式里如同没有绝对的肯定一样,也没有绝对的否定)。不仅如此,正是在脱冕仪式中特别鲜明地表现了狂欢式的交替更新的精神,表现了蕴含着创造意义的死亡形象。由于这一点,脱冕仪式最常移植到文学中来。不过需要重申一下,加冕与脱冕是不可分离的,它们合二而一、相互转化。一旦把它们绝对分割开来,它们就要完全失去狂欢体的意义。

狂欢节加冕脱冕的演出,自然浸透着狂欢式的诸范畴(即狂欢式世界的逻辑):随便而亲昵的接触(这点特别突出地表现在脱冕中)、狂欢式的俯就关系(奴隶与国王联到了一起)、粗鄙(玩弄最高权力的象征物),如此等等。

这里我们不拟详论加冕脱冕仪式的细节(虽然这些细节非常有趣),也不准备讨论不同时代和不同狂欢庆典上的种种狂欢式的变体。我们更不打算分析狂欢节上的各种辅助性的礼仪,例如换装礼节(狂欢节上更换衣服、改变地位和命运等),还有狂欢节上开玩笑愚弄人的方式、不流血的战斗、打嘴架、交换礼品(变得富有是狂欢节时空想的一部分),等等。所有这些礼仪形式,同样移植到了文学中,使相应的情节和情节中的场景,获得了深刻的象征意义和两重性,或是赋予它们令人发笑的相对性,使之具有狂欢节的轻松感,使之迅速实现新旧交替。

不过,对文学的艺术思维产生异常巨大影响的,当然是加冕脱冕的仪式。这一仪式在创造艺术形象和完整作品方面,决定了一种脱冕型结构;与此同时,这里的脱冕带有至为重要的两重性、两面性。如果脱冕型各形象失去了狂欢式的两重性,那么这些形象便要蜕化为道德方面或社会政治方面的一种完全否定的揭露，变成单一的层次，丧失自己的艺术性质而转化成单纯的政论。

还有必要特别讲一下狂欢式的形象的两重性本质。狂欢式所有的形象都是合二而一的，它们身上结合了嬗变和危机两个极端：诞生与死亡（妊娠死亡的形象）、祝福与诅咒（狂欢节上祝福性的诅咒语，其中同时含有对死亡和新生的祝愿）、夸奖与责骂、青年与老年、上与下、当面与背后、愚蠢与聪明。对于狂欢式的思维来说，非常典型的是成对的形象，或是相互对立（高与低、粗与细，等等），或是相近相似（同貌与孪生）。同样典型的是物品反用，如反穿衣服（里朝外），裤子套到头上，器具当头饰，家庭炊具当作武器，如此等等。这是狂欢式反常规反通例的插科打诨范畴一种特殊的表现形式，是脱离了自己常轨的生活。

狂欢节上火的形象，带有深刻的两重性质。这是同时既毁灭世界又更新世界的火焰的处所（一般是辆大车，上面装着狂欢节用的各种杂物），被称作"地狱"。狂欢节结束时这个"地狱"要庄严地焚毁（有时狂欢节的"地狱"同富饶之角成双地结合到一起）。罗马狂欢节上的"moccoli"仪式，也颇有代表性：参加狂欢节的每个人，都手执一支点燃的蜡烛（"烛头"），同时每个人一边喊叫"死你的吧！"，一边想法吹熄别人的蜡烛。歌德在其对罗马狂欢节的精彩描写中（见《意大利游记》），企图揭示狂欢节形象背后的深意，曾援引过一个包含深刻象征意义的场面：在moccoli中，一个男孩子吹熄了父亲的蜡烛，同时欢快地喊着狂欢节的套语："死你的吧，父亲先生！"

狂欢节的笑，本身也具有深刻的两重意义。从来源上看，它同远古宗教仪式上笑的形式是有联系的。宗教仪式上的笑，是对着崇高事物的：人们羞辱并讥笑太阳（最高天神）、其他天神、人间最高的权力，目的在于迫使它们洗心革面。宗教仪式上所有形式的笑，都同死亡和复活联系着，同生产现象联系着，同生产力的象征物联系着。宗教仪式上的笑，是针对太阳活动中的危机、天神生活中的危机、世界和人们生活中的危机（葬礼上的笑）而发的。这笑里融合了讥讽和欢欣。

正由于自古以来宗教仪式上的笑就是针对崇高事物（天神和权力）的，这笑在古希腊罗马和中世纪便获得了特权地位。许多不能见之于严肃形式的东西，可以通过笑的形式出现。在中世纪，随意而笑是合法的；在这一点的掩护下，便有可能出于讽刺目的而模仿《圣经》文字和仪式。

狂欢节上的笑，同样是针对崇高事物的，即指向权力和真理的交替、世界上不同秩序的交替。笑涉及了交替的双方，笑针对交替的过程，针对危机本身。在狂欢节的笑声里，有死亡与再生的结合、否定（讥笑）与肯定（欢呼之笑）的结合。这是深刻反映着世界观的笑，是无所不包的笑。两重性的狂欢节上的笑，其特点就是如此。

与笑相关联，我们还要涉及一个问题：讽刺模拟的狂欢式本质。讽刺性模拟，如我们已经指出的那样，是"梅尼普讽刺"不可分割的成分，也是一切狂欢化了的体裁不可分割的成分。单一的体裁（如史诗、悲剧）本能地同讽刺模拟格格不入，而狂欢化的体裁则相反，本能地蕴含着讽刺性模拟。在古希腊罗马，讽刺模拟是同狂欢式的世界感受紧密联系着的。讽刺性的模拟，意味着塑造一个脱冕的同貌人，意味着那个"翻了个的世界"。因此讽刺模拟具有两重性。古希腊罗马文学，实际上对一切都进行讽刺性模拟。例如讽刺剧，最初就是此前的三部曲悲剧中属于讽刺模拟的滑稽可笑的部分。当然，这里的讽刺性模拟，并非单纯地否定所模拟的对象。一切事物都有可被模拟讽刺的地方，亦即有自己可笑的方面，因为一切事物无不通过死亡而获得新生，得以更新。在罗马时期，不论在葬礼上的笑里，还是在凯旋时的笑里（两者自然都是狂欢型的仪式），讽刺性模拟全是必不可少的一个因素。在狂欢式中，讽刺模拟应用极广，形式和程度也极其不同：不同的形象（如狂欢式中各种成双成对的东西）以不同方式，从不同的角度，相互模拟讽刺，这很像是一整套的哈哈镜，有把人像拉长的，有缩短的，有扭曲的，方向不一，程度也不同。

讽刺性模拟型的同貌相似者，在狂欢化文学中是相当常见的现象。在陀思妥耶夫斯基作品中，这表现得特别明显。他的小说中，几乎每一个重要的主人公，都有几个相似者，他们以不同方式模拟这个重要的主人公。对拉斯柯尔尼科夫来说，这是斯维德里加依洛夫、卢仁、列别加尼科夫。对斯塔夫罗金来说，这是彼得·韦尔霍文斯基、沙托夫、基里洛夫。对伊万·卡拉马佐夫来说，这是斯梅尔佳科夫、魔鬼、拉基金。在他们（指同貌相似者）每个人身上，那重要的主人公都在临近死亡（指遭到否定），目的是获得新生（指变得纯洁而超越自己）。

在现代文学中纯粹形式上的讽刺模拟体里，这种模拟同狂欢式的世界感受，几乎完全割断了联系。可是在文艺复兴时代的讽刺模拟体（鹿特丹、拉伯雷等人作品）中，狂欢节的火焰仍在燃烧，因为讽刺模拟体具有两重的性质，还感觉到自己同死亡——亦即更新——的联系。由于这个原因，才可能在讽刺模拟体的怀抱里，诞生一部最伟大、同时最具狂欢性的小说——塞万提斯的《堂吉诃德》。陀思妥耶夫斯基曾经这样评价这部小说："全世界没有比这更深刻、更有力的作品了。这是目前人类思想产生的最新最伟大的文字，这是人所能表现出的最悲苦的讥讽。例如到了地球的尽头问人们：'你们可明白了你们在地球上的生活吗？你们怎样总结这一生活呢？'那时人们便可以默默地递过《堂吉诃德》去，说：'这就是我给生活作的总结，你难道能因为这个责备我吗？'"

值得注意的是，陀思妥耶夫斯基对《堂吉诃德》的这个评价，采取了典型的"边沿上的对话"这一形式。

在结束我们对狂欢式的分析（从文学狂欢化的角度）时，关于狂欢广场还需要再说几句。

狂欢节演出的基本舞台，是广场和邻近的街道。自然，狂欢节也进了民房，实际上它只受时间的限制，不受空间的限制。它不上剧院的舞台。不过，中心的场地只能是广场，因为狂欢节就其意义来说是全民性的、无所不包的，所有的人都须加入亲昵的交际。广场是全民性的象征。狂欢广场，即狂欢演出的广场，增添了一种象征的意味。这后者使广场含义得到了扩大和深化。在狂欢化的文学中，广场作为情节发展的场所，具有了两重性、两面性，因为透过现实的广场，可以看到一个进行随便亲昵的交际和全民性加冕脱冕的狂欢广场。就连其他的活动场所（当然是情节上和现实中都可能出现的场所），只要能成为形形色色人们相聚和交际的地方，例如大街、小酒馆、道路、澡堂、船上甲板，等等，都会增添一种狂欢广场的意味（不管怎样真实地描绘这些地方，无所不包的狂欢象征意义，是不会被自然主义所淹没的）。

狂欢节型的庆典，在古希腊罗马广大民众的生活中，占着重要的地位。在古希腊是如此，在古罗马尤其如此。在古罗马，中心的（但非唯一的）狂欢型庆典，是农神节。这类庆典在中世纪的欧洲和在文艺复兴时期，也都具有绝不逊色的意义（甚至可能是更大的意义）。而且它们在这里，部分地还是罗马农神节的直接的生动的继续。在民间的狂欢文化领域中，古希腊罗马同中世纪之间，传统从没有过任何的中断。狂欢型庆典在其发展的所有阶段上，对整个文化的发展,其中包括文学的发展,给予了巨大的影响;这种影响至今没得到足够的评价和研究。而文学中的某些体裁和流派,狂欢化的程度是特别高的。在古希腊罗马时代,狂欢化程度最高的是古代风雅喜剧及庄谐体的整个领域。在罗马,所有各种形式的讽刺,甚至在组织方法上都同农神节有联系。讽刺作品是为农神节创作的,或者至少是借用这一节日中合法的狂欢节似的自由随便作为掩护,才创作出来的(例如马尔提阿利斯的全部创作,直接地同农神节联系着)。

在中世纪,以各种民间语言和拉丁语写成的大量的诙谐文学和讽刺性模拟文学,都这样或那样地同狂欢型庆典联系着,亦即同狂欢节本身,同"愚人节",同自由自在的"复活节之笑"等联系着。在中世纪,事实上几乎每一个宗教节日,全有人民在广场上狂欢这个内容(特别像主身节之类)。许多的民族节日,如斗牛节,带有鲜明的狂欢式的性质。在出现贸易集市的日子里,在收获葡萄的节日里,在演出宗教警世剧、宗教神秘剧、讽刺闹剧等日子里,笼罩一切的气氛是狂欢节的气氛。中世纪的整个戏剧游艺生活,具有狂欢式的性质。中世纪晚期的各大城市(如罗马、拿波里、威尼斯、巴黎、里昂、纽伦堡、科隆等),每年合计起来有大约三个月(有时更多些)的时间,过着全面的狂欢节的生活。不妨说(当然是在一定的前提下这么说),中世纪的人似乎过着两种生活:一种是常规的、十分严肃而紧蹙眉头的生活,服从于严格的等级秩序的生活,充满了恐惧、教条、崇敬、虔诚的生活;另一种是狂欢广场式的自由自在的生活,充满了两重性的笑,充满了对一切神圣物的亵渎和歪曲,充满了不敬和猥亵,充满了同一切人、一切事的随意不拘的交往。这两种生活都得到了认可,但相互间有严格的时间界限。

如果不考虑这两种生活和思维体系(常规的体系和狂欢的体系)的相互更替和相互排斥,就不可能正确理解中世纪人们文化意识的特色,也不可能弄清楚中世纪文学的许多现象,例如"parodia sacra"[①]。

在这个时代,欧洲各国人民的语言,也出现了狂欢化:语言中整个一个层次,即所谓亲昵的广场语言,渗透了狂欢体的世界感受;形成了整整一大套狂

[①] 两种生活(正规的与狂欢的)在古希腊罗马世界也曾存在,但那时它们之间没有如此截然的界限(特别在古希腊是如此)。

欢式的自由不拘的手势。在所有欧洲人民的亲昵语言中，特别是谩骂和讥笑的语言中，直到我们今天还充满狂欢式的遗迹；就连现代的辱骂讥讽的手势里，也满是狂欢式的种种象征意味。

文艺复兴时期，狂欢节的潮流可以说打破了许多壁垒而闯入了常规生活和常规世界观的许多领域。首先这股潮流就席卷了正宗文学的几乎一切体裁，并给它们带来了重要的变化。整个文学都实现了十分深刻而又几乎无所不包的狂欢化。狂欢式的世界感受及其特有的诸范畴、狂欢节上的笑、狂欢节加冕脱冕演出的象征意义、易位和换装的象征意义、狂欢式的两重性质，还有狂欢式自由不拘的语言（亲昵的、露骨下作的、插科打诨的、夸奖责骂的等语言）的种种色彩——所有这一切深深渗透到几乎所有文学体裁中。在狂欢式的世界感受的基础上，还逐渐形成了各种复杂形式的文艺复兴的世界观。狂欢式的世界感受，在一定程度上反映出那一时代人道主义者所理解的古希腊罗马文化。文艺复兴是狂欢生活的顶峰①，之后便开始走下坡路。

自17世纪起，民间狂欢生活趋于没落，几乎失去了那种全民性质，在人们生活中的比重急剧下降。它的表现形式变得贫乏、浅显、简单了。早在文艺复兴时期，便开始发展起一种宫廷节日的假面文化，它汲取了一系列狂欢式的形式和象征（主要是外表的装饰性的象征物）。后来又开始发展起更为广泛的（而非宫廷的）庆贺和游艺的一路，不妨称为假面的发展道路。这条道路保留了狂欢式世界感受的某种自由不拘的特点，反映了这一世界感受的昔日的影响。狂欢式的许多形式，脱离开自己的民间的基础，从广场转到这一条室内假面的道路上来。这一条发展道路一直延续至今。许多古代的狂欢式形式得以保存下来，继续存在于广场上民间演艺中的滑稽戏里，以及马戏团的演出里，并且还在花样翻新。现代的戏剧游艺活动中，也传下来某些狂欢式的因素。颇能说明问题的是，就连"演员的世界"都保存下来某些狂欢式的自由不拘、它的世界感受和魅力。非常精到地揭示出这一点的，是歌德写的《威廉·麦斯特的学习时代》；在我们的时代，则是涅米罗维奇·丹钦科的回忆录。在所谓名士派的浪漫生活中，同样有条件地保存下来狂欢气氛的一些痕迹；不过在这里，

---

① 拙著《拉伯雷与中世纪和文艺复兴时期的民间文化》（莫斯科，文学出版社，1965），就是论述中世纪和文艺复兴时期（部分地还有古希腊罗马时期）民间狂欢文化的。书中附有这一问题的专门书目。

大多数情况下我们见到的，是退化了的庸俗化了的狂欢式世界感受（要知道狂欢的全民精神在这里连一点影子也不存在了）。

这些枝杈是狂欢式主干上晚期的分支，又是使主干变得贫瘠的分支。与这些晚期枝杈同时，过去和现在都还存在一种确切意义上的广场狂欢，以及狂欢节型的其他庆典。不过它们全丧失了往昔的重要意义，丧失了丰富繁杂的形式和象征。

这一切的结果，就是狂欢节和狂欢式的世界感受变得无足轻重、模糊不清，失去了真正的广场上的全民性质。由此，文学狂欢化也改变了性质。直到17世纪下半期以前，人们是直接参与狂欢节演出和狂欢节世界感受的。人们那时还是生活在狂欢之中，也即是说狂欢节是生活本身的形式之一。因此，狂欢化带有直接的性质（要知道某些体裁甚至是直接为狂欢节服务的）。狂欢化的渊源，就是狂欢节本身。此外，狂欢化有构筑体裁的作用，亦即不仅决定着作品的内容，还决定着作品的体裁基础。17世纪下半期以后，狂欢节几乎已完全不再是狂欢化的直接来源；先已狂欢化了的文学，其影响取代了狂欢节的地位。这样一来，狂欢化就成为纯粹属于文学的一种传统。如早在索莱尔和斯卡龙的作品中，我们便看到除狂欢节的直接影响外，还有文艺复兴时期狂欢化文学的强大作用（主要指拉伯雷和塞万提斯），这后一种作用占据着主导地位。因此狂欢化已经变成文学体裁的一种传统。在这个业已脱离了直接来源——狂欢节的文学中，狂欢节的一些因素要发生某种变化，获得新的意义。

当然，本来意义上的狂欢节、狂欢式的其他庆典（如斗牛）、假面游艺、名士的滑稽戏，以及其他形式的民间狂欢文学，等等，时至今日仍在对文学产生某些直接的影响。不过这种影响在大多数情况下只限于作品的内容，而不涉及作品的体裁基础，换言之不具有构成新文体的力量。

现在我们可以回到庄谐体范围内狂欢化体裁的问题上来了。庄谐体这名称本身就很像狂欢式，具有两重性。

"苏格拉底对话"的基础是狂欢式，尽管它的文学形式极为复杂，又具有哲学的深度。这一点是毫无疑问的。民间狂欢节上关于死与生、黑暗与光明、冬与夏等之类的"争辩"，充满了除旧布新的精神，具有轻松愉快的相对性，即不让思想停滞，不让思想陷入片面的严肃之中、呆板和单调之中。就是这种"争辩"，构成了"苏格拉底对话"这一体裁的核心基础。正是由于这一点，"苏格拉底对话"才不同于纯粹演说体的对话，也区别于悲剧的对话。不过因有了狂欢式的基础,"苏格拉底对话"在某些方面接近古代风雅喜剧,接近索夫龙的民间歌舞剧(有人甚至尝试根据柏拉图的一些对话恢复索夫龙的民间歌舞剧)。苏格拉底所以能够发现思想和真理的对话本质,前提条件就是对话的人们之间产生了狂欢式的亲昵关系,人们之间任何的距离全消失不见。不仅如此,必须对思想的对象(不管它多么崇高,多少重要)及真理本身,也保持一种亲昵的关系。柏拉图的某些对话,是按照狂欢节加冕脱冕的方式组织起来的。对"苏格拉底对话"来说,思想和形象不分高低贵贱而随意结合,是很典型的现象。"苏格拉底讽刺"是减弱了的狂欢节上的笑声。

苏格拉底的形象,同样具有两重性,即美与丑的结合(参看柏拉图的《酒筵》中阿尔基维阿德对苏格拉底的描述)。苏格拉底把自己称为"牵线人""接生婆"的自我评定,也是用狂欢式低俗的情调写的。苏格拉底本人的个人生活,就充满了狂欢式的神话(例如关于他同妻子克桑季巴关系的种种传说)。狂欢式的惊人故事,同叙事史诗塑造英雄的传说比较,本来就有着深刻的区别。前者把主人公降格到地面上来,采取亲昵态度,接近他,使他具备人的特点。具有两重性的狂欢节之笑,烧毁一切装腔作势和麻木不仁,但绝不会毁坏形象中真正英雄主义的核心。需要指出,就连长篇小说的主人公形象(加尔坚居阿、乌连什毕赫里、堂吉诃德、浮士德、西姆普利齐西穆斯等)也是在狂欢式神话的氛围里逐渐形成的。

梅尼普体的狂欢本质,表现得尤其突出。不论它的外表层次,还是它的深藏的内核,都得到了狂欢化。有些梅尼普体,直接就是描绘狂欢式的各种庆典(如发禄的两篇讽刺作品,就描写了罗马的各种庆典。尤里安·奥特斯图普尼科的一篇梅尼普体作品,描写了奥林匹斯山上庆贺农神节的盛典)。这还只是单纯的外表的联系(不妨说是题材上的联系),不过这种联系也足以说明问题了。更为重要的,是通过狂欢式来表现梅尼普体的三个方面:奥林匹斯山、地狱、人间。奥林匹斯山的描写,带有明显的狂欢式的性质,因为对梅尼普体中的奥林匹斯山来说,随意不拘的亲昵态度、闹剧和怪事、加冕和脱冕,都是典型的现象。奥林匹斯山似乎变成了狂欢广场(试看卢奇安的《悲剧的宙斯》)。有时奥林匹斯山中的场面,被写成了低俗的狂欢的人间(也见卢奇安的作品)。尤其有趣的,是地狱不断地狂欢化。地狱拉平了人世上的一切地位,在地狱里帝王和奴隶、富翁和乞丐等全以平等身份相互发生亲昵的接触。死亡给在生前加了冕的一切人，统统脱了冕。描绘地狱时，常常采用狂欢体的一个逻辑："翻了个的世界"。帝王到了地狱变成奴隶，奴隶成了帝王，如此等等。梅尼普体中狂欢化了的地狱，决定了中世纪描写愉快的地狱这一传统，后者到了拉伯雷手里得到了完成。对中世纪这一传统来说，典型的一点是故意混淆古希腊罗马的地狱和基督教的地狱。在宗教神秘剧里，地狱和鬼魂（见《基雅布列利》）也一步步地狂欢化了。

梅尼普体中，人间的层次同样出现了狂欢化。几乎在所有的现实人生的场面和事件中（大多数情况下都是以写实笔法表现出来的），或明或暗地透露出一个狂欢的广场，连同它那狂欢式特有的逻辑，如亲昵的交往、俯就态度、换装和骗人、相反的成对形象、闹剧、加冕脱冕等。例如在《萨蒂利孔》中，透过所有自然主义的贫民窟场面，可以看出在不同程度上有一个狂欢广场。而且《萨蒂利孔》的布局结构本身，便已经狂欢化。同样的情形，我们还见于阿普列乌斯的《变形记》（即《金驴记》）。有时，狂欢化深入里层，那就只能说某些形象和事件带有狂欢式的伴音。有时狂欢化又表现到外面，例如有一个在门槛旁边伪作杀人的纯狂欢式的情节：鲁巧把酒囊当作人来戮杀，把流出的酒当作人血，之后的场面是对他进行狂欢节似的虚假审判。甚至在鲍安提乌斯的《哲学的安慰》这样格调严肃的梅尼普体里，也听得到狂欢式的伴音。

狂欢化还渗透到梅尼普体深层对话性的哲理核心中。前面我们已经看到，梅尼普这一体裁的特点是赤裸裸地提出关于生与死的最后的问题，是极度的包罗万象（这里不可能有局部的问题，不可能有详尽的哲理的论证）。狂欢式的思想，同样是围绕着那些最后的问题，不过它不是提出抽象哲理的解决办法或宗教教条的解决办法，而是通过狂欢仪式和形象的具体感性形式，把这些问题演示出来。因此，狂欢化使得人们能够把最后的问题，从抽象的哲学领域通过狂欢式的世界感受，转移到形象和事件的具体感性的领域中去；而这些形象和事件如同在狂欢中一样，是发展流动的、多样而又鲜明的。正是狂欢式的世界感受，让人们能"给哲学穿上艺妓的五光十色的衣服"。狂欢式的世界感受，是思想与惊险型艺术形象之间的传动带。在现代欧洲文学中，一个鲜明的例子便是伏尔泰的那些哲理中篇小说，它们都具有包罗万象的思想，具有狂欢式的流动性和驳杂（如《老实人》）。这些中篇以极其醒目的直观形式，揭示出梅尼普体和狂欢化的传统。

由是，狂欢化便渗入了梅尼普体的哲理核心。

现在可以得出这样一个结论了。我们在梅尼普体中发现，看来绝对不相同和不相容的因素令人惊讶地结合到了一起，如哲理对话、冒险和幻想、贫民窟的自然主义、空想，等等。如今我们可以说，把所有这些异类因素融合为一个有机的完整的体裁，并使其顽强有力，这基础便是狂欢节和狂欢式的世界感受。就是在此后欧洲文学的发展中，狂欢化也一直帮助人们摧毁不同体裁之间、各种封闭的思想体系之间、多种不同风格之间存在的一切壁垒。狂欢化消除了任何的封闭性，消除了相互间的轻蔑，把遥远的东西拉近，使分离的东西聚合。这就是狂欢化在文学史上巨大功用之所在。

现在就基督教土壤上的梅尼普体和狂欢化，再说几句。

梅尼普体和在它周围发展起来的一些相近的体裁，对形成中的古基督文学——希腊文学、罗马文学、拜占庭文学，给予了决定性的影响。

古基督文学的基本叙事体裁，即《福音书》《圣徒事迹》《默示录》和《圣徒与殉难者言行录》，是同古希腊罗马时期的天神故事联系着的，而后者在纪元后的头几个世纪里是在梅尼普体的轨迹中发展起来的。在各种基督文学体裁中，这一影响急剧增强，特别靠的是梅尼普体中的对话因素。在这些体裁里，尤其是在大量的《福音书》和《事迹》中，形成一种基督文体特有的对话性的古典的对照法，如受诱惑者（基督、守教规者）对诱惑者、信教者对不信教者、守教规者对有罪过的人、乞丐对富人、基督的追随者对法利赛人、圣徒（基督徒）对多神教徒，等等。人们从典范的《福音书》和《事迹》里，都熟悉了这一些对照法。与此相应的，又形成了引发的方法（即用语言或情节场景来诱发）。

在各种基督文体中同在梅尼普体中一样，起着巨大组织作用的，是对思想及思想所有者的考验，用诱惑和磨难进行的考验（当然特别是在言行录体裁中）。如同在梅尼普体中一样，在这里统治者、富人、强盗、乞丐、艺妓等，在同一个平面上，在相当程度上对话化了的平面上，以平等身份汇聚到了一起。梦幻、狂行、种种精神异常，在这里如在梅尼普体中一样，也起着一定的作用。最后，叙事的基督文学还汲取了一些相近的体裁：筵席交谈（福音的圣餐）和自我交谈。

叙事的基督文学（与狂欢化了的梅尼普体的影响无关）同样直接地触及了狂欢化。这只要指出经典福音书里"古犹太王"的加冕脱冕场面，就可以明白了。不过，狂欢化表现得远为强烈的，是在伪经的基督文学里。

总之，连古基督的叙事文学（其中包括成为规范的部分）也渗进了梅尼普体和狂欢化的因素。①

陀思妥耶夫斯基的体裁传统，在古希腊罗马时期的渊源、"基始"，就是上述这一些。他的创作是这一体裁传统发展的顶峰之一。

但陀思妥耶夫斯基与这些源头相距两千年之久，其间体裁传统仍在继续发展，渐趋复杂，形态有了变化，用意也有了变化（不过保持了统一性和连续性）。下面讲讲梅尼普体的进一步发展情况。

我们已经看到，早在古希腊罗马时期，包括古基督时期，梅尼普体就表现出一种特殊的盲蠋的能力，它会改变自己外在的形态（而保留自己内在的体裁的本质），会伸长到大部头的长篇小说，会同相近的体裁结合到一起，会融于其他的大体裁之中（如纳入古希腊的和古基督的长篇小说之中去）。这种能力同样表现在梅尼普体后来的发展之中，中世纪时如此，现代也是如此。

在中世纪，梅尼普体的体裁特点，在直接继承古基督文学传统的拉丁宗教文学的某些体裁里继续存在并不断更新，特别在言行录文学的一些体裁里是如此。梅尼普体的较为自由、较为独创的形式，则见于中世纪那些对话化和狂欢化了的体裁中，如"争吵"、"论战"、相互"颂扬"，如伦理寓言剧和宗教警世剧，还有中世纪晚期的宗教神秘剧和讽刺闹剧。强烈狂欢化了的中世纪讽刺模拟文学和半讽刺模拟文学中，也可以感觉得出梅尼普体的因素，如在写死后见闻的讽刺作品中、在讽刺性的"福音书讲解"中，等等。最后，在这一体裁传统的发展中还有非常重要的一环，就是中世纪和文艺复兴初期的小说，它深深地渗透着狂欢化了的梅尼普体的因素②。

梅尼普体在中世纪的整个发展过程中，都渗透了地方的民间狂欢文学的因素，并且反映了中世纪各个阶段的独有的特点。

在文艺复兴时代（即整个文学和世界观实现深刻的几乎是普遍的狂欢化的时代），梅尼普体被纳入了那个时代所有的大型体裁中（见拉伯雷、塞万提斯、格里美豪森等人的作品），与此同时又发展起来各种不同形式的文艺复兴时代

---

① 陀思妥耶夫斯基不仅非常熟悉典范的基督文学，也非常熟悉伪经文学。
② 这里必须指出，小说《贞洁的艾菲斯主妇》（出自《萨蒂利孔》）对中世纪和文艺复兴产生了巨大的影响。这篇插入的小说，是古希腊罗马时代伟大的梅尼普体作品之一。

的梅尼普体；这些形式在多数情况下都综合了这一体裁在古希腊罗马时期的传统和在中世纪的传统，如德彼尔的《世界之钺》，鹿特丹的《赞愚》，塞万提斯的《醒世小说》《梅尼普讽刺·西班牙主教的美德》（作于1594年，是世界文学中最伟大的政治讽刺作品之一），格里美豪森、凯维多等人的讽刺作品。

到了现代，梅尼普体除被纳入其他狂欢化了的体裁之外，还继续独立地发展，并采取了各种形态和各种名称，如"卢奇安对话"、"死人国里的谈话"（这两者中主要是古希腊罗马的传统）、"哲理小说"（启蒙时期梅尼普体的典型形式）、"幻想故事"和"哲理故事"（这两者是浪漫主义时期的典型形态，如霍夫曼的作品），如此等等。这里应该指出，在现代，各种文学流派和创作方法都利用梅尼普体的体裁特点，同时当然用不同办法加以完善更新。举例说，伏尔泰理性主义的"哲理小说"和霍夫曼浪漫主义的"哲理故事"，具有共同的梅尼普体的体裁特征，同样受到了强烈的狂欢化，可是他们的艺术流派、思想内容，自然还有创作个性，有着深刻的差异（只消比较一下《密克罗梅嘎斯》和《侏儒察赫斯》就清楚了）。应该说，在现代的各国文学中，梅尼普体曾是传播鲜明而凝聚的狂欢化形式的主要媒介。

最后，我们认为有必要强调一点，"梅尼普体"这一体裁名称，同"史诗""悲剧""田园诗"等古希腊罗马的其他体裁名称一样，用于现代文学时只是指一种体裁的实质所在，而不是称谓某个确定的标准的体裁（这不同于古希腊罗马时期）。①

到此，我们便结束了对体裁发展史的回溯，回到陀思妥耶夫斯基创作上来（其实在回顾历史的过程中，我们一时一刻也没有忘记陀思妥耶夫斯基）。

（选自［苏］巴赫金《陀思妥耶夫斯基诗学问题》，白春仁、顾亚玲译，生活·读书·新知三联书店1988年版）

---

① 不过"史诗""悲剧""田园诗"这些体裁术语，用于现代文学时已经成了公认和习用的名称。因此，当人们把《战争与和平》称为史诗，把《鲍利斯·戈都诺夫》称为悲剧，把《老式地主》称为田园诗时，我们丝毫不感到奇怪。"梅尼普体"这一体裁术语听起来却不习惯（特别在苏联的文艺学界），因此用它来称呼现代文学作品（如陀思妥耶夫斯基的作品），就令人觉得有点奇怪而又牵强。

萨义德与《东方主义再思考》

经典导读

爱德华·W. 萨义德（Edward W. Said，1935—2003），美国文学批评家和社会活动家，后殖民主义思想家。出生在耶路撒冷，在英国占领期间就读于巴勒斯坦和埃及开罗的西方学校，接受英国式教育，20世纪50年代赴美读书，就读于普林斯顿大学。1964年获得哈佛大学的博士学位，1963年任教于哥伦比亚大学，教授比较文学。萨义德一生兼有两种身份：现代美国大学的知识分子与第三世界的巴勒斯坦后裔。这样的双重"国籍"让他成为两个世界的边缘者和流亡者，正是这一放逐者的身份给他介入帝国主义和第三世界之间复杂的政治、文化、知识关系提供了独特的视角。

萨义德是20世纪学术界少数拥有理论原创性和政治热情的学者之一。70年代，萨义德开始实际介入政治领域，他虽然生活在美国，但有家人住在中东，因此他介入了巴勒斯坦解放运动。萨义德的主要著作有《东方学》（又译《东方主义》）、《文化与帝国主义》、《知识分子论》、《流离失所的政治：巴勒斯坦自决的奋斗（1969—1994）》、《最后的天空之后》、《报道伊斯兰》、《格格不入：萨义德回忆录》、《音乐的极境》等。他的"政治三部曲"从巴以冲突、中东地区的流离现状出发，结合他在美国所受的学术训练，系统地总结了殖民主义在第一次世界大战之后对那些民族解放运动地区的新的统治方式，这种统治方式的历史形成过程成为他学术思考的起点。同时，他以知识分子的身份参与了中东和平进程和巴勒斯坦解放运动，这成为他毕生的事业。在各种社会实践中，他融合了政治直接介入与知识反思论述两种不同的社会行为。他原创性地提出"东方主义"概念和理论，比较彻底地从历史的视角展现了作为西方对比性存在对象的东方如何在政治思维渗透下成为西方学术权力，以及学术权力反过来又支持和建构了对东方的殖民权力。

萨义德继承了萨特、福楼拜等批判知识分子的传统，以流亡者的身份和思维不断解构西方学术和权力的规训，执着地投身于巴勒斯坦解放运动。他为巴勒斯坦的独立解放作出了自己的贡献，并因此受到知识分子及阿拉伯人的关注。政治与学术，这就是支撑萨义德知识分子身份与良心的两个支点。纵观萨义德的一生，他既是一位眼光敏锐、思虑深远、见解独到的思想家，又是一位热情似火、以笔为武器、不断与帝国主义国家及权威体制作斗争的战士。

1978年萨义德的《东方学》的发表标志着后殖民主义理论正式成为西方学术话语的开始，萨义德也被西方和中国的学者广泛地推崇为"后殖民理论"的鼻祖。他在《东方学》《文化与帝国主义》等书中，详细考察了东方作为一种知识传统在西方学术史上的发展，通过知识考古学的挖掘，以文学与政治的联姻为例，说明东方并非单纯客观存在，东方不过是西方作为霸权存在的必需对照，东方是被西方政治（殖民）所塑造出来的他者。《东方学》的问世，引发了世界范围的阅读和讨论。由于不少当代西方学者依然不自知地在用东方主义的视域和惯常逻辑来看待萨义德的研究，因此关于东方主义产生了不少议论和分歧，萨义德在这篇文章中展现了各种不同观点和分歧，同时重申了东方主义的基本内涵及其在当代研究中的意义。

萨义德在《东方学·绪论》《东方主义再思考》中批驳了几种对东方学（orientalism）的误解。"东方"不是单纯观念，东方是现实的，指伊朗、沙特阿拉伯、巴勒斯坦、埃及等中东地区，第二次世界大战之后也包括印度、中国、日本等远东地区；东方主义不是一种西方想象东方的关系，它不仅是观念文化和历史产物，更重要的是一种统治与被统治、压迫与被压迫的权力关系、支配关系和霸权关系。东方主义不是一种被揭穿就会烟消云散的谎言和神话，它不仅是意识形态与文化领导权，还是实实在在的经济、军事与政治支配性关系。

萨义德重申了东方主义的三重含义：一种体现西方中心主义的二元对立的思

维方式和意识形态,一种以科学和真理模式出现的言说、书写、规约、遮蔽东方的知识型构,一种为帝国主义全球扩展和进行新殖民压迫的权力关系。萨义德自述:"《东方学》中最引我兴趣的现代版本就是东方主义与帝国主义的结合。换句话说,这种知识方式与真正控制、真正宰制、真人实地是齐头并进的,或由这种控制与宰制所制造产生的。"因此,"东方学是西方控制、重构、统治东方的一种方式"。由此而知,《东方学》是探讨关于知识话语与权力统治之间勾连结合的关系形式。他在后来的《文化与帝国主义》中进一步探讨了作为文学的叙事在帝国主义话语和权力建构中的作用。他从美学的角度看待帝国主义的话语构成,反过来从帝国主义对殖民地的权力支配史看待西方文学主流,开创了一种新的美学意识形态研究模式。就其学术目的而言,萨义德对东方主义的思考就是在政治与文学、帝国主义与美学意识形态之间寻找一种介入模式。

—— 延伸阅读文献

1. Edward W. Said, *Orientalism*, New York: Vintage, 1979.
2. Edward W. Said, *Culture and Imperialism*, New York: Vintage, 1994.
3. [美]爱德华·W. 萨义德:《东方学》,王宇根译,北京:生活·读书·新知三联书店 2007 年版。
4. [美]爱德华·W. 萨义德:《文化与帝国主义》,李琨译,北京:生活·读书·新知三联书店 2003 年版。
5. [美]爱德华·W. 萨义德:《知识分子论》,单德兴译,北京:生活·读书·新知三联书店 2005 年版。
6. [美]爱德华·W. 萨义德:《世界·文本·批评家》,李自修译,北京:生活·读书·新知三联书店 2009 年版。
7. [美]爱德华·W. 萨义德:《人文主义与民主批评》,朱生坚译,胡桑校,上海:上海三联书店 2013 年版。
8. [英]瓦莱丽·肯尼迪:《萨义德》,李自修译,南京:江苏人民出版社 2006 年版。
9. 单德兴:《论萨义德》,杭州:浙江大学出版社 2013 年版。

10. 刘海静:《抵抗与批判：萨义德后殖民文化理论研究》，北京：中央编译出版社2013年版。

（韩振江 撰）

—— 原文:《东方主义再思考》

经典原文

东方主义再思考

萨义德 著 曹雷雨 译

  我要提出的问题有两组,每一组都源于《东方主义》(Orientalism)[①]中所谈及的总问题,而这两组问题中最重要的有:他者文化、社会和历史的再现,权力与知识之间的关系,知识分子的角色,有关不同文本、文本和语境及文本和历史之关系的方法论问题。

  不过,有些情况我应该一开始就加以澄清。首先,我将使用的"东方主义"这一概念更多地是指与我的同名著作相关的问题而不是我的著作本身;此外,事实将证明,我将论述《东方主义》和此后完成的著作都曾涉及的知识分子和政治领域。我无意在此给《东方主义》出版之后始终关注我的读者强加义务;我提起这部书只是想表明这样一个事实,那就是自写《东方主义》之后,我认为自己好像一直着眼于最初在那本书中使我发生兴趣而至今尚未解决的问题。其次,我不希望人们认为当前的契机给予我的特权——当然,我感谢这一契机——就是努力答复我的批评者。所幸的是,《东方主义》引出了大量的评论,不少是积极的和建设性的,也有相当一部分是敌对的,个别的(可以理解)是辱骂性质的。事实上,对这些评论,不论口述还是笔录,我都未曾领会和理解。反之,我所掌握的是我的一些批评者提出的问题及答案,又因他们攻击我实为便于集中论点,所以我会在随后的评论中对此加以考虑。其他一些人——正如我把德国东方主义排除在外,也无人给过我把它包括在内的理由一样——的攻击流于肤浅或琐碎,对此作出反应亦显得没有什么意义。同样,丹尼斯·波特(Dennis Porter)关于我的非历史性和自相矛盾的说法会更具影响力,如果前后一致性(不论这一术语可能指什么)的优点经受过严密的分析的话;而对我的非历史性的指控也不过是个别论证更为有力的断言。

[①] 爱德华·萨义德:《东方主义》(伦敦,1978)。一些相关的书评刊载于《种族与阶级》,第21卷(1979);《亚洲研究月刊》,第39卷(1980);《历史与理论》,第19卷(1980)。

现在，让我很快简述一下我要在此论述的两类问题。作为思想和专门知识的一个部分，东方主义当然是指几个相互交叉的领域：首先是指欧洲和亚洲之间不断变化的历史和文化关系，一段具有四千年历史的关系；其次是指发端于西方19世纪早期、人们据以专门研究各种东方文化和传统的科学学科；最后是指有关世界上被称作东方的这个目前重要而具政治紧迫性地区的意识形态上的假定、形象和幻想。东方主义这三方面之间相对共同的特性是将西方和东方分离开来的界限，而我已经证明，这与其说是实际情况，不如说是人为的产物，也就是我所谓的想象地理学。然而，这既不是说东西方的划分是一成不变的，也不是说它仅仅是个虚构。要强调的是，以维柯所谓诸民族之世界的观点来看，东方和西方是人为制造出来的事实，因此这些事实本身必须作为社会的而非神圣或自然的世界之组成部分来研究。又因社会的世界不但包括被研究的客体或领域，而且包括进行研究的人或主体，所以说把二者都包括在东方主义的考虑之中是绝对必要的，显而易见，如果一来没有东方学家、二来没有东方人，也就不会有东方主义。

这实际上对任何阐释理论或解释学来说都是一个基本的事实，而远不是什么被称为东方主义问题的粗糙的政治上的理解。这也正是我想要考虑的第一组问题，然而，不愿在东方主义特有的政治或种族甚或认识论语境下讨论东方主义诸问题的情况仍然明显存在。正如在东方学家身上那样，这种情况在评论我著作的职业文学批评家身上同样存在。既然在我看来对东方主义政治起因的真相及其后续的政治现实不予考虑显然是不可能的，我们就得既以政治又以知识为根据来研究对东方主义政治学所进行的抵制，这一抵制恰恰充分表明了被否认的东西。

如果第一组问题关系到以局部问题的观点再思考的种种东方主义问题，比如，何人在写作或研究东方、在何种制度或无制度的环境中所为、针对何种读者、怀着怎样的目的，那么第二组问题会带我们涉及更多的问题。这些问题最初是由方法论提出来的，后来当涉及以下问题时变得颇为尖锐，如知识生产怎样才能最大限度地为公共的而非小集团的目的服务，非主导、非强制的知识如何才能在一个深深地铭刻着政治、报酬、地位和权力策略的环境中得以生产。在这些有关东方主义的方法和道德的再思考中，我将会十分自觉地间接提及一些问题，它们与女权主义或妇女研究、黑人或种族研究、社会主义和反帝国主义研究经验所涉及的一些问题有相似之处,而所有这些研究都把从前无代表或错误地被代表的人类团体的权利作为出发点,在政治和知识上过去将其排除在外、盗用其指意和再现功能、否认其历史真相的领域,为自身辩护并表现自身。总之,以这一更为广阔和主张自由的视野再思考东方主义,至少需要为一门新知识创造新的对象。

现在,让我再回到起先所说的局部问题上来。作者事后才得到的认识不仅仅使他们为本来能够或应该做到却没有去做的事情感到后悔,而且给予他们一个更为开阔的眼界来理解自己所做的一切。就我自己而言,我就因此得到了更广泛的认识,在这方面有助于我的人几乎包括每一位我著作的评论者,以及那些——不论好坏——把我的著作看作当前阿拉伯-伊斯兰世界中辩论、论战和有争议的阐释中的一部分,看作与美国和欧洲相互影响的那个世界的人。当然,毫无疑问的是——在我这个相当有限的个案中——作为一个东方人的意识源自我在巴勒斯坦和埃及殖民地度过的青年时代,虽然我要抵抗这一意识所带来影响的冲动是在第二次世界大战后独立时期令人兴奋的气氛中培育起来的。那个时期,阿拉伯民族主义、纳赛尔主义、1967年战争、巴勒斯坦民族运动的高涨、1973年战争、黎巴嫩内战、伊朗革命及其可怕后果产生了一系列惊人的跌宕起伏,它们既没有终结也没有让我们完全了解其显著的革命影响。

有趣的是,要想了解世界上的一个地区无论有多困难,它看起来都具有两个主要特征,首先是永远处于变化不定的状态;其次,想要了解它的人没有一个能够依靠纯粹的目的或绝对的知识站在变动之外的某个阿基米德的支点上。也就是说,要广泛了解东方、特别是阿拉伯世界的动机,首先是它说服了你,而且迫切地恳请你的注意,不论是出于经济、政治、文化上的原因还是宗教上的原因;其次,它不拒绝接受中立的、不偏不倚的或稳固的定义。

在阐释文学文本的时候,类似的问题也是常见的。例如,每个时代都重新阐释莎士比亚并不是因为莎士比亚在变化,而是因为除现存诸多可靠的莎士比亚版本之外,没有一个像莎士比亚这样固定而重要的客体能够独立于他的编辑、扮演剧中人物的演员、把他转变为其他语言的翻译者,还有自16世纪晚期以来上亿名阅读过他作品的读者和观看过他戏剧演出的观众。另一方面,要说莎士比亚根本不能独立存在,认为每当有人阅读、演出或评论他时他都会被完全重构也着实过分。事实上,莎士比亚所过的风俗上的或文化上的生活和其他一些因素保证了他作为一位伟大诗人的名声、对30多部剧本的原著权及其在西方极为公认的才能。我在这里要强调的基本点是：像文学文本这样一个相当惰性的对象通常也被认为从它与读者的注意力、判断、学识和演出相互作用的历史时刻中获得了某种特性。但是，我发现这一殊荣很少能让东方人、阿拉伯人或穆斯林得到，他们分别或一起被主流学术思想认为仅限于在西方千里眼注视下已永远凝固的对象这一固定身份。

非但不是为阿拉伯人或伊斯兰国家辩护——如我的著作被许多人所认为的那样——我的论点还认为，除非作为给予它们存在的"阐释群体"，否则二者都不存在；而且认为，像东方自身一样每个名称都代表着种种利益、要求、计划、野心和修辞，它们不仅存在很大分歧，而且还处在公开的交战状态。像"东方"的分支"阿拉伯"或"穆斯林"这样的标签包含着太多的意义，也过多地被历史、宗教和政治所决定，使得如今人们使用它们的时候无不留心对激烈论战的调节，正是它们掩蔽着这些标签所指的对象——如果它们存在的话。

我认为，说一个党派发表的言论越多，这些言论就越惯于被其他党派所否定并不为过；同样地，无论是阿拉伯人或穆斯林讨论阿拉伯主义或伊斯兰教，还是一个阿拉伯人或穆斯林同一个西方学者争论这些名称，情况无不如此。任何试图提出无一事物甚至包括一个简单的说明性标签能超出或越过阐释领域的人，几乎一定会发现一个对手会说科学和知识注定要超越阐释的奇想，且认为客观真理实际上是可得的。当这一声言针对的是东方人抵抗一种与在东方的大量欧洲殖民地密切结盟的东方主义的权威和客观性的时候，它不只是带点政治色彩。实际上，我在《东方主义》中所说的内容，A. L. 提巴威（A. L. Tibawi）、阿卜杜拉·拉鲁伊（Abdullah Laroui）、安瓦尔·阿米代尔·马莱克（Anwar Abdel Malek）、塔拉尔·阿萨德（Talal Asad）、S. H. 阿拉塔斯（S. H. Alatas）、法农（Fanon）和塞泽尔（Cesaire）、庞尼卡尔（Pannikar）和罗米拉·撒帕尔（Romila Thapar）在我之前早已说过。他们都遭受过帝国主义和殖民主义的蹂躏，而且在向这一科学的权威、出处和制度发起挑战的时候，认为他们自己并不仅仅是这一科学给西方所描述的那个样子。

而这并非全部。对东方主义及对东方主义作为其中一个有机成分的殖民时代的挑战，就是对把东方作为客体加诸缄默的挑战。以东方被构造并被介绍到欧洲为依据，就它作为一门混合和包容的科学来说，东方主义是一次科学运动,这一运动在经验主义政治学领域的同类是东方殖民地的累积和欧洲对殖民地的获取。因此,东方不再是欧洲的对话者,而是其沉默的他者。大概自18世纪末,欧洲在时代、距离和富饶的意义上重新发现了东方,东方的历史便成为一个古老与新颖的范式,引发了欧洲认识或承认它的兴趣,但是因为欧洲工业、经济和文化的发展似乎将东方远远抛在了后面,欧洲又偏离了这种认识或认可。东方的历史对黑格尔、马克思,后来又对布克哈特、尼采、斯宾格勒和其他主要历史哲学家来说,有利于描述一个拥有伟大时代的地区及那些不得不被留在后面的东西。在各种各样的美学作品和创造性描写中,文学史家进一步注意到,如在济慈和荷尔德林等人的作品中找到的"西行"轨迹,往往认为东方正在将其历史上的杰出和重要性让与远离亚洲向西靠近欧洲的世界精神。

作为原始、作为欧洲古老的原型,以及作为欧洲理性发展源泉的富饶之夜,东方的现实存在无法挽回地退缩为一种典型的化石作用。欧洲人类学和人种史的起源由这一根本差异所构成,就我所知,作为一门学科,人类学尚未涉及它假设的无偏颇的普遍性中所固有的政治局限。顺便说一句,这也是约翰尼斯·费边的《时间及其他:人类学是怎样设定其对象的》这部著作既独特又重要的一个原因;假使同克利福德·吉尔兹(Clifford Geertz)所提出的标准学术合理化和关于解释学界的自我赞赏的陈词滥调作一比较,费边为把人类学家的注意力引回人种史学者及其所设对象之间在时间、权力和发展上的脱节所作出的严肃努力则愈发值得注意。无论如何,从东方主义中脱离出来的多半恰好是抵抗东方主义政治与意识形态侵犯的历史,这一被压制或进行抵抗的历史对东方主义报以种种批评和攻击,而东方主义在论辩中始终被这些评论描述为一门帝国主义的学科。

至少就其目的而言,把东方主义视为意识形态和实践的许多批评之间存在的分歧非常大。有些人攻击东方主义是作为维护这一或那一本土文化的序幕:这些是本土保护主义者。另一些人批评东方主义是针对这一或那一政治信条受到的攻击所作的辩护:这些是民族主义者。还有一些人批评东方主义歪曲伊斯兰教的本质:这些人大概是原教旨主义者。我将不会在这些主张之间作出判决,可以说除了与包括党派行为、团结一致或共鸣在内的冲突相关的问题,我已经明确避免在实际的、真正的或可靠的伊斯兰或阿拉伯世界等问题上表明立场,尽管我从未摒弃一种批评的观念或客观反映的态度。与近来东方主义的批评者相同，我认为有两点尤为重要——一是更多地把东方主义解释为批评的而非积极的训练方法从而加以精查细读的严密的方法论上的警醒，二是不让对东方的隔离和限制无挑战地继续下去的决心。我对第二点的理解导致我采取完全拒绝像"东方"和"西方"这类名称的极端态度，稍后我还会再谈这个问题。

依照他们对自己作为东方主义者角色的不同解释，批评东方主义批评者的人们要么强调东方主义话语内部对绝对权力的肯定，要么让东方主义的批评者忙于真正的知识上的交流，而后一种情况较少发生。造成这一分裂的原因不证自明：一些人不仅得将就组织或行会的自我防御，还得将就权力和时代；而另一些人不得不将就宗教或意识形态上的信念。不管事实是否得到公认，一切都是政治性的——并非人人都能轻易认识到这一点。如以我自身为例，当我的一些批评者对我论点的主要前提尤为表示同意之时，他们往往反而推崇他们中最杰出的一位马克西姆·罗丁森（Maxime Rodinson）所谓的"东方主义科学"取得的成就。尽管事实上近来所有的东方主义批评者明确运用马克思主义或结构主义等"西方"批评，努力超越东方和西方、阿拉伯真理和西方真理诸如此类令人反感的区分，这一观点却适合攻击一种李森科主义（Lysenkism），它潜伏在对"西方的"东方主义提出抗议的穆斯林或阿拉伯人的争论中。

……

丹尼尔·派普斯（Daniel Pipes）《上帝之路》的书页中谈及伊斯兰教不能自我代表、自我理解和自我意识之处满篇皆是，而对V. S. 奈保罗（V. S. Naipaul）这样的有助于和敏于理解伊斯兰教的证人的称赞随处可见。当然，东方主义主题中可能最为人所熟悉的是：他们不能代表他们自己，因此他们必须由其他比伊斯兰自身更了解伊斯兰的人来代表。常见的情形是，其他人能够以不同的方式比你更了解你自己，而宝贵的洞见可能会因此产生。局外人根据事实本身对你这个局内人的判断要比你对自身的判断强得多，如果把这当作永远不变的法则情况则大不相同。特别要提到的是，伊斯兰教徒和一名局外人的观点之间不可能有交流：没有对话，没有讨论，也没有相互认识。只有一个对品质的断定，这是西方决策者或其忠实的仆人根据对方是西方人、白人、非穆斯林所作出的。

我认为，这既不是科学，也不是知识，亦非理解：它是对权力的声明，是对绝对权威的要求。它是由种族主义构成的，并相对受到提前准备好聆听其强有力之真理的听众的欢迎。……谈论派普斯只是因为他极其有效地强调了东方主义的大政治背景，而这一背景常常在主要发言人伯纳德·刘易斯提出的一种声明中被否认和压制，刘易斯厚颜无耻地把东方主义同欧洲帝国主义之间200年的伙伴关系分离开来，反过来把它同现代经典哲学和古希腊罗马文化研究联系在一起。关于这一较为宏大的背景值得一提的是，它包括其他两个成分，简要地说，一是巴勒斯坦运动的突起，二是在美国和其他地方阿拉伯人公开表示反对在公众领域被描绘。

……

对文化之间不平衡的、无可救药的世俗关系令人不安的认识构成对东方主义讨论的基础。这使得我们接受了我刚才提到的观点，即最近阿拉伯和伊斯兰的努力大部分是善意的，但有时也受不得人心的政权的促动，为了引起人们对代表阿拉伯人或伊斯兰的西方媒体所造赝品的注意，这些政权转移开人们对其统治弊端的详察，因此极力改善所谓的伊斯兰和阿拉伯人形象。毋庸赘言，平行发展已经出现在联合国教科文组织，围绕着世界信息秩序的争论——以及各个第三世界和社会主义政府提出的相应的改革方案——已经具有作为一个国际问题的面貌。这些争论大多数首先证明了以下事实，即知识或信息和媒体形象生产的分布是不均衡的：其地点和最大势力的中心都坐落在被争论的双方称作宗主国的西方。其次，较弱的党派和文化所得到的不愉快的认识加强了他们对以下事实的把握，即世俗的、历史的世界只有一个，尽管其中有许多分歧，而且不论是本土保守主义还是神圣的干涉、地方主义抑或意识形态的烟幕都不能将社会、文化和民族相互隐瞒起来，特别是不能向那些为了政治及经济的目的一心一意要识破他人者隐瞒。第三方面，在我看来，许多这些贫穷的后殖民国家及其忠实的知识分子得出了错误的结论，实际上认为他们必须要么试图对知识生产源加以控制，要么试图提高、美化和改善目前在传播中的形象，而对作为他们发源和在一定程度上作为他们根基的政治地位不作任何改变。

这些建议的缺陷显然震动了我，我不想在此深究为种种短命的公共关系的骗局滥花的大量石油美金，或者是发生在许多前殖民地国家的不断增加的镇压手段、对人权的践踏和彻头彻尾的强盗行径等问题，而所有这些问题都是在国家安全和同新帝国主义作斗争的名义下发生的。我想要谈论的是在近来由东方主义批评这类较小的努力所提供的语境下应该做什么这样一个较大的问题，还有以政治和批评为标准我们能够怎样论说不仅仅是反动或消极的脑力劳动。

现在，我终于要来谈谈第二组问题，在我看来也是源于对东方主义再思考的更具挑战和更为有趣的一组问题。东方主义的遗产之一并且的确是其认识论基础之一便是历史主义，也就是由维柯、黑格尔、马克思、兰克、狄尔泰和其他人提出的观点，即如果人类具有历史，那么它便是由男人和女人所制造的，而且在每一给定的时期它都能够被历史地理解为具有一个复杂而连贯的统一性的时代或时刻。就特别意义上的东方主义和一般意义上的欧洲关于其他社会的知识而言，历史主义意味着同人类结合的人的历史要么以欧洲或西方的制高点而告终，要么从欧洲或西方的优越位置上加以考察。而既不被欧洲考察亦不被它引证的东西便因此"遗失"，直到有一天它也能被人类学、政治经济学和语言学这些新科学收编。正是由于后来对埃里克·沃尔夫（Eric Wolf）称作无历史的人民的复原，这以后学术才向前迈出了一步，这个世界史学科基础的主要实践者包括布罗代尔（Braudel）、瓦勒施泰因（Wallerstein）、佩里·安德森（Perry Anderson）和沃尔夫本人。

随着应付——用恩斯特·布洛赫（Ernst Bloch）的话来说——欧洲之他者的非共时性经验能力的增强，对欧洲帝国主义和这些在不同时间建构、成型和表达的知识之间关系的频为一致的规避消失了。换句话说，同一个历史主义之间有着最基本联系的认识论批判从未发生，这一历史主义扩大和发展到足以包括对立的态度，比如一方面是西方帝国主义的意识形态和对帝国主义的批判，另一方面是维护领地和人口的积聚、经济控制，以及历史的混合和均一化的帝国主义实践。如果我们记住这一点，举例来说，我们就会注意到在世界史——它在意识形态上是反帝国主义的——的方法论假定和实践中，像东方主义或人种史那些与在谱系上实为世界史之父帝国主义有关的文化实践很少或根本不被注意；因而对世界史作为一门学科的强调落在了经济和政治实践上面，这些实践被世界史书写方法定义为不仅未受世界史所生产的关于它们知识的影响，而且在某种意义上与这一知识是分离和不同的。荒谬的结果是，世界规模的积累或资本主义世界国家或专制主义世系（a）依靠同一被置换的敏锐的历史主义的观察者，他已是东方主义者或三代以前是殖民地的旅行者；（b）它们也依靠具有均一和合并性质的世界历史规划，而后者吸收了对它来说属非共时性的发展情况、历史和文化；（c）它们阻碍和缩减了对制度、文化和学科方法的潜伏的方法论批判，这些方法把世界史的合并实践一方面同东方主义这样偏颇的知识联系起来，另一方面同还在继续的"西方"对非欧洲、边缘世界的霸权相联系。

……

稍后我将会为这一分离和消解中心的过程举一些实例。需要立刻谈论的是，这个过程在意图上既不是纯粹的方法论也不是纯粹的反动。比如，对殖民大国同学者的东方主义暴虐的结合的反应，不仅仅是提出同以各种反对前两者的本地意识形态为依据的本土情绪进行联盟。在我看来，它好像成为一个第三世界和反帝国主义活动分子在支持伊朗和巴勒斯坦斗争中落入的陷阱，他们发现自己要么对于霍梅尼政权的憎恨无话可说，要么在巴勒斯坦问题上求助于革命论和黎巴嫩解冻后废弃的武装冲突论那一套陈词滥调。它也不仅仅是再次使用陈旧世界历史修辞，对目前不适宜并在谱系上有缺陷的旧的概念模式，这种修辞只能完成重建其知识和理论优势的不明结果的有价值的工作。不：我相信，我们必须从政治、首先是从理论出发进行思考，把主要问题放在法兰克福学派理论所认为的劳动支配与分工上面，此外还有分析中所缺乏的理论和空想，以及自由意志论的维度问题。除非我们因此把历史主义的材料分散和重新部署为完全不同的知识客体和对象，否则我们不能继续前进；而且只有摆脱随历史主义体系和还原性质的、实用主义或机能主义的理论而来的统治支配和职业化的排他主义，才能建构新的知识课题，直到我们清楚地意识到这一点，我们才能继续前进。

这些目标并没有我的描述听起来那样宏大和困难，因为对东方主义的再思考已经同我以前所提到的那类许多其他活动紧密联系起来，而现在它急于更详细地清楚表达出来。因此，比如我们现在看到，虽然是在不同的领域里，东方主义是一种与宗主国社会中的男性统治或父权制相同的实践：东方在实践上被描述为女性的，东方的财富则是丰富的，而它的主要象征是性感的女性、妻妾和专横的——又极为动人的——统治者。而且，像维多利亚家庭主妇一样，东方人受限于沉默和正在无限丰富的产出。正如女权主义者、黑人研究批评家和反帝国主义活动家所勾画和阐明的那样，如今许多这种材料都明显同现代西方文化主流下面的性别、种族和政治不对称结构相关联。例如，阅读桑德拉·吉尔伯特（Sandra Gilbert）最近对赖德尔·哈格德（Rider Haggard）的《她》所做的非常杰出的研究,就是去领悟维多利亚时代在国内受抑制的性欲、在国外的幻想同帝国主义意识形态19世纪晚期紧收的男性想象之间极少相符之处。同样地,像阿卜杜勒·詹穆罕默德的《善恶对立美学》(Manichean Aesthetics)这样一部作品,调查了同一个地方——非洲的白人和黑人虚构作品中平衡而不断分离的艺术世界,提出甚至在想象文学中都有一个僵硬的意识形态体系在较自由的表层下运作。……

关于出于同支持反东方主义批判相似的冲动而从事的分析和理论课题,还可以举出更多的实例。他们在本质上都相互干涉,也就是说他们自觉地把自己置于进行中的学科话语脆弱的连接点上,而每一种话语不过是假定新的知识客体、新的人文主义(广义上的)行为实践、新的理论样板颠覆或至少彻底改变了流行范式标准的理论模式而已。人们可能会在此列举种种不同的努力,琳达·诺克林(Linda Nochlin)像工作在主要艺术-历史语境中那样对19世纪东方主义意识形态所作的探索;汉娜·巴塔图(Hanna Batatu)对现代阿拉伯国家政治行为的巨大重构;雷蒙·威廉斯(Raymond Williams)对情感结构、知识群体、逐渐出现或选择性文化、地理学思想类型(正如在他引人注目的著作《乡村与城市》中所言)所作的不间断的考察;塔拉尔·阿萨德(Talal Asad)对主要理论家作品中人类学的捕捉自我的叙述,以及他本人在此领域的研究;对那些被历史学家当作历史学家职业、更重要的是当作发明新出现民族之关键来研究的"传统的发明"或发明出来的做法,埃里克·霍布斯鲍姆(Eric Hobsbawm)作了新的陈述;诸如三好将夫(Masao Miyoshi)、艾克巴尔·阿马德(Eqbal Ahmad)、塔里克·阿里(Tariq Ali)、罗米拉·塔巴尔(Romila Thapar)、拉纳吉特·古哈(Ranajit Guha)为首的贱民研究团体、伽亚特里·斯皮瓦克(Gayatri Spivak)这些学者,还有像霍米·芭芭(Homi Bhabha)、帕尔塔·米特(Partha Mitter)这些较为年轻的学者,他们作品中对日本、印度和中国文化的再考察;阿拉伯文学批评家——福索尔(Fusoul)和马瓦基夫(Mawakif)团体、埃里阿斯·库里(Elias Khouri)、卡玛尔·阿布·狄卜(Kamal Abu Deeb)、莫哈默德·巴尼斯(Mohammad Bannis)等人,为寻求重新界说和活跃阿拉伯文学行为的具体化的经典结构最近所作的富有想象力的再思考,同样地,还有朱安·高伊提索罗(Juan Goytisolo)和萨尔曼·拉什迪富有想象力的作品,他们的小说和批评是自觉针对支配这一领域的文化陈规和表征而作的。这里还值得一提的是《亚洲学者通讯》所作的开创性努力，还有最近一位美国汉学家（Benjamin Schwartz）和一位印度学者（Ainslee Embree）在他们的竞选演说中两次严肃地反思了东方主义对其领域意味着什么，这是一次公开的思考，尽管否认了中东学者；诺姆·乔姆斯基在政治和历史领域不断所做的工作是独立的激进主义和一丝不苟的例证，当今无人能够匹敌；或在文学理论方面，弗雷德里克·詹姆逊提出的关于最深广意义上社会叙事模式的强大理论连接方式，理查德·欧曼（Richard Ohmann）在他近作中对经典特权和制度的从经验上获得的定义，在对当代技术和想象上及文化上的意识形态所作的批判中，理查德·普瓦里埃尔（Richard Poirer）提出的修正的爱默生视域，还有利奥·伯萨尼（Leo Bersani）所研究的对强度和压力的消解中心的、再分配的比率。

人们还可以继续举出更多的例证，而我当然不希望通过把我认为不太突出或不大值得注意的特例排除在外的方式来建议点什么。最后我想做的是试着把它们合为一个共同的努力，在我看来，这个努力能够使包括对东方主义的批评在内的更大的事业充满活力。首先，我们注意到观众和读者的众多；我所列举的作品和作者没有一个宣称只为一个读者而作，这个读者是唯一包括——或因为一个并发的、压倒一切的真理——一个同西方（或就事而论东方的）的理性、客观性和科学相联系的真理的人。相反，我们注意到在这里领域众多、经验多样、读者各异，每一方都有各自不可否认（同否认相对）的兴趣、政治期望和学科目标。所以这些努力都由于一个可以被称为消解中心的意识而发生影响，并不因为是消解中心、多数的"非"、有时反总括和反系统而减弱了思考力和批判性。结果是，他们为相互配合的共同依据提供了可能性，而不是靠呼吁一个绝对权威、方法的连续性、经典性和科学的中心来寻求统一。因此，他们是活动和实践的平面，而不是由可位于已知宗主国权力中心的一个地理和历史幻想支配的地形学。其次，根据它们发源和如今反对的主流的、往往是权力主义的体系，这些活动和实践在意识上是世俗的、边缘的和对抗性的。再次，在它们所想要——未必要付诸实施——结束独裁和强制性知识体系的目标中，它们是政治性和实践性的。我认为，分析的政治意义当贯穿于所有这些领域时一律是有计划的自由意志论，这么说并不为过，根据是，与东方主义不同，分析的政治意义不是以文物研究或博物馆长知识的终结而是以调查性的公开的分析模式为基础的，即使可能看起来这种分析——常常是困难和深奥的——最终是似非而是的寂静主义。我认为，我们必须记住阿多诺的否定辩证法所提供的教训，把分析看作在最大意义上是格格不入的、解构的、乌托邦的。

但是，还留存着一个缠绕所有紧张的、自谴的地方脑力劳动的问题，劳动分工问题，它是 20 世纪被乔治·卢卡奇首次最为有力地分析过的物化和商品化的必要的结果。这是由迈拉·詹伦（Myra Jehlen）为妇女研究敏感而机智地提出的问题，即是否通过认同和获得反统治的批评，次群体——妇女、黑人等——能够解决作为结果产生的经验和知识自治领域的两难。一种双重的具占有欲的排他主义会到来：根据经验而产生的排他的局内人观念（只有妇女才能为妇女而写和写关于妇女的事情，只有善待妇女和东方人的文学才是好文学），其次是根据方法而产生的排他的局内人（只有马克思主义者、反东方主义者、女权主义者才能写关于经济、东方主义、妇女文学方面的东西）。

这就是我们所到之地，在分崩离析和专门化的开端，它们利用自己狭隘的统治和小题大做的防御进行欺骗，或者我们在接近某种宏大的综合。拿我来说，就相信它能够很容易地扫除迄今由这些反知识所提供的收益和反对意识。这里有几种自荐的可能性，我要把它们罗列出来作为总结。我们需要进一步跨越界限，在跨学科行为中有更多的干涉主义，还要有强烈的环境意识——政治的、方法论的、社会的、历史的——在其中脑力和文化工作得以开展。对摧毁统治体系要给予一个清楚的承诺，因为它们是被共同维护的，转用葛兰西的话来说，就是必须靠共同的围攻——演习战和阵地战与之全体作斗争。最后，对知识分子在定义和改变一个语境中的作用要有更敏锐的观念，因为如果没有这种观念，我相信，对东方主义的批判就不过是过眼烟云。

（选自罗钢、刘象愚主编《后殖民主义文化理论》，
中国社会科学出版社 1999 年版）

法农与《论民族文化》

经典导读

弗朗兹·法农（Frantz Fanon，1925—1961）法国政治思想家，殖民地解放运动的领袖、反殖民主义的斗士。1925年7月20日，法农出生在法属马提尼克岛，少年时接受了法式的殖民教育。1943年，他志愿加入法国军队奔赴欧洲参加第二次世界大战。两年后，他在战争中负伤，获得"战斗十字奖章"，重返马提尼克岛。1947年，法农在法国里昂大学学习医学和精神病学，1952年前往阿尔及利亚担任精神病医生，法国对阿尔及利亚的暴虐殖民统治和黑人被残害的精神状态深深地刺激了法农。1956年，他参与了阿尔及利亚的"民族解放阵线"，以实际的革命行动参加了阿尔及利亚独立运动，成为全世界殖民地人民革命的一面旗帜。1961年12月6日法农因病医治无效而去世，享年36岁。

在法农的短暂而热情的一生中，几乎全部精力都贡献给了阿尔及利亚民族革命和黑人解放运动。他广泛地吸收了马克思主义、精神分析学和毛泽东思想等知识传统，结合黑人解放斗争的实践，创作出了一些重要作品，包括《黑皮肤，白面具》（1952）、《全世界受苦的人》（又译《地球上不幸的人们》，1965）、《为了非洲革命》（1967）、《阿尔及利亚革命的第五年》（1959）等。这些作品被誉为20世纪五六十年代黑人解放斗争和民族独立运动的经典著作，并成为1968年欧洲革命运动的《圣经》。霍米·巴巴在《纪念法农：自我、心理和殖民状况》一文中高度评价了法农，认为"法农是僭越和过渡真理的传播者"①。2009年美国学者沃勒斯坦在《在21世纪重新阅读法农》一文中称:"正是《全世界受苦的人》这部著作使法农享誉世界。1968年,形式各异、种类繁多的世界性的革命运动达到巅峰,这部著作成了革命者的《圣经》。"②法农是第三世界解放运动的精神先知,是全世界被压迫者革命运动的先驱。

法农的理论思考源始于他作为黑人知识分子的切身体验。他生于法国殖民地马提尼克岛,接受了法国殖民主义教育,并自觉地把自己视为一个自由的法国人,因此自愿参加了第二次世界大战。但是在法国被白人视为另类的遭遇,让他深深地感到黑人包括黑人知识分子是被与白人隔离开来的,是遭到围观和鄙夷的。在阿尔及利亚的精神病院工作期间,他观察和体验到了黑人在自我主体和人格上的分裂状态,以及这种分裂状态都是法国殖民主义的政治暴力和文化暴力所造成的。殖民者文化系统地摧毁了黑人成为自己民族主体的文化体系和基础,给予黑人身份认同和主体建构的文化都来自白人的文化体系,因此黑人一面羡慕白人文化的优越、文明和高级,一面痛恨黑人本土文化的低贱、粗野和落后。久而久之,黑人就以白人的世界观、人生观和价值观来衡量自己的生活世界,以他人的眼光看待自己的方式来审视自己,这样就形成了殖民地黑人人格的"黑皮肤,白面具"。面对这种赤裸裸的殖民主义的暴力统治和文化侵略,法农在寻找一条重新找回黑人自我的途径——转化。殖民者文化对黑人进行了洗脑,让他们成为"黑皮白心人",成为一个视他者为主体、视他乡为故乡的精神病人。法农就要让这些期盼成为白人的黑人再次获得自我意识,认识到自己的被殖民命运,重新成为有文化、有知识、有理想的黑人。法农认为,转化的方式有两种,一种是暴力,一种是民族文化。对被侮辱的殖民地人民而言,暴力反抗殖民者是对自己和殖民者最大的尊重。在法农那里,暴力不仅意味着挣断束缚和压迫黑人的锁链,而且还意味着唤醒和保卫世界的正义。暴力革命是殖民地人民反抗殖民暴行的唯一有力武器。

法农认为,除暴力革命外,黑人要获得解放还需重建黑人自身知识传统的民族文化。《论民族文化》一文选自《全世界受苦的人》,它集中体现了法农把文化转化

---

① [英]霍米·巴巴:《纪念法农:自我、心理和殖民状况》,陈永国译,《外国文学》1999年第1期。
② [美]伊曼纽尔·沃勒斯坦:《在21世纪重新阅读法农》,郑英莉译,《国外理论动态》2010年第4期。

与民族革命勾连在一起的思想。殖民者不仅把黑人文化视为粗俗的、迷信的和落后的文化，而且还有步骤地排挤、压抑和清理这种文化传统。他们进而改写黑人的精神文化史和艺术史，重写民族历史，灌输给黑人一种思想：离开了殖民者的光明，就跌入了无法自治的黑暗深渊。面对压抑，黑人知识分子应该找回自己已经失去的黑人文化传统和本民族文学传统。对于这一过程，法农概况了三个阶段：第一阶段"无区别吸收殖民文化"，即在民族文学中找到殖民文化的特征，比如发现黑人文学中也有超现实主义和先锋文学。第二个阶段"依靠记忆回溯自身历史"，本土作家在现实中感到困惑，开始寻找自身的历史，但是往往只追忆童年时光和古老的传说，这反而被殖民者视为具有异国情调的东方主义。第三阶段"战斗的、革命的、民族的文学"，即知识分子在现实中唤醒人民、与人民一起战斗的文学。

法农进一步提出了民族文化-文学的三个基本特征：其一，为民族解放而战斗，只有把文学放在民族解放的总体任务和运动中才能进行文化建设。其二，只有唤醒和铸造民族意识的文学才是真正的民族文化。其三，真正的文学是给人民看的，与人民一起创作的，因此它是在内容和形式上都体现着人民的凝聚力和生命力的新文学。因此法农说："一个诞生于人民的集体行动之中、体现了人民的现实追求并改变着国家的民族一定会表现出异常丰富的文化形式。"

—— **延伸阅读文献**

1. Frantz Fanon, *Black Skin, White Masks*, trans. Richard Philcox, New York: Grove Press, 2008.

2. Frantz Fanon, *Toward the African Revolution*, trans. Haakon Chevalier, New York: Grove Press, 1994.

3. Pramod K. Nayar, *Frantz Fanon*, London: Routledge, 2013.

4. ［法］弗朗兹·法农：《全世界受苦的人》，万冰译，南京：译林出版社2005年版。

5. ［法］弗朗兹·法农：《黑皮肤，白面具》，万冰译，南京：译林出版社2005年版。

6. 李应志、罗钢：《后殖民主义：人物与思想》，北京：北京师范大学出版社2015年版。

7. ［英］罗伯特·J.C.扬:《后殖民主义与世界格局》,容新芳译,南京:译林出版社2013年版。

（韩振江 撰）

—— 原文:《论民族文化》

经典原文

论民族文化[①]

法农 著 马海良、吴成年 译

我们要分析一个根本性的问题,即民族权利的合法性问题。必须承认,发动和组织人民的政党很少触及这个合法性问题。政党是从活生生的现实出发的,而且正是以这种现实的名义,以压垮男男女女们的现在和未来的赤裸裸的事实的名义,制定党的行动路线。政党可能借用民族的动人辞藻讲话,但其真正用心是让听它讲话的人民听懂参加战斗的必要性。道理很简单,人民希望生存下去。

政党内部,尤其在政党的分支机关,被殖民民族中有文化的个体是出头露面的人物。要求一种民族文化并肯定这种文化的存在构成这些个体们的特殊战场。政治家的行动置于当下的实际事务之中,文化人则立身于历史领域。本土知识分子决心对殖民主义所谓"蛮荒的前殖民时期"的论调作出激烈的回应,殖民主义对此只有轻微的反应,甚至几无反应,因为殖民地年轻知识分子的这些思想得到了宗主国专家们的广泛承认。毋庸赘言,为数甚众的研究人员在过去几十年里已经基本上搞清了非洲文明、墨西哥文明及秘鲁文明的原貌。民族知识分子捍卫民族文化存在的激情之高也许让人瞠目,但那些鄙薄这种过度激情的人总是奇怪地忘记了他们自己的心理和自我颇为省事地栖居于德国文化或法国文化或其他什么文化的庇护之下,这些文化都已充分证明了自身的存在,都是一些无可争议的文化。

我绝对承认,在事实存在的层面上言,阿兹台克文明过去的存在并没有对墨西哥农民今天的食谱产生多大改变。我承认关于神奇的桑海文明的所有证据改变不了桑海人今天仍然食不果腹、目不识丁的事实;他们被抛于水天之际,头脑空洞,眼神空虚。但是我再三说过,对存在于殖民时代之前的民族文化的

[①] 选自弗朗兹·法农《地球上不幸的人们》(The Wretched of the Earth),企鹅出版社1967年英文版。

热烈追寻是一件名正言顺的事情，因为本土知识分子都迫不及待地想躲开可能吞没他们的西方文化。他们意识到自己面临着丧生和因此丧失人民的危险，所以这些一时性起、义愤填膺的人们决心与他们民族最古老的前殖民时期的生命源泉重新对接。

让我们进一步说下去。也许这种充满激情和激愤的研究会持续下去，或至少暗中希望在今天的苦难之外，在自轻自贱、自暴自弃之外，发现一个足以使我们自己和他人都振作起来的辉煌灿烂的时代。我说过要进一步往下说。当本土知识分子站在野蛮今天的历史面前时，他们惊讶不已，决心回溯得更远，探入得更深，也许这都是无意识之中的事情。不错，他们无比喜悦地发现民族的过去绝没有羞于见人的地方，相反，过去是尊贵的、辉煌的、庄严的。对过去民族文化的张扬不仅恢复了民族原貌，也会因此对民族文化的未来充满希望。这就使本土人的心理情感平衡出现了重要的变化。殖民主义不会简单地满足于把它的统治强加于被统治国家的现在和未来，这一点我们也许还没有充分展开。殖民主义不会仅仅满足于把一个民族藏于手掌心并掏空该民族大脑里的所有的形式和内容，相反，它依一种乖张的逻辑转向并歪曲、诋毁和破坏被压迫民族的过去。这项贬抑前殖民历史的工作今天似乎还显出一种辩证意义。

当我们看到竭力实行文化间离是殖民时代的一个突出特点时，就认识到没有无缘无故地发生的事情。的确，殖民统治寻求的全部结果就是要让土著人相信殖民主义带来光明，驱走黑暗。殖民主义自觉追求的效果就是让土著人这样想：假如殖民者离开这里，土著人立刻就会跌回到野蛮、堕落和兽性的境地。

因此就无意识层面看，殖民主义并不企盼本土人把它看作保护孩子免遭恶劣环境之苦的慈祥而关爱的母亲，倒愿意做一个不停地管束本性乖戾的孩子的母亲，使孩子的自杀倾向得到消除，邪恶本能得到收敛。这位殖民母亲保护孩子远远避开他的自身、他的本我、他的生理和生物性，以及他的不幸的本质。

在这种情况下，民族知识分子的那些要求在任何严密的纲领里都不是奢侈品，而是必需品。拿起武器捍卫民族合法性的本土知识分子们，想为这种合法性提供证明的知识分子们，愿意剥光自身以研究自己的身体史的知识分子们，有义务剖析自己人民的心灵。

这种剖析并不只是特定民族的事情。决定向殖民谎言开战的本土知识分子将以整个非洲大陆为战场，还过去以应有的价值。从过去抽取出来并尽展其辉煌的文化，并不一定非是自己国家的文化。殖民主义并没有大肆声张自己的辛苦，但是它从未停止把黑人视为野人。在殖民者看来，黑人既不是安哥拉人，也不是尼日利亚人，他只说"黑鬼"。对殖民主义而言，这个辽阔的大陆是野人出没、迷信和狂谵盛行的地方，是个注定让人鄙视、让上帝诅咒的食人生番横行的蛮夷之地，简言之，黑鬼之乡。殖民主义贬损的是整个大陆。殖民主义关于殖民前历史是黑暗长夜的论调说的是整个非洲大陆。所以从逻辑上说，努力恢复自我和逃脱殖民主义控制是本土知识分子从与殖民主义相同的视点出发获得的唯一结论。已经远远迈出西方文化领地并决意公布存在着另一种文化的本土知识分子绝不会仅以安哥拉或达荷美的名义去做。要认定的文化是非洲文化。黑人已经不完全是白人统治以来的那个黑人，当他决心证明自己的文化并且像一个有文化的人那样行动时，他终于认识到历史已经给他指出了一条十分明确的道路：他必须展示黑人文化的存在。

而且千真万确地说，对种族化思想应负最大责任或至少应该对迈向形成这种思想的第一步承担最大责任的还是那些欧洲人，他们从未停止在其他文化不在场的裂谷里填上自己的文化。殖民主义从来没想过逐一否认民族文化的存在，那样做是浪费时间。因此被殖民民族的答复也是全大陆性的。在非洲，过去二十年的文学并不是民族文学，而是黑人文学。例如黑人主义（Negro-ism），这是针对白人侮辱人性的称谓的一个合乎逻辑或情感的对立概念。……因为新几内亚或肯尼亚的知识分子发现他们首先面对的是宗主国对自己的一并逐斥和合力鄙视，所以他们的回应是互唱赞歌。对非洲文化的无条件肯定来自对欧洲文化的无条件肯定。总的来说，黑人主义诗人以年轻的非洲对抗老迈的欧洲，以轻快的抒情对抗沉闷的推理，以高视阔步的自然对抗沉重压抑的逻辑，一边是僵硬、繁琐、拘泥及疑虑，另一边是坦诚、活泼、自由以及——为什么不呢？——丰饶，当然也有责任。

黑人主义诗人并不仅限于大陆范围。自美国而来的黑人声音将使赞歌更加一致。"黑人的世界"将看到光明，加纳的布西亚，塞内加尔的比拉戈·代厄普，苏丹的哈姆巴代·巴，芝加哥的圣-克莱尔·德莱克，他们将毫不迟疑地肯定他们的共同联系和一致动力。

这种历史的必然使非洲的文化人将自己的主张种族化了，他们谈论的不再是民族文化，而是非洲文化。这会把他们领入死胡同。……

黑人主义的局限性首先是没有考虑人的历史特点的形成过程。黑人和非洲黑人文化所以分散成不同的文化实体，是因为希望体现这些文化的人们认识到每种文化都首先是民族的文化。……

这样，我们发现殖民地国家存在的文化问题有时会产生严重的歧义。殖民主义鼓噪黑人缺乏文化，阿拉伯人生性野蛮，这反而会顺理成章地引发对民族的、甚至大陆的，乃至种族的文化表现的歌颂。在非洲，文化人的运动是迈向黑人－非洲文化或阿拉伯－穆斯林文化的运动，不是迈向特定民族文化的运动。文化离今天的事件越来越远。文化在闪耀着激情火光的炉边找到了庇护所，从那里走出一条现实主义的路子，只有这样，它才能有所收获，保持本质，具有一致性。

如果在本土作家作品里追寻这一发展过程的不同阶段，就可以看到眼前展现出一幅三个层面的全景图。第一阶段，民族知识分子证明他已经吸收了占领者的文化，他的作品与宗主国的对应作品非常吻合。他的灵感是欧洲的，我们很容易把这些作品与宗主国特定文学潮流的那些作品对接起来。这是无区别吸收的时期。我们在这种殖民地文学中也发现了高蹈派诗人和象征主义者乃至超现实主义者。

第二阶段，本土作家受到了困扰，他决定记住自己是什么。这个时期的创作大体上与前面说过的那种融入宗主国的创作情况相当。不过，由于本土作家不是自己民族的一部分，与自己的人民只有一些外围关系，所以他满足于仅只追忆他们的生活。他从记忆深处勾起童年的时光、消失的往事；用借来的唯美主义和人家天空下发现的世界观重新阐释古老的传说。

第三阶段，也称为战斗阶段，曾经试图在人民中沉没并且和人民一起沉没的本土作家现在正好相反，他要摇醒人民。他不再把自己的领地当作人民昏睡的一个光荣场所，而是成为人民的唤醒者。战斗的文学，革命的文学，民族的文学，到来了。在这个阶段，从未想过创造文学作品的许多男人和女人们发现自己处在一个特殊的环境里——在监狱里，和法国游击队员在一起，或即将被处决——在这里，他们觉得需要向自己的民族诉说，需要作文造句以表达人民的心声，需要传达新的行动信息。

可是，本土知识分子迟早会意识到，民族的存在不是通过民族的文化来证明的，相反，人民反抗侵略者的战斗实实在在地证明了民族的存在。没有一个殖民制度是根据占领地事实上不存在文化来确立自身的正当性的。你就是把民族的稀世珍宝摆在殖民主义的眼皮底下,它也不会有半点儿脸红。当民族知识分子迫不及待地试图创造文化作品时,他可能恰恰没有意识到自己正在使用的技法和语言是从自己国家的陌生者手里借来的。他自以为这些工具已经打上了他所希望的民族印记,殊不知唤起的是异域情调。通过文化成就回到人民面前的民族知识分子,他的举止还是像个外国人。有时他会毫不迟疑地使用方言,以表明自己愿意尽量贴近人民,但是他表达的思想和他热心的问题与自己国家的男男女女们所了解的实际情况大相径庭。知识分子所依靠的文化往往只是一些琐碎特异的东西。他期望依附于人民,但他只抓住了人民的外套。这些外套仅仅是内在生命的反映,而内在生命是丰富复杂的、永远运动的。那种看似反映了民族特点的显然的客观性其实只是一种惰性的、已经被抛弃了的东西,而这种客观性频繁但并非总是一致地依从的更为根本的物质本身是不断更新的。文化人没有寻找这种根本物质,而是被那些木乃伊碎片弄得昏昏欲睡。那些碎片是静止的,所以实际上象征着消极和虚无。文化从来不像习俗那样一目了然,它憎恶所有的简单化。就本质言,文化与习俗是对立的,因为习俗总是文化的退化表现。依附于传统或复活失去的传统不仅意味着与当前的历史相对抗,而且意味着对抗自己的人民。当一个民族进行反对残酷的殖民主义的武装斗争甚或政治斗争之时,传统的意义发生了变化。在这个阶段,所有在过去形成的消极抵抗的技巧都遭到强烈的谴责。在一个处于斗争时期的不发达国家中,传统的根基非常不稳,到处显露出离心倾向。这就是知识分子经常面临着落伍危险的原因所在。进行过斗争的民族是不易煽动起来的,那些期望追随人民的人们原来只是一些普通的机会主义分子,换言之,他们是迟来者。

例如在造型艺术领域,本土艺术家期望不惜代价创作一件民族的艺术作品,他把自己关起来,循规蹈矩地悉心复制全部细节。这些艺术家尽管彻底研习过现代技法,参加过当代绘画和建筑的主要潮流,但是他们抛开外国文化,否认外国文化,动手寻找真正的民族文化,十分珍视他们所认为的民族艺术的不变原则。但是这些人忘记了思想形式及其依赖的养料乃至现代信息技术、语言和服饰等已经辩证地重组了人民的心智。殖民时期起保护作用的那些不变原则现在正经历着巨大的变化。

决定表现民族真实的艺术家不无矛盾地转向过去,远离实际事件。他最终想抱持的实际上是废弃的思想，一堆思想的皮壳和僵尸，一些永远凝固的知识。期望创造艺术真品的艺术家必须认识到民族的真实首先是它的现实。但必须继续前行，直至找到未来知识出现的地方。

在民族独立之前，本土画家对民族景色无动于衷，他对非具象艺术评价甚高，也可能更经常地专攻静物。独立之后，由于他急于加入人民中间，所以就限制自己最细腻地再现现实，这种再现性艺术没有内在的节奏，这是一种寂灭而不动的艺术，它激发的不是生命，而是死亡。受到启蒙的艺术圈面对表达得如此之好的"内心真实"狂喜不已，但是我们有权追问这样的真实是否实际现实，是否已经陈旧，已经遭到否定，是否在这个人民开创历史的时代受到质疑。

在诗歌领域，我们可以找到同样的事实。在以押韵诗为特征的吸收期过去之后，诗歌刻板的节奏被打破了。这是一种造反的诗歌，但也是描述的和分析的诗歌。然而，诗人应当明白，任何事情都不能代替义无反顾地拿起武器与人民站在一起。让我们再次引用德培斯特（Depestre）的诗句：

> 这位女人并不孤独；
> 她有丈夫，
> 有个无所不知的丈夫，
> 但是说真的，一无所知，
> 因为不让与就是没文化。
> 你把血肉献给它，
> 你把自我献给他人；
> 通过献出你得到
> 古典主义和浪漫主义，
> 以及我们的灵魂沉浸其间的一切。

一心想创造民族艺术作品并且决心描绘自己人民的本土诗人未能达到自己的目的，因为他还没有准备好作出德培斯特所说的那种根本的让与。法国诗人日奈·夏尔明白这种事情的困难性，他提醒我们："诗出现于主观的强予和客观的选择。诗是原初决定价值的移动和聚合，与特定环境下走到前面的人有一种即时的关系。"

是的，本土诗人的首要任务是明确地选择人民为艺术作品的题材。他只有首先看到自己与人民疏离的程度，才能毅然决然地继续前进。我们已经从另一边得到了一切，但是另一边什么也不会给予我们，除非我们历经百转千回，终于绕回他们的方向，除非他们千方百计把我们拉向过去，或诱陷和禁闭我们。取就是予，几乎每一件事情都如此，所以做到不再重复肯定或否认仍然是不够的。我们还必须加入他们正在掀起的波澜壮阔的运动，运动一开始就发出了质疑一切的信号。没错，我们就是要来到人民栖居的这个神秘的不稳定地带，我们的灵魂在这里得到升华，我们的感觉和我们的生命注入了光明。

本土文化人的责任并不是仅只针对民族文化的责任，而是与民族总体性有关的全球责任，因为民族文化毕竟只代表民族的一个方面。有文化的本土人不应该挑拣自己投入战斗的地方或为民族而战要去的部门。为民族文化而战首先意味着为民族的解放而战，只有在这样的基石之上，才能进行文化建设。文化战斗如果离开群众斗争，就不会有任何发展。……

因此，我们绝不能满足于为了找到抵制殖民主义篡改和谎言的一致性要素而一头扎进过去。我们必须和人民和着同样的节奏进行工作和战斗，这样才能建设未来，修整好萌发生机的土壤。民族文化不是民俗，也不是自认为能够发现人民真性的抽象的民粹主义。它并不是与人民的当前现实联系越来越少的一些无谓行动的惰性残渣。民族文化是一个民族在思想领域里为描述、证明和赞颂人民创造自身并维护自身存在的行动而作出的全部努力。因此，不发达国家的民族文化应该置身于这些国家正在进行的自由斗争的核心。那些仍然以非洲黑人文化的名义进行战斗、以非洲黑人文化的统一性为名多次召开代表大会的非洲文化人今天应该认识到，他们的全部努力充其量只是对硬币和石棺进行了比较而已。

……

非洲黑人文化只有围绕人民的斗争而非歌曲、诗歌或民俗，才能表现出自身的实在性。……只有首先无条件支持人民的自由斗争，才能坚持非洲黑人文化和非洲文化的统一性。如果谁没有切实地支持文化存在必要条件的创造，亦即整个大陆的解放，谁就不是真正期望非洲文化的传播光大。

我再说一遍，关于文化的任何讲演和声明都不会使我们背离自己的根本任务：解放民族领土；与各种新形式的殖民主义继续斗争；决不进入在上面互相吹捧的媚俗圈子。

■ 民族文化和自由战斗互为基础

由于殖民统治是整体行为，并且往往过于简单化，所以它很快就大规模地破坏了被征服民族的文化生活。民族现实遭到了否定，占领者引入了新的法制关系，殖民地社会把土著和他们的风俗驱赶到边际地区，剥夺了他们的财产，使那些男男女女系统地变成奴隶，这一切造成了文化的沦亡。

在三年前的第一次代表大会上我指出，在殖民地处境下，随着殖民权力态度的实质化，原有的活力很快就荡然无存。文化区域用路标和篱笆标示出来。实际上有许多最基本的保护办法，就像简单的保存本能可以找出多个充足理由。这一时期使我们感兴趣的是，压迫者自己最终也未能相信被压迫民族及其文化在客观上是不存在的。为了使殖民地的人承认已被转换成本能行为模式的自己的文化低人一等，承认自己的"民族"并非现实的存在，甚至承认自己的生物结构具有混乱和不纯的特点，殖民主义可谓使尽了浑身解数。

针对这种情形，土著人的反应并不完全一致。相当一部分人坚决维护与殖民地状况下的传统全然不同的完好无损的传统，艺匠们的风格越来越凝结成一种循规蹈矩的形式主义，知识分子则狂热地汲取占领者的文化，抓住一切机会批评指责自己的民族文化，或提出并充实民族文化的权利要求，但这种以权且寄身为目的的做法热情有余而后继乏力。

两种反应的共同本质是，都引向不可克服的矛盾。土著人无论是背叛者还是忠实者，都于事无补，这是因为没有对殖民地处境进行认真的分析。在殖民地状况下，几乎所有领域的民族文化都戛然而止。在殖民统治的格局之内，民族文化没有且永远不会出现新的文化起点或变化这类现象。偶尔会有一些散兵游勇试图重新激起文化活力，使文化主题、形式及格调生发一些新的脉动。这些跃动不会产生任何直接而明显的效应。但是如果我们能坚持到最后的结局，就可以看到这都是为扫除蒙在民族意识上的蛛网，向压迫提出质疑并开始自由斗争而做的准备工作。

在殖民统治之下，民族文化是一个扎眼的东西，总要遭到有系统的毁灭。它很快就成了一种遭人嫌恨的神秘文化。占领者的这种神秘文化观很快就见到了实际反应，他们把对传统的依附理解成对民族精神的执着和对归顺占领力量的拒绝。恪守已被判了死刑的文化形式本身就是民族性的一种展示，但也是对僵化法则的认同。既没有汲取进取性的活力，也没有重新界定与传统的关系。只是聚集在一个日益皱缩、缺乏活力、空洞无物的文化硬壳上。

经过一二百年的剥削之后，民族文化的蕴积出现了真正的衰竭。它成了一些自动的习惯，一些服饰传统和一些破败的体例。在这些文化残迹里，几乎看不到任何运动的迹象，没有真正的创造性，没有涌动不息的生命力。人民的贫困，民族的压迫，文化的禁毁，成了同一件事情。经过一个世纪的殖民统治之后，出现了一种极其僵化的文化或文化的糟粕和文化的矿物层。民族现实性的衰落和民族文化的死气沉沉是互相依赖、彼此相关的。所以，在为民族自由而斗争的时期，密切注视这些关系的发展变化是至关重要的。对土著文化的否定，对无论行动的或情感的文化表现的一概蔑视，以及置身于所有专门分支组织的界外，都反而会培养土著人主动进取的行为模式。但这些行为模式是反射型的，层次不明，混乱无序，毫无作用。殖民剥削、贫困及大规模饥荒迫使土著人举行越来越公开的暴动。这种必然发生的公开决裂是逐渐而不知不觉地形成的，最后被大多数人民感觉到。剑拔弩张的局面因此形成。国际事件、殖民帝国所有属地的崩溃及殖民制度固有的矛盾，都增强和支持了土著人的斗志，同时提高和加强了民族意识。

这些新发现的对立冲突存在于殖民主义真实本性的所有方面，也激起了文化层面上的回响。例如，文学也有相对的生产过剩问题。本土人生产的文学由对统治权力的答复成了注重种种细微差异的求殊意志（will to particularism）。在压抑时期基本上是一些消费大众的知识界现在自己也成了生产者。他们的文学开始时限于悲剧和诗歌样式，后来尝试小说、短篇故事及散文等。仿佛存在着一种内部组织或表达法则，有意使诗歌随着解放斗争目标和方法的越来越精确而越来越少。主题完全改变了，我们真的发现辛辣而不顾一切的反唇相讥越来越少，不过，为了打消占领势力的疑虑而写的那种暴烈、洪亮、绚丽的作品总的来说也越来越少。殖民主义者曾竭力鼓励这些表达方式，并为它们的存在提供条件。尖锐的指斥，对苦难境况的暴露，以及通过表达而找出突破口的激情,实际上都在发泄过程中被占领力量所汲取。从某种意义上说,帮助发泄是为了避免这些东西加剧,从而缓解气氛。

但这种状况只是过渡性的。事实上,人民中的民族意识的进步使本土知识分子的表达更加精确。人民持续的凝聚力吸引着知识分子比抗议和呐喊更进一步。悲痛首先是控诉,接着是吁求,再下来就听到了命令。民族意识的升华不仅冲决了文学风格和主题,而且创造了全新的读者群体。当初本土知识分子的作品只供压迫者阅读,通过种族或主观主义方式有意讨好他或谴责他。现在本土作家渐渐有了面对自己的人民说话的习惯。

只有从这个时刻起,我们才能谈论民族文学。现在才开始在创作的层面上关注和阐明典型的民族主义主题。这样的文学才可以称为战斗的文学,因为它号召全体人民为他们作为一个民族的存在而战斗。这是战斗的文学,因为它铸造民族的意识,使民族意识有模有样,为民族意识打开无限的新视野。这是战斗的文学,因为它承担责任,因为它是用时空形式表达的自由意志(will to liberty)。

在另一层次上,以前堆放一旁的人民的故事、史诗和歌谣等口语传统也开始发生变化。讲故事的人过去习惯于讲述一成不变的情节,现在却使故事情节活起来。加入一些越来越根本性的修改。他们往往把故事中的冲突和斗争,以至英雄人物和武器类型当前化和现代化。这种托古讽今的方法得到越来越广泛的使用。以前的套话是"很久很久以前",现在改成了"我们要讲的事情发生在从前,但是也完全可能发生在今天或明天"。这方面的一个重要例子是阿尔及利亚。从1952—1953年起,此前墨守成规、冗长乏味的讲故事人彻底推翻了传统的讲故事方法,而且改变了故事的内容。此前分散的听众现在集中了。具有类型化范畴的史诗重新出现了,成为再次表现出文化价值的真正的娱乐形式。殖民主义者从1955年开始系统地逮捕这些讲故事的人,这件事算是做对了。

人民和新运动的接触产生了新的生命节奏,激发了已被忘却的肌肉张力,开发了想象力。每一次讲故事的人向听众讲述新的情节,他都是在主持一次祈祷仪式。一种新型的人向听众显现自己的存在,不是折向自身,而是展开让所有人看。讲故事人的想象力再次自由驰骋,进行革新,创造艺术作品。甚至会出现这种情况:那些不易改造的劫匪和不免反社会的流浪汉等人物也得到了表现和改造。讲故事的人用逐步交代的方法答复期待着的听众,他一路探讨新的民族模式,看似一人独行,实际上一直有听众相助,喜剧和闹剧消失了,或失去了吸引力。至于戏剧,不再停留在焦头烂额的知识分子及其饱受煎熬的良心的层面上。戏剧不再以绝望和反叛为其特征,而成了人民的共同遭际的一部分,成了准备中的行动或进行中的行动的一部分。

至于手工艺方面,以前是艺术糟粕的表达形式竟然稀里糊涂地撑过来了,而且开始一展拳脚。例如木制品,以前都是以千篇一律的面孔和姿势出现的,现在则千差万别。面无表情、过分雕琢的面具出现了生气,手臂似乎要抬起来比画一场行动。由两个、三个乃至五个形象组成的作品出现了。蜂拥而起的艺术爱好者或批评家把传统的流派技法引进创造的天地。这一文化门类所展现出来的勃勃生机往往没有受到人们的注目,但是它对民族事业作出了非常重要的贡献。艺术家雕刻出充溢生命的人物和面孔,把固定在同一垫座上的群像当作自己的主题,这就等于参加了有组织的运动。

如果研究民族意识的觉醒在陶瓷和陶器制作中的反响,可以观察到同样的情况。艺匠的作品里抛弃了形式主义。壶罐盘碟有了一些改动,这些变动刚开始感觉不到,后来却非常猛烈。以前没有几种颜色,而且都抱守传统的和谐准则;现在的颜色数量增加了,而且受到了正在兴起的革命的影响。以前赭色和蓝色等在某些文化地区一直遭禁,现在这些颜色得到了肯定,而且也没有引起非议。同样,根据社会学家的观点,人的长相带着典型而确凿的地区特征,现在却一下子成了完全相对的东西。来自宗主国的专家和人种学家立刻就注意到这些变化。总的来说,这些变化在严格的艺术风格准则和文化生活规范的名义之下受到呵责,而那些准则和规范是从殖民制度的核心生发出来的。殖民主义专家不认识这些新的形式,转而求教于本土社会的传统。于是殖民主义者反而成了土著风格的护卫者。我们非常清楚地记得白人爵士乐专家在第二次世界大战后现代爵士乐那样的新样式形成之时所作出的反应,这个例子因为还没有牵涉到殖民主义的真实本性而显得尤为重要。在那些专家眼里,爵士乐只能是一个老黑人伤心欲绝、心力交瘁的怀旧曲,这种人5杯威士忌下肚就开始诅咒自己的种族和发泄对白人的种族仇恨。黑人一旦理解了自己,理解了其他的不同世界,当他有了希望并奋力抗击种族主义世界时,他的号管显然会更清澈,嗓音也不会那么嘶哑。爵士乐新样式的产生不单单是经济竞争的结果。在这些新样式中,我们无疑会看到美国南方世界缓慢但确凿的失败所产生的后果。可以实实在在地设想,50年之后,命运多舛的黑人发出的那种嚎叫式的爵士乐将得到一些白人的支持,因为他们相信这种爵士乐表达了黑鬼的某些东西,他们坚信这种形象表达了某种类型的关系。

我们也可以在舞蹈、歌唱、传统仪式的庆典中发现同样的上扬势头,辨认出其中同样的变化和同样的急切。即使在民族运动的政治或战斗阶段之前,认真的观者也可以感觉到和看到新的生机已经显现,感觉到冲突正在逼近。他会注意到特别的表达形式和主题,它们鲜活而有力,这力量不再是祈祷的力量,而是人民为了一个确切的目标而走到一起的凝聚力。所有的一切都合力唤醒本土人的感受力,使观望态度或失败主义成为不现实和不受欢迎的东西。本土人重建自己的感性,他使手工艺制作、舞蹈和音乐,以及文学的目的和活力得到更新。悲苦的征象从他的世界里消失了。冲突不可避免所必需的条件积聚起来了。

我们已经注意到这场运动是以文化形式出现的,我们也看到这场运动和这些新的形式是与民族意识的成熟联系在一起的。现在,这场运动越来越倾向于客观而规范地表达自身。由此出现了民族存在的需要,而且为了民族的存在不惜一切代价。

一个常犯然而没有理由犯的错误是,总是想在殖民统治的框架之内表达民族文化和赋予民族文化以新的价值。所以我们提出一个看似矛盾的命题:在一个殖民地国家,最基本、最原始和最强硬的民族主义是保卫民族文化最热诚和最有效的方式。因为文化首先是民族的表达,表达民族的喜好、禁忌、程式。在整个社会的每一阶段上,都会形成其他的禁忌、价值和程式。民族文化是所有这些价值观念的总和,是这些价值观念在社会整体及社会各层次上进行内部和外部延展的结果。在殖民状况下,文化由于双重地失去了民族和国家的支持而坍塌和消亡。因此,它的存在所需要的条件是民族的解放和国家的振兴。

民族不仅是文化充实、不断更新和深化的条件,而且是必要条件。正是为民族存在而进行的战斗才推动了文化的前进,打开了创造的大门。此后,只有民族才会保障文化所必需的条件和架构。民族聚集了文化创造不可或缺的各种要素,只有这些要素才能使文化可信、有效、有生命力和创造力。同样,只有民族性才能使民族文化向其他文化开放并影响和渗透其他文化。很难指望一种非存在的文化会与现实有什么关系或影响现实。从严格的生物意义上讲，给民族文化以生命的首要条件是重建民族。

现在我们已看过了旧的文化层构的离析，这是一种越来越本质性的崩溃。我们也在民族自由大决战的前夕，看到了表达形式的更新和想象力的再生。还有一个根本问题是：政治或军事斗争与文化的关系是什么？民族斗争是文化的一种表达吗？最后，是否应当说为自由而战不管为文化提供如何丰厚的后盾，其本身总是一种文化的否定？简言之，解放斗争是不是一种文化现象？

我们相信，殖民地人民为恢复民族主权而进行的自觉和有组织的事业最充分、最显明地体现了文化的存在。并非只有在斗争成功之后，文化才是有效的和有活力的，即使在斗争期间，文化也没有被打入冷宫。斗争自身的发展和内在的进步使文化沿着不同的道路前进并走出全新的道路。自由斗争并未还民族文化以它先前的价值和形状。斗争的目标在于根本改变人们之间的一系列关系，所以不可能完好无损地保存人民的文化内容和形式。这场冲突之后，不仅殖民主义消失了，殖民化的人也消失了。

这种新型的人只能用一种为自身也为他人的新的人本主义来界定。这种冲突的目标和方法已经预示出这一点。动员各阶层人民并表达他们的迫切愿望的斗争必然会取得胜利，因为它不怕几乎仅只得到人民的支持。这种冲突的价值在于为文化的发展和目标提供了最大限度的必要条件。以这些条件获得民族自由之后，就不会有在一些新独立的国家常看到的那种痛苦的文化徘徊，因为民族以自己的形成方式和自身的存在对文化发挥着根本性的影响。一个诞生于人民的集体行动之中、体现了人民的现实追求并改变着国家的民族一定会表现出异常丰富的文化形式。

（选自罗钢、刘象愚主编《后殖民主义文化理论》，中国社会科学出版社1999年版）

克里斯蒂娃与《妇女的时间》

经典导读

朱莉亚·克里斯蒂娃（Julia Kristeva，1941—　），法国著名符号学家、精神分析学家、女性主义哲学家，1966年从原东欧社会主义国家保加利亚到法国留学，后留在法国任教。她将苏联理论家巴赫金的"复调"概念运用于法国的符号学、精神分析、性别和文化讨论之中。

克里斯蒂娃不接受一个统一的女性的概念。受拉康理论的影响，她认为"女人"并不存在于符号界，"女人"这个概念只具有政治内涵，而不具有哲学本体论的意义。她重视女性"空间"（chora），这个词本是柏拉图在《蒂迈欧篇》中描写的母性"子宫"，即语言意义的发源地。"空间"先于意义并成为意义之可能的基础，但也是动摇象征秩序的威胁力量，作为对父权象征的破坏力量而存在。空间与"重复"和"永恒"联系在一起，如生理周期、妊娠等，是对历史时间的否定。在《妇女的时间》中，她提出：对男人、女人这种对立的二分法，也是过时了的形而上学。在一个个体概念已遭挑战的时代，再去讨论性别个体意义不大。

克里斯蒂娃的著作始于《符号学》（1969），1974年出版博士学位论文《诗歌语言的革命》，标志着她的符号学研究自成一体。1974年，她随法国"如是"派来到中国，1975年出版《中国女性》，标志着她开始着重于整合女性主义、心理分析和解构主义理论。此外，她的著作还有《语言中的欲望：文学艺术的符号学研究》

（1980）、《恐怖的权力：论卑鄙》（1982）、《自己的外人》（1988）、《心灵的新疾患》（1993），《时间与意义：普鲁斯特与文学经验》（1994）、《反抗的意义与无意义》（1996）、《汉娜·阿伦特》（1999）、《梅勒妮·克莱因》（2000）等。另外，克里斯蒂娃将小说和艺术创作也视为反抗的一种有效形式，创作了《武士们》（1990）、《老人与狼》（1991）、《占有物》（1996）等多部小说。

《妇女的时间》（1979）是克里斯蒂娃最有名的论文之一。文中，她区分了两种时间：第一种是线性的历史时间，第二种是母性时间（maternal time），包括永恒的循环时间（cyclical time）和临时的纪念时间（monumental time）。

第一种时间是"男性"的"历史时间"：充斥着计划、目的、出发和到达的时间，在语言学上与标准的语言相对应。她之前的波伏娃恰是在这个意义上提出建构一个女性主体的。但克里斯蒂娃把女性看作一个"空间"上的时间，即第二种时间，这种时间对应的是"诗性的语言"（poetic language），在诗性的诉说中复苏了母性的身体。

根据这种区分，克里斯蒂娃在文中分析了女性主义运动的发展。第一代女性主义者在男权社会的线性时间之中争取平等的位置，试图建构一个类似于男性主体的女性主体。如社会主义式的女性主义者，以牺牲性别差异为代价，追求平等，要求与男人具有平等的政治、经济、职业等权利，要求进入政治和历史的线性时间中谋求女性的一席之地。第二代的弗洛伊德主义式的女性主义出现于1968年之后，过分强调女性与男性的差异，要求女性拥有站在历史和政治的线性时间之外的权利，克里斯蒂娃认为这种"反意识形态"（counter-ideology）会导致一种倒错的性别歧视。

克里斯蒂娃寄希望于新一代女性主义者，在差异和平等之间进行平衡，重新确定身份，将母性时间和线性时间协调起来，探索女性的多重身份，不但要嵌入历史之中，而且要拒绝历史时间附加的主体限制，在克里斯蒂娃看来，这就是第三代女性主义者的任务。女性主体本身就是对男性的线性（政治和历史）时间的否定，女性时间是具有循环特征和生物节奏的永恒时间和具有纪念意义的临时时间，具有表达上的多重性。第三代女性主义者应去开创和发展一个无性别身份的"空间"，她所赞成的立场不是要坚持男女两性之间的差异，而是在每个个体之中令差异内部化以至消除。

为此，克里斯蒂娃提出"过程中的主体"（subiect-in-process），认为女人只能在不断变化的历史过程中不断创造自身，每一个女性的这种新生的过程与历史和社会环境、机遇等相结合，又反对、质疑、干预和挑战现状，使得每一个女性主体都是独一无二的。

她的老师罗兰·巴特赞扬克里斯蒂娃的"复调"和对话的精神，1973年7月初，克里斯蒂娃进行博士论文答辩。听完她的答辩，巴特并不提问，却当堂朗诵一份感谢辞："你多次帮助我转变，尤其是帮助我从一种产品的符号学，转变为一种生产的（productivite）符号学。"[①]但女性主义者陶丽·莫依（Tori Moi）批评克里斯蒂娃所宣扬的女性主体性在政治上意义不大，强调的更多的是无意识力量，而逃避女性集体解放中甚为重要的"自觉决策过程"。"事实上使克里斯蒂娃处于无政府主义和主观主义的政治立场。"[②]伊格尔顿的批评更为尖锐："克里斯蒂娃的论点是危险的形式主义，并且易受歪曲：……她太不注意一篇作品的政治内容，不注意意义的破坏是在什么历史条件下实现的，所有这一切又是在什么历史条件下受到解释和利用的。粉碎统一主体这一活动本身也并不就是一个革命姿态。"[③]

—— 延伸阅读文献

1. Julia Kristeva, *Strangers to Ourselves*, trans. Leon S. Roudiez, New York: Columbia University Press, 1988.

2. Julia Kristeva, *Desire in Language: A Semiotic Approach to Literature and Art*, ed. Leon S. Roudiez, trans. Thomas Gora, Alice Jardine, and Leon S. Roudiez, New York: Columbia University Press, 1980.

3. ［法］朱丽娅·克里斯蒂娃：《中国妇女》，赵靓译，上海：同济大学出版社2010年版。

4. ［法］朱丽娅·克里斯蒂娃：《独自一个女人》，赵靓译，福州：福建教育出版社2015年版。

---

① ［法］路易-让·卡尔韦：《结构与符号——罗兰·巴尔特传》，车槿山译，北京大学出版社1997年版，第198页。
② ［挪威］陶丽·莫依：《性与文本的政治——女权主义文学理论》，林建法、赵拓译，时代文艺出版社1992年版，第218页。
③ ［英］特雷·伊格尔顿：《二十世纪西方文学理论》，伍晓明译，陕西师范大学出版社1986年版，第239页。

5. [法]朱莉娅·克里斯蒂娃:《语言,这个未知的世界》,马新民译,上海:复旦大学出版社2015年版。

6. [法]朱莉娅·克里斯蒂娃:《克里斯蒂娃自选集》,赵英晖译,上海:复旦大学出版社2015年版。

7. [法]朱莉娅·克里斯蒂娃:《符号学:符义分析探索集》,史忠义译,上海:复旦大学出版社2015年版。

8. [法]于丽娅·克里斯特娃:《反抗的未来》,黄晞耘译,桂林:广西师范大学出版社2007年版。

9. [挪威]陶丽·莫依:《性与文本的政治——女权主义文学理论》,林建法、赵拓译,长春:时代文艺出版社1992年版。

10. [日]西川直子:《克里斯托娃:多元逻辑》,王青、陈虎译,石家庄:河北教育出版社2002年版。

(于闽梅 撰)

—— 原文:《妇女的时间》(节选)

经典原文

妇女的时间(节选)

克里斯蒂娃 著　程巍 译

　　1929年西方经济大萧条及初显端倪的国家社会主义着手拆毁作为国家之实质(依据马克思的观点)的经济同质、历史传统与语言整体几大支柱之时，国家——19世纪的梦想与现实——已臻顶点和极限。事实的确表明，第二次世界大战尽管在捍卫国家价值(就此词的表层含义上说)的名义下进行，却使现实的国家告终：国家仅仅变成一个幻影。这一幻影，从上述的观点看，也只为意识形态目的或严格的政治目的而保留，其社会的及哲学的连贯性业已崩溃。为迅速切入我们将在文中探讨的具体问题，仅作如下概说：经济同质的梦幻让位于经济的相互依存(而非对经济超级大国的屈从)，同时，历史传统和语言整体被重新铸造为一个更广泛、更深刻的要素。这个要素可以称作一个象征分母，其定义是：历史与地理交织而成的文化的及宗教的记忆。记忆的变体产生众多的社会疆域，而不同的社会疆域随后分裂成不同的政治党派，这些党派眼下依然存在，却已失去力量。同时，除经济全球化及/或者经济一体化之外，共同拥有的记忆或者象征分母揭示出某些超越单个国家、有时涵容整个大洲的特征。一种高于单个国家的崭新社会整体因此构成，在整体内部，单个国家并不失去自身特性，而是在一种奇特的时间性中，在某种"将来完成"时态之中，再现和加强这些特性；在这种时态中，压至底层的过去赋予最现代形态的逻辑、社会分配以区别性特征。因为这种记忆或者象征公分母更多地关切统一于时间和空间的人类团体对再生产、种族生存、生与死、肉体、性，以及符号等非物质产品生产问题(例如经济领域及其暗含的人类关系、政治，等等)所作的反应。假如欧洲是这种社会/文化整体的代表，那么，在我看来，欧洲的存在似乎更多地基于这种通过艺术、哲学和宗教外显的"象征分式"，而非经济方面。尽管经济确与集体记忆交织在一起，不过，在这些非经济因素的施压下，经济的标记变化得尤为迅速。

　　显然，如此构成的社会整体具有两个特征：其一是稳固性，它根植于某种独特的再生产及其再现方式，通过这种再生产及其再现方式，生物学意义上的物种才和从属于时间的人类相连;其二是某种脆弱性,它源于这一事实:象征公分母须对另一种社会/文化整体的相应象征分母作出反响。因而,这样构成的欧洲,当与属于其他超国家的社会/文化整体的文化、艺术、哲学和宗教的结构作一比较,甚至在其中识别自身。当参与的诸项由历史(例如,欧洲和北美,或者,欧洲和拉美)联结时,这仿佛是理所当然;不过,当这一象征分母的普遍性将过去与将来都显然不同的那些生产和再生产方式(例如,欧洲与印度,或者,欧洲与中国)并置时,这一现象亦会出现。简而言之,对于欧洲样式的社会/文化整体,我们经常面临双重问题:其一是历史沉淀构成的本体;其二是记忆的联结产生的本体的失落,记忆逸出历史,而与人类学相遇。换句话说,我们遇到两个时间层面:线性历史的时间,或者(如尼采所说)"连环的时间";另一历史的时间,亦即另一时间,或者(仍依尼采所说)"永恒的时间",这一时间将这些超国家的社会文化整体纳入更大的参项之中。

我想将注意力放在某些在我看来能概括这类社会/文化机体的动力的结构上。这是一个社会/文化团体的问题,这些团体依据其在生产中的位置,尤其是在再生产及其再现方式之中的作用而被定义,它们载有这种结构的独特社会/文化特征,不过有所偏斜,而且与其他社会/文化结构相连。我尤其关注那些常被称作年龄组(例如"欧洲的年轻一代")、性别区分(例如"欧洲妇女")等的社会/文化团体。尽管显然欧洲的"年轻一代"或者欧洲的"妇女"有其自身的独特性,同样明显的是,"欧洲的年轻一代"或者"欧洲妇女"被置于与其欧洲"出身"偏斜的关系之中,并与诸如北美或中国的类似范畴相连。就其从属"永恒的历史"而言,他们将不仅是"欧洲的年轻一代"或者"欧洲妇女",而且将以一种极其独特的方式,与在再生产及其再现之中所占的结构地位的普遍特征发生共鸣。

由此,读者将在下文之中看到:第一,将欧洲妇女的问题置于时间探究之中的尝试,这种时间经由女权运动继承和修改;第二,我将试图区分妇女的两个阶段或者两代,它们因这一事实而被区分——第一代更多地由国家问题(就上述意义而言)的含义决定,而第二代,因为更多地由其在"象征分母"中的位置决定,因而是欧洲的和跨欧洲的;最后,我试图通过所遇问题及我提出的分析方法,展示欧洲人——或者至少是欧洲妇女——在此后具有世界范围的领域之中的生存姿态。

■ 何种时间？

"父亲的时间，母亲的种族"，恰如乔伊斯所说；的确，当人们思及妇女的名称和命运时，比之时间、生成或者历史，人们更多地考虑繁衍和形成人类种族的空间。现代的主观科学及其谱系和事件的科学，以它们的方式肯定这一构成，也许这一构成本身是某种社会／历史联结体的结果。弗洛伊德记录他的病人的梦及狂想时，认为"癔病与地点相连"①。此后对儿童象征功能获得进展的研究表明：母爱的长久和质量，决定最初空间参照的出现，这一空间参照引发儿童的笑声及随后全部规模的象征表现，从而最终导向符号和句法。②此外，精神病治疗和运用于精神变态治疗的心理分析，在赋予病人以移情和交流能力以前，先安排新的地点和满足性的替代物，以补偿曾在母爱空间的缺失。我可以继续举例。不过，这些例证都集于空间这一问题，众多有关母权制出现（复现）的信仰将空间归于"妇女"；柏拉图在其体系中阐述古代原子论者时，将这一空间称作子宫空间：富于滋养，不能命名，先于唯一、上帝，继而否定形而上学。③

至于时间，女性主体（female subjectivity）似乎提供了一种具体的尺度，本质上维持着文明史所共知的多种时间之中的重复和永恒。一方面是周期、妊娠这些与自然节律一致的生物节律的重复出现，这种自然节律提出一种时间，其一成不变可能令人吃惊，不过，它的规律性及其与被体验为外在于主观的时间、宇宙时间的统一，带来令人眩晕的幻觉和不可名状的快感。④另一方面，也许作为结果，是永恒时间的具体存在，不可分裂，无可逃避，与线性时间（流逝着）几乎毫无关联，以至"时间"二词根本不合：这种时间像想象空间

---

① 西格蒙·弗洛伊德与卡尔·G. 荣格：《对应》，第1卷，第87页。
② R. 斯比兹：《婴儿生活的第一年》（巴黎，1958）；D. 威利柯特：《游戏和现实》（巴黎，1975）；朱莉亚·克里斯蒂娃：《置名》，见《语言中的欲望：文学艺术的符号学方法》（哥伦比亚大学出版社，1980）。
③ 柏拉图 Timeus 52："无定之域；不可摧毁，而为所有生成之物提供居所；借助某种不合权威的推理，它在一切感觉之外仍可被感知；它仅假定可信，当我们领悟之时促使我们生梦，而且肯定所有存在之物一定处在确定之域的某处……"
④ 我保留"愉悦"（jouissance）一词——它不宜翻译——因为它正迅速变成英语中的"可信之新词"（见《语言中的欲望》中的词汇）。

那样广阔无边、不可置限，让人联想到赫希俄德神话中的克雷洛斯，这位乱伦之子为分离其母盖亚和其父奥瑞洛斯，以其巨身完全遮掩盖亚。① 或者，人们因之联想到形形色色的复活神话，在所有宗教信仰、包括基督教中，复活神话都将某一先前的或者相随的母性偶像永恒化；在基督教义中，圣母的肉体不会消亡，不过，在同一时间或者通过圣母永眠（依据正教信仰）或者通过圣母升天（依据天主教信仰）从某一空间移向另一空间。②

人们惯于将这两种时间（循环时间和永恒时间）与女性主体相连，并将后者必然地视作母性的，这一事实不应使我们忘记这种重复和永恒在众多文明和经验，尤其是在神秘经验中，也被视为时间的基本的——如果说不是唯一的——概念。现代女性主义的某些趋向在此识别自身，这一事实并不使它们与"男性"价值基本相违。

如果女性主体置身于"男性"价值的构建之中，那么，就某一时间概念来说，女性主体就成了问题。这一时间概念是：计划的、有目的的时间，呈线性预期展开——分离、进展和到达的时间；换句话来说，历史的时间。这种时间内在于任何给定文明的逻辑的及本体的价值之中，清晰地显示其他时间试图隐匿的破裂、期待或者痛苦，这已经得到充分证实。另需补充一点：这种线性时间也是语言的时间，语言被视为语句（名词+动词；论题—评说；开章—收尾）的发出。这种时间止于自身的阻碍——死亡。心理分析学家将它称作"强迫性时间"，在对时间的掌握中看出奴隶的真实结构。因回忆导致的癔病（男人的或女人的）更多地从先前的时间形式（循环的或永恒的）中识别自身。

这种矛盾也许会被嵌入心理结构之中，不过，在一个给定的文明中，仍然成为各种社会团体和社会意识之间的矛盾。某些女性主义者在这些团体或者意识之中的重要地位将与精神的或神秘的灵感产生的边缘团体的话语重新结合，令人称奇的是，它也与新近的科学先见重新结合。难道与空间密不可分的时间问题、无限扩展的空间／时间问题，以及被事件和灾难赋予节律的时间问题，不应优先占据空间科学和遗传学吗？在另一层次上，难道当代表现为信息储存和处理的传播媒介的革命，依照不同要求，暗示着一种凝聚的或者爆裂的时间

---

① 这一独特的神话对近来法国思想具有重要含义，正如俄狄浦斯神话那样。
② 见朱莉亚·克里斯蒂娃本卷中的《圣母痛苦经》，第30~49页，《太凯尔》杂志1977（74）。

观念，即回返本源，却不可控制，超越主题而仅为赞同它的人留下两个先入之见：谁将拥有始端（编制程序）和末端（使用）的权力？

在本文的框架中，因为两个适当的原因，我将短暂离题，深入一个异常复杂的问题。读者无疑会对参照词的多变表示惊奇：母亲、妇女、歇斯底里……我认为，"妇女"一词在当代意识中获得的表面连贯性，除它对活跃分子的"群众"或者"震动"效应的目的外，本质上具有抹消在此词之下起作用的不同功能或结构之间的差别的负面效果。的确，人们现在趋向于强调女性表达和先见的多重性，因而，通过这些差别的相互作用，两性之间的真正基本差别也许会愈加清晰地显现。这些差别是：女性主义拥有表现痛苦的长处，也即在文明之中更富于惊奇和象征生活，而这种文明是靠交易所和战争支撑着的。

此外，显而易见的是，不提及这种社会/文化结构所处的时间，人们就不能谈论欧洲或者"欧洲妇女"。如果说女性感受出现于一世纪以前，那么，因引入自己的时间概念，这种"感觉"很有可能与"永恒欧洲"的观念、也许甚至与"现代欧洲"的观念格格不入。正如通过或者借助作为记忆库存的"欧洲"整体一样，通过或者借助欧洲的过去和现在，这种感觉寻觅着其自身的跨越欧洲的时间。不管怎样，围绕这种线性时间概念，存在着对欧洲女权运动的三种态度，而这种时间业已烙上男性标记，并且同时具有文明性和强制性。

■ 两代

开始，作为主张妇女参政者和存在主义女性主义者的斗争的妇女运动，渴望在作为计划和历史的线性时间之中替自己挣得一席之地。在这种意义上，这场运动亦深深根植于国家的社会/政治生活中。妇女的政治要求，争取同工同酬的斗争，争取享有与男人平等的参与社会机构的权力的斗争，对习惯上被视为女性的或母性的、因而与参与历史格格不入的属性的拒绝——这一切都是与某些价值的认同逻辑①的一部分——并非与意识形态的，而是与在民族/国家

---

① "认同"一词属于从日常语言到哲学及心理分析学的广大语义领域。尽管克里斯蒂娃意指弗洛伊德及拉康心理分析中的精致用法，不过，在最广泛的意义上，它仍可理解为一种逻辑。见让·拉普兰奇及 J. B. 蓬塔里斯的《心理分析学词汇》中 "identification" 一条（巴黎，1967）。

之中占统治地位的理性的逻辑及本体价值的一致。这里没有必要列举这种认同逻辑及接踵而来的斗争为妇女已经争取和将继续争取的利益（流产、避孕、同酬、职业认可，等等）；这已经或者行将产生比工业革命更为重要的影响。女性主义的这种倾向将不同背景、年龄、文明或者仅仅是不同心理结构的妇女的问题在"普遍妇女"的标记下国际化。对两代妇女的这一思考只有在这种国际化的视野下才能被设想为其创立者们制订的最初规划的继承和发展。

其次，一方面与1968年5月以后倾向女性主义的年轻妇女相联结，另一方面，又与那些拥有审美或者心理分析经验的妇女相联结，线性时间几乎被整个拒绝，结果产生了对整个政治层面的严重怀疑。如果女性主义的这个新近趋向关涉它的前辈，并以争取妇女的社会／文化认同的斗争为主要关切，那么，这个新近趋向似乎视其自身属于另一代——在其主体概念及这种时间概念上——本质上与前一代不同。这些妇女对女性心理及其象征体现颇感兴趣，试图赋予那种过去文化充耳不闻的内在主观性的、有形的经验以一种语言。作为艺术家或者作家，她们真正致力于对"符号动力"的探究，至少在期望的层面上，这种探究将这种倾向导向审美的及宗教叛逆的所有主要计划。将这种经历归于新一代女性主义，并非仅仅意味着其他更为精细的问题已被附诸先前对社会／政治认同的要求；而且意味着，这种女性主义要求认可不可减损的个体，将自身置于通过计划和重证进行交流的个体的线性时间之外。这种女性主义一方面与古代的（神话的）记忆结合，另一方面与边缘运动的循环时间或者永恒时间结合。因而，欧洲的和跨欧洲的问题同时保持均衡，从而形成女性主义的新阶段，这并非偶然。

最后，它结合了两种态度——嵌入历史或彻底拒绝由这种历史的时间强加在某种经验之上的主体的限制，这种经验在不可减损的差异的名义下被完成。在过去数年，两种态度的结合在欧洲，尤其是在法国和意大利的女权运动中似乎已经松裂。

如果我们接受"新一代妇女"一词的这种含义，两个问题因而得以提出：什么社会／政治过程或者事件引发了这种变化？它的问题是什么：其贡献及其危险？

……

■ 另一代即另一空间

倘若前代妇女可以加以评说——至于所有这些是否正确，属于另一题域，这无疑是因为我们现在已经与前两代妇女之间有了某种距离。当然，这暗示着第三代妇女至少在欧洲正在形成。我并不是在谈论年轻妇女的一个新的团体（尽管其重要性不可低估），或者是另一个从第二代手中接过火炬的"群众性女权运动"。我对"代"一词的用法与其说是一种时序，还不如说是一个意指空间，一个肉体的、欲望的心理空间。因此，一旦这第三种态度成为可能，第三代的存在也因而可能，这个意指空间并不排斥——恰恰相反——三者同时共存的局面，而且它们甚至相互交织。

在我大力提倡的——我所想象的？——这第三种态度中，男人／女人之间对立的二分法可以理解为属于形而上学。"个体"，甚至"性别个体"在一个个体概念已遭挑战[①]的理论及科学的空间能够意谓什么？我并不是暗示一种假设性的双性同体，尽管它也许存在，而事实上只是一种对两性之一的整体的渴望，因而抹杀了两性差异。我的意思是差异问题的非大众化，它也许暗示竞争团体之间、两性之间的"死战"的明显降温。而且这并不借用和解的名义——女性主义至少拥有显示社会契约之中不可回复、甚至不可共存之处的长处——而是将这场斗争、不可更改的差异及暴力纳入社会契约全力运作的领域，换句话说，即纳入个人以及性的个体自身，以促其核心的瓦解。

这必定将我们现在所理解的"个人平衡"及社会平衡本身卷入一场冒险，这种冒险眼下是由集结于社会、国家、宗教和政治团体之中的攻击性的与颇藏杀气的力量的反平衡构成的。然而，不正是现存"平衡"所预想的那种紧张和冒险的不可容忍的状态促使一些颇受其害的人放弃它可能带来的利益，并与它分离，寻觅调节差异的另一途径吗？

在此我将论题限于与妇女问题相连的个人层面。在对第一代和第二代妇女的故意所持的冷淡之下，我们看到一种从性别主义（男性的或者女性的）及最终从任何拟人说退却的态度。这将变成无视社会问题的唯心论的另一形式，或

[①] 见列维-斯特劳斯主持的《个体》讨论班（巴黎，1977）。

者，预备支持现状的一种压抑①形式，这个事实不应遮蔽这一过程的激进性质。这一过程可以概括为社会/象征契约正在形成的分裂的深化，其刀刃可以切入任何个体的内部，不论是主体的、性别的还是意识的个体，等等。用这种方法将替罪的牺牲品捏制成某一社会或者反社会的女性创造者，这种日渐明显的习惯性尝试，也许会被对牺牲品/刽子手的潜在性进行的分析所取代，正是这种潜在性赋予每一个体、每一主体、每一性别以特征。

如果不是宗教话语，那么什么话语可以支持这一探险呢？在女性主义参与现代意识的重建并取得成绩、遭遇困难之后，这一探险显得更为可行。在我看来，似乎我们常称为"审美实践"的东西的作用，无疑只是对道德这一永恒问题的现代回答。至少，我们是这样理解伦理的，伦理察觉到它的秩序是献祭的，为它的每位拥护者保留部分负担，因而，在宣布他们的过失的同时，给他们提供获取快感、形形色色的产品、充满挑战和差异的生活的可能。

斯宾诺莎的问题在此可以再次提出：妇女附属于伦理吗？如果不是附属于古典哲学所定义的伦理——与此相连，女性主义者几代的起落显得极为危险——那么，妇女不是已经参与了我们这个时代在不同层面（从反毒品战争到人工授精）上经历的迅速拆毁及对一种新伦理的要求吗？对斯宾诺莎的问题的答案，只有在把女性主义视为拟人化个体思想中的一瞬作为代价时，才是肯定的，这一拟人化个体近来阻碍了我们人类的推论的、科学的探险的视野。

（选自张京媛主编《当代女性主义文学批评》，
北京大学出版社1992年版）

---

① 压抑或抑制（le refoulement 或 Verdrangung）区别于排斥（la forclusion 或 Verwerfung），前文已述。

"吉尔伯特－古芭"与《阁楼上的疯女人》

经典导读

　　1973年，美国印第安纳大学文学系两位教师桑德拉·吉尔伯特（Sandra M. Gilbert，1936— ）和苏珊·古芭（Susan Gubar，1944— ）在教学楼的电梯中第一次相遇，开始了两个女性之间"团结协作的过程"①。她们的合著《阁楼上的疯女人：女性作家与19世纪文学想象》（简称《阁楼上的疯女人》）于1979年发表。由于这本书在女性主义批评界的成功，她们被赋予了"吉尔伯特－古芭"这样一个联合的作者名称。

　　她们的研究上承莫尔斯（《文学女性》，1976）和埃莱娜·肖瓦尔特（《她们自己的文学》，1977）。在1979年版的序言中，"吉尔伯特－古芭"谈到美国女性主义文学研究的承继性，"'由于莫尔斯和肖瓦尔特对于女性文学亚文化群落的整个历史已经进行了出色的追踪'，我们因此才得以'细致地聚焦于我们认为对那段历史有着关键意义的19世纪文本'。"②

　　《阁楼上的疯女人》的主要观点是：在男权/父权社会中每一个被压抑的女性背

---

① ［美］桑德拉·吉尔伯特、［美］苏珊·古芭：《阁楼上的疯女人：女性作家与19世纪文学想象》上册，杨莉馨译，上海人民出版社2015年版，第10页。
② ［美］桑德拉·吉尔伯特、［美］苏珊·古芭：《阁楼上的疯女人：女性作家与19世纪文学想象》上册，杨莉馨译，上海人民出版社2015年版，第21~22页。

后,或多或少地藏着一个癫狂的女性灵魂。例如,简·爱与关在阁楼上的疯女人伯莎其实是一个女人的两个侧面。

在本节选文中,她们先揭露男权统治的权威的秘密,指出统治的秘密就在于要构建一种"诡计",这是罗切斯特不得不欺骗女性的原因,由于他始终不肯放弃这一男性统治者的特权,他和简·爱之间也就谈不上真正的平等。

尽管罗切斯特如同《红楼梦》中的宝玉一样,他的一些行为和想法部分超越了当时的男权/父权社会,但是,在象征他的权威的庄园里,疯狂的伯莎的动物般的处境,削弱了他和简之间表面的"平等"关系。此外,他谈论两性关系时的态度,更削弱了这一平等。在童话中,灰姑娘辛德瑞拉在爱情和婚姻中的真实处境并不是由于她与王子之间世俗地位的差异造成的,而是由于婚姻的秘密造成的。秘密是灰姑娘在性生活方面一无所知,而王子通过把"肉体的奥秘传授给她"而成为真正的主人,简和罗切斯特之间的关系也是如此。简被设定为一个纯洁而贫穷的"灰姑娘",而罗切斯特则是一个在性方面的花花公子和启蒙者。

在小说中,简告诉罗切斯特,西方小说传统描写的婚姻关系中,男性的爱最多维持6个月,女性在这一过程中慢慢失去了平等,最后被降低到"奴隶"的地位和处境。

的确,随着简与罗切斯特关系的深入,罗切斯特开始对简使用诸多充满爱意的昵称,但这些昵称的实质,正如"吉尔伯特-古芭"所分析的,实际上把简贬低成"一个地位低下的人、一个玩物和纯洁的占有物"。

对简来说,真正的打击来自"阁楼上的疯女人"的存在。在这一段选文的结尾,论者指出:因为简要面对的是罗切斯特在人性上的"原罪"——他不仅残酷利用伯莎,而且由于他与伯莎的婚姻完全是出于金钱方面的原因,所以他还有"自我利用之罪"。在人性的意义上,简和他的地位完全颠倒了过来,简要面对的是一个可怕的问题:这样一个利用他人并自我利用的低劣之人,是否值得爱?

在《阁楼上的疯女人》问世之前,伯莎这个形象在小说阅读和研究中本来是不受重视的,被视为完美爱情和婚姻的可怕障碍。屋里有一个天使,阁楼上藏着一个疯女人;楼下一个纯洁的大英帝国的家庭女老师,楼上藏着一个牙买加殖民地的女继承人;她们都是一个男人的妻子,一个现任,一个前任,但可以被看成同一个女人的意识和潜意识。伯莎是罗切斯特为了嫁妆而娶的殖民地女性,是最见不得人的女性存在,她不仅是一个男人的秘密,更是整个大英帝国殖民地时代的秘密。她像一个野兽一样被囚禁，最后一把火烧了荆棘府（Thornfield Hall，一般音译为桑菲尔德庄园）。"吉尔伯特－古芭"没有把伯莎当成简·爱的异己和情敌，而是将她看成简的另一个自我——简·爱的黑色替身。作为一个从小反抗不公正处境的女孩，简要顺利成为一个贤妻良母，只能囚禁自己身上的叛逆与不服从。而伯莎最后烧了荆棘府，实现的恰恰是简反抗罗切斯特男权中心主义的潜在欲望，象征着女性对男权的反抗。

"吉尔伯特－古芭"借鉴了弗洛伊德的精神分析学，创造了一种研究这种"疯女人"的文学范式：她们把这种疯癫的、野心勃勃的、自取灭亡的危险女性看成简的潜意识和另一个自我。

《阁楼上的疯女人》成为当代美国女性主义文论的经典，以其激进的女性主义批判姿态和对19世纪英美女性文学的全新阐释，对西方文学和文化研究产生了较为深远的影响。当然，两位作者也意识到，她们所论证的"存在于简和伯莎之间的这种平等关系似乎显得有些不够自然"。

在2000年的第二版导言"学术界的疯女人　敬告读者"中，两位研究者都谈到了该书自1979年以来的影响，"思考了在我们自己所做的研究之后学术界的情况"[①]。她们谈到的诸多文本包括伊芙·科索夫斯基·塞奇威克（Eve Kosofsky Sedgwick）《在男性之间》和艾德里安娜·里奇（Adrienne Rich）所提出的"女同性共同体"（lesbian continuum）等，后者提出异性恋男子存在"同性恋恐慌"（homosexual panic），其实也受到了"吉尔伯特－古芭"观点的启发。

但是，在总体上，20世纪80年代的美国女性文学研究转向了社会性别研究，不再把男性和女性作为统一体来研究，而更关注女性之间的差异性。90年代，女性主义与后殖民主义研究相结合，"吉尔伯特－古芭"提出的观点备受指责与批评。"它对我们在书中的论点提出了质疑，这一质疑尤其体现在美国盖娅特·查克拉瓦蒂·斯皮瓦克（Gayatri Chakravorty Spivak）1985年发表的、并得到广泛流行的论文《三个女性文本与一种帝国主义的批评》（Three Women's Texts and a Critique of Imperialism）中。"

斯皮瓦克严厉批评"吉尔伯特－古芭"的解读，认为这种批评脱离了社会现实。

[①] [美]桑德拉·吉尔伯特、[美]苏珊·古芭：《阁楼上的疯女人：女性作家与19世纪文学想象》上册，杨莉馨译，上海人民出版社2015年版，第6页。

这种解读把伯莎抹掉，变成简的另一个自我，其实是一种殖民主义式的解读。斯皮瓦克指出：在女性文学研究中，对《简·爱》这部小说文本的喜爱反映出一种帝国主义时代的女性个人主义的意识形态。19世纪正是资本主义全球化开始启动，帝国主义列强瓜分世界的当口，"阁楼上的疯女人"这一形象所代表的身份，正是被剥夺了权利的第三世界的被压迫女性。而简·爱则是一个拥有更多特权的第一世界的女主人公。伯莎·梅森·罗切斯特这个牙买加的克里奥尔女人被包括简在内的所有白人动物化，受到非人化的对待。而简取代伯莎，嫁给罗切斯特的叙事，正说明西欧白人女性争取权利、建构自身主体性的行动是建立在对异教的、野蛮的和未开化的他者的剥夺之上的。这种建立在后殖民主义基础上的对"阁楼上的疯女人"的研究，拓宽了对文本中女性形象的研究。

随着解构主义与后现代思潮的流行，《阁楼上的疯女人》的批评方法受到越来越多的批判。例如，受福柯影响的玛丽·雅各布斯（Mary Jacobus）和陶丽·莫依指责《阁楼上的疯女人》的批评运用的是"本质主义"和白人种族主义的研究范式。

在这些思潮的影响下，英国女作家简·里斯以9年时间完成的小说《藻海无边》，被看成《简·爱》的姊妹篇。《简·爱》与《藻海无边》都写出了男权统治下妇女追求平等、幸福的努力。但勃朗特未能超越时代，不可避免地染上某些帝国主义色彩，而里斯则用安托瓦内特的形象对帝国主义进行了无情的批判。简·里斯成功地塑造了被幽禁在顶楼上的疯女人安托瓦内特（伯莎）这一反抗殖民者、反抗男权的女性主义形象，她最后的反抗行为象征着她对帝国主义和男性白人权力的摧毁。

尽管如此，《阁楼上的疯女人》仍然以其对女性主义理论和弗洛伊德精神分析理论的精妙结合，代表着女性主义文学批评的一段重要进程。

延伸阅读文献

1. Catharine R. Stimpson and Ethel Spector Person, eds., *Woman, Sex, and Sexuality*, Chicago: The Universyty of Chicago Press, 1980.

2. Catherine Belsey and Jane Moore, eds., *The Feminist Reader: Essays in Gender and the Politics of Literary Criticism*, New York: Basil Blackwell, 1989.

3. Annette R. Federico, ed., *Gilbert and Gubar's The Madwoman in*

the Attic After Thirty Years, Columbia, MO and London: University of Missouri Press, 2009.

4. Sandra Gilbert and Susan Gubar, eds., *The Female Imagination and the Modernist Aesthetic*, New York: Gordon and Breach, 1986.

5. [美]佳亚特里·斯皮瓦克:《从解构到全球化批判:斯皮瓦克读本》,陈永国、赖立里、郭英剑主编,北京:北京大学出版社2007年版。

6. [印度]佳亚特里·斯皮瓦克:《后殖民理性批判——正在消失的当下的历史》,严蓓雯译,南京:译林出版社2014年版。

7. [英]玛丽·雅各布斯:《精神分析和阅读的风景》,陈平译,北京:商务印书馆2010年版。

8. [英]简·里斯:《藻海无边——〈简·爱〉前篇》,陈良廷、刘文澜译,上海:上海译文出版社1996年版。

(于闽梅 撰)

—— 原文:《阁楼上的疯女人》(节选)

经典原文

阁楼上的疯女人（节选）

吉尔伯特、古芭 著　杨莉馨 译

■ 第十章　自我与灵魂的对话：相貌平常的简的历程

八

　　但是如我们所知，显然有一个障碍存在着，反常的是，这个障碍预先即存在于罗切斯特和简面前，尽管他们已经坦率承认了相互之间的平等关系。举例来说，尽管罗切斯特无论是在扮演吉卜赛人的场合，还是在向简坦露心迹的场合似乎都已经抛开了主人的伪装，显而易见，那些伪装却还是必不可少的、重要的。简本人很奇怪，罗切斯特为什么不得不欺骗别人，尤其是女性？他所表演的字迹游戏中，究竟隐藏着什么秘密？一个明确的答案是他本人意识到，他的诡计构成了一种权威，至少从简的角度看是如此，因此也就构成了对他自己宣称确信不疑的平等的侵犯。然而，很明显的是，纵贯大半部作品的、罗切斯特隐藏或用伪装掩盖的秘密在简的——以及夏洛蒂·勃朗特的——眼里都是反映了不平等关系的秘密。

　　这其中的第一个秘密既由显然影射那位放荡不羁的罗切斯特伯爵的名字透露出来，也由简在三楼蓝胡子城堡的过道中的经历透露出来：这个秘密表现了男性的力量，也表现了男性在性方面的罪恶。因为和那些拜伦之前的拜伦式英雄、王政复辟时期真实的罗切斯特，以及神话中的蓝胡子（确实，在与简的关系方面，就像所有阅历丰富的成年男子）一样，罗切斯特拥有专门的和"有罪的"性知识，这一点使他从某种意义上成为"超越"于她的人。尽管这一观点看起来似乎和前面提到的他对简坦诚相待的观点彼此矛盾，事实上并不会如此，罗切斯特表面上不够得体的对他性爱的复述确实是在承认简与他的平等关系的基础上作出的。然而，他对那些被隐藏起来的性生活细节的占有——也就是说，他拥有的关于性的秘密的知识，这一点既可从他玩偶般的女儿阿黛勒那里,也可从三楼上被锁起来的一道道门中获得印证,在那一道道的门里边,疯狂的伯莎就像动物一般蜷缩着——却使这种平等受到了削弱。尽管他让人费解的异装癖好,以及他想扮成一个吉卜赛女人的愿望可以被看成半自觉的、削弱他的男性特征赋予他的性别优越感(方法是通过穿上代表女性弱点的女性服装)的努力,他和简两人显然都看穿了这一诡计背后的苍白与空洞。夏洛蒂·勃朗特看到,王子之所以会成为辛德瑞拉的主人,原因并不在于他的地位比她的高,而在于要由他把肉体的奥秘传授给她。

简和罗切斯特也已经部分地意识到了罗切斯特的性知识对他们之间的平等关系构成了障碍,这一点在他们表白爱情之后发展起来的紧张关系中得到了进一步的证实。在获得了简的爱情之后,罗切斯特几乎本能地开始把她当成一个地位低下的人、一个玩物和纯洁的占有物来对待——因她现在已经成了经他教育过的人,他的"小芥子"、他的"脸带笑靥……的少女新娘"。"现在你春风得意,小暴君,"他宣称,"不过我很快就会时来运转。有朝一日牢牢抓住了你,我就会——打个比方,——把你像这样拴在一根链条上,紧紧捆住不放。"(小说第24章)而她意识到了他重新恢复的权力意识:"我绝不能忍受罗切斯特先生把我打扮成玩偶一样。"她强调说,更加耐人寻味的是,她说,"我丝毫比不了你皇宫中的嫔妃,所以你就别把我同她们相提并论。……我会(收拾行装)出去当个传教士,向那些被奴役的人——你的三宫六院们,宣扬自由。"(小说第24章)在有些批评家看来,上面这番话似乎仅仅是简的(以及夏洛蒂·勃朗特的)性恐惧的必然结果,但是从上述言语产生的语境来看,这些话对简来说是很平常的,它们与其说是性别方面的宣言,不如说是政治方面的宣言,要表达的不是弱点,而是情感方面的力量。

最后,罗切斯特最终的秘密、那些随着伯莎的露面而终于真相大白的秘密、那个实际上对他和简的婚姻构成障碍的秘密成为另一个、或许也是最让人吃惊的不平等的秘密:但是这一次,隐藏的事实透露出来的并不是这位主人高高在上的权威,而是他的低下。简在那场被打断的婚礼之后终于知道,罗切斯特原来不是为了爱情和平等,而是为了地位、性欲、金钱和其他什么东西娶了伯莎·梅森的。"呵——想起这种行为我便失去了自尊!"他承认道,"我被内心一种自我鄙视的痛苦所压倒。我从来没有爱过她,敬重过她,甚至也不了解她。"(小说第27章)他的话让我们想到了简在前面有关自己的优越位置的陈词:"对这样的结合我会表示不屑(因为罗切斯特暗示说虽然他并不爱布兰奇,还是要和她结婚),所以我比你强。"(小说第 23 章)因此,从某种意义上说,罗切斯特要为之付出代价的最严重的罪行并不是利用别人,而是自我利用之罪,至少,他似乎根本就没有受到塞莉纳和布兰奇的罪行的影响。①

九

  罗切斯特的性格和生活为他与简的婚姻制造了顽固的障碍,但是这一点并不意味着简本人没有制造任何障碍。首先,由于她与罗切斯特的"相似",她怀疑他藏起了所有的秘密,而我们知道他确实隐藏了秘密,然后她开始自我防卫,利用自己的"权威"以便使他受到"合乎情理的约束"。更进一步说,从更广的意义上看,所有那些父权统治的字迹游戏和假面游戏——那些秘密的信息——对她都产生了影响。尽管她爱作为一个人的罗彻斯特,但在她还没有知道有关伯莎的事情之前,已经对要作为丈夫的他产生了怀疑。她感觉到,在她的世界里,即便是在两颗真实的心灵之间产生的爱的平等也有可能导致婚姻中的不平等和小小的专制统治。"在短期内,"她用怀疑的口吻对罗切斯特说,"你也许会同现在一样,……我猜想 6 个月后,或者更短一些,你的爱情就会化为泡影。在由男人撰写的书中,我注意到,那是一个丈夫的热情所能保持的最长时期。"(小说第 24 章)他当然会断然拒绝这样一种预见发生的可能性,但是他的辩驳——"简,你使我愉快,也使我倾倒——你似乎很顺从"——又表明了一种劳伦斯似的性别紧张关系,并使事情向更坏的方向发展。因为当他问"你为什么笑了,简?你那令人费解、不可思议的表情变化,有什么含义?"的时候,她古怪、讽刺性的微笑,让人联想到伯莎那悲哀的笑声,代表了一种"不自觉的"和微妙的、针对"赫拉克勒斯②、参孙③和使他们着迷的美

---

① 从某种意义上说,罗切斯特事先被人安排好了的与伯莎·梅森"令人蔑视的"婚姻同样是父权制统治的产物,或至少是父权制下规定长子继承权的习俗的产物。作为家族中的幼子,他受到父亲的鼓励,为了金钱和地位而结下了一门亲事,因为除此之外,他没有其他方法可以获得这些东西。

② 赫拉克勒斯(Hercules),希腊罗马神话中的大力士,立了 12 项大功。曾穿上女人的衣服,为吕底亚女王公翁法勒当了 3 年奴隶。——译注

③ 参孙(Samson),《圣经》中的大力士,曾把力量所在的秘密泄露给情人达利拉,后被她剪去头发,失去神力。——译注

女"的敌意。而在他们来到那家丝绸货栈时,她的敌意变得更加明显,她强调说:"他给我买的东西越多,我的脸颊也因为恼恨和堕落感到更加烧灼得厉害了。……他微微一笑。我想他的微笑是一个苏丹在欣喜和多情的时候,赐予他刚给了金银财宝的奴隶的。"(小说第24章)

简朝圣之旅中的生活经历自然使她做好了准备,要以这种方式表达她对罗切斯特及社会心目中的婚姻的愤怒之情。罗切斯特爱情中的霸道让人联想到了约翰·里德在无爱状态下的专制统治,而罗切斯特在施恩过程中的反复无常的本性["我心里暗处明白,他对我的和颜悦色,同对很多其他人的不当的严厉相对等。"(小说第15章)]又让人联想到布罗克赫斯特的伪善。同时,即便是简在桑菲尔德期间画下的那些梦一般的绘画——那些使她和她"主人"的关系就像海伦·格雷厄姆(在《威尔德菲尔的房客》中)和她的关系一样接近的艺术品——甚至起到了模糊暧昧的作用,正如海伦的画一样,它们即便看上去像是代表了传统的浪漫主义幻想,却也预示了这种关系之中的特点。第一幅画表现的是一具溺死的女性尸体;第二幅画是某位复仇女神正带着"古怪的痛苦表情"(小说第13章)冉冉上升(就像伯莎·梅森·罗切斯特,或者《弗兰根斯坦》中的怪物);第三幅画是一个可怕的男性幽灵的形象,让人联想到弥尔顿长诗中"死"的邪恶形象。简说,事实上,这最后一个形象就是取自《失乐园》的,描画的是"无形之形"、女士们即便在阴郁而仇视上帝的地狱中也呈现出父权特征的影像。

因此,由于有了上述预示,这就并不奇怪,当简针对自己的婚姻的愤怒和恐惧进一步加剧的时候,她会被象征性地拉回自己过去的生活之中,再次经历由红房子事件开始的危险的、对于双重性的感受。这方面的第一个标志,是她在开始了和主人的浪漫故事之后所做的一个关于孩子的梦,这个梦不断现出并得到了强有力的表现。她告诉我们,自己在伯莎袭击理查德·梅森的那个晚上,"由于同这位梦中的婴孩形影不离,那个月夜,我听到了一声啼哭后便惊醒过来",第二天便真的被召唤回了过去的生活,回到了盖茨黑德,探望奄奄一息的里德太太,这位太太再次让她想起了过去的身份并暗示她这种身份一直没有改变:"你是简·爱吗?……我说呀,有一次她同我说话,像是发了疯似的,或者活像一个魔鬼。"(第21章)更加耐人寻味的是,在简婚礼前夜之前的那个晚上,简的梦中又两次戏剧性地出现了婴孩幽灵的形象,其间,她"奇怪而遗憾地意识到，某种障碍把我们隔开了"。在第一个梦里，她"抱着一个孩子，不堪重负"，在寒冷的雨天里"沿着一条弯弯曲曲的陌生的路走着"，拿出浑身劲儿想要追赶她未来的丈夫，却怎么也赶不上他。在第二个梦里，她在桑菲尔德庄园的废墟中走着，依然"抱养那个不知名的孩子"，追赶罗切斯特；当他在"路上拐了一个弯"、消失不见时，她告诉他："我俯下身子去看最后一眼。墙倒塌了，我抖动了一下，孩子从我膝头滚下，我失去了平衡，跌了下来，醒了过来。"（小说第25章）

我们该如何来看待这些奇怪的梦，或者——如简自己所说——这些"不详的预感"呢？首先，在所有的梦境中都出现的啼哭的婴孩呼应的是贝茜在盖茨黑德所唱的歌谣中那个"可怜的孤儿"，这一点一目了然，因此，这个婴孩响应的是少年时代的简、那个以愤怒和失望开始自己的人生之旅的哭泣的辛德瑞拉。那个婴孩的抱怨——"我的双脚酸痛啊四肢乏力，／前路漫漫啊大山荒芜。／没有月光啊天色阴凄，／暮霭沉沉啊笼罩着可怜孤儿的旅途"——就是简的抱怨，或者至少是她内心抗拒不平等的婚姻的那个部分的抱怨。尽管从意识层面上，简希望能够摆脱她作为孤儿的自我所代表的沉重的负荷："我决不会在任何地方倒下，无论我的胳膊有多么酸痛，无论有多少沉重的障碍阻挡着我前进。"换句话说，在她的朝圣之旅没有获得圆满的成功——获得了成熟、独立，以及与罗切斯特真正的平等（因此从某种意义上说也是与世界上的其他人平等）——之前，她命中注定要背负着她作为孤儿的自我到达任何地方。过去的重负是无法轻易地抛掉的——举例来说，是无法因光彩照人的爱情、丝绸的服装、珠宝及一个新的名字而被抛掉的。简"奇怪而遗憾地意识到，某种障碍"把她和罗切斯特隔开了，这一意识因此成为一种虽然经过伪装却十分敏感的直觉，她直觉地意识到了自己将要面临的困境。

然而，较之那个婴孩形象所代表的本质，几乎更为有趣的是最后一个有关婴孩的梦中呈现出来的预言性内容，因为这个梦是有关桑菲尔德庄园的毁灭的。正如简正确地预见到的那样，桑菲尔德在一年之内将变成"一处荒凉的废墟，成为蝙蝠和猫头鹰出没的地方"。她对这座大厦的主人微妙的和并非那么微妙的敌意，与即将造成大厦倾覆的灾难之间是否存在着什么联系？从某种意义上说，她能预知未来的梦是否表现的正是她本人渴望获得满足的愿望？特别要提出来的是，为什么恰在她从桑菲尔德废墟的墙上跌落下来的时刻，她怀抱的那个啼哭的婴孩滚了下来，使她摆脱了重负？

回答上述所有问题的答案和有关婴孩的梦境之后发生的事件密切相关。因为在简的婚礼举行之前的数个至关重要的星期内出现的婴孩的幽灵，仅仅是简在这段时期内似乎正在经历的人格分裂的一个征兆罢了，和她当初在红房子里的"昏厥"一样，她面临着自我的分裂。另一个征兆早在小说第25章开头第一句话中即已出现："结婚的日子已经临近，不会推迟。"（第25章）简明智而又紧张地猜想"一个叫作简·罗切斯特、我目前尚不认识的人"的本质究竟是什么，尽管"在我梳妆台对面的衣柜里，一些据说是她的衣物，已经取代了她劳沃德的黑呢上衣和草帽。这已经是足够的了，因为那套婚礼服，以及垂挂在临时占用的钩子上的珠白色长袍和薄雾似的面纱，本不属于她。我关上了衣柜，隐去了里面幽灵似的奇装异服"（第25章）。再一次地，第三个征兆在她婚礼的当天上午出现：她转身朝镜子看去，看到的是"一个穿了长袍、戴了面纱的人，一点都不像我往常的样子，就仿佛是一位陌生的影像"（第26章），这一影像让我们想起了她在红房子里的时刻，当时"在虚幻的映象中，一切都显得比现实中更冷落、更阴沉"。在看到了这一系列自我内部的可怕分裂——简·爱和简·罗切斯特的分裂、孩提时代的简和成年之后的简的分裂、简的映象与简的身体怪诞的分裂——之后，另一个、也是最神秘的幽灵、一个"吸血鬼"终于在夜半时分出现，撕扯、践踏那个的简·罗切斯特的婚礼面纱的场景就显得毫不奇怪了。

当然，事实上，夜间出现的幽灵不是别人，正是伯莎·梅森·罗切斯特本人。但是如果从象征和心理的层面上说，伯莎的幽灵似乎显而易见正是简的另一个、事实上也是最吓人的倾向。举例来说，现在伯莎做的正是简希望做的事。由于抗拒简·罗切斯特"幽灵似的奇装异服"，简·爱秘密地渴望能够把那件长袍撕碎。伯莎为她做到了这件事。由于害怕不容变更的"结婚的日子"的到来，简心里希望能够把它向后推迟。伯莎同样为她做到了这件事。由于对罗切斯特新近获得的而她看成"又吓人又乏味的"权威心怀怨恨，简希望无论从体格上还是力量上都能和他平起平坐，以便能在婚姻的对抗中和他较量。而伯莎作为"一个大个子女人，腰圆膀粗，身材几乎与她丈夫不相上下"，拥有必不可少的"男性的力量"（第26章）。换句话说，伯莎是简最真实的最黑暗的重影：她代表了孤女简的愤怒，代表简自从在盖茨黑德生活的日子以来一直试图压抑的狂暴而秘密的自我。因为，正如克莱尔·罗森菲尔德（Claire Rosenfeld）指出的那样，"或自觉、或不自觉地利用了心理学上的双重人格的小说家"经常会把"两个人物"相提并论，"其中的一个代表的是能够被社会或者传统所接受的人格，另一个则是自由、不受约束、经常具有犯罪倾向的自我的外化"[①]。

因此，理所当然，这位被监禁于桑菲尔德大厦的阁楼上的、具有犯罪倾向的自我的存在成为简和罗切斯特婚姻的最后的合法障碍物。但是令人费解的是，这一由于自我的存在而产生的障碍既是由罗切斯特造成的，也是由简本人造成的。因为在简作为家庭女老师待在桑菲尔德庄园的整个过程中，如果说伯莎没有早一些以简黑暗的重影的身份出现的话，那么，她现在却开始露面了。特别需要指出的是，伯莎的每一次露面——或者更准确地说，是她显示自己的存在——都与简的愤怒（或者压抑）联系在一起。举例来说，简在城垛上感受到的"饥饿、反叛和愤怒"伴随着伯莎"低沉、缓慢的哈哈声"和"古怪的嘟哝声"。简对罗切斯特表面上性别平等主义观念的不够信任伴随着伯莎试图把庄园的主人烧死在床上的行为。简对罗切斯特扮演成吉卜赛人、试图对他人进行操纵的无法表达的怨恨，在伯莎可怕的尖叫和她更为可怕的攻击理查德·梅森先生的行为中获得了表达。简对自己婚姻的焦虑，特别是对自己作为"穿了袍子、戴了面纱的"格格不入的新娘形象的恐惧，具体化为伯莎穿了"又白又整齐"的袍子的形象："我不知道她穿了什么衣服，……但究竟是袍子、被单，还是裹尸布，我说不上来。"简想要摧毁桑菲尔德这一罗切斯特主人权威和她自己的个人地位的象征符号的深刻的欲望，也将通过伯莎之手获得实现，她最终烧毁了房子，并在这一过程中毁灭了她自己，仿佛她既是自己愿望的代理人，又是简的愿望的代理人。最后，简对罗切斯特经过伪装的敌意，被浓缩为她对自己的可怕的预言："你自己得剜出你的右眼；砍下你的右手。"（小说第27章）通过伯莎作为中介，这一预言直接在罗切斯特身上获得了实现，当时的伯莎以自己充满戏剧性的死亡，使罗切斯特失去了双眼和手。

[①] Claire Rosenfeld, "The Shadow Within: The Conscious and Unconscious Use of the Double," in *Stories of the Double*, ed. Albert J. Guerard, Philadelphia: J. B. Lippincott, 1967, p.314. 罗森菲尔德还提出："当充满激情而不受约束的自我是一位女性时，她更有可能拥有浅黑色的皮肤。"当然，伯莎是一位克里奥尔人——肤色黝黑、"微红"，等等。

乍一看来，存在于简和伯莎之间的这种平等关系似乎显得有些不够自然。毕竟，简是贫穷、长相平常、个子瘦小、面色苍白、整洁和安静的，而伯莎却富有、体格高大、健康、感性而生活奢侈；事实上，她还曾经是美貌的，正如罗切斯特所说的那样，有点"布兰奇·英格拉姆的样子"。因此，正如许多批评家提到的那样，她是否并不是简的重影，而是一个告诫性的形象呢？如理查德·蔡斯所说："简似乎会自问，伯莎难道不是那些（试图）拥有（男性的）旺盛精力的女性的活生生的例子吗？"① "正如（简）自我保护的本能帮助她摆脱了早期生活中的诱惑那样，"阿德里安娜·里奇指出，"这种本能一定也会保护她不至变成这类女性，方法是约束她对19世纪40年代英国无权的女性能够忍受的种种局限的想象。"② 即便是罗切斯特本人，对她们两人之间的关系也提供了一种类似的批评性估价。"这就是我的妻子，"他说着，指向疯狂的伯莎：

> 而这是我希望拥有的（他把他的手放在我肩上）。这位年轻姑娘，那么严肃，那么平静地站在地狱门口，镇定自若地观看着一个魔鬼的游戏。我要她，是希望在那道呛人的菜之后换换口味。……瞧瞧两者何等不同！把这双明亮的眼睛同那边红红的眼珠比较一下吧——把这张脸跟那副鬼相——这副身材与那个庞然大物比较一下吧……（第26章）

当然，从某种意义上看，简和伯莎之间的关系确实是一种告诫性的关系：伯莎将简秘密的幻想付诸实施，确实为家庭女教师提供了一个如何不行动的榜

---

① Chase, "The Brotës, or Myth Domesticated," p.467.
② Rich, "Jane Eyre: The Temptations of a Motherless Woman," p.72. 对 "19世纪40年代英国无权的女性能够忍受的种种局限" 究竟是什么的质疑，自然使我们想到了伊莎贝拉·萨克雷的真实故事，她在19世纪40年代发了疯，并常常被（虽然是相当错误地）认为是罗切斯特疯狂的妻子的原型。她们之间的平行关系是一个巧合，但是饶有趣味的是，伊莎贝拉确定是由一个伯莎·梅森般的母亲抚养成人的，据说，"无论这位母亲到哪里，都是旋风、暴雨和龙卷风相伴随，"同样很有意思的是伊莎贝拉疯病的症状是疯狂的、无理性的大笑，以及狂暴的自杀倾向，间或还有简·爱式的温柔驯服。还有一点，萨克雷曾经把自己和妻子绑在一起进行自我防卫，这似乎也使人想到了罗切斯特所遭受的可怕束缚。如果要了解更多关于伊莎贝拉·萨克雷的情况，可以参看 Gordon N. Ray, *Thackeray: The Uses of Adversity* (1811—1846), New York: McGraw-Hill, 1955, esp. pp.182–185（关于伊莎贝拉其母）and chap. 10, "A Year of Pain and Hope," pp.250–257。

样,较之坦普尔小姐的教育,她为家族女教师提供的教益更为有效。

但即便如此,小说中不断重复出现的形象又明确地告诉我们,伯莎不仅为简行动,她还像简一样行动。举例来说,受到监禁的伯莎在阁楼上她那个房间的角落中"来来回回地"奔跑,这一行动不仅让我们想起了作为家庭女教师的简唯一可以摆脱精神痛苦、获得安慰的途径就是在三楼上"来来回回地"踱步,而且让我们想起了被骂成"坏畜牧"的10岁的简被监禁在红房子里尖叫和疯狂的情景。伯莎那"鬼怪般的表情"——"一半像在梦里,一半像在现实中",罗切斯特如此说道——让人想到了他作为情人对简的不同称呼:"恶毒的精灵""小妖精""小傻瓜",以及他开玩笑时指责她在他们初次见面时使用魔法迷住了他的马的情景。罗切斯特把伯莎描绘成一个"怪物"["同这么个怪物待在船上,经历了一次可怕的航行"(第27章)],这一点具有讽刺意味地与简担心自己成为一个怪物形成了响应["难道我是个怪物?……难道罗切斯特先生不可能真心爱我?"(第24章)]伯莎如魔鬼般的疯狂既让人联想到了里德太太说简的话("有一次她同我说话,像是发了疯似的,或者活像一个魔鬼"),也让人想起了简对自己精神状态的判断。["我会坚持我清醒时,而不是像现在这样发疯时服从的准则。法规和准则不光是为了没有诱惑的时刻,而是针对现在这样,肉体和灵魂起来抗拒它的严厉和苛刻的时候。"(第27章)]而其中最富有戏剧性的,是伯莎纵火的倾向让人想到简早年在劳沃德和盖茨黑德那如火的愤怒,以及她本人视作心灵反叛社会的象征物的"点燃了的荒野"。因此,仿佛是为了与孩提时代的简把自己想象成出现在红房子的镜子里的那个格格不入的"虚幻的映像"进行平衡一样,成年之后的简在伯莎披上了为第二位罗切斯特夫人准备的婚礼面纱时,第一次清楚地感知到了她那可怕的重影的存在,于是转向了镜子。就在那一刻,"在暗淡的鸭蛋形镜子里",简"清清楚楚地看到了她面容与五官的映像",仿佛它就是她本人的面容与映像(第25章)。

最后,我们必须认识到,尽管简在劳沃德期间获得了所有追求和谐的习惯,但在到达桑菲尔德之后,她仅仅只是"表面上"循规蹈矩、服服帖帖。戴上了荆棘编成的冠冕的她,用艾米莉·狄金森的话来说,发现自己成了"妻子——没有标记"①,她把愤怒隐藏和压制在驯服顺从的外表后面,但是如果再度引用艾米莉·狄金森的诗句的话,我们发现,发自简灵魂深处的冲动却跳起舞来,就"像一枚炸弹炸了一地"②,始终无法压制,直到伯莎事实和象征意义上的死亡将她从折磨她的狂暴之中解脱出来,并使她获得真正平等的婚姻——也就是说,获得她内在的完整性——为止。耐人寻味的是,在此方面,当存在于简身体之中的伯莎从桑菲尔德大厦被烧毁的墙上跌落下来并摔死之后,正如简的梦境所预示的那样,那个孤儿也将从简的膝盖滚落下来——她过去生活中的负荷将被除去——她也将清醒过来。与此同时,正如罗切斯特所说:"从来没有任何东西既那么脆弱,又那么顽强。……想想那双眼睛,想想从中射出的坚定、狂野、自在的目光。……不管我怎么摆弄这笼子,我无法摆脱它——这野蛮、漂亮的家伙!"(第27章)

(选自[美]桑德拉·吉尔伯特、[美]苏珊·古芭《阁楼上的疯女人:女性作家与19世纪文学想象》下册,杨莉馨译,上海人民出版社2015年版)

---

① Emily Dickinson, *Poems*, J.1072, "Title divine—is mine!/ The wife—without the Sign!"
② Emily Dickinson, *Poems*, J.512, "The Soul has Bandaged Moments."

伊利格瑞与《性别差异》

经典导读

露西·伊利格瑞（Luce Irigaray，1930— ），与西苏（Héleène Cixous）和克里斯蒂娃（Julia Kristeva）被并称为法国女性主义的"三驾马车"。伊利格瑞出生在比利时，于20世纪60年代初从比利时移居巴黎，参加拉康的精神分析研讨班。1968年获语言学博士学位，1970—1974年在温塞纳大学任教，是由拉康领导的巴黎弗洛伊德学派的成员。1973年，伊利格瑞出版了她的第一部著作《精神错乱症的语言》。80年代她积极支持意大利的共产主义运动。现为法国国家科学研究中心主任。

伊利格瑞把自己的思想发展分成三个阶段。[①]

在第一阶段，伊利格瑞放弃了传统哲学的主—客体范型。1974年，伊利格瑞的论文《作为他者的女性的反射镜》表现出强烈的解构倾向，她主张用"女性书写"颠覆男性想象的霸权等，精神分析学界指责她有不能容忍的政治图谋，她因此被开除出协会，并丢掉了温塞纳大学的教职。1977年，她在《此性非一》的最后一章"当我们的两唇说到一起时"中提出"女性言说"（parler-femme），分析"女人之性的形态学"。她认为，对于女性而言，摈弃异性快感将导致一个新的封闭。

---

① 1995年，伊利格瑞接受美国学者采访时把自己的理论发展过程分为三阶段。见 Luce Irigaray, "*'Je-luce Irigaray': A Meeting with Irigaray,*" interview with Elizabeth Hirsh and Gary A. Olson, trans. Elizabeth Hirsh and Gaton Brulotte, *Hypatia* 10.2 (Spring 1995), pp.96-97.

第二阶段的代表作为《思考差异：为了一场和平的革命》(1989)和《我、你、我们：走向一种差异文化》(1990)。在这一阶段，伊利格瑞强调基于差异的社会性别理论，她不使用堂而皇之的复数"我们"来躲藏/参加到传统哲学话语的建构。她反对波伏娃对女性的主体化努力，认为这恰恰是一种对男性的认同。她认为女性应该保留的，恰恰是波伏娃强调要放弃的女性气质，借此女性才能成为有别于并独立于男性主体的真正的主体。

第三阶段的代表作是《我对你的爱》(1993)和《两人行》(1994)。她批评波伏娃只追求女性权利的实现，争夺权力，伊利格瑞认为波伏娃的理论仍然处在阳具逻各斯中心主义的框架内，只是从反面确证了男性的统治。她要的是溢出父权制之外，在性别制度之外，以多样性、变动不居性来摆脱同一性的缰绳，建立一种基于尊重性别差异基础之上的交互主体。

《性别差异》是伊利格瑞于1982年9月21日在鹿特丹伊拉斯谟大学的著名演讲。她开篇就指出："性别差异问题即使不是我们这个时代唯一炙热的问题，也是最为重要的问题之一。"她引用海德格尔的观点，指出我们这个时代最大的问题就是社会性别问题。

在这篇激情洋溢的演讲中，伊利格瑞以诗一般的语言赞美女性的身体与充满差异的性征美。在她看来，学术界的研究与实践都还没有充分注意到社会性别(gender)这一"新诗学"。

首先，她由哲学、政治、精神分析等方面入手，以性别差异为切入点，认为应该在思想和伦理上开展一场革命。其次，她由时间与空间角度进入性别差异研究。在她看来，主体作为时间的主人，成为掌握世界事务的中心。女性气质则被经验为空间感受，所以，只有重新敲定时间与空间的概念，才能重新思考性别差异。而女性被男性封闭在房间内，总是到自身以外的地方寻找积极因素，女性应该从自身的影像中重新发现自我。再次，她提出要回到笛卡儿所提出的人的第一情感，即惊讶(wonder)，以这一情感来填平充斥着贪婪、占有、厌恶、诱惑的两性之间的情感鸿沟。最后，她提出要重返女性的生理性别。她以诗一样的语言对女性身体进行具有建设性的定义和描述。她认为女性的性征比男性优越，男性性征以阳具为标志，是单数的；而女性的性征则是复数的，也就是丰富的，她们的快感也是多重的。女性不像男性那些需要外在的媒介来达到快感，"她"不需要媒介，因为她的性器就是"由相互拥抱的阴唇组成的"。她呼吁母亲和女儿都放弃父权文化为她们描述的角色，进入一个积极的新的母女关系（主体与主体）之中。

但是，由于伊利格瑞过于强调女性的身体之优越，有一些批评家指责她采取了一种本质主义立场。如陶丽·莫依就批评伊利格瑞对"女人"的重新定义陷入了本质主义。但伊利格瑞所称的"阴唇"意象所提示的是一种新的交流方式，它意味着复数性、多元性。"双唇"不仅是女性生理性别的重要标志，而且是与弗洛伊德、拉康理论中的"阳具"相对应的一个能指，在伊利格瑞这里，"阴唇/双唇"是一个能解构阳物形态逻辑学的符号，一种重新定义女性性征、确立女性身份、建构母女世系的可能的标示。

伊利格瑞勇于面对性别差异，她试图突出、强调这些差异以建立女性的独特身份。波伏娃要女性像男性一样成为自为的主体，她并不担心在这一过程中女性丧失了内在的优美；而伊利格瑞则强调女性在走向"自为"时，小心不要沾染上"漠视性别"的弊病。在这一点上，伊利格瑞以她独特的思考补充了波伏娃。难怪评论家纳奥米·斯格尔（Naomi Schor）称赞她是西蒙·德·波伏娃的唯一的真正传人。

—— 延伸阅读文献

1. Bell Hooks, *Feminist Theory: From Margin to Center*, Cambridge, MA: South End Press, 2002.
2. Luce Irigaray, *Speculum of the Other Woman*, trans. Gillian C. Gill, Ithaca, NY: Cornell University Press, 1985.
3. Kate Millett, *Sexual Politics*, Garden City, NY: Doubleday, 1970.
4. Toril Moi, *Sexual/Textual Politics: Feminist Literary Theory*, 2nd edn., London and New York: Routledge, 2002.
5. ［法］吕西·依利加雷：《二人行》，朱晓洁译，北京：生活·读书·新知三联书店2003年版。
6. ［法］露西·伊利格瑞：《他者女人的窥镜》，屈雅君等译，郑州：河南大学出版社2013年版。
7. ［法］露西·伊瑞葛来：《此性非一》，李金梅译，台北：桂冠图书股份有限公司2013年版。
8. 方亚中：《非一之性：依利加雷的性差异理论研究》，北京：外语教学与研究出版社 2008 年版。

9. 汪民安等主编:《后现代性的哲学话语——从福柯到赛义德》,杭州:浙江人民出版社 2000 年版。

10. [法] 弗朗索瓦·多斯:《从结构到解构》,季广茂译,北京:中央编译出版社 2004 年版。

(于闽梅 撰)

—— 原文:《性别差异》

经典原文

性 别 差 异

伊利格瑞 著 朱安 译

在我们这个时代，两性差别即使算不上最热门的话题，也肯定是最重要的问题之一。按海德格尔（Heidegger）的说法，每个时代的人都会热衷于探讨一个问题，而且仅仅是一个。对性别差异的研究也许就是我们这个时代从理智上获得拯救的关键课题。

但是，无论我转向何方，无论在哲学、科学，还是在宗教领域里，我都发现，对这个潜在的、日益紧迫的问题，大家都噤若寒蝉，似乎一开口讨论这个问题，就会阻止宇宙中各种形式的毁灭。这倒有点像某种虚无主义的做法，要么大肆传播现存的价值观念，要么就把这些价值观念彻底颠倒，除此之外，一切皆空。这里所说的价值观念，可以包括任何内容，如：商品社会、作品的循环论证的本质、我们时代病入膏肓的痼疾、哲学的终结、宗教的绝望或退化回宗教，以及科学帝国主义或曰不把人当人的技术，等等。

对性别差异的探索，展示了我们未曾见过的生机蓬勃的一些领域，至少在西方学术界是这种情况。我说生机蓬勃，并不简单指肉体或生育。对夫妻来说，它当然与生儿育女有关，但它同时关系到思想、艺术、诗歌和语言等方面一个新纪元的诞生，那就是，创造一种崭新的诗学。

无论在理论上还是实践中，这个时代的到来或对它的发现都遭到了人们的抵制。在理论方面，哲学希望变成文学或者说想使自己的语言变得生动有趣一些，于是便同本体论决裂，或是返回到本体论起源的地方去。据说这样做的目的，是为了利用"本初哲学"（the "very first philosophy"）的基础和本质结构，研究它解体的原因，但没有危及任何现存的哲学理论，也没有确保新基础和新体系的建立。

在政治上，妇女得到了一些参政的机会，但这主要是由于某些当权者部分的、因地区而异的让步，而不是因为已经建立了新的价值观念。这种新观念很少是由妇女自己设想并且公之于世的，她们通常只会批判，却不思创造。但是，如果不创立起有别于男性世界的新的社会基础，妇女们通过斗争所获得的那些让步，难道就不会有付诸东流的危险吗？至于说到心理分析学理论及其疗法，它们本身作为对人类两性的研究与实践，并没有真正带来一场革命。除少数情况之外，今天的性行为常常是分为男人和女人这样两个平行的世界。两性的繁殖力（fertility）在绝大多数情况下还只能按传统的方式会合，非传统的方式要想公开提出自己的要求，也只能采取某些沉默或论战的形式。

为了使对两性差别的研究工作能够开展起来，我们需要在思想领域中和道德规范上进行一次革命。对于主体与作品、主体与世界、主体与宇宙、微观世界与宏观世界等各种关系，我们都必须重新作出解释。这里首先应当说，虽然这个主体向往一种平等或中立的状态，在作品中它却总是被表达为男性，因为，至少在法国，"人类"这个词是阳性的，而不是一个中性词。

正是这个人类，成了作品的主体，在理论、道德或政治中莫不如此。作为每一部作品及其主体之守护神的上帝，在西方文化中也总是一位男性的家长形象。对广大妇女来说，她们可以从事那些所谓的次要艺术（minor art-forms）：烹饪、编织、缝纫和刺绣；在例外的情况下，也可以尝试一下诗歌、绘画和音乐。这些艺术形式无论多么重要，在今日的社会中它们都无力确定法律，至少在表面上是如此。

当然，我们目前也看到了对传统价值观念的某些否定，例如，体力劳动和艺术都在得到重新评价。但是，各种艺术和性别差异之间到底是什么关系，这个问题从来没有真正得到系统的思考，虽然有时候它被联系到了阶级斗争上。

为了在这种两性之别中生存下去，也为了对这种差别进行深入的思索，我们必须考虑一下时间与空间这个问题。

万物始于空间和对空间的创造，就像在任何一种神学中所说的那样。诸神或曰上帝首先是开天辟地，于是时间也随之出现，并且或多或少是为空间服务的。在创造世界的最初阶段，神祇或上帝把各种基本元素一一分开，使世界有了秩序，然后才有了生物，他们都按照某种节奏生活，上帝就变成了时间，同时溢出为或外化为空间或地点。

对于上帝创世的上述过程，哲学也给予了确认。时间对主体来说是内在的，而空间则是外在的（这种观点在康德的《纯粹理性批判》中得到了发展）。作为时间主人的主体，成了万物运转的中心，管理着大大小小的事务。在他鞭长莫及的地方,有永恒的上帝在协调着时间与空间的沟通。

这样一种宇宙秩序,在两性之别中是不是变得阴差阳错了?女性总是被当作空间来对待,而且常常意味着沉沉黑夜(上帝则是空间和光明),反过来男性却总是被当作时间来考虑。

向新时代的过渡要求我们对时空问题有新的感性和理性认识,其中包括我们所占据的地位及被称为"身份"(identity)的各色各样的封皮①。它要求改变或改造现有的格局,即内容与形式的关系和两者的间隔(interval)。这种三部曲能给我们以空间的观念。当然,每个时代都会给这种三结合(trinity)加上限制,无论它们是内容、形式与间隔,还是权力、行动与中介。

占据着间隔或为之命名的是欲望。欲望是没有一成不变的定义的,永恒的定义就意味着欲望的结束。欲望要求一种吸引的感觉,也就是存在于间隔之中,或者说存在于主体与客体的远、近关系中的某种变化之中。

向新时代的过渡,碰巧赶上了欲望格式的变化,使人们认为有必要在人与神、人与人、人与世界、男人与女人之间建立一种不同于往日的关系。我们这个时代,常常被认为是敢于公开谈论欲望的时代;它把位于历史长河中某个瞬间的神经紧张作为观察到的基础,并在此之上建造起关于欲望的理论;然而,欲望应当被看成一种能动的力量(dynamic force),其变迁只能在历史中,以及偶尔在现实中才能寻到踪迹,但绝不可能预料。我们的时代唯一能做到的,就是把欲望中潜在的动力变为现实;这就必须使欲望回到间隔之中,也就是说,它必须存在于形式与内容之间的吸引、冲突和行动之中,或者具有某种性质尚待确定的创作或作品之残余的特色等。

为了设想这样一种欲望构造,我们必须重新解释弗洛伊德关于"升华"(sublimation)的暗示。请注意,他并不是在谈论生殖器功能的升华(也许生孩子之例除外,但如果这能算是成功的升华的话,他在家长教育子女的问题上就不会那样悲观了),也不是说女性部分性欲(partial drives)的升华。相反,他讲的是性压抑。(女孩子比男孩子学说话要早,而且说得更好,因为女子与社会的关系更融洽等。但是,除成长为一个妇女,一个引人注目的客体之外,

---

① 原文 envelope 一词,是个多义词,作为名词时,有包装物、容器、信封等义;作为动词,可以指包裹、覆盖、容纳等。该词在本文中将多次出现,译法将视上下文关系而定,此后不再注明。——译注

她的性能量产生的种种习性与倾向真的都会消失得无影无踪吗?)

这种非升华(non-sublimation)的现象既存在于妇女体内,又通过她外化为行动;在这种情况下,她总是到别的地方去寻求积极因素,却从不求诸自身。用当代物理学的术语来说,她总保持为一个电子,但对她自己、对男人,以及对两者的相遇来说,暗含着无穷的意义。如果没有一种双重欲望,正负两极就会分别归属于男女两性,而无法创造出一种交错配列(chiasmus)或双回路线圈,使每一方都可以向着对方运动而又能回归自我。

如果正、负因素不是同时存在于男、女两性之中,其中一极将永远保持吸引力,而另一极则处于永恒的运动之中,但不拥有一个"合适"的位置。可是,永不消失的吸引力和永不被排斥的支撑力是没有的,双极的吸引和解构(decomposition)代替不了分离,正是由于分离,才有了各式各样的际遇,才产生了语言、信誓旦旦的保证,以及男女之间的结合。

为了保持距离,人们是否应当懂得如何索取,如何说话呢?说到底都是一回事儿。索取的能力也许要求具备一个固定的空间或容器;还要一个灵魂?或者是心灵?不悲叹任何事情最难做到,但为异性的自我而悲叹实际上也是不可能的。我在那些已被同化了的因素中寻找我自己,但是,我应当在异化[①]的基础上重筑自我,在异性创造的作品中,在文化遗迹中获得再生。我应当在它们当中寻找它们包括和不包括的东西,并研究它们产生或不产生的原因,弄清楚哪些事物是或不是它们存在的条件。

妇女还应当重新发现她自己,但不是通过作品或其家谱,而是通过已经沉淀在历史中的妇女形象,以及男人作品赖以产生的各种条件。

如果从传统观念来看,作为母亲的妇女对男人代表着一种归属地,这种限制意味着她变成了一种事物,只不过在各个历史时期经历了某些选择性变化而已。此外,男人还把母亲妇女作为一种包装物,以便帮助他对事物进行限定。包装物与事物间的这种关系,代表了亚里士多德主义的一种逻辑死角或全部逻辑,以及从中派生出来的种种哲学。

我们自己的术语也是从这种思想体系中演化而来的,但充满了心理学的词

---

① 此处的"异化"(alienation)系与上文的"同化"(disassimilation)相对而言,与常用的"异化"(alienation)稍有区别。——译注

汇，这种心理学对自己的渊源一无所知。不管怎么说，我们有自己的行话，例如，对于作为母亲的妇女，我们就称她为"阉割者"（castrator）。这种称呼意味着，她作为包装物或事物的地位并未得到阐释，从而使她仍然无法从男人的行动或作品中脱身，特别是当他对她定义并通过她或通过对她的存在的确认来创造他自己的身份时，情况就更是如此了。如果，在发生了这一切之后，妇女继续存在于世，她就会不断地抵销他的努力，她会使自己有别于包装物或事物，并创造出无穷无尽的间隔、游戏、骚动或自由（non-limit），把这个世界的景象弄得面目全非。但是，男人不敢留给她一个她自己的主体生活（subject-life），因为，在一种能动的主体过程（inter-subject process）中，这就要求他有时要充当她的地点和事物，由于这个原因，男人始终处于一种既为主又为仆的辩证关系中。虽然他制服或摧毁了母亲妇女，但私下里，他在她的力量前俯首称臣。

母亲妇女始终是离开了"自身"地点的地点，是一个被剥夺了自身地点的地点。她是或者不断地成为异性的地点，他无法把自己与这个地点分离。于是，她不知不觉地或不由自主地把她自己所缺少的东西变成了威胁异性的手段，这个东西就是地点。她将不得不把自己包裹起来，而且至少要包两次：既作为女人又作为母亲。这就要求我们的时空观来一个根本的转变。

同时，对这个伦理问题的讨论在裸体与变态方面一直在进行之中。女人应当裸体，因为她无处藏身，无法留在她自己的地方。她企图用衣服、化妆和首饰把自己包装起来。她无法使用自己躯体作为包装，于是就必须制造人工的替代物。

弗洛伊德说女人处于口腔期，这一论断虽有意义，却仍将她逐出了她古老的、赖以确定身份的领地。毫无疑问，在描绘一个女人时，"口唇"一词是特别贴切的；从身体结构上来看，她有两副唇。但是，如果她想保持她与生俱来的空间关系，她就只能靠这个躯体去行动，并从中创造出别的东西。她需要这样的身体构造，以便为自己开创出一个空间（也是为了保留一个用以迎接异性的位置）；但是，从古到今，男人抢走了她的地盘，为的是给自己最初也是最终的居住地编造出一种怀旧之情。这是一种朦胧的纪念，也许男人花了几百年，才弄清了自己作品的含义，那就是，为他出世前的住处创造出无穷无尽的替代物。从地球深处到辽阔的天空，他一而再，再而三地抢夺着女性的空间。

作为交换，虽然谈不上是真正的交换，他为她买下一幢房子，把她关在里头，对她加上种种限制；可是，当初他住在后来很不情愿地离开的、她身上的那个老家时，却并没有受到这么多清规戒律的束缚。他在把她包装在四壁之中的同时，也把自己和自己的东西包装在了她的肉体之中。这些包装的实质是因人而异的。对一些人来说，其存在和限制是看不见摸不着的。对另一些人而言，它们是有目共睹的限制或栖身之所，这种地方若不是有一道门通向外界，简直就无异于对当事者的监禁甚至是谋杀。

有鉴于此，我们必须重新审视一下关于地点的概念。这样做的目的，既是为了过渡到一个新的差别时代（因为每一个理智时代都会对差别问题进行一番新的思考），也是为了给激情制定一套伦理道德。形式、内容、间隔与限制之间的关系必须改变。过去形成的限制从来就无法使两个相爱的异性主体达到推心置腹的程度。

两性中总有一方是包装物，另一方是被包装物。用运输（transports）的术语来说，后者具有更大的机动性（mobile）——母性实际上并不显得有什么运输能力。提供或允许欲望的那个主体，就能运输并从而包装或吞并另一个主体。如果没有第三种关系（third term）的存在，事情就更加不妙。这个第三种关系，并不仅仅是一种必要的限制，它还可以出现在容器内部，成为他或她与自身局限性之间的关系，也就是主体与神学、死亡、人道或天道之间的关系。如果一个容器没有这个第三种关系，也许就会变得无所不能。

妇女是性别差异两极中的一极，如果剥夺了妇女的第三种关系，那么，如上所述，相对于男人而言，她们就会十分危险地变得过于强大。这种情况最明显地出现在对间隔的压制中，这里说的间隔（intervals 或者 entervals），就是指包装物为双方提供的出入通道（出与入都位于同一边，以防穿孔或是被消化系统吸收），这就使双方都有自由活动而不至于有遭囚禁的风险。

为了给两性差别制定出一套伦理道德，我们至少必须返回到笛卡儿所说的第一种激情，那就是"惊讶"（the first passion: wonder）。这种激情并不反对任何事物，也不与任何事情发生冲突，而且它的存在永远让人感到新鲜如初。因此，由于男人和女人、女人和男人都无法相互替代，他们的会面总有一种新鲜感。我永远代替不了一个男人，男人也永远代替不了我。无论他们可以变换什么样的身份，一方永远也不可能完全替代另一方——他们不具有互换性：

> 在碰到令人吃惊的新事物或与过去的知识或设想大相径庭的事物时，我们就会惊讶，而且还会受到震动。由于这一切都发生在我们还来不及判明利害之时，所以我认为惊讶是所有感情中的第一个。惊讶没有对立面，没有与之对立的情感；因为，如果一个客体不具有使我们吃惊的特点，我们就不会被它打动，而只会不带感情地去思考它。
>
> ——笛卡儿

异性是谁？是什么？我不知道。但可以肯定，这个不可知的异性一定在性别上与我不同。面对异性时的这种惊讶感、震动感，应当回到它合适的地方：两性差别之中。人的激情要么被压抑、窒息或征服，要么就留给了上帝。惊讶感有时也可被赋予某件艺术作品；但在男女之间的鸿沟中从未见过它的踪影。这部分空间填满了勾引、贪欲、占有、高潮、恶心，以及诸如此类的东西，就是没有惊讶这种感情；惊讶眼中的任何事物，都仿佛是头一次看见，而绝不会将异性房为自己的客体。惊讶不会攫取、占有或制服客体这种东西。也许，客体有自己的主观性和自由？

两性间从未有过惊讶，否则，他们也许还可以根据各自的特点保留一些自主权，他们可以相互吸引，并获得可分可合的自由。

惊讶感应当产生于两个异性第一次相会的时刻，而不是等到订婚时候，只有这样，他们的差别才能得到确认。间隔永远不会被消除，高潮也永远达不到。惊讶的设想只是幻想。一种性别永远无法使另一性别完全达到高潮或消耗得心满意足。遗憾是永存的。

到目前为止，这一部分未被耗尽的精力往往被奉献或保留给了上帝。有时它的一部分降生为一个婴孩，或是被认为具有阳性和阴性之外的中性。这种中性（就像儿童或上帝？）代表着两性相遇的一种可能性，尽管这种相遇会产生某种效果，它却被无限期地推迟了。也就是说，它总是停留在一个可望而不可即的地方，仿佛是一个令人敬而远之或畏而逃之的无人岛。没有什么值得庆贺的，两性间从来也不曾结盟。开诚布公的会面不是被取消，就是被规划进了一个永远不会变为现实的未来。

当然，中性也许意味着性器官的功能产生了点铁成金式的升华，同时代表了不同性别可以相互繁殖或创造这样一种可能性。但是，中性仍必须欢迎性别的出现，仍然应当把自己看成是在性别之中并为之效劳的，而不是超越了性别，更不是一种伦理体系。"存在"（there is）这个片语只垂青现在，而把好事推迟到将来。但在婚礼中并不存在（而且也永不会存在）惊讶这种感情，虽然它很令人欣喜，却始终只是一个撮合两性的媒介（agency）。上帝也许终将给现在时态的"存在"施加某种压力，但这并不能为两性繁殖力的全面胜利奠定基础。只有一些东方的传统文化谈到了两性行为的美学、宗教和健身意义，认为在繁殖过程中双方都给了异性以生命和永恒的种子，并在两者间创造出新的一代。

至于说到我们的历史，我们必须对它作一番重新审查，看一看两性差别为什么无论在经验还是在超验的层次上都没有充分发展的机会，也就是说，它为什么没能发展出它自己的伦理学、美学、逻辑学或宗教，以反映它微观和微观的来源或命运。

这种情况肯定与肉体与灵魂、性欲与精神的分离有关，也就是在内部与外部之间缺少一条供精神或上帝出入的通道；同时，还关系到性交活动时这些因素在两性间的分布。现存的一切即使不是想让这些现实因素相互反对，起码也是为了使它们远远分离。它们不得混合一处，不得联姻，不得结为同盟。它们的婚礼被推后到来世，或者，在心灵与上帝的结合面前，它们相形见绌，变得渺小而卑鄙。心灵与上帝的结合发生在超验的天地中，与感官世界没有任何联系。

性行为的这种不满足状况产生了很多后果，至今仍然有许多。举一个最美的例子吧，这个例子还是必须从时空这个层次上来理解。让我们姑且看看天使们的情况。这些上帝的信使们从不会待着不动，也绝不会永远住在同一个地方。作为尚未发生之事和预示将发生之事这两者之间的调解人（mediators），天使循环往来于上帝、男人及女人之间。上帝是绝对不动的力量，男人被局限在他所从事的工作之内，女人的责任则是满足他人自然的欲望并生育后代。于是，原本封闭的世界、身份、行动乃至历史，都被天使打开了。

天使就是在封皮中从一端到另一端无休止地运动着的事物，它推迟着每一个期限，修改着每一个决定，消除着任何重演历史的念头。它要摧毁一切邪恶的元素，使之不能阻挡新时代的诞生，它将迎来一个新的黎明。

天使们与两性并非无关。加百列（Gabriel）当然不用说了，人们都管它叫报喜天使。而别的天使都爱报告完婚的消息,特别是《启示录》中所有的天使及《旧约》中的许多天使更是如此。天使就好像是对性生物的一种比喻,只不过没有下凡罢了。它是肉体发出的一种轻柔而神圣的姿态,却又没有开出行动的花朵。它总是自甘堕落,但仍然期待着耶稣的再次降临。自从失乐园以来,爱情的力量也许就是一切罪过的始作俑者,而天使就是爱。总之,天使是一切血肉之躯的归宿,而肉体则是上帝所创造的。

这些来去匆匆的天使,以其神速可以跨越任何限制,它们使我们看到了从上帝的天国到人间的地狱之间的旅程,无论这旅程延伸在微观的世界还是浩渺的天宇。这些天使们还宣称,肉体凡胎的人类亦能踏上这天路历程,特别是女人之躯更加适合。它们代表了另一种化身,另一种肉体的再生(parousia)。它们不能被简化为哲学、神学或伦理观念,它们传播的似乎是艺术唤起的廉耻之心,如雕塑、绘画和音乐,虽然我们只能以它们代表的那种姿态来对其加以讨论。

它们作为使者说话,其"天性"却似乎是以姿态传神。运动、静止,以及这两者间的转化,这就是它们的语言。它们撼动或扰乱着麻木瘫痪的躯体、灵魂或世界。它们使音乐缥缈沉迷或激越高昂,却又不失统一与和谐。

当它们触动我们时,就能像神祇一样打动我们。它们轩昂的气宇令我们仰慕,但永远是那样不可捉摸。

讲了半天,其中的一个问题是,天使和肉体能不能够统一起来?传统答案是否定的。这个问题既相似于又有别于男女之躯能否共存的问题,它使我们重新联系到两性伦理这一难题。黏性(mucosity)无疑应当被认为与天使有关,失去黏液(mucus)的怠惰之躯及其活动则与尸体有关。

两性或肉体的伦理将要求我们同时找到天使和肉体。这种世界必须建立或重建起来。两性之爱的创世纪尚未来临,无论从什么意义上来说都是如此,也无论它是否穿着亲情或政治的装束。这种世界必须创造或再创造出来,使男人和女人可以再一次地,并将永远地生活在一起,相会并居住在同一个世界中。

连接或再连接男女两性的纽带必须既是垂直的,又是水平的,既是世俗的,又是神圣的。正如海德格尔等人所写的那样,这种纽带必须使神与人结盟,在这种联盟中,两性的相遇将是值得双方庆贺的美事,而不是改头换面的或鸡犬不宁的主仆关系。这样的聚会将不再会发生在一个以父亲面目出现的、一手遮天的上帝的阴影中,也不会成为单一性别的传声筒。

当然,最大的进步和退步都是借上帝之名出现的。我也只能通过别人担保肯定是存在着的一位上帝,去努力接近绝对真理,或是倒退回天荒地老的混沌之中。传统就是这样教导我们的,而传统的命令仍然是难以违抗的,因为它的报复能使人精神崩溃、肉体腐败,即便是海誓山盟的有情人也只好劳燕分飞;即使这样,它还不见得会善罢甘休……人人都难逃厄运,但有时其原因竟然是由于悟出了天道,而不是由于无法冲破某种局限。

如果撇开性别差异,我们又如何能标出这局限位于何方呢?为了给两性差别订立一套伦理道德,我们就必须建造一个地方,使两性都可以在此居住,不管是身体还是肉体。这要求我们不忘过去,憧憬未来,联系当前,并且要彻底摒弃过去那种镜像对称(mirror-semmetry),因为它使性别差异变得无影无踪。我们既需要空间,也需要时间。也许,在我们这个时代,时间必须重新安排空间。这会不会是新世界的曙光呢?

内在性(immanence)和超验性(transcendence)的观念都必须重新铸造,其监造者就是女性,她自身从未被认真彻底地研究过。监造者又是一个阀门,通向黏性之门。在经典的爱与恨对立概念定义不到的地方,液体在这个永远是半开半掩的阀门中流淌,这个由唇状组织构成的门户是不懂得两分法的。它们贴在一起,却不可能缝合,至少是真正意义上的缝合。它们也不会把这个世界全都吸收进去,或是吸进去再排出来,但有一个条件,那就是,不能简单地认为它们是一个达到高潮或消耗精力的构造,更不能对其滥施淫威。相反,它们的形状是好客的,却不会同化、简化或吞噬对方。那么,这是否是一道通向肉欲之门呢?也不是:它们的作用是指定一个地点,不带功利目的的地点,至少在习惯上是这样。严格地说,它们既不为概念服务,也不为享乐效劳。那么,这是不是女性特征之谜呢?是不是她自我观照、沉默无语的奥妙之处呢?是不是她藏而不露的智慧和对一切真理的信仰呢?

(此外,这些加诸女性的唇状构造颇像十字形,仿佛是十字路口,从而既表示内部又表示进入[①],因为女性的嘴唇和她的阴唇并非朝着同一个方向。它们的排列方式多少有些不如人们所料:身体下部的那副唇是垂直的。)

---

① 原文为 inter 或 enter。——译注

这样看来，在身体接缝的地方，一切束缚都可以冲破，而且即使在颠鸾倒凤之时也不会有坠入深渊的危险，因为这个开孔处有无限生机，它面向着未来。一切难以言表的自我发现，都在这一区域实现，使生命和语言有了一个流动的基础。

为此我们需要一个"上帝"，或是一种审慎得近于神圣的爱心。也许我们还从未见过这种爱，使我们难以在此时此地获得超验的感觉，当然，对上帝的感觉应当除外。对爱的渴望并没有充分作用于带孔的肉体，在最亲近的黏膜中也缺少心的交流。这种心心相印的交流有时是那么微妙，我们必须持之以恒地追求它，使它免于遭到遗忘、丢失、变质、疾病，以至于消亡等厄运。

这种交流常常被留给了儿童，他们是某种盟誓的象征。但是，先于儿童的象征就没有吗？难道不存在一个恋人们同生共死的空间吗？在炽热的欲望和伴侣的交融之中，既可能产生堕落，也可能获得再生。

如果说，交媾的核心秘密、两性差异的存在与本质（the is and being of sexual difference）就是神性本身的话，欲望的冲刺能否突破祖传命运的显灵呢？如果能够，它又是如何成功的？它到底有多大的力量？不管怎么说，它仍然是在凡间。一个尚未降生的躯体不同于已生之躯，在理想的流动性（idealistic fluidity）与遗传的宿命之间，我们又怎样度量那种能使芸芸众生得道成仙的爱心呢？有时候诸神会变成人，上帝也会变成人，也有些人能够两次降生，这些形象为我们指出了爱的路程。

两性差异应当体现为一种完美的关系，但这种思想未得到表达与传播。在女性历史的沉默之中，似乎尚有未吐之言；也许，女性世界总有一天将展现出它的能量、它的构造，以及它的发展过程或是它繁花似锦的面貌。女性之花使未来向着我们开放。正是由于这奇异的景观，世界才始终使人捉摸不透。

（译自 Luce Irigaray, *Ethics of Sexual Difference*, Continuum International Publishing Group, 2005）

朱迪思·巴特勒与《性别麻烦——女性主义与身份的颠覆》

经典导读

朱迪思·巴特勒（Judith Butler，1956—　，又译朱迪斯·巴特勒），耶鲁大学哲学博士，加利福尼亚大学伯克利分校修辞与比较文学系教授。巴特勒是当代最著名的后现代主义思想家之一，在文学和文化理论、哲学研究、心理分析、女权、性政治和社会政治思想等领域推动了一场思想革命，形成20世纪90年代以来西方学界和认同政治领域的"巴特勒"现象。她的主要著作有《欲望主体：20世纪法国的黑格尔哲学反思潮流》(1987，博士论文)、《性别麻烦：女性主义与身份的颠覆》(简称《性别麻烦》，1990)、《身体之重：论"性"的话语界限》(1993)、《令人冲动的言辞》(1997)、《权力的精神生活：服从的理论》(1997)、《安提戈涅的要求：生命与死亡的血亲关系》(2000)、《霸权、偶然性、普遍性》(2000，与拉克劳、齐泽克合著)、《危在旦夕的生命：哀悼与暴力的力量》(2004)、《消解性别》(2004)和《讲述自我》(2005)、《谁为民族国家歌唱：语言、政治、归属感》(2007，与斯皮瓦克合著)和《战争的框架：不值得悲悼的生命政治学》(2009)。

巴特勒最著名的理论是关于性别（gender）是如何形成和被认知的研究，即"性别操演"（gender performativity）理论。她对性别的研究主要是在三本书——《性别麻烦》《身体之重》和《消解性别》——中阐述、展开和完成的。

1990年面世的《性别麻烦：女性主义与身份的颠覆》是女性主义理论和性别研

究的重要著作，被奉为开创"酷儿理论"的经典文本，巴特勒也因此一举成为当代思想界的学术明星之一。巴特勒在《性别麻烦》开篇，首先对"女性"作为女性主义的主体提出了质疑，解构了"妇女"概念。在她看来，女性作为一种性别，也是由一系列基于男权立场的、不断重复着的述行语所塑造的，女性主体就是这些话语塑造的结果。其次，她对生理性别／社会性别（sex/gender）两分法进行解构。女性主义和性别研究一个重要的基点，就是把"性"（sex）看作生物的、自然的，抹杀了它的历史性和社会性；把性别（gender）看成社会的、文化的。这不仅重复了西方哲学传统中的二分法和"再现"（representation）的现代认识体系，而且暗含了一个霸权性的逻辑，那就是"异性恋正常规范"（heteronormativity）或"强制性异性恋"（compulsory heteronormativity）。1993年，巴特勒在《身体之重》一书中进一步解构性别的二分法："前话语的'生理性别'在社会性别的文化建构过程中及其作为行为的确定参照点并不存在。……生理性别已经就是社会性别，已经被建构了。"

在《性别麻烦》中，巴特勒认为，伊利格瑞使得社会性别议题的讨论变得更加复杂了。我们也可以说：巴特勒使得社会性别议题的讨论又变得简单了。她在文章开始就开宗明义，"生理性别其实自始至终就是社会性别"。她反对性别研究中生理性别和社会性别的二分法，在性别研究的一分为二的艰苦尝试后，到了巴特勒这里，似乎简单地又二归为一了。在这一点上，巴特勒与伊利格瑞是一致的，她们都同意身体是一个连续统一体，无阴阳之分，而人类二元论的社会性别体系给我们带来了许多"性别麻烦"。性别不是一个人是什么，而是一个人干什么。一个男人不是指他是什么，而是指他做什么，他扮演了什么角色。所以，性别是述行的。在这个社会性别制度下，你不可能是既非男人又非女人的一个人。此外，身份不是固定不变的，身份也不能永恒地确定一个人的本质。性别不是自我本质的一部分，因为社会也会"与时俱进"地变魔法，给性活动和性身份不断规定新的性质。巴特勒的重点是梳理女性主义对"社会性别"的概念，主要针对波伏瓦和伊利格瑞进行分析比较，追溯她们各自所依据或反对的阳具逻各斯中心主义理论源头。

巴特勒借用后结构主义、精神分析和女性主义的分析框架，从哲学本体论层面重新追问语言、主体、性别身份等关键概念，深刻阐述了异性恋框架下的性别身份和欲望关系的构成和历史，试图颠覆异性恋霸权话语对性、性别、性欲的强制性规定。当然，通过选文，我们也能初步领略巴特勒的文风，进入她独有的、较为跳跃与感性的理论话语框架。巴特勒的文章之难在英语世界是公认的，1998年她曾因一个超长句子荣获《哲学与文学》所颁发的"最差写作奖"第一名。

—— 延伸阅读文献

1. Judith Butler, *Antigone's Claim: Kinship Between Life and Death*, New York: Columbia University Press, 2000.
2. Judith Butler, *Precarious Life: Powers of Violence and Mourning*, London: Verso Press, 2004.
3. Judith Butler, *The Judith Butler Reader*, eds. Sara Salih and Judith Butler, Malden, MA: Blackwell Publishers, 2004.
4. Judith Butler, *Giving an Account of Oneself*, New York: Fordham University Press, 2005.
5. Judith Butler, Gayatri Spivak, *Who Sings the Nation-State? Language, Politics, Belonging*, NewYork: Seagull Books, 2007.
6. [美] 朱迪斯·巴特勒:《身体之重——论性别的话语界限》,李钧鹏译,上海:上海三联书店 2011 年版。
7. [美] 朱迪斯·巴特勒:《性别麻烦——女性主义与身份的颠覆》,宋素凤译,上海:上海三联书店 2009 年版。
8. [美] 朱迪斯·巴特勒:《消解性别》,郭劼译,上海:上海三联书店 2009 年版。
9. [美] 朱迪斯·巴特勒:《权力的精神生活:服从的理论》,张生译,南京:江苏人民出版社 2009 年版。
10. [美] 朱迪斯·巴特勒:《脆弱不安的生命:哀悼与暴力的力量》,何磊、赵英男译,郑州:河南大学出版社 2013 年版。
11. 孙婷婷:《朱迪斯·巴特勒的述行理论与文化实践》,北京:中国社会科学出版社 2015 年版。

(于闽梅 撰)

—— 原文:《性别麻烦——女性主义与身份的颠覆》

经典原文

性别麻烦——女性主义与身份的颠覆

朱迪思·巴特勒 著 宋素凤 译

■ 社会性别：当代论辩的循环废墟

是否有"某种"所谓人所拥有的性别？还是说，性别是所谓人的存有的一个本质的属性，如同"你是什么性别"这个问句所隐含的意义一样？女性主义理论家宣称社会性别是生理性别的文化诠释，或是社会性别是文化建构的时候，这个建构的特色或机制是什么？如果社会性别是建构的，那么它能不能建构成别种风貌？或者，它的建构性是否暗示了某种形式的社会决定论，排除了能动性（agency）和改变的可能？"建构"是否暗示了有某些法则，它们根据普遍的性差异坐标轴产生社会性别差异？社会性别的建构如何发生，在哪里发生？对于某种不能假定有一个先于它存在的人类建构者的建构，我们能从中找到什么意义？在一些论点里，社会性别是建构的这样的观点暗示了某种社会性别意义的决定论：这些意义铭刻在解剖学上有所区分的身体之上，而这些身体被理解为一个严格的文化律法的被动接受者。当我们以这样一种或一套律法的框架来理解"建构"社会性别的相关"文化"，那么社会性别似乎就跟它在生理即命运这样的论述下没什么两样，都是命定的、是固定的。在这样的情形里，成为命定的不是生理，而是文化。

另一方面，西蒙·德·波伏娃在《第二性》里说："一个人不是生来就是女人，而其实是变成的。"① 对波伏娃来说，社会性别是"建构"的，但她的论述隐含了一个能动者，一个我思故我在的主体（cogito），它以某种方式获取或采用那个社会性别；而原则上，这个主体也可以采取另一个性别。社会性别是不是像波伏娃的论点所暗示的那样是可变的、可以受意志控制的？在这样的

---

① 波伏娃：《第二性》，帕胥利（F. M. Parshley）译，纽约：温提子出版社，1973年，第301页。

情形下,"建构"是否可以简化为一种形式的选择?波伏娃很清楚一个女人是"变成"的,但总是在一种文化强制下成为一个女人。显然,这个强制性不是从"生理性别"而来。在波伏娃的论述里,没有任何一点保证变成女人的"那位"一定是女性。如果如她所说的:"身体是一种情境(situation)。"①我们就无法诉诸一个没有被文化意义诠释过的身体;因此,生理性别不能构成一个先于话语的解剖学上的事实。事实上从定义上来说,我们将看到生理性别其实自始至终就是社会性别。②

关于建构的意义的争议,似乎陷在传统哲学上自由意志与决定论两极化的泥泞里,因此,我们可以合理地怀疑一些共同的对思想的语言限制,形成、同时限定了这些论辩的框架。在这些框架下,"身体"成了被动的媒介,受到文化意义的镌刻;或者它是一个工具,通过它某种专擅和诠释的意志决定着自身的文化意义。不管是哪种情况,身体都只是被当作一个工具或媒介,一整套的文化意义跟它只属于外在的联系。然而,"身体"这概念本身是一种建构,跟那些构成性别化的主体领域里无数的"个别身体"一样。我们不能说个别的身体有某种可意指的(signifiable)存在,而这存在先于它们的社会性别标记;于是问题出现了:在何种程度上,身体是在社会性别的标记里、通过这些标记形成的?我们如何重新设想身体,使它不再是一个被动的媒介或工具,等待着某种全然非物质性的意志的激活力量?③

不管社会性别或生理性别是固定的还是自由的,都是一种话语的作用,如下文会提及的,这话语试图对分析设定某种限制,或是试图确保人道主义的某些信条成为所有对社会性别的分析的先决条件。所谓不可撼动的场域,不管它是属于"生理性别"或"社会性别",或甚至是属于"建构"这个意义本身,它提供了一条线索让我们了解,在作任何进一步的分析的时候,什么文化可能

---

① 波伏娃:《第二性》,帕胥利(F. M. Parshley)译,纽约:温提子出版社,1973年,第38页。
② 见笔者《波伏娃〈第二性〉里的生理性别与社会性别》一文,刊载于《耶鲁法国研究》(Yale French Studies),《西蒙·德·波伏娃:一个世纪的见证》(Simone de Beauvoir: Witness to a Century)专刊,1986年冬季,第72期。
③ 注意现象学理论,如萨特、梅洛-庞蒂(Merleau-Ponty)及波伏娃的理论,是如何倾向于用"肉身具现"(Embodiment)这个词。这个词是从神学语境里引用的,它倾向于把理念的身体("the" body)描绘为一种肉身具现的模式,因此,它保留了具有意指能力的非物质性,与身体本身的物质性之间外在的、二元的关系。

性是能够、而什么又是不能够被调度的。对社会性别进行话语分析时所受的限制,预设并支配了文化中可想象的及可实现的性别设定(gender configurations)的可能性。这并不是说任何、所有的性别的可能性都是开放的,但是分析的底线显示了被话语限定的经验的局限性。这些限制一直设置于某种霸权文化话语的框架里,而这话语又是建立在以普遍理性的语言的面貌呈现的二元结构的基础上。因此,在那个语言所建构的可想象的社会性别领域里,限制已经被内设了。

社会科学研究者把社会性别当作分析的一个"要素"或一"维",但是社会性别也应用到肉身具现的个人身上,作为生物、语言,以及/或文化差异的"标记"。在后面几项情形里,社会性别可以理解为一个(已经)在生理性别上分化了的身体所承担的意义,但即使如此,这个意义只能在它与另一个对立的意义之间的关系里存在。一些女性主义理论家宣称社会性别是"一种关系",事实上是一组关系,而不是一种个人的属性。另一些追随波伏娃的观点的女性主义理论家则认为只有女性这个性别是受到标记的,而普遍的人与男性这个性别是等同的,因此女人是以她们的性/别来定义,而男性则受到举扬,承担了超越身体的普遍人格。

露西·伊利格瑞(Luce Irigaray)让这个议题的讨论变得更复杂,她认为在身份话语里,女人即使不构成矛盾,也是一种悖论。女人这个"性别"不是"一个"性别。在普遍男权主义的语言——一种阳具逻各斯中心(Phallogocentric)的语言——里,女人成了那不可再现的(unrepresentable)。换句话说,女人代表了一个不能够被思考的性别,是语言的不在场(absence)和晦涩难解的部分。在一个系于单义意指的语言里,女人这个性别构成了那无法约束的、无法指定的部分。在这层意义上,女人这个性别不是"单一"的,而是多元的。① 伊利格瑞反对波伏娃所认为的女人是被指定为他者的观点,她认为主体与他者两

---

① 见伊利格瑞《此性非一》(*This Sex Which is Not One*)(译者按:国内一个常见的翻译是《非单一的性》,这样的翻译只点出了女性这个性别的"复数"性质,并没有点出它的另一个双关含意,也就是在阳具逻各斯中心经济里,女性这一性别无法得到再现,因而不构成一个性别),凯瑟琳·波特(Catherine Porter)与卡罗琳·伯克(Carolyn Burke)译,伊萨卡:康奈尔大学出版社,1985年。法文原版(*Ce sexe qui n'en est pas un*)于1977年由巴黎密努伊出版社(Editions de Minuit)出版。

者都是用来支持一个封闭的阳具逻各斯中心意指经济（Phallogocentric signify economy）的，这个意指经济通过对女性完全的排除来达成它的对比，男性身份得以区别开来；对伊利格瑞来说，这个辩证本身形成一个体系，排除了一个与他完全不同的意指经济。在萨特式的能指－主体（signifying-subject）与所指－他者（signified-Other）的框架里，不仅女人受到错误的再现，这样的错误意指也点出了这整个再现结构的不足。因此，这给不是一个数的性别提供了一个出发点，用以对霸权的西方再现，以及支持主体这个概念的实在形而上学（metaphysics of substance）提出批判。

实在形而上学是什么？它如何指导了关于性别范畴的思考？首先，人道主义的主体概念往往假定一个实在的人，承载着各种本质的和非本质的属性，而人的本质被描绘为一个未区分性别的实在或"内核"——是为理念的"人"，代表一种普遍的理性、道德思辨或语言的能力。普遍的人的概念，被一些历史与人类学的立场以某种社会性别理论置换，作为一个思考的出发点。这些立场对社会性别理论的理解是：在具体可指的语境里由社会所建构的主体之间的一种关系。这种关系的或者语境的观点认为：人"是"什么，社会性别"是"什么，总是与决定它的那些建构的关系有关。[①]社会性别作为一种不断改变、受语境限制的现象，它不指向一个实体的存有，而是指向一些具有文化与历史特殊性的关系整体里的某个相关的交集点。

然后，如果是伊利格瑞，她会坚持女性这个"性别"是语言的一个不在场，文法无以表述的一种实在，因此，这个观点暴露了实在是男权中心话语的一个持久而基本的幻想。这不在场并没有在男性中心的意指经济里被标记出来——这与波伏娃（以及维蒂格）所认为的女性是受标记、而男性则未被标记的论点正好相反。对伊利格瑞来说，女性不是"缺乏"（lack）或是"他者"（Other），从内在和对立面来定义男性这个主体。相反地，女性回避了再现这个要求，因为她既不是"他者"也不是"缺乏"；这些范畴与萨特式的主体联系，内在于阳具逻各斯中心体系。因此对伊利格瑞来说，女性永远不可能会如

[①] 见琼·斯科特（Joan Scott）《性别作为历史分析的一个实用范畴》（"Gender as a Useful Category of Historical Analysis"），收录于《性别与历史政治》（Gender and the Politics of Historical），纽约：哥伦比亚大学出版社，1988年，第28~52页。原刊于《美国历史评论》（American Historical Review），卷91，第5期，1986年。

波伏娃所说的那样是一个主体的标记。此外，我们也不能够在任何特定的话语里，以某种男性与女性之间的限定关系对女性进行理论构建。因为在这里话语是个不切题的概念。即使具有多样性，话语仍然创建了那许许多多阳具逻各斯中心的语言模式。女性也可以说是不算数的一个主体。在一个男性构成的封闭循环的能指和所指的经济里，男性和女性的关系是不能获得再现的。极反讽的是，波伏娃在《第二性》中其实已经预示这了个不解之题：她说男性无法解决女人这个问题，因为这样一来，他们就成了球员和裁判。[①]

上述立场的差异绝对不是截然区分的；每一种立场都从社会建制的性别不对称的语境里，质疑"主体"与"社会性别"的位置性与意义。上述立场提供的可能选项绝没有穷尽所有对社会性别的诠释的可能性。女性主义在社会性别的探讨上的循环论辩这个问题，在现存的不同立场上凸显出来：一方面一些立场假设社会性别是人的第二特征，另一方面其他立场又强调人的概念本身——在语言中占据主体的位置——是一个男权中心的建构与特权，它实际上排除了女性这一性别在结构上和语义上的可能性。这些关于社会性别的意义（社会性别到底是不是我们要讨论的词语？或者是否生理性别的话语建构其实才是更基本的？又或许，我们要讨论的是妇女群体或个别妇女，以及/或男性群体与个别男人？）的尖锐分歧，使得我们有必要在极端不对称的社会性别关系语境里，从根本上重新对身份的范畴进行思考。

对波伏娃来说，在存在主义的厌女症分析范式里，"主体"一直就是男性的，它等同于普遍的事物，与女性"他者"有所区别；女性"他者"外在于人格的普遍规范，无望地成了"特殊的"，具化为肉身，被宣判是物质的存在。一般对波伏娃的理解是她在为女人的权利呼吁，实际上就是要让女人成为存在主义的主体，以便能被一种抽象的普遍性框架所含括；但是，她的立场也隐含了对抽象男性认识论主体超脱肉身具现的特质的某种重要批判。[②] 这个主体是抽象的，甚至否认了它自身受社会所标记的肉身具现，然后它把它所否定、贬低的肉身具现投射到女性的领域，最后把身体重新命名为女性。身体与女性的联系，以一种神奇的互动关系作用：女性由此而被局限于她的身体，而悖论地，

---

① 波伏娃：《第二性》，第26页。
② 见笔者《波伏娃〈第二性〉里的生理性别与社会性别》一文。

被全盘否定的男性身体成为承载一个表面上彻底自由的非物质性工具。波伏娃的分析隐含了这样的提问：男性通过什么样的否定与否认的行动，获得了超脱肉身具现的普遍性，而女性则被建构为一个被否定的肉体性存在？主人—奴隶（master-slave）的辩证关系，在这里以一个非平等互惠、不对称的性别关系的框架来全面重新表述，它预示了伊利格瑞后来所描述的男性中心意指经济，这个意指经济包括存在主义主体，同时包括它的他者。

波伏娃提出女性身体应该是女人获享自由的情境（situation）和媒介（instrumentality），而不是一个定义与限制的本质。① 肉身具现理论是波伏娃的分析的中心思想，但显然这个理论因为不加批判地复制了笛卡儿对自由与身体的区分而有所局限。尽管我之前试图作相反的论证，但显然即使在提出要统合这些词语的时候，波伏娃还是维持了精神／身体的二元论。② 这个区分的保留可以解读为阳具逻各斯中心主义的一个症候，而波伏娃低估了它。从柏拉图开始，到笛卡儿、胡塞尔以及萨特一路延续下来的哲学传统，灵魂（意识、精神）与身体的本体论区分，无一不支持着政治上和精神上的臣服和等级关系。精神不但征服了身体，还不时做着完全逃离肉身具化的幻想。文化上精神与男性、身体与女性的联系，在哲学和女性主义领域里都有精辟的文献资料可考。③

---

① 波伏娃在性别问题上，法农（Frantz Fanon）在种族问题上，都信奉身体同时是"情境"和"媒介"这样的一种规范理想。法农回归一种作为自由的媒介的身体来总结他对殖民的分析，这自由是笛卡儿式的自由，等同于一个具有质疑能力的意识："喔！我的身体，把我变成一个总是质疑的人！"〔法农，《黑皮肤，白面具》（*Black Skin, White Masks*），纽约：格罗夫（Grove）出版社，1967年，第323页〕。法文原版于1952年由巴黎色伊耶（Seuil）出版社出版。

② 萨特理论里意识与身体在本体论上根本的分裂，是他哲学思考里承袭笛卡儿的一部分。值得注意的是，笛卡儿的二元区分，正是黑格尔在《精神现象学》（*The Phenomenology of Spirit*）"主人—奴隶"篇章的开头所隐含质疑的问题。波伏娃对男性主体与女性他者的分析明显置身于黑格尔的辩证法，以及萨特在《存在与虚无》（*Being and Nothingness*）关于施虐欲与被虐欲的篇章中，对这个辩证法的改造的框架里。萨特在批判意识与身体"统合"的可能性的时候，他实际上回到了黑格尔尝试解决的笛卡儿哲学难题上。波伏娃坚持身体可以是自由的媒介与场域，而生理性别可以提供一个契机，让社会性别展现为一种自由的形态，而不是一种物化。乍看之下，这似乎是身体与意识的一种统合，意识被理解为自由的条件。但仍然没有解决的问题是：这样的统合是否需要并维系身体与心灵（它的组成要素）的本体论区分，以及从此引申出的心灵高于身体、男性优于女性的等级？

③ 见伊丽莎白·斯佩尔曼（Elizabeth V. Spelman）《妇女作为身体：古代和当代的观点》（"Woman as Body: Ancient and Contemporary Views"）一文，刊载于《女性主义研究》（*Feminist Studies*），卷8，第1期，1982年春季号。

因此，任何对精神/身体二元区分不加批判的复制，我们都应该对之重新思考，检视这个区分如何因袭陈规地生产、维系及合理化了固有的性别等级。

波伏娃理论里关于"身体"的话语建构，以及身体与"自由"的分割，没能在性别这个轴线上标示出精神与身体的二元区分，而这样的区分原本可以说明性别不对称何以会如此顽强不去。在她公开的论述里，波伏娃指出女性身体在男权中心话语里是受到标记的，而男性身体与普遍等同，不被标记。而伊利格瑞清楚地指出，标记者与被标记者都是由男权中心的意指模式所维系的，在这意指模式里，女性身体实际上被"划出"了可意指的范畴。用后黑格尔的术语来说，她被"删除"（cancelled），而不是被保留。在伊利格瑞的解读里，波伏娃所谓女人"是性别"的论点被倒转过来：女人不是指派给她的那个性别，而其实又是［而且肉身具化了（encorps）］男性这个性别，只不过是以他者性（otherness）的形态展现于世。对伊利格瑞来说，意指女性的阳具逻各斯中心模式，永远是在复制那些由于自我膨胀的欲望而生出的幻想。阳具逻各斯中心主义不但没有在语言上作出自我克制的姿态，允许女人拥有他性（alterity）或差异性（difference），反而提出了一种命名来遮蔽女性、窃据其位置。

（选自［美］朱迪斯·巴特勒《性别麻烦——女性主义与身份的颠覆》，宋素凤译，上海三联书店2009年版）

格林布莱特与《通向一种文化诗学》

经典导读

斯蒂芬·格林布莱特（Stephen Greenblatt，1943—　，又译葛林伯雷），美国著名的文学理论家和批评家，莎士比亚研究专家，也是当代西方新历史主义理论流派的泰斗。格林布莱特曾任教于美国加利福尼亚大学伯克利分校，现为哈佛大学教授。其代表作有《文艺复兴自我造型——从莫尔到莎士比亚》（1980）、《莎士比亚式的协商：文艺复兴时期英国的社会能量的流通》（1988），以及《俗世威尔——莎士比亚新传》（2004），等等。

格林布莱特1982年应《文类》（Genre）杂志约请编选一本关于文艺复兴时期文学与文论的研究论文集，他将其命名为"新历史主义"（New Historicism），该理论流派由此而得名。之后，正如路易斯·蒙特洛斯（Louis A. Montrose）所言，"新历史主义"并没能集结成一个系统的、具有权威的解释文艺复兴文本的范型，加上界定笼统、概念含混，因而影响十分有限。受到诸如此类的"批评"与"攻击"后，加上"新历史主义"内部学理矛盾的分歧，格林布莱特不得不进一步思考其理论的合法性。因此，1986年9月4日在西澳大利亚大学所作的一次演讲中，格林布莱特明确以《通向一种文化诗学》（"Towards a Poetics of Culture"）为题进行讲演，不仅将"新历史主义"再次正名为"文化诗学"①,还对"文化诗学"的理论与实践作了进一步廓清。自此,文化诗学迅速在英语国家中流行开来,并对20世纪90年代直至21世纪初期的中国文艺理论界产生深远影响。

正因如此,《通向一种文化诗学》的主题演讲便具有了"理论反思"之后的纲领性指示意义。这一演讲中,格林布莱特对自己一直从事的"新历史主义"研究重新作出了三个重要声明:一是正式将"新历史主义"正名为"文化诗学";二是将"文化诗学"明确界定为一种实践而非教义,还特别强调"它根本不是教义";三是集中讨论了关于"文化诗学"的理论实践问题。此后,文化诗学才真正挣脱了在"文化诗学—新历史主义"之间概念纠缠与左右摇摆的症结,研究者们也更愿意使用"文化诗学"这一术语来描述自己所从事的研究工作。

除如上三个"理论定位"上的廓清厘定外,《通向一种文化诗学》的价值和意义还在于:使"新历史主义"文化诗学的理论与实践,在操作路径上变得更加明晰与统一。究其核心旨意主要有如下三个方面:其一,在文学与非文学"文本"间流通往来。"新历史主义"与实证性的"旧历史主义"不同,它持一种更加"开放的态度",将文学文本与非文学文本均统一纳入"文本"中予以整体性考察,并在"文本的历史性"与"历史的文本性"这一双向"流通"与"振摆"中"对文学文本世界中的社会存在以及社会存在之于文学的影响实行双向调查","防止自己断然隔绝艺术作品、作家与读者生活之间的联系"②。因此,格林布莱特在文章中广泛涉及巴赫金的"独白话语",卢卡奇、本雅明、詹姆逊等的马克思主义美学话语,弗朗索瓦·利奥塔为代表的后结构主义话语,以及福柯、德里达为代表的解构主义话语。通过对这些后现代主义和解构主义理论话语的批判,格林布莱特不仅为超越形式主义、结构主义和新批评而由越出"历史"掉入"形式"困境的窘况找到了理论冲破口,还为文艺复兴的政治文化批评在文学与非文学"文本"的流通往来中找到了新的研究

---

① 事实上,早在1980年在《〈文艺复兴自我造型〉导论》中,格林布莱特便首次使用了"文化诗学"这一概念,认为:"这种批评的正规目标,无论有多么难以实现,应当称之为一种文化诗学。"(Stephen Greenblatt, *Reniassance Self-fashioning: From More to Shakespeare,* Chicago & London: The University of Chicago Press, 1980, pp.4-5)但当时,格林布莱特仍倾向于使用"新历史主义"这一术语,以区别"旧历史主义"。

② [美]斯蒂芬·格林布莱特:《〈文艺复兴自我造型〉导论》,赵一凡译,见中国社会科学院外国文学研究所《世界文论》编辑委员会编《文艺学和新历史主义》,社会科学文献出版社1993年版,第80页。

视点。这些文化唯物主义、文化人类学及西方马克思主义等理论话语资源,也充分表明了"新历史主义"文化诗学在理论研究中的跨学科属性。其二,将文学文本置于"历史语境"中,但其历史语境与"旧历史主义"假定的真实具体的语境不同,它是由性别、种族及阶级所决定的权力运作结构关系。[①]其三,历史与意识形态批评。受文化唯物主义与西方马克思主义批评等理论影响,格林布莱特也将"历史"作为重要的理论出发点去理解文化生产及政治和社会意识形态范畴。但与"旧历史主义"笃信历史阐释稳固的逻各斯中心主义模式不同,格林布莱特等新历史主义学家认为历史与文学同属一个符号系统,并将历史视为"文化系统"的一个系列,而文学与社会制度与实践则是这些"文化系统"的表达或表现。[②]正是在这种"文化系统"中,格林布莱特文中大量使用了"流通"(circulation)、"谈判"(negotiation)、"交换"(exchange)等名词,一方面试图解构日常生活中经济与非经济的二元对立与割裂,另一方面则竭力在文本的符号性分析解读中试图重构批评者与文本之间的"同谋"关系,进而在"谈判和交易的隐秘处"的揭示中达到一种意识形态的政治文化批评目的。

尽管相较于俄国形式主义、英美新批评及结构主义等文论流派,"新历史主义"在西方文论谱系中的影响要小得多,然而,《通向一种文化诗学》作为"新历史主义"文化诗学的一篇纲领性理论宣言,其重要性仍是不言而喻的。首先,作为对形式主义、新批评及结构主义等"形式理论"的反驳,它通过对"历史的文本性"与"文本的历史性"的强调,通过以"文本的间离性"取代"文本的自律性"进而重新实现"文学文本"与"社会存在"之间的双向调查关系,打破了文本自设的封闭的语言牢笼。其次,通过对阐释语境的理解与符号分析,也反驳了历史编撰学"历史与形式批评隔离"式的狭窄的历史资料的汇编,有效地将文本形式与历史文化在阐释语境中缝合起来。再次,在文化诗学的理论与实践分析中,广泛吸纳文化唯物主义、文化人类学、马克思主义及解构主义等理论话语,并在跨学科的意识形态权力批判中,对此后的英美文化研究形成了直接而重要的理论影响。此外,作为一种"跨文化语境"中的理论旅行,《通向一种文化诗学》作为

[①] 参见[美]伊丽莎白·福克斯-杰诺韦塞《文学批评和新历史主义的政治》,见张京媛主编《新历史主义与文学批评》,北京大学出版社1993年版,第57—59页。

[②] 参见[美]海登·怀特《评新历史主义》,见张京媛主编《新历史主义与文学批评》,北京大学出版社1993年版,第102页。

"新历史主义"流派的代表作,于20世纪90年代前后传入我国,并于90年代中后期在中国学界形成了轰动一时的社会影响。直至当下,受其启发影响,由"文化诗学在中国"到建构"中国文化诗学"①理论话语仍是我国文艺理论界探讨的一大热点话题。

—— **延伸阅读文献**

1. Stephen Greenblastt, *Renaissance Self-Fashioning: From More to Shakespeare*, Chicago: The University of Chicago Press, 1980.

2. H. Aram Veeser, *The New Historicism*, New York and London: Routledge, 1989.

3. Stephen Greenblastt, *Learning to Curse: Essays in Early Modern Culture*, New York and London: Routledge, 1990.

4. H. Aram Veeser, ed., *The New Historicism Reader*, New York and London: Routledge, 1994.

5. Claire Colebrook, *New Literary Histories: New Historicism and Contemporary Criticism*, Manchester and New York: Manchester University Press, 1997.

6. Stephen Greenblatt, *Practicing New Historicism*, Chicago: The University of Chicago Press, 2000.

7. 张京媛主编:《新历史主义与文学批评》,北京:北京大学出版社1993年版。

8. 中国社会科学院外国文学研究所《世界文论》编辑委员会编:《文艺学和新历史主义》,北京:中国社会科学出版社1993年版。

9. 王岳川:《新历史主义的文化诗学》,《北京大学学报(哲学社会科学版)》1997年第3期。

---

① 参见童庆炳《植根于现实土壤的"文化诗学"》(《文学评论》2001年第6期)、李春青《"文化诗学"的本土化与"中国文化诗学"之建构》(《文艺争鸣》2012年第4期)。

10. 童庆炳:《中西比较文论视野中的文化诗学》,《文艺研究》1999年第4期。

（李圣传 撰）

—— 原文:《通向一种文化诗学》

经典原文

通向一种文化诗学

格林布莱特 著 盛宁 译

　　几年前,《文类》(Genre) 学刊邀我编一个文艺复兴研究的专刊号,我说行。选编了一组论文,接着就得写一篇导言,实在是逼于无奈,我只好写道,这些论文体现了一种我所谓的"新历史主义"。我从不擅长杜撰这种具有广告色彩的词语;但由于种种原因——这些原因我待会将饶有兴趣地加以探讨——这个名词比我以后这些年来精心构想的其他名词都更加深入人心。实际上,在过去一年左右的时间内,我已经听说了许许多多关于"新历史主义"(由于某种原因,它在澳大利亚被称为 Neo-historicism)的谈论;有的撰文评述,有的对它攻击,一些学位论文也屡屡提及:所有这一切令我惊讶不已,头晕目眩。不管怎么说,作为这一奇特现象的当事人,我被邀请来就我目前所从事的工作从理论上说道说道。这样,我就来试一试,如果不是对新历史主义下一个定义,至少将它界定为一种实践——一种实践,而不是一种教义,因为就我而言(我应该是知情者之一),它根本不是教义。

　　文学研究中"新历史主义"的特点之一,恰恰因它(也是我自己)与文学理论的关系无法定论,从某种意义上说,它是说不清道不明的。一方面,我觉得,新历史主义与20世纪初实证论历史研究的区别,正在于它对过去几年的理论热持一种开放的态度。当然,米歇尔·福柯生前最后五六年始终待在伯克利的校园里,说得更宽泛一点,还有欧洲(尤其是法国)人类学和社会理论家们在美国的影响,都对我自己的文学批评实践的形成发生过作用。而另一方面,总的说来,历史主义的批评家一般又都不愿意加入这个或那个居主导地位的理论营垒。

　　为什么会出现这种情况,我想将自己置身于与马克思主义和后结构主义两方面的关系来对这个问题作进一步的考察。70年代时,我一直在伯克利校园中讲授诸如"马克思主义美学"一类的课程。这一经历以我大出洋相而告终。那是在70年代中期,我正在讲授这门课程,记得一名学生对我大发雷霆。现在看来，当时我的确喜欢上了那些与马克思主义有纠缠不清的关系的马克思主义者们——瓦尔特·本雅明、早期而非晚期的卢卡奇，等等。我记得有人终于按捺不住而在课堂上站起身来喊道："你要么是布尔什维克，要么是孟什维克——你总该二者取一才是！"说完"咣"的一声撞门而去。当时真让人难堪，事后我又回想一遍，觉得我没有把握说我究竟是不是一个孟什维克，但我肯定不适宜一个布尔什维克。此后，我开始讲授取名为"文化诗学"一类的课程。说实在的，对于这样一种和政治与马克思主义思想毫不相干的文学视角，我更加不安，但是，这也并没有使我不得已而求其次，就赞同支持各种见解或接受某一种哲学、政治、或宣传套话。

这样，在我看来，美国最著名的马克思主义美学理论家弗雷德里克·詹姆逊所作的重要表态就非常成问题了。我们不妨看看引自《政治潜意识》中的一个颇为雄辩的段落：

> 社会性与政治性的文化文本和与之相反的文化文本之间最容易找到的功能性区别，就变成了一种比错误还要糟糕的东西：也就是说，变成了当代生活的具体化和私有化的一个征兆，以及对这一情况的强调。这样一种区别重新肯定了公与私之间，社会和心理（或政治和诗学）之间，历史（或社会）和"个人"之间在结构、存在和观念上的差异，而这一点——即资本主义统治下社会生活的倾向性法则，正如它必然使我们从自己的言语本身中异化那样，使我们作为单个主体的存在一蹶不振，使我们对时间和变化的思考麻痹瘫痪。[①]

非社会性和非政治性的文化文本，从某种意义上说，是从在一种文化的其他方面起作用的逻辑推理性话语机制中分出的一个审美领域，这种文化文本与政治性文化文本之间的功能性区别，对詹姆逊来说，竟变成"私有化"的一种邪恶征兆。为什么"私人的"会立即进入这种区别？这一术语是指私有财产，亦即生产资料的所有制和消费形态的调节吗？若是，这种经济组织形态和政治

[①] 弗雷德里克·詹姆逊：《政治潜意识：作为一种社会性象征行为的叙述》，康奈尔大学出版社，1981年，第20页。

与诗学的功能性区别这两者之间又有什么历史关系呢？仅就印刷而言，更不用说电子传播媒介了，私人所有制的结果似乎并非"私有化"，而是一切话语的极端公有化，形成一个空前庞大的观众读者群，组成一个商业体系，这是资本主义以前的社会为组织公共话语所作的相形见绌的努力无法想象、当然更无法企及的。况且，难道不可能存在一个有别于其他公共领域的艺术公共领域吗？这样一种为财产法认可的公有领域的划分，难道不正是资本主义社会的主导实践吗？它不仅表现于电影电视业，而且由于活字排版的发明，也表现于诗歌和小说的生产。倘若政治和诗学果真不分，我们就会觉得它不那么逼人异化了吗？或者，还是这种情况，我们的国家正由一位电影演员当政，此人或出于狡猾，或出于病态，而对想象与现实之间的传统区别无动于衷，那么，我们是否又觉得它明显地令人感到自由自在了呢？

对《政治潜意识》而言，有关审美的任何界定都必须与私人的联系起来，而后者又进而与心理的、诗学的、个人的相联系，以示有别于公共的、社会的、政治的。所有这些连锁式的区分，在我看来，似乎没有一个是在哲学上，甚而在历史方面与最原初的"功能性区别"（working distinction）有关的，因此，它们都被置于使我们作为"单个主体"的存在"一蹶不振"和"麻痹瘫痪"的资本主义的门外。虽然我们从17世纪前的欧洲，从远远早于资本主义生产方式的文化形态中，就可以寻到艺术性文化话语与社会性或政治性文化话语的区别，但是詹姆逊坚持认为，这种能致人以残的力量的执行者和媒介就是资本主义。据信，在"个人"（坏的）与"单个主体"（好的）之间，隐隐约约存在着一种对立，正是使后者致残，这才造就了前者。

这一段话始终回响着喻比人类原罪的声音：我们曾经是完整的、活泼的、统一的；我们曾经是单个的主体，但不是个人，我们过去从没有与社会共同生活不一致的心理；政治和诗学原本是一回事。后来，资本主义兴起，击碎了这个光亮可人的整体性。上述神话贯穿于詹姆逊的全书，尽管在书的结尾它又按照世界末日说被重新作了安排，于是，那个整体性便不再存在于被看作永远堕落的过去，而存在于无阶级的未来，这样，一个哲学命题便诉诸一个并不存在的经验事件。而文学，作为堕落的黑暗标志，同时作为并不存在的高尚境界的幽幽灵光，就被召唤出来了。

当然，后结构主义对这种看法提出了严肃的质问，既向它的深层对立，又向它所认定的天堂式的起源或乌托邦式的、世界末日式的终结这种最根本的有机统一性提出挑战。这种挑战极大地修改了、却丝毫未能取代马克思主义的话语。詹姆逊在他的最新著作中发现，从后结构主义的视角看，他自己对失去了那些至少可以使左派确定自己的敌人并提出激进计划的"功能性区别"感到失望①，我想讨论一下詹姆逊的这部最新作，从而说明马克思主义与后结构主义之间的这种复杂的相互作用。但为了避免混乱，我想先集中讨论一下让-弗朗索瓦·利奥塔的著作。在此，与在《政治潜意识》中一样，逻辑推理性话语范畴的区分也有问题：对利奥塔来说，专用名称的存在造成了——

> 康德称之为范围、领地、领域的这些世界的共存状况——这些世界当然表示同一对象，但是它们又使这个对象成为词语世界中性质不同的（或不可比较的）期望值的界桩，它们之间不能相互转化。②

利奥塔的话语区分的参照模式是专用名称的存在。但是现在，资本主义的作用不再是标明话语领域的位置，而是相反，使这些领域分崩离析。"资本要的就是单一的语言和单一的体系，它一刻不停地提供它们。"（第55页）利奥塔用以说明资本设置单一语言——巴赫金则称之为独白话语——的主要例证就是纳粹罪犯福利森对大屠杀的否认和这一否认的背后，纳粹要消灭数以百万计的犹太人和他们所讨厌的人的企图，利奥塔将这一企图描述为"从历史和地图

---

① 詹姆逊本人并没有对他思想中的突然反复直接作出解释；他只指出，并非他的思想而是资本主义本身发生了变化。他根据厄内斯特·蒙德尔的说法，提出我们已进入后期资本主义阶段，而在这种情况下，文化生产和消费按一套完全不同的规则运作。按照后现代主义的文化逻辑，詹姆逊早先发现的令人瘫痪并带有恶意的运作区别，实际上已经消失，让位于一种既可怕又空幻的话语和感知结构。说它可怕，是因为新的后现代状态抹杀了一切地位标识——内与外、文化与社会、正统与颠覆——所有这一切使世界的划分，乃至对其权力结构进行批判成为可能。说它空幻，是因为这一新的、多民族的世界，这具有激情而非一般情感、表面铺张而非内在深刻、随意而无法解读的符号而非有意义的能指世界，暗指一种从传统历史的传统梦魇中获得的乌托邦式的解脱。对詹姆逊来说，当代建筑极好地体现了后现代的双重性，而洛杉矶的波拿文都拉旅馆则是最完美的代表。从《政治潜意识》（1981）到发表于《新左派评论》第146号（1984年7、8月合刊）第53~93页的《后现代主义，或后期资本主义的文化逻辑》一文，詹姆逊由现代向后现代的转变速度之快，实在令人吃惊，别的也不用多说了。
② J-F. 利奥塔：《辩论中的明智或马克思以后的康德》，见《表述的自由》，第37页。

上将整个姓名世界抹去"的欲望。

这里的问题是,纳粹在把那些有名有姓的人消灭的时候,似乎并没有对消灭姓名表示出特别的兴趣;相反,与大规模的屠杀运动相一致,他们保存了相当完整的记录,他们指望有一天为他们所消灭的悲惨民族文化建一座博物馆,并以此与对他们感恩戴德的世界一道来分享他们的功勋。福利森事件在本质上并不像利奥塔声称的是一种认识论上的两难境地,而是一种想把实质性的、可证明的证据祛除的举动。这个问题并不是一个伊壁鸠鲁式的悖论——"如果死亡在,你就不在;如果你在,死亡就不在;因此你无法证明死亡",而是一个历史的问题:大屠杀的证据是什么?这一证据的可靠性如何?否认或怀疑文字记载的事件有令人信服的根据吗?如果没有这样的根据,那么我们对那些企图对历史记录散布怀疑的人的动机应该作何解释呢?

利奥塔把福利森事件作为资本主义敌视姓名的例证还有一个问题:为法西斯辩护与资本主义的合一,其本身就是独白话语的一个例证,因为它把资本主义与产生并记载个人属性、与划分这些属性的范围联系在一起的各个方面都压制了。当然,我们可以争辩说,资本主义强调个性不过是虚假的,但是,我以为,理论上所谓凡人皆有个性,个性不可简约,个性因人而异,千差万别,要与它所面对的那个市场上的说法区分开来,却是相当困难的。诚如马克思所言,正是资本主义对西方世界的集体的、公共的价值观和属性发起了有力而持久的进攻。而名称正是在市场上、在与资本的流通和积累相联系的国家机构中炮制出来的。专有名称与普通名称不同,它们似乎更是财产的产物,而不是牺牲品,它们不仅与人们所具有的属性,亦即与个人占有欲的理论联系在一起,而且实际上也与人们所占有的财产① 联系在一起,早在现代社会的初期专用名称就受到强调,其目的正是为了官方注册,以便使国家对个人财产加以估算和征税。②

詹姆逊所说的资本主义、不同话语领域的执行者、私有性的媒介、心理,以及个人,与利奥塔所说的资本主义、上述领域的敌人和私有性的消灭者、心理,以及个人之间的区别,在一定程度上可以追溯到马克思主义构想和后结构

---

① 英语 property 一词兼有"特性、属性"和"财产"两义,故有此说。——译注
② 例如可以参见威廉·泰特《教区金库:英国的教区管辖机构档案研究》(剑桥大学出版社,1946)。

主义构想之间的区别。詹姆逊为了揭露一个独立的艺术领域的欺骗性，为了提倡一切话语的真实结合，从话语领域划分的虚伪性这一根本问题上发现了资本主义；而利奥塔为了提倡将一切话语进行区分，为了揭露独白话语统一性中的欺骗性，从话语领域结合的虚伪性这一根本问题上发现了资本主义。在这两种情况中，历史都充当了外加在一种理论结构上顺手捎带的轶事一样的装饰，而资本主义也不表现为西方世界里一种复杂的社会经济的发展，而只是一种邪恶的哲学原则。①

　　我认为，詹姆逊和利奥塔所提出的这个带有普遍性的问题——艺术与社会，或两种互不相通的话语实践之间的历史关系究竟是什么？——它本身并不能得到一个单一的、如詹姆逊和利奥塔所试图提供的那种圆满的理论解答。或者干脆说，这种理论上的圆满回答似乎要仰仗一种将历史矛盾化解为道德需要的乌托邦想象。问题还不在于马克思主义和后结构主义两种理论互不相容，而在于它们之中哪一种也不能把资本主义产生的明显相互矛盾的历史效应说个透彻。当然，马克思主义和后结构主义原则上都要捕捉矛盾：对于前者，矛盾是被压制的阶级冲突的代码，对于后者，它们暴露了貌似确定的逻各斯中心论的暗藏裂痕。然而在实践上，詹姆逊把资本主义当作压制性话语区分的媒介，而利奥塔则视之为独白话语一统化的媒介。这种把矛盾抹杀的做法并非偶然疏忽所致，而是理论在寻找阻遏实现其世界末日式想象的障碍过程中的逻辑结果。

　　如果资本主义不是一种一元化的恶魔式原则，而是发生在一个既无天堂式起源、也无千年至福式企盼的世界上的一种复杂的历史运动，那么，探讨资本主义文化中艺术与社会的关系，就必须同时注意到詹姆逊所谈论的功能性区别的构成和利奥塔所谈论的一统化的冲动。就其自身特点而言，资本主义既不会产生那种一切话语都能共处其中的政治制度，也不会产生那种一切话语都截然孤立或断断续续的政治制度，而只会产生一些趋于区分的冲动与趋于独白话语组织的冲动在其中同时发生作用，或至少是急速振摆，使人以为在同时作用的政治制度。

---

① 当然，我们反过来也可以争辩，正如詹姆逊实际上所做的那样，声称有两种资本主义。老牌的工业化资本主义是区别的媒介；新近的资本主义是区别的抹杀者。从资本主义阶段中发现这种或那种从理论上说并不存在于其中的倾向，通过诉诸积淀与萌现之间的区别即可得到解释。我发现这种为了挽救理论而作出的学术努力实在让人感到极端压抑。

格林布莱特与《通向一种文化诗学》

政治学家和历史学家迈克尔·罗金发表了一篇出色的文章,引起了异乎寻常的注意——不但引起一名白宫的发言撰稿人的反应,而且最近在哥伦比亚广播公司的"六十分钟"电视专题中也占了一席之地。最近,他观察到里根总统在其政治生涯的紧要关头援引他本人或其他通俗影片中道白的次数。罗金说:"总统是这样一种人,他的最富有自发性的时刻——当他说到第二次世界大战中盟军总攻日美军阵亡将士时问:'我们在哪里才能找到这些将士呢?'当他在1980年新罕布什尔首场竞选辩论会上说:'格林先生,我使用这只麦克风是付钱的。'——不但被录载保存、并摄成电影,而且,人们最终会发现,它们都是昔日电影中的道白。"[1]罗纳德·里根1964年拍摄了他在好莱坞的最后一部电影《杀手们》,但他现在在很大程度上仍继续生活在影片中,他不能或不愿把影片和外界现实区分开来。事实上,他的政治生涯一直依靠这样一种能力,把他自己和他的观众投射进一个模仿与现实无差别的境地。

白宫发言撰稿人安东尼·道伦受命对罗金的文章发表评论,他的反应很能说明问题。道伦指出:"他真正想说的是,我们大家都深深地受到一种纯美国式艺术的影响,这就是电影。"罗金其实已经论证,总统的性格"是在两个相互替代过程的汇合中产生的,一种引发出40年代冷战时期的反颠覆,并且支撑了它在80年代的新的抬头趋势,其政治矛头由针对纳粹主义变成了针对共产主义,由此而有了国家安全的局面;另一种则是由具体的自我向它的银幕幻象的心理转变"。上述政治的和心理的两种替代过程都与里根的从影生涯密切相关。但是道伦在评论中把罗金的主题改写为推崇"一种纯美国式艺术"对"我们大家"的塑造力。道伦对《纽约时报》的记者说,电影"能拔高现实而不是削弱它"。

这番陈述似乎肯定了审美与真实之间功能性区别的消解;审美不再是供我们选择的另一个领域,而是一种强调我们生活在单一的领域的手段。但是发言人接着又断言,总统"通常很相信他援引其中道白的影片"。这就是说,总统援引道白时,是承认借助于审美的,这也就承认了功能性区别的存在。当他这样做的时候,他就顾及,甚至于要人们注意他用的总统话语与他过去所参与的

---

[1] 迈克尔·罗金:《"罗纳德·里根":政治性消解独白话语中的电影和其他插曲》,加利福尼亚大学出版社,1988年。

虚构之间是有区别的；他从演员到政客的过渡在一定程度上就依靠这些区别，它们是他所代表的那个法律和经济体系的代码。资本主义的艺术审美是要求给予承认的——因此才有闪烁于银幕之上或印刷在文本之上的形形色色的产权所有的标记，然而政治舞台则断然否定自己是虚构。总统发表由安东尼·道伦或其他人代笔的演说时只字未提这个事实，这一现象似乎却没有引起任何人的注意，长期以来这已成为美国政客们的惯例。可是，如果总统从昔日影片中援引道白却不打一声招呼，那么，这就与民众有关了。他会让人觉得连想象与现实的区别也不懂，这就太令人惊讶了。

当然，白宫不是在对一个理论问题作出反应，而是针对一种暗示，即认为总统不知何故竟没有如实承认他是在引证；或换句话说，他没有意识到这一点，只是为了给人以更加强有力的印象，他故意隐瞒了这一事实。按前一个说法，他是一个梦游人，按后者，则是一个剽窃者。为避免这些言外之意，白宫发言人实在有必要求助于一种区别，以便他在被消解之前至少还能有片刻的存在。

白宫发言人的这番话说得既匆忙，又很特别，但是，把他所要表达的关于话语差别与属性的复杂的辩证法重复一遍无需深思熟虑。这种辩证法之所以有力，恰恰是因为它现在已经没有思想可言。正如詹姆逊和利奥塔的论著中所表现的那样，为了把艺术的疆域与这些疆域被颠覆区别开来，那真是一番相当大的心智努力。然而，努力的结果偏偏离开了它所希望分析的现象本身，即资本主义文化中艺术与其他话语之间的关系。因为不费吹灰之力就得到的关于艺术的两种明显矛盾的说法，正是20世纪末美国资本主义的特点，是艺术与资本关系中各种长远倾向的结果；审美与真实之间的功能性区别的确立与取消同时发生。

按照詹姆逊的思路，我们可以争辩说，确立区别是主要效果，为的是通过把幻想局限在一个私人的、非政治的领域，把我们与我们的想象分开。或者，按照利奥塔的思路，我们则可以争辩说，取消区别是主要效果，目的在于通过确立一种单一的、独白话语式的意识形态结构，而把各种差异抹杀或回避。然而，如果真要我们从中选择，那我们就会不由自主地偏离对资本主义与审美生产之间关系的分析。从16世纪股份公司组织对艺术开始产生影响直到现在，资本主义已经在确立不同话语领域与消解这些话语领域之间成功而有效地振摆。正是这种一刻不停的振摆，而不是固定在某一位置上，这才形成资本主义所独有的力量。独立的话语成分——一系列间断性的话语，或者是兼容一切话语的独白性话语——在其他社会经济体系中都可能得到充分的表述；唯独资本主义总是在两极之间令人头昏目眩地、仿佛没完没了似的流通（circulation）。

我这里使用"流通"这一术语，是受雅克·德里达著作的影响，但是，我对谈判交易实用策略的敏感，与其说有赖于后结构主义的理论，不如说受到美国政治的流通节奏的启发。问题的关键在于不仅仅是政治，而是生产和消费的整个结构——对普通生活和意识的系统组织，产生了我方才勾画的图式：疆域的确定和消解，在各具明确界限的事物与独白话语的一统天下这两极之间摆动。如果我们把目光局限于政治体制区域，我们就很容易陷入幻想，以为一切都仰仗罗纳德·里根的独特才能——如果这个字眼可行的话，以为他独自一人就产生了在包罗万象的空想和他的无中心的政府之间极为有效的穿梭摆动。这种幻想又会导致约翰·卡洛斯·罗伊所谓"人对权力的轻视"，具体表现在政治方面，就是相信关于现行美国政治的一切重述均由一人所致，而随着他的过去，一切都会过去。实际情况正好相反，罗纳德·里根正是一个更为庞大持久的美国结构的产物——不仅是一个权力、意识形态的极端和军事黩武主义的结构，而且是包括我们为自己构建的快感、娱乐、兴趣空间在内的结构，诸如我们如何提供"新闻"，我们每天从电视或电影中接受各种虚构幻想，以及我们自己创造并享用的各种娱乐活动。

我认为，这种存在于统一和区别、名称一律和各具其名、唯一真实和不同实体的无限区分之间的摆动，一句话，在利奥塔和詹姆逊所阐述的两种资本主义之间的摆动，已经形成了一种关于美国日常行为的诗学。[①]

文学批评论及艺术作品与所反映的历史事件之间的关系有一套熟悉的术语：我们称之为隐喻、象征、寓言、再现，而最常用的是模仿。这些术语各有其丰富的历史，都是绝对必要的，可是，不知怎么的，如果用它们来说明梅勒的书、爱波特的书、电视系列报道、剧本等构成的那种文化现象，它们总让人觉得又不那么合适。不仅对于当代文化现象不合适，对于过去的文化也是一样。这样，我们就需要有一些新的术语，用以描述诸如官方文件、私人文件、报章剪辑之类的材料如何由一种话语领域转移到另一种话语领域而成为审美财产。

---

① "日常行为的诗学"一语系从尤里·洛特曼处借来，参见 A. D. 纳基莫夫斯基和 A. S. 纳基莫夫斯基编《俄国文化史符号学》（康奈尔大学出版社，1985）中洛特曼一文。

我认为，若把这一过程视为单向的——从社会话语转为审美话语是一个错误，这不仅因为这里的审美话语已经完全和资本主义的经济活动捆绑在一起，而且因为这里的社会话语已经荷载着审美的能量。吉尔摩不仅明确表示，《飞越疯人院》的电影使他深受感动，而且，他的整个行为规范似乎都是由美国通俗小说、包括梅勒本人的小说所再现的种种特点铸造的。

迈克尔·巴克森多尔最近指出："艺术和社会是从两种不同的对人类经验的分类中引出的分析性观念，……是外加在相互渗透的内容之上、互不对应的体系结构。"因此，他认为，若要把两者联系起来，就必须"首先对一方进行调整以适应另一方，而且，要始终留心究竟什么样的调整才是所需要的，因为这一点正是人们所要获得知识的必要组成部分"①。我们必须承认这种调整，并找到一种测量其调整幅度的办法，只有找到所调整幅度，我们才有希望勾画出艺术与社会的关系。这一劝告至关重要，新历史主义的文化研究与建立在笃信符号和阐释过程的透明性基础之上的历史主义，其区别标志之一就是前者在方法论上的自觉意识，但这里应该作一点补充说明，这就是艺术作品本身并不是位于我们所猜想的源头的纯清火焰。相反，艺术作品本身是一系列人为操纵的产物，其中有一些是我们自己的操纵（最突出的就是有些本来根本不被看作是"艺术"的作品，只是别的什么东西——作为谢恩的赠答文字，宣传，祈祷文，等等），许多则是原作形成过程中受到的操纵。这就是说，艺术作品是一番谈判（negotiation）以后的产物，谈判的一方是一个或一群创作者，他们掌握了一套复杂的、人所公认的创作成规，另一方则是社会机制和实践。为使谈判达成协议，艺术家需要创造出一种在有意义的、互利的交易中得到承认的通货。有必要强调，这里不仅包含了占为己有的过程，也包含着交易的过程。艺术的存在总是隐含着一种回报，通常这种回报以快感和兴趣来衡量。我应该补充说，这里总要涉及社会的主宰通货——金钱和声誉。我这里用的"通货"是一个比喻，意指使一种交易成为可能的系统调节、象征过程和信贷网络。"通货"和"谈判"这两个术语就是我们的操纵和对相关系统所作调节的代码。

我觉得，晚近的理论研究在很大程度上必须置于这样一个背景下去理解：

---

① 迈克尔·巴克森多尔：《艺术，社会以及波格尔定律》，见《表征》1985年第12号，第40~41页。

即希望寻找一套新的术语去理解我已设法描述的文化现象。由于这一缘故,沃尔夫冈·伊瑟尔通过两种话语间的"能动的振荡"来描述审美维度是如何创造的;而东德的马克思主义者罗伯特·威曼则提出:

> 把某些东西占为己有的过程与把其他东西(和人)当作异己是不可分割的,因此,占为己有的行为必须被看作不仅总是已经包含了自我表现和汲取,而且也包含了通过具体化和剥夺所有权而造成的异化。

安东尼·吉登斯则提出用文本间离性的概念取代文本的自律性,这样就可以有效地把握社会生活和语言的"循环往复性"。以上种种说法,相互之间固然有重要的差别,但每一种都要避开稳定的艺术模仿论,试图重建一种能够更好地说明物质与话语间不稳定的阐释范式,而这种交流,我已经论证,正是现代审美实践的核心。为了对这种实践作出回答,当代理论必须重新选位:不是在阐释之外,而是在谈判和交易的隐秘处。

(选自张京媛主编《新历史主义与文学批评》,
北京大学出版社 1993 年版)

海登·怀特与《评新历史主义》

经典导读

海登·怀特（Hayden White，1928—2018）是美国当代著名的历史哲学家、思想史家，同时是新历史主义文学批评的重要代表，曾任斯坦福大学比较文学系教授、加利福尼亚大学圣克鲁兹分校历史系荣誉教授，其代表性著作包括《自由人文主义的出现：西欧思想史》(1966)、《历史的作用》(1968)、《论维柯》(1969)、《元史学：19世纪欧洲的历史想象》(1973)、《话语转义：文化批评论集》(1978)等。其中，《元史学》是怀特的成名作，被誉为20世纪下半叶最重要的历史哲学著作，也是当代西方历史哲学研究中语言转向的标志。

海登·怀特在新历史主义文学批评领域最重要的贡献在于其极具先锋性的"历史观"，他将"历史"视为一种语言的再现，认为过去发生的一切事件都只能以话语进行描述，这种描述是语言进行凝聚、置换及修改的产物，是对历史事件的主观重构，因而是一种叙述性散文的语言结构。怀特通过揭示历史思想的这种语言基础，试图确立其文学性质。因为传统的"历史诗学"在史学与文学的叙述话语之间设定了一个不成文的界限：历史话语是"真实的"，而诗学话语是"虚构的"，前者是后者的语境与背景，后者是前者的反映，所谓的文史相通性仅仅是修辞与个人书写话语层面的"相通"。怀特则认为，即便是历史学家，也只能在叙述形式之中、在不脱离语言的情况下把握历史，纯客观的、透明的、独立于历史学家解释倾向之外的历史是不存在的，一些学者想要把历史作为思辨的对象来建构，且历史也是在语言的运用中被叙述的，因此怀特说"这种叙述是语言凝聚、替换、象征化和某种贯穿着文本产生过程的二次修正的产物"。怀特将文学和历史在语言叙述的结点上结合了起来，或者说，通过"元历史"的构架和"话语"转义将历史编撰和文学批评结合起来，而这种"历史观"对新历史主义文学批评产生了重要影响。

如果说后结构主义联通了文学与哲学之间的沟壑，那么怀特的历史哲学则消解了文学与历史的界限；这也使得怀特从审视、评论进而被纳入新历史主义的阵营。他基于自己的理论立场为新历史主义辩护，但也不同意新历史主义批评家蒙特洛斯所强调的"历史"与"文本"相互建构的观点，试图重新澄清新历史主义的一些代表性观念，这充分体现在《评新历史主义》一文中。这篇文章除进一步阐释怀特一贯坚持的立场之外，还提出了对蒙特洛斯的"文本"与"历史"相互建构的观点的质疑。蒙特洛斯把"历史"视为不同文本之间的竞争和选择，但是在怀特看来这是一种比较危险的倾向，怀特认为"文本"与"历史"相互建构会带来理论的困境。文章中，怀特列举了这样的观点一旦抛出之后可能带来的理论难题——四个谬误，所以，怀特重申，新历史主义绝对不是"形式主义和历史方法的结合"，而是一种"文化诗学"，"新历史主义实际上是提出了一种'文化诗学'的观点，以之作为对历史序列的许多方面进行鉴别的手段"。海登·海特还认为新历史主义从"文化诗学"转向"历史诗学"，其目的是"是为了获得文学研究中的历史方法所能提供的那种知识"；而且这种转向"既是人们对'历史'本身的认识，同时是人们建构学术研究领域的方法"。在对蒙特洛斯的观点进行批评之后，怀特还梳理了当代新历史主义研究中存在的其他学者的研究特点，如文森特·佩科拉、布鲁克·托马斯、贝特西·福克斯-吉诺韦塞、弗兰克·林特利查等人的观点。与此同时，怀特在文章中还注意到，新历史主义研究文学文本与其社会文化语境的关系，这种阐释策略显然与形式主义、新批评之"文本中心主义"及"旧历史主义"对历史的保守观念相悖，它似乎既是一种所谓的"文化主义谬误"，又是一种"文本主义谬误"。然而，问题症结在于福克斯-吉诺韦塞所称谓的"历史是一种文本"这一命题。怀特认为，这种对历史研究的文本主义的强调，以及形成的不同文本理论间的矛盾，正是造成一般文化研究和文学研究领域的批评者之间冲突的症结所在。这种冲突，既反映了形式主义和旧历史主义的局限，也恰恰表明了新历史主义自身的理论创新。

海登·怀特一再宣称，一切历史必然是"文本性"的——因为历史事件"再也不能被直接感受"，这便将以往的"历时性"与"共时性"联结起来，并赋予了史学以

"诗学"品格，打破了传统的史学叙事，使各种微不足道的事件或人物在"厚描"中呈现出来。应该说，怀特的历史诗学确证了历史作品普遍存在的诗学本质，也获得了学界的较高评价。尤其是他对叙事与历史解释、叙事与人类行动、叙事与（社会经济）结构、叙事与历史实在等问题的讨论，成了当代历史哲学最为核心和前沿的关注点，他所启动的叙事的历史哲学，为传统历史哲学开辟了一个崭新的平台。怀特《评新历史主义》一文则把人们对新历史主义的认识又提升到一种历史哲学的理论层面，在经历了"新历史主义""文化诗学"的转向之后，"新历史主义"又转向了"历史诗学"。

—— 延伸阅读文献

1. H. Aram Veeser, ed., *The New Historicism*, New York and London: Routledge, 1989.
2. H. Aram Veeser, ed., *The New Historicism Reader*, New York and London: Routledge, 1994.
3. ［美］海登·怀特：《元史学：19世纪欧洲的历史想象》，陈新译，南京：译林出版社2013年版。
4. ［美］海登·怀特：《话语的转义：文化批评文集》，董立河译，郑州、北京：大象出版社、北京出版社2011年版。
5. 张京媛主编：《新历史主义与文学批评》，北京：北京大学出版社1993年版。
6. 王岳川：《海登·怀特的新历史主义理论》，《天津社会科学》1997年第3期。
7. 陈永国、朴玉明：《海登·怀特的历史诗学：转义、话语、叙事》，《外国文学》2001年第6期。
8. 彭刚：《叙事、虚构与历史——海登·怀特与当代西方历史哲学的转型》，《历史研究》2006年第3期。

（安静 撰）

—— 原文：《评新历史主义》

经典原文

评新历史主义

海登·怀特 著 陈跃红 译 程朝翔 校

新历史主义者声称,他们的目标只是恢复美国文学研究中的历史维度。从表面上看去,他们希望的似乎仅仅是通过加强对作为文学文本源起的历史语境的注意,从而对盛行的形式主义者的研究实践进行某种补充。因此,根据路易斯·蒙特洛斯的看法,新历史主义倡导的只是这样一种努力,所谓重新来考虑"那些典范的……文学和戏剧作品得以最初形成的社会——文化环境",并进而把作品置于这样一种情形中,使"它不仅与别的话语模式和类型相联系,而且也与同时代的社会制度和其他非话语性实践(non-discursive practices)相关联"。

这里似乎没有什么好批评的地方,看上去连传统文学研究者、"文化唯物论者"、"女性主义者",甚至"社会历史学者"都能够接受。但是,无论如何,在对他们的理论、方法、技巧和研究目标的精细阐述过程中,新历史主义者们还是有意无意地与文学和历史研究中占主导地位的传统发生了纠缠和冲突。

譬如,当路易斯·蒙特洛斯用相对保守的语言陈述了新历史主义者的规则以后,又继续说:"事实上,这种研究力图'重新确定'(reorient)所谓互文性(intertextuality)的重心,以一种文化系统中的共时性文本去替代那种自主的文学历史中的历时性文本……"这里,蒙特洛斯修改了新历史主义极为重要的基础和兴趣所在。首先,他认为新历史主义研究的,与其说是文学与"同时代社会制度以及其他非推论性实践"的联系,倒不如说是与某种有关的"文化系统"的联系。其次,他认为,在文学与"文化系统"的联系中,受到新历史主义者关注的中心问题不是其"历时性"方面,而是其"共时性"的一面。第三,他认定新历史主义者的理论设想是所谓"互文性重心"的"重新确定"。这里,蒙特洛斯含蓄地实现了从与一批"作品"本身联系在一起的"文学"概念,到与一个"文本"系统联系在一起的"文学"概念的转换,而他这个"文本"的说法,又基本上是立足于当代后结构主义者对文化、话语和语言的讨论。第四，具体地说，"本义"的概念在这里被明确地看作一种"第三类参照物"（tertiumcomparationis），之所以这样看，是因为可以通过它在那种较旧的、所谓"自主性文学历史"的形式主义概念与那种更新的、将文学看作"文化系统"的一种功能的历史主义观念之间进行某种调停，并且描述出两者之间的区别。这类"文化系统"的"文本"，其作用是以此来替代作为"一种自主性文学历史"的"文本"。因而，最初被作为研究文学作品与它们的社会—文化语境之间关系的一种学术兴趣却突然间被蒙特洛斯揭示为对于文学作品、文学作品的社会—文化语境以及二者之间的联系和由此造成的对于"历史"本身的一种根本性的理论上的重新阐述。所有这些，又都被视作某种"文本"的类型。

这类系统的阐述，无论在文学或者历史研究中，都是针对着传统研究的众多方面的冒犯。首先，它暗示着通过对文学文本与它们的历史语境关系的研究，就可以使文学文本重新焕发光彩。这样，新历史主义便直接冒犯了虽然已较陈旧、但仍然强大有力的新批评的形式主义信条。这里，新历史主义者表现出在文学文本研究中对比较陈旧的文学文本探讨的回归，并在此过程中犯下了新批评之所谓"本原谬误"（genetic fallacy）。其次，它暗示着这样一种可能，即在文本和语境中进行区分，这是对较新的、仍然是形式主义的后结构主义观点的冒犯。根据后结构主义理论，并不存在一个子虚乌有的所谓文本的"外部"（outside）构成，因此，新历史主义者在文本和语境之间进行区分的努力，只会导向一种所谓"参照谬误"（referential fallacy）。第三，他们这种对历史语境性质的解释方式，对一般的历史学家也是一种冒犯。因为对于新历史主义而言，这种历史语境是一种"文化系统"，而社会制度和实践，其中包括政治在内，都被解释为这个系统的功能，而不是刚好相反。因此，新历史主义似乎是以一种所谓"文化主义谬误"（culturalist fallacy）为基础，并因此而打上了历史唯心主义的烙印。第四，新历史主义对文学文本和文化系统之间关系的解释方式，对历史学家和传统的文学学者同样也是一种冒犯。这种联系在本质上被看作一种"互文"（intertextual），或者，也可以说是两种"文本"之间的关系："文学"文本是其中一个方面，而"文化"文本则是另一个方面。因此，新历史主义往往被指责为进行了双重意义上的简化：它首先把社会置于一种"文化"功能的地位，然后又进一步将文化置于"文本"的地位。所有这些综合起来，可称之为一种"文本主义谬误"（textualist fallacy）。

这样看来，新历史主义绝不是什么文学研究中的形式主义方法和历史方法的综合，恰恰相反，新历史主义表现出来的毋宁说是另一种结合的尝试，它试图把在历史研究中被"某些"历史学家看作"形式主义谬误"（"文化主义"和"文本主义"等）的东西，与在文学研究中"某些"形式主义文学理论家视为"历史主义谬误"（"本原主义"geneticism 和"指涉性"referentiality）的东西结合起来。因而，按福克斯－吉诺韦塞（Fox-Genoves）的说法——她是作为文化现象研究中真正的"历史"方法的代表人物来说这番话的——这些新历史主义者不完全强调本原主义和指涉性，他们的文化学（或"文学理论"）方法（culturalogical approach）及文本主义者（或"后结构主义者"）的偏好，使他们无法看到历史的"社会结构"和"政治"本质。

当然，真正冒犯了牛顿、托马斯、克兰切尔和佩科拉等本书所收入的"文化唯物论者"的，与其说是研究文学文本及其语境的新历史主义方法中的形式主义，还不如说是某些具体的形式主义（如：格尔茨的、德·曼的、德里达的及福柯的形式主义）。在这些批评者看来，新历史主义者的形式主义简直还够不上"唯物论"。事情似乎就是这样，新历史主义者既过于历史化，又不够历史化，既过于形式主义，又不够形式主义，而这完全取决于以何种历史或文学理论为基础来对他们加以批评。

当然，我们有许多充分的理由去批评文化、社会和特定历史时期研究中的文本主义方法，但是，以为文本主义固有一种非历史或反历史倾向的观点绝非理由之一。因为无论是把"历史"单纯视为某种"过去"及这种过去的文献记录，还是将其视为由专门的历史学家所确定下来的一批有关过去的可靠资料，都绝不会有什么单独的"历史"方法来研究这种"历史"。的确，历史研究的历史充分展示了从其他学科引进各种概念模式、分析方法和表现策略的必要，以分析人们认为一般带有历史性质的结构与过程。因此，从原则上讲，在历史研究中引进从格尔茨文化人类学、福柯话语理论、德里达和德·曼解构主义、索绪尔符号学、拉康心理分析学理论或雅各布森诗学中借鉴来的各种模式、方法和策略，也就绝不会具有任何非历史或者反历史之处了。如果你使用这些模式、方法和策略去从事研究，所得到的关于历史的看法，无疑将与那些以别的原则为基础所形成的对于历史的看法存在明显不同——例如以马克思主义辩证法或者我们曾称为"新社会历史学"（the new social history）的方法为基础所形成的看法。但是，只要这种对于历史的看法达到下述要求，那么它就仍将属于"历史的"历史：只要它是以"过去"的任一方面作为研究的对象，甚而研究这一"对象"与其复杂语境的区别，研究制约二者之间联系的变化过程的不同周期，确定控制这些过程的特殊的因果力量，并将如此划分出来以进行研究的那一部分历史描述为一个复杂的关系结构——这一复杂的关系结构既在任一既定时刻都凝聚为一体，又随着这类时刻的推移而不断发展和变化。

无疑，这种为着调整历史研究方向而进行的学术探讨，由于使用了与社会学模式不同的文化学研究模式，从而带有明显的意识形态含义。文森特·佩科拉、布鲁克·托马斯、贝特西·福克斯－吉诺韦塞、乔恩·克兰克尔和弗兰克·林特利查等人都曾对这种意识形态含义加以详细说明，虽然他们涉及新历史主义本身实际的批评实践的程度各不相同。但是，无论是对这种意识形态含义进行鉴别，还是指责它们为非历史的依据，无疑都表明了这些批评家的意识形态立场。的确，这些批评家对于新历史主义者所进行的具体批评大多是围绕着政治和伦理问题展开的。但是，我们必须说，这种在历史研究中把社会学研究置于文化学研究之上的偏好，并不能由于其对历史"事实"的求助而证明自身的合理性。确切地讲，则是因为在这两种理论方法的冲突中，争论的焦点正是这些事实的性质是什么，以及如何确定它们是有关什么的事实。

因而很明显，冒犯这些批评家的，与其说是历史研究中的文化学方法，还不如说是新历史主义者所运用的特别的文化学（culturalogy）——无论进行"厚描"（thick description），即据说是对政治现实视而不见，并且表现出保守的种族中心主义（佩科拉语）的格尔茨文化学；还是从认识论理论，将社会和文化过程简化为"话语式实践"，以政治悲观主义和伦理"利己主义"（林特利查语）为特征的福柯文化学理论；无论如何，我们仍可断定，冒犯这些批评家的正是新历史主义者在历史研究中运用的那种文化学理论。这里，症结在于格尔茨和福柯的文化学中所共有的"文本主义"，而无论这两种理论在其他方面有多少明显区别。

以文本为模式，首先建构被设想为历史研究的基本单位的文化系统，然后再来建构这个如此建构出来的基本单位的各个方面和要素，这种做法难道本来就是非历史的吗？历史研究中的任何一种分析理论，为了建构它的研究对象，都必须设定一些模型，这是基于一个很简单的理由，因为"历史"是由曾经发生在"过去"的所有事情组成，所以，为了区分哪些是"历史的"，哪些不是"历史的"，以及在这些"过去"的事情中，哪些是"有意义的"，哪些是"无意义的"，我们都需要一些所谓"第三类参照物"。福克斯－吉诺韦塞教授在批判新历史主义者的"文学理论"偏见时，曾求助于"社会结构"模式，而上述一切正是这一模式的功能。这同时像托马斯和佩科拉这样的新历史主义的"文化唯物主义"批评家所或多或少地公开求诸的"基础—上层建筑"关系模式的功能。显而易见，就新历史主义者而言，他们是利用普通语言，更具体地说是推论性语言，特别是文本化（textualized）的推论性语言来作为所谓的"第三类参照物"。如果没有这种参照物，他们既不能从事工作，也没有办法表演他们的历史研究的游戏。因此，现在仍然悬而未决的问题是，这类"文本"的概念能否合法地被用作一种可行的"第三类参照物"，并以此来说明某些特殊的历史现象；再者，假如它能被这样用作参照物，它是否能够产生出关于历史过程、结构和事件的，相对而言具有或不具有历史意义的有效认识。

　　首先，我们也许可以说，对于历史研究的每一种理论方法，都预先设定或要求有关某种历史现实的某种文本主义理论。这主要是由于这种历史的过去，如弗雷德里克·詹姆逊所说，对于研究而言，"只能通过其预先存在的各种文本化形式"来加以把握，而不管它们是以历史文件记录的形式体现出来，还是以历史学家在研究这些文件记录的基础上，对过去发生的事件所作的叙述形式体现出来。其次，这种关于过去的历史叙述本身也是基于这样一种假设，即对于过去事件的书面表达和文本化基本符合这些事件本身的真实。历史事件首先是真正发生过的，或是据信真正发生过的，但已不再可能被直接感知的事件。由于这种情况，为了将其作为思辨的对象来进行建构，它们必须被叙述，即用某种自然或技术语言来加以叙述。因此，后来对于事件所进行的分析或解释，无论这种分析或解释是思辨科学性的还是叙述性的，都总是对于预先已被叙述了的事件的分析和解释。这种叙述是语言凝聚、替换、象征化和某种贯穿着文本产生过程的二次修正的产物。只有在这个基础上，我们才能称历史为文本。

　　无疑，这只是一个比喻。但是，比起马克思和福克斯－吉诺韦塞的说法来，这个比喻就难免相形见绌。马克思说："到目前为止的一切社会的历史都是阶级斗争的历史。"[1]福克斯-吉诺韦塞则说:"历史,至少真正的历史,不可回避地带有结构的性质",至关重要的是,"历史是一种文本"。这一说法与另外一些关于历史性质的说法绝非难以协调。哪怕只是为了方法论的目的,这种说法也已经(或者至少可以)被认为是对于其他各种说法的限定。由于这样的假定,新历史主义者和后结构主义的文本主义,以及像格尔茨、福柯等人的文本主义一样,具有下述优势,即可以使历史研究的任何理论方法中的文本主义成分清晰可见,因而使之便于接受批评。除此而外,它还能使我们认识到,所谓在新历史主义者和他们的批评者之间的争议,特别是他们与那些来自一般文化研究及文学研究领域的批评者之间的冲突,实际上可以说就是不同的文本理论之间的矛盾。

值得重新一提的是,对新历史主义者而言,他们的那种历史主义所要解决的主要问题不是形式主义,而是形式主义所造成的那种文学史。这种对于文学作品的陈旧的形式主义分析,既预先设定文学相对于其历史背景的"自主性",又预先设定个别作品之间的不可比性,除非它们表现出相同的或类似的"文体风格"(Stylistic)特征。因而,文学的所谓"历史"将仅仅被解释为独特的文体风格契机的一个序列。它们中的每类"文体风格"都将被作为典范的结构而被理解和把握。但是,它们之间的联系,由于各自的独特性,从原则上讲是不确定的。如果我对蒙特洛斯的理解没有出错的话,那么,新历史主义仍在希望继续忠实于将文学史看作各种独特契机所排列成的一个序列的观念,其每一契机都被当作具有示范性结构联系的独立结构来把握,同时它还试图扩展这种示范性结构的原则,以达到对非文学文本的包容,以及对包括历史背景在内的社会制度和实践活动的包容。

所有这些运作的结果,便是形成一种将历史看作一体化"文化系统"所排列成的一个序列的观点,而文学及社会制度与实践只能被视为这些"文化系统"的表达或表现。而这些"文化系统"之间的联系,则应被视为相互确定和被确定的关系。正因为如此,蒙特洛斯认为:

---

[1] [德]马克思、[德]恩格斯:《共产党宣言》,见中共中央马克思恩格斯列宁斯大林著作编译局编译《马克思恩格斯选集》第1卷上册,人民出版社1972年版,第250页。——译注

我们可以……考虑接受这种主张，即主题化和结构化的相互依存过程都不可避免地既是社会的，又是历史的；在个人和集体相互依存的社会实践中，这类社会系统不断地被创造和再创造；集体结构既会加强也会强行抑制个人的力量；行为的可能性和模式也总是社会性地或历史性地定位的，既被限定，又进行限定。在行为者的目的与他们的行为的实际结果之间，并不存在必然的联系。

对我而言，这似乎并不存在或几乎并不存在冒犯福克斯－吉诺韦塞教授或以她为代言人的结构社会历史学家的问题。至于福克斯－吉诺韦塞主张的那种严格的历史观点，其实仍旧留有充分的余地。根据她的观点，文学文本是历史语境的作用和表达，而绝不是相反，即历史语境是文学作品的作用和表达——这正是福克斯－吉诺韦塞认定的新历史主义的观点。的确，这种"作用"或"表述"的性质至今仍然有待裁决。文学文本是否应被赋予其语境的"作用"或"表述"的特殊地位？文学文本是否具有享有特权的历史材料的特殊作用？它不仅能洞察其语境的性质，而且还能提供研究这一语境的模式？蒙特洛斯认为情形确实如此，而福克斯－吉诺韦塞不以为然。

然而，他们之间关键的争议取决于这一语境的性质问题，因为在这里，文学文本始终被看作语境的"作用"或"表述"，蒙特洛斯明确地反对下述观点，即认为文学是"超越了物质需求和兴趣变幻不定的压力和特点的自主美学秩序"。但他同时反对这样的看法，即认为文学如果不是"某种'真实'事件的消极呆滞，漫无边际的专门记录的汇集"，就只能是"经济基础的上层建筑反映"。基于福克斯－吉诺韦塞自己的言论，我可以假定，这里的一些观点她几乎可以没有什么困难地加以采用。如果文学文本只是它们的历史语境的"作用"和"表述"，这也并不是说，它们只是这种语境的"记录"和"反映"。事实上，蒙特洛斯只是为文学作品的"相对自主性"进行辩护，认为它们具有证据的地位，可以证明人类具有下述能力：他们能对文本产生的时代和地区的社会文化状况作出回答，而不只是产生反应。

能够与蒙特洛斯的主张较为切近的，是福克斯－吉诺韦塞关于"历史，至少真正的历史，不可回避地带有结构的性质"的观点。而且我认为，凯瑟琳·加拉赫（Catherine Gallagher）和斯蒂芬·格林布莱特（Stephen

Greenblatt）著作中所阐述的新历史主义的原则和实践，亦与福克斯－吉诺韦塞的上述论断颇为一致。蒙特洛斯所谓文学作品的"相对自主性"的观点得到了新历史主义的认同和辩护，这种做法甚至连马克思主义的历史学家和社会理论家也不会反对，因为对后二者而言，人类的意识、行为和包括文学在内的文化上层建筑也具有这种"相对自主性"的特征。这种"相对自主性"构成了他们历史研究的一个重要话题，并使他们得以运用"辩证"的方法来分析所有具体历史现象。假定历史现实的促进因素相对特定时期和地点中的主导结构没有"相对的自主性"，那么，这种结构就不会经历一种具体的"历史"性质的而不是一般的"自然"性质的变化。

这一切似乎意味着，如果说新历史主义仍旧保留着形式主义的残余，尽管它一直在寻求对其进行补充和修正，那么，马克思主义的历史主义也并不例外。马克思主义和新历史主义者认同这样一些认识，它们都认为在不同历史时期的文化形式和社会生产关系之间存在一种范例（paradigmatic）关系。对于左派批评家，包括"文化唯物论者"或众多的反对派批评家，包括女性主义者和人类学批评家，他们都指责新历史主义理论、方法和实践具有形式主义的、因而是非历史的性质。但这样一来，他们就否定了其自身理论、方法和实践中与新历史主义相一致的那些方面。

不过，除此而外，新历史主义还有另外一个有可能从原则上与传统的"资产阶级"历史学家及他们的马克思主义对手们分道扬镳的方面。关于这一方面，正如蒙特洛斯针对这种情况所阐述的，在于新历史主义对文学历史的横向组合性（Syntagmatic）方面的抽象概念化，同时，也在于他们由此而来的，对文化和社会历史的横向组合性方面的抽象概念化。

我们这里不妨回顾蒙特洛斯关于所谓文化系统的"'共时性'文本对自主的文学历史的'历时性'文本的替代"。我们还可以进一步回顾一下，这种替换的目的正是为下述形式主义的做法提供一种必需的历史补充：这种形式主义的做法将文学史设想为文学性的独特契机的一个历时序列。上述说法似乎非常奇怪，一般按照传统，"历时"都被认为是对现象的"历史"处理的同义语，而"共时"则被认为是对现象的一般的"非历史"处理的同义语。那么，又怎么能够通过以一种具体的"共时"方法来对其进行替代和补充，从而恢复文学史研究中这种主要是形式主义的方法的平衡呢？

这里，重新来回顾一下罗曼·雅各布森对于语言的"诗学"与"元语言"（metalinguistic）功能之间的类似和区别的著名论述，也许是不无裨益的。根据雅各布森的论述，"诗学的功能经由选择轴（即主轴）到联合轴（即横轴）体现出等值的规则"。这种等值规则因此而被视为一种构成明显的诗学序列性的模式与周期的原则方法的基础。比较而言，语言的元语言则指涉并设定一种话语被容纳在内的"符码"。而且，这种功能还"序列地运用等值单元，将同义表述给合成一个等式句"。A＝A（"母马是雌性的马"）。但是，雅各布森认为："诗歌和元语言……相互之间是截然相反的对立：在元语言中，这种序列被用来建立一个等式，而相反，在诗歌中，等式却被用来建立一种序列。"①

这种对语言的诗学和元语言功能之间关系的系统论述，可能恰恰隐藏在蒙特洛斯关于"自主的文学历史的历时性文本"与"文化系统的共时性文本"之间区别的看法之中。由此看来，乍看上去似乎是有关历史过程的"历时性"和"共时性"概念表述之间的冲突，深思熟虑之后则可以被视为涉及"历史序列性"性质的对立看法。在前一种形式主义的情况下，文学分期、作家、作品、文学思潮、风格流派等的顺列，都被用来建立一系列等式，[A＝A（"莎士比亚是经典作家"，"伊丽莎白时代的文艺复兴是英国文学的一次高峰"，"《哈姆雷特》是一部悲剧"，"华兹华斯是典范的英国浪漫主义抒情诗人"，等等）]。如此建立起来的一系列等式的解释作用都是作为历史实体（莎士比亚、华兹华斯、《哈姆雷特》、伊丽莎白时代文艺复兴）的作用，以此运用实例来具体阐释构成英国文学史符码的各个范畴（"经典作品""悲剧""文艺复兴""浪漫主义""抒情诗"，等等）。尽管在序列中，每个例证和范例都可以被看作一个独特的契机，但是，真正揭示其意义的，是它作为英国文学史的基本结构（或符码）的"作用或表述"的地位。

而后者，即新历史主义的情况却刚好相反，这样一种等式（"文学是文化生产和交流的具有相对自主性的媒介，一般讲，它的形式和功能将随着文化结构的变化而有所变化"——大意如此）被用来建构一个由相互分离的契机构成的序列，其模式虽然可以在回顾中被清晰地辨认出来，却不能从这一序列本身

---

① 见《结束语：语言学和诗学》，参看托马斯·塞比沃克所编《语言的风格》一书，剑桥：麻省理工学院出版社，1960年，第58、357页。

的任何既定契机内部提前预测出来。这并不意味着在这一序列的产生中无法辨认出任何基本结构和符码，而只是说无法求助于符码来解释组成序列的一系列等式中的具体契机的独特之处。鉴于此，一种历史序列可以被设想为两种横向联系组合过程之间复杂的相互影响关系：一类对应于雅各布森的语言模式中的"元语言"方面，另一类则对应于同一模式中的"诗学"方面。

情形看来很清楚，所有针对新历史主义的主要批评都是在这样一种假定的基础上被提出来：所谓历史序列在本质上应被理解为"符码式"而非"诗化"力量的功能。而且，这种批评的普遍依据是，新历史主义尽管同意这种假定，但是简单地错误理解了这些实际决定着历史序列的结构和过程的符码性质，并且试图从文化、文学、话语或"诗学"符码来取代更为基本的阶级、民族和性别符码。

但是，至少就我对这种理论的理解而言，新历史主义实际上提出了一种"文化诗学"的观点，并进而提出一种"历史诗学"的观点，以之作为对历史序列的许多方面进行鉴别的手段——这些方面有助于对那些居于统治地位的，例如在特定的历史时空中占优势的社会、政治、文化、心理及其他符码进行破解、修正和削弱。因而，他们尤其表现出对历史记载中的零散插曲、逸闻轶事、偶然事件、异乎寻常的外来事物、卑微甚或简直是不可思议的情形等许多方面的特别兴趣。历史的这些内容在"创造性"意义上（我不打算说是"幻想的"或"想象的"意义上）可以被视为"诗学的"，因为它们对在自己出现时占统治地位的社会组织形式、政治支配和服从的结构，以及文化符码等的规则、规律和原则表现出逃避、超脱、抵触、破坏和对立。在这方面，它们可以说是类似于诗学语言，尽管诗学语言对语法或逻辑规则可能有所抵触，但它不仅具有意义，而且还总是隐而不露地对在这一语言进行表述的时候占据统治地位的语言表达典范规则提出挑战。历史的"诗学"方面并不是历史的唯一内容，同样，有证据证明，历史也绝非没有它本身充满着带有逻辑性质，而并非诗学性质的过程。比较合理的解释应当如维柯在他的《新科学》中指出的，历史"逻辑"的"诗学"性质绝不亚于它的"语法"性质。

大凡人文和社会科学研究的既定领域里的研究者，譬如社会学、经济学、政治学、语言学或文学的研究者，无论出于种种复杂的原因，或者运用各种复杂的方式，往往都会主动去与历史发生关联。当他们这样做的时候，通常是到历史中去寻找有关他们感兴趣的那些特殊对象的信息材料，具体的内容则往往由他们的专业学科所决定，例如社会结构、经济活动、政治制度、语言运用和文学创作。不过情形常常是这样，一个既定学科的研究者之所以求助于历史，并不是为了获得有关其具体研究对象的资料，而是为了获取研究其专门对象的具体"历史"方法据说可以提供的那种知识。在这种情形下，他们就不得不对"历史"的属性提出特殊的要求，譬如，将历史简单地视为"过去"，过去的文献记录，或者经历史学家确认的关于过去的可靠材料；甚而也就必须阐明那种所谓特别的"历史方法"是什么意思，因为他们正是运用这种方法去处理那些属于他们自己专业的特殊对象。因而，新历史主义者注定要进行双重的冒险：首先，他们必定要冒犯专业的历史学家和研究者，这一类人在人文科学领域受过专门训练，并把"历史"作为自己专业的兴趣对象。其次，他们还将冒犯另一类在自己专业领域内进行研究的研究者，这类人或者有他们自己关于"历史"构成的看法，或者认为用于其他领域（包括历史领域）的方法绝对无法对付他们自己特殊的研究对象。

这便是新历史主义者的实际处境。正如在本书中所明确体现出来的，新历史主义者之所以转向历史，不是为了寻找他们所研究的那种文学材料，而是为了获得文学研究中的历史方法所能提供的那种知识。不管怎么说，到现在为止，新历史主义所已经发现的是，根本就不存在历史研究中的特定的历史方法这种东西；存在的只是多种多样的历史方法——在目前的意识形态领域里，有多少立场观点便会有多少这些方法。事实上，在任何专业研究中采用历史方法，便要求有或者隐含着一种独特的历史哲学。而说到底，这样一种历史哲学既是人们对"历史"本身的认识，也是人们建构学术研究领域的方法。

（选自［美］海登·海特《评新历史主义》，陈跃红译，程朝翔校，见张京媛主编《新历史主义与文学批评》，北京大学出版社1993年版）

利奥塔与《后现代状态：关于知识的报告》

经典导读

  让－弗朗索瓦·利奥塔（Jean-François Lyotard，1924—1998，又译利奥塔尔），当代法国著名哲学家、后现代思潮理论家，巴黎第八大学和美国加利福尼亚大学厄湾分校哲学教授。利奥塔是后现代话语最具代表性的人物，也是当代法国后结构主义哲学的重要代表。他的哲学提供了一种不同于传统政治思想的选择，或者说，提供了一种对传统政治思想的批判，意在提醒人们在面对总体化时注意差异的重要性，鼓励人们站在差异一边行动，反对普遍标准和价值的不公正运用。利奥塔于1950年至1952年在法属阿尔及利亚的君士坦丁一所中学担任哲学教师，1955年成为激进团体"社会主义或野蛮"的阿尔及利亚分支的领导成员，并对法国占领阿尔及利亚持批判态度。1958年获得法国大学与中学教师头衔，1971年获文学博士学位。利奥塔曾在中学任教10年，在高等教育机构供职20年，在"社会主义或野蛮"及之后的"工人权力"团体从事了12年的理论和实践工作。1998年因患癌症而去世。主要理论著作有《现象学》（1954）、《话语、形象及利比多经济学》（1974）、《后现代状态：关于知识的报告》（1979，简称《后现代状态》）、《争论》（1984）、《给后人的后现代解释》（1986）、《非人道》（1988）和《政治性文字》（1993）等。《后现代状态》一书曾在20世纪80年代初引起西方哲学界有关后现代主义问题的深入论争，至今仍被认为是研究这一课题的关键作品之一。

《后现代状态：关于知识的报告》一书本来是应魁北克省大学理事会的要求撰写的一份临时性"知识报告"，因此被称为"应景"之作。然而，它对后现代理论工作者产生了巨大影响。在此书中，利奥塔主要围绕着科学话语和科学知识中叙事的功能这一问题展开论述，在危机背景下考察了后现代社会的"知识状态"。其实，他对科学知识及其方法本身兴趣不大，更关注它们获得正当性或要求得到合法性所采取的形式。利奥塔认为现代科学的特点是排斥或压抑建立于叙事之上的合法性形式。他对叙事知识的定义得益于人类学对原始社会的描述。在原始社会里，叙事的功能体现在对特定人群中谁有讲话的权利、谁有听讲的义务的明确规定中。

在《后现代状态》中，利奥塔试图以语言应用学的观念与方法解释第二次世界大战之后的资本主义变异和危机症状。与其他几种后现代主义理论阐释不同，利奥塔没有像丹尼尔·贝尔那样从社会系统论角度去说明后工业社会的"文化矛盾"和信仰危机，也不像哈贝马斯那样提出"晚期资本主义合法化危机"而企图重建理性的交流活动理论，更不同于詹姆逊将后现代文化生产印合于资本主义经济逻辑的整体论思维——他从语言资质及其运用规则的差异着手，深入论证作为西方文明维系网络与认知基础的原话语的衰败销蚀，以及因此产生的"叙事危机"与知识非合法化局面。这种强调知识"不可通约"和开放变动"语言游戏"的后结构主义观念，虽然同西方马克思主义、新保守主义思潮对后现代主义的解释多有冲突矛盾，但作为重要的一派给这场论争提供了新的动力与机会，其后现代主义哲学话语对西方文学及其批评理论影响颇大，还曾经掀起一场关于"艺术表征危机"的讨论。

利奥塔认为，自然科学从18世纪以来一直试图与正当性抗争，并力图摆脱它。用他的话说，"科学知识语用学的古典观念"要求一种迥然不同的授权结构。基于此，科学知识构筑于指定的、共同认可的真理之上；它和语言与构成社会联系的语言使用相分离。它的主要"语言游戏"——这是利奥塔从维特根斯坦的著作中借用的术语——是指示性的，而非叙事性的。科学语言竭力同叙事的语言游戏抗衡，认为后者与愚昧、野蛮、偏见、迷信，与意识形态相关联。利奥塔认为，这就是科学必然回归叙事的要旨所在，因为科学工作最终只有借助叙事才能获得权威和目的。科学求助的两种主要叙事为政治叙事和哲学叙事。其中之一与欧洲启蒙运动相联系，在法国革命的理想中得以体现，是人类从奴隶制度和阶级压迫中逐步解放出来的叙事。科学作为知识的表述理应在这一过程中起主要作用，因为知识一旦被所有人掌握，将有助于绝对自由的实现。在他看来，所有的局部叙事——无论某一科学发现的叙事还是某个人成长、教育的叙事——均以回应和确证人类解放或纯自我意识精神的实现这一宏大叙事的方式来获得各自的意义。由此利奥塔提出了他所乐意承认的悖论：科学知识在一个层面上构筑于对叙事的压抑和排斥之上，因而注定在一个更高的层面上依靠一种使之获得正当性的叙事，一种"元叙事"，或"宏大叙事"。科学知识既无法认识也无法揭示这一点：它是真正的知识，而无需向被其排除在知识范畴之外的叙事性知识求助。没有叙事这一依靠，科学知识就要预设自己的有效性，向自己所诅咒的东西俯首称臣：回避问题，依靠偏见行事。显然，利奥塔在此谈的是两类迥然不同的叙事，一类似乎包括抒情诗、吟唱、闲谈及仪式化表演，另一类则具有人们常说的叙事的特征——有因果联系的一系列活动依时间展开，并且向结局方向行进。

  利奥塔对科学知识所作分析的最重要部分与其对当代社会状况的论述相关联。他认为第二次世界大战以来发生的事情是，无可挽回地浪费这些宏大叙事的力量，来为科学工作提供正当性的框架。利奥塔所说的"对元叙事的怀疑"给科学造成的影响是科学丧失了与那些元叙事有关的合法性。因科学在获得绝对自由和绝对认识的缓慢进程中所起的作用，它不再被认为是有价值的和必要的。利奥塔预测，科学最终将支配一个具有"完美信息"的世界；到那时一切知识在原则上将为每个人所利用，从而不可能将新知识的要求置于发现新事实之上。利奥塔宣称，在这个假定的"完美信息"条件下，在科学游戏中采取新步骤的唯一途径是将那些信息重新排列成不同的、无法预测的方式。正是那些想象的突破展现出动摇或更新科学知识范式的前景。在当代思想中，利奥塔的论述是崇高意志最具实力的例子之一；它与德勒兹和福柯的著作一道，揭示了从形而上思维的时代性谬见转向纯粹差异的"游牧式"无管制自由的可能性。事实上，利奥塔的建议正是以这种无节制的方式被解读的，其读者多为从事文学批评或文化分析的人士。利奥塔关于科学的论点缺乏对细节的研究，而其读者又倾向于使他的分析从一个领域——科学知识领域——滑向其他多个领域，这一点确实使人感到相当不安。利奥塔描绘了一幅科学分解为相对主义的狂乱状态的图画，其中的唯一目标是愉快地挣脱陈腐范式的束缚，将操作性程序踩在脚下，以便寻找不合逻辑的奇异形式。然而，问题并非如此。如果说纯科学的某些形式——显而易见的例子是数学和理论物理——旨在探索认识现实的不同思维结构，那么，这在总体上仍然受到推理、一致性与可论证真理的对应性等种种模式的约束。否则，为什么任何一个假设新粒子或新势能存在的人会不辞辛劳地筹集资金，或深掘地层，或在极地的冰层下进行复杂的实验，或建造巨大的粒子加速器，以便证实它们的存在。

与后现代争论中的许多文本一样，《后现代状态》一书被视为当代世界学术知识和学术机构状况的一种隐喻。现代世界废除了证明普遍历史或绝对认识的基点，利奥塔对知识分子在其中的地位表达了悲观看法。在某种意义上，对后现代状态的诊断是对知识分子的最终无用性的诊断；但尽管如此，他还是为知识分子提供了一种分析性补救方法。《后现代状态》使科学家成为真正的先锋派"反面英雄"。科学家借助自己在系统内部开展知识游击战的能力，将深奥的、不稳定的运动导入权威语言——游戏内部。虽然利奥塔的"知识报告"是就科学而言的，但这本书坚定地将科学与资本主义和帝国主义的负面关联分离开来，将科学重塑为一种依自身条件而存在的艺术或哲学。正如阿克塞尔·霍内斯和肯尼思·利所指出的，利奥塔最终将处于后现代性影响之下的社会视为实质上是美学的——其组合成分不是权力，而是叙事、语言和性本能结构。这一策略使利奥塔能够和他的追随者们一起，对稳定性进行光荣的、形似性悖理的攻击。于是他悲叹学术机构的可怕无效性的分析最终不仅给予知识分子一种这场斗争中的中心地位，从而带来多样性的微观政治诉求，而且通过将后现代社会领域转变为一种美学领域，给人一种对其进行分析性控制的幻觉。

尽管利奥塔在语言学、心理分析、伦理学等领域均有著述，但正是这部篇幅不大的著作确立了他在英语国家的知名度。虽然后现代主义的术语已不再是学界讨论的热点，但它仍然是我们理解学术研究范式转型的重要理论资源。弗雷德里克·詹姆逊在《后现代状态》英译本序言中说，这一著作的巨大影响基于这样一个事实：首先，它是政治、经济、美学等不同领域种种争论交汇的"十字路口"。其次，这或许还与影响力的逆向螺旋作用有关：利奥塔对后现代状态特点的概括在合法性力量方面较多地得益于美国人——如依哈博·哈桑等——提出的后现代观念，而更为专业的文化——美学叙事又将他的概括作为正当性源泉加以利用。该书在英语国家中专业读者群的偏移可从英译本所增加的补遗中看到：利奥塔的讨论从后现代性转向了对文化后现代主义的定义。如今，后现代早已成为我们学术研究和观察分析问题的重要视角，甚至就是我们当下的语境。

—— 延伸阅读文献

1. Jean-François Lyotard, *The Postmodern Condition: A Report on Knowledge*, Minneapolis, MN: University of Minnesota Press, 1984.

2. ［法］让－弗朗索瓦·利奥塔尔：《后现代状态：关于知识的报告》，车槿山译，南京：南京大学出版社2011年版。

3. ［法］让－弗朗索瓦·利奥塔：《非人——时间漫谈》，罗国祥译，北京：商务印书馆2000年版。

4. ［法］让－弗朗索瓦·利奥塔：《话语，图形》，谢晶译，上海：上海人民出版社2012年版。

5. ［法］让－弗朗索瓦·利奥塔：《后现代道德》，莫伟民等译，上海：学林出版社2000年版。

6. ［法］让－弗·利奥塔等：《后现代主义》，赵一凡等译，北京：社会科学文献出版社1999年版。

7. ［法］让－弗朗索瓦·利奥塔：《后现代性与公正游戏——利奥塔访谈、书信录》，谈瀛洲译，上海：上海人民出版社1997年版。

8. 陈志良、余乃中：《利奥塔后现代叙事的四大悖论》，《江苏社会科学》2008年第1期。

9. 莫伟民：《试析利奥塔的后现代道德思想》，《天津社会科学》2007年第6期。

10. 周慧：《利奥塔的差异哲学：法则、事件、形式》，重庆：重庆大学出版社2012年版。

（范玉刚　撰）

—— 原文：《后现代状态：关于知识的报告》（节选）

经典原文

后现代状态：关于知识的报告（节选）①

利奥塔 著　赵一凡 译

■ 导语

本书研究的对象是有关最发达社会里的知识状态。我决定以后现代一词表述这种状态。该词目前在美洲大陆的社会学家和批评家中间颇为流行，人们用它来指示我们眼下的文化处境：历经19世纪末以来的多重变革，从科学、文学到艺术的游戏规则均已改换。本书试将上述变革置于叙事危机的范围内加以考察。

科学始终同叙事发生冲突。依照科学的标准来衡量，大部分叙事不过是寓言传说。但是，科学除了在陈述有用常规和追求真理方面可以不受限制，它仍然不得不证明自己游戏规则的合法性。于是它便制造出有关自身地位的合法化话语，即一种被叫作哲学的话语。我将使用现代一词来指示所有这一类科学：它们依赖上述元话语来证明自己合法，而那些元话语又明确地援引某种宏伟叙事，诸如精神辩证法、意义阐释学、理性或劳动主体的解放，或财富创造的理论。例如，按照理性的双方可以达成一致意见这一观念来判断，具有真理价值的陈述在陈述者和倾听者之间导致共识的规律便能够成立：这就是启蒙叙事，在这类叙事中，知识英雄总是朝着理想的伦理－政治终端——宇宙的和谐迈进。从此例可以看出，如果利用暗含着一种历史哲学的元话语去证明知识的合法性，随之引起的疑问便将是有关那些支配社会制约关系的机制的合法性，它们本身也需要合法化证明。因而正义同真理一样都受到宏伟叙事的关照保护。

用极简要的话说，我将后现代定义为针对元叙事的怀疑态度。这种不信任

---

① 这里节选的是《后现代状态：关于知识的报告》一书中的导语、第8节和第10节，以便读者窥见其中知识合法化问题的变化动向。——本书编者注

态度无疑是科学进步的产物,而科学进步反过来又预设了这种怀疑态度。与合法化叙事构造瓦解的趋势相呼应,目前最突出的危机正发生在思辨哲学领域,以及向来依赖于它的大学研究部门。叙事功能正在失去它的运转部件,包括它伟岸的英雄主角、巨大的险情、壮阔的航程及其远大目标。它逐渐消散在各种叙事语言因素的迷乱星云里,其中掺杂着叙事、指示、命令、描述等成分,而每一星云又依照它自身独有的语用学规律进行旋转。我们大家都生活在众多星云的交接面上。然而,我们无需建立稳固的语言组合,已建立的组合体制也不一定发挥交流作用。

未来的社会因此将不大可能落入牛顿式人类学的规范(诸如结构主义或系统理论),反而会遵循一种语言粒子应用学的规律。语言游戏层出不穷——具有多种成分的异质生成性质。它们只能导致机制的分解——即局部决定论。

但是,决策人物企图按照输出/输入原理来管辖那些社会性语言星云,他们所追随的逻辑是:所有的语言因素都可以通约,因而整体也是能够被决定的。他们对我们的生活进行计量分配以促进权力的增长。不论在社会正义还是在科学真理问题上,这种权力的合法化都同样地建立在优化系统操作——即效益的基础上。将这一标准运用到我们全部的语言游戏中,必定会带来某种恐怖裁决,它或软或硬,迫使语言要么将自己操作化(可通约),要么自行消亡。

极限操作逻辑当然常常自相抵触,尤其是在社会经济领域内引起矛盾:它同时要求较少量劳动(以降低生产成本)和较多工作(为减轻失业人口的社会负担)。可我们的怀疑态度如此强烈,以致我们现在不再像马克思当年那样,期待着从成堆的矛盾反常中升腾起拯救之光。

尽管如此,后现代状态不等于幻灭,正如它不等于对非合法化的盲目肯定那样。元叙事衰亡之后,合法性将在何处安身?操作标准属于技术范畴,它同真理或正义的判断无关。合法性是否如于尔根·哈贝马斯所说,将会在经过讨论而得出的一致意见中出现?这种意见的同一性违背了语言游戏的异变性,而创造发明总是起源于争辩分歧。后现代知识并非仅仅是权威手中的工具;它增强我们对于差异的敏感,促进我们对不同通约事物的宽容能力。它的原则不是专家的同一推理,而是发明家的谬误推理。

这里的问题是:一种社会制约的合法化,一个公正的社会是否能依照类似于科学活动的反论形式建立起来?而这一反论又是什么?

以下的文本是一篇应时之作。它作为对最发达社会中知识状态的报告，应魁北克省大学理事会主席之请向该会宣读。我在此感谢主席先生允许发表报告的盛情。

需要补充一点，即本报告的作者是哲学家而非技术专家。后者知道他懂得哪些事物和不懂得哪些事物，前者却做不到。于是人们下结论——说原因是两种极不相同的语言游戏。我在此把它们混为一谈，结果便是无一完满成功。

可哲学家至少能自我安慰地设想，本报告的基础成分，即有关某种合法化的哲学和伦理－政治学话语讲的形式与应用分析，今后终归会降临人世。到那时，这份报告便可作为一种社会学角度的前导说明，既缩短详尽分析的篇幅，同时设定了它的范围。

为此，我将报告题献给巴黎第八大学哲学理工学院——在这高等学府穷途末路的后现代时期，该学院正可以开创新起点。

■ 叙事功能与知识合法化

如今，合法化问题已经不再被当作科学语言游戏的一项失败。更为精确的说法是，它作为问题已将自己合法化了，就是说，它已变为一种启发式推动力量。但这种首尾颠倒的处理方式仅仅是最近的事。在它落入这一步之前（即某些人称作实在论的阶段），科学知识曾经寻求过其他解答方案。值得注意的是，科学在一个长时间内不得不求助于公开或隐蔽的叙事知识程序，以解决自己的问题。

叙事知识以这种或那种形式返回到非叙事知识中的动向，不应被认为过眼烟云，一去不返。请看这一赤裸证据：每当科学家有所"发现"，应邀发表电视讲演或接受报刊记者采访时，他们都干了些什么？他们追述一部知识的史诗，而这史诗毫无史诗味。他们按照叙事游戏的规则玩弄科学，而叙事的影响不但明显作用于电视观众，也左右着科学家自身的情绪。这一事实既不琐碎，也不是附加的花絮：它直接涉及科学知识同"通俗"知识（或者说是它的残余物）之间的关系。国家花费巨资让科学像史诗那样公开上演：这意味着国家本身合法建立在史诗之上，而国家则要利用史诗获取决策者们所需要的公众赞同。①

可以设想，向叙事回归是一种必然动向。至少科学语言游戏在追求真理性陈述的同时，没有方法和能力来使得它们的真理依靠自身证明自己合法。假如确实如此，就有必要承认，历史自有一种不可缩减的需要，这需要不像前面所认为的——只是为了记忆和表达（即历史性和叙事口吻的需要），恰恰相反，历史的这种需要是忘却。

我们正在超过自己。但在前进途中我们应当牢记，有关合法化问题的那些明显被废弃的陈旧解决方案在原则上并未过时，仅仅是在表述方面失败了。如果发现它们以其他形式延续至今，我们也不必惊讶。难道我们自己此时此刻不也正痛感有必要在西方建立一种科学知识话语，以便澄清它的暧昧地位？

科学的时新语言游戏将其合法化问题置于先河初开之处——柏拉图。这里不便对柏拉图的《文艺对话集》作详细解释，但科学语用学正是在这本书里开始起步，当时它一半被当作明晰主题，一半是含蓄的假定。这种对话游戏，加上它特殊的规定，实际上凝聚了科学语用学的精髓，并包括了研究和教学两种功能。我们从中重新见到部分前面已列举的同类规则：如争辩的目的是达至共识；指谓的统一性保证一致同意的可能；对话参与者相互平等；甚至非直接地认可对话为一种游戏，而不有关命运前途，因为那些拒绝接受规则的人（或因懦弱或因粗鲁）都已被排除出圈。②

余下的事实是，即使我们承认游戏具有科学性质，有关它本身合法性的问题也肯定存在于对话提出的问题之中。与此有关的一项著名例证见于《理想国》第六、七两章，并由于它从一开始即将合法化问题同社会政治权威相连，这例证更显得重要。如人皆知，书中答案，至少是部分答案，是以一种叙事形式出现的——即采用穴居时代的寓言形式，追述古人是怎样又为何渴望着叙事，同时忽略了知识的辨认的。因此，知识本来是建立在它牺牲自我的叙事基础之上的。

更有甚者，这种合法化努力或柏拉图对话正是凭借它自身的形式推动叙事

---

① 关于科学家的意识形态，参见《幸存》（Survivre）杂志第9期（1971），后重印于尧伯和列维-勒布隆编《科学的（自我）批判》，第51页往后。该书尾附有索引，列举各杂志和团体争论科学如何从属于国家制度的情况。
② 维克多·哥德施密特：《柏拉图的对话》，巴黎：法国大学出版社，1947年。

发展的：每篇对话都套用一种科学研讨的叙事方式。辩论的记载文中表白多于报告，陈述多于叙述这一特征在此无关宗旨①，因而文体更近似于悲剧而不大像史诗。事实说明，开创科学先河的柏拉图式话语自身就不科学，这恰恰反映在它力图证明科学合法这一焦点上。科学知识不可能知道或让人知道它是真理性知识，除非它求助于另一种知识即叙事知识，但从科学知识的眼光看，叙事知识根本就不算知识。不向叙事知识求援，科学便处于一种假定自己合法的位置，并屈从于它所谴责的毛病：易招非议，依赖偏见。然而，若把叙事当作自己的权威，科学岂不也会落入同样的圈套？

这里不能细致说明叙事在科学中通过后者的合法化话语再度复兴的经过，这一复兴过程包括但又不局限于那些宏伟的古代、中世纪和经典哲学。一场无尽的折磨。即使是笛卡儿这样信念坚定的哲学家，也只能通过瓦莱里所谓的心灵说来证明科学的合法②，或在别处以教育小说形式进行这一论证——他那本《方法谈》作用大致如此。亚里士多德无疑是众多哲人里最具现代意识的一个，他区分了推理和思辨，即将科学陈述必须遵循的规则同它们在有关存在的话语中寻求合法性的努力分离开来。他更为现代的建议是将科学知识（包括它假装要表现指谓的存在含义这一点）仅仅看作争论和证据——或者说辩证法的构成。③

伴随现代科学发展，合法化问题中出现了两个新特征。首先，科学超越了对第一证据或先验权威的思辨追求，将它简化为对如下问题的回答："你如何证明你的证据？"或者更笼统些："由谁来决定真理的条件？"人们已承认真理的条件或科学游戏的规则是游戏内部所固有的，它们只能在具有明了科学性质的有限辩论范围内加以确立，而且除去专家们自己就此达成的共识之外，没有其他任何证据能说明这些规则的合法有效。

以一类专究真理条件的话语来限定一类话语的条件这种现代癖性，是与第二个特征一道出现的。这就是叙事（通俗）文化重获尊严，它已表现在文艺

---

① 这里的叙事学术语借用了热奈特《修辞学》第3卷中的先例。
② 保尔·瓦莱里：《达·芬奇方法引论》（1894），巴黎：加利玛出版社，1957年。英文本见杰克逊·马修斯编《保尔·瓦莱里全集》，普林斯顿：普林斯顿大学出版社，1956—1975年，第8卷。
③ 彼埃尔·奥本克：《亚里士多德的存在问题》，巴黎：法国大学出版社，1962年。

复兴人道主义和各种启蒙思想支系之中,譬如"狂飙突进运动"、德国唯心主义哲学,以及法国历史学派。叙事不再是合法化过程中偶然的失误。在知识困境中转向求助于叙事的明显趋势,是与资产阶级要求从传统权威下争取解放的潮流同时发生的。叙事知识在西方发起一场暴动,以便解决新权威的合法化问题。在此叙事复杂化形势下,合法性命题便自然而然地征求一位英雄的名义并以它作为自己的反应:谁有权利来决定社会问题?谁是规定准则并强制遵守的主体?

这种追究社会政治合法性的方式与新的科学态度紧密相连:英雄的名字是人民,而合法性标志即人民的赞同,他们制定准则的模式则是评议。进步的概念是这一认识的必要延伸。它仅仅表现设想中知识不断积累的运动——不过这一运动至此已扩展到社会政治新主题。人民争辩何为正义与非正义,一如科学共同体讨论真理与谬误;他们积累民政法律的进程伴随着科学家对科学法则的搜集;如同科学家发展新的"范式"以便鉴于新知去改造研究规则,人民也不断完善自己求得意见同一的章程。①

很明显,这里由"人民"表达的含义是同传统叙事知识的观念完全不同的。如我们所见,新含义要求确立评议机制,它无需积累进程,也不自命具有普遍意义。这些实际上都是科学知识的操作成分。因而可以毫不奇怪地认为,用"人民"论证的合法化新程序的表征概念必将与此同时积极卷入对人民的传统知识的摧毁。单从少数种族或潜在的分离运动最终免不了传播蒙昧主义这一角度看,上述摧毁正在进行中。②

我们还可以见出,这一必要地抽象化了的人民主体的现实存在(它之所以抽象是因为它特别地依照知识主体的范式建立起来),有赖于专门立法机构的动作:那个主体被假定在其中行使评议和决定权,而这又包容集中了国家全部或部分的意见。于是国家问题从此便同科学知识的问题密不可分了。

然而也很明显的是,这一相互纠结是多方面的。"人民"(民族,甚至整个

---

① 彼埃尔·杜尔姆:《论物理学理论的观念发展:柏拉图到伽利略》,巴黎:赫尔曼公司,1908年;亚历山大·柯耶尔:《伽利略研究》,巴黎:赫尔曼公司,1940年;托马斯·库恩:《科学革命的结构》,芝加哥:芝加哥大学出版社,1962年。
② 米歇尔·德·赛多、多米尼克·茱莉亚、雅克·拉威尔:《语言的政治学:法国革命与方言》,巴黎:加利玛出版社,1975年。

人类），尤其是他们的政治机构，并不满足于认知——他们要的是立法。就是说，他们制定具有规范地位的命令。① 因此他们发挥的语言资质不但有关指示性陈述（它专司真理的择定），而且包括命令性陈述，后者自命有权判断正义。如前所述，叙事知识的特征及我们对它了解的基础，正是在于它结合了上述两种语言资质，不用说它拥有的其他资质了。

我们所讨论的合法化模式（它将叙事作为知识合法性重新引入其中），因此而能够循着两条途径发展，看它分别代表的是认知主体还是实用主体，是知识英雄还是自由英雄。由于有了这一选择可能，非但合法化的固有含义产生变动，而且清楚地暴露出叙事本身无法充分地描述合法化意义。

■ 非合法化

在当代社会与文化——后工业社会和后现代文化——中②，知识的合法化问题被以不同的术语加以系统阐述。但无论它应用何种整合模式，也不管它采取的是思辨型叙事或解放型叙事，宏伟叙事总归已经失去了它的可信性质。

叙事的衰落可以被看作第二次世界大战以来技术与技术科学全面繁荣的结果，这种繁荣导致从行为目的向行为方式重心转移；叙事的衰落也可以被看作高度自由化了的资本主义历经20世纪30年代至60年代凯恩斯学说掩护之下的退却而重新设置自身的后果，这一更新消除了共产主义替换方案，并维持了个人的物质享受与各类服务业。

但是按这种逻辑去寻求变化的原因，我们在任何时候都注定要失望。就算我们选用上述假设性理论中的某一种，依然需要具体地说明变革趋向之间的相关联系，以及阐释有关思辨型和解放型宏伟叙事日益丧失其统一的合法化力量的原因。

当然可以认为，有关资本主义的更新昌盛，以及技术的转向发展现象，都

---

① 有关命令性法则和规范之间的差异，参见 G. 卡林诺斯基《元语言与逻辑》一文，载《研究集刊》第48期，尤班诺大学，1975年。
② 伊哈布·哈桑曾列举后现代主义的科学特征，见其文《文化，不确定性与内在性：后现代的界限》，载《人文与社会》第1期，1978年，第51~85页。

可能会影响知识本身的状态。但是为了理解当代科学何以能够早在变革之前便遭受到这种影响，我们必须首先找出"非合法化"的起始因素①，以及植根于19世纪宏伟叙事中的虚无主义胚胎。

首先，思辨机制与知识之间有一种含混的关系。它表明知识之所以名副其实，仅仅因为它依靠具有合法化作用的第二级话语（即自律性）来引用自己的陈述，借此重复地派生知识（"自我提升"或扬弃过程）。这等于直截了当地说，指示性话语虽立足于一种肯定指谓（如一个生命机体、一项化学性能、一种物理现象，等等），它确实不知道自己以为知道的东西是什么。实证科学并不是一种知识形式。而思辨专以压制排斥为生。黑格尔式思辨因此而含有对实证知识的某种怀疑，这是黑格尔本人承认的事实。②

未能使自己合法化的科学就不是科学。如若它用以证明自身合法的话语看上去属于一种前科学的知识形式，或者类似一种"粗俗"话语，那它就会被贬降到最低等级，即意识形态或权力工具的地位。这种贬值不断地发生，只要那些由话语谴责为经验的科学游戏规则应用于科学本身。

以思辨性陈述为例："一项科学的陈述，只有当它能够在普遍性发生过程中获得成立时，才可称之为知识。"问题是该陈述本身是否如它所定义的那样是一种知识呢？那只有看它能否在普遍性发生过程中获得成立了。它能做到这一点，因为它只需要假设这一过程真的存在着。如此的假设，实际上正是思辨性语言游戏不可缺少的前提。如果没有它，合法化语言便不再合法；它还将伴随科学一道，头朝下地跌入胡说八道，至少用理想主义的字眼来说是这样。

但如此的假设也能从完全不同的含义上加以理解，这便带领我们趋向后现代文化了：我们可以在不违背前面所持观念的条件下说：这一假设限定了一套人们开展思辨性游戏时必须接受的规则。③这番评价首先设想，我们可以承认"实证"科学代表了知识的普遍模式，其次我们将其语言理解为表达某些形式性与

---

① 克劳斯·缪勒曾经使用"非合法化过程"的说法，参见克劳斯·缪勒《交流政治家》，纽约：牛津大学出版社，1973年，第164页。
② "怀疑之路……绝望……和虚无的道路"，黑格尔在《精神现象学》前言里曾以这样的句子描述思辨发展对自然知识的冲击。
③ 为避免阻碍此题的说明，我已将它收入一篇稍晚的论文《作为语言游戏的思辨性话语分析》，载《牛津文学评论》第4卷第3期，1981年，第59~67页。

公理性预设的工具。这恰好是尼采的所为,尽管他使用了不同术语,以便在当时说明"欧洲虚无主义"从科学的真理需求中产生,却被反过来对抗它自己。①

从尼采那里引发出一种洞察性思想,它至少在此方面距离语言游戏概念不远。我们现在拥有了一项非合法化过程,它是由合法化本身的需求所推动的。科学知识的"危机"征兆自 19 世纪末以来不断增多,但它并非出自科学偶然的增长发达,后者本身是技术进步和资本主义扩张的结果。相反,它体现了知识合法性原则的内部销蚀。这种销蚀正在思辨性游戏中悄悄进行,而为了放松无所不包的知识巨网以便让每门科学最终定位,思辨游戏实际上对它们放任自流了。

各门科学领地间的传统分界线因此而成为问题——学科规则消失,各科的交叉重叠现象出现了,从中又生成新的学术领域。知识的思辨性等级制度让位给一种看上去像是内在的、平面的研究区域网络,而它们的边界总是处于变动之中。原有的系科分裂成各式各样的研究所和基金会,大学也随之失掉思辨合法化功能。一旦被剥夺了科研的责任(它已为思辨叙事所窒息),大学便把工作限制在传输被认为是可靠的知识方面,并通过教学保障教师的复制,而不是造就研究者。这正是尼采发现并加以谴责的那种状况。②

这种内在的销蚀力量,对于另一种合法化程序,即起源于启蒙运动的解放构想来说,发挥了不亚于它的思辨性话语中的瓦解作用。但在这里它触及了不同的侧面。解放合法化叙事的与众不同特征是它将科学和真理的合法化建立在那些涉及伦理、社会与政治实践的对话者的自治基础上。如我们已见,该合法化形式有着很直接的问题,即含带认知价值的指示性陈述与含带实用价值的命令性陈述之间的差异至关重要,因而属于资质的差异。没有任何理由能证明,如若某个描述真实情景的陈述是真理,那么根据它建立起来的命令性陈述(其后果必然是对真实的修饰)就随后代表了公正。

试以一扇关闭的门为例。在"门关着"和"打开门"之间并不存在命题逻辑上的后果联系。两个陈述分别属于用以限定不同资质的两套独立规则。这里,将理性区分为认知的(或理论的)一方和实用的一方,其后果便是攻击科

---

① 尼采:《欧洲虚无主义》《虚无主义:一种常态》《虚无主义批判》《论规划》,见《尼采批评文献全集》第 7 卷,第 1、2 部分(1887—1889),柏林:格吕塔公司,1970 年。对它们作专门评论的有 K. 于济克《兰策·海德原稿里的尼采》(巴黎第八大学哲学系存打印稿)。
② 《论我们的教育机构的未来》,见《尼采全集》第 3 卷,伦敦:福勒斯公司,1991 年。

学话语的合法化。对此，只需非直接地揭示出，这只是一种拥有它自己规则的语言游戏（康德所论的知识先决条件已对此提供了最早透露），而这种语言游戏并不具有监督实践性游戏（由此也不应包括美学游戏）的天然权利。因而科学游戏被置于和其他游戏同等的地位。

假如稍稍地对此"非合法化"进行推论，假若相对地扩展它的范围（就像维特根斯坦所做的那样，或者以马丁·布伯和伊曼纽尔·利维纳斯这类思想家的方式）①，便可开通一条道路去阐明后现代性的一项重要趋势：科学玩它自己的游戏，它不再能证明其他语言游戏合法。比如，命令性游戏即已不受其管辖。然而最关键的是，科学不能够像思辨过去假设的那样来证明自己合法了。

社会主体看来正在语言游戏的扩散中瓦解自己。社会制约网是语言性质的，但它并非仅由一根线索织成的。它至少是由两种（在现实中数量不限）各自遵循不同规则的语言游戏交织而成的。维特根斯坦写道："我们的语言可看作是一座古城：一片迷蒙中的小街和广场，它们由新旧不齐的房舍组成，不少是经过历代增修的旧房；老城之外环绕着大片新的街区，其间布满笔直整齐的街道和规范统一的建筑。"②为了彻底说明这一复合整体论——或者说是知识元话语授权产生的整合理论——无法加以应用，他继而以传统的诡辩推理方式拷问这座语言的"城市"："在它开始变成一座城市之前需要拥有多少房屋和街道？"③

新语言附加于旧语言，这便形成了老城之外的郊区："化学方程式与微积分的标志说"④。35年后我们能在这份清单上加写如下内容：机器语言、游戏理论图谱、音乐标码的新系统、逻辑的非指示性形式坐标系统（时态逻辑、伦理逻辑与形式逻辑）、遗传密码语言、音位学结构图示，等等。

对上述分解我们可以形成一种悲观的印象：如今无人能够运用所有这些语言，人们也不再拥有普遍通用的元语言，而那项系统－主体工程业已失败，解放目标同科学毫无关系，我们全都陷入这种或那种知识的相对主义之中，渊博

---

① 马丁·布伯：《我和你》，柏林：舒肯公司，1922年；《对话的生命》，苏黎世：缪勒公司，1947年。伊曼纽尔·利维纳斯：《整体与无限》，海牙：尼兹霍夫公司，1961年；《马丁·布伯与认识论》，载《20世纪哲学》，斯图加特：克尔海默公司，1963年。
② 维特根斯坦：《哲学的调查》，1953年，第18节，第8节。
③ 维特根斯坦：《哲学的调查》，1953年，第18节，第8节。
④ 维特根斯坦：《哲学的调查》，1953年，第18节，第8节。

的学者变成了科学家，科研任务日益细碎的分割致使无人能够把握全部。① 思辨或人文哲学被迫放弃了它的合法化职责②，这说明为何科学只要一冒称具有如此功能便陷入危机境地，以及为何它被降低到逻辑系统或思想史研究的水平，在那里它才可能现实地出让这种功能。③

世纪末的维也纳正是由于这种悲观主义而变成了断奶婴儿：不仅缪塞尔、克劳斯、霍夫曼施塔尔、鲁斯、勋伯格与布洛赫这样的艺术家如此，连马赫和维特根斯坦等哲学家也走上这条道路。④ 他们将有关非合法化的意识及其理论与艺术责任尽可能地加以推进。如今我们可以说这一悼亡过程已经完成，没有必要再重来一遍。维特根斯坦的力量在于他没有选择维也纳学派所发展的实证观念⑤，而是在其语言游戏调查中概要提出了一种不以操作性为基础的合法化思想。这便是后现代世界的全部意义。如今大多数人已失去对于消亡的叙事的眷念，但这不表明他们随后将倒退回野蛮状态。此时拯救他们的是这种认识，即合法化只能产生于他们自己的语言实践与交流冲突活动。对于任何向人们证明现实主义严谨性的信仰，科学都将会"笑歪自己的胡子"⑥。

（据［法］让－弗·利奥塔等《后现代主义》，赵一凡等译，社会科学文献出版社1999年版校录）

---

① 例见 A. 尧伯与 J. M. 列维－勒布隆编《科学的（自我）批判》（巴黎：奈耶尔公司，1973）中《研究中的泰罗制》一节，第291~293页。尤见 D. J. 普拉斯的《小科学与大科学》（纽约：哥伦比亚大学出版社，1963）一书，该书强调少数高产科学家与大批低产研究者的对立，后者以前者的平方数字增长，致使高产研究者实际上每隔20年才有所添加。普拉斯由此得出结论：科学作为社会团体是"不民主的"，而"优异科学家"的产生需要"初级"同类100年的积累。
② J. T. 德桑蒂：《论科学与哲学的传统关系》，载《沉默的哲学：或科学哲学批判》，巴黎：索耶尔公司，1975年。
③ 学院派哲学作为人文科学之一的重新界定在此具有超出简单专业考虑的意义。我不认为作为合法化替身的哲学将注定要消亡，但它若不改变它与大学科研机构的联系，它将不能展开工作，至少无法推进它。关于此点可见《哲学理工学院规划》绪言（巴黎第八大学哲学系存打印件，1979）。
④ 见艾伦·詹尼克与斯蒂芬·图尔明《维特根斯坦的维也纳》，纽约：西蒙与舒斯特公司，1973年，以及 J. 彼尔编《维也纳在世纪开端》，载《批评》杂志，1975年，第339~340页。
⑤ 见于尔根·哈贝马斯《教条主义、理性与决策——论科学化文明中的理论与实践》（1963），载《理论与实践》，德文第4版节选本，约翰·韦尔托英译，波士顿：灯塔出版社，1971年。
⑥ "科学笑歪了胡子"原为缪塞尔《无品格的人》第1卷第72节的标题。该题曾由 J. 布韦尔赛在其评论《主体问题》中引述并加以讨论。

斯图亚特·霍尔与《文化研究：两种范式》

经典导读

斯图亚特·霍尔（Stuart Hall，1932—2014），英国文化研究的杰出代表之一，当代文化研究之父、英国社会学教授、文化理论家、媒体理论家、文化研究批评家、思想家，终身致力于媒介和大众文化的研究，并取得卓越成就，他开启了学术研究政治化的先河，与雷蒙·威廉斯、理查·霍加特并称为伯明翰学派的代表人物。1951年，霍尔享受罗氏奖学金到英国牛津大学学习并取得文学硕士学位，从20世纪50年代开始参与创办两份重要左派刊物《大学和左派评论》及《新左派评论》，1958年，担任《新左派评论》编辑，后成为第一任主编。1964—1979年，接受霍加特邀请任英国伯明翰大学"当代文化研究中心"（Center for Contemporary Cultural Studies，简称CCCS）主任助理，后成为主任。1968—1979年间实际主持CCCS工作，被誉为伯明翰学派的精神领袖。1979—1997年任英国开放大学社会学系教授。主要代表作有《电视讨论中的编码和译码》《文化研究：两种范式》《"意识形态"的再发现：媒介研究中被压抑者的回归》《意识形态与传播理论》《文化身份与族裔散居》《文化、传媒与"意识形态"效果》《结构"大众"笔记》《文化、传媒、语言》等。

《文化研究：两种范式》是斯图亚特·霍尔论述文化研究方法的经典文献。

该文以"什么必须是文化研究的核心问题"为线索，论及文化研究早期阶段的两种研究范式即文化主义和结构主义及其思想遗产，并对它们的意义和局限性作了评述。在文献中，霍尔首先对"文化研究"的兴起进行了回顾，描述了在文化研究当中起作用的两种原创性范式。首先，从霍加特的《文化素养的用途》、威廉斯的《文化与社会》、汤普森的《英国工人阶级的形成》三部书的原创性价值谈起。在开篇霍尔曾指出，思想史的"断裂"具有生成性价值，并以此切入"文化研究"的历史维度，指出上述三部书极富时代意义，在这些思想传统之间构造了一个间隙，正是在这个间隙之中，文化研究伴随其他事物得以脱颖而出——它们都是富有原创性和构建性的文本，从而回应了文化研究的初衷。由此，文化研究开创了新的研究范式——早期的文化主义。霍尔指出："文化研究的体制化过程——最先依托在伯明翰当代文化研究中心，随后出现在有广泛来源和地域的课程和出版物当中——及其独特的收获和失误，均属于20世纪60年代及随后的时代。"霍尔指出，将"学术工作的政治"置于"文化研究"的核心地位，这始终是其不可或缺的政治维度——对现实问题的关注。

如何做"文化研究"？第一种方法是将"文化"与一些现成的描述联系起来，通过这些描述，社会各界可以理解和反映他们的共通经验。这种定义虽然继承了文化研究早期对"理念"的强调，却对它进行了彻底的重写。"文化"这一概念本身已被民主化和社会化了。它不再是由那些"一直被认为和被说成是最好的"、被认为是文明巅峰的东西构成；而在其早期的意义上，那种完美的理念是人所共盼的。甚至连"艺术"——在早期理论框架中也被委任以优越地位，并作为文明最高价值的试金石——现在也仅被重新限定为一般社会过程中的一种特殊方式：意义的给予和获取，由此改写了"文化"的内涵，它就是"日常的"文化。第二种方法则意在突出人类学意义，着重强调"文化"与各类社会实践相关的那一方面。以此来看，"文化是一种整体的生活方式"这一略显简单化的定义已有点过于抽象了。

雷蒙·威廉斯给文化概念的这个方面赋予了更多"记录性的"——即带有描述性甚至民族志色彩的术语含义。正是在对"文化"的一些相互论战中，他们阐明了自己对"文化"的理解，对文化研究是什么和文化研究应该干什么进行重新界定。用一种由各种相互影响、但并不均衡的决定性力量所构成的更为积极的场域观念，去替代那种对经济基础和上层建筑的简单化表述，反对"经济决定论"的定义。威廉斯围绕"文化"这一概念，将定义和生活方式这两个方面融聚在一起。汤普森则围绕"经验"这一概念，将意识和存在条件这两种因素融合在一起。威廉斯把"对经验的各种定义"完全吸收进"生活方式"当中，将二者都放进持久而真实的一般物质实践当中来思考，旨在消除"文化"与"非文化"的所有差别。汤普森有时在较为普通的意识意义上使用"经验"概念，将它当作人们"把握"、传达或歪曲既定生存条件和生活原生态的集体方式；有时又将这一概念用作"亲历"的范围，相当于"条件"和"文化"之间的过渡领域；有时又用作各种客观条件本身——对应于那些具体的意识模式。两人的观点均倾向于从关系结构是如何被"亲历"和"体验"的方面来解读，归根结底，人们在何处、以何种方式体验、描述并回应他们的生活条件，有非常重要的意义。对汤普森来说，它阐明了为什么每一种生产方式也是一种文化，阶级间的每一场斗争为什么永远也是文化模式之间的斗争；而对威廉斯来说，它就是"文化分析"从根本上应该关注的内容。所有不同的实践在"经验"中相互交叉；不同的实践在"文化"之内相互作用——即使建立在一种不均衡的、相互决定的基础之上。这种对文化总体性——即整体历史过程——的感觉会否决对这些实例和要素进行区分的任何努力。文化主义通常承认各种不同实践——"文化"的独特性不能被"经济"同化和混同，但它缺乏确立这种独特性的充分的理论方法。

　　文化研究中的"文化主义"脉络，随着"结构主义"在学术界的到来被打断了。在文化研究的结构主义时期，结构主义的介入活动往往围绕着对"意识形态"概念的阐释方面："意识形态"符合更为严格的马克思主义路线，而"文化"概念在这一点上没那么明显。霍尔指出，目前所犯的普遍错误是把结构主义事业仅仅简缩为阿尔都塞的影响，以及受他的思想介入所激发而出现的所有事情——"意识形态"在他那里起着根源性而不是调节性的作用——从而忽略了列维－斯特劳斯的重要性。霍尔认为，文化主义者和结构主义者都以同样的方式认为迄今被界定为"上层建筑"的各种领域具有一种特殊性和功效性，有一种构成性的优先性，后者促使他们超越了"经济基础"和"上层建筑"的指涉范围。尽管文化主义和结构主义在某些方面有明显的重叠，但从根本上看两者完全对立。在文化主义当中，经验就是特定的场地——"亲历的"领域，意识和产生意识的条件在其中相互交叉；而结构主义则强调"经验"不能被定义为任何东西的场所，因为人们只能在各种文化范畴、分类和框架之中并通过它们去"感受"和体验自身的生存条件。

　　文化研究的这些"主导范式"中任何一种范式的发展，都产生了许多分支，但并不存在一个可以完全囊括这些分支的空间。无论文化主义还是结构主义，都不足以将文化研究构造成一个有明确概念和充分理论根据的领域。结构主义的巨大活力在于对"各种决定性条件"的强调;结构主义不仅重视抽象的必要性,将其看作移用"各种真实关系"的思想工具,还认为在马克思的著作中就存在一种运转于不同抽象层面之间的连续而复杂的思维运动,尤其是"整体"的概念。其活力还源于它对"经验"的去中心化,源于对"意识形态"这一被忽视范畴的原创性阐释。

斯图亚特·霍尔的著作植根于早期新左派的传统,受到 E. P. 汤普森和雷蒙·威廉斯等先驱者的影响,并通过整合安东尼奥·葛兰西和路易·阿尔都塞的思想,使文化马克思主义的传统朝着后现代主义、后结构主义、女权主义和多元文化主义的方向发展。在《文化研究:两种范式》这文中,霍尔阐述了文化研究相互影响、相互交织的概貌和追求多学科、跨学科和反体制的理想,及其对现实的关怀。可以说,霍尔在"文化研究"的兴盛与扩张中始终扮演精神领袖的角色。正是霍尔在从霍加特手中接过 CCCS 主任的接力棒后,完成了文化研究的"文化主义"和"结构主义"范式整合,在其卓越的组织下,文化研究成果和方法在英语世界和欧洲大陆产生巨大影响;正是霍尔在离开伯明翰大学前往开放大学后,召集"大众传播与社会""大众文化"等课程小组,使文化研究成为一种可传授和可训练的方法。霍尔在伯明翰大学当代文化研究中心的工作,开辟了学院政治的一个典范,即通过对知识场域的重构,为社会注入一种激进思想的活力,这一学院政治的理念与实验方式随着 CCCS 影响的扩散启发了一代包括中国学者在内的知识分子,在一定范围内改造了知识生产方式,激发了大学面向当代社会的介入与批判活力。

延伸阅读文献

1. [英]斯图亚特·霍尔、[英]保罗·杜盖伊编著:《文化身份问题研究》,庞璃译,顾璇校,开封:河南大学出版社 2010 年版。
2. [英]斯图亚特·霍尔、[英]托尼·杰斐逊编:《通过仪式抵抗:战后英国的青年亚文化》,孟登迎、胡疆锋、王蕙译,北京:中国青年出版社 2015 年版。
3. [英]斯图亚特·霍尔:《多元文化问题的三个层面与内在张力》,李庆本译,《江西社会科学》2007 年第 3 期。
4. 邹威华:《斯图亚特·霍尔的文化理论研究》,北京:中国社会科学出版社 2014 年版。

5. 武桂杰:《霍尔与文化研究》,北京:中央编译出版社2009年版。

6. 黄卓越:《文化研究:追忆与讨论——在伦敦访斯图亚特·霍尔》,《西北师大学报》2007年第5期。

7. 金惠敏:《听霍尔说英国文化研究——斯图亚特·霍尔访谈记》,《首都师范大学学报(社会科学版)》2006年第5期。

8. [美]丹尼斯·德沃金:《斯图亚特·霍尔与英国马克思主义》,《学海》2011年第1期。

9. 邹威华、伏珊、秦仕武:《国外斯图亚特·霍尔思想研究透视》,《电子科技大学学报(社科版)》2010年第5期。

10. James Procter, *Stuart Hall,* London and New York: Routledge, 2004.

(范玉刚 撰)

—— 原文:《文化研究:两种范式》

经典原文

文化研究：两种范式

斯图亚特·霍尔 著　孟登迎 译

　　严肃的、富有批判性的学术工作（intellectual work）既没有"绝对的开端"，也鲜有完整的连续性。无论思想史（history of ideas）当中钟爱的那种对"传统"的无限扩展，还是阿尔都塞主义者曾经偏爱的那种将思想（thought）标注为"正确"或"错误"要素的"认识论断裂"的绝对论，都做不到这一点。相反，我们看到的是一种凌乱而明显的发展不均衡性。最值得关注的是那些有重大意义的断裂——那些陈旧的思路在这里被打断，那些陈旧的思想格局（constellations）被替代，围绕一套不同的前提和主题，新旧两方面的各种因素被重新组合起来。一个问题架构（problematic）的变化，明显转变了所提问题的本质、提问题的方式和问题可能获得充分回答的方式。理论视角上的这些转变，不但反映出内在的学术工作所产生的结果，而且反映出真实的历史发展和变化被纳入思想的方式及其为思想提供的存在条件——并不确保思想的"正确"，而为思想提供最根本的倾向。正是由于思想与反映在社会思想范畴当中的历史现实之间的这种复杂的接合（articulation），以及"权力"与"知识"之间持续的辩证法（continuous dialectic），才使得这些断裂具有了记载价值。

　　文化研究作为一种独特的问题架构，兴起于20世纪50年代中叶那样一个历史时刻。当然，与文化研究相关的一些具体的问题，已经不是第一次被摆上桌面了。事实正好相反。两本有助于考察这一新领域的著作——理查德·霍加特（Richard Hoggart）的《文化素养的用途》（Uses of Literacy）和雷蒙·威廉斯（Raymond Williams）的《文化与社会》（Culture and Society）——都是以不同方式（在某种程度上）重新探讨这些问题的成果。霍加特的书参考了"文化论战"的内容，始终坚持那些有关"大众社会"的论断，以及那种认同利维斯（F. R. Leavis）和《细读》（Scrutiny）的研究传统。而《文化与社会》则重构了一种悠久的传统，威廉斯将其简要界定为：包含了"一种对我们社会、经济和政治生活中出现的各种变化的众多重要而连续反应的记录",并提供了"一种可以帮助人们探求这些变化之本质的特殊地图"①。初看起来,这些书好像只是参照第二次世界大战以后的世界来对这些早先涉及的问题所作的更新而已。但回顾历史来看,这两部著作同自己置身于其中的思想传统的"决裂",似乎比它们对于这些思想传统的继承和延续更为重要。《文化素养的用途》开始以强烈的"实践批评"精神去"阅读"工人阶级文化,寻求那些在工人阶级文化模式和安排之中所显现的价值和意义:好像它们就是某种"文本"。但是,将这种方法运用于对生活文化(living culture)的研究,同时抛弃"文化论战"中对高级文化/低级文化进行两极区分的种种措辞,才是一个真正彻底的开端。《文化与社会》在同一个方向上构成了一种传统(即这个"文化与社会"的传统),限定了它的"一贯性"(不是依据普通的立场而是依据其特有的问题关注和探寻习惯),它自身对这一传统作出了独特的现代贡献——同时写就了它的墓志铭。雷蒙·威廉斯随后写出的著作《漫长的革命》明确指出:这种"文化与社会"的思考模式要想得到完善和发展,只有转移到别处——即转向一种有重大差别的分析方式——才能进行。《漫长的革命》当中的一些表述的难点——试图依靠一种在思维习惯上带有极端经验主义和个别主义的(particularist)传统,来对其使用的种种概念的经验"厚度"及其展开论证的归纳过程进行"理论化阐释"——在一定程度上就源于这种继续向前推进(move on)的决心[威廉斯的著作,一直到新近出版的《政治与文学》(Politics and Letters),还分明体现着其一直坚持的发展主义(developmentalism)]。《漫长的革命》所呈现出的"优"点和"缺"点,均缘于它作为"断裂性"著作的特定状况。这种看法可以同样适用于 E. P. 汤普森(E. P. Thompson)的《英国工人阶级的形成》(*Making of the English Working Class*)一书;尽管从时间上看它出现得要晚一些,但显然也属于这一"历史时刻"。这本书的"思考"也限于某些特殊的历史传统——如英国马克思主义史学、经济学和"劳动"史——之中。但是,在突出文化、意识和经验问题的地方及其对能动性(agency)的强调中,这部书也与某种技术进化论(technological evolutionism)、经济还原论(reductive economism)和组织决定

---

① Raymond Williams, *Culture and Society: 1780–1950*, London: Penguin Books, 1963, p.16.

论（organizational determinism）构成了根本性的决裂。

这三部书在这些思想传统之间构造了一个间隙（caesura），正是从这个间隙之中，"文化研究"伴随其他事物得以脱颖而出。这三部书无疑都是富有原创性和构建性的（formative）文本。它们绝不是那些为了建立一种新的学术分支学科（sub-discipline）而撰写的"教科书"：在它们原本的动机中压根就没有这种想法。无论它们关注的是历史，还是当代，都关注其成书时所处的时代和社会的现实压力，通过这些压力组织写作内容并对其构成回应。它们不仅严肃看待"文化"——将其看作要充分理解古今历史变迁必不可缺的一个维度，而且，它们自身也具有《文化与社会》意义上的"文化性"（cultural）。它们迫使读者们去关注以下命题："文化这一词所浓缩的是由历史巨变直接引发的种种问题，工业、民主和阶级方面的变革都以自身的方式呈现了这些变迁，艺术上发生的变革也是对这些变迁的密切回应。"① 这是一个事关20世纪六七十年代，也事关19世纪六七十年代的问题。或许应该指出，这一思想路线大体上接近于早期新左派所谓的"议程"（agenda），这些作家在某种意义上属于新左派，他们的著作也是如此。这种联系从一开始就将"学术工作的政治"毫不含糊地置于文化研究的核心地位——幸运的是，文化研究从来也没有、也决不能放弃这种关注。从深层意义上看，《文化与社会》中的"澄清各种阐释"（settling of accounts）、《漫长的革命》的第一部分、霍加特对工人阶级文化诸多方面极度扎实而具体的研究、汤普森对1790—1830年代的大众文化构成及大众传统的重建，都构成了它们之间的断裂，并为开展一种新的研究和实践领域辟出了空间。就学术的担当和关注点来看，这是"重建"（re-founding）文化研究的时刻——如果曾经发生过这种事情的话。文化研究的体制化过程——最先依托伯明翰当代文化研究中心，随后出现在有广泛来源和地域的课程和出版物当中——及其独特的收获和失误，均属于20世纪60年代及随后的时代。

"文化"是这种会聚的场所。但在这一整套著作当中，产生了哪些对这个核心概念的定义？而且，由于这种思想路线已经从根本上塑造了文化研究的形态，并且体现了最具构建性的本土或"本国"传统，那么它的诸多关注点和概

---

① *Culture and Society: 1780—1950*, p.16.

念是围绕何种空间统一起来的？事实上，我们在这里找不到一种对"文化"的单一的、没有问题的定义。这个概念依然是非常复杂的——是一个会聚了各种关切（利益）的场所，而不是一个在逻辑上或概念上可以阐明的观念。这种"丰富性"是此领域充满持续紧张和困难的一个区域。因此，简单概括一下使得这个概念抵达目前这种（不）确定性[(in)-determinacy]状态的那些独特的侧重点，或许更有意义。（随后的这些描述必然是粗糙的、过分简单化的、综合的而不是细致分析的。）这里只讨论两个主要的问题架构。

从雷蒙·威廉斯《漫长的革命》的许多提示性的表述中，我们可以引申出两种对"文化"进行概念化表述（conceptualize）的不同方法。第一种方法是将"文化"与一些现成的描述联系起来，通过这些描述社会各界可以理解和反映他们的共通（common）经验。这种定义虽然继承了早期对"理念"（idea）的强调，却对它进行了彻底的重写。"文化"这一概念本身已被民主化和社会化了。它不再是由那些"一直被认为和被说成是最好的"、被认为是文明巅峰的东西构成的；而在其早期的意义上，那种完美的理念是人所共盼的。甚至连"艺术"——在早期理论框架中也被委任以优越地位，并作为文明最高价值的试金石——现在也仅仅被重新限定为一般社会过程中的一种特殊方式：意义的给予和获取，"共通"意义的缓慢发展——共通"文化"在这一特定意义上也就是"日常的"文化（借用雷蒙·威廉斯最早为了让他的基本观点更易理解而用的一个标题）。假如连文学著作中最高级、最精粹的描述也只是"创造惯例和制度的一般过程的构成要素——在此过程中那些被共同体所尊重的意义得以共享并变得富有活力"①，那么，此过程就肯定无法与历史进程中的其他诸种实践相脱离、相区别或分开："因为我们看事情的方式确切地说就是我们的生活方式，交流的过程实际上就是共同体的运作过程：分享各种共通的意义、共通的行为和目标；提供、接受和比较各种新意义，促成张力以实现成长和变革。"②因此，若从这一思路理解，对这些描述的交流也不能被置于其他事物之外并与之进行外在比较。"如果艺术是社会的一小部分，那么就不存在一个游离于社会之外、以我们提问的方式得承认其优先性的牢固的整体。艺

---

① Raymond Williams, *The Long Revolution*, London: Chatto & Windus, 1961, p.55.
② Raymond Williams, *The Long Revolution*, p.55.

术作为一种活动，必然关涉生产、贸易、政治和家庭养育等事宜。要充分考察这些关系，我们就必须主动去研究它们，把所有活动都视为显现人类活力（human energy）的独特的当代形式。"

如果说第一种观点是在"理念"范围内运用并复活"文化"这一术语的含义（connotation），那么第二种观点则意在突出人类学意义，着重强调"文化"与各类社会实践（social practices）相关的那一方面。从第二种观点来看，"文化是一种整体的生活方式"这一略显简单化的定义，已经有点过于抽象了。雷蒙·威廉斯给文化概念的这个方面赋予了更多"记录性的"——即带有描述性甚至民族志色彩的（ethnographic）——术语含义。但是在我看来，较早的定义似乎更为重要，因为"生活方式"已被包融其中了。争论的要害在于，是以各种因素之间活跃而牢固的关系为依据，还是以各种通常脱离社会的社会实践为依据。在这种语境当中，"关于文化的理论"被定义为"对整个生活方式中各个因素之间关系的研究"。"文化"不是一种实践（practice），也不是对社会中的"民风习俗"的总体简单描述——似乎趋近于成为某种人类学。它贯穿了所有的社会实践，是它们相互之间关系的总括。随后的问题就是研究对象和解决问题的方法。"文化"是那些组织模式，是那些可被视为显现人类自身活力的独特形式，这些方式存在于所有社会实践之中或以之为基础，具有某些"无法意料的同一性、对应性"和"无法意料的非连续性"。[①] 因此，对文化的分析就是要"努力去揭示作为这些关系复合体（complex）的组织形式的本质"。这种分析开始于对"某类独特事物的各种展现形态的揭示"。在艺术、生产、贸易、政治和家庭养育这些被看成各自孤立的活动当中，人们无法发现这些形态，但通过"研究存在于某个特殊范例中的普遍的组织形式"则可以发现它们。[②] 人们必须分析性地研究"这些形态之间的关系"。分析的目的就是理解，所有这些实践和展现形态之间的相互作用，在一个特定时代是如何被人们当作一个整体来经历和体验的。这就是它要分析的"情感结构"。

如果我们理解了威廉斯所要表述的问题，理解了他试图要避开的陷阱，就更容易看出他要达到的目的，更容易看出他走上这种思路的原因。了解

[①] Raymond Williams, *The Long Revolution*, p.63.

[②] Raymond Williams, *The Long Revolution*, p.61.

这一点是十分必要的，因为《漫长的革命》（像雷蒙·威廉斯的许多著作一样）与那些可替换的立场进行着潜在的甚至"无声的"对话，而这些立场并不总是像人们所希望那样可以明显地辨识出来。这里明显有与"理念主义"（idealist）和"文明化"（civilizing）文化定义的交锋（engagement）——这两种对"文化"的定义都将文化等同于理念（ideas），同属唯心主义传统；从精英主义式的"文化论战"来看，将文化等同为一种理想（ideal）的说法相当普遍。但是，这里也有与某些马克思主义理论展开的更广泛的交锋，威廉斯的界定就是为回击这些马克思主义理论而有意识地提出的。他反对刻板地运用（literal operations）经济基础/上层建筑的隐喻，后者在经典马克思主义理论当中被归于"上层建筑"的观念和意义领域，这些观念和意义被认为不过是"经济基础"的反映并简单受其决定；它们自身没有社会功能。这即是说，他提出的论点是要反对庸俗唯物主义和经济决定论。与之相对，他提供了一种激进的相互作用论（interactionism）：实际上是所有实践内部及它们与其他实践之间的相互作用，绕开了决定性（determinacy）这一问题。通过把所有的实践都视为各种各样的、体现一般人类活动和活力的实践（praxis），使得它们之间的差别得以消除。那些区分某个特定时代、特定社会的实践总体的深层模式，就是那些完全支撑它们、并因而可以逐个被描绘出来的富有特色的"组织方式"。

雷蒙·威廉斯早期的立场已经有了几次重大的修正：每一种表达都十分有助于对文化研究是什么和文化研究应该干什么进行重新界定。我们已经承认了雷蒙·威廉斯著作的示范性本质，这可以不断地反思和修正旧有的结论以继续进行思考。不过，人们能够明显感觉到，在这些富有原创性的修正当中依然贯穿着一条明显的连续性线索。一个特殊的契机，使得他有机会认识到吕西安·戈德曼（Lucien Goldmann）的著作，并且通过他认识到一大批特别关注"超结构形式"（super-structural forms）的马克思主义思想家——他们著作的英译本最初出现在20世纪60年代中期。与威廉斯所处的孤立处境和不得不立足的贫乏的马克思主义传统相比，那些支持戈德曼和卢卡奇等人的其他各种马克思主义传统之间的差别就非常明显地显现出来了。但是这些共通点——无论它们反对的还是它们愿意做的——与那些并未完全脱离他早期论证线索的方面是一致的。在他看来，正是这种否定性把他的著作与戈德曼的著作连在了一起："我认识到我必须放弃我所认为的马克思主义传统，或者至少必须将它搁置一边：努力去发展一种关于社会总体性的理论；把对于文化的研究看作对整体生活方式中各要素之间关系的研究；去寻找研究结构的途径，它不但可以继续保持与个别艺术作品和形式，而且可以保持与更为普遍的社会生活形式和关系的联系并对其进行阐释；用一种由各种相互影响、但并不均衡的决定性力量所构成的更为积极的场域观念（idea of a field）去替代那种对经济基础和上层建筑的客套表述。"① 而肯定性的地方，就在威廉斯的"情感结构"与戈德曼的"生成性结构主义"（genetic structuralism）的共通点上："我在自己的著作中发现，我必须发展出情感结构的观念，但我发现戈德曼……从一个结构概念开始进行，这个概念本身就包含社会事实与文学事实之间的关系。他强调，这种关系并不取决于内容，而取决于心智结构（mental structures）：'那些同时构造某一特定社会集团的经验意识和作家创造的想象世界的范畴。'显然，这些结构不是个体而是群体创造出来的。"此处对实践之互动性、深层总体性及它们之间同构关系（homologies）的强调，是非常独特和重要的。"作家及其世界在内容上的相似性并不比组织和结构的这种相似性重要。"

另一个这样的契机，是雷蒙·威廉斯根据 E. P. 汤普森对《漫长的革命》的批判（参见 E. P. 汤普森发表在 NLR 1961 年第 9 期和第 10 期上的评论）——"整体的生活方式"无一能脱离斗争的维度和对立的生活方式的相互撞击——试图借用葛兰西的"领导权"（hegemony）概念重新思考有关决定和统治的核心问题。这篇文章［即《马克思主义文化理论中的经济基础与上层建筑》（"Base and Superstructure", NLR 82, 1973）］具有开创性的意义，尤其对占主导地位的（dominant）、残余的（residual）和新兴的（emergent）各种文化实践（cultural practices）进行了详尽阐述，重返到那种呈现为"各种限制和压力"的有关决定性的问题架构。该文仍然又一次有力地强调了以前的观点："我们不能将文学和艺术与其他类型的社会实践分离开来，不能将文艺划属于十分独特的规律之中。"而且，"没有哪种生产方式，因而没有哪种占主导地位的社会或社会秩序，没有哪种占主导地位的文化，真正可以穷尽人的实践、人的活力和人的意图"。而这一点在威廉斯最近对自己立场最持续、最简洁的表述——《马克思主义与文学》（Marxism and Literature）的精致浓缩——中得到了推进，实际

---

① *NLR* 67, May-June 1971.

上得到了更为深入的强调。威廉斯反对结构主义者对各种实践活动之特殊性和"自足性"的强调,反对他们把社会群体与其单个的事例相分离的分析,而是强调普遍的"构成性活动",强调源于马克思关于费尔巴哈的第一条"提纲"的"作为实践的人类感性活动";强调各种被视为一个"完整的不可分解的实践"之下的不同实践活动;强调总体性。"因此,与马克思主义当中的一种发展情况相反,并不需要研究'经济基础'和'上层建筑',而要研究那些具体的、不可分解的真实过程,从马克思主义的视角来看,这一过程当中所包含的决定性的关系,就是通过复杂的'决定'概念表达出来的。"① 在某种程度上,威廉斯和汤普森的著作只能说在相同的问题架构方面有相通之处,都进行了带有极端性和先验图式性的二分化的理论概括。汤普森著作的构成态势——阶级关系,群众斗争和意识的历史形式,带有自身历史特性的阶级文化——与雷蒙·威廉斯通常使用的那种更具反思性和概括性的模式是截然不同的。他们之间的对话开始于一次非常激烈的论战。汤普森对《漫长的革命》所作的评论,尖锐地抨击威廉斯将文化概括为一种"整体生活方式"所产生的进化方式,把阶级文化之间的冲突吸收到一个扩大的"会话"范畴当中的倾向,那种看似可以超越各个争论阶级的冷漠语调,以及他的"文化"概念所带有的帝国主义化的席卷力量(它以不同的方式将所有事物横卷进它的轨道,因为它研究的是各种活力与潜在于全部实践活动之下的组织之间的关系。但汤普森要问的是,历史出现的地方不也是这样吗?)等观点。我们可以越来越多地看到,威廉斯是如何对自己最初提出的范式进行持续的重新思考并将这些批评意见考虑在内的——尽管(在威廉斯那里通常)这种修正事业的完成都是拐弯抹角的:比如通过对葛兰西的独特挪用,而不是直接进行修正。

汤普森对"社会存在"和"社会意识"进行区分时,也采用了比威廉斯更为"经典"的看法(他极其喜欢从马克思那里继承的这两个术语,并喜欢将它们用到更为流行的"经济基础与上层建筑"说当中)。因此,雷蒙·威廉斯强调要将所有实践活动都吸纳到"真实而持久的实践"总体性当中,而汤普森则对什么是"文化"和什么不是"文化"进行了一种较为陈旧的区分。"任何文化理论都必须包括有关文化与非文化之物之间辩证互动关系的概念。"但是,

---

① *Marxism and Literature*, pp.30−31, p.82.

汤普森的文化定义毕竟与雷蒙·威廉斯的定义相差不是太远,威廉斯认为"我们必须将生活经验的原生态设定为一极,将那些'把握'、传达或歪曲这些原生态的东西设定为另一极,后者包括万分复杂的人类社会条律和制度体系,或明或暗地成形于制度之中或者以很不正式的方式(in the least formal ways)弥散其间"。与之类似,考虑到支持所有单独实践的"实践"共性:"这正是我坚持强调的那种积极行动的过程,同时人们正是通过这一过程来创造他们的历史。"[1]这两种立场在某些独特的否定性和肯定性方面又有接近之处。从否定性方面看,二者都反对"经济基础/上层建筑"的隐喻,反对简单还原论和"经济决定论"的定义。首先:"社会存在与社会意识——或者说文化与'非文化'——之间的辩证交往关系,在马克思主义传统内部对历史过程的所有理解当中均占据核心位置。这个传统继承的辩证法是正确的,但使它得以表达的那个具体的、呆板的隐喻是不正确的。这一源自建筑工程学的隐喻,无论如何也不能充分描述矛盾冲突的波动状态及改变社会进程的辩证法,所有在一般情况下提出的隐喻,都有一种将思想导向图式化模式、远离存在意识(being-consciousness)之交互作用的倾向。"而对于"简化还原论":"简化还原论是一种对历史逻辑的疏忽,只依据行动者的阶级归属来'解释'政治和文化事件,……而不是依据奈恩(Nairn)的'复杂多样的上层建筑',而是依据人们自身来解释'利益'和'信仰'之间的相互协调关系。"[2]与此同时,从肯定性方面来看,或许可以拟出一个差不多可以界定汤普森整个历史著作——从《英国工人阶级的形成》《辉格党人和捕猎者》(Whigs and Hunters)到《理论的贫困》(The Poverty of Theory)及其他作品——的简单说法:"资本主义社会建立在同时存在的各种各样的经济、道德和文化剥削的形式之上。拿起这种本质上有限的生产关系,然后把它转过来,它自身就会时而展现出这一方面(工资—劳动),时而展现出那一方面(贪婪的精神),时而显示出另一方面(诸如知识技能等的异化并不是充当生产角色的工人所渴望的)。"[3]尽管在这里存在着许多重大差别,我们依旧能够看到文化研究中一条有重大意义的思想线索的轮廓,有人称之为主导性的(dominant)范式。它反对给"文化"指派的

---

[1] *NLR* 9, 1961, p.33.

[2] "Peculiarities of the English," *Socialist Register*, 1965, pp.351-352.

[3] "Peculiarities of the English," p.356.

那种残余的、纯粹反思性的角色。它从另一种思路来证明文化与所有的社会实践是相互交织的；转而又将那些社会实践概括为人类活动的一种普遍方式：人类感性实践，男男女女通过这种活动来创造历史。它反对在表述理念和物质力量之间关系时常用的那种公式化的经济基础—上层建筑二分方式，尤其反对将"经济基础"过度简单地限定为是受"经济"决定的。这一范式倾向于一种更为宽泛的表述方式——社会存在和社会意识之间的辩证关系：任何一方都不能脱离对方而单独存在（在一些替代性的表述方式当中，是"文化"与"非文化"之间的辩证关系）。它将"文化"定义为两个方面的内容：既是产生于各种独特的社会群体和阶级当中的各种意义和价值，这些意义和价值建立在既定的社会条件或社会关系基础之上，各个群体和阶级通过它们来"把握"和应对各种生存条件；又是人们亲历过的（the lived）各种传统和实践，通过它们那些"理解"才被表现和显现出来。雷蒙·威廉斯围绕"文化"这一概念，将定义和生活方式这两个方面融聚在一起。汤普森围绕"经验"这一概念，将意识和存在条件这两种因素融合在一起。他们两人的观点在这些关键术语上都必然包含某些困难的波动状况（fluctuations）。威廉斯把"对经验的各种定义"完全吸收进我们的"生活方式"当中，并将二者都放进持久而真实的一般物质实践（material practice-in-general）当中来进行思考，旨在消除"文化"与"非文化"之间的所有差别。汤普森有时在较为普通的意识意义上使用"经验"概念，将它当作人们"把握"、传达或歪曲既定生存条件和生活原生态的集体方式；有时又将这一概念用作"亲历"的范围，相当于"条件"和"文化"之间的过渡领域；有时又用作各种客观条件本身——对应于那些具体的意识模式。但是，无论用哪一个术语，两人的观点均倾向于从关系结构是如何被"亲历"和"体验"的方面来解读它们。威廉斯的"情感结构"因其对明显相互矛盾的因素的故意浓缩，在这一点上表现得很明显。汤普森也同样如此，尽管他对人们必然会或不知不觉地进入的各种关系和条件的"既定性"或建构性（structuredness）有更为充分的历史掌握，对资本主义制度下生产和剥削关系的决定性有更清晰的关注。这是在分析中赋予文化-意识和经验以核心地位而导致的必然结果。这一范式对经验因素的拔高（the experiential pull），对创造力和历史主体的重视，构成了上述人道主义立场的两种关键的要素。因而，在所有的文化分析当中，两者都给"经验"赋予了被证明是可信的地位。

归根结底，人们在何处、以何种方式体验、描述并回应他们的生活条件，有非常重要的意义；对汤普森来说，它阐明了为什么每一种生产方式也是一种文化，阶级间的每一场斗争为什么永远也是文化模式（cultural modalities）之间的斗争；而对威廉斯来说，它就是"文化分析"从根本上应该关注的内容。所有不同的实践在"经验"中相互交叉；不同的实践在"文化"之内相互作用——即使建立在一种不均衡的、相互决定的基础之上。这种对文化总体性——即整体历史过程——的感觉会否决对这些实例和要素进行区分的任何努力。在既定历史条件下，在这种分析中，它们之间真实的相互联系必须有"思想上"的总体化运动与之相配。这种总体化确立起两项强有力的协议：反对用抽象分析方式对实践进行区分，反对用任何连续的逻辑或分析操作来检验那种带有全部复杂性和具体性的"真实的历史运动"。这些观点，尤其是他们更为具体的历史描述（《英国工人阶级的形成》《乡村与城市》）恰恰反对那种对深层本质的黑格尔式的探寻。然而，就他们倾向于将各种实践行为简化为实践（praxis）并喜欢寻找潜藏在明显具有差异的各个领域之下的共通的、同源性的"形式"这一点来说，他们的趋向又是"本质化的"（essentialising）。他们有一种理解总体性（totality）的独特方式——尽管这个总体性是一个小写的"t"，相应的也是具体的、有历史确定性的和不均衡的（uneven）。他们"从表现方式上"（expressively）来理解这种总体性。由于他们不断将较传统的分析转向经验层面，或者从其他结构和关系如何被"体验"的这一角度来解读它们，他们就在自己强调的方面明确地（即使不是很充分、很完满）显现出"文化主义者"的特征，甚至在人们已经开始对太过急剧的"二分概括"（dichotomous theorizing）提出各种告诫和限制的时候①。

　　文化研究中的"文化主义"脉络，随着"结构主义"在学术界的到来而被打断了。尽管结构主义可能比"文化主义"更为多变，但它们还是共有

---

① 关于"文化主义"，可参阅理查德·约翰逊（Richard Johnson）探讨这种范式运作情况的两篇原创性的论文：《文化的多重历史／意识形态的多重理论》（"Histories of Culture/Theories of Ideology," in *Ideology and Cultural Production*, eds. M. Barrett, P. Corrigan et al., Croom Helm, 1979）及《三个问题架构》（"Three Problematics," in *Working Class Culture*, Critcher Clarke, and Hutchinsons Johnson, and CCCS, 1979）。关于"二分概括"的危险，可参阅他给《再现和文化生产》所写的绪论（the Introduction, "Representation and Cultural Production," to Barrett, Corrigan et al.）。

某些共通的立场和倾向，这一点使得它们在归属于单一头衔之下的表述称号（designation）时不至于令人完全迷惑。很明显，由于"文化主义"范式的界定可以无须参考"意识形态"概念的意义框架（当然这一词语出现过，但并不是作为关键概念），因此"结构主义"的介入活动就大量围绕在对"意识形态"概念的阐释方面："意识形态"符合更为严格的马克思主义路线，而"文化"概念在这一点上没有那么明显。这可能符合一些马克思主义结构主义的情况，但对结构主义事业本身来说，这充其量只能反映一部分的真相而已。然而，目前所犯的普遍错误，是把结构主义事业仅仅简缩为阿尔都塞的影响，以及受他的思想介入所激发而出现的所有事情——"意识形态"在他那里起着根源性的、而不是调节性的作用；从而忽略了列维-斯特劳斯（Levi-Strauss）的重要性。然而，从严格的历史意义上来说，正是列维-斯特劳斯和早期的符号学构成了最初的断裂。尽管各种马克思主义结构主义已经取代了斯特劳斯和早期的符号学，但是它们继承了并将继续继承列维-斯特劳斯著作深厚的理论遗产（在追溯正统的过程当中经常被回避或降格到脚注当中）。正是列维-斯特劳斯的结构主义挪用了索绪尔以后的语言学范式，为"各类研究文化的人文（科）学"（human sciences of culture）的范式提供了一种全新的前景，并可能使其展现出一种科学的、严格的全新范式。在阿尔都塞的著作中，更为经典的马克思主义主题被复活，事实上他此时依然是通过语言学范式去"阅读"和重构马克思主义的。比如在《阅读〈资本论〉》当中，他就构造了这么一个事实，可以将生产方式——套用一句老话——理解为一种类似"语言结构化"的东西（通过对不变要素的选择性结合）。结构主义对非历时性和共时性的强调，针对的是"文化主义"对历史性的强调，但两者都出自一个相似的根源。同样，对"社会的、自成一格"（sui generis）的偏爱——不是用作描述性的，而是用作实体性的意义——也是如此：这是列维-斯特劳斯从涂尔干（Durkheim）[是分析社会思想范畴——比如《原始分类》（*Primitive Classification*）——时的涂尔干，而不是写《劳动分工》（*The Division of Labour*）时的那个成为美国结构功能主义创立者的涂尔干]，而不是从马克思那儿学得的一种用法。

　　列维-斯特劳斯有时候也摆弄某些马克思主义的表述方式。因此，"马克思主义，而不是马克思本人，太过普遍地推论好像各种实践活动会直接伴随实践（praxis）而产生。在不质疑各种基础结构具有的毋庸置疑的优先地位的情况下，我相信在实践和各种实践活动之间永远会有一个中介，也就是说，存在一种概念图式（conceptual scheme），通过实施这一图式，使得不能独立存在的物质和形式都显现为各种结构，后者作为实体，既是经验性的范畴又是思想性的范畴"。但是这——套用另一句老话——在很大程度上是"姿态性的"（gestural）。这种结构主义与文化主义一样，都同经济基础/上层建筑这个隐喻的相关表述发生了根本性的决裂，因为这一隐喻源于对《德意志意识形态》的简单化表述。尽管列维－斯特劳斯渴望"对马克思几乎没有涉及的这种上层建筑理论"有所贡献，但他的贡献与这一理论的整个指涉范围发生了根本性的决裂，就像"文化主义者"那样决绝和确定。文化主义者和结构主义者在这里——我们必须将阿尔都塞包括进这种描述当中——都以同样的方式认为迄今被界定为"上层建筑"的各种领域具有一种特殊性（specificity）和功效性（effectivity），具有一种构成性的优先性，后者促使他们超越了"经济基础"和"上层建筑"的指涉范围。列维－斯特劳斯和阿尔都塞在他们的独特思路中都是反还原主义者和反经济主义者，都激烈抨击那些长期以来冒充为"经典马克思主义"的因果转化关系。列维－斯特劳斯对"文化"这一术语进行了持续不断的研究。他认为"各种意识形态"并不很重要：只是"二次加工"（secondary rationalizations）而已。与威廉斯和戈德曼相似，他并不致力于探讨一种实践的内容（content）之间的相符性问题，而致力于探讨它们的形式和结构。但是他用来概括这些形式和结构的方式完全不同于威廉斯的"文化主义"，也不同于戈德曼的"生成性结构主义"。这种分歧在以下三种明显不同的方式中可以看得很清楚。首先，他将"文化"概括为思想和语言中的各种范畴和框架，通过它们划分出不同社会群体的生存条件——（由于他是一位人类学家）划分出人类与自然界之间的关系。其次，他认为仪式和实践——这些范畴和思想框架通过它们得以产生和转化——在很大程度上类似于语言本身运作的方式（语言是"文化"至关重要的媒介）。他将它们独特的内容和运作看成"意义的生产"：它们首先是示意性的（signifying）实践。再次，在经过与涂尔干和毛斯（Mauss）的社会思想范畴的初步接触之后，他在很大程度上放弃了对于示意性实践和非示意性（non-signifying）实践之间关系——用另一种术语，即"文化"与"非文化"的关系——的讨论，旨在集中研究示意性实践内部的各种内在关系——各种意义范畴借助于这些内在关系才被生产出来。这在很大程度上搁置了有关决定性和总体性的问题。抛弃了决定性的因果逻辑，赞同结构主义的因果关系——一种涉及排列（arrangement）的逻辑，事关各种内在关系的逻辑，一种在一个结构内部阐释其构成要素的逻辑。所有这些方面在阿尔都塞及马克思主义结构主义者的著作中都确实出现过，甚至有时这些指涉内容已被重置于马克思的"巨大的理论革命"当中。在阿尔都塞对意识形态的原创性阐述——他将意识形态定义为各种话题、概念和表征（再现），男男女女们凭借这些东西，以一种想象性的关系"亲历"（live）他们与自己真实生存条件的关系——当中，我们可以看到列维-斯特劳斯所谓的"实践与各种实践活动之间的概念图式"所具有的基本架构。"各种意识形态"不是被概括为思想呈现的种种内容和表面形式，而是被概括为各种无意识的范畴，经由它们各种限定条件得以再现和被感受到。我们已经评述了阿尔都塞有关语言学范式的思想中的积极展现，即上文确认的第二种因素。而且，尽管阿尔都塞在"多重决定"（over-determination）这一概念——阿尔都塞最富原创性和成效的贡献——当中的确返回到了实践活动与决定性问题之间的关系问题（顺便提一句，他提出了一种完全新颖的、非常富有启发性的重述，后者还远未受到人们的关注），他还是倾向于强调不同实践活动的"相对独立性"、内在独特性、条件和效果，抛弃了带有典型同源性和对应性的"表现性的"总体性概念。

由于这些替代性的范式是在完全不同的知识和概念领域之内发展出来的，因此，尽管文化主义和结构主义在某些方面有明显的重叠，但从根本上看两者是完全对立的。我们正好可以围绕"经验"概念及其在各自的角度所发挥的作用这个最显明的节点来确认这种相互对立的情形。在"文化主义"当中，经验就是特定的场地——"亲历的"领域，意识和产生意识的条件在其中相互交叉；而结构主义则强调"经验"不能被定义为任何东西的场所，因为人们只能在各种文化范畴、分类和框架之中并通过它们去"感受"和体验自身的生存条件。然而，这些范畴并不源自或存在于经验之中；相反，经验倒是它们的"产物"（effect）。文化主义者将各种意识形式和文化都定义为集合体（collective）。但是，他们到此就止步不前了，在文化和语言方面远没有提出根本性的命题，即主体被他/她在其中思考的文化范畴所"言说"，而不是"言说它们（范畴）"。然而，这些范畴不只是集体的，更是个体的创造；它们是无意识的结构。这就是尽管列维-斯特劳斯只讨论了"文化"概念,而他的"文化"概念还是可以提供一种容易转化的理论基础的原因。阿尔都塞将这一概念转化为意识形态的概念框架:"意识形态实际上是一套'再现'(representations)体系,在绝大多数情况下它们与'意识'毫无关系:它首先作为结构而强加于绝大多数人,不是通过人们的'意识',人们正是在这种意识形态的无意识中成功地改变着他们与世界之间的'体验'关系,寻求着那种被称为'意识'的新的特殊的无意识形式。"① 在这种意义上,"经验"被构造出来,不是作为本真的根源而是作为一种产物(结果):不是作为对现实的反映而是作为"想象性的关系"。这一点——将《保卫马克思》与《意识形态与意识形态国家机器》一文分开了——对阐释"想象性关系"的运作方式稍稍有了一些推进,即不单单是统治阶级对被统治阶级的支配,而是(通过生产关系的再生产,使劳动力的构成呈现出更有利于资本主义剥削的方式)生产方式自身进行的扩大再生产。这两种范式在许多其他思路方面的分歧,也都源于这一点:把"人们"设想成言说和安置他们的各种结构的承受者(bearers),而不是创造他们自己历史的积极行动者(active agents);强调的是结构的"逻辑"而不是历史的"逻辑";优先关注那种非意识形态的、科学的话语在"理论"方面的规程;因此赋予理论著作和大写理论以确保性的特权地位;将历史重塑为结构的进程[参见《理论的贫困》(*The Poverty of Theory*)各处所论]、结构主义的"机器";等等。

文化研究的这些"主导范式"中的任何一种范式的发展,都产生了许多分支,但并不存在一个可以完全囊括这些分支的空间。尽管这些主导范式根本不能解释大量被采用的全部的乃至差不多全部的策略,但应该公正地说,它们二者已经共同划定了这一领域的发展主线。富有启发性的讨论已经围绕相关的论题向相反的两个方向展开了;一些极佳的具体成果已经从这些努力当中涌现出来,试图让这些范式中的某一种范式去处理特殊的问题和材料。英国批判性学术研究特有的这种宗派主义的、自以为是的作风及其依附性非常明显,使得这些争论和辩论很容易被过度分化为极端状态。在这些极端的状态当中,它们常常只显现为相互之间的镜像反映(mirror-reflections)或倒置。我们为了便于阐述而一直使用的各种宽泛的类型学(typologies),在这里倒变成了思想的牢房。

---

① Althusser, *For Marx*, 1969, p.233.

假如在"文化主义"与"结构主义"之间无法达成简易的综合，就可以说，在目前所显示的情况中，无论"文化主义"还是"结构主义"，都不足以将文化研究构造成一个有明确概念和充分理论根据的领域。尽管如此，通过对它们各自的活力和局限的粗略比较，还是可以显现出文化研究的一些根本原则。

结构主义的巨大活力在于对"各种决定性条件"的强调。这提醒我们，在任何特例分析中，如果我们不能在命题——即"人们依据各种不是由他们所创造的条件来创造历史"——的两半部分之间切实地坚持辩证法，就会不可避免地导致一种天真的人道主义，随之带来必然的后果就是唯意志主义的（voluntarist）和民粹主义的政治实践。事实上，"人们"意识到他们的处境，可以组织起来与之斗争并改变它们——没有这一点甚至连任何积极的政治都不可想象，更不要说去进行政治实践了；但这一事实绝不能无视（override）人们对另一事实的意识，即男男女女们在资本主义生产关系中被任命为行动者（agents）。"理智上的悲观主义、意志上的乐观主义"与某种天真的英雄主义断言相比，是一个更为妥帖的理论起点。结构主义能使我们——像马克思坚信的那样——开始依据某种不能简化为"人们"之间关系的思路来思考各种结构关系。这正是马克思卓绝的抽象水平：这一点使他与"政治经济学"那显而易见但错误的起点——从纯粹的个人（bare individuals）出发——发生了决裂。

但这涉及结构主义的第二种活力：结构主义不仅重视抽象的必要性，将其看作移用（appropriated）"各种真实关系"的思想工具，而且认为在马克思的著作中就存在一种运转于不同抽象层面之间的连续而复杂的思维运动。当然，如"文化主义"主张的那样，事实上，在历史的真实情况当中，各种实践并不能从它们各自的实例中工整地显现出与众不同的特征。然而，要想讨论或分析现实的复杂性，就需要思考实践的行动；这些又使抽象力和分析力的作用变得更加要紧，运用概念方式去分割现实的复杂性，恰好可以揭示和照亮那些不能被肉眼所亲见、不能呈现也不能证实自身的关系和结构："在对经济形式进行分析时，显微镜和化学试剂都帮不上忙。必须用抽象力来替代这两样东西。"当然，结构主义常常会将这个命题推向极端。因为没有"抽象的能力"思想不可能进行，所以常有人将它混淆于要赋予概念构成层面以绝对主导地位——实际上只有在最高级、最深奥的抽象层面，带有大写字母"T"的理论（Theory）

才会成为法官和陪审员。但是这种混淆正好使人们丧失了从马克思本人的实践中获得的洞见。因为在《资本论》中，很明显方法——当然出现在"思想"中（就像马克思在1857年所写的《〈政治经济学批判〉导言》中责问的：它还会在哪里呢？）——依据的不是简单的抽象操练，而是在不同抽象层面之间不断建立论点的运转关系，即：在每一层面使用的前提，都必须有别于那些为了论辩而必须保持不变的前提。向另一个放大层面的转移（挪用显微镜这个比喻），要求对以前的、更抽象的层面未能提供的深层存在条件作出详细的说明：这样，依靠不同量级的连续抽象，走向对作为某种思想之成果的"思维具体"的建构和再生产。马克思的这一方法既没有在结构主义的"理论实践"的绝对论当中，也没有在（E. P. 汤普森）反抽象的《理论的贫困》的立场中得到充分的展现；相反，文化主义似乎已被驱入或将自身推向了这一立场。不过，这一方法从本质上讲是理论性的，也必须是理论性的。在此，结构主义的如下主张——即思想并不反映现实，而阐释和挪用现实——是一个必不可少的理论起点。通过对这一论断结果的充分分析，可以产生出一种方法，使我们摆脱在抽象／反抽象和理论主义／经验主义这种虚假二分法之间经受的永久摇摆状态，这种摇摆既标记出了结构主义／文化主义迄今为止的交锋（encounter），又让这种交锋大为减色（disfigure）。

　　结构主义的另一种活力存在于"整体"这一概念之中。在一定意义上，尽管文化主义不断强调各种实践活动的根本独特性，但它对"总体性"的推断方式背后仍带有"表现性的总体性"（expressive totality）①所包含的某种复杂的单纯性（complex simplicity）。它的复杂性是由实践之间彼此的出入流动所构成的，但是这种复杂性在概念上不能简约为实践——即人类活动本身——的"单纯性"，好像同样的矛盾会经常以相似的面目出现在每个实践当中。结构主义在树立"结构"机器时走得过远，带有自我生产的倾向（一种"斯宾诺莎的永恒"，其功能只是其影响的简单相加：一种真正的结构主义偏向），并装备了一些独具特色的实体。然而，结构主义在概念方面表现出优于文化主义的地

---

① "表现性的总体性"是阿尔都塞批判黑格尔方式的马克思主义时发展出来的一个概念。这种观念认为社会整体的结构被认为决定于一种最根本的或单一的矛盾——如生产力和生产关系之间的矛盾，而意识形态和政治矛盾被看成对最基本的决定性矛盾的"表现"，即它的特殊的呈现方式。——译注

方，它提出了结构统一（unity）必然具有复杂性这一观念（在思考这种复杂性方面，多重决定是比组合性的结构主义恒定因果律更为成功的一种思维方式）。而且，结构主义具有一种概念能力（conceptual ability），可以去思考由实践之间的差异，而不是由实践之间的同源性所构成的结构统一。在此，我们再次获得了对马克思方法的批判性洞察：可以想起《政治经济学批判大纲》"导言"（1857）当中那些复杂的段落，马克思在那里要揭示的是，如何才能把社会结构"统一"看作是由差异而不是由同一性建构起来的。当然，对差异的强调可能——而且已经——会使得结构主义陷入一种完全的概念异质性当中，从而丧失所有对结构和总体性的认识。福柯和其他的后阿尔都塞主义者通过他们必然的异质性和"必然的非对应性"（necessary noncorrespondence），已经将这条误入歧途的路线带入一种绝对的而不是相对的实践自主性当中。但是，对差异的统一、复杂的统一的强调——马克思具体概括为"多种决定因素的综合"（unity of many determinations）——可以指向另一种从根本上更有成效的方向：指向相对自主性和"多重决定"的问题框架，指向对接合（articulation）的研究。接合又一次包含着高度形式主义的危险。但它也非常有助于让我们去考虑如何将各种具体的实践（这些实践接合的各种矛盾并不都源于同一基础、同一时间或同一地点）放在一起来思考。因此，结构主义的范式如果能得到适当的发展，就能帮助我们真正开始对各种不同实践的独特性进行理论概括（进行分析性区别和提炼），而且不会失去它对不同实践构成的总体的认识优势。文化主义通常承认各种不同实践——"文化"的独特性不能被"经济"同化和混同，但它缺乏确立这种独特性的充分的理论方法。

结构主义展现的第三种活力源于它对"经验"的去中心化（decentering），源于它对"意识形态"这一被忽视范畴的原创性阐释。在马克思主义的范式之内，很难构想出一种与"意识形态"范畴毫不相关的文化研究思想。文化主义当然经常也涉及这一概念，但实际上并不是把它置于其概念领域的核心位置。"经验"的验证权力和指涉意义，在文化主义与一种严格的"意识形态"概念之间强加了一道障碍。然而，没有"意识形态"，"文化"对特殊生产方式再生产的影响就不能得到理解。事实上，近来的结构主义者对"意识形态"概念的运用和阐释，存在一种明显的功能主义解读倾向——将它看作社会结构的必要基石。从这一立场出发，正像文化主义所正确批驳的那样，肯定不可能构想出不按"统治/决定"定义的意识形态,或者不可能构想出斗争的概念[后者出现在阿尔都塞著名的《意识形态与意识形态国家机器》一文当中,但用的是另一个词汇,很大程度上是"姿态性的"(gestural)]。然而,已有人做了研究,提出了一些可以将意识形态领域完全概括为斗争领域的方法[如通过葛兰西及拉克劳(Laclau)最近的著作],这些方法是结构主义而不是文化主义的成果。

文化主义的活力几乎全都源自以上所指出的结构主义立场的诸种弱点,源自后者的战略性缺席和沉默。文化主义已经正确地指出,有意识的斗争和组织在某个确定时刻的发展是进行历史分析、意识形态分析和意识分析不可缺少的要素:这与它在结构主义范式中历来遭贬低的情形正好相反。在这里,主要是葛兰西又为我们提供了一套更明晰的术语,他用这些术语将很大程度上"无意识的"、既定的文化"共通感"范畴同那种更为积极的、更有机的意识形态形式联系在一起,这种意识形态形式能够干预共通感的基础和大众传统,并能够通过这些干预将男女大众组织起来。从这个意义上说,文化主义恰好修复了文化范畴的无意识同有意识的组织环节之间的辩证法:尽管文化主义通过其独特的运作,常常用完全太过包容的(too-inclusive)对"意识"的强调来对应结构主义对"条件"的过度强调。因此,对文化主义来说,它不仅要重现自在的阶级(classes-in-themselves)——首先由经济关系将"人们"安置为当事人的方式所决定——转变成历史的和政治的积极自为的行动者的过程(将其作为任何分析的必要环节);而且,凭借它自身在反理论方面的良好判断力,若要得到更好发展,还必须从抽象层面(分析在其中进行)来理解每一个组织环节。此外,葛兰西在讨论"结构与复杂的上层建筑领域之间的过渡"及其独特的形式和时机的时候,已经开始指出一条穿越这种虚假两极化思维的道路。

在这篇论文中,我们前面主要集中于对我们来说在文化研究当中起作用的这两种原创性范式的描述。当然,起作用的范式绝不仅仅只有它们。新的发展和思路绝不完全限于它们所涉及的范围。不过,从某种意义上,这些范式可以被用来衡量那些提供其他感召点(rallying-points)的范式所呈现出的根本弱点和缺陷。在此,我们对以下三种范式进行简要辨析和确认。

第一种是随着列维-斯特劳斯、早期符号学和语言学范式的相关内容而出现的,这种思路关注"示意性实践",围绕"话语"和"主体"这类术语,经由各种精神分析学的概念和雅克·拉康(Lacaueo Locan),转向对整个文化研究领域的中心进行根本性的重新定位（recentering）。理解这种思路的方法，就是将其视为一种填充早期结构主义空白点（马克思主义的和非马克思主义的类别均存在）的努力；在以前的论述当中，人们曾经期待"主体"和主体性能够显现出来但它们并没有出现过。这当然正好是一个关键点，文化主义在此可以对结构主义的"无主体的过程"提出敏锐的批评。差异之处就在于，鉴于文化主义试图通过把统一的意识主体（集体的或个体的）复位到"结构"的中心位置，来矫正它的早期模式中存在的超结构主义（hyper-structuralism），话语理论借用弗洛伊德的无意识概念和拉康关于主体（通过进入象征界和文化法则）如何在语言中被建构而成的概念，将去中心的主体、矛盾的主体重新置于语言和知识的一系列立场当中，文化似乎能够从这些立场当中获得阐明。这一方法显然揭示了一个缺口，不只是结构主义有，而且马克思主义本身也有。问题就在于，对这种文化"主体"进行概念化提炼的方式带有一种超历史的、"普遍的"色彩：它处理的是一般主体（subject-in-general），而不是受历史条件决定的主体，也不是有社会决定作用的特定的语言。因此，迄今为止，它不能把它的一般命题推及具体的历史分析层面。另一个难点是，早期结构主义所说的那些存在于整个"结构"层面的矛盾和斗争过程，由于一种持续的镜式反转（mirror-inversions），现在只存在于主体的无意识过程这一层面当中。或许正如文化主义经常强调的那样，"主观"的方面（the "subjective"）是任何分析必经的一个环节。但这是一个非常不同的命题，不是对包含着各种独特的生产方式和社会结构的整个社会进程进行拆解，并将它们仅仅重新置于无意识精神分析的过程这一层面。虽然这方面已经有了重要的进展（既有在这一范式之内也有对这一范围进行界定和发展），但它宣称要用更充分的一套概念来替代以前范式的所有内容，似乎显得太过狂妄了。它宣称已经将马克思主义融入了一种更为充分的唯物主义，在很大程度上是一种语义学的而不是概念性的主张。

第二种发展就是试图重返更经典的文化"政治经济学"的领域。这种观点认为对文化和意识形态方面的关注已经太过度了。它试图恢复原有的"经济基础／上层建筑"范畴，即文化－意识形态归根结底是受经济决定的，发现这两种可选择的范式（即文化主义与结构主义——译注）都明显缺乏对决定因素的层级划分（hierarchy of determinations）。这一观点主张，文化生产的经济过程和结构要比它们的文化-意识形态方面更为重要；而且它们相当充分地受制于诸如利润、剥削和剩余价值这些更经典的术语，以及把文化作为商品而作的分析。它保留意识形态的概念，但认为它是"虚假意识"。

的确，人们有理由认为结构主义和文化主义双方都以不同的方式忽视了对文化和意识形态生产的经济分析。尽管如此，随着重返更"经典"的领域，许多最初困扰人的问题又都重新出现了。文化与意识形态维度发挥影响的特异性似乎又要消失了。人们容易认为经济层面不仅是对文化和意识形态影响的一种"必要的"解释，而且是"充分的"解释。同样，它集中关注对商品形式的分析，这会搞混那些已经精心确立起来的对各种实践的区分标准，因为正是商品形式那些最为通用的（generic）方面引人注意。因此，它的各种推论大都限于一种划时代的抽象层面：商品形式的普遍化适用于整个资本主义时代。从这种高水准的"资本逻辑"抽象形式当中几乎产生不了任何可以通过具体的、有各种事态要素接合的、针对社会形势的（conjunctural）分析。这种方法也有一些很值得跟进的洞见。但它牺牲了太多我们曾经费尽心力保护的思想，而没有在解释能力中获得一种补偿性的回报。

第三种观点接近于结构主义的事业，但是沿着"差异"的路线进入一种激进的异质性。福柯的著作目前正在享受着一种不加批判的尊崇，英国知识分子今天正在复制他们对昨日法国思想的依赖，这已经产生了一种非常明确的影响：因为悬置了那些几乎不能解释的决定论问题，福柯能够让人愉悦地返回到他对具体的意识形态、话语型构（discursive formations）及其苦心经营的地盘所作的具体分析。福柯和葛兰西阐释了许多目前针对具体分析领域开展的最具成效的著作，因此强化并——同时似是而非地——支持一种对具体历史实例的感觉，后者一直是文化主义的一种最根本的活力。但是，只有当福柯的一般认识论立场不是压制性的整体时，他的示范作用才是积极的。因为福柯实际上非常坚决地悬置判断，而且对于实践之间的所有确定性或关系——除很大程度上是偶然性的关系之外——也采取非常彻底的怀疑主义，这使得我们有理由不把他视为一个对于这些问题的不可知论者，而是视为一位坚定致力于对所有实践相互之间必然的非对应性进行探索的学者。从这一立场出发，任何一个社会结构和国家（state）都不可能得到充分的思考。实际上，福柯正在不断地掉入他为自己所挖的陷阱当中。因为当他——与他那雄辩的认识论立场相反——偶然遇到某些"对应性"的时候（例如，一个简单的事实是，他在关于监狱、性、临床医学、精神病院、语言和政治经济学的每一种研究当中所追溯的所有重要的转折阶段，都显示出正好集聚在工业资本主义与资产阶级产生重大的历史性会合的那个点上），他实际上陷入了一种庸俗的简化论（vulgar reductionism），后者与他在其他地方所提倡的那些复杂深奥的立场是完全对立的。①

  我的论述足以表明，文化研究通过运用葛兰西著作中探讨过的一些概念，试图从结构主义与文化主义著作的最好要素中推进其思路，最大限度地接近于这一研究领域的需要。而且这样做的原因，现在也已经十分清楚了。尽管结构主义和文化主义作为自足的形式，都将不再风行，但它们对所有其他争论者所缺乏的领域有至关重要的意义，因为它们两者之间（既在分歧中也在共通点上）探讨一个重要的命题：什么必须是文化研究的核心问题？它们不断将我们带回由具有紧密耦合性（coupled）但并不互相排斥的文化/意识形态概念所标示的领域。它们一同提出了随之产生的诸多问题：试图既讨论各种实践的特殊性，又讨论由它们所构成的各种形式的接合统一体（articulated unity）。如果说有缺陷的话，那就是它们总是不断地返回经济基础/上层建筑的隐喻。它们正确地指明，对所有非还原决定性问题的重新探讨，都是问题的关键之所在；而且，对此问题的解决将使文化研究的能力发生转向，替代在唯心主义与还原主义之间没完没了的摇摆。它们正视——即使以完全相反的方法方式——条件与意识之间的辩证关系问题。在另一个层面上，它们提出了思维逻辑与历史过程"逻辑"之间的关系问题。它们继续坚持正确的唯物主义文化理论的承诺。通过它们持续的和相互强化的对抗，它们都不认为有一种简单轻易综合的前景。但是，它们在自己之间划出了这种综合可以在其中得以构成的空间（假如有的话），划出了这一空间的界限。在文化研究领域，它们所属的东西就是"这一游戏的各种名称"。

（据陶东风、周宪主编《文化研究》第 14 辑，
社会科学文献出版社 2013 年版校录）

---

① 福柯擅长将自己不久前从前门驱除出去的东西，再通过后门给推进来。

雷蒙·威廉斯与《关键词——文化与社会的词汇》

经典导读

雷蒙·威廉斯（Raymond Henry Williams，1921—1988），20世纪中叶英语世界最重要的马克思主义文化批评家，伯明翰文化研究学派的重要奠基人之一。出生于威尔士乡间的工人阶级家庭，毕业于剑桥的三一学院。第二次世界大战后至1961年任教于牛津大学的成人教育班，1974年起，在剑桥大学耶稣学院担任戏剧讲座教授，直至去世。威廉斯精通文艺批评，也是英国传播研究的启蒙者。1988年去世时，他被誉为"战后英国最重要的社会主义思想家、知识分子和文化行动主义者"。威廉斯一生著作宏富，代表作有《文化与社会：1780—1950》《漫长的革命》《乡村与城市》《电视：科技与文化形式》《关键词——文化与社会的词汇》《马克思主义与文学》《写作、文化与政治》等。

《关键词》是文化研究领域的经典著作，原属于《文化与社会》一书的附录部分，后被分离出来独立成书。第一版于1976年发行，1983年修订版增加了20多条词汇。威廉斯因出身劳工阶级，深刻体认到唯有提升工人教育，才能推广社会主义式的民主，他的成人教育实践也坚定了他为造就一个具有参与意识和见识的公民而尽心的理念，这种阶级立场深刻影响了他的文化观，导致他对阿诺德、利维斯所主张的文化精英主义进行质疑和批判。他理想中的文化不是由少数精英建构，并由下层阶级或普通百姓接受、体会的精英文化。在他看来，"文化"这个词的内涵不断扩张，它所指涉的是全面的生活方式，包括文学与艺术，也包括各种机制与日常行为等实践活动；文化不是抽象的概念，它由各个阶级共同参与、创造与建构而成，绝非少数精英的专利。由此他改写了"文化"的定义及其研究范式，作为他在"工人教育协会"教书时和学生讨论的实践及这种文化观念的展开，《关键词》《文化与社会》《漫长的革命》等都是他的致思理路和文化理念的结晶。选文围绕的两个重要词汇"文化"与"文明"就是《关键词》中的核心词汇，体现了他对"文化"与"文明"观念的思考和历史性理解。

基于"文化主义"的研究范式，他对大众化的电影、广告、媒体、流行音乐与通俗文学持肯定的态度，认为这些属于大众文化的东西是建构工人文化经验的重要组成部分，由此他摒弃了传统马克思主义文化理论中的经济基础决定论，而建构了文化唯物主义理论。在他看来，文化观念及该词的一般现代用法，是从通常所说的工业革命时期开始进入英语思维的，威廉斯试图展示这个过程如何以及为何发生，同时探讨这个观念从开始到现代的演变过程，在语词爬梳中阐释了自18世纪晚期以来人们面对英国社会变革时在思想和情感上的反应，只有在此语境下才能充分理解"文化"一词的用法及该词所涉及的各种问题。他提出了"文化即社会生活"的开放式理念，在西方文化研究中具有里程碑意义。威廉斯对"文化"概念的追溯和考察为当代英国文化研究奠定了重要的理论基础。

《关键词》一书既探讨各个关键词在语言演变过程中词义的变化，以及彼此间的相关性、互动性，又寻幽探微地爬梳了词汇背后的"言外之意"，以及词汇变迁中的政治意涵和意识形态意味。威廉斯把《关键词》定位于一种对词汇质疑探询的记录，一种意涵"关联性"特质的显现。在他看来，《关键词》既不是一部词典，也不是特殊学科的术语汇编。在词汇的勾连中蕴含着意义转变的历史、复杂性与不同用法，以及创新、过时、限定、延伸、重复、转移等过程，体现出威廉斯的质疑和批判精神。其实，在伯明翰文化研究学派视野中，所谓"文化"从来不是那么单纯的，而是意味深长且具有指示性的，始终有着政治的意味杂糅其中，及至20世纪70年代后期引入葛兰西的文化霸权理论，文化就变成了一个相互论争的"场域"，其政治意味的诉求更加凸显。

《关键词》一书除强调词汇间的关联性与相互影响外，同时彰显了语言在演变过程中"意义的变异性"，并试图呈现出各关键词的"主流"与"非主流"意涵。尤为可贵的是，这些语义辨析不是泛泛而谈，而是在语言背后充溢着个性化的情感色彩，并隐含着对社会正义的追求，这是其魅力之所在。就此而言，《关键词》标举英国式社会主义的旗帜，对英国的新左派运动产生过不小的影响。威廉斯在关键词的爬梳中不仅揭示了一些语词所掩盖的社会真相，还在其中融入了自己的文化政治观点，体现了或隐或显的政治倾向，这一直成为"文化研究"不可去除的底色。有学者指出："威廉斯的功绩在于他通过一个个实例提醒我们，词语的使用既反映了历史的进程，也改变了历史的进程，它们始终与政治社会利益和合法性问题紧紧相联。"[①]

《关键词》及其原所属的《文化与社会》一书奠定了伯明翰学派文化研究中的"文化主义"研究范式。这一基本范式一方面表现在文化是特定生活方式的概念厘清上，另一方面表现在以词语变化为突破口讲述文化与社会复杂关系的研究方法上。威廉斯的问题意识决定他从个体经验出发，通过"感觉结构"审视社会经验（共同经验）之形成，同时看重两者的关联的文化态度，而他的"左翼"立场坚持的反精英主义论述不但决定其鲜明的文化平等主义原则，也决定《文化与社会》和《关键词》面对当下语境重构英国近现代社会变迁史的意图。从学术史来看，发轫于20世纪50—70年代的"关键词批评"以核心术语为考察重心，从历时和共时层面梳理并揭示出词语背后的政治思想倾向与人文踪迹，而显现出独到的研究视角和开阔的理论视野。一定意义上，威廉斯的《关键词——文化与社会的词汇》是"关键词批评"兴起的标志。他视词语为"社会实践的浓缩""政治谋略的容器"，尤其注重在语言的实际运用和意义变化中挖掘其文化内涵和政治意蕴，由此开创了把"关键词批评"作为社会和文化研究有效路径的独特方法。其"关键词批评"具有鲜明的反辞书性特点，主要体现在非权威性与文论性两方面：非权威性是指它突破了以话语权威的姿态对关键词进行"一锤定音"式或曰"标准答案"式的定评界说模式，而表现出了开放性与延展性；文论性是指它不像传统辞书那样宣称某种客观性，而是着意在对词义的简略梳理和精当辨析中，隐含地表达自己的立场与批评理念，有着隐在的体系性和一定的政治倾向性。

雷蒙·威廉斯是英国在社会和文化方面最重要的思想家，对当代马克思主义文艺理论和文化研究产生了重要影响，也是英国伯明翰学派与新左派的领军人物及当代英国文化研究的重要奠基人之一。其力作《文化与社会：1780—1950》（1958）、

---

① 陆建德：《词语的政治学（代译序）》，见［英］雷蒙·威廉斯《关键词——文化与社会的词汇》，刘建基译，生活·读书·新知三联书店2005年版，第8页。

《漫长的革命》(1961)与理查·霍加特的《文化素养的用途》(1958)、爱德华·汤普森的《英国工人阶级的形成》(1963)一起被誉为伯明翰文化研究学派的奠基著作。作为英国著名的文化理论家和马克思主义思想家，威廉斯一生广泛研究了文学艺术、政治、大众传媒、哲学、历史等诸多领域的理论和现实问题，特别是对社会主义运动和马克思主义思潮进行了独具匠心的研究，提出了著名的"文化唯物主义"理论。威廉斯在一篇论文中写道："文化是通俗的。"他自己的一生就是对这句话最好的诠释。他认为自己从山村中走出，到梦寐以求的繁华闹市绝不是个别现象：他本人出身于威尔士工人阶级，而威尔士工人阶级总是在造就作家、教师和像他一样的政治活动家。作为西方极具影响力的马克思主义信仰者，雷蒙·威廉斯创立的文化唯物主义是一种新型的西方马克思主义理论形态，他依照马克思主义的唯物主义立场，发展了自己的文化唯物论；特别是在构建文化唯物主义理论核心范畴中，他用别样的视角，原创性地阐述了文化观，重新评介和阐发了对"经济基础—上层建筑"的解读。威廉斯的文化理念及其文化"关键词"研究，自20世纪90年代被介绍到中国，在中国学界及文化界产生了深远影响，并将持续在我们的学术研究中扮演重要角色。当下，"文化研究"不仅在世界更在中国蔚然成风，成为学术界的显学，威廉斯委实居功厥伟。

—— 延伸阅读文献

1. [英]雷蒙·威廉斯：《关键词——文化与社会的词汇》，刘建基译，北京：生活·读书·新知三联书店2005年版。

2. [英]雷蒙德·威廉斯：《政治与文学》，樊柯、王卫芬译，开封：河南大学出版社2010年版。

3. [英]雷蒙·威廉斯：《乡村与城市》，韩子满、刘戈、徐珊珊译，北京：商务印书馆2013年版。

4. [英]雷蒙·威廉斯：《文化与社会》，彭怀栋译，台北：联经出版社1985年版。

5. 赵国新：《新左派的文化政治：雷蒙·威廉斯的文化理论》，北京：外语教学与研究出版社2009年版。

6. 黄擎：《雷蒙·威廉斯与"关键词"批评的生成》，《外国文学研究》2011 年第 4 期。

7. 刘继林:《雷蒙·威廉斯的文化理论及"关键词"研究给予中国的意义》,《武汉科技大学学报(社会科学版)》2011 年第 4 期。

(范玉刚 撰)

—— 原文:《关键词——文化与社会的词汇》(节选)

经典原文

关键词——文化与社会的词汇（节选）

雷蒙·威廉斯 著　刘建基 译

■ 文明（Civilization）

Civilization通常被用来描述有组织性的社会生活状态。这个词与culture长久以来相互影响，不易厘清。Civilization原先指的是一种过程，而且在某些语境里这种意涵现在仍然保存着。

在英文里，civilize比civilization出现得早。Civilize出现在17世纪初期，源自16世纪的法文*civiliser*，最接近的词源为中古拉丁文*civilizare*——意指使刑事（criminal）事件变成民事（civil）事件，并且由此引申为"使……进入一种社会组织"（to bring within a form of social organization）。可追溯的最早词源为civil，这个词源来自拉丁文*civilis*（公民的、市民的）及*civis*（公民、市民）。Civil这个词汇从14世纪以来就出现在英文里，直到16世纪其引申意涵一直是orderly（有条理的、有秩序的）及educated（受教育的）。1594年胡克（Hooker）提到"公民社会"（Civil Society）——在17世纪，尤其是18世纪时，这是一个重要的词。然而，civility这个词大体上是用来描述"井然有序的社会"（an ordered society），其最接近的词源为中古拉丁文*civilitas*——意指community（共同体、社区）。17世纪及18世纪，civility这个词通常被当成我们现在所用的词civilization来使用。在1772年时，鲍斯威尔（Boswel）造访约翰逊，"发现他忙着准备第4版的对开本字典。……他不收录*civilization*，只收录*civility*。尽管我对他有无比的尊敬，我却认为作为*barbarity*（野蛮）的对比词，*civilization*——源自*to civilize*（使文雅、教化）——比*civility*更适合得多了"。鲍斯威尔已察觉出，*civilization*词义的主要用法即将出现。这种用法所强调的，与其说是一种过程，倒不如说是一种社会秩序及优雅的状态，尤其是刻意凸显这个词与*barbarism*（野蛮、未开化）的历史、文化对比。Civilization

出现在1775年的Ash版字典，既指涉一种状态，也指涉过程。到了18世纪末期，尤其是19世纪，civilization成为普遍通用的词。

就某种意涵而言，从18世纪末期以来，civilization之新词义是由"过程"及"确立的状态"（an achieved condition）两种概念特别组合而成。这个词背后潜藏着启蒙主义的一般精神，强调的是世俗的、进步的人类自我发展。Civilization（文明）不仅表达这种历史过程的意涵，而且凸显了现代性的相关意涵：一种确立的优雅、秩序状态。浪漫主义是针对"文明"的一种反动。在浪漫主义时期，另外的词汇被选用来表达其他方面的人类发展及作为衡量人类福祉的其他标准；Culture（文化）这个词是个明显的例子。在18世纪末期的英文与法文里，将"文明"与"优雅的礼仪"相提并论是很正常的。伯克（Burke）在《法国大革命反思》（*Reflections on the French Revolution*）中提道："我们的礼仪（manners）、我们的文明（civilization）及所有与礼仪、文明有关的美好事物。"这里所提到的名词看起来几乎是同义词，虽然此处manners所涵盖的意涵远超过这个词的现代用法（这是我们必须留意的一件事）。从19世纪初期起，civilization的词义逐渐演变成现代意涵，所强调的不仅是优雅的礼仪与行为，而且还包括社会秩序与有系统的知识——后来，科学（Science）亦包含其中。大体而言，这种词义演变出现在法文的时间比英文稍早。然而，在1830年代，在英文世界里有一个重大的事件发生，那即是穆勒写了一篇讨论诗人柯勒律治的散文：

> 让我们以这个问题为例——人类究竟从文明获得多少利益？有一位观察家强烈地感受到物质生活的舒适；知识的增进与传播；迷信的衰落；相互交往的方便；举止、态度的温柔；战争与个人冲突的减少；强者对弱者的欺凌持续地减少；集全球众人之力所完成的伟大工程。

这些都是穆勒所举有关civilization之正面例子，并且其词义具有十足的现代意涵。他接着又描述负面的影响：自主能力的丧失；人造品的产生；单调、刻板的机械式理解；不公平与毫无希望的贫穷。柯勒律治与其他人将civilization与*culture*（或*cultivation*）作了区别：

> 在cultivation与civilization之间存在着永久性的差异及偶然性的对比，……国家的永恒……以及它的进步与个人自由……端视文明（civilization）的永续与进步而定。但是文明本身只不过是"好坏参半"（a mixed good）——如果它不再是一种腐蚀的力量，不再是疾病的潮红而非健康的红润。如果一个民族的"文明"不是植根于cultivation（"教化、修养"）、植根于人类智能与特质的和谐发展，那么这个民族（不管如何显赫）充其量只能称为"虚有其表的"（varnished）——而不是"文雅的"（polished）——民族。[《论国家与教会之组成》，第五章（On the Constitution of Church and State, V）]

在这一段文字里，柯勒律治很明显将"文明"与"举止、态度的优雅"（polishing of manners）联想在一起；这即是有关"虚有其表"（varnish）这段话的重点。Civilization与cultivation的区别使人想起18世纪时的英文与法文里polished与polite词义的巧妙重叠（这两个词有相同的词源）。然而，将civilization形容为"好坏参半"——正如同穆勒一样，详细说明其正面与负面的结果——凸显了一个观点：这个词代表了整个现代化的社会过程。从这个时候起，这层意涵变成主流，不管结果是好、是坏，或是好坏参半。

无论如何，civilization这个词主要还是指一般、普遍的过程。词义演变的重大关键是为civilization这个名词赋予复数的形式。Civilization出现的时间比culture晚。在1819年，法文里［巴朗什（Ballanche）］首度出现这个用法。在此之前，英文里就有比较含蓄的用法，提到了"早先的文明"（an earlier civilization），但是复数的用法一直要等到19世纪60年代才开始。

在现代英文里，civilization仍然指涉一般的状态，并且与savagery（未开化）、barbarism（野蛮）形成对比。然而，经由词义的比较所得到的相对概念及civilization的复数形式之用法，这个词的前面通常会被加上一些具定义性的形容词：Western civilization（西方文明）、modern civilization（现代文明）、industrial civilization（工业文明）、scientific and technological civilization（科技文明）。于是，civilization成为一个相当中性的词，指涉任何"确立的"社会秩序或生活方式。就这层意涵而言，这个词与culture的现代社会意涵有着既复杂且具争议性的关系。然而，它所指涉的"确立的状态"之意涵仍然居于主流，所以它保留了它的一般特质。就这层意涵而言，civilization（文明）、a civilized way of life（一种文明的生活）、the condition of civilized society（文明社会的状态）很可能被视为得失参半。

■ Culture（文化）

英文里有两三个比较复杂的词，culture 就是其中的一个，部分的原因是这个词在一些欧洲国家语言里，有着极为复杂的词义演变史。然而，主要的原因是在一些学科领域里及在不同的思想体系里，它被用来当成重要的概念。

最接近的词源是拉丁文 *cultura*，可追溯的最早词源为拉丁文 *colere*。*Colere* 具有一系列的意涵：居住（inhabit）、栽种（cultivate）、保护（protect）、朝拜（honour with worship）。其衍生的名词，虽然各具意涵，但偶尔会有部分重叠。因此，"inhabit" 是由拉丁词 *colonus*（聚居地）衍生而来。"Honour with worship" 是由拉丁词 *cultus*（礼拜）衍生而来。*Cultura* 具有栽种或"照料"的主要意涵，包含了西塞罗所使用的词 "*cultura animi*"（心灵的陶冶）——尽管它另外具有中世纪时的"礼拜"意涵［参校卡克斯顿（Caxton）在 1483 年将 culture 视为"礼拜"的英语用法］。*Cultura* 的法文形式是古法语 *colture*（这个词具有自己专门的意涵）与 *culture*（这个词到了 15 世纪初成为英文词），主要的意涵就是在农事方面照料动植物的成长。

Culture 在所有的早期用法里，是一个表示"过程"（process）的名词，意指对某物的照料，基本上是对某种农作物或动物的照料。Coulter 意指犁头，源自拉丁文的 *culter*、古英语 *culter*；它经不同的语言渠道进入英文，具有不同的拼法：*culter, colter, coulter*；到了 17 世纪初期，culture 这个不同拼法的词才出现［韦伯斯特（Webster），《马尔菲公爵夫人》（*Duchess of Malfi*）Ⅲ, ii："hot burning cultures"（烧烫的犁头）］。通过隐喻，这种词义演变为下一个重要阶段的意涵奠立基础。从 16 世纪初，"照料动植物的成长"之意涵，被延伸为"人类发展的历程"。直到 18 世纪末期与 19 世纪初期，除原初的农业意涵外，这其实就是 culture 的主要意涵。莫尔（More）写道："对于他们心灵的陶冶（culture）与益处"（1605）；培根写道："心灵的陶冶（culture and manurance）"（1651）；约翰逊写道："她忽略了理解力的培养（culture）"（1759）。在词义演变的过程中，有两个重要的变化产生。第一，惯于使用隐喻，于是"人为照料"的意涵变得明显；第二，将几种特殊过程扩大延伸为一般普通的过程——这就是 culture 让人立刻联想到的意涵。很明显就是从后者的词义演变，"文化"这个独立的名词开始它的复杂的演变史，但是变化的历程是非常复杂的，且潜藏的词义有时候相当接近，以至于无法确定各个衍生词义的确切日期。作为独立名词的"文化"——一个抽象化的过程或这种过程中的产品——在 18 世纪末之前，不被重视，而且在 19 世纪中叶之前并不是很普遍。然而，早期阶段的这一种词义演变并不是突然的，在弥尔顿的《建立自由共和国的简易之道》（*The Readie and Easie Way to Establish a Free Commonwealth*，1660）第二（修订）版里，有一个有趣的用法："是的，宗教，散布更多的知识与礼仪（Knowledge and Civility），经由陆地的各个地方，通过传递，将政府与文化的大自然热能（natural heat of government and culture）广泛地传到遥远的地区；这些地区现在是外在麻痹僵冷、无人过问的状态。"此外，隐喻的意涵——"大自然热能"（natural heat）——仍然存在，而"civility"（参较 Civilization）依然出现在 19 世纪 culture 被预期使用的地方。然而，我们也可以用非常现代的意涵来解读"government and culture"。从弥尔顿的整个论点的大意来看，他所写的是关于普遍的社会过程；这即是一个明确的发展阶段。在 18 世纪的英国，这一种"普遍过程"与阶级有明确的关系——虽然 cultivation 与 cultivated 的使用比较普遍。但是在 1730 年有一封信［Killala 主教写给 Clayton 太太；引自普兰姆（Plumb）所著的《18 世纪的英格兰》（*England in the Eighteenth Century*）］，表达这一种清楚的意涵："对出生高贵的、有教养的人（persons of either birth or culture）而言，将孩子抚养长大成为神职人员，并不是惯例。"艾肯塞德（Akenside）［《想象的愉悦》（*Pleasures of Imagination*），1744］写道："……既不是高贵的政府也不是文化完全无人知晓。"（1805）简·奥斯汀（《爱玛》，1816）写道："每一种教养与文化（culture）的优点。"

因此，很明显的是，culture 的词义在英文中，不断地演变，朝向部分的现代意涵。这是在新的社会思想运动产生重大的结果之前。然而，如果要了解——借这一种 18 世纪末期与 19 世纪初期的运动——词义演变的过程，我们必须留意其他语言的演变,特别是在德国。

在法文里,一直到18世纪,culture 总是伴随着一个含义,指的是"正在被栽培或培养的事物"(the matter being cultivated),正如同上述的英文用法。它偶尔被使用来当成独立的名词,时间可以追溯到18世纪中叶。比起英文中相同的用法,时间上晚得多了。另一个独立名词"civilization"也出现在18世纪中叶;它与 culture 的关系从那时起就非常复杂(参较 Civilization 与下述的讨论)。在德国,此时有一个重要的词义演变,这个词借自法文,18世纪末期拼为 Cultur,19世纪起拼为 Kultur。它主要的用法仍然是作为 civilization 的同义词:(1)指的是抽象意涵——"变成 civilized(有礼貌)与 cultivated(有教养)的一个普遍的过程";(2)指的是启蒙时期的历史学家——通过18世纪流行的普遍历史观——所确立的 civilization 的意涵,作为一种描述人类发展的世俗过程。在赫尔德(Herder)的作品中,有一个重大用法的改变。在他的未完成著作《论人类的历史哲学》(1784—1791)里,他提到 Cultur:"没有比这一个词的意义更不确定的事情;将这个词应用到所有国家与历史时期是最虚假的一件事。"他批判这些普遍历史学的假说:civilization 或 culture——人类自我发展的历史——就是我们现在所称的非线性的历程,导致了18世纪欧洲文化的高峰。的确他抨击他所谓的欧洲对全球四个区域的征服与宰制,并写道:

> 全球所有地区的人,你们随着岁月而毁灭。你们活着并不是仅仅要用你们的骨灰为土地施肥。死后,你们的后代应该会因为欧洲的文化而变得高兴。"优势的欧洲文化"这个念头其实是对大自然尊严的一种极大的侮辱。

他主张在一个重大的改革里,有必要提到复数的 culture:各种不同国家、时期里的特殊与不同的文化。这一种意涵,相对于正统、主流的文明(civilization),在浪漫主义运动中广为流行。它首先被用来强调国家的文化与传统的文化,包括"民间文化"(folk-culture)的新概念。它后来被用来批判这一种新兴的文明所具有的"机械的"(Mechanical)特质,因其具有抽象理性主义与现代工业发展的"无人情味"(inhumanity)。它被用来区分"人类的"与"物质的"。就政治的层面而言,在这个时期,它经常摆荡在极端主义与反动之间,而且经常在主要的社会变化所产生的混乱中,融合这两种要素。[我们应该注意到,虽然它的词义变得更加复杂,但是一直到1900年,类似的区别,尤其是"物质发展"与"精神发展"的区别,才由洪堡(von Humboldt)与其他人所提出:将词汇的意涵做个大逆转,*culture* 指的是物质层面,而 *civilization* 指的是精神层面。然而,大体而言,这一种与他人不同的区别成为主流。]

另一方面,在德国从1840年代起,*Kultur* 这个德文词被使用,其意涵与18世纪的"普遍历史"(universal histories)所使用的 *civilization* 相同。重大的创新,就是克莱姆(G. F. Klemm)的《人类文化史通论》(*Allegemeine Kultturgeschichte*,1843—1852)——这本书追溯了人类的发展:从野蛮、驯化到自由。虽然美国人类学家摩尔根追溯到可与之相比的阶段,使用了"古代社会"一词——其发展的极致为"文明"(*civilization*),但是克莱姆所提到的意涵仍持续存在。英文里泰勒的《原始文化》(*Primitive Culture*,1870)直接引用此意涵。循此方向,我们可以追溯现代社会科学里的普遍通用意涵。

这个词的现代词义演变的复杂性与现代用法的复杂性,于是可以被察觉出来。我们很容易可以辨识出这种"依赖一种持续性的自然过程"之意涵:如"甜菜文化"(sugar-beet culture),或者辨识出1880年代以来,应用在专门的细菌学方面的意涵,如"细菌文化"(germ culture)。但是一旦我们跨越这一种有关自然的意涵,我们必须认清下述三大类的区别,其中两大类我们已经讨论过:(1)独立、抽象的名词——用来描述18世纪以来思想、精神与美学发展的一般过程;(2)独立的名词——不管在广义还是狭义方面,用来表示一种特殊的生活方式(关于一个民族、一个时期、一个群体或全体人类),这是根据赫尔德与克莱姆的论点而来的,但是我们也必须了解第三类;(3)独立抽象的名词——用来描述关于知性的作品与活动,尤其是艺术方面的。这通常似乎是现在最普遍的用法:culture 是指音乐、文学、绘画与雕刻、戏剧与电影。"文化部"(Ministry of Culture)负责推动这些特别的活动,有时候会加上哲学、学术、历史。第三类的用法,在时间上较晚出现。我们很难知道明确的时间,因为它是由第一类的意涵衍生而来的:这种指涉思想、精神与美学发展的一般过程的概念,被有效地应用,进而延伸到作品与活动中。然而,它也从早期的意涵——"过程、历程"——衍生出其他含义,参较"进步文化的美术"(Progressive culture of fine art),米勒(Millar)的《对于英国政府:一个历史观点》(*Historical View of the English Government*,Ⅳ,314,1812)。在英文里,第一类与第二类的意涵仍然很接近；有时候基于内在原因，它们是无法区分的，例如：在阿诺德的《文化与无政府状态》(*Culture and Anarchy*, 1867) 里；而第二类意涵由泰勒——《原始文化》——继克莱姆之后，强力地引介进入英文。第三类的重大演变，是在19世纪末20世纪初。

　　面对 culture 持续复杂的演变，我们很容易会用这种方式来回应——选择一种"真实的""合适的"或是"科学的"意涵，而排斥其他不严谨或是令人困惑的意涵。在克罗伯（Kroeber）与克拉克洪（Kluckhohn）的杰出研究著作《文化：对于观念与定义的评论》(*Culture: A Critical Review of Concepts and Definitions*) 里，北美洲人类学的用法实际上被视为一种常规。很明显的是，在一个学科领域里，观念性的用法必须被澄清。但是一般而言，就是词义的变化与重叠才显得格外有意义。这种复杂的意涵，说明了复杂的关系：(1) 普遍的人类发展与特殊的生活方式，两者间的关系；(2) 上述两者与艺术作品、智能活动的关系。格外有趣的是，在考古学与"文化人类学"(*cultural anthropology*) 里，"文化"或"一种文化"主要是指物质的生产，而在历史与"文化研究"(*cultural studies*) 里，主要是指"表意的"(*signifying*) 或"象征的"(*symbolic*) 体系。于是，这个核心问题——"物质的"生产与"象征的"生产两者间的关系——经常变得困惑难解，却更常被隐藏起来。这两者间的关系，在最近的一些争论里——参较本人著作《文化与社会》(*Culture and Society*)——总是彼此相关而不是互为对立。在这一种复杂的争论里，存在着基本对立的观点，同时存在着重叠的观点。可以理解的是，也存在着许多尚未解决的问题与困惑的答案。但是这一些争论与问题，是无法借降低实际用法的复杂性来解决的。这个观点，与 culture 这个词在其他语言的用法也是相符的。在德文、北欧语言与斯拉夫语系里，人类学的用法是很普遍的，但是在意大利文与法文里，culture 这个词的人类学意涵很明显次于艺术和知识的意涵，也次于"人类发展的普遍过程"的意涵。各种语言之间，一如一种语言内部之间，意义的复杂与变异显示了思维观点的不同、暧昧或重叠。这些不同的含义，无论以何种形式出现，必然包含了对于活动、关系与过程的不同观点——这些不同的观点，蕴含在 culture 这个复杂的词里。那就是说，这种复杂性并不是在 culture 这个词里，而是在这些不同的含义所呈现的问题里。

　　我们有必要检视相关的衍生词：cultivation（耕种、栽培、教化）与 cultivated

（被耕种的、有教养的、优雅的）。这两个衍生词在17世纪经历了同样的意涵演变——其隐喻的延伸意涵由自然界扩及社会教育的层面。在18世纪，这两个词格外具有意义。柯勒律治在19世纪初期，将文化与文明作了一个典型的区分，他写道（1830）："恒久的差别，以及与偶然性的对比，存在于cultivation与civilization两者之间。"表示文化的意涵之名词culture实际上消失了。然而，形容词culture仍然被普遍使用，尤其是关于"礼节"与"品味"的意涵。Cultural这个重要的形容词的使用，始于1870年代；它在1890年代变得相当普遍。在现代用法里，culture这个词只有在被普遍视为具有艺术的、资讯的或人类学意涵的独立名词时，才会出现。英文里，对culture这个词的敌视似乎源自对阿诺德的文化观的批判。在19世纪末与20世纪初，这种敌意加深，可以和对*aesthete*与Aesthetic的敌意相提并论。Culture与class distinction（阶级差异）二者间的关联性产生了一个谐拟词——*culchah*。另外一方面的敌意，与1914—1918年世界大战期间或之后的反德情绪有关（反对德国人对*Kultur*观念的宣扬）。这种敌意一直持续存在，可以由最近美国常用的一个片语——culture-vulture（文化秃鹰）——看出端倪。有意思的是，所有的敌意（唯一的例外是临时性的反德联盟）皆与强调下述意涵有关：知识优越（参较Intellectual这个名词）、精致优雅、"高雅"（high）艺术——culture——与通俗（popular）艺术、娱乐的差异。它因此记录了一个真正的社会历史，以及一个非常困难与困惑的社会文化发展阶段。有趣的是，culture与cultural及其衍生词sub-culture（次文化——一种可以辨识的小型团体之文化）的社会与人类学的意涵，稳定、持续地扩大。这种用法，除在某一些领域（很明显的例子是大众娱乐）外，不是避开就是有效地减低敌意及其相关的不安与困窘。*Culturalism*（文化主义）——与社会分析里的*structuralism*（结构主义）形成一种方法学上的对比——的最近用法仍保留了许多早期的晦涩难解之意涵；这种用法未必避开这一种敌意。

（据［英］雷蒙·威廉斯《关键词——文化与社会的词汇》，刘建基译，生活·读书·新知三联书店2005年版校录）

希利斯·米勒与《全球化时代文学研究还会继续存在吗？》

经典导读

  J.希利斯·米勒（J. Hillis Miller，1928—2021），美国著名文学批评家，欧美文学及比较文学研究的杰出学者，解构主义批评领域的重要代表人物。早年就读于欧柏林学院和哈佛大学，1952年在哈佛大学以《狄更斯的象征意象》获博士学位。曾先后执教于威廉姆斯学院、约翰·霍普金斯大学。1972年至耶鲁大学任教，同保罗·德·曼、哈罗德·布鲁姆、杰弗里·哈特曼等一起组成"耶鲁学派"。1976—1979年任该校英文系主任。1983年保罗·德·曼去世后，米勒成为美国解构主义文学批评的领袖人物。1986年转入加利福尼亚大学厄湾分校英文和比较文学系任教直至退休，曾担任1986年度美国现代语言协会（MLA）主席。米勒晚年依然活跃于学术研究领域，笔耕不辍。他著述颇丰，主要著作有《狄更斯的小说世界》（1958）、《神的隐没：五位十九世纪作家》（1963）、《现实的诗人：六位二十世纪作家》（1965）、《维多利亚小说的形式》（1968）、《托马斯·哈代：距离与欲望》（1970）、《小说和重复：七部英国长篇小说》（1982）、《语言的时刻：从华兹华斯到史蒂文斯》（1985）、《阅读伦理学》（1987）、《毕美莱恩诸貌》（1990）、《理论今昔》（1990）、《霍桑和历史》（1991）、《维多利亚时期的诸主体》（1991）、《解读叙事》（1998）、《黑洞》（1999）、《文学中的言语行为》（2001）、《文学死了吗》

(2002)等。《土著与数码冲浪者——米勒中国演讲集》(2011)为米勒在中国的演讲汇编。

米勒的学术生涯大致可以分为四个阶段：第一阶段是 1953 年以前"新批评"时期；第二阶段是 20 世纪五六十年代现象学或意识批评时期；第三阶段是七八十年代向解构主义批评转变；第四阶段自 80 年代中后期起，将言语行为理论引进文学批评领域，探究文学话语对现实世界的变形和重构。米勒和保罗·德·曼、杰弗里·哈特曼等共同推进了解构主义在美国的发展。比较而言，米勒对解构主义批评的贡献，更集中地体现在他所进行的解构主义批评操作实践上。米勒通过大量的批评实践，总结了一套分析文本语义扩散导致文本表面的逻辑安排或整体综合成为一种徒劳努力的文本结构方法，创用了一系列诸如句法骤变、异貌同质、偏斜修辞、挪移对比等解构分析术语。米勒的文学批评始终紧紧围绕着英美文学传统中优秀的、经典的作品，其批评实践视野开阔，思路独特，揭示了经典作品丰富多样的内涵和意义，对文学批评理论的开拓和建设作出了重要贡献。

20 世纪 90 年代后期以来，米勒开始关注全球化对文学研究的影响，并将其有关文学与文学研究的思考进行整合，刊载于《文学评论》2001 年第 1 期的《全球化时代文学研究还会继续存在吗？》一文，表达了他对文学生存前景的思索。在这篇文章中，米勒从德里达的名作《明信片》谈起，依次论述了印刷技术及电影、电视、电话和国际互联网这些电信技术对文学、哲学、精神分析学，甚至情书写作的影响。他认为新的电信时代正在通过改变文学存在的前提和共生因素，而把它引向终结。这里所谓的"文学存在的前提和共生因素"，主要是指"过去在印刷文化时代占统治地位"的一些因素，如私人生活空间的隐秘性、自我意识或精神生活的独立性、内心与外部世界之间的二分所产生的距离等。在米勒看来，新的电子通信技术的统治力量"是无限的，是无法控制的"，它的巨大影响"并不亚于人类历史上一次急遽的动乱、变革、暂时中断或是重新定位"。德里达所说的幽灵家族的新成员——信息数码图像蓬勃发展，打破了过去在印刷文化时代占统治地位的内心与外部世界的二分法，并以光的速度通过电信网络在世界范围内发布各种信息，同时不断向文学领域扩张。电子信息时代的到来，改变了人们的生存方式，尤其是精神生活方式，"将会导致感知经验变异的全新人类感受，从而也就必然导致文学时代的终结"。

米勒"文学终结论"的提出有其产生的具体语境，是基于西方社会高速发展，以及全球化语境下电子时代文学及其文学研究的变化状况，对西方文学生存境遇的深切洞察与体悟。米勒所说的"终结"，主要是针对欧洲17世纪以来形成的文学作为文化的主要表征的传统而言的，一定程度上可以理解为文学及文学研究原有样式的结束和新的存在方式的生成，并非笼统地宣布一切文学或文学研究的终结。自认为"研究了一辈子文学"的米勒坚持认为："文学研究从来就没有正当时的时候，无论是过去、现在，还是将来。"他的"文学的时代已经过去，但是文学及其文学研究将继续存在"的悖论式命题，凝聚了一位具有文化责任感的人文学者的无限忧思与前瞻眼光。

—— 延伸阅读文献

1. J. Hillis Miller, *Charles Dickens: The World of His Novels*, Cambridge, MA: Harvard University Press, 1965.

2. J. Hillis Miller, *Fiction and Repetition: Seven English Novels*, Cambridge, MA: Harvard University Press, 1982.

3. J. Hillis Miller, *The Ethics of Reading: Kant, de Man, Eliot, Trollope, James, and Benjamin*, New York: Columbia University Press, 1987.

4. J. Hillis Miller, *Versions of Pygmalion*, Cambridge, MA: Harvard University Press, 1990.

5. J. Hillis Miller, *Theory Now and Then*, Hertfordshire: Harvester Wheatsheaf, 1990.

6. J. Hillis Miller, *Black Holes*, Stanford, CA: Stanford University Press, 1999.

7. J. Hillis Miller, *On Literature*, London and New York: Routledge, 2002.

8. 秦旭：《J. 希利斯·米勒解构批评研究》，北京：社会科学文献出版社2011年版。

9. 肖锦龙：《意识批评、语言分析、行为研究：希利斯·米勒的文学批评之批评》，北京：高等教育出版社2011年版。

10. ［美］J. 希利斯·米勒著，易晓明编：《土著与数码冲浪者——

米勒中国演讲集》,长春:吉林人民出版社2011年版。

(毕素珍 撰)

—— 原文:《全球化时代文学研究还会继续存在吗?》

经典原文

全球化时代文学研究还会继续存在吗?

希利斯·米勒 著　国荣 译

雅克·德里达在他的著作《明信片》这本书中,借其主人公之口,写了下面这段耸人听闻的话:

……在特定的电信技术王国中(从这个意义上说,政治影响倒在其次),整个的所谓文学的时代(即使不是全部)将不复存在。哲学、精神分析学都在劫难逃,甚至连情书也不能幸免……

在这里,我又遇见了那位上星期六跟我一起喝咖啡的美国学生,她正在考虑论文选题的事情(比较文学专业)。我建议她选择20世纪(及其之外的)文学作品中关于电话的话题,例如,从普鲁斯作品中的接线小姐,或者美国接线生的形象入手,然后再探讨电话这一最发达的远距离传送工具对一息尚存的文学的影响。我还向她谈起了微处理机和电脑终端等话题,她似乎有点儿不大高兴。她告诉我,她仍然喜欢文学(我也是,我回答说)。很想知道她说这句话的含义。①

以上引用的德里达或者他的作品主人公在《明信片》中说的这段话实在是骇人听闻,至少对爱好文学的人是这样,比如像我,以及在文中与主人公对话、正在寻找论文选题并且有点儿不高兴的美国比较文学专业的研究生。这位主人公的话在我心中激起了强烈的反响,有焦虑、有疑惑,也有担心、有愤慨,隐隐地或许还有一种渴望,想看一看生活在没有了文学、情书、哲学、精神分析这些最主要的人文科学的世界里,将会是什么样子。无异于生活在世界的末日!

---

① 《邮件》("Envois"),选自雅克·德里达的著作《明信片》(La carte postale),巴黎:Aubier-Flammarion,1980,第212、219页;英文版《明信片》(The Post Card),艾伦·巴斯(Alan Bass)译,芝加哥:芝加哥大学出版社1987年版,第197、204页。

德里达在《明信片》中写的这段话在大部分读者心目中都会引起强烈的疑虑，甚至是鄙夷。多么荒唐的想法啊！我们强烈地、发自本能地反对德里达以这样随意、唐突的方式说出这番话，尽管这已经是不言自明的事实。在最主要的信息保留和传播媒介身上发生的这种表面的、机械的、偶然的变化，说得准确点儿，就是从手抄稿、印刷本到数码文化的变化，怎么会导致文学、哲学、精神分析学、情书——这些在任何一个文明社会里都非常普遍的事物——的终结呢？它们一定会历经电信时代的种种变迁而继续存在？当然，我可以通过电子邮件写情书！当然，我可以在连接着因特网的电脑上创作并发送文学、哲学作品，甚至情书，就如同我以前用手写、打字机或者印刷出来的书来完成这些事情一样。但是，精神分析学这门原本依赖面对面的谈话（interlocution，被称为"谈话疗法"）的科学怎么可以束缚在印刷机的控制之下，并进而迫于数码文化的转向而走向终结呢？

德里达这些唐突甚至有点儿近乎放肆的话在我心中产生了强烈的反感，正如那个研究生在听到德里达这样古怪的建议后心里涌起的想法。顺便提一下，阿维塔尔·罗奈尔对德里达这个建议却另有一番理解，而且，毫无疑问，她没有把它当作德里达对正面提问的回答。电话中的普鲁斯特和德里达的《明信片》都出现在了罗奈尔的名作《电话簿》中，并以自己的方式预言了新一轮电信时代的到来。劳伦斯·里克尔斯像弗里德里希·基特勒一样，也早就在现代文学、精神分析和文化中概括然而鲜明地提到了电话。[①]

然而，德里达就是这样断言的："电信时代"的变化不仅仅是改变，而且会确定无疑地导致文学、哲学、精神分析学，甚至情书的终结。他说了一句斩钉截铁的话："再也不要写什么情书了！"可是，这怎么可能呢？不管怎么说，

---

① 参阅阿维塔尔·罗奈尔（Avital Ronell）《电话簿》（*The Telephone Book*），林肯：内布拉斯加大学出版社1989年版；劳伦斯·里克尔斯（Laurence Rickels）《电话上的卡夫卡与弗洛伊德》（"Kafka and Freud on the Telephone"），选自《奥地利现代文学：国际阿图尔·施尼茨勒研究会学刊》（*Modern Austrian Literature: Journal of the International Arthur Schnitzler Association*）第22卷3/4，1989年，第211~225页，以及《丧服的错误》（*Aberrations of Mourning*），底特律：韦恩州立大学出版社1988年版，尤其是第7、8章；弗里德里希·基特勒（Friedrich Kittler）《随笔：文学、媒体与信息体系》（*Essays: Literature, Media and Information System*），约翰·约翰斯顿（John Johnston）主编，阿姆斯特丹：G+B国际艺术1997年版，尤其是第31~49页。

德里达这些话——不管是他（或者《明信片》中的主人公）跟那位研究生的，还是你我在那本书中读到的——在我们的心中都激起了强烈的恐惧、焦虑、反感、疑惑，还有隐隐的渴望，这些话是"恰如其分"的施为性话语（"felicitous" performative utterance）。他们实践着他们的箴言而间接地带来了文学、情书等等的终结，正如德里达在最近一次研讨会上所讲的，说"我爱你"这句话，不仅仅会在说话者心中产生爱的波澜，而且还会在听话者心中产生信念和爱的涟漪。

尽管德里达对文学爱好有加，但是他的著作，像《丧钟》（Glas）和《明信片》，的确加速了文学的终结，关于这一点，我们已经从特定的历史时期和文化（比如欧美国家过去200年或者250年的历史文化）中得知。在西方，文学这个概念不可避免地要与笛卡儿的自我观念、印刷技术、西方式的民主和民族独立国家概念，以及在这些民主框架下言论自由的权利联系在一起。从这个意义上说，"文学"只是最近的事情，开始于17世纪末、18世纪初的西欧。它可能会走向终结，但这绝对不会是文明的终结。事实上，如果德里达是对的（而且我相信他是对的），那么，新的电信时代正在通过改变文学存在的前提和共生因素（concomitants）而把它引向终结。

德里达在《明信片》这本书中表述的一个主要观点就是：新的电信时代的重要特点就是要打破过去在印刷文化时代占据统治地位的内心与外部世界之间的二分法（inside/outside dichotomies）。在书中，作者采用在某种程度上已经过时的形式对这个新时代进行了讽喻性的描写，即不仅引述主人公与其所爱（一位或者多位）进行的大量电话谈话，而且还利用正在迅速消逝的手写、印刷及邮寄体系这些旧时尚的残余：明信片。明信片代表而且预示着新的电信时代的公开性和开放性（publicity and openness），任何人都可以阅读，正如今天的电子邮件不可能封缄，所以也不可能属于个人。如果它们正好落在我的眼皮底下，如德里达在《明信片》和他令人欣羡的散文《心灵感应》①中展示的明信

---

① 参阅雅克·德里达《心灵感应》（"Telepathie"），选自《狂怒》（Furor）1981年2月，第2期，第5~41页；同时参阅德里达《心理：另类发明》（Psyche: Inventions de l'autre），巴黎：加利利出版社1987年版，第237~270页；英文版《心灵感应》（"Telepathy"），尼古拉斯·罗伊尔（Nicholas Royle）译，选自《牛津文学评论》（The Oxford Literary Review），第10卷，1988年第1~2期，第3~41页。

片和信件，我就会使自己成为那个接收者，或者，我被奇妙地变成了那个接收者，那么，那些正好落入我眼帘的明信片或者电子邮件信息就是为我所写，或者说，我认为它们是为我写的，不管它们到底是给谁的。在我读以上我从《明信片》这本书中引用的段落时，情况就是这样。说话人传达给那位研究生的坏的甚至是讨厌的信息——文学、哲学、精神分析和情书将会终结——也同时传达给了我，我也成了这个坏消息的接受者。在书中，由于主人公的话而使那位学生心中产生的强烈反感也同样在我的心中产生。

或许，德里达在上面引述的这段话中所说的最让人心惊的话就是：比起那种导致文学、哲学、精神分析和情书终结的新的电信统治的力量，"政治的影响倒在其次"。说得再准确点儿，德里达的原话是，"从这个意义上说，政治的统治（political regime）是第二位的"。我认为，"从这意义说"，是指他不否认（我也不会）政治影响的重要性，但是，新的电信统治的力量是无限的，是无法控制的，除非以一种"不重要"的方式，受到这个或那个国家的政治控制。

众所周知，在西方，始于19世纪中叶的第二次工业革命是从以商品的生产和销售为中心的经济向越来越以信息的开发、储存、检索和发送为主导的经济的重大变革。现在，甚至连货币都首先是信息，它以光的速度通过电信网络在世界范围内兑换和发放，而同样的电信网络也在以数码的形式传播着文学。例如，亨利·詹姆斯的几部小说现在可以从因特网上看到，而其他大量的文学作品仍然属于现在这个正在迅速走向衰落的、在印刷机统治下的历史时代。

照相机、电报、打印机、电话、留声机、电影放映机、无线电收音机、卡式录音机、电视机，还有现在的激光唱盘、VCD和DVD、移动电话、电脑、通信卫星和国际互联网——我们都知道这些装置是什么，而且深刻地领会到了它们的力量和影响怎样在过去的150年间变得越来越大。正像三好将夫（Massao Miyoshi）及其他人曾经提醒我们的那样，在世界上各个国家和人们中间，对这些设施的占有及其相应的影响很不均衡。目前，在美国只有50%的家庭拥有个人电脑，当然，这个比例在其他许多国家还要小得多。但是，不管以这种还是那种方式，在某种程度上，几乎每个人的生活都由于这些科技产品的出现而发生了决定性的变化。随着越来越多的人可以上网，这种变化还会加快，就像当初电视的出现给人们的生活带来了巨大变化一样。这些变化包括政治、国籍或者公民身份、文化、个人的自我意识、身份认同和财产等各方面的转变，文学、精神分析、哲学和情书方面的变化就更不用说了。

民族独立国家自治权力衰落或者说减弱、新的电子社区（electronic communities）或者说网上社区（communities in cyberspace）的出现和发展、可能出现的将会导致感知经验变异的全新的人类感受（正是这些变异将会造就全新的网络人类，他们远离甚至拒绝文学、精神分析、哲学的情书）——这就是新的电信时代的三个后果。毫无疑问，各种电信设施的出现在拓宽人们感知视野（例如，电视就是耳朵的延伸）的同时，危及了各种个人的空间和自由，它的后果或者是由于反动保守的民族主义（往往是分裂的民族主义）而致使曾经稳定的国家或者联盟内部形势恶化，就像今天在非洲和巴尔干半岛发生的事情一样，或者是激起人们对种族灭绝（genocide）和"种族清洗"（ethnic cleaning）的恐惧。正是由于对这些新科技产品的恐惧，相关的预防措施也应运而生，例如，美国国会通过了《通信文明法案》（Communications Decency Act），旨在控制因特网的不良发展态势。显然，这一法案并不符合宪法，而是对美国宪法所保护的言论自由之权利的破坏。法庭已经作了这样的裁定。

至于新的电信技术的激进后果，在我看来，最令人哗然的事情或许就是，没有一个发明者曾经预想到他的发明会有这么大的影响或者有意要这样做。电话或者卡式录音机的发明者只不过是创造性地摆弄金属钱、电流、振动膜片、塑料带用以探索技术上的可能性。据我所知，这些科学家们无意于终结文学、情书、哲学或者民族独立国家，是原因与结果之间的不通约性（incommensurability），再加上巨大影响的意外的一面——它们并不亚于人类历史上一次急遽的动乱、变革、暂时中断或者重新定位——才造成这样令人惊惧的后果。

新的电子通信对当地或者跨国意识形态的产生有着巨大的影响。如果有谁胆敢宣称我们已经走到了"意识形态的终结"，那么，这人无疑是一个鲁莽轻率的书呆子。意识形态不会那么容易地消逝，这一点毋庸置疑。而且，我认为，马克思在《德意志意识形态》中对意识形态的分析并没有完全丧失它的针对性。马克思和路易·阿尔都塞虽然在某种程度上是以不同的方式来诠释的，但他们二人都认为，意识形态是建立于人类现实的物质存在条件，也即人们赖以存在的商品生产、销售和流通模式之上的虚构的、想象的上层建筑。他们都认为，意识形态不会因为教育或者理性的论争而发生改变，而会由于存在的物质条件的改变而改变。意识形态也不只是纯粹的、主观的、幽灵般的或者不真实的谬误和堆积。它有力量（往往是不幸的）干预历史而导致事情的发生，例如，在我居住的加利福尼亚州，严厉的移民法和稀奇古怪的宣布英语为加州官方语言的法律条文就是这种意识形态的力量的反映。虽然保罗·德·曼不是一个马克思主义者（不管怎么说，确切点儿，那意味着，现在或者任何时候），他却是马克思《德意志意识形态》这本书的忠实读者。马克思和阿尔都塞两个人可能都会认同他在《抵制理论》这篇文章中对意识形态进行的界定："这并不意味着想象叙事不属于世界和现实的一部分；它们对世界的巨大影响可能远远超出了予人慰藉的范畴。我们所称为意识形态的东西恰恰是语言与自然的现实及相关的现象的混合体。"[1]

我想在德·曼所说的基础上再补充一点：并非语言本身有那么大的力量可能形成意识形态错觉，而是受到这种或者那种媒介影响的语言，例如嗓音、书写、印刷、电视或者连接因特网的电脑。所有这些复制技术都会利用那种奇怪的倾向以栖居于人人都拥有的想象或者幻想的空间。读者、电视观众或者因特网用户的身体——在眼睛、耳朵、神经系统、大脑、激情这个意义上的真实的人体——通过所有生物个体中人类所独有的奢侈的倾向，至少是以夸张的形式，被挪用以成为幻象、精神和大量萦绕于心的回忆相互纠缠的战场。我们把身体委托给没有生命的媒介，然后，再凭借那种虚构的化身的力量在现实的世界里行事。塞万提斯的堂吉诃德、福楼拜的爱玛·包法利、康拉德的吉姆爷就是依靠在读书过程中形成的幻觉在现实世界里生活。这也是读者在阅读小说，在与堂吉诃德、爱玛·包法利和吉姆爷交流对话的过程中萦绕于心的话题。这就是意识形态的过程中萦绕于心的话题。这就是意识形态方面的著作或者说意识形态的工作。比起过去那些书籍来，现在这些新的通信技术不知道又要强大多少倍！

新的通信技术在形成和强化意识形态方面有很大的作用。它们通过一种梦幻的、催眠似的吁求来达到这个目的。这一点虽然不容易甚至不可能理解清楚，但很容易看到。因为理解的工具被需要理解的内容牵制住了。过去是

---

[1] 保罗·德·曼：《抵制理论》（*The Resistance to Theory*），明尼阿波利斯：明尼苏达大学出版社1986年版，第11页。

报纸,现在是电视、电影和越来越多的因特网。有人可能会认为,从某种意义上来说,这些技术在意识形态的意义上是中性的。它们只会告诉什么就传播什么。但是,正像马歇尔·麦克卢汉(Marshall McLuchan)曾经说过的一句广为人知的话,"媒介就是信息"。我觉得这句话就像德里达以自己的独特的方式所说的,媒介的变化会改变信息。换一种说法就是,"媒介就是意识形态"。对德·曼来说,意识形态不是处于理性意识的层面上、很容易就可以修正的错误,马克思和阿尔都塞也都这样认为,尽管在一定程度上他们采取的方式不尽相同。意识形态是强有力的无意识的谬误。阿尔都塞说过,在意识形态中,"人们以想象的方式向自己再现真实的生存状态"①。在我引述的这段话中,德·曼这样说的目的是要说明,我们所称为意识形态的东西是语言和自然的现实的混合体。在意识形态中,纯粹属于语言幻象或者幽灵似的创造的东西被认为是对事物的准确陈述。这种谬误总是被那么想当然地认作是无意识的。我们对自己说,当然了,事情原来就是这样的。由于意识形态的偏差是无意识形成的,人们往往对此不假思索,所以,只是简单地指出来"那是错的"不可修正意识形态本身的谬误,就像你不能指望指出被爱人的缺点而拯救陷入爱河中的人一样。

我想对以上的阐述再作一些补充,正像我在上面提到的,创造和强化意识形态的,不仅是语言自身,而且是被这种或那种技术平台所生产、储存、检索、传送所接受的语言或者其他符号。手抄稿和印刷文化是这样,今天的数码文化也是如此。阿尔都塞在上面引用过的文章中把"电子通信国家意识形态机器(出版社、广播和电视等)"与教育、政治体系、司法体系等并列在一起,作为各种国家意识形态机器的一部分。印刷技术使文学、情书、哲学、精神分析,以及民族独立国家的概念成为可能。新的电信时代正在产生新的形式来取代这一切。这些新的媒体——电影、电视、因特网不只是原封不动地传播意识形态或者真实内容的被动的母体。不管你乐意不乐意,它们都会以自己的方式打造被"发送"的对象,把其内容改变成该媒体特有的表达方式。这就是德里

---

① 路易斯·阿尔图塞:《意识形态与国家意识形态机器》["Ideology and Ideological State Apparatuses (Notes towards an Investigation)"],选自《列宁与哲学及其他文章》(*Lenin and Philosophy and Other Essays*),本·布鲁斯特(Ben Brewster)译,纽约:每月评论出版社1972年版,第163页。

达所谓的"从这个意义上说，政治的影响倒在其次"。你不能在国际互联网上创作或者发送情书和文学作品。当你试图这样做的时候，它们会变成另外的东西。我从网上下载的亨利·詹姆斯的小说《金碗》(*The Golden Bowl*)早已经变得面目全非。同样，政治和公民身份的意义也不同于互联网的用户、电视观众或者旧时尚的报纸读者。电视对政治生活的改变在最近的美国总统选举中表现得极其引人注目。人们都根据候选人在电视屏幕上表现出来的风采投票，而不会基于其他节目的客观评述，更不会根据他们在报纸上读到的评介报道。现在阅读报纸的人已经越来越少了。

我们可以很容易地指出通过新的电信手段传送到世界各地的意识形态之最显著的特征。容易的原因是许多专家学者已经告诉了我们它们是什么，如我开头引用的德里达写下的话。印刷时代使现代的民族独立国家、帝国主义对世界的征服、殖民主义、法国和美国的大革命、精神分析、情书，以及笛卡儿、胡塞尔、海德格尔的哲学成为可能（后面的三位已经不情愿地、顾虑重重地进入了打印机和留声机的时代）。

我并不是说印刷业的发展是造成18世纪到20世纪初这些文化特征的唯一"原因"。其他因素无疑也有助于它们的形成，比如蒸汽机车、邮寄系统、珍妮纺纱机、欧洲式的火药、功率和效率越来越高的大炮等，这就像内燃机车、喷气式飞机、晶体管收音机、火箭等是第二次工业革命所必需。但是，我坚持认为所有这些目前正在走向衰落的文化特色委实建立在印刷技术、报纸，以及印发宣言的地下印刷机和出版商的基础之上，正是这些秘密印刷机和出版商冒着新闻审查的风险，才使这些人的书得以问世：笛卡儿、洛克、理查生、托马斯·潘恩、马克斯·德·萨德、狄更斯、巴尔扎克、马克思、陀思妥耶夫斯基、普鲁斯特和乔伊斯。

印刷业的发展鼓励并且强化了主客体分离的假想；自我裂变的整体（separate unity）与自治；"作者"的权威；确切无疑地理解他人的困难或者不可能性；再现或者一定程度上的模仿的体系（我们过去常常说，"那是现实，这是现实在印刷的书中再现，它将受到超出语言之外的现实真实性的检验"）；民族独立国家的民族团结和自治的设想——它得到了阿尔都塞所列出的那些国家机器的加强，其中包括"电子通信ISA"；法律法规通过印刷得到了强制执行；报纸的印发使一定的国家意识形态得到了连续的灌输；最后，现代研究型的大学获得了发展，成为向未来公民和公务员灌输国家道德观念的基地。当然，这些观念经常遭到来自印刷媒体的驳斥，但是，我觉得，它们自己又在不断地强化它们予以驳斥的东西，甚至不惜采用设问的方式。例如，过去我们常常听到，"如果让我控制出版机关，我将能够控制整个国家"。现在这类人或许可以说，"让我控制所有的电视台和所有的无线电广播电台，我将能够控制整个世界"。

读者可能会注意到，所有这些印刷文化的特色都依赖于相对严格的壁垒、边界和高墙：人与人之间、不同的阶层／种族或者性别之间、不同媒介之间（印刷、图像、音乐）、一个国家与另一个国家之间、意识与被意识到的客体之间、超语言的现实与用语言表达的现实的再现，以及不同的时间概念（例如，在西方语言中，历史叙事和小说借助于时态结构来强化这一点）。

印刷机渐渐让位于电影、电视和因特网，这种变化正在以越来越快的速度发生着，所有那些曾经比较稳固的界限也日渐模糊起来。自我裂变为多元的自我，每一个不同层面的自我都缘于我碰巧正在使用的机构（prosthetic device）。这也是情书现在不大可能存在的一个原因。在电话或者因特网上，我变成了另外一个人，再也不是原来那个写情书然后再通过邮局邮寄的人。从笛卡儿一直到胡塞尔的哲学所赖以存在的主客体之间的二元对立也被极大地削弱了，因为电影、电视或者因特网的屏幕既不是客观的，也不是主观的，而是一线相连的流动的主体性的延伸。这可以是德里达所说的"新的电信时代将会带来哲学的终结"的内涵之一。

再现与现实之间的对立也产生了动摇。所有那些电视、电影和因特网产生的大批的形象，以及机器变戏法一样产生出来的那么多的幽灵，打破了虚幻与现实之间的区别，正如它破坏了现在、过去和未来的分野。人们常常难以分辨电视节目里的新闻和广告。一部小说作品（至少使用西方语言创作的作品是这样）会通过动词的时态变化告诉读者，正在描述的事情应该被认为发生在想象中的现在，还是应该属于用一般现在时讲述的过去。电视或者电影形象属于比较奇怪的一类——非现在的现在，要想说清楚它到底是不是"目击新闻"，即是不是所说的现在正在发生的事情，还是如他们所说的，一种"仿像"（simulation），也常常不是那么容易的事情。许多人原来认为，而且可能仍然这样认为，美国人并没有真的登上月球，登月场景摄制于一家电视演播厅。因为唯一的证据就是屏幕上那些舞动的形象，你怎么能够确信呢？

新的电信通信媒体也正在改变着大学,不管是喜还是忧,大学再也不是自我封闭的、只服务于某个国家的象牙塔,它越来越多地受到那些跨国公司的侵扰,得到它们的资助并被其利用。新型研究型的综合大学也为全新的跨国社区和联合发展提供了舞台。民族独立国家之间的界限也正在被因特网这样的信息产业所打破,任何人只要拥有一台电脑、一个调制解调器、一个服务器,几乎马上就可以链接到世界上任何一个网址。国际互联网既是推动全球化的有力武器,也是致使民族独立国家权力旁落的帮凶。

最近,不同媒介之间的界限也日渐消逝。视觉形象、听觉组合(比如音乐),以及文字都不同地受到了0到1这一序列的数码化改变。像电视和电影、连接或配有音箱的电脑监视器不可避免地混合了视觉、听觉形象,还兼有文字解读的能力。新的电信时代无可挽回地成了多媒体的综合应用。男人、女人和孩子个人的、排他的"一书在手,浑然忘忧"读书行为,让位于"环视"和"环绕音响"这些现代化视听设备。而后者用一大堆既不是现在也不是非现在、既不是具体化的也不是抽象化的、既不在这儿也不在那儿、不死不活的东西冲击着眼膜和耳鼓。这些幽灵一样的东西拥有巨大的力量,可以侵扰那些手拿遥控器开启这些设备的人们的心理、感受和想象,并且还可以把他们的心理和情感打造成它们所喜欢的样子。因为许多这样的幽灵都是极端的暴力形象,它们出现在今天的电影和电视屏幕上,就如同旧日里潜伏在人们意识深处的恐惧现在被公开展示出来了,不管这样做是好是坏,我们可以跟它们面对面,看到、听到它们,而不仅仅是在书页上读到。精神分析的基础——意识与无意识之间的区别——而今也不复存在了。我想,这可能就是德里达所谓的新的电信时代正在导致精神分析的终结。

当然,我书架上的这些书也都是招致幽灵般的世界产生的有力工具,因此,它们也是借助于书籍来强化意识形态的有力工具:在我读黑格尔和海德格尔时,黑格尔的"精神"(Geist)或者海德格尔的"存在"(Sein)从我眼前闪过;在我读精神分析方面的著作时,无意识的鬼魅或者弗洛伊德的病人如伊尔马、安娜和多拉跃然纸上;而当我读小说时,作品中那一群人物形象也都跳将出来:菲尔丁的汤姆·琼斯、司汤达的法波里丘、福楼拜的爱玛·包法利、乔治·爱略特的多萝西娅、亨利·詹姆逊的伊莎贝尔、乔伊斯的列奥波德·布卢姆。正如弗里德里希·基特勒所言,所有的书"都是为死者而写,就像那些源于埃及的典籍代表着（西方！）文学的源头"①。书籍构成了一种强有力的武器，使我们得以结识所有那些栖居在哲学、精神分析和文学大厦里的幻象。

但是，电视和电影屏幕上的鬼魅形象看起来要客观、公开得多，人人都可以观看，不用我自己费神读书就可以感受到它们的存在。其次，如我已经说过的，这些新的电信技术，以及那么多以新的方式与鬼接触的新设施，也产生了新的意识形态母体（ideological matrices）。例如，它们打破了黑格尔在《现象学》中以为前提又进而否定的主客观之间、意识与意识客体之间的屏障。

在这种前所未有的新形势下，我们该怎么办？如我借德里达的话在上面提过的，新的电信时代可能形成于资本主义，但是它已经超出了它的缔造者，并且注入新的力量，开始了自己独立的旅程。这就是德里达所谓的"从这个意义上说，政治的影响倒在其次"。这也正是我们的机会所在：新型电子通信的开放性，它可以促进我们的流动或者康复，以及新的同盟的形成。这一切怎么可能发生呢？一个答案就是承认，批评性分析或者说诊断总是具有施为和述愿的层面。虽然这些技术对新形式被赋含义有巨大影响，但是，它们可以被挪用为人类合作惯例的新形式。我们并不是单纯受它们的支配。对新型通信技术的挪用可能以各种各样的新的网络社区的名义进行。我沿用比尔·雷丁斯的习惯，称之为"有着分歧的社区"。乔治·阿甘本称这种多样的联合为"未来的社区"②。

新的通信技术还可以用来促进政治责任感的施为行为。那些行为作为一种可能的不可能性，是对未来前卫要求的"未来民主"的回应。如果这种完美的民主被列为一种不可避免的未来，如果它从一定可以预见这个意义上来说是可能的，那么，它就不会要求我们的实践（praxis）。只是在设置的连续性上作为没有间断的不可预见的和不可能的，它才吸引我们、要求我们或者强迫我们的施行性规范。

这方面的一个范例就是《美国独立宣言》中的一句话："我们认为这是不

---

① 弗里德里希·基特勒：《随笔：文学、媒体与信息体系》，第37页。
② 参阅比尔·雷丁斯（Bill Readings）《破败的大学》（*The University in Ruins*），马萨诸塞州：哈佛大学出版社1996年版；乔治·阿甘本（Giorgio Agamben）《未来的社区》（*La comunita che viene*），都灵：Einaude 1990年版；英文版《未来的社区》（*The Coming Community*），麦克尔·哈特（Michael Hardt）译，明尼阿波利斯：明尼苏达大学出版社1993年版。

言自明的真理：人生而平等，上帝赋予他们这些不可或缺的权利——生命、自由、追求幸福。"一方面，这句话肯定这些真理是不言自明的，它们不必诉求政治行为来保证它的实现。另一方面，这句话说，"我们认为这是不言自明的真理"。"我们认为"是一个施为性言语行为。它创造了声称为不言自明的真理，而且使所有读到这些话的人都会情不自禁地支持、承诺遵循，并且努力去实现它。我的一位祖先，罗得岛的塞缪尔·霍普金斯（Samuel Hopkins）就曾经在《美国独立宣言》上签名。这些话鼓励我们努力工作以在未来的施为行为中实现这种梦想。蕴含在这些话中的承诺在美国远未完美地兑现。虽然这些话属于过去，属于我们的父辈缔造这个国家的时刻，它们仍然等待我们在未来去更圆满地实现这些承诺。这些话正在从遥远的民主的地平线呼唤我们的到来。

那么，文学研究又会怎么样呢？它还会继续存在吗？文学研究的时代已经过去了。再也不会出现这样一个时代——为了文学自身的目的，撇开理论的或者政治方面的思考而单纯去研究是否还会逢时，或者还会不会有繁荣的时期。这就赋予了黑格尔的箴言另外的含义（或者也可能是同样的含义）：艺术属于过去，"总而言之，就艺术的终极目的而言，对我们来说，艺术属于，而且永远都属于过去"①。这也就意味着，艺术，包括文学这种艺术形式在内，也总是未来的事情，这一点黑格尔可能没有意识到。艺术和文学从来就是生不逢时的。就文学和文学研究而言，我们永远都耽在中间，不是太早就是太晚，没有合乎适宜的时候。

现在，我们换种方式结束这篇文章，也许这与黑格尔的话相悖，但我坚持认为，文学研究从来就没有正当时的时候，无论是在过去、现在，还是将来。不管是在过去冷战时期的文学，还是现在新的系科格局正在形成的全球化了的大学，文学只是符号体系中一种成分的称谓，不管它是以什么样的媒介或者模式出现，任何形式下的大学院所共同的、有组织的、讲究实效的、有益的研究都不能把这种媒介或者模式理性化。文学研究的时代已经过去，但是，它会继续存在，就像它一如既往的那样，作为理性盛宴上一个使人难堪或者令人

---

① 黑格尔：《美学讲稿》（*Vorlesungen uber die Asthetik*），选自《理论文集》（*Theorie Werkausgabe*），（美因河畔）法兰克福：Suhrkamp 1970 年版，第 13 卷，第 25 期。我非常感激安德载耶·活敏斯基（Andrzej Warminski）为我提供资料并推荐我使用有关黑格尔的解释性译文。我同时感谢他通过电子邮件告诉我黑格尔这些句子的英文含义。

警醒的游荡的魂灵。文学是信息高速公路上的沟沟坎坎、因特网之神秘星系上的黑洞。虽然从来生不逢时,虽然永远不会独领风骚,但不管我们栖居在一个怎样新的电信王国,文学——信息高速路上的坑坑洼洼、因特网之星系上的黑洞——作为幸存者,仍然急需我们去"研究",就是在这里,现在。

(选自《文学评论》2001年第1期)

出版说明

经典文本阅读是学术训练的基础。任何一门学科都有其必须研读的经典,作为该学科全部知识的精华,它凝聚着历代学人持续的思考和深入的探索。我们组织编写的这套"现代学术经典精读"系列丛书,旨在提升研究生教学水平,提高研究生的学术鉴别能力和学术素养,向需要开拓学术领域的青年教师和研究人员提供研究读本,帮助学生和青年教师为将来的研究奠定基础。更为重要的是,通过阅读这些学术经典,读者非但可以摸清治学门径,领悟写作和研究范式,也能拓宽学术视野,见识学术研究的高下之分,在研究起始阶段即能站在学术的制高点上。

这套丛书内容涵盖文、史、哲、艺术等学科。丛书中每卷主编都是该学科领域有较大学术影响的专家。每卷的选文为该研究领域学生所应读、必读的经典论文或经典著作的节选,时间跨越20世纪,并以读者较难获得的论著为优先;而且,所选论著大体上构成了该学科研究的学术史体系,展现了该学科研究的发展历程、主要代表人物以及标志性成果。在每卷前,该卷主编撰写导言,介绍该领域学术史概况及论著遴选标准等,以开放的视角和批判性的思维,对所选论著进行简要介绍和点评等,在如何阅读学术经典、如何培养问题意识等方面,也殊多新意和创见。每篇选文前的导读,使每一卷都成为一本该领域最新的核心论著,选文后列出的延伸阅读文献也是编者们精心遴选的,可作为扩展阅读和参考。

为保护知识产权,我们向尚在版权期内的选文权利人寄去了授权协议书,部分作者收到了协议书并签订了授权协议。可能由于种种原因(如联系方式变动),一些权利人没有收到协议书,希望看到本书后主动与我社取得联系。在此,先对给各位造成的不便表示道歉。

在编辑过程中,我们基本保留了选文的原貌,只对部分原文和注解按编辑规范进行了校改。这套丛书一定还有不完善之处,希望读者们多提意见,以便重印和再版及时更正。最后,向这套丛书的编者以及选文授权者表示谢意,也恳请方家指正,以便我们今后把"现代学术经典精读"这套丛书做得更好。

高等教育出版社

2021 年 1 月

郑重声明

高等教育出版社依法对本书享有专有出版权。任何未经许可的复制、销售行为均违反《中华人民共和国著作权法》，其行为人将承担相应的民事责任和行政责任；构成犯罪的，将被依法追究刑事责任。为了维护市场秩序，保护读者的合法权益，避免读者误用盗版书造成不良后果，我社将配合行政执法部门和司法机关对违法犯罪的单位和个人进行严厉打击。社会各界人士如发现上述侵权行为，希望及时举报，本社将奖励举报有功人员。

反盗版举报电话　（010）58581999　58582371　58582488
反盗版举报传真　（010）82086060
反盗版举报邮箱　dd@hep.com.cn
通信地址　北京市西城区德外大街4号
　　　　　高等教育出版社法律事务与版权管理部
邮政编码　100120